KB115984

만력야획편(상) 2

萬曆野獲編(上)

Wanliyehuobian Vol. I

옮긴이

이승신 李承信, Lee Seung-shin
현 한국공학대학 지식융합학부 외래교수. 이화여자대학교 중문과를 졸업하고 고려대학교에서 문학박사
학위를 취득했다. 상하이 푸단대학 방문학자, University of British Columbia visiting scholar, 고려
대학교 중국학연구소 연구교수 등을 역임했다. 저역서로 『首屆宋代文學』(공저), 『취옹문선역(醉翁文選譯)』,
『이백시전집(李白詩全集)』(공역) 등이 있으며, 대표 논문으로 「중국고전산문연구의 시각과 방법론 모색」,
「구양수 『귀전록(歸田錄)』의 체재와 서술 방식 연구」 등이 있다.

채수민 蔡守民, Chae Su-min
현 고려대학교 세종캠퍼스 글로벌비즈니스대학 외래교수. 고려대학교 중문과를 졸업하고 중국 난징대학
에서 문학박사 학위를 취득했다. 상하이 푸단대학 방문학자, 고려대 세종캠퍼스 인문대학 교양교직 조교
수, 충북대학교 중국학연구소 객원연구원 등을 역임했다. 저역서로 『중국 전통극의 공연과 문화』(공저),
『봉신연의』, 『이백시전집(李白詩全集)』(공역) 등이 있으며, 대표 논문으로 「청 중엽 희곡 활동의 변화 양
상」, 「경극 연기 도구 챠오[蹺]에 관한 소고」 등이 있다.

만력야획편(상) 2

초판인쇄 2023년 4월 20일 **초판발행** 2023년 4월 28일
지은이 심덕부 **옮긴이** 이승신·채수민 **펴낸이** 박성모 **펴낸곳** 소명출판 **출판등록** 제1998-000017호
주소 서울시 서초구 사임당로14길 15 서광빌딩 2층
전화 02-585-7840 **팩스** 02-585-7848
전자우편 somyungbooks@daum.net **홈페이지** www.somyong.co.kr

값 42,000원 ⓒ 이승신·채수민, 2023
ISBN 979-11-5905-781-6 94820
ISBN 979-11-5905-779-3 (전4권)

이 저서는 2018년 대한민국 교육부와 한국연구재단의 지원을 받아 수행된 연구임(NRF-2018S1A5A7037302)

한국연구재단
학술명저번역총서

만력야획편(상) 2

萬曆野獲編(上)

Wanliyehuobian Vol. I

심덕부 저

이승신 · 채수민 역

일러두기

1. 본 번역서는『만력야획편』상·중·하(심덕부 저, 북경 : 중화서국, 2015)를 저본으로 하고,
『만력야획편』3책(심덕부 저, 양만리楊萬里 교점, 상해 : 상해고적출판사, 2012) 외 기타 판본을
참고했다.

2. 인명, 지명, 서명 등과 그 외 한자어의 경우 본문과 각주에서 각각 처음 나올 때만 한글과 한자를
병기하고 그다음부터는 한글만을 표기하는 것을 원칙으로 했다.

3. 각주는 모두 원문에 있는 것이므로, 각주의 표제어에는 한자의 한글음을 병기하지 않았다.

4. 인명 표기에 있어『만력야획편萬曆野獲編』의 작자 심덕부는 동일인에 대해 여러 가지 호칭을 사
용하고 있다. 직접 이름을 부르기도 하고, 자나 호를 부르기도 하고 때로는 출신지나 시호를
부르기도 한다. 호칭은 당시의 관례 또는 저자의 의도가 반영된 것이므로 최대한 원문에 충실하
게 번역했다. 다만 하나의 문장 안에서 여러 호칭을 혼용할 경우에는 내용의 통일성을 위해 가장
많이 사용되는 호칭으로 통일했다.

5. 황제에 대한 명칭도 묘호廟號, 시호諡號, 연호年號를 이용한 호칭까지도 사용하고 있는데 모두 묘
호로 통일해 번역했다. 다만, 2대 황제인 혜종惠宗 건문제建文帝의 경우는 남명南明 홍광弘光 원년
1645이 돼서야 '혜종'이라는 묘호를 받으며 황제의 지위를 되찾았고, 『만력야획편』이 완성될
때까지는 묘호가 없었다. 따라서 저자 심덕부沈德符가 '건문군建文君'으로 명명하고 있다. 그러므
로 책의 완성 시기를 감안해 특수한 경우를 제외하고는 본문 번역에서 '건문군'으로 통일해 번
역하고, 원문에 단 각주脚註에서는 '건문제'라는 용어를 사용했다.

6. 문단은 기본적으로는 원문과 동일하게 '○' 표기를 하며, 역자의 판단에 의해 필요한 경우별도
의 표기 없이 문단을 구성한다.

7. 모든 교주校註는 각주 처리한다. 중화서국본『만력야획편』의 원 교주는 【교주】로 표기하고, 판본
비교 및 검증을 통한 역자의 교주는 〖역자 교주〗로 표기한다.

8. 번역문과 원문에서 '□'로 표기된 것은 누락된 글자로 미상未詳이다.

해제

1. 개요

　심덕부沈德符, 1578~1642의 『만력야획편(상)萬曆野獲編(上)』은 보사적補史的·야사적野史的 성격이 강한 명대明代 필기筆記이다. 명대 초기부터 만력萬曆 말기까지의 전장제도典章制度, 인물과 사건, 전고典故와 일화逸話, 통치 계급 내부의 분쟁, 민족 관계, 대외 관계, 산천지리와 풍물, 경사자집經史子集, 불교와 도교, 신선과 귀신 등에 대해 다방면으로 기술하고 있다. 특히, 세종世宗과 신종神宗 두 조대의 전장제도 및 전고와 일화를 자세하게 기록하고 있어 당시 중국의 정치, 사회, 역사, 문화, 문학, 지리 등 다양한 학문 영역에서 그 학술적 가치와 의의가 매우 중시된다.

　『만력야획편萬曆野獲編』(상上·중中·하下)은 총 30권으로 구성되며, 그중 『만력야획편(상)』은 제1권부터 제12권에 해당한다. 먼저, 본서 서두의 「서序」, 「속편소인續編小引」, 「보유서補遺序」, 「보유발補遺跋」에서 구양수歐陽修가 쓴 『귀전록歸田錄』의 체례를 따른다는 저술 동기와 편찬 과정 등을 서술하고 있다. 제1권과 제2권의 「열조列朝」 109편, 제3권 「궁위宮闈」 43편, 제4권 「종번宗藩」 40편, 제5권의 「공주公主」 10편과 「훈척勳戚」 27편, 제6권 「내감內監」 36편, 제7권과 제8권, 제9권의 「내각內閣」 107편, 제10권 「사림詞林」 47편, 제11권 「이부吏部」 67편, 제12권의 「호부戶部」 7편과 「하조河漕」 13편 등 총 506편으로 구성되어 있다.

2. 저자

작자 심덕부의 자는 경천景倩 혹은 호신虎臣이며 호는 타자他子로, 수수秀水: 지금의절강가흥 사람이다. 그의 증조부, 조부, 부친이 대대로 벼슬을 했던 관계로 어려서부터 자연스럽게 명대의 정치와 법률, 일문逸聞과 일사逸事 등 다방면의 지식과 소식을 접할 기회가 많았고, 이러한 박학다식한 견문과 학식은 저술의 충분한 자양분이 되었다.

『절강통지浙江通志』의 기록에 의하면 심덕부의 증조부와 조부, 부친은 모두 진사 출신이었다. 증조부인 심밀沈謐은 수수사람으로, 자가 정부靖夫이고 호는 석운石雲이며 석호선생石湖先生으로 불리기도 했다. 심밀은 가정嘉靖 7년에 무자과戊子科에 급제한 뒤 가정 8년에 진사에 합격해서 산동山東지역의 첨사僉事를 지냈다. 『수수현지秀水縣志』에 따르면 심밀은 일찍이 서원을 세워 왕양명王陽明을 받들었고, 조부인 심계원沈啓原은 가정 38년1559에 진사가 되어 섬서의 안찰부사를 지냈다. 부친 심자빈沈自邠은 자가 무인茂仁이고 호는 기헌幾軒이며 만력 5년1577에 진사로 합격해 수찬修撰이 되었고, 후에 『대명회전大明會典』을 편찬했다.

심덕부는 명 신종 만력 6년1578에 태어났으며, 어렸을 때 조부와 부친을 따라서 북경北京에서 살았다. 경제적으로 윤택한 삶과 책을 좋아하는 명문가의 면학 분위기는 어린 시절부터 그의 학문적인 성향에 깊은 영향을 주었다. 또 심덕부가 생활했던 북경은 명대 정치의 중심지로, 다양한 경로를 통해서 그는 당시의 황실과 관련된 일들을 들을 수가 있었다. 또한, 조부와 부친의 영향으로 공경대신과 사대부 등 유력 인사들과 교류했으며, 학식 있는 집안 어른들로부터 전대前代의 사건들과 법률, 제도 등에 대해 자세히 들을 기회가 많았다. 이러한 과정을 통해서 저술에 도움이 될 만한 풍부한 자료들을 자연스럽게 축적했고 광범위하고도 탄탄한 지식의 기초를 다질 수 있었다. 그는 만력 46년 1618에 거인擧人이 되어 국자감에서 학업에 열중했으며, 저서『만력야획편』외『청권당집淸權堂集』,『폐추헌잉어敝帚軒剩語』,『고곡잡언顧曲雜言』,『비부어략飛鳬語略』,『진새시말秦璽始末』등을 남겼다.

3. 서지사항

본 번역서『만력야획편(상)』은 표점본만 현존하고, 중국에서조차 아직까지 번역 및 주석본이 거의 전무하다. 현재『만력야획편(상)』은 중화서국中華書局과 상해고적출판사上海古籍出版社에서 출간된 두 종류의 판본이 통용되고 있다. 두 판본 모두 속편을 포함해 총 30권으로 전해지는데, 원본을 먼저 정리하고 추후에 속편을 정리한 것으로 기록되어 있다. 최초의『만력야획편(상)』은 심덕부가 과거에 낙방한 후 만력 34년1606에서 만력 35년1607 사이에 정리해두고, 이로부터 상당한 기간이 지난 후 집중적으로 집필했다. 이때 속편을 더해 만력 47년1619에 완성했으며, 총 30편이었는지는 분명하지 않다. 그리고 이후 10여 년간 심덕부가 다시 집필한 기록은 달리 보이지 않기 때문에 그가 「속편소인續編小引」에서 『만력야획편』을 총 30권이라고 말한 데에는 크게 이견은 없어 보인다. 다만, 명·청 교체기에 산일된 부분이 많아 원본의 절반 정도만이 전해진 것으로 알려져 있고, 『명사明史·예문지藝文志』에는 8편으로 기록되어 있다. 전방錢枋의 「서序」에 의하면, 위로는 조종 백관, 예문제도, 인재 등용, 치란의 득실을 다루고, 아래로는 경사자집, 산천풍물, 불교와 도교, 쇄문, 잡다한 소설 등에 이르기까지 광범위한 내용을 포함하며, 고증을 거친 사실만을 수록하고 있다. 현재는 청 도광道光 7년의 요씨각본동치보수본姚氏刻本同治補修本이 통행되며, 이는 총 30권과 보유 4권으로 구성되어 있다. 심덕부의 5대손 심진沈振의 「보유서補遺序」에는 전방이 주이존朱彝尊에게서 얻은 판본들을 가지고 문門과 부部를 나눠 목차를 정했고, 원래 목록과 대조해보면 열 개 중에 예닐곱 개만 복원해 원본의 모습과는 다르다고 기록되어 있다. 따라서, 전방이 주이존의 구초본舊抄本에 근거해 30권으로 기록했지만, 주이존의 초본은 30권에 미치지 못한다. 이는 전하는 과정 중에 순서가 혼동되고 새로운 권질이 더해진 것으로 이해할 수 있다. 후에 심덕부의 5세손 심진이 전방의 판본을 위주로 여러 사람들이 소장한 것을 수집하고, 빠진 부분을 보충해 230여 조條 8권으로 만들어 전한 것이다.

따라서, 『만력야획편(상)』의 중요한 초본鈔本은 명말대자본明末大字本 『분류야획편적록分類野獲編摘錄』 초본 5책, 청 강희康熙 초년 심과정沈過庭 등이 편교編校한 상上·중中·하下 3편 6책, 청 강희 31년1692 주이존 가

장본家藏本, 전방 가장본 30권, 강희 52년1713 심진집보본 보유補遺 8권 130여 조가 있다. 각본刻本으로는 명말대자본『분류야획편적록』44류 466조와 청 강희 39년1700 전방활자인본錢坊活字印本 48문이 있는데, 모두 전하지 않는다. 또, 청 도광 7년1827 전당요조은부려산방각본錢塘姚祖恩扶荔山房刻本 24책冊 1협夾으로, 제목을 '야획편삼십권보유사권野獲編三十卷補遺四卷'이라 붙인 것이 있고, 청 동치同治 8년1869 요덕항중교간보부려산방각본姚德恒重校刊補扶荔山房刻本이 있다. 현재 전해지고 있는『만력야획편』은 다음과 같다.

1. 심덕부 찬撰,『만력야획편상중하』, 북경 : 중화서국, 2015.

2. 심덕부 찬, 양만리楊萬里 교점校點,『만력야획편』3책, 상해 : 상해고적출판사, 2012.

3. 심덕부 찬, 손광헌孫光憲 외편,『만력야획편』, 학원출판사學苑出版社, 2002.

4. 심덕부 찬,『만력야획편』, 대만사어소부사년도서관臺灣史語所傅斯年圖書館 소장초본영인본.

5. 심덕부 찬,『만력야획편』, 요조은부려산방각본.

6. 심덕부 찬,『역대필기영화-만력야획편』, 북경 : 연산출판사燕山出版社, 1998.

7. 심덕부 찬,『만력야획편』(상 · 하), 북경 : 문화예술출판사文化藝術出版社, 1998.

8. 심덕부 찬, 사고전서총목편위회 편,『전세장서傳世藏書 자고子庫 잡기雜記 2—만력야획편』, 해남 : 해남국제신문출판중심海南國際新聞出版中心, 1996.

9. 심덕부 찬,『만력야획편』전오책, 대북臺北 : 위문도서偉文圖書, 1976.

4. 내용

『만력야획편(상)』은 황실과 고위 관료 사회를 중심으로 한 전장 제도 및 다양한 인물들의 사적과 일화 등을 기술하고 있으며, 감찰과 조세 및 부역, 수리 정책 등에 관한 내용이 포함되어 있다. 본 연구서의 첫머리에 심덕부가 쓴「자서」와「속편소인」, 심진의「보유서」와「보유발」에서 저서의 동기와 저술 과정, 편찬 과정 등에 관해 상세하게 서술하고 있다. 심덕부는 박식한 견문과 풍부한 사료를 근거로, 구양수가 쓴『귀전록』의 체례를 따라 보사적·야사적 특징을 지닌 필기『만력야획편(상)』을 저술했다.『만력야획편(상)』은 총 12권 506편으로 구성되는데,「열조」,「궁위」,「종번」에서는 황실의 예법과 그에 관한 평가, 궁중 제도와 법규, 종묘사직의 제도, 숨겨지거나 잘못된 역사적 진실, 황후와 비빈들의 일화 등에 관해 고증을 통한 정확한 기술과 평가를 내리고 있다.「공주」와「훈척」,「내감」에서는 공주들의 인생 경로와 활약상에 따른 행·불행, 공훈에 따른 훈척들의 관직의 이동異同, 환관들의 권세와 횡포 등으로 인한 부작용 등에 관해 기술하고 있다.「내각」과 「사림」에서는 고위 관료들의 정치 상황과 권력 다툼을 위한 내부 분쟁, 서길사와 한림원 출신 관료들의 실상과 연관 관계 등을 매우 상세하게 서술하고 있다. 「이부」, 「호부」, 「하조」에서는 감찰제도의 운용과 그에 따른 허점, 부역과 조세 제도의 관리와 운용, 운하의 건설에 따른 비용 절감, 효용 가치 등을 중심으로 한 여러 가지 사례들을 제시하고 수리 사업 등에 관해 기술하고 있다.

5. 가치와 영향

『만력야획편(상)』은 야사류로 분류되는 12권의 필기로, 명대 역사를 살피는 데 기본서로 꼽힐 만큼 치밀한 고증과 정확한 사료를 담고 있다. 중국 고대의 역사가들이 전통적으로 정사正史를 우수한 전통으로 여겼기 때문에 역사 기록 중의 많은 오류가 집적돼 왔음에도 불구하고 이러한 폐단을 오랜 시간 방치해 왔다. 심덕부는 이러한 오류를 바로잡고 누락한 역사적 사실을 보완하고자 본서를 집필했다. 우선『만력야획편(상)』은 제재와 구성 면에서 일반적인 필기와는 큰 차이가 있다. 당시 일반적인 필기는 문인들에게 일종의 소일하는 방식으로 여겨졌고, 기록한 내용들도 일상의 잡다한 일이나 알려지지 않은 흥미위주의 소재였다. 물론『만력야획편(상)』도 기타 필기들과 마찬가지로 민간의 풍속이나 기이한 사건들, 불교와 도교의 귀신 이야기도 다루고 있지만, 국가의 법률, 제도, 정치, 역사 등에 관련된 분량이 전체의 70%에 달한다. 『만력야획편(상)』에서 언급한 자료들의 내원과 참고 자료들을 살펴보면 왕세정王世貞의 『엄주산인론고弇州山人論稿』, 각 조대의 『실록實錄』, 『입재한록立齋閒錄』 등의 기록들, 개인 묘지명, 『호광통지湖廣通志』와 같은 각지의 통지류의 문장들이다. 또한, 심덕부가 자서自序에서 구양수의 『귀전록』의 체례를 따랐다고 밝힌 바, 정사의 누적된 폐단을 비판하고 역사를 책임지고 편찬하려 했음을 알 수 있다. 구양수의 『귀전록』은 사마천司馬遷이 기전체紀傳體 사서史書에서 시도한 인물과 제재의 선택과 집중, 호견법互見法의 사용, 생동감 있는 구어로 된 대화체의 다용, 해학성과 풍자성 등이 선명하게 표출되어 있다. 따라서, 심덕부 스스로 『귀전록』의 체례를 따랐다고 한 것은 사마천과 구양수의 저술 동기와 목적을 염두에 둔 것이다. 이러한 점에서 『만력야획편(상)』의 가치와 의의를 평가할 수 있다.

만력 연간 중심의 시기는 명나라뿐만 아니라, 당시의 조선朝鮮과도 매우 밀접한 연관성을 지니므로, 본서에 기록된 관련 자료는 국학 연구에도 크게 일조할 것으로 기대된다. 또한, 조선 이외의 외국에 대한 입장과 정치적 관계를 비롯한 다양한 외교 관계 등을 조명해 볼 수 있는 사료가 풍부하게 내포되어 있다. 그러므로, 본서에 대한 연구는 과거사의 조명을 통해 현재의 중국에 대한 전략적 이해와 대응책을 마련할 수 있는 계기가 되는 점에서 또한 그 가치와 의의가 매우 크다.

6. 참고사항

1) 명언

• 지금 일에 통달한 것이 옛 일에 밝은 것을 이길 수 없음을 알 수 있다可見通今之難勝於博古.「선조의 유훈을 인용하다引祖訓」

• 길흉화복은 변화가 무상하여 인력으로 다툴 수 없음을 알겠다乃知禍福吉凶, 倚伏無常, 非人力可爭矣.「황제 옹립 후의 대우가 판이하다定策拜罷迥異」

• 부귀는 이미 정해진 것이고, 성명한 군주의 기쁨과 노여움은 우연히 만나는 것이니 기쁜 얼굴로 아첨하는 것이 하등에 도움이 되지 않는다는 것을 이제야 알았다乃知富貴前定, 聖主喜怒偶然值之, 容悅無益也.「시를 바치고 아첨하여 미움을 받다進詩獻諛得罪」

• 또 조선朝鮮의 부녀자들을 선덕 초부터 데려왔는데, 황상께서 고향과 부모를 그리는 마음을 불쌍히 여기셔서, 환관宦官에게 명해 김흑金黑 등 53명을 조선으로 돌려보내고 조선 국왕에게 그들을 집으로 돌려보내되 의지할 곳을 잃지 않게 하라고 하셨다. 선종께서는 혼신을 다해 나라를 다스렸어도 이처럼 음악과 여색女色을 즐기는 걸 피하지 못했지만, 영종 초에는 어진 정치가 온 나라와 이민족에게 두루 미쳤다又朝鮮國婦女, 自宣德初年取來, 上憫其有鄉土父母之思, 命中官遣回金黑等五十三人還其國, 令國王遣還家, 勿令失所. 以宣宗勵精爲治, 而不免聲色之奉如此, 英宗初政, 仁浹華夷矣.「악공樂工과 이국夷國 여인들을 풀어주다釋樂工夷婦」

3 해제

권3

21 **궁위宮闈**
21 『여계女戒』를 편찬하다
23 황태후의 글
26 국초에 비妃를 들이다
30 천자의 생모가 다르다
34 역대 귀비貴妃들의 성씨
40 제왕께서 외국 여인을 아내로 맞다
45 고려高麗의 여인이 의심을 받다
47 돌아가신 황후의 제삿날이 없다
50 모후가 오래도록 재위하다
53 선종께서 황후를 폐위하다
58 황비 책봉의 특별한 은전恩典
62 황제와 황후의 합장
66 폐위된 황후에게 예우를 더하다
68 영종께서 부부의 정을 중요히 여기시다
72 영종 경비敬妃의 상례喪禮
76 경제께서 황후를 폐위하다
78 경황후景皇后께서 장수하시다
80 헌종께서 황후를 폐위하다
84 효종의 생모
91 만귀비萬貴妃
97 사공謝公과 한공韓公이 비를 뽑는 것을 논하다
104 정왕鄭旺의 요망한 말

110 『여훈女訓』을 반포하다

114 모후의 시호

116 세종께서 황후를 폐위하다

121 황후를 합장한 예

125 효열황후가 태묘에 합사되다

129 모후의 시호 글자 수를 줄이다

132 장숙황후莊肅皇后의 상례

134 가정 연간 두 황후의 상례喪禮

138 모후母后를 먼저 합장하다

144 친잠례親蠶禮

148 이씨李氏가 거듭 딸을 바치다

150 성모聖母도 함께 높이다

154 두 태후께서 함께 재위에 오래 계시다

156 금상께서 중궁을 깊이 아끼시다

161 공비恭妃가 봉호를 올려 받다

164 교외의 사찰을 보호하고 다스리다

166 금상의 가법家法

168 황태자비의 호칭

171 왕비가 정절을 지키기 위해 죽다

173 궁인의 성명

175 문신이 관비를 하사받다

권4

179 종번宗藩

179 번왕부를 세우는 것을 논하다

184 원자께서 궁을 나서다

186 성공도聖功圖

190 태자의 서책과 옥새

192 세 왕을 함께 봉하다

196 태자를 세우는 의례

199 황자를 추봉追封하다

202 사장使長과 시장侍長

204 친왕이 조회에 오다

208 친왕이 마중해 알현하다

213 조왕趙王이 나라를 보살피다

217 양동리楊東里가 조왕趙王에 대해 의론하다

219 주정왕周定王이 다른 뜻을 품다

222 번왕부藩王府가 다시 세워지다

230 군왕이 모반을 꾀하고도 사형을 면하다

236 형왕兄王과 백왕伯王

239 회왕淮王 종묘宗廟의 칭호

245 번국藩國으로 함께 보낸 관리

251 두 폐서인을 유폐시키다

253 요절한 황자를 추봉하다

256 경왕부慶王府가 연이어 변을 당하다

259 두 군왕郡王의 건의

262 정왕鄭王의 직간

267 정鄭나라의 세자가 나라를 양보하다

274 경공왕景恭王

276 번왕이 아첨하다

279 조왕趙王이 목매어 죽다

282 휘왕徽王이 대대로 진인眞人으로 봉해지다

288 요왕遼王이 진인에 봉해지다

292   폐위된 요왕遼王

296   요왕遼王 주귀합朱貴烚의 죄악

300   초楚나라 종실이 죽임을 당하다

303   주영요朱英燿가 부친을 시해하는 역모를 저지른 이유

305   초왕부楚王府에서 일어난 여러 변고

310   초왕부에 대해 조사하다

314   초왕부 사건을 보류하다

317   채허대蔡虛臺가 변론하는 상소를 올리다

321   폐위된 제왕齊王의 횡포

323   종실이 온 백성의 일에 통하다

325   종실의 이름

권5

329   **공주公主**

329   공주에게 시호를 추증하다

332   동향同鄕 사람이 공주를 아내로 맞이하다

337   공주부公主府의 중사사中使司

341   의빈儀賓의 아패牙牌

345   공주의 봉호가 같다

348   부마를 다시 간택하다

352   공주의 음덕으로 벼슬을 받은 맏아들

356   요절한 공주에게 내린 특별한 은혜

359   부마가 제재를 받다

362   공주의 자손에 대한 음서蔭敍의 남용

365   **훈척勳戚**

365   유기劉基

371   이선장李善長

373   유경劉璟의 쇠채찍

376   좌권左券과 우권右券, 내황內黃과 외황外黃

379   만통萬通이 질투로 죽다

382   아내를 두려워하다

388   무정후武定侯가 익국공翊國公에 오르다

392   곽훈郭勳이 공을 가로채다

394   대신이 방자하게 굴다

398   함녕후咸寧侯

402   충성백忠誠伯

405   육병陸炳이 어가를 호위한 공로

408   관직을 세습하다

415   정양왕定襄王

418   조상의 덕으로 벼슬하다

426   작위를 계승해 신건백新建伯에 봉해지다

432   위국공魏國公 서붕거徐鵬舉

435   작주爵主와 병주兵主

437   분수에 넘치는 복색

440   영락 연간 후궁의 부친에게 내린 은택

444   같은 읍을 봉작으로 받은 외척

447   효목황후孝穆皇后의 외가

450   심록沈祿

454   조조曹祖

457   황후의 외가에 내린 은택

460   무식한 외척

462   외척에게 가마 하사를 남발하다

만력야획편(상) 전체 차례

권1
　열조列朝

권2
　열조列朝

권3
　궁위宮闈

권4
　종번宗藩

권5
　공주公主
　훈척勳戚

권6
　내감內監

권7
　내각內閣

권8
　내각內閣

권9
　내각內閣

권10
　사림詞林

권11
　이부吏部

권12
　이부吏部
　호부戶部
　하조河漕

　참고문헌
　찾아보기

만력야획편 萬曆野獲編 上

권3

수수秀水 경천景倩 심덕부沈德符 저

동향桐鄉 이재爾載 전방錢枋 편집

번역 『여계女戒』를 편찬하다

　　홍무 원년 3월 초하루 한림원翰林院 유신儒臣에게 『여계女戒』를 편찬하라 명하면서 학사學士 주승朱升 등에게 이르셨다. "후비后妃는 만백성의 어머니로서 사랑으로 천하를 헤아려야 하지만 정치에 간여하게 해서는 안 된다. 후궁들은 맡은 일만 하고 세수와 머리손질 하는 것을 시중드는데, 만약 총애를 지나치게 받으면 교만하고 방자함이 분수를 넘게 된다. 역대 후궁들을 보니, 여자들이 정치에 끼어들면 재앙이 일어나지 않는 경우가 드물었다. 경들은 나를 위해 『여계』와 예전의 어진 황비들의 일로 법도를 삼을 만한 것을 저술해 자손들이 지켜야 할 일들을 알게 하시오." 황상께서 법도를 제정해 바로 3대에 이어지니 열성조 이래로 후비가 그저 후궁의 교육만 전담하지 않았다. 영종과 금상께서 어린 나이에 궁을 다스리시자 황후께서는 오직 황상의 몸을 보호하시고 정사는 하나도 간여해 듣지 않으시며 먼 훗날을 도모하셨다. 송 태조께서 이 것으로써 경계를 보이셨다면 원우元祐 연간 선인성렬황후宣仁聖烈皇后의 비방이 어떻게 일어났겠는가.

원문 **修女戒**

　　洪武元年三月朔, 命翰林儒臣修『女戒』[1], 謂學士朱升[2]等曰, "后妃雖母儀天下³, 然不可使預政事. 至於嬪嬙⁴之屬, 不過備職事, 侍巾櫛⁵, 若寵之太過, 以驕恣犯分. 觀歷代宮闈⁶, 政由內出, 鮮有不爲禍亂者. 卿等爲我纂述『女戒』, 及古賢妃事可爲法者, 使子孫知所持守." 上之立法, 直追三代, 故列聖以來, 不第后妃專司陰敎⁷. 卽以英廟及今上沖聖御宇長樂, 居尊惟保護皇躬, 未曾預聞一政, 詒謀遠矣. 使宋祖⁸以此示戒, 則元祐⁹時, 宣仁后¹⁰之謗, 何自而興.

---

1 『女戒』: 명 태조 때 저술된 부녀자들을 위한 교육용 책. 명 태조가 전대에 있었던 여인들로 인한 불행을 거울삼아 규율을 세우고 부녀자들에 대한 가르침을 엄격히 하고자 홍무 3년1368 한림학사 주승朱升 등에게 저술하도록 명한 책이다.

2 朱升: 주승朱升, 1299~1370은 명나라의 개국 모신謀臣다. 주승의 자는 윤승允升이고, 원말元末 명초明初 때의 휘주부徽州府 휴녕休寧 사람이다. 원 순제順帝 지정至正 5년1345 향천鄕薦을 받아 지주학정池州學正이 되었지만, 관직을 그만두고 난리를 피해 석문石門에 은거해서 풍림선생楓林先生이라 불렸다. 주원장朱元璋이 휘주를 점령했을 때부터 그의 모신이 되어 명나라 건국에 기여했다. 또 명나라가 세워진 뒤에는 예악제도를 제정하고 후비后妃들의 이야기를 모아『여계女戒』를 편찬했다. 관직은 한림학사翰林學士에 이르렀다. 홍무 2년1369 사직하고 은거했다.

3 母儀天下: 어머니의 사랑으로 천하 백성을 헤아린다는 뜻. 황제는 하늘의 아들로 만백성의 아버지와 같고, 그의 아내인 황후는 자연히 백성들의 어머니가 되므로 어머니의 도리를 행해 백성들을 사랑하고 헤아려야 한다는 말이다.

4 嬪嬙: 황제나 제후의 첩, 즉 후궁을 말한다.

5 巾櫛: 세수하고 머리 빗음.

6 宮闈: 황후와 비빈妃嬪을 말한다.

7 陰敎: 여자에 대한 가르침.

8 宋祖: 송 태조 조광윤趙匡胤을 말한다.

9 元祐: 송나라의 제7대 황제인 철종의 첫 번째 연호로 1086년부터 1094년까지 사용되었다.

10 宣仁后: 송 영종의 황후이자 신종의 모친인 선인성렬황후宣仁聖烈皇后, 1032~1093 고씨高氏를 말한다. 아명은 고도도高滔滔이고, 호주亳州 몽성蒙城 사람이다. 송 인종 경력慶曆 7년1047 악주단련사岳州團練使 조종실趙宗實에게 시집가 경조군군京兆郡君에 봉해졌다. 가우嘉祐 8년1063 남편 조종실이 황위에 오른 뒤 치평治平 2년1065 황후에 책봉되었다. 원풍元豊 8년1085 아들 신종이 붕어하자 손자인 철종 조후趙煦를 즉위시켰다.

현 왕조의 인효황후仁孝皇后께서는 『내훈內訓』을 쓰고 또 『여계女誡』도 쓰셨으며, 장성황태후章聖皇太后께서는 또 『여훈女訓』을 쓰셨는데, 지금 모두 내부內府에서 새겨 천하에 반포했다. 금상의 생모生母이신 자성황태후慈聖皇太后께서 저술한 『여감女鑑』은 특히 준칙準則을 상세히 설명해 주상께서 친히 어필御筆을 움직여 서序를 써주시니 진실로 후궁의 경사다. 하지만 자성황태후께서 쓰신 글은 또 이것뿐만이 아니다. 지금 문화전文華殿의 후전後殿에 걸려 있는 편액의 열두 글자는 한 줄에 두 글자씩 모두 여섯 줄로 나뉘어 있는데 그 문장은 '이제二帝와 삼왕三王이 천하를 다스리는 대경大經과 대법大法을 배운다[學二帝三王治天下大經大法]'라는 것으로 바로 자성황태후의 어필御筆이다. 신하들은 그저 용이 비상하고 봉황이 날아오르는 듯한 글씨체와 파책波磔의 조형적인 오묘함만을 보고 금상이 쓰신 글이라 여겼지만 사실은 아니다. 예로부터 오직 송나라의 선인황후宣仁皇后만이 비백체飛白體의 큰 글씨를 잘 썼어도 한두 글자에 불과했는데, 어찌 자성황태후께서는 팔법八法의 심오함을 갖추고 계신가. 진실로 하늘이 내리신 분이다.

철종이 10살의 어린 나이로 즉위했기 때문에, 태황태후로서 원풍 8년1093 세상을 떠나기 전까지 8년간 수렴청정을 했다. 구법파舊法派를 지지한 선인성렬황후는 철종이 즉위하자 구법파의 영수인 사마광을 등용하고 신종 때에 실시한 왕안석의 신법新法을 모두 철폐했다. 시호는 '선인성렬황후'이고, 영종과 영후릉永厚陵에 합장되었다.

本朝仁孝皇后[13]著『內訓』[14], 又有『女誡』, 至章聖皇太后[15]又有『女訓』[16],

今俱刻之內府[17], 頒在宇內. 今上聖母慈聖皇太后所撰述『女鑑』一書, 尤

爲詳明典要, 主上親灑宸翰序之, 眞宮闈中盛事也. 然慈聖[18]聖製又不止

此. 今文華殿後殿, 所懸扁凡十二字, 每行二字, 共分六行, 其文曰, '學

二帝三王治天下大經大法', 乃慈聖御筆. 臣下但見龍翔鳳翥, 結搆波磔[19]

之妙, 以爲今上御書, 而實非也. 古來惟宋宣仁皇后善飛白[20]大書, 然不

---

11 母后 : 제왕의 어머니.

12 聖製 : 제왕이 쓴 시문詩文.

13 仁孝皇后 : 명 성조 주체朱棣의 정실부인 서황후徐皇后, 1362~1407를 말한다. 중산무녕 왕中山武寧王 서달의 딸로, 남직례南直隸 종리鍾離 사람이다. 홍무 9년1376 연왕비燕王妃 에 책봉되고, 건문建文 4년1402 황후에 책봉되었다. 영락 5년1407 46세의 나이로 남 경에서 세상을 떠났고, 영락 11년1413 장릉長陵에 묻혔다. 영락 22년1424 인종이 즉 위한 뒤 시호를 '인효자의성명장헌배천제성문황후仁孝慈懿誠明莊獻配天齊聖文皇后'로 높이고 태묘에 배향했다. 『내훈內訓』 20편과 『권선서勸善書』 1부를 썼다.

14 內訓 : 부녀자들의 교육에 사용된 '여사서女四書' 중의 하나다. 명 성조의 황후 서씨 徐氏가 영락 2년1404 궁중의 부녀자를 교육하기 위해 여자의 교육에 관한 역대 저술 들을 기초로 해 저술한 책이다. 모두 20장으로 되어 있는데, 덕성德性, 수신修身, 신 언愼言, 근행謹行, 절검節儉, 경계警戒 등 여러 분야를 다루고 있다.

15 章聖皇太后 : 흥헌왕의 부인이자 명 세종의 생모인 자효헌황후慈孝獻皇后 장씨蔣氏를 말한다.

16 女訓 : 명 세종의 생모인 장성황태후章聖皇太后 장씨蔣氏가 쓴 책으로, 여성이 어떻게 여덕女德과 규범閨範을 실행할 것인가에 대해 설명했다. 이 책은 규훈閨訓, 수덕修德, 수명受命, 부부夫婦, 경부敬夫, 애첩愛妾, 교지敎子, 신정愼靜, 절검節儉 등 12절로 구성되 어 있다.

17 內府 : 왕실 창고.

18 慈聖 : '자성慈聖' 두 글자는 사본에 근거해 보충했다慈聖二字據寫本補. 【교주】

19 波磔 : 한자 서예 운필법의 일종으로, 영자팔법永字八法의 여덟 번째 책磔을 말한다. 일반적으로 예서에서 옆으로 긋는 획의 종필終筆을 오른쪽으로 흐르게 뻗어 쓰는 필법을 말한다.

過一二字, 豈如慈聖備得八法[21]精蘊哉. 眞天人也.

---

20 飛白 : 서체의 하나로, 필세筆勢가 나는 듯하고 붓자국이 빗자루로 쓴 것처럼 잘게
갈라져 보인다. 원래 후한後漢의 채옹蔡邕이 처음 썼다고 하며 속필速筆의 하나로 모
양은 팔분八分과 비슷하다. 예서隸書에서 변해온 것으로 편액扁額 같은 대자大字를 쓸
때 많이 사용한다.

21 八法 : 서예의 기초 필법筆法인 영자팔법永字八法을 말하는데, '영永'자 한 글자에 모
든 글자의 서법書法이 갖추어져 있기 때문에 쓰는 말이다. 구체적인 팔법은 '측側,
늑勒, 노努, 적趯, 책策, 약掠, 탁啄, 책磔'이다. 영자팔법은 예서에서 비롯되었으며, 후
한의 장지張芝, 위魏의 종요鍾繇, 진晉의 왕희지王羲之로 전수되었고 다시 수隋의 지영
智永과 우세남虞世南에게 전해졌다는 설이 있고, 왕희지가 창작했다는 설도 있다.

고황제高皇帝께서는 검을 들어 군웅群雄을 베시고도 평정한 나라들의 후궁과 공주 가운데서 시중들도록 뽑아 들인 사람은 없었다. 다만 위한僞漢이 천명을 가장 오랫동안 어겨서 황상께서 내심 미워해 일찍이 진우량陳友諒의 처를 거두었다가 곧 놓아 보낸 일이 있는데, 이 일을 깊이 후회하셨다. 야사에서는 이 일이 와전되어 일찍이 담왕潭王 주재朱梓를 낳았지만 또 반란을 일으켜 주살했다고 전한다. 담왕과 제왕齊王 주부朱榑가 모두 달정비達定妃의 소생인지는 알 수 없지만 스스로 집안일을 범했다는 죄를 쓰고 불에 타 죽었는데, 애초에 반역하지 않았기 때문에 또한 주살 당하지도 않은 것이다.

열네 번째 딸 함산공주含山公主의 모비母妃 한씨韓氏는 고려高麗 사람인데, 살펴보면 요간왕遼簡王의 모비 또한 한씨이지만 함산공주와 친남매인지 아닌지는 모르겠다. 증명할 근거가 없으니 감히 억측하지는 않겠다. 함산공주는 홍무 13년에 태어나 홍무 27년 부마 윤청尹淸에게 시집가서 영락 연간에 장공주長公主가 되었고, 홍희 초년에 대장공주大長公主가 되었으며, 천순天順 6년에서야 여든셋의 나이로 돌아가셨다. 그녀는 태조의 신위 아래에 있는 아들 25명과 딸 16명 중에서 가장 오래 살았다. 그러므로, 고려의 공녀貢女는 문황제 때 광록시경光祿寺卿 권영균權永均 등의 딸들에서 시작된 것은 아니다.

○ 천순 5년 7월 황상께서는 함산대장공주含山大長公主에게 서신을 보

내어 "고황제의 소생으로는 오직 대고모님만 장수를 누리시는데 정말 드문 일입니다. 근래에 경비가 부족하다는 소식을 듣고는 짐의 마음이 슬펐습니다. 특별히 태감 남충藍忠을 보내면서, 진주와 비취 그리고 9개의 꿩 깃털 모양 장식으로 꾸민 박빈관博鬢冠 한 개, 백금 삼백 냥, 지폐 만 관, 모시와 사紗와 리羅 각 열 필, 생견生絹과 숙견熟絹 서른 필을 보내 대고모님을 사랑하는 마음을 표현합니다"라고 말씀하셨다. 내가 알기에는 박빈관은 황후만이 사용할 수 있다. 건국 초기에는 왕비王妃도 사용이 허용되다가 영락 연간에 바뀌었는데, 친왕들이 사용하기를 청한 적이 있지만 윤허하지 않으셨다. 지금 특별히 함산대장공주에게 박빈관을 하사하신 것은 아마도 특별히 예우하신 듯하다.

원문 **國初納妃**

高皇帝²²提一劍芟羣雄, 於所平諸國妃主²³, 無選入侍者. 惟僞漢²⁴違命最久, 上心恨之, 曾納其妾, 旋卽遣出, 深以爲悔. 野史訛傳爲曾生潭王梓²⁵, 復叛誅. 不知潭王與齊王榑²⁶同爲達定妃²⁷所生, 自坐犯家事自

22　高皇帝 : 개국 황제의 시호로 여기서는 명나라의 개국 황제인 태조 주원장을 말한다.
23　妃主 : 제왕의 후궁과 공주.
24　僞漢 : 원말元末 진우량陳友諒이 세운 나라. 원나라에 항거해 기병한 진우량이 지정至正 20년1360 나라를 세워 국호를 한漢이라 하고 황위에 올랐다. 이 나라는 진우량이 세운 한나라이므로 진한陳漢이라고도 하고 진짜 한나라가 아니라는 의미에서 위한 僞漢이라고도 부른다.
25　潭王梓 : 명 태조의 여덟 번째 아들 주재朱梓,1369-1390를 말한다. 주재는 홍무 2년1369 태조와 달정비達定妃 사이에 태어나 이듬해인 홍무 3년1370 담왕潭王에 봉해졌다. 18

焚, 初不叛, 亦不受誅也.

惟第十四女含山公主[28]母妃韓氏, 係高麗人, 考遼簡王[29]母妃, 亦韓氏, 但不知與含山同產[30]否. 無所證據, 不敢臆斷. 公主以洪武十三年生, 二十七年下降駙馬尹淸[31], 永樂間進長公主[32], 洪熙初進大長公主[33], 至

세 때 봉지인 호광湖廣 장사長沙로 갔다. 담왕비潭王妃 우씨于氏의 부친 우현于顯과 동생 우호于琥가 호유용胡惟庸 사건에 연루되어 주살되자, 홍무 23년1390 왕비 우씨와 함께 분신자살했다. 후사가 없어 왕위를 물려줄 수 없어서 나라가 없어졌다.

26 齊王榑 : 명 태조의 일곱 번째 아들 주부朱榑, 1364~1428를 말한다. 그의 모친은 달정비 達定妃. 명 건국 이전에 태어나 홍무 3년1370 제공왕齊恭王에 봉해졌고, 홍무 15년 1382 봉지인 산동山東 청주靑州로 갔다. 홍무 연간 북방 정벌에 참여했던 군공軍功을 내세우며 방자하게 굴다가 혜종惠宗 건문建文 연간에 봉지를 빼앗기고 폐서인廢庶人 되었다. '정난의 변'으로 성조가 등극한 뒤 왕위를 회복시키고 봉지로 돌아가게 했다. 하지만 몇 년 뒤 다시 법도를 어겨 폐서인이 된 뒤 선덕 3년1428 죽을 때까지 남경에 유폐되었다. 제왕齊王에 봉해졌다가 폐서인이 되었기 때문에 제서인齊庶人 이라고도 부른다.

27 達定妃 : 명 태조 주원장의 비빈妃嬪 중 하나다. 달정비達定妃, 생졸년 미상는 태조와의 사 이에 일곱 번째 아들 제왕齊王 주부朱榑와 여덟 번째 아들 담왕潭王 주재朱梓를 낳았다.

28 含山公主 : 명 태조의 열넷째 딸이다. 함산공주含山公主, 1381~1463의 모친은 고려高麗 사람 한비韓妃. 함산공주는 홍무 27년1394 윤청尹淸에게 시집가, 윤청과의 사이에 아들 둘을 두었다. 건문 원년1398 혼인한 지 4년 만에 윤청이 먼저 세상을 떠났고, 함산공주는 영종 천순 6년1463 향년 83세로 세상을 떠났다.

29 遼簡王 : 명 태조의 열다섯째 아들 주식朱植, 1377~1424을 말한다. 명나라 제1대 요왕遼 王으로, 모친은 한비韓妃이고, 홍무 10년1377 남경에서 태어났다. 홍무 11년1378 위왕 衛王에 봉해졌다가, 홍무 25년1392 요왕遼王으로 바뀌어 봉해져 봉지인 요동遼東 영주 寧州로 떠났다. 건문 4년1402 봉지를 형주부로 옮겼다. 영락 22년1424 향년 48세로 세상을 떠났으며, 재위 기간은 47년이다. 사후에 시호가 간簡이라서 보통 요간왕遼 簡王으로 부른다.

30 同產 : 친형제.

31 尹淸 : 윤청尹淸, ?~1398은 명 태조의 부마로, 열넷째 딸 함산공주의 남편이다. 화음華 陰 사람이다. 홍무 27년1394 14세된 함산공주와 혼인했으며, 건문 원년1398 후부도 독後府都督의 일을 관장했다. 함산공주와의 사이에 윤훈尹勳과 윤옥尹玉 두 아들을 두 었다. 건문 원년 혼인한 지 4년 만에 세상을 떠났다.

天順六年方薨, 年八十三. 於太祖位下二十五子十六女中, 最爲壽考[34]. 然則高麗貢女, 不始于文皇時光祿[35]權永均[36]等諸女也.

○ 天順五年七月, 上致書含山大長公主云, "高皇祖所生, 惟祖姑[37]享高壽, 誠爲難得. 近者承諭, 用度有缺, 朕心惻然. 特遣太監藍忠[38], 賚送珠翠九翟博鬢冠[39]一頂, 白金三百兩, 鈔一萬貫, 紵紗羅各十疋, 生熟絹三十疋, 以表親親之義." 按博鬢惟皇后得用之. 國初, 王妃亦許用, 永樂間革之, 親藩曾有請而不許. 今特以賜含山, 蓋異數也.

---

32 長公主 : 황제의 여자 형제에 대한 봉호다. 장공주長公主는 일반적으로 황제의 적녀嫡女나 공이 있는 황녀 또는 황제의 고모나 여자 형제에게 붙이는 봉호다. 동한東漢 이후로, 황제의 딸은 공주公主, 황제의 여자 형제는 장공주, 황제의 고모는 대장공주大長公主가 되었다. 총애받는 장공주는 지위가 일반 비빈妃嬪보다도 높았다.

33 大長公主 : 황제의 고모에 대한 봉호다.

34 壽考 : 오래 삶. 장수.

35 光祿 : 광록시경光祿寺卿을 말한다.

36 權永均 : 명 성조成祖의 후비 중 공헌현비恭獻賢妃 권씨權氏의 오빠다. 영락 7년1409 권씨가 현비에 봉해지면서 종삼품從三品 광록시경에 제수되었다. 『명사明史 · 열전제일列傳第一 · 후비后妃』에서는 "7년 현비에 봉하고 그 부친 영균을 광록경으로 삼으라 명하셨다七年封賢妃, 命其父永均爲光祿卿"라고 해 권영균權永均을 권현비의 부친으로 기록했는데, 『조선왕조실록朝鮮王朝實錄 · 태종실록』에는 "본국에서 진헌한 처녀 권씨가 먼저 불려들어가 현인비에 봉해졌고, 그 오빠 영균은 광록시경에 제수되었다本國所進處女權氏, 被召先入, 封顯仁妃, 其兄永均, 除光祿寺卿"고 되어 있고, 『조선왕조실록 · 세종실록』에는 "광록시경 권영균이 죽었다. 권영균은 태종 문황제 현인비의 오빠다光祿寺大卿權永均卒. 永均, 太宗文皇帝顯仁妃之兄也"라고 되어 있다. 조선시대 사람에 대한 기록인데다, 『조선왕조실록』의 기록은 권영균의 생존 시기와 시간 차이가 크지 않지만 『명사』는 명초明初의 일을 청대에 기록해 몇백 년이라는 시간 차이가 존재하므로 『조선왕조실록』의 기록을 따랐다.

37 祖姑 : 대고모, 왕고모, 즉 조부모의 자매.

38 藍忠 : 남충藍忠, 생졸년 미상은 명 성화 16년1480 하남河南의 진수태감으로, 하정何鼎의 일파로 보인다. 역사 기록에는 겸손하고 청렴하며 백성을 사랑했다고 되어 있다.

39 博鬢冠 : 황후만 쓸 수 있는 봉관鳳冠이다.

고황제의 귀비 손씨孫氏는 홍무 7년에 돌아가셨는데, 황상께서는 비에게 상사喪事를 주관할 아들이 없어서 오왕吳王 주숙朱橚에게 명해 손씨를 자모慈母로 여기고 뒷일을 관리하며 3년간 참최斬衰를 입어 『효자록孝慈錄』에 있는 생모生母의 예와 같게 하셨다. 주숙은 나중에 주왕周王으로 다시 봉해지는데, 그는 고황후高皇后의 적출嫡出이었다. 가정 34년 숙황제肅皇帝의 셋째 딸 영안공주寧安公主가 부마 이화李和에게 시집가게 되었는데 모비가 먼저 세상을 떠났기 때문에 황귀비 심씨沈氏를 자모로 삼아 출합出閤과 초계醮戒와 사사謝辭 등 여러 의식을 생모처럼 치르게 하도록 명하셨다. 이화와 공주가 혼사를 치른 뒤에는 입조해 황귀비를 알현했고 궁중에 연회를 베풀었으니, 더욱 특별한 예우다. 한 사람은 아들이 없어서 아들을 주고, 다른 한 사람은 딸이 없어서 딸을 주었으니 어느 것인들 성군聖君의 특별한 은혜가 아니겠는가.

불행하게도 이에 반대되는 경우도 있으니 예를 들어 가정 33년에 강비康妃 두씨杜氏가 돌아가셨는데, 강비는 목종의 생모로, 예관禮官이 3년 상을 치르기를 청했지만 황상께서 윤허하지 않으셨다. 또 손귀비의 이야기를 인용해도 따르지 않으시고 또 임금의 예를 피해야 하고 중복重服을 해서는 안 된다고 유지를 내리셨다. 대신들은 마침내 감히 다투지 못했다. 또 목종이 유저裕邸로 간 뒤로 평생 만나지 못하고 죽어서도 비책을 얻지 못했으니, 정말 슬프다. 또, 효종은 숙비淑妃 기씨紀氏에게서 태어났는데, 모친의 배 속을 떠나게 되었고, 숙비는 바로 만귀비의 질투를 받아서 쫓겨나고 내안락당內安樂堂에 기거하게 되었다. 효종이 여섯 살에 이르러서야 비로소 부황을 만날 수 있었는데, 숙비가 얼마 되지 않아 갑자기 돌아가셨다고 알렸고 헌종도 감히 이를 따지지 못했다. 효종이 즉위하시고 기어코 모친의 종족을 몇십 년 동안 찾으려 했지만 결국 찾을 수 없었다. 두비와 숙비는 두 성군이 몸을 맡긴 분들이라 훗날 비록 존경을 모두 누리고 황릉에 합장되었지만 이처럼 곤궁과 쇠락의 운을 만난 것은 하늘의 뜻인가 사람 때문인가. 운수가 그렇게 되어야 했기에, 특별하게 남의 손을 빌려 존귀함에 이른 것인가.

원문 **天家⁴⁰生母不同**

　高皇帝貴妃孫氏⁴¹, 以洪武七年薨, 上以妃無子主喪, 命吳王橚⁴²認爲

40　天家 : 천하를 집으로 가진 사람이라는 뜻에서 천자를 이르는 말이다.
41　貴妃孫氏 : 명 태조가 총애하던 후비인 성목귀비成穆貴妃, 1344~1374 손씨孫氏를 말한다. 손씨는 진주陳州 사람으로, 18세 때 태조의 비가 되어 공주 넷을 낳았다. 태조가 즉위한 뒤 귀비에 책봉되어 마황후馬皇后를 도와 후궁들을 관리했다. 성목귀비가 홍무 7년1374에 죽자 태조는 크게 슬퍼하며 성목成穆이라는 시호를 내렸다. 또한 손씨에게 제사 지내줄 아들이 없는 것을 마음 아파하며, 오왕吳王 주숙朱橚에게 그녀를 자모慈母로 예우해 3년간 상복을 입게 하고 태자와 다른 왕들에게도 1년간 상복을 입도록 명했다. 송렴宋濂에게 명해 쓰게 한 『효자록孝慈錄』의 내용 중, 서자가 친모를 위해 3년 동안 상복을 입고 적장자 이외의 아들들은 서모를 위해 1년간 상복을 입게 한 제도는 손귀비 때부터 시작되었다. 손귀비는 남경 저강褚岡에 안장되었다가 나중에 명 효릉孝陵에 합장되었다.
42　吳王橚 : 명 태조의 다섯째 아들이자 성조 주체의 친동생 주숙朱橚, 1361~1425을 말한다. 남직례南直隷 봉양鳳陽 사람으로, 의학자로 유명하다. 홍무 3년1370에 오왕吳王으

慈母[43], 治後事, 服斬衰[44]三年, 一如『孝慈錄』中生母之例. 楠後改封周王, 高后[45]嫡出[46]也. 嘉靖三十四年, 肅皇帝[47]第三女寧安公主[48], 將下降駙馬李和[49], 以母妃先薨, 命拜皇貴妃沈氏[50]爲慈母, 出閣[51]醮戒[52]謝辭[53]諸儀, 一同生母. 及和與公主成婚後, 入謁皇貴妃, 賜宴宮中, 尤多異數. 一則無子而子, 一則無女而女, 孰非聖主異恩哉.

로 봉해졌고, 홍무 11년1378에 다시 주왕周王으로 바뀌어 봉해진 뒤 홍무 14년1381 봉지인 개봉開封으로 떠났다. 홍희 원년1425 세상을 떠났고, 시호가 '정定'이라서 주정왕周定王이라고 부른다. 학문을 좋아하고 사부에 능했다.『원궁사元宮詞』100장,『구황본초救荒本草』,『보생여록保生余錄』,『수진방袖珍方』,『보제방普濟方』등의 작품이 있으며, 중국 서남부 의약사업의 발전에 큰 공헌을 했다.

43 慈母 : 친어머니를 여읜 뒤 자신을 길러준 서모庶母.
44 斬衰 : 상례喪禮의 오복五服 제도에 따른 상복으로, 상복 가운데 가장 중요하게 여긴다. 참최斬衰는 베 가운데에서 가장 굵은 생포生布를 사용하고 생포의 가장자리를 바느질해 마무르지 않은 채 만든다. 주로 아버지나 할아버지의 상에 입으며 3년간 상복을 입는다.
45 高后 : 명 태조의 조강지처인 효자고황후孝慈高皇后 마씨馬氏를 말한다.
46 嫡出 : 정실 소생. 본처가 낳은 자식.
47 肅皇帝 : 명 세종 주후총을 말한다.
48 寧安公主 : 영안공주寧安公主,1539~1607는 명 세종의 셋째 딸로 이름은 주록정朱祿媜이다. 친모는 조단비曹端妃이고, 친모가 죽은 뒤 심귀비沈貴妃에게서 자랐다. 가정 34년1555 부마 이회李和에게 시집가 아들 이승은李承恩을 낳았다.
49 李和 : 명 세종의 부마 이회李和,생졸년 미상를 말한다. 이화는 하북河北 영진현寧晉縣 사람으로, 가정 34년1555 세종의 셋째 딸 영안공주와 혼인했다. 영안공주와의 사이에 아들 이승은李承恩을 두었고, 벼슬은 태자태보太子太保에 이르렀다.
50 皇貴妃沈氏 : 명 세종의 후비인 장순안영정정황귀비莊順安榮貞靖皇貴妃,1517~1581 심씨沈氏를 말한다. 심귀비는 오흥吳興 귀안歸安 사람이다. 슬하에 자식이 없어 조단비曹端妃가 죽은 뒤 그녀의 딸 영안공주를 양녀로 키웠다. 처음에는 희빈僖嬪으로 봉해졌다가, 그 뒤 신비宸妃와 귀비貴妃를 거쳐, 만력 19년1591 황귀비皇貴妃에 봉해졌다. 시호는 '장순안영정정황귀비'이고 천수산天壽山 도릉悼陵에 안장되었다.
51 出閣 : 공주나 옹주가 시집가는 일.
52 醮戒 : 혼인 때 초례醮禮를 지내기 전에 그 부모가 자녀에게 훈계하는 일이나 그 훈계.
53 謝辭 : 사의謝意를 표하다.

至有不幸而反是者, 如嘉靖三十三年康妃杜氏[54]薨, 則穆宗生母也, 禮官請復三年喪, 上不許. 又引孫貴妃故事, 亦不從, 且以應避至尊, 不宜重服[55]下諭. 大臣遂不敢爭. 且自穆宗就裕邸後, 生不得見, 沒不得訣, 亦可悲矣. 又如孝宗爲淑妃紀氏[56]出, 自離母腹, 卽爲萬貴妃[57]所妬, 妃出居內安樂堂[58]. 迨孝宗六齡, 始得見父皇, 而淑妃旋以暴薨報, 憲宗亦不敢詰. 孝宗龍飛[59], 徧覓母家宗族幾十年, 終不可得. 兩妃爲兩朝聖主所託體, 他日雖備享尊崇, 祔葬山陵[60], 而所遭屯剝[61]乃爾, 天耶, 人耶, 意者運數宜然, 特假手至尊耶.

---

54 康妃杜氏 : 명 세종의 후비이자 목종의 생모인 효각황후孝恪皇后 두씨杜氏를 말한다.
55 重服 : 상례喪禮의 복제服制에서 대공大功 9개월 이상의 상복喪服.
56 淑妃紀氏 : 명 헌종의 후비이자 효종의 생모인 효목황후孝穆皇后 기씨紀氏를 말한다.
57 萬貴妃 : 명 헌종이 가장 총애하던 후비인 황귀비 만정아萬貞兒를 말한다.
58 內安樂堂 : 명대에 나이 많은 궁녀나 병든 궁녀 또는 죄 지은 궁녀를 유폐하던 곳이다. 북안문北安門 안쪽의 내궁內宮에 있었다.
59 龍飛 : 임금의 즉위를 성스럽게 이르는 말.
60 山陵 : 임금의 무덤.
61 屯剝 : 『주역周易』의 64괘 중 '둔屯'괘와 '박剝'괘를 말하는데, 곤궁함과 쇠락을 의미한다.

황궁 내의 비빈妃嬪은 존칭이 귀비貴妃에 이르면 가장 높은 것인데, 선조先朝에 이 품계를 받은 이는 분명하게 손꼽을 수 있다. 고황제 때 귀비 손씨의 시호는 성목成穆이다. 문황제 때 귀비 장씨張氏는 시호가 소의昭懿이고 귀비 왕씨王氏는 시호가 소헌昭獻이다. 소황제昭皇帝 때 귀비 곽씨郭氏는 시호가 공숙恭肅이다. 장황제章皇帝 때는 효공후孝恭后 또한 먼저 귀비에 봉해졌었고 또 특별히 '황皇'자를 더해줬으며 얼마 안 되어 중궁中宮의 자리에 올랐기 때문에 감히 함께 기록하지 않는다. 그 뒤 현비賢妃 하씨何氏는 귀비에 추증되고 단정端靖이라는 시호를 받았지만 '황'자를 받지는 못했다. 예황제睿皇帝 때는 효숙후孝肅后가 또 귀비에 봉해진 적이 있지만 감히 함께 기록하지 않는다. 순황제純皇帝 때 황귀비 만씨萬氏는 시호가 공숙단순영정恭肅端順榮靖인데 후궁에게 여섯 글자 시호를 준 것은 처음이다. 신비宸妃 소씨邵氏는 귀비로 승격되었지만, 이분은 흥헌제興獻帝를 낳은 후에 효혜후孝惠后로 칭해지므로 감히 함께 기록하지 않는다. 숙황제肅皇帝 때 황귀비 왕씨王氏의 시호는 단화공순온희端和恭順溫僖이고 황귀비 염씨閻氏의 시호는 영화혜순단희榮和惠順端僖이며 황귀비 심씨沈氏의 시호는 장순안영정정莊順安榮貞靜인데, 그 시호는 모두 헌종 때 만귀비의 전례를 따랐다. 장황제莊皇帝 때 황귀비 이씨李氏는 지금의 자성황태후이므로 감히 함께 기록하지 않는다. 금상께는 지금 동궁의 모비, 황귀비 이씨로 추봉追封되고 시호가 공순영장단정恭順

榮莊端靖인 경비敬妃, 그리고 지금 익곤궁翊坤宮의 정씨鄭氏가 있다. 역대 열두 황제들이 250년을 거치면서 귀비의 봉호를 얻은 사람은 겨우 16분이며 그중 2분만이 살아서 봉해지지 않았다. 그런데, 태조와 성조 그리고 인종 때에는 아직 '황皇'자를 쓰지 않았고 금책金冊만 있고 금보金寶는 없었다. 세종 때 염귀비와 왕귀비는 특별한 총애를 받았다는 말을 듣지 못했는데, 다만 황태자의 중요성 때문에 돌연 크게 승격되었다. 하지만, 현비賢妃 백씨柏氏는 헌종 때에 도공태자悼恭太子를 낳았어도 결국 귀비에 봉해지지 않았다. 황제의 보좌는 이처럼 쉽게 받지 못하는 것이다. 그런데 백비는 가정 6년에 돌아가셨는데, 도공태자를 낳은 지 이미 59년이나 지난 때라, 비록 예우는 못 받았어도 수명은 길었다.

○ 효혜황후孝惠皇后 소씨邵氏가 귀비에 봉해질 때에는 금책을 받고 금보도 받았지만 '황'자는 더해지지 않았다. 아마도 함께 봉해진 사람이 모두 10명이라 예우의 지나친 우열優劣을 보이지 않으려고 한 듯한데, 사실은 알 수 없다. 가정 45년 8월 갑자甲子일에 경비敬妃 문씨文氏를 귀비로 승격시켰는데, 이때는 황상의 예순 살 생신이 되기 겨우 3일 전이지만 봉호 안에 '황'자가 없어서 금책만 하사하고 금보는 없었다. 이것은 근래에는 없는 일이므로 우선 덧붙여 기록했다.

원문 **列朝貴妃姓氏**

內廷嬪御, 尊稱至貴妃而極, 先朝拜此秩者歷歷可數. 高皇帝朝, 有貴妃孫氏諡成穆. 文皇帝朝, 有貴妃張氏[62]諡昭懿, 貴妃王氏[63]諡昭獻. 昭皇帝[64]朝, 有貴妃郭氏[65]諡恭肅. 章皇帝[66]朝, 則孝恭后[67]亦曾先拜, 且特加皇字, 旋位中宮, 不敢並紀. 嗣後則有賢妃何氏[68], 贈貴妃諡端靖, 然而不得皇字矣. 睿皇帝[69]朝, 則孝肅后亦曾拜, 不敢並紀. 純皇帝[70]朝, 則有皇

---

62 貴妃張氏 : 명 성조의 귀비로 하간충무왕河間忠武王 장옥의 딸이자, 영국공 장보의 자매다. 장귀비는 하남河南 개봉開封 사람으로, 영락 7년1409 2월 귀비로 책봉되었다. 사후에 시호는 소의귀비昭懿貴妃다.

63 貴妃王氏 : 명 성조가 총애하던 후비인 소헌귀비昭獻貴妃,?~1420 왕씨王氏를 말한다. 왕귀비는 남직례南直隸 소주부蘇州府 사람으로, 영락 7년1409 소용昭容에 봉해졌다가 나중에 귀비로 높아졌다. 영락 18년1420 세상을 떠났다. 시호는 소헌귀비昭獻貴妃다.

64 昭皇帝 : 명 인종 주고치朱高熾를 말한다.

65 貴妃郭氏 : 명 인종의 귀비인 공숙귀비恭肅貴妃,?~1425 곽씨郭氏를 말한다. 곽귀비는 명대 개국공신 중 하나인 곽영의 손녀로 인종과의 사이에 황자 셋을 두었다. 인종이 즉위하면서 귀비에 봉해졌다. 명나라 초기에는 황제가 세상을 떠나면 후궁을 함께 순장하는 제도가 있었는데, 곽귀비는 인종이 붕어하면서 함께 순장된 5명의 후궁 중 한명이다. 사후에 시호는 '공숙귀비'다.

66 章皇帝 : 명 선종 주첨기朱瞻基를 말한다.

67 孝恭后 : 명 선종의 황후 효공장황후孝恭章皇后,?~1462 손씨孫氏를 말한다. 손황후는 산동 추평鄒平 사람으로 영성현永城縣 주부主簿 손충孫忠의 딸이다. 어린 나이에 궁에 들어가 황태손皇太孫이었던 주첨기朱瞻基와 자주 만나며 정을 쌓았지만 정비正妃가 되지 못해 선종 즉위 후 귀비에 책봉되었다. 선덕 3년1428 선종이 호황후胡皇后를 폐하고 손귀비를 황후에 책봉했다. 선덕 10년1435 선종이 붕어하고 황태자 주기진朱祁鎭이 등극하면서 황태후가 되었다. 정통 14년1449 '토목보의 변'으로 영종이 포로로 잡혀가자 영종의 동생 주기옥朱祁鈺을 옹립해 황위에 올렸다. 경태 8년1457 영종이 복위에 성공한 뒤 손태후는 '성렬자수황태후聖烈慈壽皇太后'라는 휘호를 받았다. 천순 6년 1462 붕어해 '효공의헌자인장렬제천배성장황후孝恭懿憲慈仁莊烈齊天配聖章皇后'라는 시호를 받았고, 경릉景陵에 인종과 함께 합장되었으며, 태묘太廟에 모셔졌다.

68 賢妃何氏 : 명 선종의 후비인 단정귀비端靜貴妃,?~1435 하씨何氏를 말한다. 하씨는 선덕 원년1426 혜비惠妃에 봉해졌고, 선덕 10년1435 선종이 붕어하자 다른 황비 9명과 함께 순장되었다. 순장되면서 귀비로 추봉되었고, 시호는 '단정귀비端靜貴妃'다.

69 睿皇帝 : 명 영종 주기진朱祁鎭을 말한다.

70 純皇帝 : 명 헌종 주견심朱見深을 말한다.

36 만력야획편(상) 2_ 권3

貴妃萬氏, 諡恭肅端順榮靖, 爲宮妃六字諡之始. 而宸妃邵氏[71]進封貴妃, 是生興獻帝後稱孝惠后, 不敢並紀. 肅皇帝朝, 則有皇貴妃王氏[72], 諡端和恭順溫僖, 皇貴妃閻氏[73], 諡榮和惠順端僖, 皇貴妃沈氏, 諡莊順安榮貞靜, 其諡號皆用憲宗萬妃例也. 莊皇帝[74]朝, 則有皇貴妃李氏, 卽今慈聖皇太后, 不敢並紀. 今上則有今東宮母妃[75]及敬妃[76], 追封皇貴妃李氏,

---

71 宸妃邵氏 : 헌종 주견심의 귀비이며 세종 주후총의 조모인 효혜황후孝惠皇后 소씨邵氏를 말한다.

72 皇貴妃王氏 : 명 세종의 후비이자 장경태자의 생모인 황귀비 왕씨王氏,?~1550를 말한다. 왕귀비는 가정 10년1531 장빈莊嬪에 봉해졌다가, 가정 15년1536 장경태자 주재학을 낳으며 소비昭妃가 되었다. 가정 16년1537 귀비에 봉해졌고, 가정 18년1539 주재학이 황태자에 봉해진 뒤 가정 19년1540 황귀비에 봉해졌다. 가정 28년1549 황태자 주재학이 병으로 죽은 뒤, 왕귀비도 다음해인 가정 29년1550 죽었다. 시호는 단화공순온희황귀비端和恭順溫僖皇貴妃다.

73 皇貴妃閻氏 : 명 세종의 후비이자 황장자 애충태자哀沖太子 주재기朱載基의 생모인 황귀비 염씨閻氏,?~1541를 말한다. 염귀비는 가정 10년1531 여빈麗嬪에 봉해졌고, 가정 12년1533 황장자 주재기를 낳으며 가정 13년1534 여비麗妃로 승격되고, 가정 15년1536 귀비가 되었다. 가정 19년1540 병으로 죽은 뒤 황귀비로 추봉되었고, 시호는 영안혜순단희황귀비榮安惠順端僖皇貴妃다. 왕귀비, 정현비鄭賢妃 등과 함께 천수산天壽山 세종헌비묘世宗賢妃墓에 합장되었다.

74 莊皇帝 : 명 목종 주재후朱載垕를 말한다.

75 東宮母妃 : 명 신종의 후비이자 광종의 생모인 효정황태후孝靖皇太后,1565~1611 왕요음王瑤音을 말한다. 왕요음은 선부宣府 좌위左衛 사람으로 원래 자녕궁慈寧宮의 궁녀로 있었다. 신종이 자녕궁으로 이태후李太后께 문안드리러 갔을 때 눈에 들어 승은을 입고, 만력 10년1582 공비恭妃에 봉해졌으며 이어서 훗날의 광종 주상락朱常洛을 낳았다. 만력 29년1601 주상락이 황태자로 책봉해진 뒤 만력 34년1606 귀비에 봉해졌다가 곧 황귀비에 봉해졌다. 신종의 뜻과 달리 태후와 신하들의 지지를 받고 아들 주상락이 황태자에 책봉되면서 왕귀비는 만력 39년1611 세상을 떠날 때까지 신종의 냉대를 받았다. 만력 40년1612 '온숙단정순의황귀비溫肅端靖純懿皇貴妃'라는 시호를 받았다. 희종熹宗이 등극한 뒤 왕귀비를 정식으로 효정황태후로 추봉하고 태창泰昌 원년1620 '효정온의경양정자참천윤성황태후孝靖溫懿敬讓貞慈參天胤聖皇太后'로 추존했다.

諡恭順榮莊端靖, 及今翊坤宮鄭氏⁷⁷. 蓋列帝十二朝, 歷年二百五十, 而

得此號者僅十六位, 內二位猶非生拜. 然二祖及仁宗朝, 尙未有皇字, 故

有冊⁷⁸而無寶⁷⁹. 世宗時, 閣王兩妃未聞殊寵, 特以儲宮⁸⁰之重, 驟得峻加.

而賢妃柏氏⁸¹在憲宗朝, 曾育悼恭太子⁸², 竟不得封. 蓋軒龍⁸³副貳⁸⁴不輕

授如此. 然柏妃至嘉靖六年薨, 距生悼恭時已五十九年, 雖嗇於遇, 而豐

---

76 敬妃 : 명 신종의 후비이자 남명南明 소종昭宗의 조모인 황귀비 이씨李氏, ?~1597를 말한
다. 이씨는 만력 22년1594 신종의 여섯 번째 황자인 주상윤朱常潤을 낳고 경비敬妃에
봉해지면서 함복궁咸福宮에 기거하게 되었다. 그 뒤 만력 25년1597 3월 일곱 번째
황자인 주상영朱常瀛을 낳고 11일 뒤에 죽었다. 사후에 황귀비로 추봉되었고, 시호
는 '공순영장단정황귀비恭順榮莊端靖皇貴妃'다.

77 翊坤宮鄭氏 : 명 신종이 가장 총애한 공각귀비恭恪貴妃, 1565~1630 정묘근鄭妙瑾이다. 정
귀비는 북직례 대흥大興 사람으로, 만력 9년1581 황궁에 들어가 만력 10년1582 신종
의 눈에 들어 숙빈淑嬪에 봉해졌다. 만력 11년1583 덕비德妃로 승격되었고, 만력 14
년1586 복왕福王 주상순朱常洵을 낳은 뒤 황귀비에 봉해졌다. 익곤궁翊坤宮은 정귀비
가 거처하던 곳이다. 숭정 3년1630 죽었으며, 시호는 '공각혜영화정황귀비恭恪惠榮和
靖皇貴妃'이고 은천산銀泉山에 안장되었다. 남명 안종安宗 때 효녕온목장혜자의헌천
유성태황태후孝寧溫穆莊惠慈懿憲天裕聖太皇太后로 추존되었다.

78 冊 : 황후, 황귀비, 친왕 등을 책봉할 때 하사하는 금박으로 만든 책봉 조서.

79 寶 : 황후, 황귀비, 친왕 등을 책봉할 때 하사하는 금으로 만든 인장으로 책봉하는
봉호가 새겨져 있었다.

80 儲宮 : 황태자.

81 賢妃柏氏 : 현비賢妃 백씨柏氏, ?~1527는 명 헌종의 후비이자 도공태자悼恭太子 주우극朱
祐極의 생모다. 천순 8년1464 헌종의 부친인 영종에게 뽑혀 입궁했다. 성화 2년1466
현비에 책봉되고, 성화 5년1469 헌종의 둘째 황자인 주우극을 낳았다. 주우극은 성
화 7년1471 11월 황태자에 책봉되었다가 성화 8년1472 1월 요절해 도공태자로 추봉
되었다. 시호는 '단순端順'이다.

82 悼恭太子 : 명 헌종과 현비 백씨 사이의 황자皇子인 주우극朱祐極, 1469~1472을 말한다.
성화 7년1471 11월 황태자에 책봉되었다가 성화 8년1472 정월 세상을 떠난 뒤 도공
태자悼恭太子로 추봉되었다.

83 軒龍 : 황제를 칭하는 말이다.

84 副貳 : 보좌.

於壽矣.

○ 孝惠邵后封貴妃時, 有冊又有寶矣, 而不加皇字. 意者同封者共十人, 不欲太軒輊[85]耶, 是不可曉. 嘉靖四十五年八月甲子, 進封敬妃文氏[86]爲貴妃, 時去上六十聖誕僅三日耳, 然封號內無皇字, 故止用金冊無寶. 此則近代未有, 姑附紀之.

---

85 軒輊 : 수레 앞이 높고 뒤가 낮은 것이 '헌軒'이고 수레 앞이 낮고 뒤가 높은 것이 '지輊'인데, 사물의 고저高低, 경중輕重, 우열優劣을 비유할 때 사용된다.

86 敬妃文氏 : 명 세종의 후비인 공희정정귀비恭僖貞靖貴妃, 생졸년 미상 문씨文氏를 말한다. 문씨는 원래 세종의 생모인 장태후蔣太后를 모시던 궁녀였는데, 세종의 눈에 띄어 승은을 입고 경비敬妃에 봉해졌다. 가정 45년1566 세종의 60세 생일 2, 3일 전에 귀비에 책봉되었고, 그의 부친은 지휘동지指揮同知에 봉해졌다. 만력 연간에 죽었으며, 시호는 '공희정정귀비'이고, 도릉悼陵에 안장되었다.

[번역] 제왕께서 외국 여인을 아내로 맞다

태조의 둘째 아들 진민왕秦愍王은 홍무洪武 4년 원나라 태부 중서우승상中書右丞相 하남왕河南王 확곽첩목이擴廓帖木兒의 여동생 왕씨를 정비正妃로 삼았고, 28년에 진민왕이 죽자 왕비 역시 따라 죽어 합장되었다. 그의 두 번째 비 등씨鄧氏는 공신 청하왕淸河王 등유鄧愈의 딸인데도 오히려 왕씨의 아래에 있었다. 같은 시기 홍무 18년 무신戊辰년에 과거에 장원 급제한 양양襄陽 사람 임형태任亨泰는 그 처가 본래 색목인인데, 나라의 성씨인 주씨朱氏를 하사받았고, 임형태의 모친은 오고론씨烏古論氏로 역시 색목인이었다. 또, 문황제께서 고려에서 바친 여자 여러 명을 받아들이셨는데, 그중 한 사람이 현비 권씨權氏로, 황상께서 북쪽으로 정벌 가실 때 모셨고 군사를 되돌릴 때 역현嶧縣에서 죽자 마침내 위로하며 장례를 치러주었다. 현비의 부친은 광록경을 배수 받고 여전히 고려에서 거주했으며, 이때 원나라의 풍속을 그대로 따라 속국에서 여자를 바치는 일을 금하지 않았다. 이후로는 마침내 이런 일이 들려오지 않는다. 나중에 정덕 연간에 회회인回回人이 영차 땅에서 황상께 고려의 여인들이 살결이 희고 고와서 중국 여인들보다 훨씬 아름답다고 해서 색목인 왕후와 달관의 딸을 모두 취해 안으로 들였다. 대개 이 또한 그럴만한 소지가 있었다.

○ 예로부터 중국에서 오랑캐 출신 부인들을 취한 경우가 있었는데, 서위西魏 문제文帝의 도후悼后 욱구려씨郁久閭氏는 연연蠕蠕의 군주 아나괴

阿那瓌의 장녀로, 문제가 원래 정비 을불乙弗을 폐비시키고 받아들였다. 그런데, 다시 도후가 투기를 해 을불에게 죽음을 내렸다. 아나괴의 차녀는 또 북제北齊 신무제神武帝의 황후가 되었는데, 신무제가 매번 무릎을 꿇고 절하며 모셨으니, 아마도 콧숨을 따라 의지하고 추앙하며 자신의 성함과 쇠함으로 여긴듯하다. 돌궐이 연연을 멸하고 이전보다 배로 강성해지고 우문씨宇文氏와 고씨高氏가 다투며 충돌하니 의지하며 끌어당기고자 그 딸을 함께 구했는데, 결국은 주周나라가 얻어 이를 빌어 제齊나라를 멸망시켰다. 따라서 당시唐詩에서 '안위가 부인에게 달려있네'라고 한 말은 또 화친한 공주에게는 안위가 달려 있지 않다는 의미이다. 우리 명나라의 영종께서 북쪽으로 수렵 나가시며 그 누이를 먼저 바치려 하셨지만 황상께서 완강히 거절하셔서 강성해질 수 있었다. 뛰어난 군주가 영명하시어 처지가 곤란해도 흔들리지 않았으니, 어찌 설욕하고 모든 왕들의 원수를 갚는 데 그치겠는가.

원문 **帝王娶外國女**

太祖第二子秦愍王[87], 以洪武四年娶故元太傅中書右丞相河南王, 擴

---

87 秦愍王 : 명 태조의 둘째 아들 주상朱樉, 1356~1395을 말한다. 효자고황후 마씨의 소생으로, 홍무 3년1370 진왕秦王에 봉해졌다. 홍무 11년1378 봉지인 서안으로 떠났고, 홍무 22년1389 종인령宗人令이 되었다. 홍무 28년1395 1월 조주洮州 정벌에 큰 공을 세웠다. 그의 정비는 원나라 하남왕河南王 왕보보王保保, 몽고 이름은 확곽첩목아擴廓帖木兒의 여동생이고, 둘째 비는 영하왕寧河王 등유鄧愈의 딸이다. 홍무 28년 3월 주상은 독살당했고, 왕비 왕씨는 그와 함께 순장되었다. 진왕 주상의 시호가 민愍이라서 진민

廓帖木兒[88]女弟[89]王氏爲正妃, 至二十八年愍王薨, 王妃以死殉, 遂得合葬. 而次妃鄧氏, 則功臣淸河王愈女, 反屈居其下. 同時洪武二十一年戊辰科[90]狀元爲襄陽人任亨泰[91], 其妻本蒙古人, 賜國姓朱氏, 而亨泰母爲

왕秦愍王이라고도 부른다.

88 擴廓帖木兒 : 확곽첩목이擴廓帖木兒, ?~1375는 원나라 말기의 장수다. 원나라 침구沈丘 사람으로, 원래 성은 왕王씨고, 어릴 때의 자는 보보保保다. 원나라 말기 장수 찰한첩목이察罕帖木兒의 양자로, 지정至正 22년1362 찰한첩목아가 익도益都에서 살해당한 뒤 부친의 뒤를 이어 병사를 지휘했다. 그 뒤 태위太尉, 중서평장정사中書平章政事, 지추밀원사知樞密院事, 하남왕河南王, 중서우승상中書右丞相, 제왕齊王 등의 관직과 작위를 지내며 원나라 군대를 이끌고 명나라 군대와 싸웠다. 지정 28년1368 대도大都가 함락되자 태원太原에서 감숙甘肅으로 퇴각했다. 홍무 5년1372 막북漠北에서 서달 등이 이끄는 명나라 군대에 패한 뒤, 안문雁門과 대동大同 등지에서 소란을 일으키며 명나라 정부의 항복 권유를 거부하다가 얼마 뒤 죽었다.

89 擴廓帖木兒女弟 : 중화서국본『만력야획편』에는 '확곽첩목아녀擴廓帖木兒女'로 되어 있으나, 『대명태조고황제실록大明太祖高皇帝實錄』 권68의 내용에 근거해 '확곽첩목아여제擴廓帖木兒女弟'로 수정했다. 『대명태조고황제실록』 권68에 "홍무 4년 9월 병진일 옛 원나라의 태부 중서승상 하남왕 왕보보의 여동생을 진왕 주상의 비로 책봉할 때 (…중략…) 丙辰冊故元太傅中書右丞相河南王王保保女弟爲秦王樉妃時(…중략…)"라고 되어 있다. 【역자 교주】

90 洪武二十一年戊辰科 : 중화서국본『만력야획편』에는 '홍무십팔년무진과洪武十八年戊辰科'로 되어 있으나, 『대명태조고황제실록』 권189의 내용에 근거해 '홍무이십일년무진과洪武二十一年戊辰科'로 수정했다. 홍무 18년1385은 을축년乙丑年이고, 이때의 장원급제자는 정현丁顯이다. 임형태任亨泰가 장원급제한 무진과는 홍무 21년1388 무진년에 행해진 과거시험이다. 『대명태조고황제실록』 권189에 "홍무 21년 3월 을묘일 음력 초하루 (…중략…) 임형태를 장원으로 발탁하고, 임태형 등에게 진사급제와 진사출신을 차등있게 하사하며, 특별히 태학문에 진사들의 이름을 적은 석비를 세우라고 하셨다洪武二十一年三月乙卯朔,(…중략…)擢任亨泰爲第一,賜亨泰等進仕及第出身有差,特建題名碑於太學門"라는 기록이 있다. 【역자 교주】

91 任亨泰 : 임형태任亨泰, 생졸년 미상는 명나라 초기의 대신이다. 그의 자는 고옹古雍이고, 호광 양양襄陽 사람이다. 홍무 21년1388 전시에서 명 태조 주원장이 직접 임형태의 답안지를 살펴보고 "문제에 대답한 내용이 상세하고 명확하여, 앞으로 국가의 중책을 맡길 만하다對策詳明, 以天下爲己任"고 높이 평가하며, 그를 장원으로 뽑고 한림수

烏古論氏, 亦色目人也. 又文皇帝納高麗所獻女數人, 其中一人爲賢妃權氏, 侍上北征, 回師薨於嶧縣, 遂橐葬焉. 賢妃父拜光祿卿, 仍居高麗. 是時尙仍元俗, 未禁屬國進女口也. 此後遂不聞此事矣. 後正德間, 回回人於永上言, 高麗女白皙而美, 大勝中國, 因幷取色目侯伯及達官女入內. 蓋亦有所本.

○ 古來中國娶胡婦者, 如魏文帝[92]悼后[93]郁久閭氏, 爲蠕蠕主阿那瓖[94]

찬에 제수했다. 그는 관직이 예부상서에 이르렀고, 명나라 초기의 국가 의례를 정비했다.

92 魏文帝 : 서위西魏의 개국황제인 문제文帝 원보거元寶炬, 507~551를 말한다. 선비족鮮卑族 탁발부拓跋部 출신으로, 원래 성씨는 탁발拓跋이지만 나중에 원元으로 바꾸었다. 북위北魏 효문제孝文帝의 손자로, 부친은 경조왕京兆王 원유元愉이고, 모친은 양오비楊奧妃다. 문황후文皇后 을불씨乙弗氏, 도황후悼皇后 욱구려씨郁久閭氏와 혼인했다. 부친 원유가 기주冀州에서 반란을 일으켰다가 실패해 형제들과 포로가 되어 종정시宗正寺에 유폐되었다가, 효명제 즉위 후 황족의 지위를 회복했다. 그 뒤 직각장군直閣將軍, 태위太尉, 상서령尙書令 등의 관직을 지냈고, 남양군왕南陽郡王에 봉해졌다. 효무제가 죽자 우문태宇文泰의 도움을 받아서 서위를 개국하고 황제의 자리에 올라 연호를 대통大統이라 했다. 대통 15년551 45세의 나이로 병사했으며, 시호는 문황제文皇帝이고, 묘호는 중종中宗이다.

93 悼后 : 서위 문제의 두 번째 황후인 도황후悼皇后, 생졸년 미상 욱구려郁久閭씨를 말한다. 유연의 칸 아나괴의 장녀. 북위가 동위東魏와 서위西魏로 분열되어 있을 때, 유연은 세력을 확장하며 혼인을 통해 화친을 맺었다. 서위 대통 4년538 도황후가 14세 때 문제에게 시집가 황후로 책봉되었다. 이때 첫 번째 황후였던 을불乙弗씨는 폐위되어 출가해 승려가 되었다. 대통 6년540 도황후는 16세의 나이에 난산으로 세상을 떠났다. 동위의 권신 고환高歡은 이 기회를 틈타 유연과 서위를 이간질했고, 도황후가 폐위되었던 을불황후에게 해를 입어 죽은 것이라고 의심한 유연은 이 일을 빌미로 군대를 일으켜 문제를 압박했다. 결국 문제는 을불황후를 죽여 유연의 분노를 잠재웠다.

94 阿那瓖 : 아나괴阿那瓖,?~552는 북위北魏 시기 유연柔然의 제19대 칸이다. 성은 욱구려郁久閭이고, 여여족茹茹族이며, 삭방朔方 사람이다. 정광正光 5년520 칸의 지위를 이었으나 부족에 내란이 일자 북위의 효명제孝明帝에게 투항해 삭방군공朔方郡公 겸 연연왕

長女, 文帝至廢元配乙弗後納之. 復以悼后妬, 賜乙弗死. 阿那瓌次女, 又爲齊神武[95]后, 神武每因事跪拜, 蓋皆仰其鼻息[96], 以爲盛衰. 及突厥滅蠕蠕, 其強盛倍于往時, 宇文與高氏爭衡, 倚以爲援, 共求其女, 終爲周所得, 藉以滅齊. 則唐詩所云, '安危託婦人者[97]', 又不在和親之公主矣. 我朝英宗北狩, 也先欲進其妹, 上堅拒之, 迄不能強. 聖主英槪, 處困不撓, 奚止雪耻酬百王也.

蠕蠕王에 봉해졌다. 북위가 동위와 서위로 분열되어 대치하고 있을 때 혼인을 통해 화친을 맺고 적극적으로 한족의 문화를 받아들여 내정을 발전시켰다. 북제北齊 천보天保 3년552 돌궐의 이리伊利 칸에게 패하여 자살했다.

95 齊神武: 남북조 시기 동위의 권신이자 북제의 고조 고환高歡, 496~547을 말한다. 어렸을 때의 자가 하륙혼賀六渾이고, 동위東魏 발해渤海 수현蓨縣 사람이다. 대대로 회삭진懷朔鎭에서 살아 선비족鮮卑族의 풍습에 익숙했다. 북위 효명제 효창 원년525 두락주杜洛周의 기의군起義軍에 참여한 이후로 여러 차례 귀순, 항복, 거병을 거듭하면서 북위의 권신으로 성장했다. 효무제를 옹립하고 자신은 대승상大丞相이 되었다. 효무제가 그를 제거하려다 실패한 뒤 장안長安으로 달아나자, 새로이 효정제孝靜帝를 세웠다. 이때부터 북위는 동위와 서위로 분열되었고, 그는 동위에서 16년 동안 정권을 잡았다. 동위 무정武定 5년547 진양晉陽의 집에서 병사했다. 무정 8년550 그의 둘째 아들 고양高洋이 북제를 세우면서, 고환을 헌무황제獻武皇帝로 추존하고 묘호를 태조라 했다. 나중에 신무황제神武皇帝로 바꾸어 추존하고, 묘호도 고조로 바꾸었다.

96 鼻息: 콧숨을 말하며, 여기서는 타인을 의지해 자주적이지 않음을 비유한다.

97 安危託婦人: 당나라 시인 융욱戎昱의 시 「영사咏史」에서 '사직은 현명한 군주에 의지하고, 안위는 부인에게 달려있네社稷依明主, 安危託婦人'라고 한 데에서 나온 말이다.

홍무洪武 13년 고려가 공물을 바치는 기일을 어기자 황상께서 조서를 내려 그것을 힐책하셨다. 이 일이 있자 고려에서 사신 주의周誼를 파견해 일을 꾸미니 황상께서 요동의 도지휘사에게 칙서를 보내 다음과 같이 말씀하셨다. "고려가 조공을 바치기로 한 약속을 지키지 않아 짐이 고려의 사신을 억류하고 나중에 일이 풀리면 돌려보내려 하는데, 다시 기만하는 마음을 품고 주의를 시켜 백성들을 움직이려 하니 도모함이 아니면 무엇이겠느냐? 이전 원나라의 경신군庚申君이 주의의 딸을 궁으로 들였는데, 경신군이 달아나자 내신이 여자를 얻어 돌아갔다. 지금 고려에서 수차례 주의를 사신으로 보낸 것은 달리 의도가 있는 것이니 경은 이에 대비하지 않으면 안 된다." 칙서가 이르자 주의를 북경으로 보내야 하므로 별도로 거처를 마련해야 했다. 주의가 북경에 도착하자 관서에서 예조판서로 이를 받들었다. 황상께서 습의襲衣를 하사하시고 통역관을 보내 먼저 살피고 돌아오게 하고는 주의를 북경에 머무르게 하셨다. 이어서 변방의 장수에게 명해 지금부터 국경으로 들어오는 자는 모두 변방에서 억류하고 자국으로 들이는 것을 허락하지 말라 했다. 조공과 부역을 바친다 해도 그것을 들이지 못하게 했다. 아마도 결국 이 여자가 궁 안에 있다고 의심받은 것이다. 훌륭한 군주께서 오랑캐 여자를 이처럼 엄격히 대비하시니 또 어찌 포사褒姒와 여희麗姬의 화를 당할 수 있겠는가.

洪武十三年, 高麗愆貢期, 上賜詔詰責之. 旣而彼國遣使周誼[98]來計事,
上敕遼東都指揮使司曰, "高麗朝貢違約, 朕拘其使, 後縱之歸, 乃復懷
詐, 令誼作行人, 非有謀而何? 前元庚申君, 曾納誼女於宮中, 庚申君出
奔, 內臣得此女以歸. 今高麗數遣誼來使, 殊有意焉, 卿不可不備." 敕至
當遣誼來京, 別有以處之. 及周誼至京, 署本國銜, 爲禮曹判書. 上賜以
襲衣, 遣通事[99]先歸, 留誼于京師. 仍命邊將, 自今入境者皆止於邊, 不許
入見, 雖有貢賦亦不許入獻. 蓋終以女在宮爲疑. 聖主之嚴防女戎如此,
又安得褒女[100]驪姬[101]之禍乎.

---

98 周誼 : 주의周誼, 생졸년 미상는 고려高麗 말기의 문신이다. 공민왕恭愍王 23년1374 상호군
으로 밀직부사 정비鄭庇와 함께 사신으로 명나라에 다녀왔으며, 우왕禑王 4년1378에
는 예의판서禮儀判書로 공민왕의 시호와 우왕의 승습承襲을 청하러 명나라에 다녀왔
다. 또 우왕 6년1380에는 우왕이 즉위하던 때에 김의金義가 명나라 사신을 살해했던
사건을 해명하기 위해 숭경윤崇敬尹으로서 계품사啓稟使가 되어 요동으로 갔다. 하
지만 체포되어 연경燕京으로 압송된 뒤 천계사天界寺에 갇혔다가 풀려났다.

99 通事 : 통역관.

100 褒女 : 서주西周의 마지막 왕인 유왕幽王의 왕비 포사褒姒를 말한다. 유왕이 포국褒國
을 토벌했을 때 포인褒人이 바쳤기 때문에 포사褒姒라고 했다. 왕의 총애를 받아 아
들 백복伯服을 낳았다. 도무지 웃는 일이 없는 그녀를 웃기려고 온갖 꾀를 생각한
끝에, 유왕은 외적의 침입도 없는데 위급을 알리는 봉화를 올려 제후들을 모았다.
급히 달려온 제후들이 아무 일도 없는 것을 보고 멍하니 서 있자, 그것을 본 포사가
비로소 웃었다. 그 후 유왕은 왕비 신후申后와 태자 의구宜臼를 폐하고, 포사를 왕비
로 삼고 백복을 태자로 삼았다. 쫓겨난 신후의 부친이 B.C. 771년 견융犬戎 등을
이끌고 쳐들어와 유왕을 공격하자, 위급함을 알리기 위해 봉화를 올렸으나 제후는
한 사람도 모이지 않았다. 유왕과 태자 백복이 견융의 칼에 살해되어 서주는 멸망
했고, 포사는 붙잡혀 견융의 여자가 되었다.

101 驪姬 : 여희驪姬, ?~B.C. 651는 춘추시대 진晉 헌공獻供의 왕비다. 여융국驪戎國 군주의 딸
인데, 헌공이 여융驪戎을 정벌하였을 때 사로잡혀 여동생 소희少姬와 함께 헌공의

태후 여씨呂氏는 흥종興宗 강황제康皇帝로 추존된 돌아가신 의문태자懿文太子의 계비繼妃이다. 의문태자가 개평開平의 군주 상우춘常遇春의 딸과 혼인해 비로 맞았는데, 먼저 죽자 태상경太常卿 여본呂本의 딸을 계실로 들였다. 건문제建文帝께서 즉위해 상씨常氏를 의경효강황후懿敬孝康皇后로 추증하셨고, 여씨는 황태후가 되었다. 문황제의 병사들이 들어올 때 황후를 불러와 부득이 거병할 수밖에 없는 뜻을 알리니, 나중에 출궁해 이전의 호칭을 회복해 태자비가 되었다. 바로 의문태자의 여러 아들에게 명을 내려 오왕吳王은 광택왕廣澤王으로 장주漳州에 기거하고 형왕衡王은 회은왕懷恩王으로 건창建昌에 기거하게 하셨다. 이 해 모두 소환되어 봉양鳳陽의 높은 담장 안에 가두었다. 다만 막내 아들 주윤희朱允熙는 먼저 서왕徐王에 봉해졌다가 부혜왕敷惠王으로 다시 봉해졌으며 모친 여태비呂太妃를 따라 의문태자의 능원에서 살았다. 영락 4년 저택에 불이 나서 급사했고, 애간哀簡이라는 시호를 추증받았다. 아마 여태후의 소생이므로 노골적으로 죽이려고 들지는 않은 것 같다. 이로부터 여태후가 생을 마감했는지는 알 수 없고, 지금 기록 가운데 건문제와 같은

후궁이 되었다. 여희는 뛰어난 미모로 헌공의 총애를 받아 왕비의 자리를 차지했다. 또 자신의 자식인 해제奚齊를 태자로 삼기 위해, 태자인 신생申生, 중이重耳, 이오夷吾 등을 모함해 죽이려 했다. 결국 신생은 죽임을 당하고, 중이와 이오는 도망을 갔으며, 해제는 태자가 되었다. B.C.651년 헌공이 병사한 뒤, 해제는 왕위에 올랐고 여희는 태후가 되었다. 하지만 헌공이 죽은 지 한 달 뒤에 이극里克이 반란을 일으켜 여희와 해제가 모두 살해되었다.

날 스스로 분신했다는 것은 터무니없는 말이다. 지금 의문태자의 능원은 효릉 근처인데, 세시에 항상 제사를 지낼 수 있고, 상태후와 여태후 두 태후를 추모하고 합사하는 일이 계속되고 있다. 그러나, 여태후는 결국 제삿날을 정확히 알 수가 없고 추증된 시호도 없다. 비록 대의를 위해 친족을 멸했더라도 문황제의 큰 형수이며 인종에게는 모친인데, 은덕에 대한 예도가 부족하니 탄식할 만하다. 지금 뜻있는 선비와 인자한 사람들은 모두 건문제의 존호에 대해서 의미를 두고 누차 장주를 올리지만 아직 그 근본을 따르지는 않는다. 가정 연간 효종장후孝宗張后께서 돌아가시니 효강孝康이란 시호를 추증받으셨으니, 의문제후와 시호가 같다. 이러한 것에 대해 대신들이 의론하지 않는 과실을 범했다. 당시 하귀계夏貴溪가 수규首揆였고, 엄분의嚴分宜가 예부를 관장했었다.

원문 故后無諱日

太后呂氏[102], 故懿文太子追崇興宗康皇帝[103]之繼配也. 太子娶開平主

---

102 太后呂氏 : 명 의문태자의 계비이자 혜제 주윤문의 생모 여태후呂后, 1359~1412를 말한다. 여태후는 태상시경 여본呂本의 딸로, 의문태자의 첩으로 들어갔다가 정비正妃인 상씨常氏가 죽자 태자비로 봉해졌다. 혜제 주윤문, 형왕衡王 주윤견朱允堅, 서왕徐王 주윤희子允熙를 낳았다. 건문 원년1399 황태후에 봉해졌으나, 영락 원년1403 태후의 봉호가 취소되고 호칭이 의문태자비懿文太子妃로 되돌아갔다. 또 막내아들 주윤희와 함께 의문태자릉에서 살게 되었다.
103 興宗康皇帝 : 명 태조 주원장의 장남이자, 혜종 주윤문의 부친인 의문태자懿文太子, 1355~1392 주표朱標를 말한다. 건문 원년1399에 효강황제孝康皇帝로 추숭됐고, 묘호는 흥종興宗이다.

常遇春女爲妃, 先薨, 以太常卿呂本[104]女爲繼. 建文帝卽位, 追尊常氏爲懿敬孝康皇后[105], 呂爲皇太后. 及文皇兵入, 召后至, 告以不得已擧兵之意, 后出宮復故號爲太子妃. 尋命懿文諸子, 吳王爲廣澤王居漳州, 衡王爲懷恩王居建昌. 是年俱召還, 錮之鳳陽高牆. 惟少子允熙, 先封徐王, 改封敷惠王, 隨母呂太妃居懿文陵園. 永樂四年, 火起於邸中暴卒, 追諡哀簡. 蓋以呂后生, 不欲顯誅之也. 自此呂后遂不知所終, 今紀述中, 有云與建文同日自焚者妄也. 今懿文園近附孝陵, 歲時尚能沾祭, 常呂二后想亦並祔不廢. 然呂后竟無諱日可考, 亦無諡號追贈. 雖大義滅親, 然於文皇爲長嫂, 于仁宗爲伯姊, 恩禮缺然, 可爲歎息. 今志士仁人徒致意於建文尊號, 屢形章奏, 尙未循其本也. 嘉靖間孝宗張后崩, 追諡孝康, 與懿文帝后號同. 此大臣不討論之過. 時貴溪[106]首揆, 分宜掌禮部.

---

104 呂本 : 여본呂本, 1504~1587은 명 가정 연간의 내각대신이다. 그의 자는 여립汝立이고, 호는 남거南渠 또는 기재期齋이며, 시호는 문안文安이다. 절강浙江 여요餘姚 사람이다. 가정 11년1532 진사가 된 뒤, 검토檢討, 남경국자감좨주南京國子監祭酒, 예부상서, 태자태보 겸 문연각대학사, 이부상서, 소보 겸 무영전대학사, 광록대부光祿大夫 겸 태자태부 등의 관직을 역임했다. 엄숭의 뜻에 영합하여 엄숭의 뜻과 어긋나는 사람은 배척했다. 모친상을 당해 사직하고 고향으로 돌아갔다가, 엄숭이 실각하자 더 이상 조정에 나오지 않았다. 저서에 『관각유록館閣類錄』과 『기재집期齋集』이 있다.

105 懿敬孝康皇后 : 명 의문태자 주표의 정비 효강황후孝康皇后, 1355~1378 상씨常氏를 말한다. 효강황후는 개평왕開平王 상우춘常遇春의 장녀로, 남직례 회원懷遠 사람이다. 홍무 4년1371 황태자비에 봉해졌고, 홍무 7년1374 장자인 주웅영朱雄英을 낳았다. 홍무 11년1378 둘째 아들 주윤통朱允熥을 낳고 향년 24세로 세상을 떠났으며, 의경황태자비懿敬皇太子妃라는 시호를 받았다. 건문 원년1399 효강황후孝康皇后로 추존되었다가, 영락 원년1403 다시 의경황태자비로 칭했다. 남명 홍광제弘光帝가 즉위한 뒤 다시 효강황후의 호칭을 회복했다.

106 貴溪 : 명나라 중기의 정치가이자 문학가인 하언夏言을 말한다.

본조의 모후로 인종의 성효후誠孝后 장씨張氏는 중궁으로 옹립되어 선종과 영종 두 대를 걸쳐 황태후태황태후皇太后太皇太后로 올라 18년 동안 재위하는 데 그쳤다. 선종의 효공후孝恭后 손씨孫氏는 조금 더 오래 재위했는데, 중궁과 태후에 31년간 재위했다. 영종의 효숙주후孝肅周后는 태후태왕태후太后太皇太后라 불리며 총 41년간 재위해 더욱 오래했다. 그러나, 성화 연간 초에 헌종의 생모가 귀비에서 추존되었고, 헌종의 효정왕후孝貞王后는 중궁으로 옹립되어 효종과 무종이 두 대에 걸쳐 태후태황태후로 불리며 55년간 최고의 자리로 추존되었고 장수했다. 약간 한스러운 일은 훌륭한 군주를 낳지 못한 일일 뿐이다. 효종의 효강장후孝康張后와 같은 경우는 황상께서 황후만을 총애하심이 고금에 필적할만한 자가 없을 정도였으며, 의황제毅皇帝를 낳아 기르시고, 숙황제肅皇帝를 세워 천하 사람들의 봉양을 누리시며 거의 55년을 지내셨으니 가히 복이 많으셨다 할 만하다. 그러나, 정덕 연간에 이미 공허한 지위만을 손에 쥐었고, 가정 연간에는 생모 장성후 때문에 황상께 죄를 지은 것을 시작으로 두 아우에게까지 화가 미쳐 난리에 근심하며 애를 태워 더 이상 견딜 수가 없었다. 어찌하여 일찍이 경황을 따라 신선이 되는 약을 올렸는가. 사람들 중에는 장수하는 것을 슬퍼하는 자가 있는데, 제후가 또한 그러하니 하물며 제후 아래에 있는 자들이야 말할 필요도 없다.

本朝母后, 如仁宗誠孝后張氏[107], 以中宮擁立, 宣英兩朝, 進稱皇太后
太皇太后, 而在位止十八年. 宣宗孝恭后孫氏[108]稍久, 正位中宮及太后
三十一年. 英宗之孝肅周后, 稱太后太皇太后, 共四十一年, 爲更久. 然
在成化初, 以憲宗生母從貴妃崇進者, 惟憲宗之孝貞王后[109], 以中宮擁
立, 孝武兩朝, 稱太后太皇太后, 共五十五年, 最尊且壽. 所微恨者, 聖主
非所出耳. 至若孝宗之孝康張后[110], 專寵椒宮[111], 古今無匹, 且誕育毅
皇[112], 爰立肅皇[113], 享天下養, 前後亦五十五年, 可稱備福. 然在正德間
已擁虛位, 嘉靖間, 以章聖之故, 開罪主上, 禍延二弟, 夏撓憔悴, 不復可

---

107 誠孝后張氏 : 명 인종의 본처이자 선종의 모친인 성효소황후誠孝昭皇后, ?~1442 장씨張
氏를 말한다. 하남 영성永城 사람이다. 홍무 28년1395 연왕의 세자비로 봉해졌다가,
영락 2년1404 황태자비에 봉해졌다. 인종이 즉위하면서 황후로 책봉되었고, 선종
이 즉위한 뒤 황태후가 되었으며, 영종이 즉휘한 뒤 태황태후가 되었다. 어린 나이
에 황위에 오른 영종을 대신해서, 영종 초기에는 성효소황후가 실질적인 섭정을
했다. 정통 7년1442 세상을 떠났으며, 시호는 '성효공숙명덕홍인순천계성소황후誠
孝恭肅明德弘仁順天啓聖昭皇后'이고, 헌릉獻陵에 묻혔다.

108 孝恭后孫氏 : 명 선종의 두 번째 황후인 효공장황후孝恭章皇后 손씨孫氏를 말한다.

109 孝貞王后 : 중화서국본『만력야획편』에는 '고정왕후考貞王后'로 되어 있으나『명무
종실록明宗實錄』에 근거해 '효정왕후孝貞王后'로 수정했다. ⦿ 효정왕후 : 명 헌종의
두 번째 황후인 효정순황후孝貞純皇后, ?~1518 왕씨王氏를 말한다. 천순 8년1464 오황후
吳皇后가 만귀비를 벌한 일로 폐서인된 뒤, 왕씨가 황후가 되었다. 비록 황후의 자리
에 올랐지만 헌종의 총애를 받지는 못했다. 정덕 13년1518 세상을 떠났고, '효정장
의공정인자흠천보성순황후孝貞莊懿恭靖仁慈欽天輔聖純皇后'라는 시호를 받았다. 무릉茂
陵에 묻히고 태묘에 합사되었다.

110 孝康張后 : 명 효종의 황후이자 무종의 모친 효강경황후孝康敬皇后, 1470~1541 장씨張氏
를 말한다. 무종이 즉위하면서 자수황태후慈壽皇太后, 1470~1541라는 봉호를 받았다.

111 椒宮 : 황후가 거주하는 궁전.

112 毅皇 : 명나라 제10대 황제인 주후조朱厚照를 말한다.

113 肅皇 : 명나라 제11대 황제인 주후총朱厚熜을 말한다.

堪. 何如早從敬皇上仙之樂. 人有以壽爲戚者, 帝后且然, 況下此者乎.

처음에 선종께서 황태손일 때 호씨胡氏를 비로 맞아 동궁에서 거처하고 태자비라 칭했는데, 선종께서 등극하시자 황후가 되었다. 3년 11월이 되도록 아들이 없고 병이 많아 한적히 거처할 것을 표를 올려 청했고, 효공손후孝恭孫后가 그 자리를 대신했다. 아마 효공손후가 영종을 낳아 단 석 달 만에 세자가 거처하는 궁에서 지위를 차지한 것이다. 호씨가 정통 8년에 별궁에서 죽자 정자선사靜慈仙師로 추대되었다. 또 천순 7년에 황상께서 다시 관할부서에 칙서를 내려 황후의 존칭을 회복시키고 시호를 공양성순강목정자恭讓誠順康穆靜慈라 했으며, 금산金山의 능원을 더해 주었으나 단지 능의 이름을 세우지 않고 사당에서 합사하지 않았다. 대개 영종의 지극한 효심이 이와 같다. 그 때 내린 조서의 내용에 인정과 예의 두 면에서 모두 서운함이 없게 했으니 진실로 어그러짐이 없었다고 한다. 이 일과 천순 4년에 건서인建庶人 주문규朱文圭를 사면해 내보낸 일은 동일하게 훌륭한 덕을 베푼 경우이다.

○ 성화 4년 6월 자의황태후慈懿皇太后 전씨錢氏가 돌아가셨는데, 이분이 바로 효장황후孝莊皇后이시다. 당시 효숙주후孝肅周后가 정비로 추대되었는데, 후일 유릉裕陵에 합장할 수 없을까 걱정해 황상을 을러서 따로 땅을 택해 자의황후를 매장하고자 재상 팽시와 상로에게 의뢰하니 예부의 신하 요기姚夔 등이 쟁론해 비로소 자의황태후 전씨를 합장하고 그 오른쪽을 비워 주씨의 황후를 기다리는 것을 허락하셨다. 생각해보

면 요기는 상소에서 "혹자는 자의황태후가 아들이 없으니 의당 공양후
호씨와 함께 두어야 한다고 하지만, 이것은 또 그렇지 않다. 공양후가
선종 때 이미 지위를 양보하고 효공황후를 세웠지만, 자의황태후는 당
시에 아직 물러나지 않았는데도 따로 황후를 세웠다. 더구나 선종 만
년에 이 일을 후회막급하게 여기며 '이 일은 짐이 어릴 때의 일이라 대
개 알 수 있다'고 하셨다"고 했다. 아마 그때 효숙황후를 모함하는 자들
이 황태후 호씨를 끌어들여 황태후 전씨를 비교했기 때문에 요기가 이
렇게 말한 것이다. 그러므로 훌륭한 군주의 거동은 자손들을 위해 법대
로 행해야 하며 이처럼 신중하지 않으면 안 된다.

○ 홍치 17년 성자인수태황태후聖慈仁壽太皇太后가 돌아가셨는데, 이
분이 효숙후다. 황상께서 재상 유건, 이동양李東陽, 사천謝遷을 불러 마
주하고 유릉의 설계도를 꺼내 보이셨다. 영종 묘의 무덤길이 오른쪽
구덩이와는 통하는데, 왼쪽 효장황후 전씨의 현궁玄宮은 거리가 여러
장이나 되고 가운데가 막혀 통하지 않았다. 재상들이 이 일을 알지 못
함을 사과했다. 황상께서 "그대들이 어찌 알 수 있겠소. 다 환관들이
꾸민 짓인 것이오"라고 하셨다. 또 "환관들 가운데 사리분별을 하는 이
가 몇이나 되겠소? 어제 성화 연간에 팽시와 요기姚夔 등이 올린 장주
를 읽어 봤는데, 선대 대신들의 나라를 위한 충정이 이와 같이 지극했
소"라고 말씀하셨다. 유건 등이 "영종께서 전씨 황후의 합장을 유언으
로 명하신 것을 대학사 이현이 내각에 기록해두었습니다"라고 했다.
황상께서 "유언을 어찌 거스르겠소?"라고 하자, 이동양이 "당시에 오

히려 다른 의견이 있어서 이처럼 왜곡된 것이니 이는 선제의 뜻이 아닙니다. 지금 황상의 뜻에 따라 주저하지 말고 고치신다면 천하 백성들이 기뻐할 것입니다"라고 했다. 황상께서 "천자의 언사가 풍수를 움직일까 걱정이 되니 짐은 그렇게 하지 않으리라"라고 하셨다. 이에 사천이 "음양의 금기는 믿을만하지 못합니다"라고 했다. 황상께서 "짐이 이미 그것을 끊었소. 지금 구덩이를 열어 합장하는 것은 풍수를 움직이는 것이 아닌가. 황제의 묘실墓室이 통하지 않으면 천지가 막힌 것이 아닌가. 조금이라도 성심을 쏟아 일을 행하면 해로움이 없을 것으로 생각되오"라고 하셨다. 이동양과 유건 등이 적극 찬성했다. 황상께서 "이 일은 어렵지 않소"라고 말씀하셨다. 나중에 이 일은 결국 행해지지 않았다. 천자의 유언으로 해마다 여기에서 죽는다 여기니 환관들이 또 영종의 묘와 능침에서 이 일을 하니 가벼이 움직이기 어렵다고 했다. 묘에 효를 행하는 성군이 아직까지 그르친 오류를 바꿀 수 없다. 당시에 환관들이 효숙황후에게 아첨하며 하늘에 있는 영종의 혼령에 이르러 마침내 편안하지 않았다. 이때는 효장황후를 합장한 지 이미 37년이 된 때이다. 이 일은 이문정李文正의 『묘대록廟對錄』에 상세히 기록되어 있고, 『효종실록孝宗實錄』에서는 오히려 자세하지 않다. 합장한 일이 또 효종의 독단으로 이루어졌고, 이문정의 무리는 그것을 따랐을 뿐이다.

宣宗廢后

初宣宗爲皇太孫時, 納胡氏[114]爲妃, 及居東宮, 稱皇太子妃, 宣宗登極爲皇后. 至三年十一月, 以無子多病, 表請閑居, 而孝恭孫后[115]代其位. 蓋孝恭旣誕英宗, 甫三月卽已正位儲宮矣. 胡氏以正統八年薨於別宮, 尊爲靜慈仙師. 又至天順七年, 上復下敕所司, 追復皇后尊稱, 諡曰恭讓誠順康穆靜慈, 加葺金山寢園, 但不立陵名, 不祔廟祀耳. 蓋英宗之達孝如此. 其時詔中有云, 於情於禮, 兩皆無憾. 眞不誣也. 此與天順四年, 赦出建庶人文圭, 同一盛德.

○ 成化四年六月, 慈懿皇太后錢氏[116]崩, 是爲孝莊后. 時孝肅周后正並尊, 恐他日不得祔葬裕陵, 乃脅上欲別擇地以葬慈懿, 賴輔臣彭時商輅, 禮臣姚夔[117]等爭之, 始許錢后祔葬, 虛其右以待周后. 按姚夔之疏云,

---

114 胡氏 : 명 선종의 첫 번째 황후인 공양장황후恭讓章皇后 호선상胡善祥, 1402~1443을 말한다. 공양장황후는 산동 연주부兖州府 제녕주濟寧州 사람으로, 광록경 호영胡榮의 셋째 딸이다. 영락 15년1417 황태손 주첨기朱瞻基날 선종의 정비로 간택되었고, 홍희 연간에 황태자비로 책봉되었다. 선종이 황위에 오르면서 황후로 책봉되었다. 선덕 3년 1428, 아들을 낳지 못하고 공주만 둘을 낳았으며 병약하다는 것을 이유로 정자법사 靜慈法師라는 도호를 내리면서 황후의 지위를 내려놓고 장안궁長安宮으로 물러나 거하게 했다. 정통 8년1443 세상을 떠나자 정자선사靜慈仙師라는 시호가 내려졌다. 천순 7년1463 공양성순강목정자장황후恭讓誠順康穆靜慈章皇后라는 시호를 추증하고 능을 만들었으나, 신주를 종묘에 모시지는 않았다.

115 孝恭孫后 : 명 선종의 두 번째 황후인 효공장황후孝恭章皇后 손씨孫氏를 말한다.

116 慈懿皇太后錢氏 : 명 영종의 황후인 효장예황후孝莊睿皇后 전씨錢氏를 말한다.

117 姚夔 : 요기姚夔, 1414~1473는 명나라 전기의 대신이다. 그의 자는 대장大章이고, 호는 손암損庵이며, 시호는 문민文敏이다. 절강浙江 동려桐廬 사람이다. 정통 초에 향시鄕試에 합격하고, 정통 7년1442 회시會試에서 장원급제했다. 그 후 이과급사중吏科給事中, 남경형부우시랑南京刑部右侍郎, 남경형부좌시랑南京刑部左侍郎, 예부상서, 이부상서 등의 벼슬을 지냈다. 성화 2년1466 황제가 남기南畿와 절강 등지의 제생諸生들에게 쌀

“或曰慈懿無子, 宜與恭讓同, 此又不然, 恭讓在宣宗時已遜位, 而立孝恭矣. 慈懿當時未嘗退處, 而別立一后. 況宣宗晚年悔恨莫及, 曰, ‘此朕幼年事, 蓋可知矣.’” 蓋其時詔孝肅者, 有引胡后以比錢后, 故夔有是言. 然則聖主舉動, 爲子孫取法, 不可不愼如此.

○ 弘治十七年, 聖慈仁壽太皇太后崩, 卽孝肅后也. 上召輔臣劉健李東陽謝遷賜對, 出裕陵圖以示. 則英宗隧道, 右壙相通, 而左爲孝莊錢氏[118]玄宮, 相去數丈, 中隔不通. 輔臣謝不知. 上曰, “先生輩如何得知, 都是內官做的勾當.” 又曰, “內官有幾個識道理的? 昨見成化間彭時姚夔等章奏, 先朝大臣, 忠厚爲國如此.” 健等曰, “英宗遺命錢后合葬, 大學士李賢記在閣下.” 上曰, “遺命奈何違之?” 東陽曰, “聞當時尚有別議, 委曲至此, 非先帝意. 今日斷自聖衷, 勿憚改作, 則天下臣民痛快.” 上曰, “欽天監言恐動風水, 朕以爲不然.” 遷對曰, “陰陽拘忌不足信.” 上曰, “朕已折之矣. 今開壙合葬, 非動風水乎. 皇堂不通, 則天地否隔. 惟一點誠心爲之, 料亦無害.” 東陽健等力贊. 上曰, “此事不難.” 後事竟不行. 欽天監旣以爲藏殺在此, 內宮監又謂事干英廟陵寢, 難以輕動也. 以孝廟仁聖, 尚不能改已成之誤. 當時內臣曲媚孝肅, 致英宗在天之靈, 終於不安. 是時去孝莊祔葬, 已三十七年矣. 此事詳李文正[119]『廟對錄』中, 而『孝宗實錄』反不詳. 其祔廟事更出孝宗獨斷, 文正輩不過將順而已.

을 내고 입감入監하라는 명을 내리자 폐지를 주청했다. 자의태후慈懿太后가 죽자 별장別葬이 논의되었지만 그가 군신群臣을 이끌고 곡을 하며 간해 예에 맞춰 치를 수 있었다. 평생 청렴하고 충후忠厚했지만, 인사人事에서는 남인南人에 다소 치우쳤다. 저서에 『문민공유고文敏公遺稿』가 있다.

118 孝莊錢氏 : 명나라 영종의 황후인 효장예황후孝莊睿皇后 전씨錢氏를 말한다.
119 李文正 : 명대의 대신이자 유명한 문학가 겸 서예가인 이동양李東陽을 말한다.

번역 황비 책봉의 특별한 은전恩典

    황귀비가 선종 때에 시작된 것은 분명하지만 또한 다른 경우도 있다. 예를 들어 고황제 홍무 17년 갑자년甲子年에 이씨李氏를 황숙비皇淑妃로 책봉하고 또 곽씨郭氏를 황녕비皇寧妃로 승격시켰지만 귀비에는 오히려 '황皇'자가 붙지 않으니 이것이 다른 점이다. 문황제의 후궁 중 귀비 이하는 모두 20여 명인데 '황'자를 얻은 이가 하나도 없다. 선종 때 효공후孝恭后 이후로 처음으로 '황'자를 귀비에게만 썼다. 줄줄이 늘어선 후궁의 시첩侍妾들이 하룻밤 승은承恩을 입으면 다음 날 이름을 알리면서 은혜에 감사하고, 궁정에서는 곧바로 특별한 예우로써 대하며 주상께서도 궁을 꾸미고 책봉을 기다리라 명하신다. 역대 황상들이 모두 그러하셨다. 다만 세종께서는 만년에 서궁西宮에서 도교를 신봉하셨는데, 액정掖庭의 체례는 황궁과는 다소 달랐다. 열성熱性이 있는 약을 지나치게 많이 드셔서 조금 마음이 가는 이가 있으면 간혹 아무 때나 승은을 내리셨다. 이 때문에 승은을 입은 이들을 모두 다 책봉을 할 수가 없어서 '비빈妃嬪'의 호칭을 아직 받지 못한 이들이 있었다. 예를 들어 영비榮妃로 추봉된 양씨楊氏는 궁녀로써 황상을 따르다 화재를 만나고서 사후에 은혜를 입고 공숙안희恭淑安僖라는 네 글자의 시호를 받았으며 효결황후孝潔皇后 옆에 합장되었다. 이것은 특수한 은전으로 이전에는 없었던 일이다. 이후로는 거의 다 기록하기가 어렵다. 승은을 입고 일찍 죽은 사람은 반드시 내작內爵을 더하여 봉했기 때문에 신하들이 알게 되었다. 황상께서 붕어하시고 지금까지 살아 있는 사람 중에 책봉되지 않은 사람은 거의 알 수 없다. 나이 든 내시內侍에게 들으니, 세종께서 하루는 경을 읽으며 손으로 경쇠를 치다가 우연히 잘못해 다른 곳을 치자 시녀들이 모두 고개를 숙이고 감히 들지 못했는데 한 어린 시녀만이 큰소리로 웃었다. 황상께서 그녀를 주목해 돌아보니, 모두가 목숨이 경각에 달렸다고 말했다. 웃음을 그친 후에 마침내 옷을 갈아 입히는 은총을 입었으니 세상에서 말하는 상미인尚美人이 이 사람이다. 이로부터 귀히 여기고 총애함이 천하를 놀라게 했으니, 이때 나이가 겨우 열셋이었고 세종은 이미 이순耳順이 다 되었다. 그 후 수비壽妃에 책봉되었고 책봉된 지 백여 일 만에 황상께서 위독해지셨다. 말하기 좋아하는 사람들은 그 죄를 수비에게 돌리는데, 한漢 성제成帝 때의 조소의趙昭儀와 조금 비슷하다고 한다. 수비가 돌아가신 것은 만력 38년 경술년庚戌年인데, 궁녀가 승은을 일찍 입고 늦게 세상을 하직한 것은 근래에 그 전례가 없다.

원문 **封妃異典**

　皇貴妃始於宣廟朝是固然矣, 然亦有異者. 如高皇帝洪武十七年甲子, 冊李氏爲皇淑妃, 又進封郭氏爲皇寧妃, 而貴妃反不得皇字, 此其異也. 至文皇帝嬪御, 自貴妃而下, 凡二十餘人, 無一得皇字者. 至宣宗孝恭后後, 而皇字始專屬貴妃矣. 又如後宮姬侍[120]列在魚貫[121]者, 一承天眷[122],

次日報名謝恩, 內廷即以異禮待之, 主上亦命鋪宮以待封拜. 列聖前後皆然. 惟世宗晚年西宮奉玄, 掖庭[123]體例, 與大內[124]稍異. 兼餌熱劑過多, 稍有屬意, 間或非時御幸[125], 不能盡行冊拜, 於是有未封妃嬪之呼. 如追封榮妃楊氏, 乃以宮人隨上遭火災而得追賁[126], 且謚以恭淑安僖四字, 且祔葬於孝潔皇后之側. 此殊特之典, 又前此未有者. 此後殆難盡紀. 然承恩殀沒者, 必加封內爵, 以是外廷[127]得聞. 逮龍馭上賓[128], 其現存未封者概不得知矣. 聞之老內侍云, 世宗一日誦經, 運手擊磬, 偶誤槌他處, 諸侍女皆頻首不敢仰, 惟一幼者失聲大笑. 上注目顧之, 咸謂命在頃刻矣. 經輟後, 遂承更衣之寵, 即世所稱尙美人是也. 從此貴寵震天下, 時年僅十三, 世宗已將耳順矣. 其後冊拜爲壽妃, 拜後百餘日, 而上大漸. 說者歸罪壽妃, 微似漢成帝[129]之趙昭儀云. 壽妃之薨, 在萬曆三十八年

---

120 姬侍 : 시첩侍妾. 귀인이나 벼슬아치의 시중을 드는 첩.
121 魚貫 : 물고기를 꼬챙이에 꿴 것처럼 줄을 이룸.
122 天眷 : 임금의 은총.
123 掖庭 : 비빈妃嬪이 거처하던 정전正殿 옆에 있는 궁전.
124 大內 : 황궁.
125 御幸 : 황제가 여인과 잠자리를 하는 것.
126 追賁 : 사후에 임금의 은혜가 더해짐.
127 外廷 : 황제가 대신들과 함께 정무를 보는 곳으로, 조정 대신을 가리키기도 한다.
128 龍馭上賓 : 황제가 붕어하다.
129 漢成帝 : 전한의 제11대 황제인 유오劉驁, B.C.52~B.C.7를 말한다. 유오의 자는 태손太孫이고, 원제元帝의 맏아들이다. 즉위한 뒤 주색酒色에 빠져 가희歌姬 조비연趙飛燕을 총애하고 황후로 삼았다. 또 조비연의 언니는 소의昭儀로 삼았다. 외척 왕씨王氏들이 정권을 잡아 외할아버지 왕봉王鳳과 왕승王崇, 왕상王商, 왕근王根 및 외삼촌 왕망王莽 등이 모두 작위를 받고 고위직에 올랐다. 그의 재위 중에 정치는 부패하고 백성들은 집을 잃고 떠돌아다니는 상황이 되었는데, 이로 인해 민중들의 항쟁이 야기되었다. 27년 동안 재위했다.

庚戌, 宮嬪[130]承恩早, 而下世晚者, 近代少其比.

번역 황제와 황후의 합장

현 왕조의 선대 황제와 대행 황제의 황릉에는 황후 한 명만을 합장했다. 영종의 정실 황후인 효장예황후孝莊睿皇后 전씨錢氏가 붕어했을 때 헌종은 생모 효숙황후孝肅皇后 주씨周氏의 압력으로 인해 유릉裕陵에 합장하지 못할 뻔했다. 대신들이 강력히 간언해 비로소 효숙황후의 현궁玄宮을 비워놓고 기다리게 되었으니, 두 황후를 함께 합장하는 것은 이때부터 시작되었다. 헌종은 처음에 오씨吳氏를 선택했다가 곧 폐하니 정실 황후는 효정순황후孝貞純皇后 왕씨王氏가 되었고, 효종의 생모는 효목황후孝穆皇后 기씨紀氏이므로 두 황후가 함께 무릉茂陵에 합장되었다. 아마도 유릉의 새로운 예를 따라 사용한 것인 듯하다. 가정제께서 황위를 이으셨을 때에는 헌종의 귀비 소씨邵氏가 이미 수안황태후壽安皇太后로 불리고 있었으며 얼마 후 붕어해 처음에는 금산金山에 안장되었다가 나중에 또 무릉으로 옮겨 합장했다. 그래서 세 황후가 함께 합장되는 일은 또 이때부터 시작되었다. 세종의 정실 황후는 효결숙황후孝潔肅皇后 진씨陳氏이고 뒤이어 황후가 된 이는 효열황후孝烈皇后 방씨方氏인데, 황상께서는 방씨가 변란을 바로잡고 황제를 보호한 공이 있기 때문에 방씨가 붕어하자 그 재궁梓宮을 먼저 영릉永陵의 현궁에 넣었다가 또 특별히 인종을 조묘祧廟에 합사하고 효열황후의 신주를 태묘太廟에 넣었다. 목종이 등극하면서 효결숙황후의 재궁을 옮겨 효열황후와 함께 합사했고, 황상의 생모인 효각황후孝恪皇后 두씨杜氏 또한 옮겨 합장했다. 영릉 또한 세 황후가 한 곳에 묻혔는데, 이것은 무릉의 예와 같다. 금상께서 두 분 태후를 효성스럽게 제사 지내시니 당시 두 분이 돌아가신 뒤 소릉^{昭陵}에 함께 합장한 것은 말할 필요도 없다. 다만 태묘에 배향하는 것은 역대로 한 황제에 황후 한 명뿐이며, 후대 황제들은 모두 옛 예법을 그대로 따르고 감히 바꾸지 못했다.

원문 **帝后祔葬**

本朝先帝大行山陵¹³¹, 止一后祔葬. 直至英宗元配孝莊錢后¹³²崩時, 憲宗壓於生母孝肅周后, 幾不得祔葬裕陵¹³³. 大臣力諍之, 始虛孝肅玄宮¹³⁴以待, 而二后並祔自此始矣. 憲宗初選吳氏¹³⁵, 旋廢, 則元配爲孝貞后王氏¹³⁶, 而孝宗生母爲孝穆后紀氏¹³⁷, 二后同祔茂陵¹³⁸. 蓋循用裕陵

---

131 山陵 : 임금의 무덤. 왕릉.
132 孝莊錢后 : 명대 영종의 황후인 효장예황후孝莊睿皇后 전씨錢氏를 말한다.
133 裕陵 : 명십삼릉明十三陵이 있는 천수산天壽山 서쪽 석문산石門山 남쪽 기슭에 있는 황릉으로, 명나라 제6대 황제인 영종과 그의 두 황후 전씨錢氏와 주씨周氏가 합장되어 있다.
134 玄宮 : 임금의 관을 묻는 구덩이 속을 이르는 말.
135 吳氏 : 명대 헌종의 첫 황후인 폐후 오씨吳氏,?~1509를 말한다. 폐후 오씨는 북직례北直隸 순천부順天府 사람이다. 천순 8년1464 황후에 책봉되었다가 한 달 만에 폐위되었다. 효종이 냉궁冷宮에서 태어난 뒤 오씨가 몇 년간 그를 몰래 키워줬다. 효종이 즉위한 뒤 오씨에 대한 은혜를 잊지 않고 그녀에게 자신의 모후와 같은 예로 옷과 음식을 대접했다. 정덕 4년1509 오씨가 세상을 떠나자 태감 유근劉瑾이 시신을 불태우려고 했지만, 대학사 왕오王鏊가 강력히 저지해 비妃의 예우로 매장하고 시호는 내리지 않았다.
136 孝貞后王氏 : 명 헌종의 두 번째 황후인 효정순황후孝貞純皇后,?~1518 왕씨王氏를 말한다. 왕씨는 남직례南直隸 상원上元 사람으로 헌종이 태자일 때 태자비 후보로 들인

新例. 至嘉靖[139]入纘, 則憲宗貴妃邵氏[140], 已稱壽安皇太后, 尋崩, 初葬
金山, 後亦遷祔茂陵. 於是三后並祔又從此始. 世宗元配爲孝潔后陳
氏[141], 繼曰孝烈后方氏[142], 上以方氏有定變[143]衞護功, 其崩也, 梓宮先入
永陵[144]玄宮, 又特祧[145]仁宗以孝烈神主入太廟. 比穆宗登極, 遷孝潔梓
宮與孝烈並祔, 而上生母爲孝恪后杜氏[146]亦遷祔焉. 永陵亦有三后同穴,
一如茂陵故事矣. 今上孝祀兩宮[147], 他年千秋萬歲[148], 其並祔昭陵[149]不

세 명 중 하나였다. 천순 8년1464 헌종이 황위에 오르면서 오씨吳氏를 황후에 책봉했
다가 1달 만에 폐서인하고 다시 왕씨를 황후로 책봉했다. 헌종은 어렸을 때부터 자
신과 함께한 만귀비를 총애해 왕황후는 헌종의 사랑을 받지 못했다. 효종이 즉위한
뒤 왕황후는 황태후가 되었고, 무종이 즉위하면서 태황태후가 되었다. 정덕 13년
1518 붕어했으며, 시호는 '효정장의공정인자흠천보성순황후孝貞莊懿恭靖仁慈欽天輔聖純
皇后'이다. 무릉茂陵에 합장되었으며, 태묘에 합사되었다.

137 孝穆后紀氏 : 명 헌종의 후비이자 효종의 생모인 효목황후孝穆皇后 기씨紀氏를 말한다.
138 茂陵 : 명십삼릉 중 유릉裕陵 오른쪽의 취보산聚寶山 아래에 있는 황릉으로, 명나라 제
    8대 황제인 헌종과 그의 세 황후 왕씨王氏, 기씨紀氏, 소씨邵氏가 합장되어 있다.
139 嘉靖 : 세종의 연호이나 여기서는 세종을 가리키는 것으로 보인다.
140 貴妃邵氏 : 명 헌종 주견심의 귀비이자 세종 주후총의 조모인 효혜황후孝惠皇后 소씨
    邵氏를 말한다.
141 孝潔后陳氏 : 명 세종의 첫 황후인 효결숙황후孝潔肅皇后 진씨陳氏를 말한다.
142 孝烈后方氏 : 명 세종의 세 번째 황후인 효열황후 방씨方氏를 말한다.
143 變 : '변變'은 원래 '원爰'으로 되어 있는데, 사본에 근거해 고쳤다.變原作爰, 據寫本改.
    【교주】
144 永陵 : 지금의 베이징시 창핑[昌平]구 천수산天壽山 양취령陽翠嶺 남쪽 기슭에 있는 명
    십삼릉의 황릉으로, 명나라 제11대 황제인 세종과 그의 세 황후 진씨陳氏, 방씨方氏,
    두씨杜氏가 합장되어 있다.
145 祧 : 5대조代祖부터 그 위 먼 조상의 신주를 조묘祧廟로 합사하는 것.
146 孝恪后杜氏 : 명 세종의 후비이자 목종의 생모인 효각황후孝恪皇后 두씨杜氏를 말한다.
147 兩宮 : 명 신종의 생모이자 목종의 황귀비였던 자성황태후慈聖皇太后 이씨와 효안황
    후孝安皇后 진씨를 가리킨다.
148 千秋萬歲 : 어른의 죽음을 높여 부르는 말.
149 昭陵 : 지금의 베이징시 창핑구의 대욕산大峪山 동쪽 기슭에 있는 명십삼릉의 황릉

待言. 惟太廟配享, 列朝以來, 止一帝一后, 嗣聖俱遵行舊禮, 不敢更也.

으로, 명나라 제12대 황제인 목종과 그의 세 황후 효의황후孝懿皇后 이씨李氏, 효안황
후孝安皇后 진씨陳氏, 효정황후孝定皇后 이씨李氏가 합장되어 있다.

궁위宮闈 65

현 왕조의 폐위된 황후 중 공양恭讓章皇后 호씨胡氏는 천순 연간에 영종이 이미 작위와 명호를 회복시켰다. 다만 헌종의 오황후吳皇后는 황후로 책봉된 지 갓 한 달 만에 폐위되었는데도, 나중에 효종을 정성껏 키운 공로로 일반적인 예우보다 좀 더 나은 예우를 받았다. 정덕 4년 별궁에서 돌아가시자, 재상 이동양 등이 상소를 올려 오씨가 비록 선대에 쫓겨났지만 조서詔書에서는 다만 물러나 조용히 살라고만 하고 폐서인廢庶人한다는 문장은 없으니 마땅히 예우를 좀 더해야 한다고 했다. 황상께서 영종의 혜비惠妃 왕씨王氏의 예와 같이 세시歲時에 소식素食으로 별도의 장소에서 제사 지내라고 명하셨다. 하지만 혜비는 '단정안화端靜安和'라는 시호를 얻었지만 오씨는 끝내 시호가 없었으니, 아마도 사후에 공덕을 칭송함에 장애가 있었던 듯하다. 또 오황후의 오빠 오영吳瑛은 우림위지휘사羽林衛指揮使였는데, 홍치 연간에 스스로 신하의 직분을 말하며 선대의 군공이 누락되어 외척으로의 은택을 누리지 못했으니 다른 위衛로 옮겨 승진되기를 바랐다. 효종께서는 도지휘첨사都指揮僉事로 승진시키고 금의위錦衣衛로 바꾸어 기록하라고 명하셨을 뿐이다. 소덕귀비昭德貴妃가 황태자를 독살하려고 했을 때 오씨가 보호한 공이 참으로 많은데 갚은 은혜가 이 정도에 그쳤으니 의례가 부족한 것이다. 가정 연간 장황후張皇后가 돌아가시자 황상께서 일률적으로 성화 연간 오씨의 전례를 따르라고 명하시고, 얼마 안 되어 계후繼后로 고쳐 칭하라는 성지를 내리셨으니 오씨를 조금은 예우한 것으로 보인다. 오씨가 죄를 얻은 것은 만 귀비를 꾸짖어서이고 장황후가 죄를 얻은 것은 장연령張延齡을 구하기 위한 것이라 모두 한순간의 사소한 잘못인데 결국 황제의 노여움을 샀으니 정말 불행하다.

廢后加禮

本朝廢后, 如恭讓胡后, 在天順間, 英宗已復位號矣. 惟憲宗吳后, 立 匝月而廢, 後以撫育孝宗稍得加禮. 至正德四年薨于別宮, 輔臣李東陽等 疏稱, 吳氏雖先朝所斥, 而詔止云退居閑住, 無廢爲庶人之文, 宜稍加恩 禮. 上命如英廟惠妃王氏例, 歲時以素羞祭別所. 然惠妃得諡端靜安和, 而吳竟缺諡號, 蓋以追稱窒礙也. 又后兄瑛[150], 爲羽林衞指揮使, 於弘治 間, 自陳臣職, 乃先世軍功所遺, 不沾外戚恩澤, 乞升職改衞. 孝宗命陞 都指揮僉事, 改注錦衣衞而已. 當昭德貴妃[151]謀螫儲皇, 吳氏保護功實 多, 而酬報之恩止此, 於義儉矣. 至嘉靖張后[152]之薨, 上命一依成化吳氏 故事, 尋得旨改稱繼后, 視吳氏稍優焉. 蓋吳之得罪, 以譴萬妃, 張之得 罪, 以救張延齡, 皆一時微眚[153], 遂干天怒[154], 眞不幸也.

---

150 瑛 : 폐위된 오황후吳皇后의 오빠 오영吳瑛을 말한다.
151 昭德貴妃 : 명 헌종이 가장 총애하던 후궁인 황귀비 만정아萬貞兒를 말한다. 만귀비 가 거처하던 침궁의 이름이 소덕궁昭德宮이어서 소덕귀비昭德貴妃라고 했다.
152 張后 : 명 효종의 황후이자 무종의 모친인 자수황태후慈壽皇太后 장씨張氏를 말한다.
153 微眚 : 조그마한 과실.
154 天怒 : 천자의 노여움을 높여 부르는 말.

　　주경周璟은 먼저 운남좌포정雲南左布政으로 있을 때 아내의 상을 치른 지 얼마 안 되어 후실後室을 들였다. 이 때문에 순무시랑巡撫侍郞 정진鄭辰의 지적을 받아 태형을 받고 파면되어 조용히 살았다. 정통 5년 사면 조서를 받고 스스로 변론하면서 "법률에 기록되기로는 부모와 남편의 상중에 사사로이 혼인하는 자는 곤장 백 대를 때린다고 했는데, 아내의 상중에 장가들면 죄를 묻는다는 조항은 없으니, 조정 대신들이 잘잘못을 의론해 천하에 명시하게 해주십시오"라고 했다. 황상께서 매우 진노하시어 억지로 돌려보내고 쓰지 않으셨다. 이듬해 섬서참의陝西參議 재변載弁은 임기가 차서 대리자를 기다리다가 아내와 딸의 상을 당해 갑자기 돌아갔는데, 도어사都御史 조익曹翼이 재변은 간악하고 나태해 직분을 감당할 수 없다고 탄핵하니 재변이 직접 그 이유를 진술했다. 황상께서는 "이것 또한 지극한 정으로 인한 것이라 불쌍히 여길 만하니 우선 그의 죄를 용서하겠다"고 하셨다. 이때는 아직 대혼大婚을 거행하지도 않았는데 이미 인륜의 시작인 부부 관계를 이처럼 중시하셨다. 또 도독동지都督同知 마량馬良은 젊었을 때 용모로 황상의 총애를 받아 함께 생활했는데 남성南城에서 복위하실 때 즈음엔 더욱 그를 후대해 점차 최고 수준에 이르렀고 황상께서 행차하실 때마다 반드시 따랐으니 한언韓嫣이나 장방張放의 전례와 같았다. 하루는 아내의 상을 당해 집에 돌아가서는 오랫동안 일을 나오지 않았다. 황상께서 내원內苑으로 나오셨다가 문득 음악을 연주하는 소리가 들려 연유를 물었다. 마량이 다시 부인을 들이는 것이고 또 그 대상이 양무후陽武侯의 여동생인 것을 아시고는, 황상께서 노하시어 "놈의 박정함이 이와 같구나"라고 말씀 하셨다. 이때부터 다시는 부르지 않으셨다. 아마도 황상의 성품이 어질 고 후덕厚德하신 데다 전황후錢皇后와 오랜 세월 환난을 함께하면서 부부 의 정이 더욱 돈독해져서 그 생각이 신하의 아내에게까지 미친 것이니 진실로 제왕의 큰 절조다.

○ 들리는 말에는 영종께서 태상황太上皇이실 때 전황후가 손수 바느 질이나 자수를 놓아 팔아서 맛있고 좋은 음식을 바치기까지 했다고 한 다. 지금 안창후安昌侯 전씨錢氏의 집은 성 동쪽에 있는데, 영종께서 효 장황후孝莊皇后와 함께 그 집을 두 차례 행차하신 적이 있어 지금도 본 채에는 아직 황상의 자리가 마련되어 있다. 전황후는 절강浙江 전당錢塘 사람으로, 효혜황후孝惠皇后 소씨邵氏와 같은 마을 사람이다.

원문 **英宗重夫婦**

周璟者, 先爲雲南左布政, 居妻喪未幾卽繼一室. 爲巡撫侍郎鄭辰[155]

---

155 鄭辰: 정진鄭辰,?~1444은 명나라 초기의 관리로, 절강浙江 서안西安 사람이고, 자는 문 추文樞다. 영락 4년1406 진사가 된 뒤, 처음에 감찰어사에 임명되어 강서江西 안복현 安福縣에서 역모 사건을 조사했다. 영락 16년1418 산서안찰사山西按察使가 되었지만 후에 모친상을 당해 귀향했다. 선덕 3년1428 남경공부우시랑南京工部右侍郎으로 조정 에 돌아왔다. 영종이 즉위한 뒤 천하의 지방관을 살펴보기 위해 대신들을 파견했 는데, 정진은 사천四川, 귀주貴州, 운남雲南으로 파견되었다. 그 뒤 병부좌시랑兵部左侍

所指摘, 問杖罪革職閑住矣. 至正統五年, 緣恩赦[156]詔書自辨云, 律所載, 但有居父母及夫喪, 而私嫁娶者杖一百, 無妻喪嫁娶坐罪之條, 乞命廷議是非, 昭示天下. 上怒甚, 勒回不敍. 次年陝西參議載弁, 任滿候代, 以妻喪及女亡輒歸, 都御史曹翼劾其奸惰不職, 弁乃自陳其故. 上曰, "此亦至情可矜, 姑貰其罪." 時大婚[157]未擧, 已重人倫之始[158]如此. 又有都督同知馬良者, 少以姿見幸于上, 與同臥起, 比自南城返正[159], 益厚遇之, 馴至極品, 行幸[160]必隨, 如韓嫣[161]張放[162]故事. 一日以妻亡在告[163], 久未入直[164]. 上出至內苑[165], 忽聞鼓樂之聲, 問之. 知良續婦, 又知爲陽武侯之妹, 上怒曰, "奴薄心腸乃爾." 自此不復召. 蓋聖德仁厚, 加以中宮錢后同憂患者積年, 伉儷[166]情更加篤摯, 因推及於臣妾, 眞帝王盛節也.

郞으로 승진했다. 정통 8년1443 병으로 사직했고, 정통 9년1444 세상을 떠났다.

156 恩赦 : 나라에 경사慶事가 있을 때 일정 죄인을 놓아 주는 일.

157 大婚 : 임금이나 왕세자의 혼인.

158 人倫之始 : 부부 관계를 말한다. 『후한서後漢書‧순한종진열전荀韓鍾陳列傳』에 나오는 "부부가 있은 뒤에 부자父子가 있다 (…중략…) 부부는 인륜의 시작이요 군주 덕화의 발단이다有夫婦然後有父子(…중략…)夫婦人倫之始, 王化之端."라는 말처럼 부부 관계가 사람이 지켜야 할 도리의 기초라는 의미로 쓰인 말이다.

159 返正 : 제왕이 복위하는 것.

160 行幸 : 임금이 궁궐 밖으로 거둥함. 임금의 나들이.

161 韓嫣 : 한언韓嫣, 생졸년 미상은 한왕韓王 한신韓信의 증손으로, 한 무제의 신하이다. 조부 한신이 한왕으로 봉해져 왕손이라 불렸다.

162 張放 : 장방張放, ?~B.C.7은 서한의 총신으로, 경무공주敬武公主와 부마도위 장림張臨의 아들이다. 경조 두릉杜陵 사람이다. 허황후許皇后의 조카딸과 결혼해 시중, 중랑장 등의 관직을 지냈고 부평후富平侯로 봉해졌다. 이후 승상의 압력을 받아 관직을 빼앗기고 봉지를 돌려줬으며, 한 성제가 죽자 통곡하다 죽었다고 한다.

163 在告 : 벼슬아치가 일정 기간 휴가를 받아 집에 가 있는 일.

164 入直 : 관아에 들어가 숙직하거나 근무함.

165 內苑 : 황궁 내의 정원.

○ 聞英宗爲太上時, 錢后至手作女紅[167]賣, 以供玉食. 今安昌侯錢氏, 宅在城東, 英宗同孝莊后, 曾兩幸其第, 今正寢[168]尙設有御座. 錢后爲浙江之錢塘人, 與孝惠后邵氏同邑.

　영종의 경비敬妃 유씨劉氏가 돌아가신 것은 황상께서 승하하기 단 몇 달 전이라서 그 상례喪禮는 모두 황상께서 손수 정하셨는데, 은혜로운 예우가 특별히 후해 조정을 5일 동안 폐하고 혜비惠妃로 책봉하고 정순의공貞順懿恭이라는 시호를 내렸다. 제사와 장례의 모든 의례는 문황제의 소헌귀비昭獻貴妃 왕씨王氏보다 더 후하게 치렀지만, 다른 후궁들에 대해서는 말씀하지 않았다. 이때 유씨는 비록 오랫동안 승은을 입고도 자식을 낳지 못했지만 황상께서 사랑하심이 매우 지극했다. 이듬해 정월正月 황상께서 임종하실 즈음에 태자와 태감 우옥牛玉 등을 어탑御榻 앞으로 불러 태자에게 구두로 명을 내렸는데, 백일 뒤에 혼례를 올리고 다음으로 전황후가 훗날 천수를 다하고 세상을 떠나면 반드시 자신과 합장해야 하며 혜비 또한 이장移葬해 와야 한다고 했다. 아마도 꼭 황릉에 합장하려 한 듯하다. 잠시 후 황상께서 붕어하셨다. 아마도 시종일관 이처럼 유씨를 생각하신 것 같다.

　그 뒤 성화 4년 효장태후께서 붕어하실 때 효숙황후 주씨는 사후에 합장되지 못할까 걱정되어 효장태후를 다른 곳에 따로 안장하려고까지 했다. 각신 팽시 등과 예부 대신 요기姚夔 등이 강력히 간언하고 또 당시 이현이 내각에 기록해 두었던 영종의 유명遺命을 밝힌 덕분에 헌종이 비로소 효숙황후에게 현궁玄宮에 함께 들어갈 수 있다고 완곡히 전했다. 그러나 혜비가 합장되었는 지의 여부는 아직 상세히 검토하지 못했다.

다만 지금 사전祀典에는 유릉에 비妃 18명을 기재하면서, 면산綿山에 한 명을 안장했고 나머지는 모두 금산金山에 안장했다고 하는데, 면산에 안장한 사람은 유비라고 생각된다.

○ 태조의 효릉孝陵에 비빈妃嬪 40명이 모두 순장되었고 두 사람만 능의 동쪽과 서쪽에 묻혔는데 아마도 홍무 연간에 먼저 죽은 사람일 것이다. 태종의 장릉長陵에는 후비 16명이 모두 순장되어 있다. 영종께서는 남다른 견해로 이 행위를 폐지하시어 마침내 오랫동안 미혹되었던 잘못을 깨버리셨으니 당 무종이 맹재인孟才人에게 생전에 먼저 죽음을 바치게 한 것과 견주어보면 뛰어남과 어리석음의 차이가 어찌 천리千里뿐이겠는가.

○ 세종 31년 강비康妃 두씨杜氏가 돌아가시자 예부 대신이 성화 연간 숙비淑妃 기씨紀氏의 상례喪禮를 따르자고 주청했다. 아마도 두씨는 목종의 생모이고 기씨는 효종을 낳은 사람이므로 그것을 인용한 듯하다. 황상께서 기분 언짢아하시며 3일 동안만 겨우 조회를 폐하고 두 글자로 된 시호만 내린 채 전혀 포상이나 관작을 하사하지 않으시니, 영종께서 경비를 지극히 예우하심이 더욱 잘 드러난다.

英宗敬妃劉氏之薨, 距上升遐數月耳, 其喪禮皆上手定, 恩禮獨厚, 輟朝五日, 贈惠妃冊諡貞順懿恭. 一切祭葬之體, 視文廟[170]昭獻王貴妃有加焉, 他妃所不論也. 時劉氏雖久承恩, 然未有所出, 則上鍾情獨至矣. 次年正月, 上彌留之際, 召太子及太監牛玉等至御榻[171]前, 口諭命太子, 百日後卽成婚, 次卽及皇后錢氏, 他日壽終須合葬, 惠妃亦須遷來. 蓋亦必欲祔葬山陵也. 少頃而上賓天[172]矣. 蓋始終眷念劉氏如此.

其後成化四年, 孝莊太后[173]崩時, 孝肅周后恐身後不得同穴[174], 至欲別葬孝莊于他所. 賴閣臣彭時等, 及禮臣姚夔等力諍, 且述英宗遺命[175], 當時李賢曾紀于閣下, 憲宗始婉達孝肅, 得並入玄宮. 而惠妃之得祔與否, 則未詳考. 但今祀典[176]載裕陵十八妃, 一葬綿山, 餘皆金山, 意者綿山爲劉妃乎.

○ 按太祖孝陵, 凡妃嬪四十人, 俱身殉從葬, 僅二人葬陵之東西, 蓋洪武中先歿者. 至太宗長陵[177], 則十六妃俱殉矣. 英宗獨見, 罷免此舉, 遂

---

169 敬妃 : 명 영종 주기진의 총애하는 후비인 정순의공혜비貞順懿恭惠妃, ?~1463 유씨劉氏를 말한다. 유씨는 영종보다 나이가 많고 자식을 낳지도 못했지만, 영종의 총애를 얻어 경비敬妃에 봉해졌다. 천순 7년1463 경비 유씨가 세상을 떠나자, 영종은 그녀를 혜비惠妃로 추봉하고, 정순의공貞順懿恭이라는 네 글자의 시호를 내렸다.

170 文廟 : 명 성조成祖를 말한다.

171 御榻 : 임금이 앉거나 눕는 상탑牀榻.

172 賓天 : 천자의 죽음.

173 孝莊太后 : 명 영종의 정비인 효장예황후孝莊睿皇后 전씨錢氏를 말한다.

174 同穴 : 부부를 합장하다.

175 遺命 : 임금이나 부모가 임종할 때에 하는 명령.

176 祀典 : 제사 지내는 예의에 관한 법도.

破千古迷謬, 視唐宗[178]命孟才人[179]先效死于生前者, 聖愚奚啻千里.

○ 嘉靖三十一年康妃杜氏薨逝, 禮臣奏循成化紀妃喪禮. 蓋杜爲穆宗生母, 而紀則孝宗所自出, 故引用之. 上不悅, 僅輟朝三日, 加二字諡, 并無褒贈[180], 益見英宗之厚敬妃至矣.

---

177 長陵 : 명 성조와 황후 서씨徐氏의 합장묘로, 지금의 베이징시 창핑구 톈서우산天壽山 주봉의 남쪽 기슭에 있다. 장릉長陵은 영락 7년1409에 지어졌으며 명 십삼릉 중에서 가장 먼저 만들어졌고 규모도 가장 크다.

178 唐宗 : 당나라의 15대 황제 무종 이염李炎,814~846을 말한다. 무종의 본명은 이전李瀍인데 황위에 오른 뒤 이염으로 개명했다. 목종의 다섯째 아들이자 문종文宗의 아우로, 장경長慶 원년821 영왕穎王에 봉해졌다. 개성開成 연간에 개부의동삼사開府儀同三司와 검교이부상서檢校吏部尙書를 지냈다. 개성 5년840 문종이 병사하자 이전은 구사량仇士良과 어홍지魚弘志 등의 옹립을 받아 황위에 올랐다. 무종은 재위기간 동안 그간의 정치 폐단을 개혁하고 유진劉稹의 반란을 평정했으며 대외적으로는 위구르족의 침입을 물리쳤다. 그는 도교를 독실하게 믿어 불교를 억압했다. 회창會昌 6년846 대명궁大明宮에서 붕어했다. 시호는 지도소숙효황제至道昭肅孝皇帝이고, 묘호는 무종이며, 단릉端陵에 안장되었다.

179 孟才人 : 당 무종의 후비로 노래를 잘 불러 무종의 총애를 받았다. 무종은 병이 위중해지자 맹재인을 불러 자신이 죽으면 어떻게 할 것인지를 물었다. 맹재인은 자신에게 순장을 요구하는 것임을 알고는 〈하만자何滿子〉라는 노래를 목청껏 부르고는 무종 앞에서 쓰러져 죽었다. 무종 또한 얼마 뒤 죽었다.

180 褒贈 : 죽은 사람을 칭찬하고 장려해 관작官爵을 내리는 것.

성화成化 11년 12월 황상께서 성루왕邮戾王을 다시 추존하시어 이전
황제의 호칭을 쓰시고 이어서 시호 공인강정경황제恭仁康定景皇帝를 내려
주셨다. 또한 주왕周王 등 각부에 조서를 내려 알리게 하고, 성모황태후
請之聖母皇太后에게 이 일을 간청한다고 하셨다. 또 선제의 유훈을 따라야
하는데, 불행히도 대우를 올리지 못하고 거행하지 못해 조정에서 훌륭
한 유훈을 받드는 척만하니 선제의 뜻을 이루어야 한다고 하셨다. 이에
관리에게 능침을 수리하도록 영을 내렸다. 아마 이해 11월에 이미 효종
을 세우고 황태자를 위해 온 중국에 대사면을 내리며 황상께서 성왕부
를 추숭하고자 하신 것이다. 그러나 사면의 어려움이 있으므로 특별히
조서를 내려 추숭해 받듦을 알리신 것이니, 이 역시 수규 상문의商文毅
등이 고심한 것이다. 그러나, 경제의 계실후 항씨杭氏가 천순 원년에 폐
위되어 죽자 왕비 왕씨汪氏가 경제의 처음 맞은 아내로 중궁에 정식으
로 자리한 지 4년 만에 폐위되었다. 예황제睿皇帝 영종이 복위하니 다시
왕비로 추존되어 복위해 지금 성왕의 저택에서 기거한다. 어찌 지위와
칭호를 함께 복위하지 않은 것인가. 하물며 천순 연간 초에 조정의 신
하들이 무죄인데도 왕씨를 폐위시킨 후 왕문과 우겸의 죄를 묻기 위해
탄핵하는 장주를 올렸다. 지금 왕문과 우겸이 이미 결백한데도 모후께
서는 또 돌이켜 바로잡지 않으시니 또한 이치에 맞지 않는 것이다. 왕
씨 후비가 정덕 원년에 돌아가시자 바로 황상께서 시호를 정혜안화경

황후貞惠安和景皇后로 내리셨다고 한다.

景帝廢后

成化十一年十二月, 上追復郕戾王[181]仍舊帝號, 尋上謚曰, 恭仁康定景皇帝. 且致書于周王等各府詔告天下, 云請之聖母皇太后, 亦云出自先帝遺意, 不幸上賓, 未及擧行, 玆奉慈訓誕告在廷, 用成先志, 仍令有司修葺陵寢. 蓋是年十一月已立孝宗爲皇太子, 大赦海內, 上意欲追崇郕邸. 而難於赦書發之, 故特下詔以示崇奉, 亦首揆商文毅[182]等苦心也.

但景帝繼后杭氏, 已于天順元年廢死, 而王妃汪氏, 故景帝元配, 正位中宮者四年, 而後被廢. 睿皇[183]復辟, 卽追復爲王妃, 現居郕邸. 何以不幷其位號復之耶. 況天順初, 廷臣以無罪廢汪后, 爲王文于謙之罪, 見之彈章. 今王于旣雪, 而母后又不返正, 亦事理之未愜者. 汪妃至正德元年始薨, 乃上謚曰貞惠安和景皇后云.

---

181 郕戾王 : 명나라의 제7대 황제인 대종 주기옥朱祁鈺을 말한다. 영종이 복위한 뒤 대종을 폐위하고 즉위하기 전의 봉호인 성왕으로 되돌렸으며, 사후에 '려戾'라는 시호를 내렸기 때문에 성려왕郕戾王이라고도 부른다.
182 商文毅 : 명나라 성화 연간에 내각수보를 지낸 상로商輅를 말한다.
183 睿皇 : 명나라의 제6대와 제8대 황제인 영종 주기진朱祁鎭을 말한다.

번역 경황후景皇后께서 장수하시다

　　현 왕조의 모후께서 가장 오래 재위하신 분인데, 헌종의 효정후孝貞后 왕씨王氏는 55년을 재위하셨고 헌종의 효강후孝康后 장씨張氏 역시 55년간 재위하셨다. 왕씨는 황후로, 황태후라 칭하고 또 태황태후라 칭했다. 장씨는 황후로, 황태후라 칭했다가 백모황태후라 개칭했는데, 애초에 폄하한 것은 아니다. 다만 경제의 황후 왕씨汪氏는 정통 10년 을축乙丑년에 성왕비郕王妃로 책봉되었고, 14년에 경제가 즉위하자 황후로 자리했다가, 경태景泰 3년에 폐위되었으며 천순 원년에 다시 성왕비로 복위되었다가 정덕 원년 병인丙寅년에 비로소 돌아가셨다. 황후는 정미丁未년생으로 연세가 딱 여든이었으며 정혜안화경황후貞惠安和景皇后로 추숭되었다. 무릇 왕비가 된 것이 두 번, 황후가 된 것이 한 번, 평민이 된 것이 한 번이고 모후로 추증된 것이 한 번이다. 무릇 다섯 명의 황제와 여섯 대를 거쳤으며 62년 가까운 시간을 보냈다. 작위의 부침과 흥폐를 수차례 반복하다가 마침내 경황제와 함께 같은 무덤에 묻혔으니 실로 전대미문의 일이다.

本朝母后在位最久者, 憲宗孝貞后王氏五十五年, 孝宗孝康后張氏亦五十五年. 王則皇后稱皇太后, 又稱太皇太后. 張則皇后稱皇太后, 改稱伯母皇太后, 初無貶降也. 惟景帝汪后, 以正統十年乙丑冊爲郕王妃, 十四年景帝卽位, 立爲皇后, 景泰三年被廢, 天順元年復爲郕王妃, 至正德元年丙寅始薨. 后以丁未年生, 春秋恰八十, 追崇爲貞惠安和景皇后. 凡爲王妃者二次, 爲皇后者一次, 爲庶人者一次, 爲追贈母后者又一次. 凡歷五帝六朝, 前後六十二年. 升沉興廢, 更疊爲之, 終得與景皇同穴, 實前古未之聞.

---

184 景皇后 : 명 대종代宗 주기옥朱祁鈺의 황후인 정혜안화경황후貞惠安和景皇后,1427~1506 왕씨汪氏를 말한다. 명 대종의 본처로 북직례北直隸 순천부順天府 사람이다. 성격이 정직하고 강직해 일생이 순탄하지 못했다. 대종이 영종의 아들 주견심朱見深의 황태자 지위를 폐하고 자신의 아들을 황태자에 봉하려 하자 이를 반대하다가 폐서인되었다. 영종이 복위한 뒤 대종을 성왕郕王으로 강등시키면서 왕씨를 성왕비郕王妃로 회복시켰다. 성왕이 세상을 떠났을 때 함께 순장되어야 했지만 영종의 허락으로 순장을 면하고 거처를 성왕부로 옮겨 80세까지 살았다. 무종 때 '정혜안화경황후貞惠安和景皇后'라는 시호를 받았고, 대종과 함께 경태릉景泰陵에 합장되었다. 남명南明 홍광弘光 초기에 '효연숙의정혜안화보천공성경황후孝淵肅懿貞惠安和輔天恭聖景皇后'로 시호가 바뀌었다.

번역 헌종께서 황후를 폐위하다

헌종께서 등극하시고 천순 8년 7월 21일 오씨吳氏를 황후로 책봉하시고자 천하에 조서를 내려 알리셨다. 같은 해 8월 22일 다시 조서를 내려 "태감 우옥牛玉이 편파적인 주장으로 선제의 판단을 흐리게 했으므로, 당시에 간택된 오씨를 물리시고 모친 앞에서 다른 황후를 세울 것을 주청드렸노라. 오씨는 언행이 경박하고 예의와 법도가 무례하며 공경하고 삼가는 뜻이 거의 없다. 지금 오씨를 폐위시키고 별궁에 물러나 한적하게 거처하게 하라." 중궁이 정식으로 자리한 지 거의 만 한 달이 되었을 뿐이다. 이에 다시 조서를 내려 "우옥은 죄를 논해 본래 마땅히 처결해야 하지만, 선제 생전에 미력을 다한 것을 생각하여, 오희吳熹와 함께 살려주고 남경의 효릉으로 압송해 풀성귀를 심도록 하라"라고 하셨다. 황후의 부친 도독동지都督同知 오준吳俊은 수등주戍登州로 나갔고, 아들 오웅吳雄은 그를 따랐다. 그해 10월 12일 또 오씨를 황후로 세웠다. 조서의 내용에 선제께서 즉위하시던 때 일찍이 짐을 위해 현숙함을 발해 즉위를 기다리는 동안 길러 주셨다고 하셨는데, 환관 우옥에 대해서는 개의치 않으셨다고 한다. 오씨가 죄를 얻은 것은 실제로는 만귀비萬貴妃로부터 매질을 당해 참소당한 것이며 그 화근이 마침내 해결될 수 없었다. 왕씨 즉 효정황후孝貞皇后는 굽히며 처신할 수 있어서 황후의 지위를 편안히 누릴 수 있었고 효종 때 황태후로 불리고 무종 때는 태황태후로 불리며, 자성강수慈聖康壽라는 존호를 더하기까지 했다. 모범적인 모후로 두 왕조를 거치면서 여든 넘게 장수했는데 어찌 우연이겠는가. 폐황후 오씨는 성화 연간 말년까지도 여전히 서궁에 있었는데, 효종께서 만귀비에게 미움을 받아 오씨에게 의지해 온전히 몸을 보전했다. 홍치 연간 초에 효종께서 오씨가 길러준 은혜가 있어 황후와 같은 예우를 주고 정덕 4년 정월 16일에 죽어 장례까지 지낼 것을 명하셨다.

○ 천순 8년 3월 초 8일에 황태후의 유지가 있어 황제의 혼기가 다가오니 반드시 현숙한 아내를 배필로 얻어야 했다. 이 때에 앞서 이미 평소에 간택해 놓는데, 오히려 관리들이 소홀히 하는 것을 염려해 예부에서 북경 안팎의 대소 관료들의 집에 방을 붙여 널리 알리고 가법을 익힌 여자 중 나이 15세에서 18세인 자들을 부모에게 명해 궁궐로 보내와 직접 보도록 했다. 당시 예睿 황제께서 돌아가신 지 겨우 50일이 된 때였는데, 이 조서를 내리게 되었으니 대개 종묘를 위해 계획하는 일이 중대했기 때문이다. 이 일이 문정공文正公 사천謝遷이 홍치 원년에 항소하기 전이므로 당시에 그릇된 일은 아니다. 정덕 원년 8월 무종의 대혼사가 있었고 효정황후孝靜皇后 하씨夏氏를 받아들여 마침내 황후와 후비의 침궁을 완비하게 되었다. 이때는 선제께서 돌아가시고 갓 한 해를 넘겼을 때였다. 또한, 황상의 연령이 겨우 16세였고 효종보다 세 살 아래였다. 따라서 문정공 사천이 이미 소부로서 차규次揆를 맡고 있었으며 정식으로 요직을 받았는데도 오히려 말 한마디도 바름을 구했다는 얘기는 들리지 않으니 어찌 관료들에게 기탄없이 바른말을 하는 데 굼뜨고 재상들에게 빙빙 돌려 침묵했던 것인가? 알 수가 없다.

○ 영종이 대혼사를 치를 때 나이 또한 겨우 열여섯이었다.

원문 憲宗廢后

憲宗登極, 以天順八年七月卄一日, 冊立吳氏[185]爲皇后, 已詔告天下矣. 至本年八月卄二日, 復下詔曰, "太監牛玉, 偏狗己私, 朦朧將先帝在時選退吳氏, 于聖母前奏請立爲皇后, 吳氏言動輕浮, 禮度粗率, 略無敬愼之意. 今廢斥吳氏, 退居別宮閒住." 蓋中宮正位甫滿一月耳. 又下詔云, "牛玉論罪本當處決, 念先帝時曾效微勞, 與吳熹都饒死, 押發南京孝陵種菜." 后父都督同知俊戌登州, 子雄隨之. 至本年十月十二日, 又立王氏爲皇后. 詔中謂先帝臨御之日, 嘗爲朕簡賢淑, 已定王氏, 育於別宮以待期, 不意內臣牛玉云云. 蓋吳氏之得罪, 實由萬妃[186]受撻而讒之, 其禍遂不可解. 而王氏卽孝貞皇后, 能委曲下之, 故得安于位, 在孝宗朝稱皇太后, 武宗朝稱太皇太后, 加尊號曰慈聖康壽. 母儀兩朝, 壽過八十, 夫豈偶然. 廢后吳氏, 至成化末年尙在西宮, 孝宗爲萬貴妃所忌, 賴吳氏保護以全. 至弘治初, 孝宗以吳后撫育恩, 命供給俱如后禮, 至正德四年正月十六日薨逝.

○ 按天順八年三月初八日, 皇太后聖諭, 皇帝婚期在邇, 必得賢淑爲配. 先時已常選擇, 尙慮有司遺忽, 禮部具榜曉諭京城內外大小官民之

---

185 吳氏 : 명 헌종의 첫 황후인 폐후 오씨吳氏, ?~1509를 말한다.
186 萬妃 : 명 헌종이 가장 총애하던 후비인 황귀비 만정아萬貞兒를 말한다.

家, 素有家法女子, 年十五至十八者, 令其父母送來親閱. 時去睿皇升遐
纔五旬, 而遽下此詔, 蓋宗祧之計重也. 此事在謝文正公[187]弘治元年疏
抗之前, 當時不以爲非. 至正德元年八月, 武宗大婚, 納孝靜皇后夏氏,
遂已備設六宮. 時去先帝升遐, 亦甫踰年耳. 且聖齡止十六歲, 少于孝宗
三年. 則謝已爲少傅次揆, 正受遺當軸, 却不聞一語救正, 豈塞諤于宮僚,
而循默于宰輔耶? 不可得而知矣.

○ 英宗大婚時年亦止十六.

---

187 謝文正公: 명나라 중기의 저명한 내각대신 사천謝遷 : 1449~1531을 말한다. 절강浙江 소
흥부紹興府 여요현餘姚縣 사람으로, 자는 어교於喬이고, 호는 목재木齋이며, 시호는 문
정文正이다. 성화 11년1475 장원급제해 한림수찬翰林修撰, 좌서자左庶子, 소첨사少詹事
겸 시강학사侍講學士, 태자소보太子少保, 병부상서兵部尙書 겸 동각대학사東閣大學士 등의
벼슬을 역임했다. 무종 때 환관 유근劉瑾이 전횡을 일삼고 충신을 배척하자 유근을
주살하라고 상소를 올렸다가 받아들여지지 않자 사직하고 귀향했다. 후에 유근의
보복을 받아 삭탈관직을 당했지만 유근이 죽은 뒤 복직되었다. 가정 6년1527 다시
내각에 들어갔으나 몇 개월 만에 사직했다. 사후에 태부太傅로 추증되었다.

　동아東阿 출신 종백宗伯 우신행[于愼行, 호는 의봉穀峯]은 『곡산필주穀山筆塵』에
서 효종의 생모 효목황후 기씨의 일을 기록했다. 이 기록에 의하면 기씨
가 효종을 잉태했을 때 만귀비의 시기를 받아 서궁에서 숨어 길렀는데
황상께서는 이 일을 알지 못했다. 하루는 황상께서 백관의 상주문을 보
시고 탄식하며 화내시니 태감 회은이 황상의 아들이 서궁에 있고 이미
세 살이라고 아뢰었다. 황상께서는 놀라고 기뻐하며 백관들에게 소상
히 아뢰라고 칙서를 내리시고 황자를 불러들이셨다. 효목황후 기씨가
아이가 떠나면 본인이 살 수 없을 거라고 울며 말했다. 황자가 이르자
마침내 축하하고 천하에 반포했으며 기씨의 거처를 동궁으로 옮겼고,
얼마 후 곧 사약을 내려 스스로 죽게 했는데, 혹자는 스스로 목매달았다
고 한다. 나중에 만귀비가 일찍이 황자를 불러 먹였는데, 독이 있다 여
겨 사양했다. 만귀비가 분한 마음에 말을 할 수가 없어 병이 나고 말았
다. 이 말은 맞는 것 같지만 실은 그렇지가 않다. 문화공文和公 윤직尹直의
『쇄철록瑣綴錄』에 의하면 기비가 임신했는데, 만귀비가 화를 내며 괴롭
히니 황상이 병을 핑계로 안락한 처소에 거처해 답답함을 풀고 문지기
들이 보살피도록 영을 내리셨다. 이미 황자가 태어나자 내시들이 받들
어 보호하도록 밀령을 내리셨다. 따라서 헌종께서 아들을 은밀히 기를
곳을 계획하신 것이니 처음부터 자신의 아들이 있다는 사실을 모르셨
던 것은 아니다. 또 갑오甲午년 봄에 도공태자悼恭太子가 죽은 후 팽彭선생

과 이야기를 나누었는데, 이름과 옥첩을 하사하길 청했다. 겨울이 되어 태감 황사달黃賜達에게 부탁해서 올렸다. 황상께서는 "정말 서궁에 아들 하나가 있었구나"라고 하시고는 다시 한번 물어보고 오기를 기다리셨다. 생각해보면 효종께서는 경인庚寅년에 태어나셨으니 이때 벌써 다섯 살이셨으며 세 살이 아니었다. 또 태감 장민張敏이 만귀비와 결탁했고, 주궁의 태감 단영段英이 틈을 타 만귀비에게 말을 전했다고 되어 있다. 만귀비가 놀라며 "어찌 제가 알지 못하게 하셨습니까?"라고 하고는 마침내 의복을 갖추어 하례를 드리고 기씨 모자에게 후하게 하사했다. 다음 날 칙서를 내리고 기씨를 옮겨 서궁 안 영수궁永壽宮에 거처하게 하고 예우를 귀비와 같이 했다. 이때 내신 곧 황사黃賜 등 세 사람의 공을 회은이 황상의 명을 받들어 내각에 전해 알렸을 따름이다. 그리고 기황후가 서궁으로 옮겨 예를 갖추었는데, 살지 않았다는 근거가 될 만한 말은 없으며 독살했다는 일도 일찍이 없다. 이듬해 을미乙未년에 효종께서 정식으로 동궁에 즉위하셨다. 23년 봄 효종의 나이 벌써 열여덟이었고 만귀비가 갓 죽었을 때다. 태자로 세워진 지 13년이 된 때인데, 어찌 분함이 있어 말을 할 수 없는 병에 걸렸다는 설이 있을 수 있는가. 다만 기씨는 병에 걸렸고 만귀비는 황상의 도포를 하사해 줄 것을 청했지만 비천하게 살다가 얼마 안 가서 죽었으니 여기에 밝혀지지 않은 죽음이 반드시 있게 마련이다. 효종이 등극한 후 현승縣丞 서쇄徐璅 등이 아뢰어 모친의 원수를 좇아 갚을 것을 청했다. 이 설이 다소 신빙성이 있을 뿐이다. 윤건재尹謇齋가 비록 현자는 아니지만 당시 정식으로 궁중에서 자라면서 직접 이러한 일들을 겪었으니 어찌 오류가 있겠는가. 우공이 북방에서 기용되어 일찌감치 귀하게 된 터라 우리 명나라의 일을 기록함에 있어서 다 훑어보지 못하고 스스로 지금 황상의 초기에 나이 든 중궁에게서 나온 설이라 했으니, 환관이 잘못 전한 것인지 알 길이 없고 모르니 제동齊東의 야인보다 더 심하다. 내가 매번 이 무리들이 황가의 이야기를 하는 것을 들었는데, 열 가지 중 한 가지도 사실인 게 없으니 매우 가소롭다.

○ 윤직의 『쇄철록』에서 말한 팽선생은 아마 문헌文憲 팽시인 것 같다. 당시 갑자甲子년에 팽시가 정식으로 나라의 국정을 맡았고, 윤직은 독학장원讀學掌院으로서 팽시와 사이가 가장 돈독했기 때문에 진언할 수 있었다. 윤직이 기씨가 몰래 거처하며 황제의 아들을 보살핀 공을 말한 것은 정황상 맞지 않음이 없다고 한다.

○ 상문의商文毅 공은 성화 11년 도공태자가 돌아가시고 황상의 근심이 심해지자 서궁에 여섯 살이 된 아들이 있음을 알고 상소를 올려 대략적인 상황을 다음과 같이 말했다. "황자께서는 총명하시고 황태자가 되시는 분이라, 소중하게 소덕귀비昭德貴妃가 보살피고 길렀으니 은덕이 매우 커서 백성들과 백관대신들이 모두 귀비와 같은 현명함은 근자에는 볼 수 없다고 합니다. 그러나 황태자의 생모가 병이 나서 별거해서 오래도록 만날 수 없다고 외부에서 왈가왈부하옵니다. 인지상정으로 행하는 일이 아닌지라 엎드려 바라옵건대 칙령을 내리시어 가까운 곳에서 살게 해주시어 황태자도 귀비의 보살핌과 양육에 번거롭지 않

고 아침저녁으로 만나기 편하게 해주십시오." 이 상소에 따르면, 효종은 서궁에 있었는데, 상공이 이미 조회에서 축하의 말을 하며 귀비 만씨에게 공을 돌리고 머물러 거처함을 축하했으니, 고심했다 말할 만하다. 지금 『주사塵史』에서 회은이 은밀히 상주한 데에서 이런 일이 나왔다고 했으니 우의봉과 상문의의 상소를 보이지 않은 것 같다.

○ 성화 5년 현비 백씨柏氏가 장자를 낳았는데, 이 사람이 바로 도공태자이다. 대신들이 천하에 알리기를 청했지만 황상께서 윤허하지 않으셨는데, 아마 만귀비의 마음을 상하게 할까 봐 고려하신 것이다. 효종께서 태어나셨는데도 신하들이 감히 이름을 정하는 것을 청하지 못했으니 그러한 일이 이상할 것도 없다. 헌종의 대혼례에 앞서 처음에 오씨를 중궁으로 간택하고 백씨와 왕씨를 동궁과 서궁 양쪽 궁에 거하게 했다. 오씨가 폐위되어 물러나게 되자 왕씨가 황후의 자리를 대신했으니 백씨 한 사람만 처음 혼인할 때 살았던 세 궁 중의 하나에 머물게 되었다. 효목황후는 본래 만귀비의 궁인인데, 만귀비가 또 시중드는 여인을 효성스럽고 정숙하다 여겨 먼저 황상께 하사한 자로, 처음에는 정식 지위가 없었기 때문에 오씨가 그녀를 볼기를 칠 수 있었다. 황후가 이 때문에 폐위된 것이다.

○ 만귀비가 처음에는 먼저 효공태후孝恭太后의 궁에 궁녀로 들어갔었다.

東阿于穀峯愼行[188]宗伯『筆麈』[189], 紀孝宗生母孝穆皇后紀氏, 孕孝宗

時爲萬貴妃所妬, 潛育西宮, 上不及知. 一日上見百官奏, 咄嗟歎憤, 太

監懷恩[190]奏, 萬歲有子在西宮已三歲. 上驚喜, 敕百官語狀, 召皇子. 紀

妃泣曰, 兒去, 我不活矣. 皇子至, 遂賀, 頒詔天下, 移紀居東朝, 後尋賜

死, 或云自縊. 後萬妃曾召皇子食, 以有毒辭. 妃因忿不能語, 以致成疾.

此言似是而實不然. 按尹文和直[191]『瑣綴錄』[192]云, 紀后有娠, 萬妃恚而

---

188 東阿于穀峯愼行 : 명대의 문학가이자 시인인 우신행于愼行, 1545~1607을 말한다. 그의
　　자는 가원可遠과 무구無垢이고, 시호는 문정文定이다. 산동 동아현東阿縣 사람이다. 융
　　경 2년1568 진사가 되어 서길사로 뽑혔고, 그 뒤 한림원 편수, 한림원수찬, 예부우
　　시랑, 이부시랑, 예부상서, 태자태보 겸 동각대학사 등의 벼슬을 지냈다. 만력 33
　　년1607에 귀향했다가 병석에서 일어나지 못하고 향년 62세로 병사했으며, 태자소
　　보로 추증되었다. 저서로『곡산필주穀山筆麈』18권,『곡성산관문집穀城山館文集』42
　　권,『곡성산관시집穀城山館詩集』20권,『독사만록讀史漫錄』10권이 있고,『연주부지兗
　　州府志』를 편찬했다.
189『筆麈』: 명나라 후기의 우신행이 쓴『곡산필주穀山筆麈』를 말하며, 이 책은 총 18권
　　으로 되어 있다. 명나라 만력 연간 이전의 전장典章 제도, 인물, 전쟁과 형벌, 예악,
　　변방 등에 관한 여러 사건들에 대해 각 사건의 경위와 그에 대한 평가를 기록했다.
　　의롭고 절개 있는 언관이나 청렴결백한 관리들에 대해서는 칭찬을 아끼지 않고,
　　권력을 남용하고 뇌물을 받으며 폭정을 행한 이들에 대해서는 크게 비판을 가했
　　다. 또 풍속, 일화, 불가와 도가에 대한 소문이나 현상에 대해서도 기록과 논평을
　　남겼다.
190 懷恩 : 회은懷恩, 생졸년 미상은 명대 성화 연간의 환관이다. 원래는 대씨戴氏인데, 친족
　　이 저지른 범죄에 연루되어 어렸을 때 환관이 되면서 '회은'이라는 이름을 하사받
　　았다. 헌종 때 환관 기구의 최고영도자인 사례감 장인태감이 되었다. 청렴하고 정
　　직하며 충성스러워, 효종이 유년 시절 여러 차례 위기를 겪을 때마다 그를 보호하
　　고 지켜냈다. 홍치 원년1488 윤정월 28일 회은의 공덕을 표창하기 위해 효종은 현
　　충사顯忠祠를 세웠다.
191 尹文和直 : 명나라 중기의 대신 윤직尹直, 1431~1511을 말한다. 그의 자는 정언正言이
　　고, 시호는 문화文和다. 강서성 태화현泰和縣 사람이다. 경태 5년1454에 진사가 되어

苦之, 上令托病處安樂堂, 以痊報, 而屬門官照管. 既誕皇子, 密令內侍
謹護. 則憲宗設計潛養他所, 初非不知也. 又云, 甲午春悼恭太子亡後,
與彭先生談及, 請賜名付玉牒. 及冬, 乃托太監黃賜達之上. 上云"果有一
子在西宮", 俟再打聽. 按孝宗庚寅生, 至是已五歲矣, 不止三歲也. 又云
太監張敏結萬妃, 主宮太監段英, 乘間說貴妃. 妃驚曰, "何不令我知?"
遂具服進賀, 厚賜紀氏母子. 次日下敕, 徙紀居西內永壽宮, 禮數一視貴
妃. 是時內臣乃黃賜[193]等三人之功, 懷恩惟奉上命傳諭內閣耳. 而紀后
遷西宮亦成禮, 未有遽稱不活之語, 亦不曾有進毒一事. 至次年乙未, 孝
宗正位東宮. 至二十三年春, 則孝宗已年十八, 萬妃方薨. 距立太子時又
十三年, 安得有忿不能語成疾之說也. 獨紀氏有病, 萬妃雖請以黃袍賜
之, 俾得生見, 未幾而卒, 則此中曖昧致[194]薨事必有之. 所以孝宗登極後,
縣丞徐頊等建言, 請追報母仇也. 惟此說爲稍實耳. 尹謇齋雖非賢者, 然
此時正長禁林, 親履其事, 豈有謬誤. 于公起北方早貴, 幷本朝紀載不盡
寓目, 自謂得其說于今上初年老中官, 不知宦寺傳言訛舛, 更甚於齊東.

정7품 한림원편수, 한림학사, 병부상서, 태자태보 등의 벼슬을 지냈다. 『영종실록
英宗實錄』을 편수했고, 개인 저서에는 『명상찬名相贊』 5권과 『황명잡록皇明雜錄』 등이
있다.

192 『瑣綴錄』: 명 중기의 대신 윤직이 쓴 『건재쇄철록蹇齋瑣綴錄』을 말한다. 성화 연간
   말 또는 정덕 연간 초기에 완성되었으며, 총 8권으로 되어 있다. 주로 명대의 역사
   인물이나 전장제도에 관련된 일화 등을 기록하고 있는데, 내각에 관련한 내용, 관
   리의 승진과 강등, 은원 관계 등에 관한 내용이 비교적 상세하다.

193 黃賜 : 황사黃賜, 생졸년 미상는 명대 성화 연간의 환관이다. 복건 연평延平 사람으로, 사
   례감태감을 지냈다.

194 致 : '치致'는 원래 '수殊'로 되어 있는데, 사본에 근거해 고쳤다致原作殊, 據寫本改. 【교주】

予每聞此輩談朝家故事, 十無一實者, 最可笑也.

○ 尹錄所云彭先生蓋彭文憲時也, 時甲子年彭正當國, 而尹以讀學掌院, 與彭最厚, 故得進言. 尹所紀未免居功, 而情景則不謬云.

○ 商文毅公於成化十一年, 因悼恭太子薨, 上憂念甚, 知西宮有子六歲, 乃上疏略曰, "皇子聰明, 國本攸繫, 重以昭德貴妃撫育, 恩踰己出, 百官萬民皆謂貴妃賢哲近代所無. 但外議皇子生母, 因病別居, 久不得見. 人情事體未便. 伏望敕令就近居住, 皇子仍煩貴妃撫育, 庶朝夕便于接見." 按此疏, 孝宗之在西宮, 商公已頌言於朝, 且歸美萬氏, 以頌寅規, 可謂苦心. 今『塵史』乃云出自懷恩密奏, 想于公幷文毅疏未之見耳.

○ 成化五年, 柏賢妃生長子, 卽悼恭也. 大臣請告之天下, 上不許, 蓋慮傷萬妃之心也. 至孝宗之生, 臣下不敢請命名, 無怪其然. 先憲宗大婚時, 初選吳氏爲中宮, 柏氏與王氏爲東西二宮. 迨吳氏廢退, 王氏代爲后, 止存柏妃一人, 爲初婚三宮之一. 若孝穆本萬妃宮中人, 而萬妃又孝肅侍女, 先以賜上者, 初未有位號, 故吳氏得而笞之. 后以此廢.

○ 萬妃之始先入孝恭太后宮.

헌종 때 만귀비가 남다른 총애를 한몸에 받으니 수규^{首揆}인 만문강^萬^{文康}이 족보를 통해 조카라고 부르는 지경에 이르렀다. 효종의 생모 효목황후^{孝穆皇后} 기씨^{紀氏}는 입을 다물고 감히 스스로 밝히지 못하다가 여섯 살이 되자 주변에서 말해 비로소 부황을 만날 수 있게 되었고 인수황태후^{仁壽皇太后}의 궁에서 기르게 했다. 만귀비는 매우 화를 냈고 효목황후가 오래지 않아 갑자기 죽었다고 알려왔는데 1년이 안 되어 효종황제가 또 곧 동궁의 지위에 오르셨다. 만씨의 독점욕과 질투 때문에 마침내 효목황후는 온전하지 못했지만 결국 효종께는 해가 미칠 수 없었으니 종묘 사직의 신령이 효종께 깃들어서이다.

만씨는 몸이 풍만하고 아름다우며 근육이 있어 매번 황상께서 나들이 가실 때마다 융복^{戎服}을 입고 칼을 찬 채 황상 옆에 시립했는데 황상께서 매번 돌아보실 때마다 의기양양해 했다. 그 후 성화 23년 궁녀를 하나 매질하다가 너무 화가 나 숨이 막히고 가래가 끓어오르더니 다시 깨어나지 못해 급히 부고를 알렸다. 황상께서 한참 동안 말씀을 못 하시다가 그저 길게 탄식하시면서 "만시장^{萬侍長}이 갔으니 나 또한 곧 갈 것이다"라고 말씀하셨다. 이에 우울하고 무료해하며 나날이 몸이 안 좋아지시다가 돌아가셨다. 정이 깊으셔서 마침내 기꺼이 백성을 버리고 다시 돌아보지 않으셨다. 그런데 부녀자는 섬세함과 부드러움을 위주로 하지만 지금 만씨는 이와 반대의 모습으로 남다른 은총을 받았으니 양옥환楊玉環이 당 명황明皇에게 총애를 받은 것과 비슷하다. 진晉나라 부현傅玄이 "말희妹喜가 남자의 관을 써 걸왕桀王이 천하를 잃었다"고 전해 말했다. 『진서晉書·오행지五行志』에서는 남자의 나막신은 코가 네모나고 여자의 나막신은 코가 둥근데, 혜제惠帝 때에 여자의 나막신도 남자와 같아진 것은 황후 가남풍賈南風의 독점욕과 질투에 대한 호응이라고 생각된다. 지금 만씨는 여자이면서 남자 복장을 하는 것 또한 몸이 그에 호응한 것이다. 또 무주武周 수공垂拱 2년 옹주雍州 신풍현新豐縣에 산이 솟아 나왔는데, 처음에는 겨우 6,7척이었지만 점점 높아져 300척에 이르렀다. 그래서 신풍현을 경산현慶山縣으로 바꾸라고 명했다. 강릉江陵 사람 유문준兪文俊이 상소를 올려 태후가 여자이면서 남자의 지위를 차지해 음양이 바뀌었기 때문에 그렇게 된 것이라고 말했다. 성화 16년 복건福建 장락현長樂縣에 땅에서 갑자기 언덕이 하나 솟아올랐는데 높이가 3, 4척으로 사람들이 모여 발로 밟으니 갑자기 가라앉았다가 바로 또 산 하나가 솟아 나왔는데 넓이가 5장이었다. 이것은 『쌍괴세초雙槐歲抄』에 보이며 남자와 여자가 위치를 바꾼 상징이 아마도 만씨의 괴이한 옷차림에 연결된다고 여겼다. 당 무종의 현비賢妃는 대단한 총애를 받았는데 그녀의 모습이 황제와 아주 비슷해서 매번 융복을 입고서 말을 타고 활을 쏘면 누가 지존인지 알지 못했다.

만씨는 성화 2년 병술년丙戌年에 귀비에 봉해졌고 황장자皇長子를 낳은 지 백일 정도 만에 돌아가셔서 아직 이름도 짓지 못했다. 귀비가 돌아가신 것은 성화 23년 정미년丁未年인데 그 해에는 틀림없이 젊고 예

쓰지 않았을 텐데도 은총이 줄어들지 않았다. 이것은 또한 금상께서 정귀비만을 총애하신 지 거의 30년이 된 것과 같다. 하지만 만씨의 외척이 봉해져도 겨우 금의위錦衣衛의 품계만을 얻었고, 이에 비록 점차 승진한다 해도 금의위를 떠나지 못했다. 지금 정씨 또한 그러하지만 결코 감히 영락永樂 연간의 예를 끌어와 문관의 직무職務를 청하지는 못했다. 두 황제의 은총이 도탑지만 이처럼 절도가 있다.

원문 **萬貴妃**

憲廟時, 萬貴妃專房[195]異寵, 首揆萬文康[196]至通譜[197]稱從子[198]. 而孝宗生母孝穆皇后紀氏, 嚅不敢自明, 至六歲而左右言之, 始得見父皇, 命養于仁壽皇太后[199]宮. 萬貴妃恚甚, 孝穆旋以暴薨報, 未逾年而孝皇亦旋正東宮之位矣. 以萬氏之專妒, 遂令孝穆不全, 而終不能有加于孝廟, 則宗社之靈憑之也.

萬氏豐豔有肌, 每上出游, 必戎服[200]佩刀侍立左右, 上每顧之輒爲色

---

195 專房 : 방을 독점한다는 뜻으로, 처첩이 총애를 한몸에 받는 것을 비유하는 말이다.

196 萬文康 : 명 헌종 때의 내각수보인 만안萬安을 말한다.

197 通譜 : 성이 같은 자끼리 서로 혈족으로서 인사하는 것.

198 從子 : 조카. 형제자매의 자식.

199 仁壽皇太后 : 명 영종의 귀비이자 헌종의 생모인 효숙황후孝肅皇后 주씨周氏를 말한다. 헌종이 황위에 오른 뒤 성화 23년1487 헌종은 생모인 주황후에게 '성자인수황태후聖慈仁壽皇太后'라는 휘호를 바쳤다.

200 戎服 : 옛날 무관이 입던 군복의 하나로, 길이가 길고 허리에 주름을 잡았으며 큰 소매가 달린 천익天翼과 호박琥珀·마노瑪瑙·수정水晶 등으로 장식한 붉은 갓인 주립朱笠으로 이루어졌다. 문신文臣도 전시에 임금을 호종할 때에는 융복을 입었다. 융

飛. 其後成化二十三年, 撻一宮婢, 怒極, 氣咽痰湧不復甦, 急以訃聞. 上不語久之, 但長歎曰, "萬侍長[201]去了, 我亦將去矣." 于是悒悒無聊, 日以不豫, 至于上賓. 情之所鍾, 遂甘棄臣民不復顧. 然婦人以纖柔爲主, 今萬氏反是而獲異眷[202], 亦猶玉環[203]之受寵于明皇[204]也. 晉傅玄[205]傳云,

---

의戎衣라고도 한다.

201 萬侍長 : 헌종이 남들과 달리 만귀비를 부르던 호칭이다. 시장侍長은 시첩侍妾 중의 우두머리를 말하는데, 만귀비가 유모처럼 헌종이 어렸을 때부터 돌봤기 때문에 이렇게 부른 것으로 생각된다.

202 異眷 : 특별한 은총.

203 玉環 : 당 현종玄宗이 총애하던 귀비인 양귀비楊貴妃, 719~756를 말한다. 어렸을 때 이름이 옥환玉環이라서 양옥환楊玉環이라고도 부르고, 출가했을 때의 도호道號가 태진太眞이라서 양태진楊太眞이라고도 부르지만, 역시 양귀비가 가장 널리 알려진 호칭이다. 양귀비는 포주蒲州 영락永樂 사람으로, 촉주사호蜀州司戶 양현염楊玄琰의 딸이다. 그녀는 성격이 온순하고 자태가 풍만하고 요염했으며 가무歌舞와 음률音律에 능통했다. 양옥환은 원래 당 현종의 아들인 수왕壽王 이모李瑁의 왕비였지만, 양옥환이 마음에 든 현종의 명으로 출가해 여도사가 되었다가 나중에 귀비로 책봉되었다. 천보天寶 15년756 안록산安祿山의 난이 일어나자 현종과 함께 촉蜀 지방으로 피난 가던 도중에 마외역馬嵬驛에서 군사들에게 피살되었다. 양귀비는 서시西施, 왕소군王昭君, 초선貂蟬과 함께 중국의 전통적인 4대 미녀로 일컬어진다.

204 明皇 : 당 현종 이융기李隆基, 685~762를 말한다. 당 현종의 시호가 '지도대성대명효황제至道大聖大明孝皇帝'이므로 '명황明皇'이라고도 부른다. 특히 청대에 강희제姜熙齊의 이름 현엽玄燁의 '현玄'을 피휘해 '당 현종'이라 칭하지 않고 '당 명황明皇'이라고 주로 칭했다. 당 현종 이융기는 당 고종과 무측천의 손자이자 예종睿宗의 셋째 아들이고 모친은 두덕비竇德妃다. 수공垂拱 3년687 초왕楚王에 봉해졌고 장수長壽 2년693 임치왕臨淄王에 봉해졌다. 당융唐隆 원년710 이융기는 태평공주太公主와 연합해 '당융정변唐隆政變'을 일으켜 위후韋后를 주살하고 예종의 선위를 받아 황제로 등극했다. 재위 초기에는 현정賢政을 베풀어 태평성대를 이뤘지만, 후기에는 간신들을 믿고 양귀비楊貴妃에게 빠져 정사를 태만히 하면서 안록산安祿山의 난이 일어났다. 천보天寶 15년756 태자 이형李亨에게 황위를 물려주고 태상황太上皇이 되었으며, 보응寶應 원년762 향년 78세로 붕어했다. 묘호는 현종이고, 시호는 '지도대성대명효황제'다.

205 晉傅玄 : 중화서국본과 상해고적본『만력야획편』모두 '부함傅咸'으로 되어 있는데,『진서晉書·지제십칠志第十七·오행상五行上』과『송서宋書·지제이십志第二十·오행

"妹喜[206]冠男子之冠, 桀亡天下." 『晉書·五行志』, 謂男子屐方頭, 女屐
圓頭, 至惠帝[207]時, 女屐亦如男子, 以爲賈南風[208]專妬之應. 今萬氏女而
男服, 亦身應之矣. 又武周[209]垂拱[210]二年, 雍州新豐縣有山湧出, 初僅六

일五行一』에 근거해 '부현傅玄'으로 수정했다. 『진서』와 『송서』에 따르면 "말희관남
자지관, 걸망천하妹喜冠男子之冠 , 桀亡天下"라는 말을 한 사람은 부현이다. 【역자 교주】
◉ 부현傅玄, 217~278은 서진西晉 시기의 명신이자 사상가다. 북지北地 니양泥陽 사람으
로, 자는 휴혁休奕이고, 시호는 강강剛이다. 위魏나라 말기에 수재秀才로 천거되어 낭중
郎中에 임명되었고, 그 뒤 저작랑著作郎, 홍농태수弘農太守, 산기상시散騎常侍, 어사중승
御史中丞, 태복太僕, 사예교위司隸校尉 등의 벼슬을 지냈다. 저작랑으로 있을 때 『위서魏
書』 편찬에 참여했다. 성격이 강직하고 성급하여 다른 사람의 단점을 용납하지 못
했다. 일생 동안 저술에 힘써 『부자傅子』를 편찬했다.

206 妹喜 : 하夏나라 마지막 군주인 걸왕桀王의 왕후다. 말희妹喜, 생졸년미상는 말희末喜, 말
희末嬉, 말희妹嬉라고도 쓴다. 유시씨有施氏의 딸로 미색이 매우 뛰어나 걸왕의 무한
한 총애를 받았다. 말희는 사람들이 술로 채운 연못에서 배를 띄우고 술을 마시는
것을 보는 것을 좋아했고, 비단 찢는 소리를 듣기 좋아했으며, 남자의 관을 쓰고
다니는 것을 좋아했다. 걸왕은 말희가 좋아하는 것을 해주기 위해 백성들에게 많
은 세금을 거두고 폭정을 행하다가, 결국 상商나라 탕왕湯王의 공격을 받고 남방으
로 달아나다가 죽었다.

207 惠帝 : 서진의 두 번째 황제인 혜제惠帝 사마충司馬衷, 259~307을 말한다. 사마충의 자
는 정도正度이고, 하내河內 온현溫縣 사람이다. 진 무제武帝의 둘째 아들로 태시泰始 3
년267 황태자에 책봉되었고, 태희太熙 원년290 황위에 올랐다. 우둔하고 무능해 즉위
초기에는 태부太傅 양준楊駿이 정치를 보좌했다. 하지만 나중에는 황후 가남풍賈南風
이 양준을 모함하고 정권을 잡았다. '팔왕八王의 난'이 일어나자 조왕趙王 사마윤司馬
倫이 황위를 찬탈해 태상황이 된 뒤 금용성金庸城에 유폐되었다가 다시 복위되는데,
그 후 여러 왕들의 협박 아래 꼭두각시 황제가 되었다. 광희光熙 원년307 향년 48세로
세상을 떠났으며, 시호는 효혜황제孝惠皇帝이고, 태양릉太陽陵에 안장되었다.

208 賈南風 : 가남풍賈南風, 257~300은 서진 혜제의 황후로, 혜가황후惠賈皇后 또는 가후賈后
라고도 불린다. 서진의 개국공신 가충賈充의 셋째 딸로, 어릴 때 이름은 시발이고,
평양平陽 양릉襄陵 사람이다. 진무제 태시 8년272 태자비로 책봉되고, 혜제가 황제로
즉위하면서 황후가 되었다. 외모는 추하고 투기가 심하며 황음荒淫 방자했다. 나약
한 혜제를 대신해 10년 동안 황후로서 권력을 휘둘렀다. 서진 시기 '팔왕八王의 난'
이 일어나게 된 원흉으로, 조왕趙王 사마윤司馬倫에게 살해되었다.

七尺, 漸高至三百尺. 因命改新豐爲慶山縣. 江陵人俞文俊上書, 謂太后女居男位, 反易剛柔致然. 成化十六年, 福建長樂縣, 地中突起一阜, 高三四尺, 人畜踐之輒陷, 尋又湧出一山, 廣袤²¹¹五丈. 此見『雙槐歲抄』, 以爲男女易位之象, 蓋亦以屬萬氏之服妖²¹²云. 唐武宗賢妃²¹³有盛寵, 其貌與帝甚肖, 每戎服從帝騎射, 莫知其孰爲至尊也.²¹⁴

萬氏以成化二年丙戌封貴妃, 生皇長子將百日而薨, 未及命名. 至妃之薨, 則二十三年丁未, 想其年必非少艾²¹⁵矣, 而恩寵不衰. 亦猶今上之專眷鄭貴妃, 幾三十年也. 然萬氏戚里之封, 僅得錦衣秩, 雖漸進不離本衞. 今鄭氏亦²¹⁶然, 並不敢援永樂之例, 以請文職. 蓋兩朝之恩厚, 而有節如此.

---

209 武周 : 당 고종의 황후 무측천武則天이 세운 나라로, 선진시기의 주周나라와 구별하기 위해 무주武周라고 부른다. 무주는 690년부터 705년까지 유지되었다. 705년 당 중종中宗이 복위해 나라 이름을 다시 당으로 바꾸면서 무주 정권은 끝이 났다.
210 垂拱 : 당 예종睿宗의 연호로 685년부터 688년까지 사용되었다. 이 시기에 예종이 황제로 있었지만 사실은 무측천이 조정을 장악하고 있었기 때문에 수공垂拱이라는 연호는 무측천의 연호로 보는 견해가 많다.
211 廣袤 : 광廣은 동서東西를 뜻하고 무袤는 남북南北을 뜻하므로, 넓이 또는 면적을 말한다.
212 服妖 : 괴이한 옷차림. 옛날 사람들은 괴이한 옷차림이 천하의 변란을 예시한다고 생각해 복요服妖라고 했다.
213 賢妃 : 당 무종의 비빈 중 하나인 유현비劉賢妃, 생졸년미상를 말한다. 유현비는 처음 첩여婕妤에 봉해졌다가 나중에 왕씨王氏와 함께 황비에 봉해졌는데, 왕씨는 숙비淑妃에 봉해지고 유씨는 현비賢妃에 봉해졌다.
214 唐武宗~至尊也 : '당 무종唐武宗'부터 '지존야至尊也'까지 모두 스물아홉 글자는 사본에 근거해 보충했다唐武宗至至尊也共二十九字, 據寫本補.【교주】
215 少艾 : 젊고 아름다운 여자.
216 亦 : '역亦'은 원래 '불不'로 되어 있으나, 사본에 근거해 고쳤다亦原作不, 據寫本改.【교주】

홍치 원년 태감 곽용郭鏞이 궁중이나 여러 왕부王府에서 여자를 뽑아 두고 황상께서 상복喪服을 벗으시면 황비 두 명을 책봉해 황자를 널리 퍼뜨리시기를 청했다. 좌서자 사천謝遷이 간하여 말리면서 육궁六宮은 갖춰져야 하지만 3년 상이 아직 끝나지 않았고 황릉도 아직 완공되지 않았으며 상중이라 아직 마음 아프실 테니 서둘러 이 일을 하는 것은 마땅하지 않다고 했다. 초필양焦泌陽이 사필史筆을 잡고 사천이 아부하는 글을 올려 아첨을 떨어서 효종을 그르쳐 후사가 많지 않게 되었다고 말했다. 왕엄주王弇州는 『고오考誤』에서 초필양에게 반박하며 "이것은 초필양의 원망이 깃든 기록이다. 아마도 황후가 총애를 독점하는 것을 은근히 나무라고 사공謝公의 종용慫慂을 비웃은 것이겠지만 이때 황상의 보령이 갓 열아홉이었는데 황후에게 어찌 총애를 독점했다는 말이 있었겠는가. 사천이 상소해 의론한 것은 매우 타당하지만, 초필양은 소인배라 거리낄 것이 없었던 것이다"라고 했다. 이 말이 참으로 틀리지 않다.

그런데 이듬해 예과우급사중禮科右給事中 한정韓鼎이 또 황자들이 많지 않은 것을 근심하며 "옛날에 천자는 한 번에 열두 여자를 아내로 맞이해 후사를 늘리는 것이 중요하고 으뜸이 되는 근본이었습니다. 지금은 이것을 버리고 도모하지 않으면서 그릇된 말을 믿어 헛되이 제례의식을 벌여 복을 구하니 또한 미혹된 것이 아니겠습니까?"라고 말씀을 올렸다. 황상께서 그의 말에 감동하시어 말씀으로 답하셨다. 다음 달 한정이 또 "신이 천하의 근본을 세우자는 말씀을 드리고 간곡한 내용의 조서를 받든 지 지금 거의 50일이 되었지만 황상의 판단이 묘연합니다. 엎드려 바라옵건대 양가良家의 여식을 신중히 선발해 육궁을 채워서 종묘사직을 위한 장기적인 계책으로 삼으십시오"라고 했다. 황상께서 "으뜸 근본을 세운다는 말은 진실로 이치에 맞지만 갑자기 행해서는 안 될 뿐이다"라고 하셨다. 한정의 상소는 바로 사천과 서로 모순되지만 한정의 상소에 근거해 주의 깊게 음미해보면 이때 황후가 이미 총애를 독점해 오로지 기도로 후사를 구하는 방법밖엔 없었던 것 같다.

황상께서 비록 한정의 말을 옳다고 여기셨지만 결국 별도로 은택을 퍼트리지 못하신 것은 아마도 황후에게 제지되어서인 듯하다. 이 때문에 황후께서 울도왕蔚悼王을 낳으신 뒤로 효종께 더 이상 다른 아들이 없었다. 초필양이 문정공文正公 사천을 질책한 것은 진실로 터무니없는 일이다. 하지만 사천이 황상의 효심을 헤아리고 한정이 종묘를 고려한 것은 모두 나라를 걱정한 옳은 말이니 한쪽을 소홀히 해서는 안 된다. 홍치 3년 형왕荊王 주견숙朱見淋 또한 양가의 규수를 널리 선발해 후사를 늘리시기를 황상께 청했지만 황상께서는 끝내 따르지 않으셨다. 아마도 황후가 총애를 독점한다는 사실이 이미 종실宗室에 널리 알려진 듯하다. 홍치 4년 이부에서 임용 대기 중이던 감생 정헌丁巘이라는 자가 또 궁중의 비빈을 선발하자는 상소를 올려 말하자 황상께서 유덕諭德 사천의 말을 이용해 그만두셨으니, 성체를 보호하신 것이다. 지금 어쩌면 좌우에서 교묘하게 헐뜯고 아첨하는 이들 중에서 누군가가 아직 황태자를 세우지 않은 것을 가지고 황상께서 처음 뜻을 바꾸었다고 말하며 진실로 처음과 끝을 같게 하기를 빈다는 등의 말을 할지도 모른다. 이때는 사천이 상소를 올린 지 이미 4년이 되었는데도 황상께서 비빈을 선발하라는 조서를 내리신 적이 없으니, 그 뜻은 지나치게 황후에게 영합하려는 것이 아니라 장씨張氏와 잘 지내서 쓸모를 높이시기 위해서였다. 그런데 이때 이미 무종께서 잉태되어 계셨다.

○ 역대 대행황제의 능묘 뒤쪽에 생전의 후궁 가운데 이미 돌아가신 분과 나중에 돌아가신 분을 모두 황릉이나 가까운 황릉의 금산金山에 함께 묻게 된다. 1년 사계절 본릉本陵의 향전享殿에 배향되는 이는 모두 이름을 기록해 제사를 누리게 된다. 효종 이전에 효릉孝陵은 남경에 있어 고황제를 이곳에 안장했고 황제와 황후皇后 이하 합장된 비빈은 모두 40명이다. 황릉이 북경에 있어 천수산에 안장된 경우로, 예를 들어 태종의 장릉長陵에는 황제와 황후 이하 16명의 비가 합장되었다. 인종의 헌릉獻陵에는 황제와 황후 이하 7명의 비가 합장되었다. 선종의 경릉景陵에는 황제와 황후 이하 8명의 비가 합장되었다. 앞의 세 황릉은 모두 주상께서 승하하실 때 순장한 것이다. 영종의 유릉裕陵에는 황제와 황후 아래에 18명의 비가 배향되고, 헌종의 무릉茂陵에는 황제와 황후 이하 14명의 비가 배향된다. 그 뒤 무종의 강릉康陵에는 2명의 비가 배향되고 세종의 영릉永陵에는 비 30명과 빈 26명이 배향된다. 앞의 네 황제 때에는 선황제보다 앞이나 뒤에 돌아가신 비빈들이 선황제의 황

릉에 합장되지 않고 모두 금산에 안장되었다. 다만 효종은 효강황후 밖에 안 계셔서 보산寶山의 쌍으로 솟은 태릉泰陵에는 제사 때에 더더군다나 옆에서 배향되는 비가 하나도 없다. 아마도 동궁에서 혼인하신 뒤 얼마 안 되어 황위에 오르셨기 때문에 줄줄이 승은을 입는 것은 말할 것도 없고 일반적인 삼궁三宮 역시 갖추어진 적 없이 승하하셨다. 진실로 천고에 없는 일이다.

원문 **謝韓二公論選妃**

弘治元年, 太監郭鏞[217], 請選女子于宮中, 或諸王館, 以待上服闋[218], 冊封二妃, 廣衍儲嗣[219]. 左庶子[220]謝遷[221]諫止, 謂六宮[222]當備, 而三年未終, 山陵未畢, 諒陰[223]猶痛, 不宜遽及此事. 焦泌陽秉史筆[224], 謂謝進此諛詞獻諂, 以誤孝宗繼嗣之不廣. 王弇州『考誤』中駁焦云, "此泌陽懟筆, 蓋陰刺中宮之擅夕[225], 而譏謝公之從臾, 時上聖齡甫十九, 中宮何以有

---

217 郭鏞 : 곽용郭鏞, 생졸년 미상은 명나라 홍치 연간의 태감이다.
218 服闋 : 상례喪禮에서 3년 상을 마치고 상복을 벗음.
219 儲嗣 : 왕위를 이을 왕자.
220 左庶子 : 첨사부詹事府 좌춘방서자左春坊庶子의 약칭이다. 황태자와 다른 황자들의 교육을 담당했다.
221 謝遷 : 사천謝遷은 명나라 중기의 저명한 내각대신이다.
222 六宮 : 원래는 황후와 후궁들이 거처하는 곳을 말하지만, 황후와 후궁을 가리키기도 한다.
223 諒陰 : 임금이 부모의 상중에 있을 때 거처하는 방 또는 그 기간.
224 史筆 : 사관史官이 역사를 기록하는 필법으로, 역사 기록에 대한 별칭으로 사용된다.
225 擅夕 : 혼자서만 임금을 모시고 자면서 총애를 독점하는 것을 말한다.

擅夕之聲耶. 謝疏議甚正, 焦乃小人無忌憚耳."此說固不謬.

然次年禮科右給事韓鼎[226], 又以皇嗣[227]未廣爲憂, 上言"古者天子一娶十二女, 以廣儲嗣, 重大本也. 今舍是弗圖, 乃信邪說, 徒建設齋醮[228]以徼福, 不亦惑乎?"上感其言, 優詔[229]答之. 次月, 鼎又言, "臣有立天下大本之言, 仰承溫詔, 今幾五十日, 而聖斷[230]杳然. 伏望愼選良家以充六宮, 爲宗廟長久計."上曰, "立大本之言誠有理, 但未宜遽行耳."按韓之疏, 正與謝牴牾[231], 但據韓疏細味之, 則是時中宮已擅寵, 專以祈禱爲求嗣法.

上雖是鼎言, 終不別廣恩澤, 蓋爲后所制也. 以故后自再擧蔚悼王[232]後, 孝宗更無他子. 泌陽之譏謝文正, 誠屬無稽. 然而謝之爲聖孝計, 韓之爲宗祧[233]慮, 俱憂國讜言, 未可偏廢也. 至弘治三年, 荊王見潚[234], 亦

---

226 韓鼎: 한정韓鼎,?~1515은 명나라 중기의 대신이다. 그의 자는 연기延器이고, 호는 두암斗庵이며, 섬서陝西 합수현合水縣 사람이다. 성화 17년1481 진사로 예부급사중禮部給事中, 통정시通政使, 호부우시랑戶部右侍郎 등의 벼슬을 지냈다.

227 皇嗣: 황제의 뒤를 이을 황제의 아들들.

228 齋醮: 단壇을 설치하고 제물祭物을 신에게 바쳐 복을 구하고 재앙을 면하도록 기원하는 도교의 제례의식.

229 優詔: 은혜가 두터운 임금의 말씀이라는 뜻으로, 신하나 백성에게 한 임금의 말을 높여 이르는 말이다.

230 聖斷: 임금의 판단을 높여 이르는 말.

231 牴牾: 서로 모순되다. 저촉되다.

232 蔚悼王: 명 효종의 둘째 아들인 주후위朱厚煒,1495~1496를 말한다. 주후위는 생모가 효강경황후孝康敬皇后 장씨張氏이고, 명 무종의 유일한 동생으로 태어난 지 1년 만에 요절했다. 사후에 울도왕蔚悼王에 봉해졌다.

233 宗祧: 종묘. 역대 황제와 황후의 위패를 모시던 황실의 사당.

234 荊王見潚: 명대의 세 번째 형왕荊王이자, 형정왕荊靖王 주기호朱祁鎬의 적장자인 형왕荊王 주견숙朱見潚,생졸년 미상을 말한다. 주견숙은 천순 8년1464 형왕의 지위를 계승했다. 그는 동생을 총애하는 모친에 대한 미움이 가슴에 사무쳐 모친을 굶겨 죽이고 동생을 때려 죽였으며, 사촌동생의 부인이 마음에 든다고 사촌동생을 죽이고 그의

請上博選良家女, 以廣胤嗣, 而上終不從. 蓋中宮之擅夕, 已著聞于宗藩²³⁵矣. 至弘治四年, 吏部聽選監生丁讞者, 又疏言內庭妃嬪之選, 上用諭德²³⁶謝遷言而止, 所以保護聖躬者至矣. 今恐左右讒巧之人, 或以皇儲未建爲言, 移上初意, 乞愼終如始云云. 是時去謝疏時已閱四歲, 且上亦從無采擇之詔, 其意不過迎合中宮, 結歡張氏, 爲進用地也. 然時武宗已在孕矣.

○ 歷朝大行山陵後, 凡生時嬪御已逝者, 及他日亡者, 俱得陪葬陵寢²³⁷, 或近陵之金山. 歲時侑食於本陵之享殿²³⁸, 俱得標名沾祭. 孝宗以前, 孝陵在南京, 高皇帝之葬, 帝后以下祔葬者, 妃嬪共四十人. 其在北葬天壽山者, 如太宗長陵, 則帝后以下有十六妃祔. 仁宗獻陵, 則帝后以下有七妃祔. 宣宗景陵, 帝后以下有八妃祔. 以上三陵, 俱主上升遐時, 殉節從葬者. 英宗裕陵, 帝后下有十八妃祔祭. 憲宗茂陵, 帝后下有十四妃祔祭. 其後武宗康陵, 則二妃祔祭. 世宗永陵, 則妃三十人, 嬪二十六人祔祭. 以上四朝, 則先後薨逝不祔先帝山陵, 俱葬金山. 惟孝宗止有孝康皇后, 寶山雙峙卽泰陵²³⁹, 祭祀更無一妃旁侍侑食. 蓋上自靑宮²⁴⁰婚

아내를 빼앗는 등 온갖 못된 짓을 일삼았다. 홍치 5년¹⁴⁹² 폐서인이 되어 무창武昌으로 옮겨진 뒤 갇혀 죽었다.

235 宗藩 : 제후로 분봉된 종실宗室.

236 諭德 : 명대 태자의 관서인 첨사부詹事府 아래의 좌춘방左春坊과 우춘방右春坊에 각각 둔 좌유덕左諭德과 우유덕右諭德의 약칭이다. 황태자를 모시고 가르치는 일을 맡았다.

237 陵寢 : 왕릉. 제왕의 무덤.

238 享殿 : 위패를 모시고 제사를 지내는 대전大殿.

239 泰陵 : 명나라 제9대 황제인 효종과 효강황후孝康皇后 장씨張氏의 합장묘로, 지금의 베이징시 창핑구 비자산筆架山 동남쪽 기슭에 있다.

後, 未幾登大位, 無論魚貫承恩[241], 卽尋常三宮[242]亦不曾備, 以至於上仙[243]. 眞千古所無之事.

---

240 青宮 : 황태자가 거처하는 곳, 즉 동궁東宮을 말한다. 태자는 보통 동궁에서 기거하
　　　는데 동쪽을 상징하는 색깔이 푸른색이기 때문에 청궁靑宮이라고도 한다.
241 魚貫承恩 : 꼬챙이에 꿴 생선처럼 줄줄이 황제의 은혜를 입는 것을 말한다.
242 三宮 : 제왕의 비빈을 가리킨다.
243 上仙 : 제왕의 죽음을 완곡하게 표현하는 말.

[번역] 정왕鄭旺**의 요망한 말**

홍치 연간 말년 효강황후孝康皇后 장씨張氏에 대한 총애가 대단해 육궁의 후비들이 모두 황상께 나갈 수가 없었다. 또한 무종께서 태어난 후 정식으로 동궁에 자리하셨는데, 울도왕蔚悼王이 돌아가신 뒤에 더 이상 아들이 없음이 다시 거론되었다. 북경에서 마침내 이 때문에 허황된 말들이 떠돌았는데, 태자가 진짜 중궁 몸에서 난 자식이 아니라는 것이다. 당시 무성위武城尉의 군인 정왕鄭旺이란 자의 딸이 고통정高通政의 집안으로 갔다가 궁으로 들어갔다. 때문에 내시 유산劉山과 결탁해, 그딸의 지금 이름이 정금련鄭金蓮이고 현재 성자인수태황태후聖慈仁壽太皇太后 주씨周氏의 궁중에 있으며 실은 동궁의 생모라는 말을 퍼뜨렸다. 효종께서 이를 듣고 대노하시어 즉시 유산을 죽이셨고 정왕까지도 참수형이 논의되었으나, 나중에 사면되어 참형을 면했다. 정덕 2년 10월, 정왕은 또 이전의 말을 퍼뜨리며 고향 사람 왕새王璽와 함께 동안문東安門으로 난입하여, 국모가 유폐된 상황을 알리고자 한다고 말했다. 무종께서 형부로 내려보내시니, 재차 심문했지만 재차 불복하여 시일이 오래 지나서야 비로소 판결이 내려져 사형이 집행되었다. 이 사건은 그 시작이 매우 괴이하다. 과거에 곽강하郭江夏가 초왕부楚王府를 심문했는데, 당시 풍개지馮開之 선생이 내게 초왕부의 일을 말하면서, 무종 때 역시 초종楚宗이 말한 것처럼 비방을 당했기 때문에, 세종께서 장태후張太后와 장학령, 장연령 형제를 기필코 멸족시키려 한 것을 더욱 뼈저리게 후회했다고 했다. 나는 그렇지 않다고 생각한다. 이 비방은 사실 정왕에게서 시작되었으며 한때는 모두 그것을 믿어 각 번국으로 전파되었다. 정덕 14년 영왕 주신호가 반역을 해 멀고 가까운 곳에 모두 격문을 보냈는데, 그중 '영인寧人이 정鄭을 멸해 태조 황제께 제사를 올리지 않는다'는 말이 있다. 대개 또 정왕의 말을 억지로 끌어다 붙인 것이고, 사실은 태후의 죄를 밝혔을 뿐이다.

○『치세여문治世餘聞』에서 "정왕이 패상壩上과 연관 있는 사람을 부르고 딸을 궁 안으로 선발되어 들어가게 했는데, 근래에 황자를 낳고 태후궁에서 보였다고 한다. 매번 서화문西華門에 와서 환관 유림劉林이 탐문하고 왕래하며, 내보낼 때는 신선한 과일이 본궁으로 들어가고 어린 여자아이를 번갈아 들어가게 하는데 돌아올 때는 옷과 같은 물건을 가지고 온다"고 했다. 정왕이 고향 사람을 자부하며 정왕이 황친이 된 지 2, 3년이 되었다고 말하고 다니며 관아의 보호를 받는다는 말이 들렸다. 말하기 좋아하는 자들이 혜택을 받은 자가 있다고 여겼다. 황지를 받들어 유림은 처단되고 어린 여자아이는 빨래하는 곳으로 보내졌으며 정씨는 이미 몰락했으니 정왕 또한 감시당했던 것이다. 당시에 교지에서 '몰락'이라고 한 의미를 가히 살필 수 있다고 했다. 과연 요망한 말로 인해 정왕을 죄의 우두머리라고 한다면 즉각 형벌을 가하지 않은 것은 어째서였는가? 그 사건은 형부 복건시福建司 소관이었다. 홍치 18년 5월 무종이 등극해 대사면이 이루어져 상서 민규閔珪가 풀려났다. 아마 황상의 의중이 여기에 있었던 듯하다. 이 당시에 그 일을 목격한 자들이 기

록한 바가 나라의 역사서에 비교해보면 더욱 정확하다. 소위 혜택을 받은 자란 효강황후를 가리킨다. 정왕이 죄수의 우두머리인데 형을 가하지 않은 것은 효종이 정왕의 원통함을 알고 있다는 것을 가리킨다. 민규가 의중을 둔 것은 효종께서 중궁을 만들라 한 것이다. 그의 의중은 사실은 정왕을 죽이고자 한 것이 아니다. 그러므로 무종은 과연 정금련이 낳은 소생으로 효강황후가 낳은 적자를 물리친 것인가 아니면 다른 황태자를 바꿔친 것인가. 정덕 2년에 민규가 이미 파직되어 떠났고 도훈屠勳이 대신해 사구司寇를 맡자 정왕이 불평해 다시 이전대로 처리했다. 당시 효강황후와 무종은 모자의 은덕이 깊었으니 어찌 바꿀 수 있었겠으며 정왕이 죽지 않도록 무엇을 바랐겠는가. 정금련이란 여자는 왕찬王贊이 내시들을 가르치는 책을 사례감司禮監에서 편수할 때 직접 그녀가 붉은 보자기에 싸여 세탁하는 곳으로 보내지는 것을 봤는데, 환관들이 모두 일어서서 들어오는 것을 맞으니 그녀를 대우함이 이상했다. 그러므로 황지의 내용에 '몰락'이라고 말한 것은 다만 어린 여자아이와 같은 처지가 되었을 뿐인 것이다. 나중에 그녀가 어떻게 처분되었는지는 알 길이 없다.

원문 鄭旺妖言

當弘治末年, 孝康皇后張氏擅寵, 六宮俱不得進御. 且自武宗生後, 正位東宮, 再擧蔚悼王薨後, 更無支子. 京師遂有浮言, 太子非眞中宮出者.

時有武城尉軍餘[244]鄭旺, 有女入高通政[245]家進內. 因結內侍劉山宣言,
其女今名鄭金蓮, 現在聖慈仁壽太皇太后周氏宮中, 實東宮生母也. 孝宗
聞之大怒, 卽殛劉山幷鄭旺論斬, 後遇赦得免. 至正德二年十月, 又布前
言, 同居人王璽擅入東安門, 且云欲奏國母見幽之狀. 武宗下之刑部, 再
讞再不服, 久之始成獄正法[246]. 此案倡議甚怪. 往年郭江夏[247]行勘楚府,
時馮開之[248]先生爲予言楚事. 因及武宗, 亦曾被謗如楚宗[249]所言. 以此

244 軍餘 : 명나라 때 정식 군적軍籍을 취득하지 못한 군인을 이르던 말.
245 通政 : 명나라 때 통정사사通政使司의 부장관副長官으로 정4품에 해당한다. 좌통정左
通政과 우통정右通政 각각 1명씩을 두었다.
246 正法 : 사형을 집행하다.
247 郭江夏 : 명대 후기의 대신 곽정역郭正域, 1554~1612을 말한다. 그의 자는 미명美命이고,
호는 명룡明龍이며, 시호는 문의文毅다. 호광湖廣 강하江夏 사람이다. 만력 11년1583
진사가 되어, 서길사, 한림원편수, 첨사詹事, 예부우시랑 등의 벼슬을 역임했다. 첨
사로 있을 때 황태자 주상락朱常洛의 강관講官을 맡았다. 초왕楚王 사건 때 내각수보
인 심일관의 눈 밖에 나 요서妖書 사건 때 하옥되었다가 사형 당할 뻔했다. 사후에
예부상서로 추증되었다. 저서에 『비점고공기批點考工記』, 『명전예지明典禮志』 등이
있다.
248 馮開之 : 명나라의 유명한 불교거사이자 시인인 풍몽정馮夢禎, 1548~1605을 말한다. 그
의 자는 개지開之이고, 호는 구구具區 또는 진실거사眞實居士이며, 시호는 장간莊簡이
다. 절강 수수 사람이다. 만력 5년1577에 진사가 되어, 편수, 광덕주판廣德州判, 국자
감좨주 등의 벼슬을 지냈다. 벼슬을 그만두고 항주杭州로 이주해, 고산孤山의 기슭에
'쾌설快雪'이라는 이름의 당堂을 짓고 살았다. 저서로 『역대공거지歷代貢擧志』, 『쾌설
당집快雪堂集』, 『쾌설당만록快雪堂漫錄』 등이 있다.
249 楚宗 : 명나라 제9대 초왕楚王인 주화규朱華奎, 1571~1643를 말한다. 호광성 무창부 강
하현 사람이다. 융경 5년 1571 초공왕楚恭王이 죽은 뒤, 만력 6년1578 세자로 봉해지고,
만력 8년1580 초왕의 왕위를 계승했다. 만력 31년1603 종친 주화저朱華趆 등이 주화규
가 초공왕의 아들이 아니라고 폭로하면서 '위초왕僞楚王 사건'에 대한 진상 조사가 진
행되었으나, 조정에서 그를 비호해 주화저 등이 폐서인되고 감금되었다. 주화규는
숭정 16년1643 장헌충張獻忠이 무창을 공격해오자 장강에 빠져 죽었다. 처음 시호는
정貞이었으나 나중에 정定으로 바뀌었으며, 초정왕楚定王이라 부른다.

世宗尤追恨張太后, 幷及鶴齡延齡兄弟, 決欲族之. 余謂不然. 此謗實始于鄭旺, 一時皆信之, 傳入各藩. 正德十四年, 寧王宸濠[250]反逆, 移檄遠近, 中有上'以莒滅鄭, 太祖皇帝不血食'之語. 蓋又因鄭旺之言而傅會之, 以實昭聖太后之罪耳.

○ 『治世餘聞』[251]云, "鄭旺招係壩上人, 有女選入內, 近聞生有皇子, 見在太后宮. 每來西華門, 內臣劉林探問往來, 送時新瓜果入本宮, 使人黃女兒遞進, 回有衣服等物." 旺因誇耀鄉人, 稱爲鄭皇親已二三年, 被緝事衙門訪獲. 說者以爲有所受. 奉旨劉林便決了, 黃女兒送浣衣局, 鄭氏已發落了, 鄭旺且監着. 時謂旨云'發落', 意自可見. 若果妖言, 旺乃罪魁, 不卽加刑, 何也? 其案在刑部福建司. 至弘治十八年五月, 武宗登極大赦, 閔尙書珪[252]放出. 蓋意亦有在. 此當時目擊其事者所紀, 較國史更確. 其所謂有所受者, 指孝康皇后也. 旺罪魁不加刑者, 指孝宗知旺之冤也. 閔珪意有在者, 謂孝宗爲中宮所制. 其意實不欲殺旺也. 然則武宗果爲鄭金蓮所出, 而孝康攘爲嫡子耶, 抑更有他皇子也. 至正德二年, 則珪

---

250 寧王宸濠 : 명 태조 주원장의 5세손이며, 영왕 주권의 제4대 계승자인 주신호朱宸濠를 말한다.
251 『治世餘聞』 : 명대 진홍모陳洪謨, 1476-1527가 편집한 사료 필기다. 명 효종 홍치 연간에 보고 들은 여러 일들을 기록한 것으로, 대부분 저자가 직접 겪은 일들이다. 정사와 비교 대조해 볼 수 있어 사료로서의 가치가 매우 높다.
252 閔珪 : 민규閔珪, 1430~1511는 명나라 중기의 명신이다. 그의 자는 조영朝瑛이고, 호주부湖州府 오정烏程 사람이다. 천순 8년1464에 진사가 되어, 강서부사江西副使, 광동안찰시廣東按察使, 우첨도어사순무강서右僉都御史巡撫江西, 양광총독兩廣總督, 남경형부상서, 좌도어사, 태자소보 등의 관직을 역임했다. 사후에 태보로 추증되었고, 시호는 장의莊懿다. 저서로는 『민규문집閔珪文集』이 있다.

已罷去, 屠勳[253]代爲司寇矣, 旺猶不平, 復理前說. 時孝康與武宗母子恩深, 豈有更改之理, 旺不死更何待哉. 若金蓮者, 則編修王贊敎內侍書于司禮監, 親見其紅氊裹送浣衣局, 內臣皆起立迎入, 待之異常. 則旨中云發落者, 止與黃女兒同耳. 其後日處分, 則不可考矣.

---

253 屠勳 : 도훈屠勳, 1446~1516은 명나라 중기의 관리다. 그의 자는 원훈元勳이고, 호는 동호東湖이며, 시호는 강희康僖다. 절강 평호平湖 사람이다. 천성이 영민하고 경사에 밝아 이름을 널리 알렸고, 성화 5년1469에 진사가 되었다. 그 뒤 공부주사, 형부원외랑, 남경대리시南京大理寺 시승侍丞, 대리시소경大理寺少卿, 형부시랑, 형부상서 등의 벼슬을 지냈다. 결단력이 강해 의심나는 사건이나 조사를 잘 처리한 것으로 유명하다.

번역 『여훈女訓』을 반포하다

세종께서 장성태후章聖太后께서 만드신 『여훈』 한 권을 재상에게 보이셨는데, 그 책의 첫 부분에 헌제獻帝께서 쓴 서문이 있고, 그다음에 태후께서 쓴 자서가 있으며 목차는 열두 가지로 되어 있다. 이어 다시 『자효고황후전慈孝高皇后傳』과 인효황후仁孝皇后의 『내훈內訓』을 함께 보이시고 『여훈』과 함께 간행하고자 하셨다. 재상 장총이 칭송하며 황상께서 뒷부분에 발문跋文을 써 줄 것을 청했고 황상의 성지를 받들어 윤허를 받았다. 차보次輔 계악이 다시 아첨하며 다음과 같이 말했다. "『여훈』을 신이 받들어 읽고 그 의미를 감상해보니 하늘이 중흥을 여시고 성현이 계속 나오는 일이 이 책에서 잉태됨을 알겠나이다. 이에 마땅히 옛것을 따라 가르침을 주고 자식을 임신하는 여러 달 동안 『시경詩經』의 주남과 소남의 시를 편성해 간략하게 해설을 써 현명한 부인 10여 명을 뽑아 올바른 윤리를 갖추고, 중궁에서 꽃과 새를 그린 눈에 보이는 사물들도 일일이 가려서 선택하도록 하십시오. 또 북경과 남경의 포정사布政司와 부주현府州縣에 영을 내려 관녀들이 각기 글을 익히고 묘를 세워 선대 여스승의 신을 받들고 그 옆에는 행랑을 두어 여자 장인들의 배우는 장소로 삼고 당을 가운데에 두어 가르침을 듣는 학교로 삼으십시오. 그리고, 의리로 맺은 아비를 선발해 그 일을 관장하도록 하고 매년 10월 학교를 열고 12월에는 닫으시면 됩니다. 그 곳에서 어리석고 분별력이 없는 사람들을 『여훈』을 통해 가르치는데, 임금의 명으로 이 책을 해설하고 암송하면 분량에 따라 봉급을 주고 제학관提學官이 해마다 그것을 검열하도록 하십시오. 또, 가풍 있는 대가집의 사람을 매파로 뽑으려고 하는데, 여자 나이 7세 이상으로 『여훈』을 배워 익힌 자의 생년월일을 적어 보관하고 나라에 큰 가례가 있으면 명부를 살펴 여자를 취하면 태자께서 반드시 훌륭한 여인을 얻을 것이고 제왕과 사대부 집안 역시 좋은 행실의 여자를 배필로 맞을 것입니다." 황상께서 계악의 이 상소를 보셨는데, 그가 아첨해 총애를 얻으려고 우매하고 황당하며 불경한지라 사람들에게 웃음을 샀다. 계악은 본래 정직하기로 유명한데, 어찌 이리 거꾸러졌는가.

이듬해 봄 계악은 바로 병이나 관직을 떠났고, 이윽고 집에서 죽었다. 옛 사람이 "사람이 죽으려 하면 그 말이 선해진다"고 했는데, 계악의 경우를 경험해보면 그렇지는 않은 것 같다.

○ 근래 다시 간행된 여곤呂坤의 『규범閨範』에 익곤궁翊坤宮의 정비鄭妃가 서를 썼는데, 이 책은 인효후仁孝后의 『여계女誡』와 장성후章聖后의 『여훈女訓』을 모방한 것이다. 말하기 좋아하는 자들이 마침내 흉칙한 의심을 하니 모두 대거 하옥시키라는 장계가 내려와 그 화근이 지금까지 미쳐 풀리지 않는다. 이때 누가 초안을 보이고 또 그것을 싫어했는지 알수가 없을 뿐이다.

원문 頒行女訓

世宗以章聖太后所著『女訓』一卷示輔臣, 其首卽獻帝爲之序, 次卽太后自序, 爲目十有二. 已復以『慈孝高皇傳』, 及仁孝皇后『內訓』同示, 欲與『女訓』並刊行. 輔臣張璁贊美, 請上御製跋語於後, 已奉旨允行矣. 次輔桂萼復獻諛, 謂"『女訓』一書, 臣拜觀詳味, 知天啓中興, 聖賢繼出, 胚胎於此矣. 宜仿古胎敎, 姙子及月, 將二南詩古詩編成簡明說詞, 選哲婦十餘人, 以備輪直, 凡中宮圖畫花鳥寓目之物, 尤當一一揀擇. 又令兩京布政司府州縣各修官女學設廟, 奉先代女師之神, 傍有廊, 爲習女工之所, 中一堂, 爲聽敎之堂. 選行義父老掌其事, 每年十月開學, 十二月止, 其敎矇瞀之人以『女訓』一書, 敎令講解背誦, 量與俸給, 提學官歲考閱之. 又欲選大家有家法之人爲媒氏, 凡女七歲以上入學習『女訓』者, 書其年月名籍, 令之收掌. 國有大嘉禮, 按籍而取之. 則太子必得聖女, 諸王及士大夫家, 亦有士行之女配矣. 觀萼此疏, 欲諛悅取寵而迂誕不經, 令人齒冷. 萼素以直名, 何瀾倒至此也.[254] 次年之春, 萼卽以病去位, 尋卒于家. 古人云, '人之將死, 其言也善.' 驗之此公, 殆不其然.[255]

○ 近年重刊呂氏[256]『閨範』,[257] 翊坤宮鄭妃作序, 擬其書仁孝后之『女

---

254 觀鄂至此也 : '관악觀鄂'에서 '차야此也'까지의 총 29자는 사본에 근거해 본서에서 보충해 넣었다觀萼至此也, 共二十九字, 據寫本補. 【교주】

255 古人至其然 : '고인古人'에서 '기연其然'까지 총 19자는 사본에 근거해서 보충했다古人至其然共十九字, 據寫本補. 【교주】

256 呂氏 : 명 만력 연간의 관리 여곤呂坤, 1536~1618을 말한다. 그의 자는 숙간叔簡이고, 호는 심오心吾 또는 신오新吾이며, 포독거사抱獨居士라고 자호했다. 귀덕부歸德府 영릉寧陵 사람이다. 만력 2년1574 진사가 되어, 양원지현襄垣知縣, 우첨도어사右僉都御史, 산서

誠』, 章聖后之『女訓』. 說者遂有僭逼之疑, 致啓大獄, 貽禍迄今未解. 是時不知何人視草, 不識忌諱乃爾.

순무山西巡撫, 좌첨도어사, 형부시랑刑部侍郞 등의 벼슬을 지냈다. 만력 25년1597 글을 올려 천하의 안위에 대해 극론했지만 효과가 없자 병을 핑계로 사직했다. 만력 46년1618 병으로 세상을 떠났고, 천계天啓 원년1621 형부상서로 추봉되었다.

257 『閨範』: 명대의 저명한 문학가이자 사상가인 여곤呂坤이 만력 18년1590에 편집한 책이다. 『규범도설閨範圖說』이라고도 한다. 여인들이 준수해야 할 도덕규범을 기록한 책으로, 총 4권으로 이루어져 있다. 제1권 「가언嘉言」에서는 사서오경과 고서의 전기에 나오는 여성의 도덕수양과 관련된 훌륭한 말들을 절록했다. 제2권 「선행善行·여자지도女子之道」, 제3권 「선행善行·부인지도婦人之道」, 제4권 「선행善行·모도母道」는 모두 고서에서 수집한 현녀賢女, 현부賢婦, 현모賢母의 선행에 관한 전기로 되어 있는데, 각각의 전기마다 이야기의 내용을 보여주는 그림과 여곤 자신의 논평을 첨부했다.

　역대 황후의 시호는 관례대로 열두 글자를 쓰는데, 시호 중에 반드시 '천天'과 '성聖'의 두 글자가 있어야 하며 허자虛字는 별도로 두니 고황후高皇后의 '승천순성承天順聖'이 그 일례이다. 대개 배필이 지존이므로 사후에도 여전히 짝을 이루는 형태를 지니며 후대에 모두 이에 준해 사용한다. 세종 때에 이르러 장성태후章聖太后의 시호를 추증하면서 '안천탄성헌황후安天誕聖獻皇后'라 했는데, 이것은 바로 도탑게 태어나 황위를 이음을 보여주는 아름다운 칭호로 선제에 대적하는 의미를 없앤 것이다. 같은 시기에 고황후의 시호를 높이면서 '승천순성承天順聖'을 '성천육성成天育聖'으로 바꾸었는데, 개국을 도운 성인들이 이에 대해 의론하지 않았다. 대개 당시 세종께서 스스로 운명에 순응해 중흥하신다 하시고 문황제와 함께한 자들을 공격해 난을 평정하시고 영원히 근본을 뿌리 뽑으셨기 때문이다. 이전에 한때 모시던 대신으로는 정부政府의 이문강李文康, 하문민夏文愍, 고문강顧文康과 예부상서 엄분의嚴分宜가 있는데, 황상의 뜻에 부합하며 기쁘게 해드리고 자리를 굳힐 줄만 알았다. 종묘의 대례에 대해서 그들이 돌아볼 겨를이 있었겠는가.

원문 母后諡號

　歷朝皇后諡號, 例用十二字, 諡中必有'天''聖'二字, 而以虛字別之, 如高后²⁵⁸之'承天順聖'是也. 蓋以匹耦至尊, 沒後仍存伉儷之體, 後世皆倣此. 至世宗朝, 追諡章聖太后, 乃曰'安天誕聖獻皇后', 是直以篤生嗣皇見之徽稱, 而沒其敵體先帝之實矣. 至同時加上高后諡, 改'承天順聖'爲'成天育聖', 則又但以生文皇見重, 而助贊開天聖人置不論矣. 蓋其時世宗自謂應運中興, 功同文皇之靖難, 爲萬世不祧張本. 以故一時在事大臣, 政府則李文康²⁵⁹夏文愍²⁶⁰顧文康²⁶¹, 禮卿則嚴分宜, 但知逢迎上意, 容悅固位而已. 宗廟大體, 彼豈暇顧哉.

---

258 高后 : 명 태조의 조강지처 효자고황후孝慈高皇后 마씨馬氏를 말한다.
259 李文康 : 명나라 중기의 대신인 이시李時를 말한다.
260 夏文愍 : 명나라 중기의 정치가이자 문학가인 하언夏言을 말한다.
261 顧文康 : 명대의 대신으로 내각수보를 지낸 고정신顧鼎臣을 말한다.

세종께서는 효결황후 진씨陳氏가 붕어한 지 한 달이 되자마자 순비順妃 장씨張氏를 황후로 책봉하신 일은 가정 7년의 일이었다. 그런데, 가정 12년 정월 초엿새에 갑자기 조서를 내려 장황후張皇后를 서인庶人으로 폐하셨다. 이때 수규인 장영가는 고향 마을에서 지내다가 새로 기용되어 다시 수규의 자리에 올랐기 때문에 또한 적극적으로 간언할 수 없었다. 그리고 하문민厦文愍은 종백宗伯으로 황상의 총애를 가장 많이 받았지만 잠자코 있어 간언의 말이 한마디도 들리지 않았다. 대관臺官과 간관諫官들 역시 나서서 상소를 올려 그만두라고 간언하는 사람이 하나도 없고, 또한 폐후廢后의 죄상을 종묘에 고하고 천하에 알렸지만 불경不敬하고 불손不遜하며 방자하게도 잘못을 뉘우치지 않는다고만 했을 뿐이라 지금까지 후학들이 그 연유를 이해하지 못하고 있다. 왕엄주는 현 왕조의 일에 대해 아는 것이 매우 많지만 오직 이 일에 대해서는 생략했다. 정단간鄭端簡이나 뇌풍성雷豊城 같은 선배들은 당시에 모두 이미 조정에서 벼슬을 하며 사관史官의 재능을 지니고 있었는데 저술한 책에서 다 그 일의 개요를 기록하지 않았다. 건창후建昌侯 장연령張延齡이 죄에 연루되어 사형을 당하게 되자 소성태후昭聖太后께서 폐후에게 동정을 구했고 폐후가 설날을 맞아 연회에서 황상을 모시면서 은근히 그 일을 언급했다는 말이 있다. 황상께서 진노하시어 즉시 관복을 빼앗고 채찍으로 매질하시고는 질책하고 떠나셨다. 그달 초여드레에 조서를 내려 덕비德妃 방씨方氏를 황후에 책봉하시니 아마도 황상의 마음은 이미 정해진 지 오래인 듯하다. 폐후의 일이 건창후와 엮여 있다는 설은 그 일에 가까운 듯하다. 장연령은 효종 때에 전횡을 일삼아 무고한 이를 죽이고 후비后妃를 욕보이는 지경에 이르렀으니 문관 이몽양李夢陽과 환관 하문정何文鼎 등이 아뢴 바와 같다면 정말 백번 죽어 마땅하다. 이때 대신들이 장연령을 관대히 용서하기를 강력히 청했는데, 아마도 소성태후께서 이 일로 인해 병이 들어 돌아가시게 될까 봐 걱정해서였을 것이다. 이 때문에 장연령은 감옥에서 10여 년을 보낸 뒤 저잣거리에서 참형을 당했는데 이때 소성태후는 이미 승하해 이것을 보지 못했으니, 이것은 장영가와 방남해方南海 등 여러 대신이 힘쓴 덕이다. 하지만 가정 17년 장성태후章聖太后가 약을 복용한 뒤 붕어하자 소성태후가 저주를 내린 것이라 의심하며 큰일을 치르려 했다. 이문강李文康이 죽을 각오로 조서를 막지 않았다면 거의 당 선종이 곽태후郭太后에게 한 일처럼 되었을 것이다. 소성태후가 붕어하신 이듬해에 바로 궁녀 양금영楊金英 등이 세종을 시해하려고 모의한 큰 사건이 있었는데, 소성태후가 여전히 살아있었다면 죽음을 면하기 어려웠을 것이다. 효종께서 외척을 우대하신 것이 오히려 후대에 재앙을 남겼으니 이른바 사랑이 이르러 해를 끼친 것인 셈이다.

○ 장황후가 가정 15년 윤 12월 초사흘에 돌아가시자 조서가 내려져, 상례는 헌종 때의 폐후 오씨吳氏의 예를 따르게 했다.

世宗自孝潔[262]崩逝, 甫踰月, 卽冊立順妃張氏[263]爲后, 事在嘉靖七年.
至十二年之正月初六日, 忽下詔廢爲庶人. 時首揆張永嘉, 新從里居起,
再位首揆, 亦不能力諍. 而夏文愍[264]爲宗伯, 最得上眷, 寂不聞一言. 卽
臺諫[265]亦無一人出疏諫止. 亦不以廢后罪狀告宗廟示天下, 但云不敬不
遜、侮肆不悛而已, 至今後學不解其故. 王弇州於本朝事極博, 獨於此事
略之. 前輩如鄭端簡、雷豐城[266], 時俱已立朝, 負史才, 所著書, 並不記
涯略. 說者謂建昌侯張延齡坐罪當死, 昭聖太后[267]乞哀于廢后, 后乘新
正[268]侍上宴, 微及其事. 上震怒, 立褫冠服鞭撻之, 斥譴以去. 本月初八
日卽下詔冊封德妃方氏[269]爲皇后, 蓋聖心先定久矣. 廢后事屬之建昌侯
者, 其說似爲近之. 延齡橫于孝宗朝, 至殺無辜, 污宮眷[270], 如文臣李夢
陽[271]內臣何文鼎[272]輩所奏, 眞死有餘僇. 至是大臣力請寬延齡, 蓋恐昭

---

262 孝潔 : 명대 세종의 첫 황후인 효결숙황후孝潔肅后 진씨陳氏를 말한다.
263 順妃張氏 : 명 세종의 두 번째 황후였다가 폐위된 황후 장씨張氏, ?~1537를 말한다. 장
　　씨는 가정 원년1522 입궁해 순비順妃로 책봉되었다. 가정 7년1528 진황후陳皇后가 유
　　산 후 우울증에 걸려 죽었는데, 그 3개월 반 뒤에 순비 장씨를 황후로 책봉했다. 가
　　정 13년1534 장황후를 폐위하고 별궁에 기거하게 했다. 가정 15년1536 윤 12월 약
　　30세의 나이로 세상을 떠나 금산金山에 묻혔다.
264 夏文愍 : 명 중기의 정치가이자 문학가인 하언夏言을 말한다.
265 臺諫 : 관료를 감찰하고 탄핵하는 임무를 맡은 대관臺官과 국왕에 대한 간쟁諫諍의
　　임무를 맡은 간관諫官을 합쳐서 부르는 말.
266 雷豐城 : 명대 대신인 뇌례雷禮, 1505~1581를 말한다.
267 昭聖太后 : 명 효종의 황후이자 무종의 모친인 자수황태후慈壽皇太后 장씨張氏를 말한다.
268 新正 : 음력 정월 초하루, 즉 설날 아침.
269 德妃方氏 : 명 세종의 세 번째 황후인 효열황후 방씨方氏를 말한다. 강녕江寧 사람이다.
270 宮眷 : 후비后妃의 통칭이다.
271 李夢陽 : 이몽양李夢陽, 1473~1530은 명대 중기의 문학가로 복고파復古派 전칠자前七子의

聖因此不豫, 致有他故. 以故延齡在獄十餘年而後棄市[273], 時昭聖已升

遐不及見矣, 此張永嘉方南海諸公力也. 然十七年章聖[274]服藥崩, 上疑

昭聖爲巫蠱[275], 欲行大事. 非李文康以死捍詔旨, 幾如唐宣宗[276]之於郭

太后[277]矣. 昭聖崩之次年, 卽有宮婢楊金英等謀弑大變[278], 使昭聖尙在,

영수다. 그의 자는 헌길獻吉이고, 호는 공동空同이며, 섬서陝西 경양부慶陽府 사람이다.
홍치 6년1493 진사가 되어 호부주사에 제수되었다. 무종 즉위 초기에 호부상서 한문
韓文을 대신해 환관 유근劉瑾을 탄핵하는 상소를 썼다가 정덕 2년1507 투옥되고 면직
당했다. 유근이 죽은 뒤 강서제학부사江西提學副使로 복직되었다. 정덕 14년1519 영왕
주신호의 반란에 연루되어 하옥되었지만 무죄가 밝혀져 풀려났다. 평소 한나라 이
후에는 문장이 없고, 당나라 이후에는 시가 없다고 말하면서 시문의 복고를 주장했
으며, 하경명何景明, 강해康海, 왕구사王九思 등과 함께 칠재자七才子로 불렸다. 가정 8
년1530에 세상을 떠났고, 융경 원년에 '경문景文'이라는 시호를 받았다.

272 何文鼎 : 명대 효종 때의 환관 하정何鼎, 생졸년 미상을 말한다. 하정의 원래 이름은 '문
정文鼎'이었지만, 나중에 '문文'을 빼고 외자 이름인 '정鼎'을 사용했다. 절강浙江 여
항餘杭 사람이다. 홍치 연간 초기에 수녕후壽寧侯 장학령張鶴齡 형제가 궁궐을 출입할
때 매우 불경하고 신하의 예를 지키지 않는다는 상소를 올려 금의위錦衣衛에 하옥
되었다가 매를 맞고 죽었다.

273 棄市 : 사람들이 많이 모인 곳에서 죄인의 목을 베고, 그 시체를 길거리에 버려두는
형벌.

274 章聖 : 흥헌왕의 부인이자 명 세종의 생모인 자효헌황후慈孝獻皇后 장씨蔣氏를 말한다.

275 巫蠱 : 남을 혹독하게 저주함.

276 唐宣宗 : 당나라의 제16대 황제인 이침李忱, 810~859을 말한다. 이침은 장경長慶 원년
821 광왕光王에 봉해졌고, 회창會昌 6년846 당 무종이 죽자 환관 마원지馬元贄 등의 옹
립을 받아 황위에 올랐다. 13년이라는 재위기간 동안 나라가 상대적으로 안정되
고 번영했다. 장생長生의 약을 복용하다 대중大中 13년859 향년 50세로 붕어했다.
시호는 성무헌문효황제聖武獻文孝皇帝이고, 묘호는 선종이며, 정릉貞陵에 묻혔다.

277 郭太后 : 당 헌종의 정실부인이자 당 목종의 생모인 의안황후懿安皇后, 약779~848 곽씨
郭氏를 말한다. 곽씨는 중서령中書令이자 분양군왕汾陽郡王인 곽자의郭子儀의 손녀다.
헌종이 광릉왕廣陵王일 때 맞이한 정비正妃로, 헌종이 황위에 오른 뒤 귀비로 책봉되
었고, 목종이 황위에 오른 뒤 황태후로 높여졌다. 경종敬宗, 문종文宗, 무종 3대 동안
에는 태황태후로 높여졌다. 무종의 뒤를 이어 황위에 오른 선종은 효명황후孝明皇后
정씨鄭氏와 헌종 사이의 아들이라, 선종과 곽태후는 사이가 좋지 않았다. 대중 2년

難乎免矣. 孝宗優假²⁷⁹外戚, 反貽後殃, 所謂愛之適以害之.

○ 張后以嘉靖十五年閏十二月初三日薨, 詔喪禮視憲宗廢后吳氏²⁸⁰例.

---

848 붕어했으며, 시호는 '의안황후'다.
278 宮婢楊金英等謀弑大變 : 가정 21년1542 10여 명의 궁녀가 명 세종을 죽이려 한 사건
이다. 가정 21년 10월 어느 날 세종이 단비端妃 조씨曹氏의 거처인 익곤궁翊坤宮에서
잠을 자는데 양금영楊金英 등 10여 명의 궁녀들이 잠든 세종을 목 졸라 죽이려 했다.
세종은 다행히 이 소식을 듣고 급히 달려온 황후 방씨方氏의 도움으로 목숨을 건졌
다. 이 사건으로 양금영 등의 궁녀는 능지처참을 당하고, 단비 조씨와 영빈寧嬪 왕씨
王氏 또한 이 일에 연루되어 주살되었다. 이 사건이 일어난 해가 임인王寅년이라서
임인궁변王寅宮變이라 칭하기도 한다.
279 優假 : 관대한 태도로 양해하여 받아들이고 돌본다는 의미이다.
280 廢后吳氏 : 명대 헌종의 첫 황후인 폐후 오씨吳氏를 말한다.

번역 황후를 합장한 예

  종묘의 큰일 중에 충성스러운 마음이 너무 지나치게 복받쳐 일어나 이해할 수 없는 재앙을 불러일으킨 일로 가정 초기에 대례大禮를 논한 일만 한 것이 없다. 넌지시 한 말이 이치에 닿아 사람들이 따르지 않을 수 없게 한 것은 성화 초기에 효장예황후孝莊睿皇后의 합장을 의론한 일만 한 것이 없다. 정실 황후를 다른 곳에 매장한다는 것은 정말 상식에 어긋나는 일이다. 당시에 팽시, 상로, 요기姚夔 등의 대신들이 황상의 마음을 올바른 길로 돌리려는 노력이 크고 단단했다. 예부상서 요문민姚文敏은 상소에서 "자의태후慈懿太后는 왼쪽에 안장하고 황태후는 돌아가신 뒤 오른쪽에 안장하며, 자의태후는 지금 태묘에 함께 모시고 황태후도 훗날 태묘에 함께 모시십시오. 두 어른을 함께 모시면 높고 낮음이 전혀 없게 됩니다"라고 말했다. 그 말이 매우 완곡했으므로 효숙황후孝肅皇后가 뜻을 굽혀 마지못해 따랐다. 또 37년이 지나 효종 홍치 갑자년甲子年에 효숙황후께서 비로소 붕어하셨는데 낙양洛陽 사람 유건, 장사長沙 사람 이동양, 여요餘姚 사람 사천謝遷이 내각에 있었다. 효종께서는 현 왕조에 비록 이런 일이 없었지만 두 황후를 합장하는 것이 예가 아니라고 여겼지만 현궁玄宮이 먼저 만들어졌으니 어쩔 수 없이 마침내 이전대로 따랐다. 하지만 이후에 효정황후孝貞皇后 왕씨王氏는 헌종과 합장할 수 있었지만 효목황후孝穆皇后 기씨紀氏는 먼저 돌아가시어 그저 곁에 묻혔을 뿐이니 효종께서 옛 예법을 엄격히 준수하신 것은 적서嫡庶의 차이가 분명해 감히 법규를 넘어서지 못한 것이지 어찌 황상께서 인자해 끊으신 것이겠는가. 신주를 태묘에 모시는 일은 유건 등이 여전히 요기의 옛 견해를 본받아 당대와 송대에 두 황후나 세 황후가 함께 존중되었던 옛 일을 인용해 황상께서 스스로 결정하시기를 기다렸다. 황상께서는 이에 "조상 대대로 한 황제에 한 황후만 합사했다. 지금 만약 함께 합사한다면 짐으로부터 잘못되기 시작되는 것이다. 하물며 효목황후는 짐의 생모이시니 또한 봉자전奉慈殿에서 제사 지내도록 하라"고 말씀하셨다. 또 일이 있으면 옛 일을 본받아야지 말세末世의 더럽고 보잘것없는 일은 배울 만한 말이 아니다. 유건 등이 비로소 칭송하며 결정을 도와서 태묘에 모시는 일에 대한 의론이 마침내 정해졌다. 그 결과 효정황후만 무릉茂陵에 합장되고 또 헌종과 함께 태묘에 들어갔으며, 효목황후는 곁에 안장되고 따로 제사 지냈다. 그래서 한 황제에 한 황후만 합사하는 것이 영원히 후세의 법도가 되었다. 그 뒤 세종께서 대례大禮를 의론하실 때 효종의 일이 먼저 있지 않았다면 효혜황후孝惠皇后 소씨邵氏 또한 틀림없이 태묘에 들어가 합사되어 헌종과 함께 제사를 누리고 효목황후만 배척되었을 것이다. 효종께서 효를 행하신 것이 어찌 천고의 한 사람이 아니겠는가. 마지막에 세종께서 효열황후孝烈皇后를 먼저 합사하신 것은 차라리 인종을 조묘祧廟로 합사해 돌보지 않은 것이 아니라, 또한 한 황제에 한 황후라는 기존의 규칙이 이미 정해졌기 때문에 훗날 자신이 함께 제사 받을 사람이 효열황후가 아니라 본처인 효결황후孝潔皇后가 될까봐 미리 도모한 것이니 고심하신 것이다. 황손들이 훗날 틀림없이 고치고 바로잡으리라는 것을 누가 알고, 어찌 기꺼이 예제禮制를 어기고 도리를 거슬러 선황제先皇帝의 과오를 이루려 하겠는가!

원문 **皇后祔廟之禮**

宗廟大事, 有以忠憤[281]太過, 激成莫解之禍者, 無如嘉靖初之議大禮. 若微言至理, 導人以不得不從者, 無如成化初孝莊太后之議祔葬. 夫葬嫡后於他所, 誠爲悖謬. 當時彭時商輅姚夔諸大臣, 回天之力[282]固偉矣. 然禮卿姚文敏[283]疏中云, "慈懿葬于左, 皇太后萬年[284]後葬于右, 慈懿[285]今日祔于廟, 皇太后他日亦祔于廟. 同尊並列毫無低昂." 其詞甚婉, 故孝肅[286]曲意勉從. 又三十七年而爲孝宗弘治之甲子[287], 孝肅始崩, 則洛陽[288]長沙[289]餘姚[290]在閣矣, 孝宗以本朝雖未有此事, 然二后合葬爲非禮, 因玄宮先就, 無可奈何, 遂仍舊貫. 然此後孝貞王后[291]得與憲宗同穴, 而孝穆紀后先亡, 僅得祔葬. 則孝宗恪遵古禮, 嫡庶昭然, 不敢踰尺寸, 何

---

281 忠憤 : 충의로 말미암아 일어나는 분한 마음.
282 回天之力 : 황제나 임금의 마음을 바른길로 돌아서게 하는 힘.
283 姚文敏 : 명나라 전기의 대신 요기姚夔를 말한다.
284 萬年 : 죽음을 완곡하게 이르는 말.
285 慈懿 : 명대 영종의 황후인 효장예황후孝莊睿皇后 전씨錢氏를 말한다. 헌종이 즉위하면서 자의태후慈懿太后로 높혀 졌다.
286 孝肅 : 명 영종의 귀비이자 헌종의 생모인 효숙황후孝肅皇后 주씨周氏를 말한다.
287 弘治之甲子 : 명 효종 홍치 17년1504을 말한다.
288 洛陽 : 명대 효종 홍치 연간에 내각수보를 지낸 유건劉健을 말한다.
289 長沙 : 명대의 대신이자 유명한 문학가 겸 서예가인 이동양李東陽을 말한다.
290 餘姚 : 명대 중기의 대신인 사천謝遷을 말한다.
291 孝貞王后 : 명 헌종의 두 번째 황후인 효정순황후孝貞純皇后 왕씨王氏를 말한다.

其仁而斷耶. 至於祔廟一事, 劉健等尙祖姚夔舊說, 引唐宋二后三后並尊舊事, 以待上之自裁. 而上乃曰, "祖宗以來, 惟一帝一后. 今若並祔, 乃從朕壞起. 況孝穆爲朕生母, 尙祀於奉慈殿." 又有事須師古, 末世鄙褻不足學之語. 健等始稱誦贊決, 而祔廟之議遂定. 果止孝貞合葬茂陵, 且與憲宗同入太廟, 而孝穆祔葬別祀. 于是一帝一后, 永爲後世法矣. 其後世宗議大禮, 非有孝宗故事在前, 則孝惠邵后, 亦必入祔太廟, 與憲宗同享蒸嘗[292], 而孝穆紀后見擯于外矣. 孝宗之爲孝, 豈非千古一人哉. 最後世宗先祔孝烈后[293], 寧非祧仁宗而不恤者. 亦以一帝一后成規已定, 恐他日身所並食者不爲孝烈, 而爲元配之孝潔[294], 故預爲之謀, 其心苦矣. 孰知聖子神孫, 他日定當補救匡正, 安肯違禮拂經[295], 以成先帝之過擧耶!

---

292 蒸嘗: 제사를 말한다. 원래 '증蒸'은 겨울 제사, '상嘗'은 가을 제사를 말하는 것으로 통칭해서 제사를 의미하기도 한다.

293 孝烈后: 명 세종의 세 번째 황후인 효열황후 방씨方氏를 말한다.

294 孝潔: 명 세종의 첫 황후인 효결숙황후孝潔肅皇后 진씨陳氏를 말한다.

295 拂經: 상식적인 도리를 위반하다.

효열황후는 원래 성궁聖躬을 부축해 보호한 일로 특별한 보살핌을 크게 받았고, 그녀의 부친 안평백安平伯 방예方銳 또한 안평후安平侯로 작위가 높아졌다. 가정 26년 효열황후가 붕어하시자 황상께서 태묘에 올려 합사하려 했는데, 오랫동안 조정에서 의논하고도 결정하지 못했다. 황상께서 슬기로운 결단을 내시어 마침내 인종을 조묘에 합사하고 효열황후의 신주를 태묘에 합사했다. 이때 엄분의嚴分宜가 국정을 맡아 다스렸으므로 굳이 말할 것도 없고, 서화정徐華亭은 새로 종백宗伯에 배수되어서 또한 겨우 한번 상주문을 올리고는 엄분의의 뜻을 이어 받들어 거스르지 않고 일을 처리했다. 이 일은 종묘에 관련된 중대한 일이었지만 조정 대신들 중에 죽음을 무릅쓰고 간언하는 이가 없었다. 이때는 대례를 논한 때로부터 이미 20여 년이 지난 때로, 당시에 황상의 노여움을 샀던 신하들 가운데 죽은 사람은 셀 수 없고 다행히 살아남은 사람도 변방으로 유배를 갔다. 조정 대신들은 다만 장총과 계악 등이 갑자기 현귀顯貴해진 것을 부러워할 뿐이고 유배 간 사람들은 한 사람도 받아들이지 않아 마침내 더 이상 옛 도리를 지키며 강력히 간언할 수 없게 되어 황상께 이런 과오가 있게 된 것이니 참으로 한탄할 만하다. 효열황후의 재궁梓宮은 또한 황상의 수궁壽宮 묘도墓道를 열어 현궁玄宮에 넣었으니 더더욱 인정에 맞지 않는다. 아마도 남송의 문제文帝가 원황후袁皇后에게 한 것과 당 태종이 장손황후長孫皇后에게 한 것처럼 선대의 어진

군주도 먼저 죽은 이를 능침陵寢으로 돌아오게 하니 훗날에는 황제가 오히려 합장될지도 모른다. 현 왕조에서는 효릉孝陵과 장릉長陵만 모후가 먼저 묻혔고 이후로는 대대로 모두 다른 곳에 별도로 묻었다가 황상께서 승하하시면 비로소 황후를 옮겨와 합장한 것이 전례典禮에 매우 부합되었다. 하물며 효결황후는 황상의 본처인데 오히려 오아욕襖兒峪에 묻히고 효열황후는 세 번째 황후인데 먼저 황상의 수궁에 들었으니 더욱 질서를 잃었다고 느껴진다. 융경 원년 효결황후는 오히려 세종의 묘실에 합사되었지만 효열황후의 신주는 봉선전奉先殿에 옮겨 두었다. 보완하고 절충하게 된 것은 모두 목종의 지극한 효심 덕분이라고 한다.

○ 융경 원년 효열황후의 시호에 '지천위성祇天衛聖'이라는 글자를 더했는데 아마도 임인궁변壬寅宮變 당시에 변고를 멈춘 공을 드러낸 듯하다. 하지만 가정 35년에 이미 현문玄門의 법도에 따라 효열황후에게 '구천금궐옥당보성천후장선묘화원군九天金闕玉堂輔聖天后掌仙妙化元君'이라는 도호를 더해, 먼저 '성군을 보좌했다[輔聖]'는 말이 있었다.

원문 **孝烈祔廟**

孝烈既以擁護聖躬, 大獲殊眷, 其父安平伯方銳[296], 亦進封侯. 二十六

---

296 方銳 : 방예方銳, 1487~1546는 명나라 세종의 황후인 효열황후의 부친이다. 그의 자는 정기廷器이고, 응천부應天府 강녕현江寧縣 사람이다. 가정 13년1534 그의 장녀가 황후에 책봉되면서 도지휘사都指揮使가 되고 안평백安平伯에 봉해졌으며, 그 후 다시 안평후安平侯로 승격되었다. 사후에 태보太保로 추증되었고, 시호는 영정榮靖이다.

年孝烈崩, 上欲升祔太廟, 久之廷議[297]不決. 上自出睿斷, 竟祧仁宗祔孝烈神主于廟. 時分宜當國, 固不足言, 而華亭新拜宗伯, 亦僅一執奏[298], 繼奉嚴旨, 卽唯諾從事矣. 此事關宗廟最大, 而廷臣無有以死諍者. 此時去議大禮時已二十餘年, 當時批鱗[299]諸臣, 死者無算, 卽幸存亦流落荒裔[300]. 朝士[301]但羨張[302]桂[303]諸人之驟貴, 其貶竄[304]者無一收召, 遂不復能執古誼[305]力爭, 使聖主有此過舉, 良可悐歎. 至於孝烈梓宮, 亦開上壽宮[306]隧道納之玄宮, 尤不愜人情. 蓋先世賢主, 如南宋文帝之于袁后, 唐太宗之于長孫后, 亦以先亡歸陵寢, 他日帝反祔葬焉. 本朝惟孝陵長陵母后先葬, 此後累朝皆別葬他所, 及上升遐, 始遷后祔葬, 于典禮甚合. 況孝潔爲上元配, 尙瘞襖兒峪, 而孝烈爲第三后, 乃先居上壽宮, 更覺失序. 至隆慶初年, 孝潔仍祔世宗室, 而孝烈神主遷置於奉先殿. 補救折衷, 咸歸穆宗達孝[307]云.

○ 按隆慶初元, 加孝烈諡號有'祇天衞[308]聖'字面, 蓋亦著當時弭變之

---

297 廷議 : 조정의 의논.
298 執奏 : 상주문上奏文을 가지고 상주하는 것.
299 批鱗 : 용의 비늘을 건드린다는 뜻으로, 임금의 노여움을 사는 것을 비유해서 하는 말이다.
300 荒裔 : 멀리 떨어진 지방.
301 朝士 : 조정에서 벼슬살이하는 신하.
302 張 : 명나라 가정 연간의 중신이자 '대례의大禮議 사건'의 주요 인물인 장총張璁을 말한다.
303 桂 : 명나라 가정 연간의 중신 계악桂萼을 말한다.
304 貶竄 : 벼슬을 낮추고 먼 곳으로 귀향을 보내다.
305 古誼 : 옛날의 바른 도리.
306 壽宮 : 황제가 살아 있을 때 미리 만들어 둔 능묘.
307 達孝 : 만인이 인정할 만큼 한결같고 변함이 없는 효도.

功也. 然嘉靖三十五年已從玄門³⁰⁹法, 加孝烈爲'九天金闕玉堂輔聖天后
掌仙妙化元君', 則先有'輔聖'之語矣.

308 衞 : '위衞'는 원래 '외畏'로 되어 있는데 사본에 근거해 고쳤다衞原作畏, 據寫本改. 【교주】
309 玄門 : 도교와 현학玄學의 별칭.

가정 14년 정월 무종의 장숙황후莊肅皇后 하씨夏氏께서 붕어하셨다. 이
때 수규 장부경이 하황후夏皇后는 다른 황후와 다르므로 그 시호를 두
글자로만 할 수 있으며 많아도 네 글자를 넘지 못한다고 건의했다. 아
마도 경제의 폐후 강씨汪氏의 시호가 '정혜안화貞惠安和' 네 글자였다는
전례를 이용한 듯하다. 이때 왕횡汪鈜 또한 장부경을 도와서 두 글자만
가능하다고 말했고 이후시李后時는 여덟 글자가 가능하다고 말했는데,
예부상서 하언만이 전례대로 열두 글자로 해야 한다고 말했다. 도어사
왕정상王廷相과 이부시랑吏部侍郎 곽도霍韜 또한 하언의 건의에 동의했다.
황상께서 정해 여덟 글자로 하라고 명하셨다. 이듬해 4월 황상께서 천
수산天壽山으로 행차하셔서 행궁에 앉아 대신들을 부르시고 "장숙황후
의 시호가 아직 마련되지 않았으니 옛 사례를 따르는 것이 마땅하다"
고 말씀하셨다. 9월에 이르러 지금의 시호를 올렸는데 이때 장부경은
이미 수규의 자리를 떠났었다. 세종의 성심이 어찌 하황후를 경시한
적이 있었겠냐마는 장영가가 평소 추측을 잘 해 다른 견해를 만들었으
니 그 죄가 어찌 군왕의 잘못에 영합하는 것에 그치겠는가. 그리고 왕
횡은 또 재상의 잘못에 영합한 것이다. 당시 귀계貴溪 사람 하언과 남해
南海 사람 곽도는 모두 대례의大禮議 사건으로 갑자기 현귀해졌는데, 오
히려 이처럼 정도를 지키면서 아첨하지 않은 것이다. 지금 장영가 재
상에게 아첨하는 이들은 대체로 대부분 과분하게 칭찬하는데, 장강릉

공이 사필史筆을 잡았을 때에는 마음과 뜻이 서로 부합해 매번 그의 공을 칭송했다.

母后減謚

嘉靖十四年正月, 武廟后莊肅夏氏[310]崩. 時張孚敬爲首揆, 議以夏后與他后不同, 其謚號只可二字, 多亦不過四字, 蓋用景帝廢后汪氏[311]'貞惠安和'四字故事也. 時汪鋐[312]亦助孚敬, 謂只可二字, 李后時謂可八字, 惟禮卿夏言謂宜如故事, 仍爲十二字. 都御史王廷相[313], 吏部侍郎霍韜,

---

310 莊肅夏氏 : 명 무종 주후朱厚照의 황후인 장숙황후莊肅皇后, 1492~1535 하씨夏氏를 말한다. 하씨는 정덕 원년1506 황후에 책봉되었는데, 무종과의 슬하에 자식이 없어 무종이 붕어한 뒤 무종의 사촌동생인 흥헌왕興獻王의 아들 주후朱厚熜이 황위를 이었다. 세종이 즉위하면서 '장숙황후'라는 휘호를 받았다. 가정 14년1535 세상을 떠난 뒤 무종과 함께 강릉康陵에 합장되었고, 신주는 태묘에 합사되었다. 가정 15년1536 '효정장혜안숙온성순천해성의황후孝靜莊惠安肅溫誠偕聖毅皇后'라는 시호를 받았다.

311 廢后汪氏 : 중화서국본 『만력야획편』에서는 '폐후강씨廢后江氏'로 되어 있는데, 『명무종실록明武宗實錄』, 『명사』, 『만력야획편·경제폐후景帝廢后』 등에 근거해 '왕씨汪氏'로 고쳤다. 〔역자 교주〕 ◉ 폐후 왕씨汪氏, 1427~1506는 명 대종代宗 주기옥朱祁鈺의 황후인 정혜안화경황후貞惠安和景皇后 왕씨汪氏를 말한다.

312 汪鋐 : 왕횡汪鋐, 1466~1536은 명 가정 연간에 이부상서와 병부상서를 겸했던 대신이다. 그의 자는 선지宣之이고, 호는 성재誠齋이며, 시호는 영회榮和다. 남직례 휘주부徽州府 무원현婺源縣 사람이다. 홍치 15년1502 진사가 되어, 남경호부주사南京戶部主事에 제수되었다. 그 뒤 광동제형안찰사첨사廣東提刑按察司僉事, 광동포정사사우포정사廣東布政使司右布政使, 도찰원우부도어사都察院右副都御史, 형부우시랑刑部右侍郎 등을 거쳐 태자태보太子太保의 직함과 함께 이부상서 겸 병부상서를 지냈다. 계략에 능하고 겉으로는 솔직한 듯 보이지만 사실은 음흉한 사람으로 자신에게 유리한 기회를 잘 포착했으며, 좋은 사람들을 배척하고 모함했다.

313 王廷相 : 왕정상王廷相, 1474~1544은 명대 중기의 관리이자 철학자다. 그의 자는 자형子衡이고, 호가 준천浚川이라서 당시 사람들은 왕준천王浚川 또는 준천선생浚川先生이라

亦同夏言所議. 上命定爲八字. 次年四月, 上幸天壽山, 坐行宮召大臣曰,
"莊肅之諡未安, 仍宜循舊." 至九月乃進今諡, 時孚敬已去位矣. 世宗聖
意何曾菲薄夏后, 乃永嘉素工揣摩, 創爲異議, 其罪豈止逢君之惡. 而汪
鋐則又逢相之惡. 時貴溪[314]南海[315]皆以議禮驟貴, 猶能持正不阿如此.
今諛永嘉相業者, 大抵多溢美. 則江陵公秉史筆時, 以聲氣相附, 每追
頌[316]其功也.

고 불렸다. 개봉부開封府 의봉현儀封縣 사람이다. 홍치 15년1502 진사가 되어, 한림원
서길사翰林院庶吉士, 병부급사중兵部給事中, 산동제학부사山東提學副使, 호광안찰사湖廣按
察使, 병부시랑兵部侍郎, 도찰원좌도어사都察院左都御史, 병부상서 등의 관직을 역임했
다. 그는 청렴하고 공무를 중히 여겼으며 박식했다. 가정 23년1544 병으로 세상을
떠났으며, 시호는 숙민肅敏이다.
314 貴溪 : 명나라 중기의 정치가이자 문학가인 하언夏言을 말한다.
315 南海 : 명나라 가정 연간의 대신 곽도霍韜를 말한다.
316 追頌 : 죽은 뒤에 그 공적과 선행 등을 칭송함.

 가정 14년 정월 무종의 장숙하황후莊肅夏皇后께서 돌아가시자 예부의
신하들이 예식에 관한 논의하면서 황상께서 평소의 관복을 입고 애도
의 의식을 거행하시고 여러 신하들은 위로하는 예를 받들어 행하는 것
에 대해 의견을 나누었다. 황상께서는 "짐은 황제의 형수 황후를 위한
의복이 없고 또 국모의 탄신일이 다가오니 짐은 마땅히 푸른 의복을
입고 거행하겠다"고 하셨다. 이에 예부의 신하들이 다시 청을 올렸는
데, 황상의 의복이 이미 없어 애도식을 거행할 필요가 없었으니 신하
들 역시 위로하는 예를 받들 필요가 없게 되었다. 7일이 지나 곧 장성
태후의 탄신일이 되자 황상께서 명하시어 백관들에게 관문에 올 필요
는 없고 다만 개인의 사저에서 예제를 다해 애도의 감정을 보이면 된
다 하셨다. 재상 장부경 등이 국모의 탄신일은 길례로 중대한 일이니
의당 길복을 하루 종일 입어야 한다고 했다. 황상께서는 비로소 기뻐
하시며 이를 허락하셨다. 그러나, 원단 며칠 전 헌묘공비憲廟恭妃의 상이
막 나서 문무백관들이 경하드리는 일을 면했다. 또한 장숙황후는 세종
에게는 같은 집에서 따르던 형수이시고 황제의 선조들도 시마복緦麻服
을 입으셨었는데, 황상께서 상복이 없다 하시고 예부의 신하들도 상복
이 없다 한 것은 이해할 수가 없다. 당시 하귀계가 예부의 장이었다.

嘉靖十四年正月, 武宗莊肅夏后崩. 禮臣上儀注, 擬上素冠服擧哀, 及
羣臣行奉慰禮. 上曰"朕於皇兄后無服制, 又迫聖母壽誕, 朕當靑服視事."
于是禮臣改請, 皇上服制旣絶, 不必擧哀, 臣下亦不必奉慰. 越七日卽爲
章聖太后壽誕, 上命百官不必赴衙門, 但於私第盡制, 蓋視羣情也. 輔臣
孚敬[317]等言, 聖母聖誕, 吉禮重大, 宜吉服終日. 上始悅而許之. 然數日
前元旦, 以憲廟恭妃初喪, 免文武百官慶賀矣. 且莊肅於世宗爲同堂從
嫂, 祖宗亦服緦麻[318], 乃上曰無服, 禮臣亦曰服絶, 不得其解. 時貴溪長
禮部.

---

317 孚敬 : 명나라 가정 연간의 중신이자 '대례의大禮議 사건'의 주요 인물인 장총張璁을
말한다. 부경孚敬은 세종이 하사한 이름이다.
318 緦麻 : 시마緦麻는 종증조, 삼종형제, 중증손衆曾孫, 중현손 등 팔촌 이내의 존비속의
상사喪事에서 석 달 동안 입던 의복이다.

세종 초년에 대례를 의론해 황상의 뜻을 펼치셨다. 사저의 양친을 일으켜 세우시고 그 후 예로서 존중함이 두루 미쳤다. 이때부터 마침내 친히 군대의 편제를 정하시고 마음대로 후대하거나 박대하셨는데, 상례에 있어서 가장 박대한 사람은 소성태후昭聖太后이고 가장 융숭하게 후대한 사람은 효열황후孝烈皇后이다. 가정 20년 소성황후가 돌아가시자 황상께서 예부에 "소성황후가 비록 백모로 불리지만 짐이 공경하고 삼가며 모시어 17년 가을부터 부득불 스스로 아끼지 않고 종사를 아끼시니 짐이 그런 까닭에 감히 몸소 문안을 올리지 못했다. 지금 소성황후가 돌아가시어 조석으로 제를 올리며 환관들에게 대행하도록 하겠다"고 밝히셨다. 대개 황상의 뜻은 오히려 무술戊戌년에 장성황후께서 돌아가신 것이 모두 소성황후가 독을 쓴 것으로 처음에 의심한 것에 그치지 않고 몰래 무당의 독을 쓴 것이라고 한 일을 말씀하신 것이다. 27년에 효열황후께서 돌아가시고 황상께서 임인壬寅년에 내적으로 변화를 이루셨는데, 황후께서 큰 공을 세우시니 상례를 처음 맞이한 배필의 예로 행하라 명하셨다. 한 달이 채 안 되어 능의 명칭을 영릉永陵으로 정하시고, 현궁玄宮에 먼저 매장토록 명하셨으니 이조二祖 이후로 이런 일은 없었다. 또한 첫 부인 효결황후孝潔皇后와 일찍 사별하셨는데, 세 번째 황후가 먼저 능침에 들어가게 되니 더더욱 예전에는 없던 일이다. 두 번째 제사 때 마침내 묘에 합사했다. 재상 엄숭嚴嵩이 황상의 모친 다음 차례로 합사할 것을 청했는데, 황상께서 노하시고 이는 황권을 다투며 넘보는 구태한 모의라 여기시고 허락하지 않으셨다. 두 번째 기일에 마침내 인종과 합사해 효열황후께서 먼저 묘에 들어가시니 고금에 훌륭한 일이었다. 당시 황상께서 애초의 의론에 화를 내시고 합사를 허락하지 않으셨다. 이에 기일에 제사를 청하는 상소의 비답에서 "효열황후의 배필이 황위를 이은 군주이나 역시 혼인의례로 시작하신 게 아니므로 기일에 제사를 올리지 않아도 된다"고 하셨다. 각부의 신하들이 더욱 당황하고 두려워해 이에 따른 후 본 황조의 사당에서 공양황후恭讓皇后를 버리고 효공황후를 합사하니, 이는 헌종의 묘에 오황후를 버리시고 효정황후를 합사해 그 자리에 두어 황상의 뜻에 아첨한 것이다. 황상께서 비로소 기뻐하시며 그것을 허락하셨다. 당시 종백은 서화정徐華亭이었는데, 양후가 병으로 물러나 거처하며 지위를 사양했고, 오황후가 그 자리를 대신한 지 한 달 만에 폐위되어 궁으로 옮겨 오랫동안 천하의 모후로서의 의례를 행하지 않았으니 효결황후에 비할 수 없는 것을 어찌 몰랐는가. 이에 잘못 기록되어진 것이 이 지경에 이르렀는데도 세종께서 한때 즐거워하시고 총애하셨으니 후대의 의론하는 자들이 어찌하겠는가.

○ 이에 앞서 가정 7년 효결황후 진씨陳氏가 돌아가시어 영결 수레가 산릉山陵에 다다를 때 황상께서 좌문으로 나가라 명하셨다. 언관과 예부의 신하들이 두세 번 청하며 의당 정문으로 나가야 한다고 했지만 끝내 허락하지 않으셨다. 효열황후의 재궁梓宮은 마땅히 장례 기간에

지어져야 하는데 예부에서 정문으로 나가는 것에만 주의를 기울였으니 대개 황상의 뜻을 미리 헤아린 것이다.

○ 경태 연간 7년 효숙황후께서 돌아가시자 역시 태묘에 먼저 들어가셨지만 종묘에는 합사하지 않았으니 아마 묘실은 아직 차지 않은 것 같다.

嘉靖兩后喪禮

世宗初年, 以議大禮, 得伸志於興邸兩親, 其後尊禮靡所不及. 從此遂親定典制[319], 厚薄任情, 其於喪禮最減殺者則昭聖太后, 最隆重者則孝烈皇后而極矣. 嘉靖二十年, 昭聖崩, 上諭禮部, "昭聖雖稱伯母, 朕事之敬愼, 自十七年秋事, 不得不自防愛, 以愛宗社. 朕故不敢躬詣問安. 今崩, 朝夕奠祭, 令內侍官代行." 蓋上意猶謂戊戌章聖之逝, 皆昭聖肆毒, 不止如始所疑, 潛行巫蠱已也. 至二十七年, 孝烈后崩, 上以壬寅內變, 后有大功, 命喪以元配禮. 未踰月卽定陵名曰永陵, 命先葬玄宮, 則二祖以後所未有也. 且元配孝潔尙別厝, 而第三后先入陵寢, 尤亘古所無. 至大祥[320]遂欲祔廟. 輔臣嵩請祔于皇姑之次. 上怒, 以爲是爭考爭皇之故智, 不許. 至再期竟祧仁宗, 而以孝烈先入廟, 則古今創見. 時上恚初議, 未卽許祧. 乃于忌日請祭疏中批旨云, "孝烈所配者入繼之君, 又非六禮

---

319 曲制 : 군대 편제의 제도.
320 大祥 : 사람이 죽은 후 2년 만에 지내는 제사.

之始, 忌日卽不祭亦可." 部臣益惶懼將順恐後, 至引本朝宣廟捨恭讓
后[321]而祔孝恭, 憲廟捨吳后而祔孝貞爲比, 以媚聖意. 上始悅, 許之. 時
宗伯爲徐華亭, 豈不知讓后以病退別居, 盡謝位號, 吳后立甫一月廢斥
遷[322]宮, 久不母儀天下, 豈孝潔可比. 乃曲筆詭詞至此, 卽得世宗愉快,
寵眷一時, 其如後世議者何.

○ 先是嘉靖七年, 孝潔陳后崩, 靈轝赴山陵時, 上命出左門. 言官及禮
臣再三請, 謂宜出正門, 終不許. 至孝烈梓宮當葬期, 禮部儀注竟擬正門
中道出, 蓋已預揣上意矣.

○ 景泰七年, 孝肅后崩, 亦先入太廟. 然而不祧祖宗, 蓋廟室未滿也.

---

321 恭讓后 : 명 선종의 첫 번째 황후인 공양장황후恭讓章皇后 호선상胡善祥을 말한다.
322 遷 : '천遷'은 원래 '환還'으로 되어 있는데, 사본에 근거해 고쳤다遷原作還, 據寫本改.【교주】

번역 모후母后를 먼저 합장하다

　　세종 때 헌황제獻皇帝를 추숭하고, 가정 연간 중엽에 또 신하들의 간언을 받아들여 헌황제를 태묘에 합장하고 헌종獻宗으로 칭하셨다. 신하들이 화를 당할까 두려워했는데, 시랑 당주唐冑 외에는 더 이상 감히 계속 의론하지 않았다. 황상께서 지난 일을 돌이켜 분해하시며 근래에 모범으로 삼기에는 부족하다고 하셨다. 효열항후께서 돌아가시자 먼저 황상께서 세운 수궁壽宮 위에 관을 들이시고 돌아가신 지 1년 만에 지내는 제사 때 조서를 내리시어 신주를 받들어 태묘에 함께 들이셨다. 당시 종백 비문통費文通이 유예하고자 했지만 결과를 얻지 못했다. 상복을 벗을 즈음 예부상서 서문정徐文貞이 완곡한 말로 이 일은 훌륭한 자손들이 받들어야한다고 하자 황상께서 마침내 대노하시고 예과급사중 안사충顏思忠이 다시 예부의 의론을 모아 간언했다. 이에 은밀히 성지를 내리시어 다른 일로 엮어서 곤장 100대를 때리고 평민이 되게 하셨으니 효열황후께서 인종의 묘로 들어갈 징조였다. 생각건대 홍무 15년에 황후께서 돌아가신 다음 달 종산의 남쪽에 매장하고 그 능의 이름을 효릉孝陵이라 정하시고 태조가 승하하시자 여기에 합장했다. 아마도 당 태종의 소릉昭陵 이야기 때문인 것 같으니 이 또한 건국 초기에 불안했던 시기의 제도였다. 영락 5년 인효황후仁孝皇后께서 돌아가셨는데, 문황제의 마음에는 남쪽에 있는 봉묘에 세우지 않고 싶었기 때문에 미루며 매장하지 않았다. 이후 7년이 지나 북경으로 행차할 때에서야 비로소 창평현昌

平縣에 땅을 골라 강서의 술사術士 요균경廖均卿의 의론대로 황토산黃土山을 천수산天壽山으로 바꾸어 봉하셨다. 10년이 지나 인효황후의 관을 북쪽으로 옮겨 안장하고 능명을 장릉長陵이라 정하셨다. 대개 삼천리를 지나온 상여가 먼 길을 건너왔기 때문에 다른 곳에서 하관할 이유가 없었고 이미 태조 때와 시간 차이가 났기 때문이다. 이후 조정에서는 더 이상 이 제도를 따르지 않았다. 경태 7년 회헌태자懷獻太子의 모친 폐황후 항씨杭氏만이 돌아가시자 황제께서 시호 효숙황후孝肅皇后를 내리시고 먼저 산릉으로 돌려보내 태묘에 합장했다.

이 일은 예부터 보기 드문 일로, 묘에 들어가기 전에 궁위에게 명해 먼저 선조를 모시게 한 것이니 예법과는 괴리가 크다. 재상 왕규가 바로잡을 수 없다고 진언하니 식자들이 그들을 비난했다. 영종 복벽 때 예신 호영胡濙이 비로소 간언해 황상께서 별실에 이후의 군주를 옮기라 명하셨다. 당시 경제께서 유예했는데, 아직 병세가 위독하시지는 않았을 때다. 얼마 안 되어 양왕襄王 첨선瞻墡이 조정에 들어와 능을 배알하고 돌아와 경릉景陵가 명루明樓가 아직 세워지지 않았는데, 항씨가 매장된 명루는 높이 솟아 있고 장릉과 헌릉 두 능과 대등하니, 그 릉을 깎을 것을 청한다고 상주했다. 황상께서 그의 의견에 따르라 명하셨다. 그러나 능명이 아직 그대로이고 세워지지도 않은 데다가 또 얼마 지나지 않아 황제와 황후가 모두 폐위되었다. 세종께서 여러 조대의 일을 두루 살피시고 두 조대의 일을 본보기로 삼고 옛 신하들의 건의대로 움직이시니 전혀 변화가 없었다. 그런데, 합장하는 일은 경제 때부터 시작되었으니 어찌 이를 그대로 고수하겠는가. 또 바로 폐위되어 내쳐졌으니 매우 좋지 않은 일이다. 당시에 윗사람을 은밀하게 풍자하는 일이 없었던 게 애석하다. 또, 효열황후를 매장할 때 먼저 능명을 영릉永陵으로 정했으니 이 역시 두 왕조의 일을 따른 것이다. 효열황후께서 돌아가신 지 한 달이 막 지났을 때 순천부에서 진춘進春 의식을 행할 때 반드시 함께 나오셔야 하는데, 중궁이 이미 비어 있어서 황상께서 몇 개의 연輦을 띄우고 부관들이 길복을 입고 모시도록 명하셨으니, 이러한 일은 또한 황상께서 친히 정하신 것이다.

○ 효열황후를 매장할 때 황상께서 현궁의 좌측에 묻고 우측을 비워 두고 나중에 첫 황후였던 효결황후와 합장하라고 명하셨다. 얼마 지나지 않아 또다시 명하시어 효열황후를 다시 우측으로 합장하라고 하셨다 한다.

○ 세종의 명으로 돌아가신 황후를 보살핀 일은 대개 송 인종 때 온성후溫成后의 전례를 사용한 것이다. 황후가 돌아가신 지 얼마 안 되어 입춘이 되었는데, 황후의 전각이 이미 비었으므로 한림학사들이 더 이상 첩자사帖子詞를 지어 바치지 않자, 황제가 기존대로 첩자사를 지어 바치라고 명했다. 왕우옥王禹玉이 문충공 구양수歐陽修의 사詞「구점口占」을 빌어 쓴 사에서 말한 '꽃이 옥처럼 한결같이 늙지 않고, 봄빛만 받아도 세상에 빼어나네'라고 한 구절이 바로 이를 두고 말한 것이다.

母后先祔廟

　世宗旣追崇獻皇帝矣, 至中葉又納諛臣言, 祔獻皇於太廟稱宗. 臣下畏
禍, 自侍郞唐冑之外, 無復敢繼起者. 上追忿往事, 謂近代爲不足法. 及
孝烈皇后崩, 已先納梓宮于上所營壽宮矣, 及小祥[323]遂下詔, 欲奉神主
入祔太廟. 時宗伯費文通依違未果. 比釋服, 則有徐文貞爲禮卿, 僅婉辭,
以爲此聖子神孫之事, 上遂大怒, 而禮科都給事顔思忠, 復執部議以諫,
內旨因他事杖一百爲民, 而孝烈入廟仁宗祧矣. 按洪武十五年, 孝慈皇后
崩, 次月葬鍾山之陽, 定其名曰孝陵, 至太祖升遐合葬焉. 蓋用唐太宗昭
陵故事, 是亦國初未定之制也. 至永樂五年, 仁孝皇后崩, 文皇聖意, 已
不欲立封域於南方, 故遲遲未葬. 至七年幸北京, 始得地於昌平縣, 用江
西術士廖均卿[324]議, 改封黃土山爲天壽山. 十年遷仁孝后梓宮北行安葬,
因定陵名曰長陵. 蓋三千里輀車遠涉, 無暫空他所之理, 已非太祖時比
矣. 此後累朝不復遵此制. 惟景泰七年廢后杭氏薨, 卽懷獻太子母也, 帝
諡爲孝肅皇后, 先歸山陵, 因祔太廟.

　此爲古來僅見之事, 蓋自未入廟, 蓋自未入廟. 乃令宮闈先侍祖宗, 于
典制甚悖. 而陳王諸輔臣不能救正, 識者非之. 比英宗復辟, 禮臣胡濙始
以爲言, 上命遷后主於別室, 時景帝違豫, 未大漸也. 未幾襄王瞻墡入朝,

---

323 小祥 : 부모가 죽은 지 일 년 만에 지내는 제사.
324 廖均卿 : 요균경廖均卿, 1350~1413은 명대의 저명한 풍수사風水師다. 그의 자는 조보兆保
　이고, 호는 옥봉玉峰이다. 강서 흥국현興國縣 매교향梅窖鄕 사람이다. 영락 8년1410 명
　13릉 중의 장릉長陵을 만드는 데 공을 세워, 흠천감欽天監 영대박사靈臺博士에 봉해졌
　다. 『행정기行程記』 등의 책을 썼다.

謁陵回奏, 稱景陵明樓未建, 而杭氏所葬明樓高聳, 與長獻二陵相等, 乞毀之. 上命如議. 然而陵名固尙未立, 又未幾帝與后俱廢矣. 世宗薄視累朝, 動以二祖爲法, 以故臣下所建白, 無一轉圜. 然祔廟一事, 肇自景帝, 何足遵守. 且尋遭廢斥, 不祥之甚. 惜當時無有以此密諷於上者. 又孝烈之葬, 先定名曰永陵, 亦用二祖故事. 方孝烈初崩踰月, 順天府進春³²⁵例當並進, 而中宮已虛, 上命仍進几筵, 府官用吉服從事, 亦上所親定也.

○ 葬孝烈時, 上命居玄宮之左, 而虛其右以待元配孝潔合葬. 未幾又命孝烈復葬右云.

○ 世宗之命追眷故后, 蓋用宋仁宗溫成后³²⁶故事. 后薨未久, 會立春, 后閣已虛, 詞臣不復進帖子詞³²⁷, 帝命仍進. 禹玉³²⁸代歐陽公口占爲詞,

---

325 進春: 입춘 전날 미리 예부에 춘산春山, 보좌寶座, 망신芒神, 토우土牛 등을 설치하고 관리와 생원이 모두 조복과 공복을 입고 예를 행하며, 천문생의 인도로 동장안좌문東長安左門, 천안문天安門 등으로부터 문 안으로 들어와 황제와 황후에게 '진춘進春'이라 말하는 의식이다.

326 溫成后: 온성후溫成后, 1024~1054는 송 인종의 총비로, 부친 장요봉張堯封이 진사였을 때 8세의 나이로 입궁했다. 출중한 미모와 자태로 인종의 총애를 받았지만, 세 명의 공주를 낳고 아쉽게도 요절해 인종의 비통함이 매우 컸다. 장씨의 지위가 처음에는 높지 않았지만 나중에 귀비로 올려졌고, 일찍 죽은 부친 장요봉의 관직도 높여주고자 했다. 신하들의 반대로 결국 이 일은 이루어지지 않았지만, 인종이 장귀비를 황후의 예를 갖추어 황후로 추봉했다.

327 帖子詞: 송대 연회에서 한림원 학사들이 궁중에 시를 지어 바치고 그 시를 누각의 문과 벽에 붙였는데, 대부분 5언 절구와 7언 절구였다.

328 禹玉: 북송의 재상이자 문학가인 왕규王珪, 1019~1085를 말한다. 그의 자는 우옥禹玉이고, 성도成都 화양華陽 사람이다. 인종 경력 2년1042에 진사가 되어, 지제고知制誥, 한림학사, 개봉지부, 참지정사, 동중서문하평장사同中書門下平章事, 상서좌복야尚書左僕射 겸 문하시랑門下侍郞 등의 벼슬을 지냈고, 순국공郇國公과 기국공岐國公에 봉해졌다. 『양조국사兩朝國史』을 감수했다. 사후에 태사로 추증되었으며, 시호는 문공文恭이다.

卽所謂‘花似玉容長不老, 只應春色勝人間’者是也.

번역 친잠례親蠶禮

　세종께서 제사 예법을 바꾸어 정하시면서 마침내 황후의 친잠례親蠶禮가 행해지게 되었다. 당시에는 모두 하귀계가 황상의 뜻에 영합했다고 책망했는데, 어사 풍은馮恩은 황후가 교외에서 친잠하는 것은 후세에 내보일 수 없다고 말하기까지 했다. 하지만 하귀계는 그릇된 것일 수가 없다고 말했다. 『주례周禮·천관天官』에서는 '내재內宰가 중춘中春에 조서를 내려 황후가 내외명부內外命婦를 이끌고 비로소 북쪽 교외에서 잠신蠶神에게 제사 드리게 했다'라고 되어 있다. 한漢나라의 『예의지禮儀志』에서는 '황후가 중뢰中牢로써 선잠先蠶에게 제사 드리는데 문제文帝, 경제, 원제元帝는 모두 조서를 내려 황후가 친히 누에를 치도록 했다'라고 되어 있다. 위魏나라 황초黃初 연간에는 『주례』에 의거해 북쪽 교외에 단을 설치했고, 진晉나라와 고제高齊에서도 모두 높은 단을 설치했다. 황후가 친히 제사 드리는 것은 모두 친히 양잠을 하는 것으로, 후주後周에서도 이것을 따랐다. 수隋나라 때에는 궁 북쪽 3리 밖에 단을 설치해 황후가 태뢰太牢로써 제사 지냈다. 당나라 때에는 장안궁長安宮 서원西苑 가운데에 단을 설치하고, 정관貞觀, 현경顯慶, 선천先天, 건원乾元 연간에는 황후가 친히 누에를 쳤는데 모두 먼저 선잠단先蠶壇에서 일을 처리했으며 의례는 모두 『대당개원례大唐開元禮』에 갖추어져 있었다. 송나라 때에는 고제의 제도를 사용해 황후는 친히 선잠에게 제사 드리고 귀비는 두 번째로 올렸으며 소의昭儀가 마지막으로 올렸다. 제사 드리는 신은 천사성

天駟星에 제사하고 그다음은 황제黃帝의 정실인 서릉씨西陵氏이다. 한나라 때에는 울라부인菀蓏婦人과 우씨공주寓氏公主를 더했고 나중에는 또 잠녀蠶女와 마두랑馬頭娘 등으로 늘어나는데 모두 근본이 있다. 가정 연간의 제도는 비록 옛 법도에 다 맞는 것은 아니지만 농업과 양잠을 병행했으니 진실로 제왕이 중시하는 바였다.

원문 **親蠶禮**[329]

世宗更定祀典[330], 遂行皇后親蠶禮. 當時俱咎夏貴溪逢迎上意, 御史馮恩, 至謂后親蠶于郊, 不可示後世. 然夏說未可非也. 『周禮·天官』, '內宰[331]中春[332], 詔后率內外命婦[333], 始祭蠶於北郊.' 漢『禮儀志』, '皇后

---

329 親蠶禮 : 황후가 주관해 비빈들을 거느리고 여러 대의 잠신蠶神에게 예를 올리고 뽕잎을 따 누에를 먹이는 행사이다. 베를 짜는 일을 독려하는 의식으로, 황제가 행하는 선농례先農禮와 유사한 의미를 지닌다.

330 祀典 : 제사를 지내는 예의에 관한 법도.

331 內宰 : 천관天官 중에서 왕궁 내의 법령을 관장하고 비빈을 교육하며 왕후의 예의를 주관하던 관직.

332 中春 : 음력 2월 15일을 말하는데 이날이 봄의 한가운데이기 때문에 중춘中春이라고 한다.

333 內外命婦 : 내명부內命婦와 외명부外命婦를 합쳐서 이르는 말로, 명부命婦는 봉직封爵을 받은 부인을 통틀어 일컫는 말이다. 내명부는 황후, 황태후, 태황태후, 미혼의 공주, 미혼의 장공주, 미혼의 대장공주, 그리고 종실의 모친, 정비, 정식 책봉을 받은 비빈 등을 말한다. 외명부는 통상적으로 말하는 고명부인誥命夫人으로, 기혼의 공주, 기혼의 장공주, 기혼의 대장공주 등과 책봉을 받은 관리의 모친이나 정실부인 등을 말한다. 공주를 제외하고, 외명부 신분을 얻은 여성들은 남편 관직의 고저에 따라 일품부인一品夫人, 이품부인二品夫人, 삼품숙인三品淑人, 사품공인四品恭人, 오품의인五品宜人, 육품안인六品安人, 칠품七品 이하의 유인孺人으로 나뉜다.

祠先蠶以中牢[334], 文帝[335]景帝[336]元帝[337], 俱詔皇后親蠶.' 魏黃初[338]中, 依『周禮』置壇于北郊, 晉與高齊俱置高壇. 皇后親祭俱躬蠶, 後周[339]因之. 隋置壇宮北三里, 皇后以太牢[340]祭. 唐置壇在長安宮西苑中, 貞觀顯慶[341]先天[342]乾元[343]間, 皇后親蠶, 皆先有事于先蠶壇[344], 儀具『開元禮』.

---

334 中牢 : 양과 돼지를 갖춘 제향祭享으로, 소뢰小牢의 별칭이다.

335 文帝 : 전한의 제5대 황제 유항劉恒, B.C.202~B.C.157을 말한다. 한 고조高祖 유방劉邦의 넷째 아들로, 처음에 대왕代王에 책봉되었다가 여씨呂氏의 난이 평정된 뒤 태위太尉 주발周勃과 승상 진평陳平 등 중신의 옹립으로 제위에 올랐다. 23년 동안 재위에 있으면서 요역徭役을 가볍게 하고 세금을 감해주는 등 백성들에게 휴식을 주면서 농경을 장려했다. 또 고조의 군국제郡國制를 계승하고 전조田租와 인두세人頭稅를 감면했으며, 가혹한 형벌을 폐지하고 흉노에 대한 화친和親 정책 등으로 민생 안정과 국력 배양에 힘을 기울였다. 시호는 효문황제孝文皇帝다.

336 景帝 : 전한前漢의 제6대 황제 유계劉啓, B.C.188~B.C.141를 말한다. 황위에 오른 뒤 어사대부 조조晁錯의 건의에 따라 부친 문제文帝 때에 봉토를 나누어 받았던 황제 일족의 영지 삭감을 시도했다. 이에 대한 반발로 B.C.154년 오吳 · 초楚 등 7국이 반란을 일으켰지만, 태위太尉 주아부周亞夫의 힘으로 이를 진압했다. 이후 경제는 고조高祖 이래의 군국제郡國制의 성격을 개정하고, 무제武帝 이후의 중앙집권적 군현제도 확립의 기초를 닦았다.

337 元帝 : 전한前漢의 제11대 황제 유석劉奭, B.C.76~B.C.33을 말한다. 유교를 공식적인 통치이념으로 정착시키는데 많은 노력을 기울였으며 유학자들을 중용했는데, 환관들의 득세를 막지 못해 결국 한의 부패와 몰락을 가속시켰다. 또한 황후 왕씨王氏의 일가에게 막강한 권력을 주어 왕씨 일가가 정부를 장악하게 되면서, 훗날 왕망王莽이 황위를 찬탈하는 요인을 제공했다.

338 黃初 : 삼국시대 위魏나라 문제文帝 조비曹丕의 연호로 220년부터 226년까지 총 7년간 사용되었다.

339 後周 : 후주後周, 951~960는 오대십국五代十國 시대 중 오대五代 최후의 왕조다. 후한後漢의 실력자였던 곽위郭威가 건국한 나라로, 수도는 개봉開封이다. 국호는 주周인데, 무왕이 세운 주와 구별하기 위해 후주라고 부른다.

340 太牢 : 소, 양, 돼지 세 가지 희생을 바쳐 제사 지내는 것을 말하며 나중에는 소만 바치게 되었다. 대뢰大牢라고도 한다.

341 顯慶 : 당나라의 제3대 황제인 고종 이치李治의 두 번째 연호로, 656년 음력 1월부터 661년 음력 2월까지 사용되었다.

宋用高齊制, 后親享先蠶, 貴妃亞獻, 昭儀[345]終獻. 其神則祠天駟星[346], 次則黃帝元妃西陵氏[347]. 漢加苑窳婦人[348], 寓氏公主[349], 後又益以蠶女[350]馬頭娘[351]之屬, 皆有所本. 嘉靖之制, 雖未盡合古, 然農桑並舉, 固帝王所重.

342 先天 : 당나라의 제9대 황제인 현종玄宗 이융기李隆基의 첫 번째 연호로, 712년 음력 8월부터 713년 음력 11월까지 사용되었다.

343 乾元 : 당나라의 제10대 황제인 숙종肅宗 이형李亨의 두 번째 연호로, 758년 음력 2월부터 760년 음력 윤4월까지 사용되었다.

344 先蠶壇 : 누에 농사가 잘 되도록 기원하고자 잠신蠶神으로 알려진 중국 고대 황제黃帝의 비妃 서릉씨西陵氏를 배향配享하기 위해 단壇을 쌓고 제사지내는 곳.

345 昭儀 : 후궁의 봉호 중 하나. 서한西漢 원제元帝 시기에 처음 설치되었는데, 이때는 가장 높은 비빈의 칭호로 작위는 제후에 비견되고 지위는 재상과 같았다. 위진魏晉 시기 이후로 그 지위가 중간 정도 높은 비빈의 칭호로 바뀌었다.

346 天駟星 : 이십팔수의 넷째 별자리에 있는 별들로 말의 수호신으로 불린다.

347 黃帝元妃西陵氏 : 양잠養蠶의 법을 처음으로 가르쳐 주어 잠신蠶神 또는 선잠先蠶으로 받들어지는 헌원황제軒轅黃帝의 비妃인 서릉씨西陵氏.

348 苑窳婦人 : 울라부인苑窳婦人은 잠신蠶神에게 더해 준 봉호다. 원와부인苑窊婦人으로 쓰기도 한다.

349 寓氏公主 : 전설상의 잠신蠶神의 이름.

350 蠶女 : 아버지를 구한 말에게 시집간 처녀가 잠신蠶神이 되었다는 신화의 주인공.

351 馬頭娘 : 신화 속의 잠신으로, 말 머리에 사람의 몸을 하고 말가죽을 두르고 있는 형상의 소녀.

가정 14년 11월 숙녀를 뽑는다는 조서를 내리자 하남河南 연진延津 사람 이공신李拱宸이 그의 딸을 바쳤다. 황상께서는 동지 무렵 그 여인이 마침 도착하자 크게 기뻐하시며 그달 19일 경성연慶成宴이 끝나고 즉시 동화문東華門으로 들어오라 명하시니 날짜를 고를 필요가 없었다. 이공신에게는 비단을 내리고 광록시光祿寺에서 연회를 베풀어 주셨다. 이듬해 2월 그의 딸은 경빈敬嬪에 봉해졌고, 이공신은 금의정천호錦衣正 千戶가 되었다. 가정 24년 9월 이공신의 아들 이응시李應時가 또 이공신의 둘째 딸을 바쳤다. 예부에서 날짜를 청했지만 답을 받지 못하다가 11월이 되어 비로소 성지를 받고 동지 경성연 때에 동화문으로 들어갔으며 상을 하사받고 연회가 베풀어진 것은 그의 부친과 같았다. 그 일은 모두 소양궁昭陽宮의 조비연趙飛燕과 조합덕趙合德 자매와 같고 다만 10년의 시간 차가 있다는 점이 다를 뿐이다.

嘉靖十四年十一月, 詔選淑女, 有河南延津人李拱宸[352]獻其女. 上以長至[353]在邇, 而女適至, 大喜之, 是月十九日慶成宴畢, 卽令東華門入,

---

352 李拱宸 : 중화서국본『만력야획편』에는 '이공진李拱震'으로 되어 있는데, 본 문장의 아래 부분과『명세종실록』, 상해고적본『만력야획편』에 근거해 '이공신李拱宸'으로 수정했다.〖역자 교주〗

不必擇日. 賜拱宸錦幣, 宴于光祿寺. 次年二月, 卽拜其女爲敬嬪, 拱宸爲錦衣正千戶. 至二十四年九月, 拱宸之子應時, 又以拱宸之次女爲獻. 禮部請日未報. 至十一月始得旨, 以冬至慶成宴自東華門入, 賞賜供宴如其父. 其事俱同昭陽[354]二趙[355], 但相距十年爲異耳.

353 長至 : 동지와 하지를 아울러 이르는 말인데, 여기서는 11월이라고 했으므로 동지를 말한다.

354 昭陽 : 한나라의 궁전 이름으로, 한 성제成帝 때 조비연趙飛燕이 거처했던 곳이다.

355 二趙 : 서한西漢 성제成帝의 총애를 받았던 황후 조비연趙飛燕과 그녀의 여동생인 조합덕趙合德을 말한다. 조비연은 춤을 잘 추고 조합덕은 교태를 잘 부려서, 한 성제의 총애를 받았다.

당대와 송대의 군주로 후궁 소생인 사람은 황위에 오른 뒤 황후는 태후로, 생모는 황태비^{皇太妃}로 올렸다. 비록 예우가 다르지는 않지만 적서^{嫡庶}는 여전히 구분했다. 후당^{後唐} 장종^{莊宗} 때에는 적모^{嫡母}를 태비^{太妃}로 삼고 생모를 태후로 삼아 상하의 구별을 하지 못했으니 아마 오랑캐도 그런 것을 배우지 않을 터라 진실로 천고의 웃음거리가 되었다. 현 왕조의 역대 황제 중에 황후 소생이 아닌 분들은 황위에 오르실 때 대부분 다 높이지는 않았다. 다만 경제께서 처음 등극하셨을 때 황태후 손씨^{孫氏}를 높여 상성태후^{上聖太后}로 삼고 생모 현비^{賢妃} 오씨^{吳氏}를 황태후로 삼았다. 헌종 원년에는 효장황후^{孝莊皇后}와 효숙황후^{孝肅皇后}가 함께 천하의 봉양을 받으시어, 황후 전씨^{錢氏}를 높여 자의황태후^{慈懿皇太后}로 삼고 귀비 주씨^{周氏} 또한 황태후로 삼았는데, 존호^{尊號}와는 무관하게 등급 상의 권위에 다소 차별을 두었다. 식자들은 오히려 그 잘못을 탓한다. 융경 6년이 되면 금상께서 6월에 즉위하시는데 6일 만에 고신정^{高新鄭}이 쫓겨나고 장강릉^{張江陵}이 황상께서 직접 하신 명을 받들어 두 황태후를 똑같이 존중하려고 생모 황귀비에게 두 글자로 된 휘호를 더했다. 아마도 일부러 그 말을 반대로 하며 내각대신을 저지해 상소를 올릴 수 없게 한 듯하다.

그래서 장강릉이 예부 대신과 두 분을 함께 황태후로 올리는 것을 논의했는데, 적모인 진황후^{陳皇后}에게는 '인성^{仁聖}'이라는 글자를 더하고 생모 이씨에게는 '자성慈聖'을 더해 각각 두 글자로 된 휘호를 써서 예우 면에서 모두 적은 차이도 없게 했다. 이때 강릉공은 마침 자성태후에게 은밀히 아첨해 권력의 토대를 굳건히 하려 했으니 만약 남다르게 예우할 수 있다면 어찌 하지 않았겠는가! 하지만 의론하는 자들은 강력히 간하지 않았다고 책망하는데 이는 잘못이다. 역대로 신하들 중에 적모가 살아있으면 생모는 봉해지지도 못하고 생모가 죽어도 또한 상을 치르지 못하며 사랑하는 사람은 그저 휴가를 주어 장사지내게 할 뿐이다. 지금 세 모친이 모두 봉해졌는데, 그것을 법령에 올려서 낳은 사람이 시녀 출신이라도 3년 상을 다할 수 있게 되었다. 이것은 진실로 황상의 끝없이 넓은 은혜가 내려져 미친 것인데, 다만 군주 스스로 자신을 낳은 이에게 인색하게 하려는 것이므로 마땅히 또한 신하들이 안배하는 것은 아니다.

○ 내 생각에는 고신정이 쫓겨날 때 환관이 조서를 받들고 나왔는데 그 첫머리에 황후의 의지懿旨나 황귀비의 영지令旨 또는 황상의 성지聖旨 운운하며 말했을 것이다. 이때에는 이미 세 모후母后께 우열의 차이가 없었다. 한 달이 지나 비로소 성모聖母를 함께 높이는 의식이 거행되었는데 또 어찌 행하지 못하도록 막을 수 있었겠는가?

원문 **聖母並尊**

唐宋人主爲妃嬪所出者, 御極以後, 尊后爲太后, 而進所生母爲皇太妃. 雖恩禮無異, 而嫡庶尚分也. 至後唐莊宗, 以嫡母[356]爲太妃, 而以生母爲太后, 冠履[357]倒置, 蓋胡虜[358]不學使然, 眞貽笑千古. 我朝列帝非后出者, 比臨御時, 多不並尊[359]. 惟景帝初登極, 尊皇太后孫氏[360]爲上聖太后, 生母賢妃吳氏[361]爲皇太后. 憲宗初元, 則孝莊[362]與孝肅並以天下養, 于是尊皇后錢氏爲慈懿皇太后, 貴妃周氏亦爲皇太后, 而無尊號, 以稍別等威[363]. 識者尙尤其過. 直至隆慶六年, 今上六月卽位, 甫六日而高新鄭[364]見逐, 江陵[365]奉上面諭[366], 欲並尊兩宮, 且於生母皇貴妃更加二字徽號. 蓋故反其詞, 以遏止閣臣, 使不得執奏也.

於是江陵與禮臣議兩宮並進爲皇太后, 而於嫡母陳加'仁聖', 生母李[367]

---

356 嫡母 : 서자가 부친의 정실正室을 부르는 말.

357 冠履 : 원래는 관모와 신발이라는 뜻인데, 상하의 구별이라는 의미로도 사용된다.

358 胡虜 : 북쪽 오랑캐를 멸시해서 부르던 말.

359 尊 : '尊尊'은 원래 '存存'으로 되어 있는데, 사본에 근거해 고쳤다尊原作存, 據寫本改.【교주】

360 太后孫氏 : 명 선종의 두 번째 황후인 효공장황후恭章皇后 손씨孫氏를 말한다.

361 賢妃吳氏 : 명 선종의 후비이자 대종代宗의 생모인 효익태후孝翼太后, 1397~1462 오씨吳氏를 말한다. 오씨는 남직례南直隸 단도丹徒 사람이다. 영락 10년1412 16세의 나이로 입궁해 당시 황태손이던 선종을 모셨다. 선덕 3년1428 훗날 대종이 되는 주기옥朱祁玉을 낳으면서 현비賢妃로 책봉되었다. 토목보의 변으로 영종이 북쪽으로 끌려간 뒤 대종이 황위에 오르면서 황태후로 승격되었다. 영종이 복위하면서 오씨는 선묘현비宣廟賢妃로 강등되었다. 천순 연간 세상을 떠난 뒤 '영사현비榮思賢妃'라는 시호를 받았다. 숭정崇禎 17년1644 오씨를 황태후로 높여 다시 '효익온혜숙신자인광천석성황태후孝翼溫惠淑愼慈仁匡天錫聖皇太后'라는 시호를 내렸다.

362 孝莊 : 명대 영종의 황후인 효장예황후孝莊睿皇后 전씨錢氏를 말한다.

363 等威 : 신분과 등위等位에 따라 규정된 각 등급별 존엄과 권위. 의절儀節이나 복색 등에 등급별로 차등을 두어 그 질과 성격을 밝혔다.

364 高新鄭 : 명대 융경 연간에 내각수보를 지낸 고공高拱을 말한다.

365 江陵 : 명대 만력 연간에 내각수보를 지낸 장거정張居正을 말한다.

366 面諭 : 면전에서 말로 타이름.

367 生母李 : 명 신종의 생모인 자성황태후 이씨를 말한다.

加'慈聖', 各二字徽號而體貌俱無少別矣. 時江陵公方欲內諂慈聖, 以爲固權地, 苟可異禮, 何所不至! 而議者責以不力諫, 誤矣. 歷朝以來, 臣下嫡母在堂者, 生母不得封, 卽生母歿, 亦不得丁憂, 其自愛者不過給假治喪. 今三母並封, 登之令甲[368], 而所生卽媵婢[369], 亦得盡三年之哀. 此固君父曠蕩之恩, 錫類所及, 顧欲使人主自斬於所生, 當亦非人臣所安也.

○ 按新鄭逐時, 內臣捧詔旨出, 其首云, 皇后懿旨[370], 皇貴妃令旨, 皇帝聖旨[371]云云. 是時已三宮並列矣. 踰月始擧並尊聖母之典, 又安能止勿行也?

---

368 令甲 : 법령.
369 媵婢 : 종으로 첩이 된 여자.
370 懿旨 : 황태후나 황후의 조령詔令.
371 聖旨 : 황제가 내린 명령.

금상의 적모嫡母는 인성황태후이고 생모는 자성황태후인데 황상께서 즉위하신 초기에 이미 함께 높였으니 성화 원년의 전례와 같다. 다만 당시에 황후 전씨錢氏는 자의황태후慈懿皇太后로 높여 불렸지만 효숙황후는 황태후로만 높여져 여전히 차등을 두었다. 금상께서 동시에 존호를 더하시어 기분 좋게 정과 예의를 함께 천명하신 것과는 다르다. 또 전황후는 태후로 불린 것이 5년밖에 안 되지만 인성황태후는 효성스러운 봉양을 누린 것이 25년이다. 또한 처음 태후에 오르셨을 때 자성황태후의 부모와 함께 모두 생존해 있어 두 분 황태후께서는 여전히 집안의 존경을 다스리며 궁중을 출입할 수 있게 했으니 더더욱 예로부터 지금까지 한 번도 없었던 복이다. 지금 자성황태후의 천수는 바로 헤아릴 수 없으니 아마도 또 효숙황후 주씨가 기도할 수 있는 것은 아닐 뿐이다.

원문 兩宮同在位久

今上嫡母曰仁聖皇太后, 生母曰慈聖皇太后, 當上御極之初, 卽已並尊, 如成化初年故事. 但當時中宮錢氏, 進稱慈懿皇太后, 而孝肅止崇爲皇太后, 尙有等差. 不如今上同加尊號, 情禮並申之爲愉快. 又錢后稱太后止五年, 而仁聖享孝養[372]者二十五年. 且初登長樂[373]時, 與慈聖父母

---

372 孝養 : 어버이를 효로써 봉양함.

俱存, 兩宮聖母, 尙修家人之敬, 俾得通籍[374]禁中, 尤爲亙古未有之福. 今慈聖退齡[375]正未可量, 恐又非孝肅周后所能企耳.

---

373 長樂 : 천자의 모친 즉 태후를 말한다. 장락長樂은 장락궁長樂宮을 가리키는 것으로
　　보이며, 한나라 고조高祖 이후로는 태후가 기거하는 궁전이므로 태후를 가리키는
　　말로 사용된다.
374 通籍 : 문적門籍에 이름을 올리고 궁문의 출입을 허락받는 것.
375 退齡 : 고령高齡, 장수.

번역 금상께서 중궁을 깊이 아끼시다

병신년丙申年 두 궁전에 화재가 난 후부터 황상께서는 육덕궁毓德宮으로 옮겨 지내시다가 곧 또 계상궁啓祥宮으로 옮기셨다. 그 궁은 본래 이름은 미앙궁未央宮으로, 흥헌제興獻帝가 이곳에서 탄생하시어 세종께서 아름다운 이름을 붙이신 것인데, 나중에 지금의 이름으로 바뀌었다. 금상께서 거처를 옮기신 뒤로는 다만 익곤궁翊坤宮의 정귀비鄭貴妃와 다른 총빈寵嬪들이 좌우에서 모시고 중궁께서는 더 이상 때마다 황상의 일상생활을 받들지 못하게 되었다. 경자년庚子年 겨울 북경에 중궁께서 오랫동안 병을 앓고 계시다는 소문이 널리 퍼졌는데, 시위가 몇 사람에 불과하고 식사와 복식 및 탈것들을 모두 주상께서 반으로 줄이셔서 억울함이 병이 되어 점차 위태로워졌다는 것으로 북경 성안의 남녀노소 누구나가 다 그 말을 믿었다. 아마도 그때 이미 동궁東宮을 꾸미고 차례대로 책봉한다는 성지가 내려졌을 텐데 얼마 안 되어 마침내 이런 비방이 생긴 것이다. 황상께서 잠시 중궁을 억눌러 온전치 못하게 해 둘째 아들이 적자의 지위를 빼앗으려 한다고 의심한 것이다. 크고 작은 신하들이 모두 걱정하고 두려워하며 감히 발설하지 못했다. 이때 공과도급사중工科都給事中 왕덕완王德完은 새로 고향에서 관직을 받고 북경에 도착해 비로소 상소를 올려 강력히 간언했는데 그 문장이 애절하고 아름다우면서도 준엄하고 간절했다. 황상께서 크게 노해 그를 하옥하고 심문해 사주使嗾한 사람을 추궁하라는 조서를 내리셨는데 구경九卿과 도찰원 및 육과6科에서 힘써 구했지만 따르지 않으셨다. 이때 수규首揆는 병을 핑계로 사직한 지 오래되어 차규次揆인 심일관沈一貫이 은밀히 상소를 올려 완곡하게 설명했다. 다음 날 갑자기 황상의 유지諭旨를 내려 "중궁은 성모께서 본처로 선택하신 사람으로 지금 한 궁에서 함께 기거하게 되었는데 조금 과실이 있다고 어찌 관용을 베풀지 않겠는가! 근년 들어 점점 격하고 사나워져 자애롭지 않으니 짐이 매사에 부덕婦德을 온전히 하는 데 힘쓰라고 가르치고 타일렀으며 중궁 또한 잘못을 뉘우쳐 깨달을 줄 알았는데 어찌 일찍이 병이 있었겠는가" 등의 말씀을 하셨다. 재상들이 답해 보고하지 않으니 심일관이 또 상소를 올려 말했다. "오늘날의 비방은 십 년 전에 이미 떠들썩했던 일입니다. 그러므로 황상의 이전 유지는 오직 재상에게만 보이셨지만 한 사람이 보게 하지는 않으셨습니다. 만약 이 유지가 밖으로 전해진다면 외인外人들이 틀림없이 황상께서 과연 중궁에 이롭지 않다고 할 것입니다. 몇 년간의 비방이 원래는 허황된 것이었지만 오히려 사실이 되고, 황상께서 몇 년간 내리신 성지가 원래는 사실이었지만 오히려 허황된 것이 됩니다. 천하의 번왕藩王들부터 천하 사방에 이르기까지 해마다 표문表文과 전문牋文을 올려 중궁을 칭찬하고 축하하는데 만일 이 말을 듣는다면 더욱 편하지 않게 될 것이고, 그 다른 말은 더더욱 지나치게 격렬해져 참기 어려울 것입니다." 황상께서 다소 노여움을 거두시고 또한 황장자의 책봉이 좀 늦어진 이유를 알리시고 침소에서 전한 성유는 내리지 않으셨다. 왕덕완은 비록 곤장을 맞고 삭탈관직 당하긴 했지만 또한 죽음은 면하게 되었다. 황상께서는 통상적인 인륜을 중시하고 명분을 두려워하시니, 중궁에 대한 예우를 소홀히 하신 것은 어쩌면 또한 한순간 뜻을 어겨 일어난 일일 것이다. 문득 안팎에 떠도는 말을 들으니 간관諫官들이 궐 밖에 엎드려 청하자 마침내 부끄러움과 후회를 이기지 못하신 것이라 한다. 그 뒤로 부부 사이가 한층 더 도타워지고 예우가 더해졌다. 이듬해에는 특별히 황태자를 정한다는 성지를 내려 인심이 크게 안정되었고 지난겨울 세상 가득 퍼졌던 의심과 비방은 하루아침에 얼음 녹듯 사라졌다. 급사중이 폐위된 황제를 복위하도록 도운 공은 진실로 세상에 보기 드물다. 또, 내각대신이 황상의 안색에 개의치 않고 거듭 간곡하게 간언하고 천자의 위엄을 기꺼이 범했으니, 그의 훌륭함 또한 사라지게 해서는 안 된다.

원문 **今上篤厚中宮**

自丙申[376]兩宮[377]災後, 上移居毓德宮, 旣而又移啓祥宮. 其宮本未央宮, 興獻帝誕生此中, 世廟以美名冠之, 後改今名. 自今上移蹕後, 惟翊坤鄭貴妃, 及他寵嬪侍左右, 中宮不復得時奉讌閒[378]. 至庚子[379]之冬, 京師盛傳中宮久病, 侍御不過數人, 其膳修服御[380], 俱爲主上裁減大半, 抑

---

376 丙申 : 명 만력 24년1596을 말한다.
377 兩宮 : 만력 24년 화재가 난 두 궁전은 곤녕궁坤寧宮과 건청궁乾淸宮이다.
378 讌閒 : 일상생활.
379 庚子 : 명 만력 28년1600을 말한다.
380 服御 : 임금의 의복과 탈것 등을 아울러 이르는 말.

鬱成疾, 漸瀕危殆, 都下貴賤長幼皆信之. 蓋其時已傳旨修東宮, 次第冊立, 未幾遂有此謗. 疑上且頓抑中宮, 使之不全, 以爲次子奪嫡之地. 大小臣工, 俱憂駭莫敢發. 時工科都給事中王德完, 新自家居補官至都, 始露章力諫, 其辭哀婉而危切. 上大怒, 下詔獄拷訊, 究問主使之人, 九卿臺省[381]俱力救不從. 時首揆久謝病[382], 次輔沈一貫, 以密揭婉解. 次日, 忽下聖諭[383]云, "中宮乃聖母選擇元配, 見今同居一宮, 少有過失, 豈不優容! 邇年稍稍悍戾不慈, 朕每事敎訓, 務全婦道, 中宮亦知改悟, 何嘗有疾", 云云. 輔臣回奏不報, 一貫又上奏, 謂"今日之謗, 十年前已鼎沸. 故上前諭, 惟示首臣, 不使一人得見. 若以此諭外傳, 外人必謂上果不利於中宮. 則數年之謗, 本虛而反以爲實. 上數年之旨, 本實而反以爲虛. 天下藩府, 以至萬國四夷, 歲進表牋[384], 稱賀中宮, 倘聞此語, 尤爲未便, 其他語尤過激難堪." 上稍爲霽威, 且示以皇長子冊立稍遲之故, 并寢所傳聖諭不下. 德完雖廷杖削籍, 亦得免於死. 上重彝倫, 畏名義, 卽簡禮中宮, 或亦一時咈意[385]致然. 忽聞中外浮言, 諫臣伏闕, 遂不勝愧悔. 此後伉儷彌篤, 恩禮有加. 次年卽特旨建儲, 人心大定, 去冬彌天疑謗, 一旦冰釋. 給事虞淵取日[386], 功眞不世. 而閣臣犯顏[387]苦口[388], 甘犯天威[389],

---

381 臺省 : 명대의 도찰원과 육과六科를 합쳐서 부르는 말이다. 도찰원은 서대西臺라고 하고 육과는 성원省垣이라고 부르므로, 대성臺省이라 연이어 부르는 것이다.
382 謝病 : 병을 구실로 사직하다.
383 聖諭 : 제왕의 칙유勅諭를 높여 이르는 말.
384 表牋 : 문무대신과 조공을 올리는 각국에서 황제와 황후에게 감사하고 축하하는 경우에 올리는 문서.
385 咈意 : 뜻을 어기다.
386 虞淵取日 : 중국의 신화 전설상에서 말하는 해가 떨어진 우연虞淵에서 해를 건져 올

其善亦未可沒也.

린다는 고사에서 나온 말로, 폐위된 황제의 복위를 비유하는 말이다.
387 犯顏 : 상관의 안색에 개의치 않고 간諫하다.
388 苦口 : 거듭 간곡하게 권하는 모양.
389 天威 : 제왕의 위엄.

160   만력야획편(상) 2_ 권3

본 황조의 귀비貴妃가 '황皇'자를 덧붙인 경우는 효공황후孝恭皇后가 처음이다. 효공황후께서 원자를 낳으시어 봉호를 올려받으시고 얼마 지나지 않아 최고의 정식 지위를 받고 공양황후恭讓皇后를 대신해 황후의 자리를 차지했다. 이런 일은 이전 왕조의 이야기가 있긴 하지만 교훈 삼아서는 안 된다. 지금 황상께서 황위를 계승해 이으셨는데, 지금 동궁의 생모께서 처음에는 공비로 봉해지는 것에 그쳤다. 덕비德妃 정씨鄭氏에게는 특별히 황귀비皇貴妃의 칭호를 더해 주었고, 또한 황상의 둘째 아들이 4세였는데, 손여법孫如法, 강응린姜應麟의 무리와 조기曹起가 극구 간언했으며 역시 후일 화근이 될 것을 두려워해 망령되게 효공황후를 도와 황상의 배려를 희구했다. 황상의 권한과 결단에 대해서 전혀 모르고 신하로서 식견이 미천해 당시에 잠시 호칭을 빌려 귀비를 위로할 수는 없더라도 연장자와 어린 자 사이에 순서가 있음은 오랫동안 이미 정해져 온 것이다. 황귀비로 격식을 갖추려면 정식 정부인을 보좌하며 무릇 황궁의 큰 경사에 양궁을 청해 받들어야 하니, 중궁께서는 인성황후를 받들어 모시고 귀비는 자성황후를 받들어 모시며 고부 간의 격식을 모두 갖추고 다른 귀빈들은 모두 물러나 감히 바라볼 수도 없었다. 그러므로 지금 태자를 책봉해 세운 후 공비가 예식을 행함에 오히려 겸손하시고 또한 조정의 옛 제도를 가지고 그렇게 한 것이다. 당시 신하들이 불만이 있었지만 감히 청하지 못했다. 다만 원손이 탄생하시자 황상께서 안팎으로 크게 사면하시어 공비에게 자성慈聖으로 시작하는 12글자의 휘호를 더해 주셨으니 공비를 황귀비로 올려 봉하시고 금으로 된 책과 보물을 하사하셨다. 이때부터 예의와 격식을 귀비에게 보이시고 좌우의 신하들을 함께하게 하셨다. 천하가 비로소 기뻐하며 여한이 없어하니 황상의 마음이 이에 크게 밝아지셨다. 대개 황상께서 명분대로 이름을 정하셨으니 마침내 어그러짐이 없었다고 한다.

원문 **恭妃進封**

本朝貴妃之加'皇'字也, 自孝恭始也. 孝恭旣以誕元子進封, 未幾元良正位, 卽代讓后居尊. 此雖先朝故事, 非可爲訓. 迨今上連擧聖嗣, 今東宮生母初止封恭妃. 而德妃鄭氏, 乃特加皇貴妃, 且皇第二子年止四歲, 以故孫如法[390]姜應麟[391]輩曹起力諫, 亦懼他日有包藏禍心, 妄援孝恭, 以希橫恩者爲慮. 雖遠不知聖主乾斷, 非臣下所能蠡測, 其時姑假名號, 以慰

---

390 孫如法 : 손여법孫如法, 1559~1615은 명 만력 연간의 관리다. 그의 자는 세행世行이고, 호는 사거俟居다. 횡하진橫河鎭 손가경촌孫家境村 사람이다. 만력 11년1583 진사가 되어, 다음해에 형부주사에 제수되었다. 황태자 책봉과 정귀비 책봉 문제로 죄를 얻어 조양위潮陽尉로 폄적되었다. 사후에 광록시소경으로 추증되었다. 저서로『춘추고사전春秋古四傳』 6권과『광전국책廣戰國策』 17권이 있다.
391 姜應麟 : 강응린姜應麟,?~1630은 명 만력 연간의 관리다. 그의 자는 태부泰符이고, 절강자계慈溪 사람이다. 만력 11년1583에 진사가 되어, 서길사로 뽑혔다가 호과급사중에 배수되었다. 황태자 책봉과 정귀비 책봉 문제로 죄를 얻어 대동大同 광창廣昌의 전사典史로 폄적되었다. 그 뒤 부친상을 당해 고향으로 돌아갔는데, 3년 상이 끝나고도 기용되지 않았다. 광종이 즉위하면서 태복소경太僕少卿으로 기용되었다. 숭정崇禎 3년1630 세상을 떠났고, 태상경太常卿으로 추증되었다.

翼坤[392], 而長幼之序, 久已定矣. 皇貴妃之體, 鄰于正嫡, 凡禁中大慶, 奉請兩宮, 則中宮奉侍仁聖, 而翼坤奉侍慈聖, 得並講姑媳之體, 他貴嬪皆退避不敢望見. 卽今太子冊立以後, 恭妃執禮猶謙, 亦掖廷舊制使然. 時臣下雖慫憤, 而不敢請. 直至元孫誕生, 上大霈中外, 恭加慈聖徽號至十二字, 而恭妃進封爲皇貴妃, 錫以金冊金寶. 自此禮儀體貌, 一視翼坤, 並列左右. 天下始快然無遺憾, 而聖心至是大白. 蓋主上於定名正分, 究竟無爽云.

---

392 翼坤 : 익곤궁翼坤宮을 말하며, 명대 귀비貴妃가 거처하던 궁이기 때문에 귀비를 가리키는 말로 사용된다. 익곤궁翊坤宮으로도 쓴다. 명 만력 연간에는 신종이 총애하던 귀비 정씨가 익곤궁에 거처하고 있었으므로, 여기서는 정귀비를 가리키는 것으로 보인다.

번역 교외의 사찰을 보호하고 다스리다

　지금 황상께서 정귀비鄭貴妃만을 총애하시는데, 진실로 이런 일은 여러 왕조 동안 드문 일이라 복왕福王이 종실을 빼앗으려는 마음을 지니고 계획하는 자로 의심받았다. 황상께서 단호하게 결정하셨는지는 모르겠지만 옛날 왕닉王溺이 자리에 드러누운 일과 비할 바는 아니다. 그러나, 환관과 무관의 무리는 망측함을 면할 수가 없었고 비상식적인 일을 기대해 이간질하며 참람함이 없지 않다고 했다. 오히려 이전에 교외의 한 사찰로 놀러 간 것을 기록한 것은 또한 사찰을 세우라는 칙서가 내려져 매우 웅장하고 아름다워 전에 올라 불상에 예를 올리는데, 단상 위에 늘어선 세 분이 보인다. 가운데에는 '당금황제만세경명當今皇帝萬歲景命'이라 되어 있고, 왼쪽은 '곤녕궁만세경명坤寧宮萬歲景命'이라 되어 있으며, 오른쪽은 '익곤궁만세경명翊坤宮萬歲景命'이라 되어 있으니 정귀비가 거처하는 궁이다. 내가 너무 놀라 땀으로 온몸을 적시며 주지승이 그것을 바꾼 것을 풍간했는데, 따를지 여부는 알 수가 없다. 이것은 대개 그 궁에서 아래에 둔 권력 있는 환관이 행한 일로, 당시 복왕이 되어 그 나라에서 산 지가 이미 오래 되었지만 적자의 싫어함을 면할 수 없었기 때문이다. 옛날 도간都諫 왕덕완王德完이 상소를 올린 일을 생각하면 종묘사직에 공을 세워도 세심하게 여기지 않은 것이다.

郊寺保釐

今上專寵鄭貴妃, 固累朝所少, 因有疑福王[393]懷奪宗之計者. 不知上

神斷素定, 非昔庸王溺衽席者比. 但侍婢左貂[394]之徒, 未免妄測, 以冀非

常, 卽稱謂間, 不無踰僭. 猶記向游郊外一寺, 亦敕建者, 壯麗特甚, 登殿

禮佛, 見供几上並列三位. 中曰'當今皇帝萬歲景命', 左曰'坤寧宮萬歲景

命', 右曰'翊坤宮萬歲景命'. 翊坤, 則鄭妃所處宮也. 予爲吐舌駭汗, 諷

主僧易之, 不知能從與否. 此蓋彼宮位下大璫所爲. 時福邸之國已久, 然

不免並嫡之嫌矣. 因思昔年王都諫德完[395]一疏, 有功宗社不細.

---

393 福王 : 명 신종의 셋째 아들인 주상순朱常洵, 1586~1641을 말한다. 모친은 신종의 총애
　　를 한 몸에 받은 정귀비鄭貴妃. 신종은 주상순을 매우 총애해 장차 황태자로 책봉
　　하려 했지만 대신들의 반대에 부딪혀 결국 만력 29년1601 복왕福王에 봉했다. 만력
　　42년1614 봉토인 하남河南 낙양洛陽으로 떠났다. 숭정崇禎 14년1641 이자성李自成이 낙
　　양을 점거했을 때 사형당했다. 나중에 주상순의 아들 주유숭朱由崧이 황제가 되어,
　　그를 황제로 추존했다.
394 左貂 : 무관武官의 모자 장식으로, 담비 꼬리로 모자의 왼쪽을 장식했기 때문에 좌
　　초左貂라고 한 것이다.
395 王都諫德完 : 명 만력 연간의 대신 왕덕완王德完, 1554~1621을 말한다. 그의 자는 자순子
　　醇이고, 별명은 희천希泉이며, 사천 광안주廣安州 사람이다. 만력 14년1586에 진사가
　　된 뒤, 한림원서길사를 거쳐 병과급사중兵科給事中에 제수되었다. 나중에 봉해주고
　　공물을 받는 것에 대해 강력하게 반대하다 신종의 미움을 사 하옥되었고, 또 태자
　　를 세우는 일에 연관되어 곤장 백 대를 맞고 고향으로 돌아갔다. 광종 즉위 후 다시
　　태상소경으로 기용되어 도찰원 좌첨도어사의 관직에 이르렀다. 사후에 대사도大司
　　徒로 추증되었고, 광록대부 겸 주국소사柱國少師 겸 태자태사로 추봉되었다.

　지금 황상께서 정귀비鄭貴妃를 총애하시는 것이 헌종께서 만귀비를
총애하신 것과 거의 같다. 그러나 예우를 융성히 하더라도 매우 엄격
하게 방비하셨다. 환관 사빈史賓이란 자가 서법에 뛰어나 시문에 능해
조정에 이름이 알려져 이미 현귀한 몸이 되어, 망의와 옥대를 두른 환
관보다 앞선 지가 오래되었다. 하루는 문서방에 인원이 부족해 황상께
서 뜻하지 않게 사빈을 부족한 결원을 보충할 만한 자라고 가리키니 귀
비가 옆에서 힘써 칭찬하며 그를 도왔다. 황상께서 진노하시어 빈객들
을 볼기를 쳐 남경으로 내쫓으셨다. 귀비가 두려워 벌벌 떨며 죄를 얻었
고 시간이 오래 지나서야 비로소 석방되었다. 사빈은 남쪽에서 10여 년
을 살다가 비로소 다시 불려 들어왔다. 그러므로 외지에 있는 조정 대신
들 중 영릉寧陵의 여사구呂司寇가 『규범閨範』이란 책 하나를 편찬했는데,
귀비가 그 책의 서문을 쓰고 다시 간행했으며 그 후 여사구는 언관들에
게 비난을 당했는데, 바로 이 일을 가리켜 궁위宮闈와 결탁했다고 했다.
황상께서 교지를 내리시어 이 책은 본래 황제가 하사하는 것과 관계가
있으며 사적으로 바친 데에서 나온 것은 아니라 하시니 사람들의 의심
이 비로소 풀렸다. 대개 이 책은 꼭 황상이 보시도록 들여보낼 필요는
없어서 틀림없이 다시 관을 보내는 것을 명하시지 않은 것이다. 듣자하
니 황상께서 처음에 여사구를 탄핵하는 상소를 보시고는 마음에 매우
미쁘지 않았는데 다만 귀비 때문이라 꺼림칙해 일을 처리하지 못하다

가 하사하신다고 잠깐 말했다 하니 많은 사람들이 입을 닫고 말하지 않았을 뿐이다. 여사구가 얼마 되지 않아서 지위에서 물러나 누차 천거했지만 부름을 받지 못했다. 대개 황상의 뛰어난 명찰로 매번 이처럼 의외로 방비한 일들이 많다.

원문 今上家法

今上眷鄭貴妃, 幾於憲宗之萬貴妃矣. 然禮遇雖隆, 而防維則甚峻. 有內臣史賓者, 以善書能詩文, 知名于內廷, 其人已貴顯, 蟒玉侍御前久矣. 一日文書房缺員, 上偶指賓以爲可補此缺, 貴妃從旁力贊助之. 上震怒, 笞賓逐之南京. 貴妃戰慄待罪, 久而始釋. 史居南十餘年, 始再召入.

卽外廷大臣, 如寧陵呂司寇撰[396]『閨範』一書, 貴妃作序, 重刻, 其後呂爲言官所糾, 直指此事爲交結宮闈. 上下旨謂此書本係御賜, 非出私獻, 衆疑始稍解. 蓋此書未必曾入御覽, 卽入覽亦必不命重發梓. 聞上初見彈呂疏, 聖意甚不懌, 特以貴妃故, 有投鼠之忌, 姑云御賜, 以杜衆口塞浮謗耳. 呂未幾卽去位, 累薦未召. 蓋聖明英察, 每多意外之防如此.

---

396 呂司寇 : 명 만력 연간의 관리 여곤呂坤을 말한다.

만력萬曆 병오丙午년 봄 3월에 황상의 첫 아들 황태자께서 태어나셨는데, 생모는 흠명선시欽命選侍 왕씨王氏로 아직 봉호가 없어 내각과 예부에 의론해 올리도록 명하셨다. 처음에 황태자빈으로 생각했지만 윤허하지 않으셨다. 또 황태자부인으로 생각했지만 역시 황상의 뜻에 맞지 않았다. 이에 황상이 깨우쳐주시어 재인으로 봉해 올렸고 또 각부에 『황명전례皇明典禮』 각 한 부를 하사하셨다. 이 책의 내용으로는 황태자의 정비는 비로 봉하고 그다음은 모두 재인을 배수하므로 실린 내용이 매우 분명해서 황상께서 미리 조사한 내용을 남기라 명하셨다. 당시 내각은 심사명沈四明, 심귀덕沈歸德, 주산음朱山陰이었고 처리부서의 시랑은 이진강李晉江이었으니 여러 공들은 모두 대유학자로 이처럼 초라한 상소를 올리면 안 되었다. 그리고 『황명전례』 또한 편벽된 서적이 아니니 한림원의 이름난 공들 역시 마땅히 집안에 한 질 씩 두었고 하사받길 기대했다. 생각건대 한나라 태자궁에 비가 있었던 이래로 태자의 첩에게 젖먹이 아들이 있으면 대개 삼등의 품계였다. 진혜제晉惠帝가 태자 시절에 사재인謝才人이 아들 휼遹을 낳고 숙원淑媛으로 봉호를 올려 받았고 모두 역사책에 기재되었다. 그러나 이후로는 이루 다 기록되지 않았다. 여러 공들이 어찌 자세히 알고 모두 상주하지 않고 마음으로 맞다고 여기니 황상의 비웃음에 불만을 가졌겠는가. 촉蜀의 연호에 관한 일은 송나라 예조藝祖께서 두의竇儀를 중용하셨기 때문이다. 생각건대 건덕乾德이라는 연호는 위송僞宋의 보공석補公祏이 이미 먼저 이 칭호를 썼는데, 두의가 알지 못했으니 책을 읽은 재상이라 하기에 부족하다. 이에 여러 공들의 비난을 기록한다.

원문 **東宮妃號**

萬曆丙午春三月, 上以皇太子第一子生, 其生母爲欽命選侍王氏, 未有封號, 命內閣及禮部擬議進呈. 初擬皇太子嬪, 不允. 又擬皇太子夫人, 亦不當聖意. 乃下聖諭, 進封爲才人, 且賜閣部『皇明典禮』[397]各一部. 書內皇太子正妃封妃, 次皆拜才人, 開載甚明, 上命存留備考. 時揆地爲四明歸德山陰, 而署部則侍郎李晉江也, 諸公皆大儒, 不宜疎陋至此. 然『典禮』亦非僻書, 館閣[398]名公亦宜家置一帙, 而待欽賜耶. 按漢太子宮中, 自妃而下, 有良娣[399]有孺子, 凡三等. 晉惠帝在東宮, 謝才人生子遹, 進拜淑媛, 俱載在史冊.[400] 而此後蓋不勝紀. 諸公何不詳考具奏, 而以臆對, 知不滿聖主一哂耳. 孟蜀年號一事, 宋藝祖[401]所以重竇儀[402]也.

---

397 『皇明典禮』: 명대의 정치관련 서적으로 건문제의 칙명으로 편찬했다. 황실 종친과 관련된 예절을 기술한 책으로 건문제 2년 정월에 간행되었다. 정난지변 후 금서조치 되었으며, 현재 대련大連 도서관에 원간본이 소장되어 있고 다른 저록은 보이지 않으므로, 유일한 진귀본으로 알려져 있다.

398 館閣 : 한림원.

399 良娣 : 태자의 첩.

400 冊 : '책冊'자는 사본에 근거해 보충했다冊字據寫本補.【교주】

401 藝祖 : 송의 개국 황제 조광윤趙匡胤, 927~976에 대한 존칭.

402 竇儀 : 두의竇儀, 914~966는 북송 초기 대신이자 학자이다. 그의 자는 가상可象이며, 계주薊州 어양漁陽 사람이다. 우간의대부 두우균竇禹鈞의 장자이며, 후진後晉 때 진사에

按乾德[403]紀年, 僞宋[404]輔公祏[405]已先稱之, 而竇儀不及知, 則亦未足爲
讀書宰相也. 附記爲諸公解嘲.[406]

급제해 한나라와 후주에서 한림학사, 단명전학사端明殿學士 등을 지냈다. 북송 초에
는 공부상서 겸 대리시사였으며,『건륭중정형통建隆重定刑統』30권과『건륭편칙建隆
編敕』4권을 편찬했다.

403 乾德 : 건덕乾德이 연호는 중국 역사상 2번 사용되었다. 첫 번째는 5대 10국 시대 전
  촉前蜀의 제2대 황제인 왕연王衍의 첫 번째 연호로 919년부터 924년까지 6년 동안
  사용되었다. 두 번째는 송나라의 개국황제인 태조 조광윤趙匡胤의 두 번째 연호로
  963년 음력 11월부터 968년 음력 11월까지 6년 동안 사용되었다.

404 僞宋 : 수말隋末 당초唐初 강남 지역의 군웅 보공석輔公祏이 무덕 6년623 8월에 남조의
  수도였던 건강을 수도로 하고 세운 나라다. 무덕 7년624 보공석이 이효공에게 붙잡
  혀 참수되면서 멸망했다. 국호는 송宋이지만, 나라가 유지된 기간이 매우 짧고 정
  통적이지 않기 때문에 남조의 송나라나 북송과 구별하여 '위송'이라고 한다.

405 輔公祏 : 중화서국본『만력야획편』에는 '보공지輔公祏'로 되어 있는데,『구당서舊唐
  書』의 「본기本紀」와 「열전列傳」 그리고『신당서新唐書』의 「본기本紀」와 「열전列傳」에
  근거해 보공석輔公祏으로 수정했다. 위송僞宋과 관련된 인물은 보공석이다. 『역자 교
  주』 ◉ 보공석輔公祏,?~624은 수말隋末 당초唐初 강남 지역의 군웅이다. 대업大業 9년613
  보공석은 두복위杜伏威를 따라 도적이 되어 수나라에 반대하며 병사를 일으켰다.
  그 뒤 이자통李子通을 격파하고 당나라에 귀순했다. 그들의 세력이 강해질수록 두
  복위는 보공석을 견제하면서 몰래 보공석의 병권을 빼앗고 있었다. 이 사실을 알
  게 된 보공석은 무덕武德 6년623 두복위가 당나라 조정으로 들어간 틈을 타 병권을
  되찾고, 그해 8월 남조의 수도였던 건강으로 이동하여 국호를 송宋이라 하고 스스
  로 황제라 칭했다. 보공석이 반란을 일으키자 당나라 조정에서는 이효공李孝恭을
  파견해 그를 공격했다. 무덕 7년624 보공석은 결국 이효공에게 패하고 붙잡혀 참수
  되었다.

406 孟蜀~解嘲 : '맹촉孟蜀'에서 '해조解嘲'까지의 몇 구는 사본에 근거해 보충했다孟蜀至
  解嘲數句, 據寫本補. 【교주】

번역 왕비가 정절을 지키기 위해 죽다

임진壬辰년 영하寧夏의 병변이 일어나 경왕慶王이 새로 보위에 올랐는데, 적에게 위협을 받자 절개를 굽히고 복종하니 더 이상 말할 필요가 없다. 헌왕의 정비 방씨方氏는 책봉되어 계승한 지 겨우 1년인데 과부로 살고 있었다. 역도 발승은哱承恩이 방씨를 핍박해 예에 어긋나는 일을 행하려 하자 정비 방씨가 세자를 안고 토굴로 숨었는데, 발승은이 성을 내며 매섭고 재빠르게 사로잡으니 놀라고 두려워하며 죽었다. 경왕부의 일을 관리하는 진원鎭原 사람 왕중선王仲雛이 그 일을 황상께 알렸고 황상은 그녀를 측은히 여겨 관리를 보내 위문하게 했다. 얼마 지나지 않아 또 정비에게 보복해 실은 그해 4월 초하루에 수절하며 스스로 목매어 죽었다. 황상께서 정비의 정절이 가히 훌륭하니 마땅히 포상을 더해 천하에 모범으로 보여야 한다 하시고 예부에서 잘 의논해 말하라 명하셨다. 대개 정비의 의기가 더럽혀지지 않고 사건의 정황에 반드시 거짓이 있어서는 안 되었는데, 동굴에서 죽은 것과 목매달아 자결한 것은 끝내 밝힐 수 없었다. 조정의 의론 또한 깊이 있는 핵심을 찌르지 못했고 차례대로 황상의 뜻을 따랐으니 죽이는 법전을 하사했을 뿐이었다. 그 후 일이 잠잠해졌고 실록에는 기록이 없다. 혹시라도 그중에 관리들을 공과와 죄로 평가하는 일 역시 이처럼 불분명했으니 주벌하고 포상하는 일을 어떻게 정했겠는가.

壬辰年, 寧夏兵變, 慶王[407]新立, 爲賊所脅, 屈節馴服不待言. 憲王之正妃方氏者, 繼冊甫一年, 卽孀居矣. 逆賊哱承恩, 逼之欲行非禮, 妃乃抱世子匿於土窖, 哱賊怒, 搜捕苛急, 驚悸薨逝. 管理府事鎭原王仲雛其事上聞, 上惻然傷之, 差官慰問. 未幾又報妃實以本年四月初一日, 守節自縊. 上曰妃貞烈可嘉, 宜加襃卹, 以風示天下, 命禮部從厚議卹來言. 蓋妃之義不受汙, 事狀必非僞, 而死於穴處, 與死於雉經, 終莫能明. 朝議亦不深核, 第遵明旨, 錫殊典而已. 其後事平, 亦更無實錄. 倘彼中將吏功罪, 亦瞆瞆[408]如此, 何以定誅賞耶.

---

407 慶王 : 명나라 제9대 경왕慶王인 주신역朱伸域, ?~1591을 말한다. 섬서 영하위寧夏衛 사람이다. 만력 원년1573 수덕왕綏德王에 봉해졌다가, 만력 19년1591 경왕의 지위를 세습했다. 재위한 지 1년도 안 되어 세상을 떠났다. 시호가 '헌憲'이라서 경헌왕慶憲王이라고 부른다. 만력 20년1592 발배哱拜가 모반을 일으켰을 때, 경헌왕의 정비 방씨方氏는 아들 주수자를 토굴에 숨겨 놓고 자살했다. 이때 살아남은 주수자는 만력 23년1595 경왕의 지위에 올랐다.

408 瞆瞆 : 눈이 밝지 못한 모습을 형용한 말.

본 황조의 궁녀를 명명하는 일은 가장 훌륭하지 못하다. 세종 임인壬寅년에 궁의 노비들이 반역한 사건으로 그들의 이름은 모두 연꽃, 국화, 난초, 연과 같은 부류의 글자였으니 바깥의 거친 노비들을 명명하는 것과 다름이 없었다. 그러나, 밖에 나가면 그렇지 않았다. 다만 공주와 부마부를 감독하는 자들을 내보낼 때는 그 부친의 성명을 연계한다. 예를 들어 조갑趙甲은 조갑의 딸이라 하고, 전을錢乙은 전을의 딸이라는 식이다. 우연히 송나라 주평원周平園이 잡기雜記를 읽어 한림학사가 되었는데, 순희淳熙 3년에 그 내용 중에 '부인夫人'의 글자가 아직 성적 발표가 없어 과거시험장을 뜨지 못한 상황에서 잘못 전해졌고, 다음 날 황상의 비답이 나오자 서적에 오정경吳庭慶이라 사실대로 쓰고 자줏빛 하피霞帔의 주인이라 보충해서 내려보냈다. 대내의 궁궐일을 관장하던 경국숙의부인慶國淑懿夫人 유씨劉氏가 이것을 믿고 '부인' 두 글자를 내려 보내니 그 이름이 조정의 선비들의 이름과 다를 바가 없었다.

원문 宮人姓名

本朝宮女命名, 最不典雅. 如世宗壬寅宮婢逆案, 其名俱蓮菊蘭荷之屬, 與外間粗婢命名無異. 然而出外則不然. 只如遣出監公主駙馬府者, 則聯其父之姓名, 如趙甲, 則云趙甲女, 錢乙則云錢乙女之類是也. 偶閱

宋周平園[409]雜記, 其爲翰林學士時, 淳熙三年, 內中'夫人'誤傳鎖院[410],
次日御批出, 典字直筆吳庭慶, 降充紫霞帔[411]主. 管大內宮事慶國淑懿
夫人劉從信, 降兩字'夫人', 其名與朝士無異.

---

409 周平園 : 남송의 정치가이자 문학가인 주필대周必大, 1126~1204를 말한다. 그의 자는
자충子充 혹은 홍도洪道이고, 호는 평원노수平園老叟다. 주익공周益公, 주문충周文忠, 주
평원周平園이라는 별칭으로도 불린다. 길주吉州 여릉廬陵 사람이다. 소흥紹興 21년1151
진사가 되어, 감찰어사, 급사중, 이부상서, 추밀사, 좌승상 등의 벼슬을 역임했고,
허국공許國公에 봉해졌으며, 광종 때 익국공益國公에 봉해졌다. 영종寧宗 경원慶元 초
에 소부少傅로 벼슬을 그만두었다. 사후에 태사로 추증되었으며, 시호는 문충文忠이
다. 남송 문단의 맹주였으며, 육유陸游, 범성대范成大, 양만리楊萬里 등과 교유했고, 저
서로는『성재문고省齋文稿』와『평원집平園集』등 80여 종 200권이 있다.
410 鎖院 : 과거시험에서 성적 발표가 있기 전에는 시험장을 떠나지 못하는 일.
411 霞帔 : 중국 고대 부녀자 예복의 일부분으로 어깨에 걸치는 것과 유사한 모양이다.
송대 이래 귀부인의 명복으로 품계에 따라 구별한다. 명대의 하피霞帔는 가슴 앞과
등 뒤가 연결된 모양으로 오색 날짐승의 모양을 수놓았으며, 짐승의 모양은 쓰지
않았다.

태조께서 우승상 왕광양汪廣洋의 죽음을 사면하셨는데, 당시 왕광양은 이미 남해로 폄적되어 떠나는 배 안이었기 때문에 사신이 도착한 날 이미 이전의 조서를 받들어 스스로 목매어 자결했으며 첩 하나가 따라 죽었다고 사신이 알렸다. 황상께서 그 첩에 대해 수소문해보니 최로 관비가 된 이전 진지현陳知縣의 딸이었다. 황상께서 화를 내시며 자녀와 관직을 몰수할 때 전례대로 공신의 노비로 삼되 문신에게 노비로 주지 말라고 하셨다. 이 일로 법사에게 칙서를 내려 죄를 다스린 때가 홍무 12년 1월이었다. 당시 황상께서는 재상 호유용과 육부의 대신들이 모두 왕광양이 간신이라 한 것을 의심하셨고, 그다음 해 정월에 호유용이 모반해 친족이 몰살당했고, 육경 중에 혹은 죽고 혹은 달아나 한 사람도 남지 않았다. 대개 관비의 중함이 이와 같다. 정덕 연간에 이르자 재상 초방焦芳이 이에 토지부土知府 잠준岑濬의 첩을 하사받았는데, 그의 아들 초황중焦黃中과 그 첩을 공유한 것은, 어째서인가.

太祖賜右丞相汪廣洋[412]死, 時汪謫南海, 已在舟中, 使至之日, 汪奉詔

---

412 汪廣洋 : 왕광양汪廣洋,?~1379은 명나라 초기 재상을 지낸 중신이다. 강소성 고우高邮 사람으로, 자는 조종朝宗이다. 시에 능했으며 주원장이 장량과 제갈량 같은 신하라 칭송했다 한다. 산동행성과 섬서참정, 중서성좌승, 광동행성참정, 우승상 등의 벼

自經, 有一妾從死, 使者以聞. 上訪其人, 則故陳知縣之女, 以罪謫爲官婢. 上怒曰, 凡沒官子女, 例發功臣爲奴, 從無與文臣者. 因敕法司治罪, 事在洪武十二年之十二月. 其時上疑宰相胡惟庸, 與六部大臣, 共廣洋爲奸, 次年正月, 惟庸卽謀叛滅族, 六卿或死或竄, 無一留者. 蓋官婢之重如此. 至正德間, 輔臣焦芳乃得欽賜土知府岑濬[413]之妾, 與乃子黃中聚麀[414], 何耶.[415]

슬을 역임했으며, 충근백忠勤伯으로 봉해졌다. 홍무 12년1379 호유용胡惟庸이 유기를 독살한 사건에 연루되어 주원장에 의해 죽음을 당했다. 저서로는 『봉지음고鳳池吟稿』와 『회남왕광양조종선생봉지음고淮南汪廣洋朝宗先生鳳池吟稿』가 있다.

413 岑濬 : 잠준岑濬, ?~1505은 명나라 광서 사은주의 토관으로, 장족이다. 도지휘사 잠영岑瑛의 손자이며, 사은주지부思恩州知府 잠수岑鐩의 아들이다. 성화 16년1480 부친의 직분을 세습 받았지만, 반역을 저지른 죄로 살해당했다.

414 聚麀 : 수사슴이 부자간에 한 마리의 암사슴을 공유하는 것으로 윤리가 어그러짐을 뜻한다.

415 至正德間~何耶 : '지정덕간至正德間'에서 '하야何耶'까지 총 28자는 사본에 근거해 보충했다至正德間至何耶共二十八字, 據寫本補. 【교주】

만력야획편 萬曆野獲編 上

권4

수수秀水 경천景倩 심덕부沈德符 저

동향桐鄕 이재爾載 전방錢枋 편집

◎ 종번宗藩

[번역] 번왕부를 세우는 것을 논하다

　　가정 10년 황상께 아직 아들이 없자 안팎에서 그것을 걱정했다. 행인사行人司 사정司正 설간薛侃이 다음과 같이 건의했다. "선대에 각 번왕藩王에게 분봉할 때 반드시 친왕 한 명을 북경에 남겨두게 했는데, 이 사람을 수성왕守城王이라고 하며 간혹 예를 대행하고 일이 생기면 나라를 돌보고 군사들을 위로하는 임무를 받았습니다. 정덕 초기에 역도逆徒 유근劉瑾이 그것을 없애 모두 봉토封土로 나갔습니다. 옛 전례를 조사하시어 분봉 받은 친왕 한 사람을 골라 수성왕으로 삼으시길 바랍니다. 만약 동궁께서 탄생하시면 보이輔貳로 삼으시고, 다시 황자가 태어나시면 비로소 분봉국分封國으로 내보내십시오." 그 말이 매우 위태로웠고 수성왕의 이름 또한 전례에 기재되어 있지 않았다. 그런데 설간과 같은 나이인 팽택彭澤은 평소 장영가에게 아첨했고 또 하귀계와 도어사의 자리를 다투며 그를 매우 미워했다. 이 때문에 상소를 빨리 올리게 재촉하면 하귀계가 주사한 것으로 연좌할 수 있었고, 또 장소부張少傅가 이런 상소를 매우 잘하니 중간에서 적극적으로 상소를 올리는 것에 찬성해 일이 이루어지게 해야 한다고 했다. 상소가 올려지니 황상께서 크게 노하시어 관원들을 모아 조정에서 심문하시고 다섯 가지 독을 준비시키셨다. 이때 왕횡汪鋐과 팽택은 설간에게 하언이 주사한 것으로 끌어들이게 했는데, 설간이 대항하고 욕하며 인정하지 않아서 죽음을 면할 수 있었다. 팽택은 변방으로 수자리를 가고 장영가 또한 파면되어 돌아갔다. 목종께서 막 붕어하셨을 때 고신정高新鄭이 국정을 맡고 있었는데, 이때 여광呂光이라는 이름의 대협은 옛 재상 서화정徐華亭이 보낸 사람으로 북경에서 이간질을 행했다. 별도로 문객을 보내서 기묘한 계책으로 고신정을 방해하면서 군주가 어리고 나라가 의심스러울 때는 고황제의 초기 제도와 같이 해 친왕을 종인령宗人令으로 삼아 종인부宗人府를 이끌어서 사직을 진정시켜야 한다고 말했다. 고신정이 크게 기뻐하며 그 계책을 받아들였는데, 여광은 또 궁정에서 고각로高閣老가 이미 공문을 보내 친밀한 관계의 주왕周王을 맞아 들여서 제위를 잇도록 하고 몸소 세습국공世襲國公을 취하니 새로운 제위가 불안하다고 선언했다. 두 태후가 크게 놀라 몰래 조사해 알아보니 과연 종인宗人에 대한 이야기가 있어 마침내 중간에서 성지를 내어 즉시 고신정을 쫓아냈다. 이때는 선황제께서 승하하신지 갓 20일이 되었고 금상께서 즉위하시진 막 6일 되었을 뿐이다. 두 가지 설 모두 종묘의 큰 계획과 관계 있지만 이 일은 처음 있는 것이라 사람들이 익히 듣지 못했다. 혈육지간인 사람도 오히려 깊이 말할 수 없는데 하물며 군주와 신하 사이는 어떻겠는가! 설간의 경솔하고 조급함과 고신정의 거칠고 얕은 생각은 모두 사람들의 예상 범위 안에 떨어지는데 모두 자각하지 못했다. 화를 선택함이 이 지경에 이르렀지만 중윤 곽손암郭損菴 정도에는 이르지 않았으니 또한 다행이다.

○ 정덕 2년 영왕榮王이 상덕부常德府를 번국藩國으로 받자 당시 조정

대신들이 상소를 올려 이 문제로 다퉜는데, 그 뜻은 대체로 설간과 같았지만 결국 윤허되지 않았다. 영왕은 헌종의 막내아들로 무종에게는 막내 숙부인데 그를 과연 북경에 남게 했다면 신사년辛巳年 봄에 홍저興邸에서 용이 날아올라 제위에 오르는 일은 장차 알 수 없게 되었을 것이다. 더군다나 당 선종이 황태숙皇太叔이 되었던 일이 역사서에 있지 않은가? 설간의 말이 마침 황상께서 기피하시는 일을 건드린 데다 그때는 아직 전성前星이 빛나지 않았지만 황상께서 젊으셨으니 황급히 이 계획을 세운다는 것은 황상께서 끝내 무종처럼 후사가 없기를 기다린다는 것이니 어찌 황상의 노여움을 범하지 않을 수 있겠는가! 황상께서 너그럽고 어지셔서 뜻하지 않게 죽지 않았을 뿐이다.

論建藩府

嘉靖十年, 上未有子, 中外憂之. 行人司正[1]薛侃建議, 謂"先朝分封各藩, 必留親王一人在京, 謂之守城王, 或代行禮. 遇有事則膺監國撫軍之任. 至正德初, 而逆瑾[2]削之, 盡行出封. 乞查舊典, 擇親藩一人爲守城王.

1 　行人司正 : 행인사行人司의 수장인 사정司正을 말한다. 황제의 유시論示 전달과 책봉 등의 일을 맡아 처리했다. 행인사는 명대 홍무 13년1380 처음 설치되었는데, 당시에는 정구품正九品 행인行人과 종구품從九品 좌행인左行人, 우행인右行人을 두었었다. 나중에 행인을 사정司正으로 바꾸고 좌행인과 우행인도 좌사부左司副와 우사부右司副로 바꾸고 별도로 행인 345명을 두었다.
2 　瑾 : 명 정덕 연간의 환관 유근劉瑾, 1451~1510을 말한다. 유근은 섬서陝西 흥평興平 사람이다. 본래 성은 담談씨지만 6살 때 태감 유순劉順에게 입양되어 궁에 들어가면서 성을 유씨로 바꾸었다. 무종이 즉위한 뒤 응견鷹犬과 가무歌舞, 각저角觝 등의 유희를

若東宮誕生, 則以爲輔貳. 如再生皇子, 始遣出封王國." 其言甚危, 且守
城王之名亦不載典故. 而侃同年彭澤者, 素媚張永嘉. 又與夏貴溪爭爲都
御史, 恨之甚, 因促令亟上, 便可坐夏主使, 且云張少傅甚善此疏, 當從
中力贊上成之. 疏上, 上大怒, 會官廷訊[3], 五毒備下. 時汪鋐彭澤令侃引
夏言主使, 侃抗言不服, 乃得不死. 而澤遣戍[4], 永嘉亦罷歸. 穆宗初崩,
新鄭[5]當國, 時有大俠名呂光者, 爲故相華亭所遣, 行間於京師, 因別遣客
以奇計干新鄭, 謂主少國疑, 宜如高皇初制, 命親王爲宗人令, 領宗人府,
以鎭安社稷. 新鄭大喜, 納其謀, 呂又宣言於內廷云, 高閣老已遣牌迎立
所厚周王入紹, 身取世襲國公, 新帝位不安矣. 兩宮大駭, 偵知果有宗人[6]
之說, 遂從中出旨, 立逐新鄭. 時先帝升遐甫二旬, 距今上卽位甫六日耳.
兩說俱關宗祧大計, 然其事創見, 人所不習聞. 處人骨肉間, 尚不可深言,
況君臣哉! 薛之狂躁, 高之粗淺, 落人度內, 俱不自覺. 掇禍至此, 不致爲
郭損菴中允, 亦幸矣.

○ 正德二年, 榮王之國常德府, 時廷臣抗章爭之, 其意蓋與薛侃同, 而
終不允. 榮王爲憲宗少子, 於武宗爲季父, 使其果得留京師, 則辛巳[7]之

올려 무종의 환심을 사 권세를 휘두르고, 내궁감內宮監에 올라 단영團營을 지배했으
며 얼마 뒤 사례감 장인태감이 되어 사례감을 장악했다. 동창東廠과 서창西廠 외에
내행창內行廠을 설치해 반대파를 가혹하게 처벌했다. 정덕 5년1510 환관 장영張永이
그가 모반을 꾀한다고 밀고해 능지처참 되었다.

3 廷訊 : 조정에서 죄인을 심문하는 것.
4 遣戍 : 죄인을 변방으로 유배시켜 수비를 맡게 하는 것.
5 新鄭 : 명대 융경 연간에 내각수보를 지낸 고공을 말한다.
6 宗人 : 명나라와 청나라 때, 종친의 일을 맡아보던 벼슬.
7 辛巳 : 무종이 붕어한 해인 정덕 16년1521을 말한다.

春, 興邸龍飛[8], 將有不可知者. 況唐宣宗皇太叔故事在史冊乎? 薛侃之言, 正觸上忌諱, 且其時雖前星[9]未耀, 而上富於春秋[10], 遽建此計, 是待上以終無胤嗣如武宗也, 安得不干天怒乎! 賴上寬仁, 偶不死耳.

8 龍飛: 임금의 즉위를 성스럽게 이르는 말.
9 前星: 점성술에서 천왕天王을 상징하는 심성心星의 앞에 있는 별.
10 富於春秋: 나이가 젊다는 의미다.

옛 관례에 따르면 태자가 궁을 나서면 문화전에 자리를 마련했다. 가정 15년부터 문화전의 지붕을 황금색 유리琉璃 기와로 바꾸고 주상께서 경연을 여는 곳으로 삼았다. 가정 28년 장경태자莊敬太子가 관례冠禮를 행하고 궁을 나서게 되었다. 의식을 주관하는 관원이 문화전은 단장을 다시 한 지 이미 오래되었고, 옥좌가 있는 곳이니 예의상 지존의 자리를 피해야 한다고 말했다. 황상께서 문화문文華門의 왼쪽 남향南向으로 자리를 바꾸라고 명하셨다. 그런데 장경태자가 관례 후 20일 만에 돌아가시어 문에 이르지도 못하셨다. 금상에 이르러 태자가 하례를 받게 되었는데 예부 대신이 옛 일을 가지고 청하자 또 문화전 동랑東廊의 서쪽에 마련하라고 바꿔 명하셨다. 지금 동궁이 아직 확정되지 않았는데 먼저 나와 학문을 닦고 연구하게 되자 황상께서 문화전의 왼쪽 방에 자리를 마련하라 명하신 것은 두 조대의 성대함을 더한 것으로 보인다. 비록 황태자의 자리에 아직 오르지 않았는데도, 규정과 의식이 이미 지존에 버금갔다. 그 뒤 복왕福王이 공부할 때는 무영전武英殿의 주변에 자리를 마련하는 데 불과했을 뿐이다.

故事太子出閣, 設座于文華殿中. 自嘉靖十五年改易黃瓦[12], 仍爲主上開經筵之所. 二十八年, 莊敬太子[13]行冠禮[14]出閣[15]. 禮官[16]謂此殿更飾已久, 黼座[17]所在, 禮當避尊. 上乃命改于文華門之左南向. 然而莊敬冠後二十日卽薨, 幷門不及御也. 至今上爲太子受賀, 禮臣援故事以請, 又改命設于文華殿東廊西向. 今東宮未立, 先出講學, 上命設座于文華殿之左室, 視兩朝加隆焉. 雖儲位未升, 而規儀已亞至尊. 其後福王讀書, 不過武英殿之廊廡而已.

---

11 元子 : 천자와 제후의 적장자.

12 改易黃瓦 : 문화전은 처음에는 황태자가 정무를 보는 정전으로 지었기 때문에 지붕을 초록색 기와로 덮었다. 시간이 흐르면서 너무 어린 나이에 태자가 되어 정무를 처리할 수 없는 경우가 거듭 발생했다. 그러자 가정 15년1536 문화전을 황제의 편전으로 바꾸어 경연을 여는 장소로 사용하게 되었고, 기와도 황제의 색깔인 황금색으로 바꾸었다.

13 莊敬太子 : 명 세종의 둘째 아들인 주재예朱載壑를 말한다.

14 冠禮 : 남자가 성인이 되어 관모를 쓰는 성인 의식으로, 구체적인 연령은 시대에 따라 차이가 있었지만 보통 20살에 행해졌다.

15 出閣 : 황자皇子가 일정 나이가 되면 궁에서 나가 독립적으로 생활하는 것.

16 禮官 : 의식을 주관하는 관리.

17 黼座 : 황제가 앉는 자리.

홍치 8년 10월 남경태상시경南京太常寺卿 정기鄭紀가 황태자에게『성공도聖功圖』를 바쳤다. 대체로 전대의 주周 문왕부터 시작해 현 왕조에 이르기까지 황태자의 어린 시절에서 등극하기까지의 백여 가지 일을 모은 것이다. 앞에는 금색과 푸른색으로 그림을 그리고 뒤에는 출처를 기록하고 마지막에 자신의 논평을 함께 두었다. 당시에 정기가 일찍이 좨주祭酒를 맡았는데 남경으로 옮기기에 적당하지 않자 이에 태자의 속관이 되려는 계획을 세우고 이런 행동을 했다는 말이 있었다. 가정 18년 7월 남경예부상서南京禮部尙書 곽도와 이부랑중吏部郎中 추수익鄒守益이 함께『성공도』한 권을 만들어 바치면서, 황태자께서 어리시어 아직 궁을 나오지 않으셔서 아직은 글로 설명할 수가 없지만 다만 날마다 옳은 말을 듣고 바른 일을 보면 정도를 함양하는 데 도움이 될 수 있기에 문왕께서 세자가 된 이후로 열세 가지 일을 그림으로 그리셨으며 각각 설명하는 바가 있다고 했다. 황상께서 "도첩의 말은 대부분 완곡하고 모호해 공적인 것을 빌려 비방을 행하며 신하의 예가 없으니 예부로 내려보내 참고해 보라"고 말씀하셨다. 이어서 곽도 등의 죄를 용서하시며 그 책과 상소는 폐하고 쓰지 말라고 명하셨다. 금상 을미년乙未年에 황장자가 궁을 나와 학문을 닦고 연구하셨는데 이때 수찬修撰 초횡焦竑이 당직을 서고 있었는데 강관講官의 말단으로서 또한『양정도설養正圖說』한 권을 바치면서 동료와 상의하지 않았다. 나중에 이 일이 점차 널리 알려지자 궁유宮諭로서 강관講官의 수장을 하던 곽정역郭正域이 그를 미워하며 분노했고 차규次揆인 장위張位 또한 매우 화를 냈다. 이에 초횡이 정유년丁酉年에 북경의 부시험관이 되자 마침내 과장科場의 일을 빌미로 쫓겨났고 지금까지도 아직 불러들여 기용되지 않았다. 앞뒤 세 조대동안 네 사람이 모두 황태자에게 충성을 다했다가 의심받고 비난을 받았다. 정기와 같은 자는 정말 말할 것도 없고 위애渭崖 곽도와 동곽東郭 추수익은 모두 당시의 명사名士들인데 어찌 또한 이런 책을 바쳤으며 책 이름 또한 동일하니 크게 웃음거리가 될 만하다. 약후弱侯 초횡은 더욱 박식함이 세상을 압도할 정도인데 어찌 앞의 두 일을 듣지 못한 것인가 아니면 그것을 답습해 행한 것인가?『역경易經』의 몽괘蒙卦 하나가 사람을 그르침이 이러하다.

곽도와 추수익 두 사람은 얼마 안 되어 모두 입조入朝해서 태자궁의 관리가 되었다.

원문 **聖功圖**

弘治八年十月, 南京太常寺卿鄭紀, 進『聖功圖』于皇太子. 蓋采前代自周文王始, 以至本朝, 儲宮[18]自童冠至登極, 凡百餘事. 前用金碧繪爲圖, 後錄出處, 幷己之論斷于後. 時謂紀曾任祭酒, 以不稱調南京, 至是謀爲宮僚[19], 故有此舉. 至嘉靖十八年之七月, 南京禮部尙書霍韜, 吏部郎中

---

18 儲宮 : 황태자.

鄒守益[20]，共爲『聖功圖』一冊上之，謂皇太子幼，未出閣，未可以文詞陳說．唯日聞正言，見正事，可爲養正之助．乃自文王爲世子而下，繪圖爲十三事，且各有說．上云"圖冊語多曲隱，假公行謗，無人臣禮，下禮部參看." 旣而命宥韜等罪，其冊疏廢不行．至今上乙未年[21]，皇長子出閣講學，時修撰焦竑[22]在直爲講官居末，亦進『養正圖說』一冊，不以商於同事．後漸彰聞，郭正域以宮諭爲講官之長，大恨怒之，次輔張位[23]亦恚甚．至焦丁酉[24]爲北京副考，遂借場事逐之，至今未召用也．前後三朝四公，皆以

---

19 宮僚 : 태자에 소속된 관리.

20 鄒守益 : 추수익鄒守益, 1491~1562은 명 중기의 교육자이자 이학가理學家다. 그는 강서江西 안복安福 사람으로, 자는 겸지謙之고, 호는 동곽東廓이며, 시호는 문장文莊이다. 정덕 6년1511 진사에 급제해 한림원편수에 제수되었지만 1년 뒤에 사직했다. 이후 왕수인을 좇아 '양지良知'와 '지행합일知行合一' 등의 학문에 매진했다. 세종이 즉위한 뒤 다시 관직에 나갔지만 직간直諫으로 미움을 사 광덕주판관廣德州判官, 남경국자좨주南京國子祭酒 등의 관직을 지내다 파직되었다.

21 今上乙未年 : 명 만력 23년1595을 말한다.

22 焦竑 : 초횡焦竑, 1540~1620은 명 만력 연간의 관리이자 학자다. 그는 응천부應天府 강녕江寧 사람으로, 자는 약후弱侯고, 호는 담원澹園이며, 시호는 문단文端이다. 만력 17년1589 장원급제해 한림원수찬, 동궁시독東宮侍讀, 복녕주동지福寧州同知 등의 벼슬을 지냈다. 만력 22년1594 국사國史 편찬에 참여했고, 황태자에게 시강侍講했다. 만력 25년1597 순천부順天府 향시鄕試를 주관하고, 그 뒤 회시會試의 부시험관을 맡았다. 다양한 책을 두루 섭렵했고 전장典章에 밝았으며 고문古文에 능했다. 저서에 『담원집澹園集』, 『국조헌징록國朝獻徵錄』, 『초씨필승焦氏筆乘』, 『국사경적지國史經籍志』 등이 있다.

23 張位 : 장위張位, 1534~1610는 강서江西 남창南昌 사람으로 자는 명성明成이고 호는 홍양洪陽이며 시호는 문장文莊이다. 융경 2년1568 진사로 서길사, 한림원편수, 서주동지徐州同知, 남경상보승南京尙寶丞, 국자감좨수國子監祭酒, 이부좌시랑 겸 동각대학사, 예부상서, 이부상서, 무영각대학사 등의 벼슬을 지냈다. 만력 26년1598 탄핵을 받아 정직 상태로 있다가 요서妖書 사건의 주모자로 지목되어 삭탈관직되고 평민이 되었다. 희종喜宗 천계天啓 원년1621 관직과 직함이 회복되면서 태보太保로 추증되었다.

24 丁酉 : 만력 25년1597을 말한다.

納忠東朝[25], 被疑受譴. 若鄭紀者固不足言, 霍渭崖[26]鄒東廓[27], 皆一時名士, 何以亦有是獻, 且書名亦同, 大是可笑. 至焦弱侯[28], 更以博洽冠世, 豈未聞前二事耶, 抑承襲[29]爲之也?『易經』一蒙卦[30], 誤人乃爾.

○ 霍鄒二人, 尋俱入爲宮僚.

---

25 東朝 : 태자 또는 태자의 궁을 가리킨다.
26 霍渭崖 : 곽도를 말한다. 위애渭崖는 곽도의 호다.
27 鄒東廓 : 추수익을 말한다. 동곽東廓은 추수익의 호다.
28 焦弱侯 : 초횡을 말한다. 약후弱侯는 초횡의 자다.
29 承襲 : 답습하다. 계승하다.
30 蒙卦 :『역경易經』, 즉『주역周易』육십사괘 중의 하나로, 산 아래에 물이 있음을 상징하며 험난해 갈 바를 모르고 멈춰 있는 상태를 뜻한다. 몽蒙은 무성하게 자란 풀에 의해 덮혀 있는 모습을 뜻하는 글자로 여기에서 '어둡다昧'라는 의미가 파생되었고 사물이 태어나 아직 어릴 때는 몽매하기 때문에 '어리다稚'라는 뜻도 내포하고 있다. 즉 몽괘蒙卦는 몽매한 어린아이를 교육시켜 계몽하는 방도에 관해 설명하는 괘로, 피교육자의 능동적인 의지와 진실한 마음가짐이 교육에 있어 중요함을 말하고 있다.

번역 태자의 서책과 옥새

가정 18년 기해己亥년 2월 초하루에 세종께서 승천부承天府로 행차하시어, 장경태자莊敬太子와 유왕裕王, 경왕景王을 책봉하려 하셨다. 유왕은 바로 목종이 친왕일 때의 호칭이다. 이날 대례가 갓 거행된 뒤에 옥새와 서책을 담당하는 환관들이 각각 하사품을 받들고 돌아갔다. 그러나 유왕의 서책과 옥새가 태자의 처소로 잘못 들어가고, 동궁의 서책과 옥새는 유왕의 사저에서 거두어져 조정 안팎의 사람들이 해괴하게 여겼다. 이때 장경태자는 이미 병이 들어 14세의 나이로 돌아가셨었다. 목종과 경왕은 같은 해에 태어나, 조정 안팎에서 옹호하는 이들 간의 의론이 꽤 있었지만, 태자에게 내릴 서책과 옥새의 징조는 오래전에 이미 암암리에 정해져 있었다. 경공왕景恭王이 봉지로 간 지 겨우 4년 만에 그곳에서 세상을 떠났는데, 비록 태자가 아직 책봉되지는 않았지만 민심은 크게 안정되었다. 기해己亥년 2월의 착오가 어찌 우연이겠는가? 그해 책봉되시는 날 태양 아래에 오색빛깔의 구름이 출현했는데, 당시에는 동궁의 길조라 여겼고, 그 후 목종께서 마침내 유왕의 저택에서 제위에 오르셨다. 이른바 상서로운 징조라는 것이 유왕에게 있었던 것이지 태자에게 있었던 것이 아니다.

원문 太子冊寶

嘉靖十八年己亥二月朔日, 世宗將幸承天府, 冊立莊敬太子及裕王景
王[31]. 裕卽穆宗潛藩也. 是日大禮甫擧, 內臣司寶冊者, 各奉所賜歸. 而裕
王冊寶誤入太子所, 其靑宮冊寶, 乃爲裕邸所收, 中外駭怪. 是時莊敬已
有疾, 年十四而薨逝. 穆宗與景王生同歲, 中外頗有左右袒之疑, 然冊寶
之兆, 久已定於冥冥. 及景恭王就國甫四年, 亦于國中下世, 雖儲位未建,
而人心大安矣. 己亥二月之誤, 豈偶然哉. 冊立之日, 日下五色雲現, 時
以爲東朝[32]之瑞, 其後穆宗竟從裕邸龍飛. 所謂休徵[33]在此, 不在彼也.

---

31 景王 : 명나라 세종의 넷째 아들 주재수朱載圳, 1537~1565를 말한다. 생모는 정비靖妃 노
    씨盧氏다. 가정 18년1539 경왕景王에 봉해졌고, 가정 44년1565 봉지인 덕안德安의 왕부
    에서 죽었다. 후사가 없어 나라가 없어졌다. 시호가 공恭이라 경공왕景恭王이라고
    부른다.
32 東朝 : 태자의 거처인 동궁 또는 태자를 말한다.
33 休徵 : 상서로운 징조.

번역 세 왕을 함께 봉하다

국본의 자리를 두고 벌이는 다툼은 기유己酉, 1585년부터 계사癸巳, 1593
년까지 거의 10년간이나 계속되었다. 조정의 높은 대신들이 매미가
울어대듯 시끄럽고 격렬하게 다투었지만, 결국 간청이 받아들여지지
않았고 심지어는 조정에서 곤장을 때리고 빈 관서로 쫓겨나는 일이 그
치질 않았다. 계사癸巳년 봄, 상공 왕태창王太倉이 부모께 문안을 드리고
북경으로 왔는데, 이때는 수규 자리를 비워두고 그를 기다린 지 1년이
넘었다. 왕태창이 도착해서는 언관에게 태자 책봉 문제를 언급하지 말
라고 미리 경계하여, 내각에서 홀로 감당해야 했다. 이때 갑자기 밀지가
왕태창의 사저에 이르렀고, 다음 날 적자가 나오기를 기다린다는 명이
내려졌는데, 조훈祖訓을 증거로 삼아 지금은 우선 세 왕을 함께 봉한다
는 것이었다. 어사 도걸涂杰과 시승寺丞 주유경朱維京이 앞서서 그것을 간
했다가 모두 수자리로 보내졌다. 이에 간하는 이들이 조정에 가득해졌
고, 예부주사 진태래陳泰來는 직접 왕태창을 공격했는데 언사가 매우 험
악했으며, 마침내 모두 보류되어 아래로 내려보내지 않았다. 왕태창이
스스로 조서의 오류를 인정하자 이에 세 왕을 나란히 봉하는 일 역시 중
지되었고, 도걸과 주유경은 수자리를 면하고 평민이 되었다. 세 왕을 나
란히 봉한다는 명이 내려졌을 때 사람들은 대부분 왕태창을 이해하지
못했다. 그해 겨울까지 여러 차례 강력히 청했고 은밀한 상소가 20여
건에 이르자, 황상께서 비로소 원자에게 궁을 나가 학문을 닦으라 명하

셨다. 비록 황태자의 지위를 정한 것은 아니지만 민심은 마침내 대체로 정해졌다. 그 일을 맡은 한두 대신이 다음과 같이 말했다. 왕태창이 남쪽에서 오는 길에 사직을 청하고 고향으로 돌아가는 의부儀部 제수현諸壽賢을 우연히 만나 북경의 근황과 책봉에 관한 일을 물었는데, 제수현은 황상께서 의심이 많아 후계를 세우려 하지 않으시니 식견 있는 자들은 세 왕을 함께 봉하는 것을 온당하게 여긴다고 말했다. 왕태창이 오히려 그렇게 여기지 않고 다시 조정우趙定宇가 뭐라 했는지 물으니, 제수현이 "조정우도 마침 이런 의견입니다"라고 했다. 제수현은 바로 왕태창의 병술丙戌, 1586년 문하생이므로 마침내 그 견해를 믿었다. 왕태창이 북경에 도착해 소재少宰 조정우에게 정말 이 의견을 주장하느냐고 물었는데, 조정우는 "나뿐만이 아니라 다수의 의견이 그렇습니다"라고 했다. 조정우가 비로소 왕태창과 사이가 좀 벌어지자 얼마 안 되어 설명했으나 뜻밖에도 그것은 참말이 아니었고, 비난이 쏟아지자 비로소 크게 후회했다. 조정우 역시 특별히 바로잡기 위한 상소를 올렸는데, 언사가 매우 강했다. 왕태창은 이에 두 사람이 일부러 그 의견을 주어 일이 잘못되었다는 것을 깨달았지만 마음속에 담아두고 감히 발설하지 않았다. 가을에는 혼약을 파기했다고 오진吳鎭이 고발한 일이 발생해 조정우가 오명을 쓰고 자리에서 물러나니, 말하기 좋아하는 자들은 또 수규 왕태창이 실제로 그 일을 사주해 오랜 원한을 갚은 것이라 했다. 하지만 두 분 모두 당대의 위인이라서, 결국 그런 얘기를 감히 믿지는 않는다.

원문 三王並封

國本之爭, 自己酉至癸巳幾十年. 朝端競沸如蜩螗, 終不得請, 甚至廷杖, 空署罷逐, 而不能止. 至癸巳春, 太倉相公[34]自省覲[35]來京, 時虛首揆待者踰年矣. 至則預戒言路, 勿及建儲事, 閣中自當一力擔當. 忽有密旨至太倉私第, 次日卽得待嫡之旨, 引祖訓爲證, 今且並封三王. 涂御史杰[36]朱寺丞維京[37]首爭之, 俱遣戍. 於是爭者滿朝, 而禮部陳主事泰來[38]直攻太倉, 語太峻, 遂一切留中不下. 太倉自認條旨之誤, 于是併三王之封亦寢, 涂朱免戍爲民. 並封旨下時, 人多不諒太倉. 至其冬, 再三力請, 其密揭至二十餘上, 始命元子出閣講學. 雖未正儲皇之位, 而人心遂大定矣. 嗣得之一二名公云, 太倉從南來, 路遇諸儀部壽賢[39]請告歸, 問以京

---

34 太倉相公 : 명대 만력 연간에 내각수보를 지낸 왕석작王錫爵을 말한다.

35 省覲 : 부모나 웃어른께 문안하다.

36 涂御史杰 : 명나라 만력 연간의 관리 도걸涂杰, 생졸년 미상을 말한다. 그의 자는 여고汝高이고, 신건新建 사람이다. 융경 5년1571 진사가 되어 용유지현龍游知縣, 어사, 광록시소경 등을 역임했다. 세 왕을 함께 봉하는 것에 반대하는 상소를 올렸다가 신종의 노여움을 사 삭탈관직되었다. 희종 때 태상소경으로 추증되었다.

37 朱寺丞維京 : 명나라 만력 연간의 관리 주유경朱維京, 1549~1595을 말한다. 그의 자는 가대可大이고, 별호는 눌재訥齋다. 강서 만안萬安 사람이며, 공부상서 주형朱衡의 아들이다. 만력 5년1577 진사에 급제해 대리평사大理評事, 우시부右寺副 등을 역임했다. 세 왕을 함께 봉한다는 조서가 내려오자, 강력하게 반대하는 상소를 올렸다가 파직되었다.

38 陳主事泰來 : 명나라 만력 연간의 관리 진태래陳泰來, 1559~1594를 말한다. 그의 자는 백부伯符 또는 상교上交이고, 별호는 원교員嶠다. 절강 평호平湖 사람이다. 만력 5년1577 진사에 급제해, 순천교수順天敎授, 국자박사國子博士, 예부원외랑 등을 역임했다. 조남성趙南星을 구하려고 상소를 올렸다가 요평饒平의 전사典史로 폄적되었다. 저서에 『원교집員嶠集』이 있다.

39 諸儀部壽賢 : 명나라 만력 연간의 관리 제수현諸壽賢, 생졸년 미상을 말한다. 그의 자는 연지延之이고, 호는 경양敬陽과 경재敬齋다. 소주부蘇州府 곤산崑山 사람이다. 만력 14

師近狀, 且及冊儲一事, 諸云上多疑猜, 未肯遽立, 有識者以並封三王爲
妥. 太倉猶未謂然, 復問趙定宇[40]云何, 諸曰"趙正有此議". 諸乃太倉丙
戌門人[41]也, 意遂信之. 抵京問趙少宰公主此議乎, 趙曰, "僉言[42]以爲然,
不獨我也." 趙始與王微隙, 尋已講解, 不虞其非誠言, 迨糾彈叢集, 始大
悔之. 趙亦特疏救正, 語甚侃侃. 太倉乃悟二人有意紿之, 業爲所誤, 隱
忍不敢發. 至秋而有吳鎭[43]告訐賴婚之事, 趙蒙惡聲去位, 說者又謂王相
實主之, 所以報東門之役[44]也. 然兩公俱當世偉人, 終不敢信其然.

년1586 진사에 합격해, 남양부학南陽府學 교수, 국자조교國子助敎, 예부의제사禮部儀制司
주사主事 등의 벼슬을 지냈다. 해서海瑞를 모함한 방환房寰을 탄핵해 쫓겨났다가 만력
17년1589에 다시 기용되었다. ⊙ 의부儀部 : 명대 예부주사와 예부낭중의 별칭.

40 趙定宇 : 명나라 만력 연간의 관리이자 학자인 조용현趙用賢, 1535~1596을 말한다. 소
주부 상숙常熟 사람이다. 그의 자는 여사汝師고, 호는 정우定宇이며, 시호는 문의文毅
다. 융경 5년1571 진사가 되어, 검토檢討, 우찬선右贊善, 남경좨주, 이부시랑 등의 벼
슬을 역임했다. 만력 5년1577 상소를 올려 수규 장거정이 아버지 상을 당하고도 탈
정奪情한 사실을 따지다가 오중행吳中行과 함께 정장廷杖을 당하고 제명되었다. 장거
정이 죽은 뒤 복직되었다. 만력 21년1593 왕석작에게 내쳐져서 파직되어 귀향했다.
시문에 능해, 왕도행王道行과 함께 속오자續五子로 불렸고, 또 호응린胡應麟 등과 함께
말오자末五子로도 불렸다.

41 太倉丙戌門人 : 병술년은 만력 14년1586이다. 왕석작왕태창은 이때 회시의 시험관이
었고, 제수현은 만력 14년 회시에 합격해 진사가 되었다. 과거제도가 생긴 이래,
과거시험의 합격자는 그 시험의 시험관과 사제관계로 여겨졌다. 그래서 제수현을
왕석작의 병술년 문하생이라고 말한 것이다.

42 僉言 : 다수의 의견.

43 吳鎭 : 어사 오지언吳之彦의 아들로, 조용현의 딸과 혼약을 맺었으나 파혼당했다.

44 東門之役 : 오래 묵은 원한. 『좌전左傳』의 「은공사년隱公四年」과 「은공오년隱公五年」의
내용에서 비롯되어 '오래된 원한'이라는 의미로 사용되는 고사성어다. 노魯나라
은공 4년B.C.719, 송나라·진陳나라·채蔡나라·위衛나라가 연합해 정鄭나라를 공격
할 때 정나라의 동문東門을 포위했다가 5일 만에 돌아갔다. 그 뒤 은공 5년B.C.718에
정나라가 위나라와 송나라로 쳐들어가 동문의 전쟁을 보복했다.

번역 태자를 세우는 의례

신축辛丑, 1601년 황태자 책봉 의례에서 황태자께서 책봉을 받고 황귀비의 글에 공경하며 감사를 표했는데, 대체로 선덕 연간과 가정 연간의 옛 의례였다. 하지만 돌아가신 태조께서 처음 제정하신 제도에는 본래 황비를 언급하지 않았는데, 당시 의문태자는 중궁에게서 태어나다른 사람 뵙는 일이 없어서였다. 선덕 2년1427에 영종께서 태자가 되실 때 처음으로 황상과 황후에게 여덟 번 감사의 절을 올리고 황비에게 네 번 감사의 절을 하는 것으로 고쳤다. 황비는 효공손후孝恭孫后이신데 당시에는 아직 귀비의 신분이었는데, 영종을 낳으신 분이니 의례는 응당 예의에서 시작되어야 한다. 그 후 100여 년이 지나 가정 18년1539, 장경태자莊敬太子께서 태자가 되실 때 역시 황상과 중궁에게 감사의 절을 하는 의례를 마치고 귀비에게는 모두 여덟 번 감사의 절을 했다. 대체로 귀비 왕씨王氏 또한 장경태자의 생모이므로 절을 올리는 의례가 매우 융숭했다. 지금 동궁을 세우니 윗자리의 중궁을 뵙고 감사드린 뒤, 먼저 황귀비에게 다음으로 황비에게 모두 네 번 절하는 예를행했다. 이때 생모 공비恭妃 왕씨가 아직 봉호를 올려받지 못했으므로겨우 네 번 절했다. 그리고 귀비 정씨鄭氏는 다만 지위와 명호를 존중해서 마침내 공비 앞에 두었다. 이것은 전대미문의 일이고, 새로 의견을제의한 예부의 신하도 당시에 이상하게 여겼으나 금상의 뜻에 맞게 일하거나 혹은 개의치 않고 이를 따랐다. 다만 영종께서만 책봉되신 이후 황상의 생모께서는 봉작을 받은 부인의 하례를 받으셨고 그 후 봉호를 올려받는 문서를 갖추었으니 경사라 할 만했다. 태후와 중궁의 의례를 동일하게 했는데 지금은 없애버린 것은, 아마도 익곤궁翊坤宮의 정비에게 압력을 받아 부득이했을 것이다. 당시 태자를 세우는 큰 의식은 20년을 기다린 끝에 일단 시행이 허락되어 조정 안팎에서 매우 기뻐했으므로, 예부의 신하들이 감히 비교적 작은 예절을 회복하여 황상의 뜻을 거스르지 않았을 뿐이다.

○ 살펴보면 영종께서는 가장 어린 나이에 책봉되었는데 아직 태어난 지 100일도 안 되어 태자로 명명되셨다. 대체로 선종께서 급히 효공황후의 지위를 마련하고자 하셨으니 소위 모친이 아들 덕에 귀하게된 경우이다. 지금의 태자께서는 가장 많은 나이로, 책봉되실 때 이미 20세였고 다음 해 태자비를 들이셨으니, 빨리 결정해야 하는 시기를 넘긴 지가 오래되었던 것이다. 선종 시기와 금상 때의 의례가 이와 같이 매우 다르다.

원문 立儲儀注

辛丑皇太子冊立儀注, 有太子受冊, 恭謝皇貴妃之文, 蓋用宣德嘉靖舊儀也. 然考太祖初定之制, 本不及皇妃, 時懿文爲中宮所出, 自無他謁. 至宣德二年而英宗升儲, 始改添謝上與皇后八拜之後, 卽謝皇妃四拜. 皇妃卽孝恭孫后, 時尙爲貴妃, 英宗其所出, 則禮自當以義起. 其後百餘年,而爲嘉靖十八年莊敬太子升儲, 亦于謝上及中宮禮畢, 謝貴妃則俱用八拜禮. 蓋貴妃王氏, 亦莊敬生母, 而拜禮已並隆矣. 今東宮之立, 旣謁謝上位中宮, 先皇貴妃, 而次及皇妃, 俱四拜禮. 時生母恭妃王氏, 尙未進封, 故僅得四拜. 而貴妃鄭氏, 徒以位號尊重, 遂居恭妃之前. 此則前代所無, 而禮臣創議者, 時以爲異, 然以今上意中事, 或不妨將順也. 唯英宗冊立以後, 則母妃受命婦賀, 其後俱進牋稱慶. 一同太后及中宮之儀, 今則刪去, 意者亦壓于翊坤[45]鄭妃, 非得已也. 時建儲大典, 顒望廿年, 一旦允行, 中外欣躍, 故禮臣不敢復較小節, 以咈上旨耳.

○ 按英宗冊立最幼, 尙未及百日, 命名之期. 蓋宣廟急欲孝恭正椒寢[46]之位, 所謂母以子貴也. 今太子年最長, 受冊時睿齡已二十歲, 而次年納妃, 過摽梅[47]之期久矣. 兩朝大典, 迥異如此.

---

45 翊坤 : 명 신종의 황비인 정귀비가 거처하던 궁의 이름.
46 椒寢 : 후비가 기거하는 침궁을 말하는 데서 연유된 말로 일반적으로 황후를 가리킴.
47 摽梅 : 직면한 일을 빨리 결정하고 미루면 안 된다는 의미.

번역 황자를 추봉追封하다

　어린 나이에 요절하면 상복을 입지 않고 추서追敍하지 않는 것은 예로부터 지금까지의 통례通例인데, 현 왕조에 이르러서는 더욱 엄격해졌다. 예를 들어 고황제의 스물여섯 번째 아들인 주남朱楠은 갈려비葛麗妃의 소생인데, 태어나 한 달을 넘기지 못하고 돌아가셔서 결국 책봉 의식이 없었다. 문황제의 넷째 아들 주고희朱高曦 또한 이 전례를 따랐다. 순황제純皇帝의 장자는 소덕궁昭德宮 만귀비 소생으로 한 돌이 다 되어 돌아가셨는데 이름을 짓지도 않고 추서도 하지 않았다. 이때 만귀비에 대한 총애가 천하를 뒤흔들 정도였고 또 첫아들을 낳는 복을 얻었음에도 이처럼 지나칠 정도로 엄격하게 조상의 법도를 지켰다. 숙황제肅皇帝의 다섯째 아들은 태어난 지 겨우 하루 만에 돌아가셨어도 이름을 하사받고 영왕潁王으로 추서되었으며 상殤이라는 시호를 받았다. 이것은 어떤 의식과 제도에서 나온 것인가. 그런데도 여전히 황제의 아들이라 한다. 홍헌제興獻帝의 장자는 홍왕부興王府에서 태어난 지 겨우 5일 만에 죽었다. 이 일은 홍치 경신년庚申年에 일어나서 가정 을유년乙酉年에는 이미 30년이 다 되었는데 또 악회왕岳懷王으로 추서하고 수보首輔 양일청에게 묘비를 쓰도록 명했으니, 어찌 상규를 지키지 않음이 이리 심했는가. 또 경신년庚申年에 이르러 이미 만 60년이 되어서야 비로소 후희厚熙라는 이름을 하사했다. 아마도 기존의 황실 계보에는 이름이 없었던 듯하니 또한 이상하다.

○ 황자는 백일이 되어야 이름을 짓는데, 고황제의 스물여섯 번째 아들은 아직 기간이 안 되었는데도 이미 먼저 이름을 얻었으니 아마도 아직 제도가 정해지지 않아서였을 것이다. 헌종의 장자 같은 경우는 정월에 태어나 11월에 돌아가셨는데도 이름을 하사받지 못했으니 어째서인가? 이것은 분명하게 알 수가 없다.

원문 皇子追封[48]

下殤[49]不成服[50], 不追封, 此古今通例[51], 至本朝尤嚴. 如高皇帝第二十六子楠[52], 爲葛麗妃出, 未逾月而薨, 遂無封典[53]. 而文皇帝第四子高曦, 亦因之. 至純皇帝長子[54], 爲昭德萬貴妃出, 以將及周晬而薨, 不命名, 不追封. 是時萬妃寵震天下, 又得一索[55]之祥, 而斤斤[56]守祖宗法如此. 至肅皇帝第五子[57], 則生僅一日而薨, 亦賜以名, 追爵爲潁王, 諡曰殤. 此出何

---

48 追封 : 죽은 뒤에 관작을 내리는 것, 즉 추서追敍하는 것을 말한다.
49 下殤 : 여덟 살에서 열세 살 사이의 어린 나이에 죽는 일. 의례儀禮에 의하면 19세에서 16세 사이에 요절하는 것을 장상長殤, 15세에서 12세 사이에 요절하는 것을 중상中殤, 11세에서 8세 사이에 요절하는 것을 하상下殤, 8세가 안 되어서 죽는 것을 무복지상無服之殤이라 한다.
50 成服 : 초상初喪이 났을 때 죽은 사람의 친족들이 상복喪服을 입는 것.
51 通例 : 일반적으로 널리 통하는 전례.
52 楠 : 명 태조 주원장朱元璋의 스물여섯 번째 아들 주남朱楠을 말한다. 주남은 홍무 26년 음력 12월 2일1394년 1월 4일에 태어나 한 달을 넘기지 못하고 요절했다.
53 封典 : 조정에서 공신과 그의 선조나 처에게 작위나 명호를 내리던 일.
54 純皇帝長子 : 명 헌종과 만귀비 사이에 태어난 헌종의 장자로 성화 2년1466 정월에 태어나 11월에 죽었고 이름을 하사받지 못했다.
55 一索 : 첫 출산에 아들을 낳는 것을 말한다. 『주역周易 · 설괘說卦』의 '한 번 구해 아들을 낳는다[一索而得男]'에서 나온 말이다.
56 斤斤 : 지나치게 따지다.

典制[58]耶. 然猶曰帝子也. 若興獻帝之長子[59], 生于藩邸, 亦僅五日而亡. 事在弘治庚申[60], 至嘉靖乙酉[61], 已將三十年矣, 亦追封岳懷王, 命首輔楊一淸撰墓碑, 抑何不經之甚耶. 又至庚申年[62], 則已週一甲子, 始賜名曰厚熙. 蓋向來玉牒[63]中, 尙未有名也, 亦怪矣.

○ 按皇子以百日命名, 而高皇第二十六子, 尙未及期, 已先得名, 蓋未定制也. 若憲宗長子, 以正月生, 至十一月薨, 亦未賜名何耶? 是未可曉.

---

57 蕭皇帝第五子 : 명 세종 주후총朱厚熜의 다섯 번째 아들은 주재로朱載壐, 1537~1538이고, 모친은 강숙비江肅妃다. 가정 16년1537에 태어나 하루 만에 요절했으며 사후에 영왕穎王으로 추서되고 상상殤이라는 시호를 받았다.

58 典制 : 의식과 제도.

59 興獻帝之長子 : 명 세종의 부친인 흥헌제興獻帝의 장자는 주후희朱厚熙다. 주후희는 효자헌황후孝慈獻皇后 장씨蔣氏 소생으로 홍치 13년1500 음력 6월 12일에 태어나 5일 만에 세상을 떠났다. 세종 가정 4년1525에 악회왕岳懷王으로 추서되었다.

60 弘治庚申 : 홍치 13년1500을 말한다.

61 嘉靖乙酉 : 가정 4년1525을 말한다.

62 庚申年 : 가정 39년1560을 말한다.

63 玉牒 : 황실의 족보.

건국 초기에는 패망한 원元나라의 남은 풍습을 따라서 신하들이 친왕을 모두 '사장使長'이라고 불렀는데 무슨 뜻인지는 알지 못했다. 문황께서 등극하신 뒤 건문 연간의 옛 장수 평안平安에게 당시의 비교적 곤궁한 상황을 물어보셨는데, 평안이 "이런 때에 살려고 하면 '사장'에 이르게 될 뿐입니다"라고 대답했다. 지금의 친왕은 이런 호칭이 있다는 것을 듣지 못했다. 또 '시장侍長'이라는 호칭은 지금 각 번왕부의 딸들이 모두 이 칭호를 쓰는데, 전에 무슨 뜻인지를 상세히 물어보니 시첩의 수장으로 높인 것이라고 했다. 이에 지자支子나 서자庶子로 비천해 봉호를 받지 못하고 또 방자하여 예에 맞지 않은 자들 또한 관례대로 이 호칭을 받았으니 번왕부를 매우 모욕한 것이다. 지금 『형차기荊釵記』라는 희문戲文에 아직도 "시장의 기분을 상하게 할까 두려워"라는 말이 있으니, 이 호칭이 전해진 것 또한 하루 이틀이 아니다.

원문 使長[64]侍長

國初沿亡元餘習[65], 臣下呼親王俱爲使長, 未知取義謂何. 如文皇登極後, 問建文故將平安[66]當時相窘狀, 安對曰, "此際欲生致使長耳." 今親

---

64 使長 : 금·원 시기에는 노복의 주인에 대한 칭호로 사용되었으나, 명대에는 친왕에 대한 칭호로 사용되었다.
65 餘習 : 고치거나 없어지지 않고 아직 남아 있는 습관이나 풍습.

王不聞有此呼矣. 又侍長之號, 則今各藩府之女, 俱有此稱, 曾細叩何義, 則云尊其爲侍妾[67]之長也. 乃至支庶[68]猥賤, 不膺封號, 且恣爲非禮者, 亦例受此呼, 其辱朱邸[69]極矣. 今『荊釵記』[70]戱文[71]中, 尚有"怕觸突侍長"之語, 則此號相傳亦非一日.

66 平安 : 평안平安,?~1409은 명 초기의 장수로, 어렸을 때의 자는 보아保兒이고 저滁 사람이다. 젊은 시절 주체朱棣를 따라 전쟁터를 다녔고, 부친 사후에 제녕위지휘첨사濟寧衛指揮僉事를 계승했다. 건문 2년1400부터 건문 3년1401까지 이어진 '정난의 변' 때에는 여러 차례 주체 군대를 물리쳤다. 건문 4년1402 주체의 대군에게 패해 포로가 되었다가, 주체가 황위에 오른 뒤 북평도지휘사北平都指揮使가 되었다. 영락 7년1409에 자살했다.

67 侍妾 : 귀인을 모시는 첩.

68 支庶 : 정실이 낳은 아들 중에서 맏아들 이외의 아들을 가리키는 지자支子와 첩이 낳은 아들인 서자를 아울러 이르는 말.

69 朱邸 : 제후왕의 저택. 한나라 때 제후왕들의 저택의 문은 붉은색으로 칠했기 때문에 주저朱邸라고 불렸다.

70 荊釵記 : 원말元末 명초明初의 남희南戱 극본으로, 『비파기琵琶記』, 『백토기白兔記』, 『배월정拜月亭』, 『살구기殺狗記』와 함께 5대 전기傳奇로 불린다. 명나라 태조의 열일곱 번째 아들 주권朱權의 작품이라는 설도 있지만 작가는 명확히 알 수 없다. 모두 48척齣으로 구성되어 있으며, 왕십붕王十朋과 전옥련錢玉蓮의 파란만장한 사랑 이야기다.

71 戱文 : 중국 북송 말부터 명대 초기까지, 즉 대략 12세기부터 14세기까지 중국 동남 연해에서 유행했던 희극으로 같은 시기 북방의 희극 형태인 북곡잡극北曲雜劇과 구분하기 위해 남곡희문南曲戱文 또는 남희南戱라고 불렸다. 전통 민가와 소곡小曲 그리고 민간 가무歌舞를 기초로 발전한 지방희.

영락 연간에 친왕들이 끊임없이 입궐해 황상을 알현한 것은 아마도 건문제께서 종실을 멀리하고 꺼리던 것을 문황제께서 바로잡고 예우를 배가倍加하셨기 때문일 것이다. 선덕 연간에 한왕漢王 주고후朱高煦가 반역으로 주살되면서 마침내 조회에 들어가는 일이 폐지되었다. 다만 영종이 복위했을 때, 선종의 동복동생인 양헌왕襄憲王이 일찍이 장황후章皇后에게 상소를 올려 영종의 생활을 살피기를 청하고 또 상소를 올려 경제에게 영종께 문안하기를 권했던 성의에 황상께서 감동했고, 또한 이전에 우겸 등이 금부金符로 양헌왕을 맞이했다는 비방이 있었기 때문에 그를 위로하려고 입조入朝하라 명했는데 정리情理와 예의가 전대에 비할 바 없이 후했다. 그가 나라로 돌아갈 때 수레 또한 황상께서 친히 노구교盧溝橋까지 전송하고 특별히 호위를 내리셨는데 당시에는 호위를 두지 않은 지 오래되었었다. 이후로 친왕이 입조하지 않은 것이 거의 40년 가까이 된다. 홍치 8년 황상께서 다시 조서를 내려 숭간왕崇簡王이 북경에 들어오도록 부르셨다. 조모인 성자인수태황태후聖慈仁壽太皇太后의 연세가 많은데 숙부 숭간왕을 그리워하며 한번 보고 싶어 하셨기 때문으로 숭간왕은 또 헌종의 동복동생이다. 당시 예부상서 문의공文毅公 예악倪岳이 상소를 올려 강력히 저지하며, 황하黃河가 범람하고 중주中州 지역은 심한 가뭄에 시달려 세 왕의 땅에 물자가 부족한 것을 이유로 말했다. 황상께서 "경卿들의 말이 옳소. 하지만 짐이 조모의 뜻을 받들어 이미 성지를 보내 왕을 오게 했소"라고 말씀하시며 마침내 윤허하지 않으셨다. 얼마 안 되어 갑자기 조서를 받들어서 왕이 오지 않도록 했다. 내가 예악의 상소를 음미해보니, 끝부분에 "태황태후는 천하의 봉양을 누리시고 숭왕은 친애함을 받는 분이라 은총과 예우에 더함이 없습니다. 지금 명을 받고 조회에 오면 비록 잠시 한 순간의 보고 싶은 마음은 채울 수 있지만 이별하게 되면 끊임없이 그리워하는 정을 면하기 어렵습니다. 떠나고 나면 틀림없이 근심하며 잊지 못하는 그리움이 배로 늘어날 것입니다. 훗날 황상께서는 그저 근심하시면서 비록 후회해도 소용없게 될 것입니다"라는 말이 있다. 이런 말은 사람들의 정리에 딱 맞아 떨어지는 일이니 비록 윤허하지 않으려 해도 그럴 수 있겠는가. 이 일은 비록 효종께서 완만하게 중재하셨지만 또한 의론을 펼친 자의 완곡함과 진정성이 황상을 감동시킨 것이다.

원문 **親王來朝**[72]

　永樂朝, 親王入覲[73]者不絕, 蓋文皇矯建文疏忌宗室, 倍加恩禮. 宣德間, 漢王高煦[74], 以反見誅, 遂廢入朝[75]之事. 唯英廟復辟, 以襄憲王[76]宣

72　來朝 : 지방 관아의 신하가 임금을 뵈러 옴.
73　入覲 : 대궐에 들어가 임금을 알현함.
74　漢王高煦 : 명나라 성조의 둘째 아들 주고후朱高煦, 1380~1426를 말한다. 인효문황후仁
　　孝文后 서씨徐氏 소생으로 인종과 동복형제다. 처음에는 고양군왕高陽郡王으로 봉해
　　졌다가, '정난의 변' 때 세운 전공 덕에 성조 즉위 후 한왕漢王에 봉해지고 운남雲南
　　을 봉토로 받았다. 하지만 봉토로 가지 않고 계속 남경에 머물며 태자의 자리를

宗同母弟, 曾有疏上章皇后[77], 請視南城[78]起居, 又疏勸景帝朝南內, 上感

其誠. 且先有于謙等, 以金符迎襄邸之謗, 欲慰安之, 故命之入朝, 情禮

優渥, 前代無比. 其歸國時, 車駕又親送至盧溝橋[79], 特賜以護衛, 時護衛

不設久矣. 此後親王不朝者將四十年. 至弘治八年, 上復下詔, 召崇簡

王[80]入京. 以聖祖母聖慈仁壽太皇太后[81]年高, 念叔崇王, 欲一見, 蓋崇王

뺏으려는 음모를 꾸몄다. 영락 15년1417 강제로 바뀐 봉토인 산동 낙안주樂安州로
가게 됐다. 선덕 원년1426 선종이 즉위하자 모반을 일으켜 폐서인이 되고 서안西安
에 감금되었다.

75　入朝 : 벼슬아치가 조회에 들어감.

76　襄憲王 : 중화서국본과 상해고적본『만력야획편』에는 모두 '양헌왕襄獻王'으로 되
어 있는데,『명헌종실록明憲宗實錄』과『명사』에는 모두 '양헌왕襄憲王'으로 되어 있으
므로 '헌憲'으로 수정했다. 〖역자 교주〗◉ 양헌왕은 명 인종의 다섯째 아들인 주첨
선朱瞻墡, 1406~1478을 말한다. 주첨선은 선종와 동복형제로, 모친은 성효소황후誠孝昭
皇后 장씨張氏다. 영락 22년1424 상왕湘王으로 책봉되어 선덕 4년1429 봉토인 장사부長
沙府로 떠났다. 정통 원년1436 양왕襄王으로 책봉되어 양양襄陽으로 옮겼다. '토목보
의 변' 이후 자신이 즉위할 수 있는 기회를 영종의 동생인 대종代宗 주기옥朱祁鈺에
게 양보했다. 영종이 복위한 뒤 여러 차례 입조入朝했는데 그때마다 융숭한 예우를
받았다. 명 헌종 성화 14년1478 세상을 떠났다. 시호가 '헌憲'이라 보통 양헌왕襄憲王
이라고 부른다.

77　章皇后 : 명 선종의 두 번째 황후 효공장황후孝恭章皇后 손씨孫氏를 말한다.

78　南城 : 여기서는 영종을 가리키는 것으로 보인다. 남성南城은 남궁南宮 또는 남내南內
라고도 하며, 자금성 동남쪽에 있던 궁전이다. 영종이 '토목보의 변' 때 북방에 포로
로 끌려갔다가 석방되어 돌아온 뒤 복위할 때까지 거의 7년간 이곳에서 생활했다.

79　盧溝橋 : 노구교는 노구교盧溝橋라고도 하며, 지금의 북경시 풍대구豐臺區 영정하永定
河에 있는 석조 아치교다. 노구하盧溝河 즉 영정하를 가로질러 놓여 있기 때문에 노
구교라 불렸다. 남송南宋 순희淳熙 16년1189 6월에 만들기 시작해 금나라 명창明昌
3년1192에 완성되었다.

80　崇王 : 명 영종의 여섯 번째 아들이자 헌종의 동복동생인 주견택朱見澤, 1455~1505을
말한다. 경태 6년1455 남궁南宮에서 태어나 영종이 복위한 첫해인 천순 원년1457 숭
왕崇王에 봉해졌다. 성화 10년1474 봉토인 여녕부汝寧府로 떠났다. 홍치 18년1505 향
년 51세로 세상을 떠났다. 시호가 간簡이라서 숭간왕崇簡王이라 부른다.

亦憲宗同母弟[82]也. 時倪文毅岳[83]爲禮卿, 抗疏力止, 以黃河泛溢, 中州[84]

亢旱, 三王之國, 物力不充爲言. 上曰, "卿等說的是, 但朕承聖祖母意,

已有旨往取王來了", 迄未允. 未幾忽奉中旨[85]免王來. 余味倪疏, 末有云,

"太皇太后享天下養, 崇王親愛所託, 恩禮無加. 今奉命來朝, 雖少遂一時

欲見之心, 然欲別, 則難免眷戀[86]不舍之情. 旣去, 必倍增憂思不忘之念.

他日上廑聖慮, 雖欲悔之無及矣." 此等語, 切中人情意中事, 雖欲不允得

乎. 此雖孝宗轉圜, 亦持論者婉曲眞切, 有以動之.

---

81 聖慈仁壽太皇太后 : 명나라 영종의 귀비이자 헌종 주견심의 생모인 효숙황후孝肅皇
后 주씨周氏를 말한다.

82 憲宗同母弟 : 중화서국본과 상해고적본 『만력야획편』에는 '영종英宗'으로 되어 있
는데, 이것은 심덕부의 오기로 보인다. 숭왕崇王은 영종의 아들로 헌종의 동복동생
이므로 헌종으로 수정했다. [역자 교주]

83 倪文毅岳 : 명대의 명신名臣 예악倪岳을 말한다.

84 中州 : 현재 하남성河南省의 옛 별칭.

85 中旨 : 황제의 명령을 적은 문서.

86 眷戀 : 간절하게 생각하며 그리워함.

번역 친왕이 마중해 알현하다

천자께서 행차하시어 번왕藩王의 영지 안에 이르면, 번왕은 관례대로 마중 나와 알현한다. 역대 조상대에는 다만 영락 7년에 성조께서 북경으로 순행巡幸할 때 제녕주濟寧州에 이르시자 노왕魯王 주조휘朱肇輝가 알현하러 왔다. 이듬해 수도로 돌아갈 때도 그러했다. 그 뒤로는 무종께서 가장 빈번히 순유巡遊했지만 친왕이 알현한 일이 있다는 말은 들리지 않는다. 산서山西 대동부大同府에 어가를 머문 것은 더욱 오래되었고, 태원부太原府 또한 들르신 적이 있는데 애초에 대왕代王과 진왕晉王이 어떻게 삼가 받들었는지는 모르겠다. 정덕 14년 남쪽으로 정벌을 가다가 임청주臨清州를 지났는데 덕왕德王과 노왕魯王이 모두 지역 내에 있었지만 또한 행재소行在所로 맞이해 뵈었다는 말이 없다. 다만 가정 18년 세종께서 승천부承天府에 행차하실 때 먼저 칙서로 왕부의 봉토에 가까이 있는 친왕들에게 알리니, 성을 나와 어가를 기다리며 길가에서 무릎을 꿇고 맞이하다가 어가가 행궁에 이르면 다섯 번 절하고 세 번 머리를 땅에 조아리는 오배삼고두五拜三叩頭의 예를 행했다. 이에 조왕趙王이 자주磁州에서 맞이하고, 여왕汝王이 위휘衛輝에서 맞이했으며, 정왕鄭王은 신정新鄭에서 맞이하고, 주周의 세손世孫은 정주鄭州에서 맞이했으며, 휘왕徽王은 봉토인 균주鈞州 즉 지금의 우주禹州에서 맞이하고, 당왕唐王은 봉토인 남양부南陽府에서 맞이했는데, 모두 연회가 하사되니 친왕들이 황제를 뵙고 모이는 일이 매우 성대했다. 관례상 친왕은 어가를 맞이하거나 성묘하는 일이 아니면 성 밖으로 한 걸음도 나가서는 안 되었다. 만력 6년에 옛 재상인 강릉 사람 장공張公이 부친의 장례를 위해 귀향할 때 남양南陽을 지나갔는데, 당왕이 교외로 나가 뵈면서 손님과 주인의 예를 갖추고 답방에 있어서는 환대를 만류했다. 장공은 남쪽에 앉고 친왕은 마주 앉아 대등한 예를 꾀했다. 양양부襄陽府에 이르니 양왕襄王 또한 당왕의 선례를 거의 차이가 없이 따랐다. 아마도 임금이 신하를 접견하고 신하가 엎드려 뵙는 예는 모두 따지지 않고, 친왕이 오히려 친히 담소를 주고받을 수 있는 것을 다행스러운 일로 여긴 듯하다. 이 정도로 예제禮制를 참람되이 어지럽혔으니 어찌 실패하지 않을 수 있겠는가! 또 먼저 공문서를 보내 "본 내각대신이 지나는 곳에 있는 포정사布政司와 안찰사按察司는 나를 알현할 때 모두 이부吏部를 만날 때의 예를 따르라"고 했다. 아마도 그 수장首長에게 억지로 무릎을 꿇게 하고 홀을 들고 허리를 굽혀 절하게 했으니, 주州와 현縣의 하급관리와 차이가 없었다. 하지만 포정사와 안찰사는 이부에 들어갈 때만 비로소 무릎 꿇고 절하는 예를 행하고 사저私邸에서는 손님의 예로 만났다. 강릉 장공이 망령되이 스스로 잘난 체하면서 전장 제도에 대해서는 더는 묻지 않았다.

<hr>

원문 **親王迎謁**

　天子行幸, 至藩王境內, 例出迎謁. 祖宗朝唯永樂七年巡幸北京, 至濟寧州[87], 魯王肇煇[88]來朝. 次年還京亦如之. 其後武宗巡游[89]最頻, 然未聞有親王朝謁一事. 至于山西大同府⁹⁰駐蹕⁹¹更久, 太原府⁹²亦曾臨幸⁹³, 初不聞代王⁹⁴與晉王⁹⁵如何祇奉. 至正德十四年南征, 過臨清州⁹⁶, 則德魯二王俱在境內, 亦不云迎見行在⁹⁷也. 惟嘉靖十八年, 世宗幸承天府⁹⁸, 先

---

87 濟寧州 : 산둥성의 옛 지명으로 지금의 산둥성 지닝[濟寧]시 지역이다. 명 홍무 원년
1368에 제녕로濟寧路에서 제녕부濟寧府로 바뀌었다가, 홍무 18년1385 다시 제녕부에
서 제녕주濟寧州로 바뀌었다.

88 魯王肇煇 : 명 태조의 손자이자 노황왕魯荒王 주단朱檀의 외아들인 주조휘朱肇煇, 1388~
1466를 말한다. 주조휘는 명대 제2대 노왕魯王으로 산동山東 자양滋陽 사람이다. 모친
은 과씨戈氏다. 홍무 21년1388에 태어나 홍무 23년1390 세자로 책봉되었다. 영락 원년
1403 노왕의 지위를 계승했다. 시호가 '정靖'이라서 보통 노정왕魯靖王이라고 부른다.

89 巡游 : 각처로 돌아다니며 놂.

90 大同府 : 명대 대왕代王의 봉토였던 곳이다. 지금의 산시성 다퉁[大同]시에 해당하는
지역으로 명나라와 청나라 때 서북 변방 방어의 군사요충지였다.

91 駐蹕 : 어가를 멈추고 잠시 머무르다.

92 太原府 : 명대 진왕晉王의 봉토다. 명 태조 홍무 원년1368 원나라 때의 기녕로冀寧路를
없애고 태원부太原府를 설치해 산서행중서성山西行中書省 아래에 두었다. 또 홍무 9년
1376 산서행중서성을 산서승선포정사사山西承宣布政使司로 바꾸고 관아를 태원부에
두었다.

93 臨幸 : 임금이 어떤 곳에 거둥함.

94 代王 : 명대 대의왕代懿王 주준장朱俊杖, 1480~1527을 말한다. 명대 대왕代王은 대대로 산
서 대동大同을 봉토로 받은 친왕을 말하는데, 무종 때의 대왕은 주준장이다. 주준장
은 대혜왕代惠王의 손자이자 무읍왕武邑王 주총말朱聰沫의 서장자庶長子다. 성화 16년
1480에 태어나, 홍치 12년1499 대왕의 왕위를 이었다. 시호는 의懿다.

95 晉王 : 명대 진단왕晉端王 주지양朱知烊, 1487~1533을 말한다. 명대 진왕晉王은 태원太原을
봉토로 받은 친왕이며, 무종 때의 진왕은 주지양이다. 주지양은 진장왕晉莊王 주종
현朱鐘鉉의 증손자다. 홍치 11년1498 세증손世曾孫으로 봉해졌고, 홍치 16년1503 진왕
의 왕위에 올라 31년 동안 재위에 있었다. 아들이 없어 조카인 진간왕晉簡王 주신전
朱新㙉이 왕위를 이었다.

96 臨清州 : 명나라 홍치 2년1489 임청현臨清縣을 임청주臨清州로 승격시키고 동창부東昌
府 아래에 두었다. 명·청 시기 임청주는 경항대운하京杭大運河와 수당대운하隋唐大運
河가 만나는 곳에 있어 북쪽으로는 북경에 서쪽으로는 낙양洛陽에 남쪽으로는 항주
杭州와 연결되었다. 그래서 천하제일의 부두로 불리며 인구가 한때 백만에 이르기
도 한 유명한 상업 도시였다.

敕諭路近王府封疆者, 出城候駕, 跪迎道傍, 駕至行殿, 行五拜三叩頭⁹⁹

禮. 於是趙王¹⁰⁰迎于磁州¹⁰¹, 汝王迎于衞輝, 鄭王迎于新鄭, 周世孫迎于

鄭州, 徽王迎于所封鈞州, 今禹州, 唐王迎于所封南陽府, 俱宴賜有加,

而朝宗¹⁰²王會之盛極矣. 故事, 親王非迎駕¹⁰³及掃墓, 不許出城一步. 至

萬曆六年, 故相江陵張公, 以葬父歸, 過南陽, 唐王出郊謁, 具賓主, 及答

拜留款. 張坐南面, 王相向講敵禮¹⁰⁴. 至襄陽府, 則襄王亦倣唐例無少異.

蓋朝見¹⁰⁵伏謁¹⁰⁶之禮, 一切不講, 而親藩反以得親奉警欬¹⁰⁷爲幸事. 僭

---

97 行在 : 행재소行在所. 임금이 멀리 순행巡行할 때 머물던 곳이다.

98 承天府 : 승천부承天府는 오늘날의 후베이성 중샹鍾祥시에 있었으며, 명 세종이 태어난 흥헌왕부興獻王府가 있던 호광포정사 안륙주를 말한다. 세종은 무종의 뒤를 이어 황위에 오른 뒤 가정 10년1531 자신이 태어난 곳인 안륙주를 승천부로 승격시키고, 승천부의 관아는 종상현鍾祥縣에 두었으며 호광포정사 아래에 두었다. 승천부는 종상현, 경산현京山縣, 경릉현竟陵縣, 잠강현潛江縣, 당양현當陽縣의 다섯 현 그리고 형문荊門과 면양沔陽 두 주를 관할했다.

99 五拜三叩頭 : 하늘에 제사 지낼 때나 천자를 알현할 때 행하는 명대 최고의 예다. 다섯 번 절을 하고 세 번 머리가 땅에 닿도록 조아리면서 절을 하는 것으로, 먼저 두 손을 땅에 겹쳐 그 손 위에 머리를 닿게 하는 절을 네 번 하고 다섯 번째 절을 할 때는 머리가 땅에 닿도록 세 번 조아리는 절을 한다.

100 趙王 : 명나라 제6대 조왕趙王 주후욱朱厚煜, 1498~1560을 말한다. 하남성 창덕부彰德府 안양현安陽縣 사람이다. 정덕 16년1521 조왕의 왕위를 계승하고 가정 39년1560 세상을 떠났다. 재위 기간은 39년이다. 주후욱의 장남과 장손이 모두 먼저 죽어서, 그의 사후 5년 만에 증손자 주상청朱常清이 왕위를 계승했다. 시호가 강康이라서 조강왕趙康王이라고 부른다.

101 磁州 : 지금의 허베이성 한단邯鄲시 츠磁현의 옛 이름이다. 명나라 때는 하남성 창덕부에 속했다.

102 朝宗 : 제후가 천자께 조하朝賀하다.

103 迎駕 : 임금이나 왕비가 탄 수레를 맞이함.

104 敵禮 : 대등한 예의.

105 朝見 : 신하가 조정에 나아가 임금을 봄.

106 伏謁 : 지체가 높은 사람에게 엎드려 봄.

紊至此, 安得不敗. 又先期遣牌云, "本閣部所過, 二司謁見, 俱遵見部禮." 蓋勒其長跪也, 于是手板[108]折腰[109], 與州縣下僚無異. 但布按二司, 惟入吏部, 始行跪禮, 至私第, 則仍以客禮見. 江陵妄自尊大[110], 并典制不復問矣.

---

107 謦欬 : 윗사람의 기침 소리나 말씀을 높여 이르는 말로, 윗사람과의 담소를 가리키기도 한다.
108 手板 : 벼슬아치가 임금을 만날 때 손에 쥐던 물건, 즉 홀을 말한다.
109 折腰 : 허리를 굽혀서 남에게 머리를 숙임.
110 妄自尊大 : 망령되이 자기만 잘났다고 뽐내며 남을 업신여기고, 함부로 잘난 체하는 것을 말한다.

영락 2년1404 황상께서는 당시 수도이던 지금의 남경에 계셨으므로, 셋째 아들 조왕趙王 주고수朱高燧가 북경에 남아 자리를 지켰다. 영락 8년1410에는 명을 바꾸어 황장손에게 북경에 남아 자리를 지키게 하고, 주고수는 오히려 행재소에 남아 있게 했는데, 당시 황장손의 나이가 열세 살이었다. 영락 21년1423에 황상께서는 행재소에 계셨는데, 병 때문에 자주 조회를 보지 못하셔서 안팎의 일을 모두 황태자에게 결정하게 하셨다. 당시 인종께서는 뛰어난 판단으로 환관을 제어하셨고, 내신 황엄黃儼과 강보江保 등은 더더욱 멀리하고 배척하셨는데, 그들이 매일 황상께 황태자를 참소했기 때문이다. 황상께서 현명하셔서 이간질할 수도 없었고 또 알현할 기회도 드물었다. 황엄은 평소 주고수와 친하게 지냈는데, 일찍부터 암암리에 그를 두둔하며 비방하고 칭찬하는 말을 날조해 외부에 퍼뜨리면서 황상께서 조왕을 중시하신다고 했다. 한편 밖으로 상산호위지휘常山護衛指揮 맹현孟賢과 결탁하고는 맹현 등에게 거병해서 조왕을 군주로 추대하게 했는데, 그 음모가 황상과 황태자에게 불리했다. 당시 흠천감관欽天監官 왕사성王射成은 맹현과 사이가 돈독했는데, 맹현에게 하늘의 형상이 군주를 바꿔야하는 걸로 보인다고 은밀히 알렸다. 이에 맹현 등이 더욱 서둘러 도모하여, 흥주후둔위군興州後屯衛軍 고정高正 등에게 황상의 측근과 결탁해 궁중에서 황상께 독을 올린 후 황상께서 붕어하시면 즉시 황궁 창고에 있는 무기와 인장을 약탈하고 문무 대신들을 장악하게 했다. 또 고정에게 가짜 유조를 써서 태감 양경楊慶의 양자에게 주도록 하고, 때가 되면 어보를 이용해 황태자를 폐위하고 조왕 주고수를 황제로 삼는다고 반포하도록 했다. 당시 상산호위총기常山護衛總旗 왕유王瑜는 고정의 조카였는데, 고정이 은밀히 그 사실을 알려서 왕유가 강력하게 간했지만 따르지 않자, 왕유는 마침내 때가 되기 전에 반역 행위를 고했다. 황상께서 가짜 유조를 보고 진노하시어 즉시 양경의 양자를 사로잡아 참하시고 서둘러 역적들을 체포하게 하셨다. 그들을 다 잡아들이자 황태자, 조왕, 훈신, 문신 등을 모두 부르시고, 황상께서 우순문右順門으로 납시어 친히 그들을 심문하셨다. 황상께서 주고수를 돌아보시며 "네가 이 일을 했느냐?"라고 하시니, 그가 두려워 떨며 말을 하지 못했다. 황태자가 "고수는 절대 그들과 도모하지 않았습니다"라고 강력히 그를 변호했다. 황상께서는 왕사성이 하늘의 형상을 가지고 사람들을 유혹했다 여기시고 먼저 그를 죽이셨다. 맹현 등은 더욱 철저히 조사하고 급히 죽게 하지 말라 하셨으나, 얼마 안 가서 그 일당 모두를 주살하셨다. 이 일은 『실록』에 자세히 보이는데, 이를 잘 살펴보면 조왕의 죄는 사면될 수 없다. 정효鄭曉의 『오학편吾學編』에서는 이 사건을 서술하면서 고정 등이 황상 시해를 도모한 일은 언급하지 않았으니, 매우 사실에 부합하지 않는다. 조왕은 홍희 원년1425에 봉토인 창덕부彰德府로 갔는데, 선종께서 한서인漢庶人을 정복하고 회군하실 때 조왕의 빈틈을 노려 급습하고자 하셨지만, 양사기가 강력히 간해 그만두셨으니, 형벌을 면한 것과 같다.

○ 고정高正은 고이정高以正으로 쓰기도 하며, 나중에 관직이 도독첨사都督僉事에 이르렀다.

원문 **趙王監國**

永樂二年, 上在京師, 今南京, 以第三子趙王高燧[111]留守北京. 永樂八年, 改命皇長孫留守, 而燧猶留行在, 時皇孫睿齡十有三矣. 至永樂廿一年, 上在行在, 頻以疾不視朝, 中外事悉命皇太子決之. 時仁宗英斷, 裁抑宦寺, 而内臣黃儼江保等, 尤見疏斥, 因日讒太子于上. 賴聖明不能間, 然亦稀得進見矣. 儼素厚高燧, 嘗陰爲之地, 詐造毀譽傳于外, 謂上注意趙王. 外結常山護衞指揮, 命孟賢[112]等擧兵, 推趙王爲主, 因不利于上, 并皇太子. 時欽天監官王射成, 與賢厚善, 密告賢天象當易主. 賢等謀益急, 令興州後屯衞軍高正等, 連結貴近[113], 就宮中進毒于上, 候宴駕[114], 卽劫收内庫[115]兵仗符寶, 執文武大臣. 令高正僞撰遺詔, 付中官楊慶[116]

---

111 趙王高燧 : 명 태조의 손자이며 성조의 셋째 아들인 제1대 조왕趙王 주고수朱高燧, 1383~1431를 말한다. 성조가 연왕燕王이던 시절 연왕비燕王妃 서씨徐氏에게서 태어났으며, 인종의 친동생이다. 성조가 황위에 오른 뒤 영락 2년1404에 조왕으로 봉해졌고 봉지는 창덕부彰德府다. 조왕에 봉해진 뒤에도 성조의 명으로 북경에 남아 정무를 도왔다. 선덕 6년1431 향년 50세로 세상을 떠났으며, 둘째 아들 주첨각朱瞻塙이 왕위를 이었다. 시호가 간簡이라서 조간왕趙簡王이라 부른다.
112 孟賢 : 맹현孟賢,생졸년미상은 명나라 영락 연간 초기의 보정후保定侯 맹선孟善의 서장자庶長子다. 영락 21년1423 팽욱彭旭, 고정, 진개陳凱 등과 함께 조왕 주고수를 황위에 올리려 한 사실이 발각되어 처형되었다.
113 貴近 : 임금의 측근 중에서도 특히 총애받는 신하.
114 宴駕 : 제왕의 죽음.
115 內庫 : 황궁의 창고.

養子, 至期以御寶頒出, 廢皇太子, 而立趙王高燧爲皇帝. 時有常山護衛總旗王瑜[117]者, 高正之甥也, 正密告之, 瑜力諫不從. 瑜遂非時上變. 上覽僞詔震怒, 立捕楊養子斬之, 命急捕賊, 盡得之, 召皇太子趙王勳臣文臣等皆至, 上御右順門親鞫之. 上顧高燧曰, "爾爲之耶?" 燧戰栗不能言. 皇太子力解之曰, "高燧必不與謀." 上以王射成以天象誘人, 先誅之. 賢等更加窮治, 勿令遽死, 未幾幷其黨悉誅. 此事詳見『實錄』中, 審爾, 趙王之罪, 不容赦矣. 鄭曉『吾學編』敍此事, 不云高正等謀弑, 殊爲失實. 趙王以洪熙元年之國彰德, 宣宗征漢庶人還師時, 欲乘虛襲趙, 以楊士奇力諫而止, 似乎失刑.

○ 高正, 一作高以正, 後歷官至都督僉事.

---

116 楊慶 : 중화서국본『만력야획편』과 상해고적본 모두 양보楊寶로 되어 있으나, 『명태종실록明太宗實錄』 권259와 『명사기사본말明史紀事本末 · 태자감국太子監國』의 내용에 근거해 양경楊慶으로 수정했다. 〖역자 교주〗 ◉ 양경楊慶, 생졸년미상은 명나라 영락 연간의 태감으로, 성조즉태종의 총애를 받았다. 영락 말년 성조를 독살하고 성지를 위조해 조왕을 옹립하려는 음모에 그의 양자가 연루되어, 양자는 처형되고 양경은 1년간 옥살이를 하다가 풀려났다. 2005년 난징에서 그의 묘가 발굴되었는데, 묘지명에는 그의 생평과 7차례에 걸친 환관 정화의 대항해를 함께한 내용이 기록되어 있다.

117 王瑜 : 왕유王瑜,?~1493는 명나라 전기의 장수다. 그의 자는 정기廷器고, 회안부淮安府 산양山陽 사람이다. 총기總旗로 조왕부趙王府의 호위護衛에 선발되었다. 영락 말년에 상산호위지휘常山護衛指揮 맹현孟賢과 환관 황엄黃儼 등이 황제를 시해하고 조왕을 옹립하려 한 일을 고발하여 요해위천호遼海衛千戶에 제수되었다. 인종仁宗이 즉위한 뒤, 금의위지휘동지錦衣衛指揮同知, 도지휘첨사都指揮僉事, 좌군도독첨사左軍都督僉事 등으로 승진했다.

번역 양동리楊東里가 조왕趙王에 대해 의론하다

선종께서 주고후朱高煦를 토벌하시고 회군하실 때 조왕을 급습하고
자 하셨는데, 당시 양영楊榮은 이를 적극적으로 찬성했지만 양사기가
힘써 간언한 덕분에 그만두셨다. 그의 공에 대한 칭송이 지금까지도
자자하다. 그런데 양사기는 양잠梁潛의 묘에 묘지명을 써 그를 다음과
같이 칭송했다. "영락 15년1417 황상께서 북경으로 순행巡行을 나갔다
가 병이 나셨다. 북경과 남경은 수천 리나 떨어져 있으니, 자식들 가운
데 다른 뜻을 품게 된 자가 안으로는 황상께서 총애하는 권세 있는 신
하와 결탁해서 거짓을 꾸며 이간질하고 참소를 맡은 자 한두 명이 밖
에서 도왔다. 마침 진천호陳千戶의 일에 양잠이 연루되어 마침내 비명횡
사했으니, 이때가 영락 16년1418 9월 17일이다." 소위 다른 뜻을 품게
된 자는 아마도 조왕 주고수를 가리킬 것이다. 총애받는 권세 있는 신
하는 환관 황엄과 강보다. 이미 조왕에게 다른 뜻이 있다고 말했으면
서, 어찌 조왕이 반역하지 않는다고 강력하게 보호했는가. 또한 양잠
의 원통함을 알면서도, 어찌 문황제께서 돌아가신 후 세 황제의 재상
을 지낸 20여 년간 한번도 양잠의 원통한 상황을 살펴 저승에서라도
누명을 벗게 하지 않았는가. 인종께서 태자 시절 성조를 대신해 나라
를 보살피실 때, 양잠은 또 양사기와 함께 태자시종이라는 보좌관이었
으므로, 거의 이해할 수가 없다.

○ 양잠은 일찍이 영락 13년1415 회시를 주관했고, 또 영락 15년에

는 응천부 향시를 주관했다.

원문 楊東里[118]議趙王

宣宗之討高煦也, 回師欲襲趙, 時楊榮極贊成之, 賴楊士奇力諫而止.
人稱其功, 至今不衰. 然士奇之誌贊善梁潛[119]墓也, 云"永樂十五年, 車
駕狩北京, 上有疾. 兩京隔數千里, 支庶萌異志者, 內結權倖, 飾詐爲間,
一二讒人助于外. 會有陳千戶, 事連梁潛, 遂死非命, 十六年九月十七
也." 所謂萌異志者, 蓋指趙王高燧. 權倖者, 內臣黃儼江保也. 既謂趙有
異志, 何以力保其不反. 且知梁潛之冤矣, 何以自文皇崩後, 又相三朝,
二十餘年, 不一爲潛白見冤狀, 使得昭雪于泉下耶. 方仁宗監國時, 潛又
與士奇同爲侍臣之副, 殆不可曉.

○ 潛曾主永樂十三年會試, 又主十五年應天鄉試.

---

118 楊東里 : 명나라 초기의 대신이자 학자인 양사기를 말한다.
119 梁潛 : 양잠梁潛, 1366~1418은 명나라 초기의 관리다. 그의 자는 용지用之이고, 호는 박
    암泊庵이며, 강서 태화 사람이다. 홍무 29년1396 향시에 합격한 뒤, 이듬해 사천四川
    창계현蒼溪縣의 훈도訓導를 시작으로, 사회지현四會知縣, 양강지현陽江知縣, 양춘지현陽
    春知縣 등을 거쳐 한림원편수, 태자시종 등을 역임했다. 영락 15년1417 성조가 북경
    으로 순행을 나갔을 때, 성조가 교지交趾로 유배 보낸 진천호陳千戶라는 신하를 태자
    가 사면한 일이 발생했다. 성조가 크게 노해 진천호는 즉시 사형했고, 양잠은 이
    일에 연루되어 하옥되었다가 결국 처형되었다. 저서로『박암집泊庵集』16권이 전
    해진다.

주정왕 주숙朱橚은 고황제의 다섯째 아들로 고황후 소생이다. 처음에
는 오국吳國에 봉해져 절강浙江의 전당錢唐에 있었다. 이어서 주왕周王으
로 바뀌어 봉해져, 하남 개봉부에 나라를 세웠다. 홍무 22년1389에 스
스로 그 나라를 버리고 봉양鳳陽으로 달아났다. 황상께서 운남雲南으로
옮기라 명하셨으나 행해지기 전에 사면되어 돌아갔다. 건문제께서 즉
위하시자, 주왕의 둘째 아들 주유훈朱有燻이 주왕이 역모를 꾀했고 또
운남으로 달아났다고 알렸는데 이미 소환되어 북경에 머물러 있었다.
정난靖難의 변을 일으킨 군대가 들어와 나타났을 즈음에 문황제께서 그
를 불쌍히 여기시고 다시 주왕을 개봉 땅에 봉하셨다. 주왕이 상소를
올려 변성汴城 즉 개봉이 해마다 물난리로 고통을 겪는다고 하니, 황상
께서는 낙양에 새로운 궁을 짓게 하고 그곳으로 봉토封土를 옮겨 주려
하셨다. 얼마 후 주왕이 또 강의 제방이 점차 견고해지고 있다고 하면
서 옛 궁을 수리해 번다함과 비용을 아끼기를 간청하니 황상께서 또
그 말을 따르셨다. 영락 18년1420 10월 호위군護衛軍 정엄삼丁奄三 등이
여러 차례 반역 행위를 고발하며 주왕이 법도에 어긋난 일을 한다고
고했다. 주왕을 북경으로 불러들여서 대면하여 꾸짖으며 고발장을 내
보이자, 그저 고개를 조아리며 죽을죄를 지었다 간청했으므로 주왕의
세 호위를 면직시키고 놓아주었다. 주정왕은 세상 사람들이 어질다고
말하지만, 그의 모든 행동은 이러했다. 처음에 주유훈의 유언비어에

대해서는 오히려 방효유와 황자징이 계략을 꾸민 것이라 했고, 이어서
다시 고발되자 죄를 자백하고 말이 없었다. 어찌 천자의 수레가 여러
차례 달리는 것을 보면서도 다시 임오壬午년의 일을 답습했는가. 또한
태조께서 재위하실 때 주정왕은 부친의 명을 기다리지 않고 마음대로
봉토를 떠났다. 얼마 후 갑자기 낙양을 봉토로 요청하고서도 여전히
대량大梁을 그리워했는데, 어찌 성급하게 행동했는가. 다시 운남으로
달아나 결국은 봉록과 지위를 보전했으니 다행이었다.

원문 **周定王異志**

周定王橚[120], 高皇帝第五子, 高皇后出. 初封吳國, 于浙江之錢唐. 繼
改封周, 建國河南開封府. 至洪武二十二年, 自棄其國, 走鳳陽. 上命遷
之雲南, 未行赦歸. 建文帝卽位, 王次子有爋[121], 告王謀逆, 又竄雲南. 已
召還留京師. 比靖難師入出見, 文皇哀之, 復封開封. 王上書言汴城歲苦
河患, 上爲營洛陽新宮, 將徒封焉. 未幾又言河堤漸固, 乞仍修舊宮, 以
省煩費, 上又從之. 永樂十八年十月, 護衛軍丁奄三等, 屢上變, 告王不
軌. 召至京師面詰之, 示以告詞, 唯頓首稱死罪, 乃革其三護衛放還. 夫

---

120 朱定王橚 : 명 태조의 다섯째 아들이자 성조 주체의 친동생 주숙朱橚을 말한다.
121 有爋 : 명나라 주정왕 주숙의 둘째 아들인 주유훈朱有爋,1380~?을 말한다. 그는 홍무
　　13년1380에 태어나, 건문 4년1402 여남왕汝南王에 봉해졌다. 건문 연간에 주왕周王의
　　계승권을 빼앗기 위해 부친 주정왕이 모반을 꾀한다고 고발했고, 선종 때에도 여
· 러 차례 형 주헌왕周憲王 주유돈朱有炖을 무고했다. 하지만 그의 무고 행위가 드러나
　　결국 작위와 봉토를 박탈당하고 평민이 되었다.

定王世所稱賢者, 而舉動乃爾. 其初有燦詟語, 尚云方黃造謀繼而再告, 輸伏無辭矣. 豈非瞰六飛屢駕, 復襲壬午故事[122]耶. 且當太祖在御, 不俟父命, 擅離封域. 旣而候請洛陽, 仍戀大梁[123], 何其躁動邪. 再竄滇南[124], 終保祿位, 幸矣.

---

122 壬午故事 : 이 문장은 주정왕 주숙과 그 아들 주유훈에 관해 말하고 있기 때문에, 여기서 말하는 임오년의 사건은 정난의 변이 마무리된 건문 4년1402의 일을 말하는 것으로 보인다. 연왕 주체는 남경을 함락해 건문제를 몰아내고 황위에 오른 뒤 자신에게 굴복하지 않고 건문제에게 충성을 다하는 신하들을 죽였다. 건문제의 신하 가운데 투항한 자는 29명이고 120명이 죽임을 당했다. 특히 방효유는 10족이 멸족되었고 그와 관련해 죽임을 당한 이는 800명이 넘었다. 건문 4년이 임오년이기 때문에 이 사건을 임오순난壬午殉難이라고 부른다.
123 大梁 : 개봉의 별칭.
124 滇南 : 운남의 별칭.

번왕부藩王府가 다시 세워지다

　　태조의 일곱째 아들인 제서인齊庶人은 번국藩國인 산동 청주부靑州府로 갔다가, 건문 연간에 모반 혐의를 받아 죽고 나라도 없어졌다. 태종의 둘째 아들 한서인漢庶人은 봉토가 정해진 뒤 그곳으로 떠나기 전에 봉토가 낙안주樂安州로 바뀌었다. 나중에 헌종의 일곱 번째 아들 형공왕衡恭王이 또 이곳을 번국으로 받아 지금까지 전해지고 있다. 태조의 여덟째 아들 담왕潭王은 호광湖廣의 장사부長沙府에 봉해졌는데, 나중에 왕비의 일에 연루되어 분신자살했으며 나라도 없어졌다. 인종의 다섯째 아들 양헌왕襄憲王이 또 그 땅을 봉토로 받았는데 정통 연간에 양양襄陽으로 옮겼다. 영종의 일곱째 아들 길간왕吉簡王이 또 이곳에 번국을 받아서 지금까지 전해온다. 태조의 열두 번째 아들 상헌왕湘獻王은 호광의 형주부荊州府에 봉해졌는데, 건문 연간에 모반 혐의에 연루되어 분신자살했고 나라도 없어졌다. 성조가 정난의 변을 일으켰을 때 태조의 열다섯째 아들 요간왕遼簡王이 그의 봉토를 형주부로 옮겨 융경 2년1568까지 전해졌으며, 폐서인 주헌절朱憲㸅이 죄를 지어 폐위되고 계승되지 못했다. 태조의 스물두 번째 아들 안혜왕安惠王은 번국인 섬서陝西 평량부平涼府로 갔는데, 얼마 후 자식이 없어 나라가 없어졌다. 영락 연간에 태조의 스무 번째 아들 한헌왕韓憲王을 평량부에 봉해 지금까지 전해온다. 태조의 스물네 번째 아들 영정왕郢靖王은 번국인 호광 안륙주로 갔는데, 자식이 없어 나라가 없어졌다. 인종의 아홉째 아들 양장왕梁莊王이 안륙주에 봉해졌는데, 또 자식이 없어서 나라가 없어졌다. 헌종의 넷째 아들 헌황제^{獻皇}^帝가 다시 안륙주에 나라를 세웠는데, 세종께서 제위에 오르시면서 흥도승천부^{興都承天府}로 승격되었다.

의문태자^{懿文太子}의 넷째 아들 형왕^{衡王}이 영락 연간에 회은왕^{懷恩王}으로 강등되어 강서 건창부^{建昌府}에 나라를 세웠는데 얼마 안 되어 폐위되었다. 나중에 인종의 여섯째 아들 형헌왕^{荊憲王}에게 건창부를 번국으로 봉해주었다가 또 호광 기주^{蘄州}로 바꾸어 봉했다. 헌종 때에 여섯째 아들 익단왕^{益端王}이 또 건창부에 왕으로 봉해진 뒤 지금까지 전해온다. 인종의 열 번째 아들 위공왕^{衛恭王}은 하남^{河南} 회경부^{懷慶府}에 나라를 세웠는데 봉토로 가기도 전에 돌아가셨으니, 둘째 아들 정정왕^{鄭靖王}의 번국을 섬서 봉상부^{鳳翔府}에서 회경부로 옮겨 지금까지 전해오고 있다. 영종의 다섯째 아들 수회왕^{秀懷王}이 번국인 하남 여녕부^{汝寧府}로 갔지만 자식이 없어 나라가 없어지자, 여섯째 아들 숭간왕^{崇簡王}을 이곳에 봉해 지금까지 전해온다. 헌종의 다섯째 아들 기혜왕^{岐惠王}이 번국인 호광 덕안부^{德安府}로 갔는데, 자식이 없었다. 이 때문에 나라를 잃게 되자 아홉째 아들 수정왕^{壽定王}을 덕안부에 봉했는데, 또 자식이 없어 결국 나라가 없어졌다. 세종 연간에 또 넷째 아들 경공왕^{景恭王}을 덕안부에 봉했는데 몇 년 안 되어 돌아가셨고 역시 자식이 없어 나라가 없어졌다. 헌종의 열한 번째 아들 여안왕^{汝安王}이 번국인 하남 위휘부^{衛輝府}로 갔는데, 자식이 없어 나라가 없어졌다. 홍치 연간에 또 이곳에 흥왕부^{興王府}를 세웠지만, 헌왕^{훗날 헌황제}이 황하에 가깝다는 것을 구실로 삼아 안륙주로 바꾸어주길 청했고 황상께서 이를 윤허하셨다. 위휘부는 지금 또 선황제인 목종의 넷째 아들의 노왕부潞王府가 되었는데, 노왕潞王은 금상의 동복동생으로 만력 17년1589에 번국으로 갔다. 안륙주를 번국으로 봉하는 일이 두 번이나 끊어졌지만, 흥왕부가 시작되면서 마침내 만대의 도읍지가 되었다. 덕안부가 번국으로 봉해진 일이 두 번 끊어지고 두 번 이어졌으며, 경왕은 또 세종의 사랑하는 아들로서 거의 적자의 지위를 가로챌 정도였지만 결국은 덕안부를 봉토로 하사해 후사가 끊어졌다. 대저 흥망성쇠는 다 하늘의 뜻에 따른 것이지, 모두 땅의 영험함 때문은 아니다.

○ 태조의 다섯째 아들은 처음에 오왕吳王으로 봉해졌다가 얼마 후 주왕周王으로 바꾸어 봉해졌다. 황상께서 번왕부를 처음 여실 때 오왕을 명칭으로 삼았기 때문에 급하게 바꾼 것이다. 그런데 의문태자의 셋째 아들 주윤통朱允熥이 또 오왕에 봉해진 것은 어째서인가? 방효유나 황자징 같은 대신들의 실책이 아니라고 할 수 없다. 또 헌종은 경태 연간에 태자의 지위에서 기왕沂王으로 강등되어 봉해졌다. 영종이 복벽에 성공하면서 태자의 지위를 회복하게 되었으므로, 기주沂州 역시 태자의 잠저潛邸가 되어 더 이상 봉해서는 안 되었다. 그런데 헌종의 열두째 아들 경간왕涇簡王은 홍치 15년1502 또 번국인 기주로 갔다. 헌종은 당초 폐위되고 바로 기주에 들어가지는 않았는데, 경제 때의 급사중 서정徐正이 비밀 상소를 올려 태상황과 기왕을 기주로 내보내려 했다. 이런 혐의가 있는 땅이니 번국으로 봉하지 않는 것이 역시 옳다. 이때는 유회암劉晦菴이

정권을 잡고 이서애李西涯와 사목제謝木齊가 보좌하고 있었는데, 어찌 이
것을 상의하지 않은 것인가.

藩府再建

太祖第七子齊庶人[125], 之國山東靑州府, 建文中, 以嫌死國除. 而太宗
第二子漢庶人[126], 卽封其地, 未行而改樂安州. 後憲宗第七子又國於此,
是爲衡恭王[127], 傳至今. 第八子潭王[128], 封湖廣之長沙府, 後坐妃事自焚,
國除. 仁宗第五子襄憲王[129]又封其地, 至正統間移襄陽. 英宗第七子又
國于此, 是爲吉簡王[130], 傳至今. 第十二子湘獻王[131], 封湖廣之荊州府,

---

125 齊庶人 : 명나라 태조 주원장의 일곱째 아들 주부朱榑를 말한다. 제왕齊王에 봉해졌
　　다가 폐위되었기 때문에 제서인齊庶人이라고 부른다.
126 漢庶人 : 명나라 성조의 둘째 아들이자 인종의 동복형제인 주고후朱高煦를 말한다.
127 衡恭王 : 명나라 헌종 주견심朱見深의 일곱째 아들 주우휘朱祐楎, 1479~1538를 말한다. 생
　　모는 덕비德妃 장씨張氏이고, 효종의 이복동생이다. 성화 23년1487 형왕衡王에 봉해졌
　　고, 홍치 13년1499에 봉토인 청주로 갔다. 가정 17년1538 세상을 떠났으며, 시호는
　　공왕恭王이다. 시호가 공왕이기 때문에 후대 사람들은 형공왕衡恭王이라 불렀다.
128 潭王 : 명나라 태조 주원장의 여덟째 아들 주재朱梓를 말한다.
129 襄憲王 : 명나라 인종의 다섯째 아들인 주첨선朱瞻墡을 말한다.
130 吉簡王 : 명나라 영종의 일곱째 아들 주견준朱見浚, 1456~1527을 말한다. 명나라 제1대
　　길왕吉王으로 재위 기간은 1457년부터 1527년까지다. 천순 원년1457 영종이 복벽
　　에 성공한 뒤 주견준을 길왕에 봉했고, 성화 13년1477 봉토인 장사부 장사현長沙縣
　　으로 갔다. 시호가 간簡이라서, 보통 길간왕吉簡王이라고 부른다.
131 湘獻王 : 명나라 태조의 열두째 아들 주백朱柏, 1371~1399을 말한다. 생모는 호순비胡順
　　妃다. 홍무 11년1378 상왕湘王에 봉해지고, 홍무 18년1385 봉토인 형주부荊州府로 갔
　　다. 건문 원년1399 모반을 꾀했다는 죄명으로 체포될 위기에 처하자 분신자살했다.
　　사후에 후사가 없어 나라가 없어졌다. 모반죄로 자살했기 때문에 시호를 좋지 않
　　은 의미의 려戾로 내렸는데, 성조가 즉위한 뒤에 주백의 명예를 회복시키고 시호도
　　헌獻으로 바꾸었다. 그래서 일반적으로 상헌왕湘獻王이라고 부른다.

建文中, 坐嫌自焚, 國除. 至成祖靖難, 以太祖第十五子徙國其地, 是爲
遼簡王, 傳至隆慶二年, 庶人憲㸁[132], 以罪廢不嗣. 第二十二子安惠王[133],
之國陝西平涼府, 尋以無子, 國除. 永樂中, 以太祖第二十子封其地, 是
爲韓憲王[134], 傳至今. 第二十四子郢靖王[135], 之國湖廣之安陸州, 無子,
國除. 仁宗第九子封其地, 是爲梁莊王[136], 又以無子, 國除. 至憲宗第四
子獻皇帝[137], 復于安陸建國, 世宗龍飛, 陞爲興都承天府.

懿文太子[138]第四子衡王[139], 永樂中降封懷恩王, 建國江西建昌府, 未

---

132 憲㸁 : 명나라 제8대 요왕이었던 주헌절朱憲㸁, 1526~1582을 말한다. 호광성 형주부 강
   릉현江陵縣 사람이다. 가정 14년1535 구용왕句容王에 봉해졌다가 가정 19년1540 요왕
   으로 승격되었다. 재위 28년 만에 폐서인이 되었다. 남명 융무隆武 연간에 명호를
   회복해 민愍이라는 시호를 받았다.
133 安惠王 : 명나라 태조의 스물두 번째 아들 주영朱楧, 1383~1417을 말한다. 명나라 제1
   대 안왕安王이다. 사후에 아들이 없어 나라가 없어졌다. 시호가 혜惠라서 안혜왕安惠
   王이라고 부른다.
134 韓憲王 : 명나라 태조의 스무 번째 아들 주송朱松, 1380~1407을 말한다. 홍무 24년1391
   한왕韓王에 봉해져 요동遼東 개원開原에 번국을 세웠다. 재위 기간은 17년이지만 번
   국으로 가지 않았고, 영락 5년1407 남경에서 병으로 세상을 떠났다. 시호가 헌憲이
   라서 한헌왕韓憲王이라고 부른다.
135 郢靖王 : 명나라 태조의 스물네 번째 아들 주동朱棟, 1388~1414을 말한다. 홍무 24년
   1391 영왕郢王으로 봉해져, 영락 6년1408 봉토인 안륙으로 갔다. 자식이 없어 나라가
   없어졌다.
136 梁莊王 : 명나라 인종의 아홉째 아들 주첨기朱瞻垍, 1411~1441를 말한다. 생모는 공숙
   귀비恭肅貴妃 곽씨郭氏다. 영락 22년1424 양왕梁王에 책봉되고, 호광 안륙주를 봉토로
   받았다. 선덕 4년1429 봉토인 안륙으로 갔다. 시호가 장莊이라서 양장왕梁莊王이라
   고 부른다. 자식이 없어 나라가 없어졌다.
137 獻皇帝 : 명나라 세종의 부친인 주우원朱祐杬을 말한다.
138 懿文太子 : 명나라 태조 주원장의 장남이자 명 혜종의 부친인 주표朱標를 말한다.
139 衡王 : 명나라 태조의 장남인 의문태자의 넷째 아들인 주윤견朱允堅, 1385~1414을 말한
   다. 명 혜종惠宗의 동복동생으로, 건문 원년1399 형왕衡王에 봉해졌다. 건문 4년1402
   성조가 즉위하면서 회은왕懷恩王으로 강등되어 건창부建昌府에 머물다가 폐서인이

幾廢之, 後爲仁宗第六子荊憲王¹⁴⁰封國, 又改封湖廣蘄州. 至憲宗第六
子又封其地, 是爲益端王¹⁴¹, 傳至今. 仁宗第十子衞恭王¹⁴², 建國河南懷
慶府, 未行, 薨. 卽改第二子鄭靖王¹⁴³, 自陝西鳳翔府徙國于此, 傳至今.
英宗第五子秀懷王¹⁴⁴, 之國河南汝寧府, 無子, 國除, 卽以封第六子爲崇
簡王¹⁴⁵, 傳至今. 憲宗第五子岐惠王¹⁴⁶, 之國湖廣德安府, 無子. 國除, 卽

되어 봉양鳳陽에 감금되었다. 남명南明 홍광弘光 원년1644 형왕의 지위를 회복했고,
민愍이라는 시호를 받았다.

140 荊憲王 : 명나라 인종의 여섯째 아들 주첨강朱瞻堈, 1406~1453을 말한다. 영락 22년1424
형왕荊王에 봉해져 선덕 4년1429 봉토인 건창부로 갔다. 재위 17년 되던 해에 궁중
에 큰 뱀이 나타나서, 정통 10년1445 호북湖北 기주蘄州로 봉토를 옮겼다. 경태 4년
1453 세상을 떠났고, 시호가 헌憲이라서 형헌왕荊憲王이라 부른다.

141 益端王 : 명나라 헌종의 여섯째 아들 주우빈朱祐檳, 1479~1539을 말한다. 성화 23년1487
익왕益王에 봉해지고, 홍치 8년1495 봉토인 건창부로 가서 원래 형헌왕 주첨강이
사용하던 왕부에 거주했다. 시호가 단端이라서 익단왕益端王이라고 부른다.

142 衞恭王 : 명나라 인종의 열 번째 아들 주첨연朱瞻埏, 1417~1439을 말한다. 홍희 원년1424
위왕衞王에 봉해지고 회경부懷慶府를 봉토로 받았다. 정통 4년1439 세상을 떠났다. 자
식이 없어 나라가 없어졌다. 공恭이라는 시호 때문에 보통 위공왕衞恭王이라 부른다.

143 鄭靖王 : 명나라 인종의 둘째 아들 주첨준朱瞻埈, 1404~1466을 말한다. 명나라 제1대 정
왕鄭王으로 생모는 현비賢妃 이씨李氏다. 영락 22년1424 정왕에 봉해졌고, 선덕 4년
1429에 봉토인 봉양부로 갔다. 나중에 열 번째 동생 위공왕이 죽자, 정통 8년1443
영종이 조서를 내려 봉토를 회경부로 바꾸었다. 정통 9년1444 새로운 봉토인 회경
부로 갔다. 시호가 정靖이라서 보통 정정왕鄭靖王이라 부른다.

144 秀懷王 : 명나라 영종의 다섯째 아들 주견주朱見澍, 1452~1472를 말한다. 천순 원년1457
수왕秀王에 봉해졌고, 성화 6년1470 봉토인 여녕부汝寧府로 갔다. 성화 8년1472 향년
21세로 세상을 떠났고, 자식이 없어 나라가 없어졌다. 시호가 회懷라서 수회왕秀懷
王이라고 부른다.

145 崇簡王 : 명나라 영종의 여섯째 아들 주견택朱見澤, 1455~1505을 말한다. 명나라 제1대
숭왕崇王이다. 천순 원년1457 숭왕崇王에 봉해졌고, 성화 10년1474 봉토인 여녕부로
갔다. 재위 49년 만인 홍치 18년1455에 세상을 떠났다. 시호가 간簡이라서 숭간왕崇
簡王이라 부른다.

146 岐惠王 : 명나라 헌종의 다섯째 아들 주우윤朱祐棆, 1478~1501을 말한다. 성화 23년1483

以第九子壽定王[147]補封其地, 又無子, 國除. 至世宗朝, 又以第四子封德

安, 是爲景恭王[148], 不數年薨, 亦以無子, 國除. 憲宗第十一子汝安王[149],

之國河南衛輝府, 無子, 國除. 弘治間, 又建興府於此, 獻王以逼黃河爲

辭, 乞改安陸, 上允之. 至今又爲潞王府[150], 則先帝穆宗之第四子, 而今

上之同母弟也, 以萬曆十七年之國. 按安陸之封再絶, 而興邸肇開, 遂爲

萬世豐鎬之地. 德安之封再殄再續, 而景王又世宗愛子, 幾有奪嫡之漸,

終以胙土不祠. 蓋廢興莫非天意, 不皆地靈也.

　○ 按太祖第五子[151]初封吳王, 旋改封周. 蓋以上霸府初開, 曾以吳王

紀號, 故亟更之也. 至懿文第三子允熥[152], 又封吳王, 何耶. 不可謂非

기왕岐王에 봉해졌고, 홍치 8년1495 봉토인 덕안부德安府로 갔다. 자식이 없어 나라가
없어졌다. 시호가 혜惠라서 기혜왕岐惠王이라 부른다.

147 壽定王 : 명나라 헌종의 아홉째 아들 주우지朱祐櫍,1481~1545를 말한다. 홍치 4년1491
수왕壽王에 봉해졌고, 홍치 11년1498에 봉토인 보녕부保寧府로 갔다. 정덕 원년1505
봉토가 덕안부로 바뀌었다. 가정 24년1545 세상을 떠났고, 자식이 없어 나라가 없
어졌다. 시호가 정정이라서 수정왕壽定王이라 부른다.

148 景恭王 : 명나라 세종의 넷째 아들 주재수朱載圳를 말한다.

149 汝安王 : 명나라 헌종의 열한 번째 아들 주우평朱祐枰,1484~1558을 말한다. 홍치 4년
1491 여왕汝王에 봉해졌고, 홍치 14년1501 봉토인 위휘부衛輝府로 갔다. 가정 37년1558
세상을 떠났고, 자식이 없어 나라가 없어졌다. 시호가 안安이라서 여안왕汝安王이라
부른다.

150 潞王府 : 명나라 하남 위휘부에 있던 노왕潞王 주익류朱翊鏐,1568~1614의 왕부다. 주익
류는 명나라 목종의 넷째 아들이자 신종의 동복형제다. 융경 4년1570 2세 때 노왕
에 봉해져, 만력 17년1589 22세 때 봉토인 위휘부로 갔다. 시호가 간簡이라서 노간
왕潞簡王이라고도 부른다.

151 太祖第五子 : 명나라 태조의 다섯째 아들 주숙朱橚을 말한다.

152 允熥 : 명나라 태조의 손자이자 의문태자의 둘째 아들 주윤통朱允熥,1378~1417을 말한
다. 건문 원년1399 오왕吳王에 봉해지고 항주杭州에 번국을 세웠지만, 봉토로 가기
전에 '정난의 변'이 일어났다. 연왕燕王이 남경으로 들어오면서 광택왕廣澤王으로

方¹⁵³黃¹⁵⁴諸公之失矣. 又如憲宗於景泰中, 從太子降封沂王, 英宗復辟,

太子反正, 則沂亦靑宮潛邸, 不宜再封. 至涇簡王¹⁵⁵爲憲宗第十二子, 弘

治十五年, 又之國沂州. 憲宗初被廢, 雖不入沂, 然景帝時, 給事中徐正

曾密疏, 欲出太上及沂王于沂州矣. 此等嫌疑之地, 卽不封建亦可. 是時

劉晦菴¹⁵⁶當國, 李西涯¹⁵⁷謝木齊¹⁵⁸爲佐, 何以不商及此.

강등되어 장주漳州에 거주했다. 건문 4년1402 연왕이 황위에 오르면서 그는 폐서인
이 되었고 봉양에 감금되었다. 그래서 보통 오서인吳庶人이라고 부른다. 남명 홍광
원년1644 오왕의 봉호를 회복하고 도悼라는 시호를 받았다. 남명 소종紹宗 때 애哀라
는 시호도 내려졌다.

153 方 : 명나라 초기의 대신 방효유方孝孺를 말한다.

154 黃 : 황자징黃子澄을 말한다.

155 涇簡王 : 명나라 헌종의 열두째 아들 주우순朱祐橓, 1485~1537을 말한다. 홍치 4년1491
경왕涇王에 봉해졌고, 홍치 15년1502 번국인 기주沂州로 갔다. 가정 16년1537 세상을
떠나고, 그의 아들 주후전朱厚烇도 왕위를 물려받기 전에 죽어서 결국 나라가 없어
졌다. 시호가 간簡이라서 경간왕涇簡王이라고 부른다.

156 劉晦菴 : 내각수보를 지낸 명 중기의 명신 유건을 말한다.

157 李西涯 : 명대의 대신이자 유명한 문학가 겸 서예가인 이동양을 말한다.

158 謝木齊 : 명나라 중기의 저명한 대신 사천謝遷을 말한다.

　종실에서 역모를 꾀한 자로, 친왕에는 한왕부漢王府의 주고후朱高煦와
영왕부寧王府의 주신호朱宸濠가 있고, 군왕으로는 안화왕安化王 주치번朱寘
鐇이 있는데, 모두 죄상이 뚜렷해 멸족되어도 할 말이 없었다. 정덕 연
간에 귀선왕歸善王 주당호朱當沍의 죽음에 대해 사람들이 오히려 원통하
게 여겼다. 대왕부代王府의 주충작朱充灼 같은 다른 아들들은 특히 자질
구레한 일들을 벌인 게 셀 수 없을 정도였다. 죄상과 심문한 조사내용
이 가장 자세하고 확실한데도 오히려 천수를 누리고 집안에서 죽은 경
우로는, 경제 초년에 민왕부岷王府를 처벌한 일만 한 것이 없는데, 이 일
이 가장 형벌의 원칙을 잃었다.

　민왕부의 광통왕廣通王 주휘엽朱徽煠은 태종의 열여덟 번째 아들인 장
왕莊王의 넷째 아들인데, 무강주武岡州의 백성 몽능蒙能 등이 하인으로 들
어가 위법한 일을 하도록 그를 이끌었다. 또 벼슬에서 물러난 후부도
사後府都事 우리빈于利賓을 추천해서 관상술觀相術로 그를 끌어들여 "주휘
엽은 남다른 관상이라 마땅히 천하의 왕 노릇을 해야 한다"고 말하면서
역모를 꾸미, 경태 2년[1451] 5, 6월에 기병해서 곧장 남경으로 치달려 제
위를 차지하려 했다. 먼저 금으로 '굉천왕轟天王의 옥새'를 만들고 또 은
으로 영무후靈武侯와 흠무후欽武侯의 인장을 만들었으며 연호를 현무玄武
로 바꾸었다. 그리고 거짓 칙서를 만들어서 몽능과 진첨자陳添仔 등을 보
내 재물과 인장을 묘족 우두머리들에게 하사하고 병사들을 모아 크게
거사를 일으켰다. 행동에 옮기기 전에 일이 누설되어, 황상께서는 부마

초경焦敬과 환관 이종李琮을 보내 그를 치게 하셨다. 이때 주휘엽에게는 아직 군대가 없어 속수무책으로 길을 나섰으며, 조정에서 심문받을 때 반란의 정황을 모두 자백했다. 때마침 호광총독湖廣總督 왕래王來 등도 진첩자와 몽능 등이 끌어들인 묘족이 주휘엽을 도와 그에게 모여서 이미 거사를 행했는데 관군이 그들을 연속으로 격파시켜 크게 무너뜨리자 몽능은 묘족 병사들을 따라 광서로 달아났다고 아뢰면서 주휘엽이 반포한 거짓 칙서를 함께 황상께 올렸다. 경제께서는 반역으로 종묘사직을 위태롭게 했으니 법에 따르면 용서가 불가하지만 잠시 법을 완화해 사형을 면하여 평민으로 내치고 가속들과 함께 봉양鳳陽에 구금하며 우리빈만 공개적으로 참수하라고 하셨다. 또 5년 뒤인 경태 을해년乙亥年, 1455, 몽능은 남방 오랑캐 땅에 숨어 자칭 몽주蒙主라 하면서 생묘生苗 3만여 명을 규합해 끌어들여 용리龍里 등의 성을 약탈했다. 호광을 지키는 지방관이 이 사실을 보고하니, 경제께서 귀주와 광서의 문무 대장수들에게 호광에 모여 힘을 모아 죽이라 명하셨다. 이때 몽능은 이미 동고銅鼓 등의 여러 위衛와 소所를 격파하고 도지휘 왕적汪迪을 죽여 기세를 크게 떨치고 있었으므로, 호광을 순무巡撫하던 상서 왕영수王永壽가 급박함을 알렸다. 병부상서 우겸이 직접 가서 토벌하겠다고 청했지만 경제께서 불허하시고 다만 총병總兵 남화백南和伯 방영方瑛에게 출병하라 명하셨는데, 영종께서 복위하시고서야 비로소 그들을 섬멸했다. 대체로 산채 195개를 평정하고 3,000명을 참수했는데, 다른 장수는 함께하지 않았다. 이 사건의 처음 시작부터 끝까지의 5년 동안 검黔과 초楚 지역에 소동이 일어났다. 몽능은 말할 필요도 없고, 주휘엽은 분수에 넘치게도 연호를 부르고 옥새를 위조했으며 남경을 차지하고자 했으니 그 죄가 어찌 주치번보다 덜하겠는가. 그런데도 오히려 목숨을 부지하고 천수를 누렸는데, 이와 같이 형벌을 집행했으니 마땅히 경제께서 천수를 누리지 못한 것이다. 이 일은 사서에는 거의 보이지 않고 판결문 또한 전해지지 않아 사람들이 알지 못하므로 여기에 모두 열거해둔다. 근래에 초왕부楚王府에서 공물을 약탈한 일 때문에 참수되어 수급을 돌린 일과 비교하면 진실로 판결이 거꾸로 된 것이라 할 만하다.

원문 郡王[159]謀叛貸命

宗室中謀不軌者, 親王則有漢府高煦[160]寧府宸濠, 郡王則有安化王寘鐇[161], 皆罪狀顯著, 夷滅無辭. 若正德中, 歸善王當沍[162]之死, 人尙以爲

---

159 郡王 : 작위의 하나. 서진西晉 시기에 시작되었고, 당·송 시기 이후로는 친왕황태자를 제외한 황제의 다른 아들보다 1단계 낮은 작호였다. 명대의 작위 제도에서는, 황태자를 제외한 황제의 다른 아들들을 친왕親王에 봉하고, 친왕의 작위를 계승하는 적자인 세자를 제외한 다른 아들은 군왕에 봉했다. 황실의 종친 이외에 공신功臣의 경우 군왕에 봉해지는 경우도 있었다.

160 漢府高煦 : 명 성조의 둘째 아들이자, 인종의 동복형제인 주고후朱高煦를 말한다.

161 寘鐇 : 명나라 경정왕의 후손이자 제2대 안화왕安化王인 주치번朱寘鐇,?~1511을 말한다. 홍치 5년1492 조부인 안화공의왕安化恭懿王 주질동朱秩炵이 세상을 떠난 뒤, 홍치 15년1502 손자인 주치번이 정식으로 왕위를 계승했다. 평소 황위를 넘보고 있던 주치번은 정덕 5년1510 반란을 일으켰다. 반란 실패 후 감금되어 있다가 정덕 6년 1511 자살했고, 작위도 상실했다.

162 當沍 : 명 장왕莊王 주양주朱陽鑄의 아들인 주당호朱當沍,?~1514를 말한다. 태조 주원장의 7대손이다. 홍치 초기 귀선왕歸善王에 봉해졌다. 무예를 좋아하고 용감했다. 정

冤. 其他支庶, 如代府充灼[163]之屬, 尤幺麽不足數. 惟情罪最昭灼, 審鞫

最詳確, 猶得死牖下[164]者, 無若景帝初年, 處岷藩事, 最爲失刑.

岷府廣通王徽煠[165]者, 太宗第十八子莊王之第四子也, 有武岡州民蒙

能[166]等, 投爲家人, 導以不法. 又引致仕後府都事于利賓, 以相術[167]干之,

謂"煠有異相, 當王天下", 因謀逆, 將以景泰二年五六月起兵, 直趨南京,

據大位. 先以金造轟天王之寶, 又以銀造靈武侯欽武侯[168]諸印, 改年號

덕 9년1514에 무고로 인해 작위를 잃고 평민이 되었으며, 봉양에 감금되자 억울함
을 호소하며 벽에 머리를 부딪혀 죽었다.
163 充灼 : 명 대간왕代簡王 주계朱桂의 제16대손이자 화천장군和川將軍인 주충직朱充灼, 생졸
년미상을 말한다. 가정 24년1545에 죄를 지어 삭탈관직당했는데, 대소왕代昭王 주충
요朱充燿가 풀어주지 않은 것을 원망해 양원중위襄垣中尉 주충경朱充耿과 대동으로 들
어가 왕을 살해하는 등 난을 일으켰다. 나중에 총병 주상문周尙文의 병사에게 잡혀
북경으로 끌려와 죽임을 당하고 시신까지 불태워졌다.
164 牖下 : 들어올려 여는 창 밑을 뜻하는 것으로 곧 방안 혹은 집안을 말하는데, '천수
를 다하고 집안에서 죽는 것'을 가리키기도 한다.
165 徽煠 : 명 태조의 열여덟 번째 아들인 민왕岷王 주편朱楩의 아들 주휘엽朱徽煠, 생졸년미
상을 말한다. 선덕 4년1429 광통왕廣通王에 봉해졌다. 경태 2년1451 거짓으로 칙서를
위조해 가솔들을 피신시키고 묘족을 끌어들여 난을 일으키려다가 체포되었다. 이
일로 작위를 빼앗기고 평민으로 강등되었으며 봉양鳳陽에 구금되었다.
166 蒙能 : 몽능蒙能, ?~1456은 명대 정통, 경태 연간에 일어난 동족侗族 반란 사건의 지도
자로, 명 수녕綏寧 횡령동橫嶺峒 상화채上火寨 사람이다. 정통 원년1436 몽고동蒙顧峒과
횡령동의 사람들을 모아 봉기해서 신녕新寧, 수녕綏寧, 회동會同, 정주靖州 등의 주현
을 공격했고, 정통 14년1449에는 귀주貴州의 이평黎平, 천주天柱 등지로 반란의 범위
를 확대해 나갔다. 경태 5년1454에는 5만여 명의 반란군을 이끌고 여러 차례 관병
을 패퇴시켰으나, 경태 7년1456 2만여 명의 무리를 이끌고 평계위平溪衛를 공격하다
가 수비 정태鄭泰에 의해 죽었다.
167 相術 : 관상을 보는 방법과 기술.
168 靈武侯欽武侯 : 광통왕 주휘엽이 자신의 반역을 도울 묘족 우두머리 두 사람에게
내린 작위다. 영무후靈武侯는 도오채都廒寨 묘족의 우두머리인 양문백楊文伯이고, 흠
무후欽武侯는 천주채天住寨 묘족의 우두머리인 금룡金龍이다.

曰玄武[169]. 僞作敕書, 遣蒙能及陳添仔等, 以貲幣幷印, 賜諸苗帥, 會兵大舉. 未行而事洩, 上遣駙馬焦敬, 內臣李琮, 往徵之. 煠時未有兵, 束手就道, 比至鞫於廷, 俱伏反狀. 適湖廣督臣王來[170]等, 亦奏陳添仔蒙能等所招苗賊助煠, 會煠已行, 官軍連擊敗之, 大潰. 蒙能隨苗兵遁還廣西, 幷以煠所頒僞敕來上. 景帝謂謀危宗社, 法不當恕, 姑屈法貸死, 斥爲庶人, 幷家屬禁錮鳳陽, 第斬于利賓以徇. 又五年爲景泰乙亥, 蒙能匿蠻中, 自稱蒙主, 糾引生苗[171]三萬餘, 寇龍里等城. 湖廣鎭臣以聞, 帝命貴州廣西文武大帥, 會湖廣合勦. 時能已破銅鼓諸衞所[172], 殺都指揮汪迪, 聲勢大振, 撫臣[173]尙書王永壽告急. 兵部尙書于謙至自請往討, 帝不許, 但命總兵南和伯方瑛[174]進兵, 至英宗復位, 始殲焉. 凡平寨一百九十五, 斬級

---

169 玄武 : 중화서국본『만력야획편』에는 '원무元武'로 되어 있으나, 상해고적본과『명영종실록』권209에 근거해 '현무玄武'로 수정했다.『명영종실록』권209에 "벼슬에서 물러난 후부도사 우리빈이 관상을 잘 봤는데, (···중략···), 연호를 현무로 고쳤다致仕後府都事于利賓, 善相術, (···중략···), 改元玄武"라고 되어 있다. 〖역자 교주〗

170 王來 : 왕래王來, 1395~1470는 명나라 전기의 관리다. 그의 자는 원지原之이고, 절강 자계慈溪 사람이다. 선덕宣德 2년1427 과거에 급제하여, 신건교유新建敎諭, 어사御史, 우부도어사右副都御史, 남경공부상서南京工部尙書 겸 대리시경 등의 벼슬을 지냈다. 경태 원년1450 우부도어사로 귀주의 군무軍務를 감독할 때, 방영方瑛 등과 함께 묘족苗族의 반란을 진압하고 우두머리인 위동열韋同烈 등을 사로잡았다.

171 生苗 : 윈난雲南성과 구이저우貴州성 등지의 산속에 사는 묘족苗族.

172 衞所 : 명대의 군사제도인 위소제衞所制에 따라 설치된 위衞와 소所. 위소제는 명 태조 때 처음 시작되었는데, 전국의 군대를 위와 소 2단계로 조직했다. 중앙의 오군도독부五軍都督府가 전국의 위와 소를 총괄한다. 군대편성의 최소단위는 병사 100명으로 이루어진 백호소百戶所이고, 백호소의 위는 천호소千戶所로 백호소 10곳을 관할하며, 천호소의 윗단계인 위는 천호소 5곳을 관할했다.

173 撫臣 : 순무巡撫의 별칭. 국가에 어려운 일이 일어났을 때 백성을 위무慰撫하기 위해 중앙에서 파견한 임시 관리.

174 南和伯方瑛 : 명나라 중기의 명장 방영方瑛, 1416~1460을 말한다. 직례주直隸州 전초현全

三千, 而他帥不與焉. 此事首尾五年, 黔[175]楚騷動. 蒙能何足道, 徽煤者, 僭號紀元, 僞造符璽, 圖踞留都[176], 其罪豈在寅鑴之下. 猶得保首領, 終天年, 政刑如此, 宜景帝之不終. 此事紀傳[177]旣少見, 爰書[178]亦不存, 人無知者, 故備列之. 若較之近年楚府劫攎一事, 至論斬傳首[179], 眞可謂倒置矣.

椒縣 사람이다. 정통 초기에 지휘사指揮使를 세습받았고 나중에 도지휘동지都指揮同知로 승진했다. 정통 초기에 부친을 따라 녹천麓川에서의 반란 진압에 참여했고, 경태 연간에는 묘족의 반란을 여러 차례 평정했다. 경태 5년1454 묘족 황룡黃龍 등의 난을 진압한 공으로 남화백南和伯에 봉해졌고, 경태 7년1456 묘족 몽능 등의 난을 진압한 공으로 남화후南和侯로 승격되었다. 천순 4년1460, 45세의 나이로 세상을 떠났으며, 시호는 충양忠襄이다.

175 黔 : 구이저우貴州성의 다른 이름.
176 留都 : 도읍을 옮기기 이전의 옛 서울로, 명나라 때는 남경南京을 유도留都라고 불렀다.
177 紀傳 : 본기本紀와 열전列傳. 인물의 전기傳記를 중심으로 쓴 역사.
178 爰書 : 죄인의 범죄 사실을 조사하여 죄를 결정하는 판결문.
179 傳首 : 대역죄를 범해서 국법에 의해 처형된 자의 머리를 각지에 돌려 보여 범죄의 재발을 방지하고, 법의 엄중함을 보이는 것.

진정왕晉定王 주제희朱濟熺는 태조의 셋째 아들 공왕恭王의 적장자다. 이미 왕위를 계승했는데, 영락 13년1415에 배다른 서출 동생 평양왕平陽王 주제황朱濟爌의 참소를 받아 작위를 삭탈당하고 구금되었다. 당시 태종께서는 주제황을 총애하고 신뢰하시어, 그를 진왕晉王으로 대신 봉하셨다. 나중에 포악무도하게 굴고 불법한 일들을 저질렀으며 형을 모함한 사실까지 점점 드러나자, 인종께서 즉위하신 뒤 주제희에게 관복과 왕의 칭호를 되돌려 주시고 평양平陽으로 옮겨 거처하게 하시고 그를 형왕兄王이라 칭하셨다. 선종께서 즉위하신 뒤 백왕伯王으로 올려 칭하셨다. 선덕 2년1427 주제황이 주고후朱高煦와 내통한 일이 밝혀져 삭탈관직당하고 봉양鳳陽에 구금되었으며, 주제희는 그대로 평양에 거주했다. 선덕 4년1429 주제희가 태원太原으로 돌아가 공왕恭王의 제사를 받들기를 청했지만 황상께서는 허락하지 않으시고 평양에 가묘를 세우라 명하시면서, 태종께서 북경에 도읍을 세우시고 태묘를 북쪽에 만드신 일을 예로 들어 답신을 주셨다. 이때 진나라는 결국 왕이 없어 주인 자리가 빈 상태였으며, 선덕 10년1435에 주제희가 죽자 그 아들 주미규朱美珪가 비로소 평양왕으로 진왕의 자리를 계승해 태원으로 돌아왔다. 당시 주제희는 누명을 벗은 지 오래되었는데도 끝내 나라로 돌아가지 못했고 진왕의 칭호도 다시 얻지 못했는데, 그 까닭을 알 수가 없다.

○ 주제황은 먼저 소덕왕昭德王으로 봉해졌다가 평양왕으로 바뀌어 봉해졌다. 그의 왕비는 조국공曹國公 이경륭李景隆의 딸이며, 주제희의 폐위에는 이경륭의 힘이 컸다.

원문 兄王伯王

晉定王濟熺[180], 太祖第三子恭王嫡長子也. 旣嗣位, 至永樂十三年, 爲庶弟平陽王濟爌[181]所譖, 削爵禁錮. 時太宗寵信爌, 卽以爌代封晉王. 後淫暴不法, 幷誣陷兄事漸露, 仁宗卽位, 還熺冠服及王號, 徙居平陽, 稱之曰兄王. 宣宗卽位, 進稱爲伯王. 宣德二年, 濟爌通高煦事發, 削爵錮鳳陽, 而熺居平陽如故. 宣德四年, 熺請還太原奉恭王祀, 上不許, 命建廟于平陽, 復書[182]以太宗建都北京, 卽作太廟于北爲比. 是時晉竟虛國

---

180 晉定王濟熺 : 명나라 제2대 진왕晉王 주제희朱濟熺, 1375~1435를 말한다. 명 태조의 셋째 아들 진공왕晉恭王 주강朱棡의 적장자로, 모친은 왕비 사씨謝氏다. 홍무 31년1398에 진왕의 지위를 세습했다. 영락 12년1414 성조가 조서를 내려 작위를 박탈당하고 부친의 능원을 지키게 하고, 그의 동생 주제황朱濟爌을 진왕으로 봉했다. 주제희는 주제황에게 10년 동안 구금되어 있다가 구출되었다. 선덕 10년1435 61세의 나이로 죽었으며, 시호는 정定이다.

181 平陽王濟爌 : 명나라 진공왕 주강의 셋째 아들인 주제황朱濟爌, 1381~1426을 말한다. 처음에는 소덕왕昭德王에 봉해졌다가, 건문 4년1402에 평양왕平陽王으로 바꾸어 봉해졌다. 주제황이 형 주제희를 모함해서, 영락 12년1414 결국 진왕 주제희는 폐위되어 부친의 능원을 지키게 되고, 그가 진왕에 봉해졌다. 주제황은 진왕이 된 뒤 더 포악하고 비열하게 굴었으며, 진왕비 사씨를 독살하고, 주제희와 조카 주미규朱美圭를 연금했다. 나중에는 한왕 주고후와 결탁해 역모를 꾀했다. 선덕 2년1427 주고후와 결탁했던 일이 발각되어 진왕위에서 폐위되고 봉양에 구금되었다.

182 復書 : 회답하는 편지 또는 편지로 회답함.

無王, 至宣德十年熺薨, 子美珪, 始以平陽王嗣晉王位歸太原. 時熺昭雪久, 終不還國, 亦終不得稱晉王, 其故竟不可知.

〇 濟熿先封昭德王, 改封平陽. 其妃爲曹國公李景隆女, 熺之廢, 景隆之力居多.

　당초 회강왕淮康王의 세자 주견렴朱見濂이 요절했는데, 시호는 안의세
자安懿世子이고 자식이 없었다. 회강왕이 나이가 들자, 둘째 아들 청강
왕淸江王 주견전朱見澱이 왕부의 일을 섭정하도록 청했다. 회강왕이 돌아
가시고 주견전도 얼마 뒤 죽었는데 그의 시호는 단유端裕다. 그의 장자
주우계朱祐棨가 회왕의 자리를 세습했는데, 주견렴을 회안왕淮安王으로
추봉하고 주견렴의 비 왕씨王氏를 왕비로 삼았다. 당시 책봉서에 안왕安
王이라 칭하고 주우계의 백부라고 했으므로, 일반 제사에서는 안왕을
왕백王伯이라 칭하고 청강왕을 왕고王考라 칭했다. 궁에는 주견렴의 왕
비 왕씨가 여전히 세자부世子府에 있었고, 생모 조씨趙氏는 영수궁永壽宮
에 들어와 거했다. 보좌하는 신하들이 그렇게 해서는 안 된다며 왕에
게 말하고 상소를 올려 왕이 안왕의 사후에 태어나 일찍이 후사가 된
것이 아니라서 생모를 더 중시하려 한다고 했다. 그 일이 예부로 내려
오자, 강서 지방관에게 조사해서 회답하도록 보냈더니 다음과 같이 말
했다. "안왕의 백부라는 칭호는 원래 제문에 쓴 것이나, 다만 청강왕을
왕고로 칭하는 것은 의례에 맞지 않습니다. 예에 따르면 천자의 후사
가 된 제후의 아들은 후사가 된 천자를 칭호로 삼아야지 낳은 제후를
칭호로 삼아서는 안 됩니다. 제후의 후사가 된 적장자 이외의 아들의
아들은, 아들은 천자이지만 부친은 천자가 아니므로 반드시 추존하는
조서가 이미 천하에 공포되고 나서야 그 부친을 천자로 호칭할 수 있

습니다. 아들이 제후이지만 부친이 제후가 아니면 반드시 추봉을 청해서 천자의 윤허가 있고 나서야 감히 그 부친을 제후로 호칭할 수 있습니다. 오늘날의 친왕이 바로 옛날의 제후이고, 오늘날의 군왕郡王은 바로 옛날의 적장자가 아닌 아들인데, 친왕이 제사를 주관하는 왕은 제후의 부친 사당입니다. 회왕은 백부의 후사를 이은 것이 아니니 다른 사람의 후사가 된 것이 아닙니다. 청강왕을 추봉해 종묘에 넣도록 청해, 안왕과 함께 오른쪽 3대째의 위치에 놓으면 두 분 다 모실 수 있을 듯합니다. 또 생모 조씨는 아직 책봉을 받지 못했는데 갑자기 국모라 칭하며 먼저 영수궁에 기거하고 있으니, 이것은 예에 근거한 것이 아닙니다." 이에 예부상서 유춘劉春은 다음과 같이 말했다. "안왕이 비록 왕으로 봉해지기 전에 죽었지만 지금 이미 왕으로 추봉되었고, 주우계는 비록 안왕 사후에 태어났지만 지금 이미 친왕을 계승했으니, 사실 안왕의 후사를 이은 것이지만, 모두 조정의 명을 받든 것이 아닙니다. 이에 또 친부를 추봉하려 하니 안왕의 시호를 내리는 명은 장차 어디에 맡겨야 합니까? 그저 생모를 돌보려고만 하고 후사를 이은 중책을 알지 못하는 것은 사리와 체면이 눈물을 달리 하는 것입니다. 하물며 안왕이 이미 추봉되어 종묘에 들어가 오른쪽 3대의 자리에 놓였는데 청강왕을 또 추봉하려 한다면, 3대의 자리에 두 신위가 놓이게 되니 어찌 예에 맞겠습니까? 하물며 묘의 호칭은 어찌하겠습니까? 책봉서를 근거로 해서는 안 되고 마땅히 후사를 이은 이를 칭호로 삼아야 합니다. 청강왕의 제사에 관한 일은 둘째 아들 주우규朱祐揆가 모시게 하고 회왕이 함께 해서는 안 됩니다. 기거하는 궁의 경우, 안왕비는 영수궁으로 옮기고 청강왕비는 청강부로 물러나 지내는 것이 예법과 법령에 다 맞습니다." 그 근거가 매우 분명하니 그것을 따르라는 조서가 내려왔다. 이 일의 처분은 정덕 8년 1513에 있었다.

내 생각에, 이전 강서 지방관이 의론한 것은 훗날 장총과 계악 등이 말한 황통을 이은 것이지 후사를 이은 것이 아니므로 다른 사람의 후사가 된 것이 아니라는 주장이다. 예부상서 유춘이 의론한 것은 조정의 여론이 적극 다투어 황상이 효종의 후사를 이었으니 한 세대에 왼쪽 오른쪽 각각 2개의 신위를 놓아서는 안 된다고 여긴 주장이다. 둘째 아들 주우규가 청강왕의 제사에 관한 일을 주관한다는 것은 바로 숭인왕崇仁王이 홍왕興王으로 책봉되어 홍왕부의 제사를 받들게 된 주장이 되었다. 생모 조씨가 청강군왕부清江郡王府로 물러나 거해야 한다는 것에 대해, 당시 장성장후章聖蔣后가 황궁에 기거하는데도 온 조정이 감히 잘못이라 여기지 못한 것은 당시의 정세가 또 번국에 비할 바가 아니었기 때문이다. 회왕부의 일에서 세종의 대례의大禮議 사건까지의 기간이 10년이 안 되지만, 취하고 버리고 따르고 거스르며 모순되고 전도된 상황이 마침내 이런 지경에 이르렀다. 천자가 아니면 예제를 의론하지 않는 것이 정말이로구나! 그 뒤 가정 연간에 주견전은 회왕으로 추봉되었고 시호는 단端이다. 대체로 대례를 의론해 새로이 높은 자리에 오른 자들은 바로 이 일을 근거로 삼아 자신의 주장을 펼친 것이다. 유춘의 의론은 이때에 이르러 뜻을 굽히게 되었다.

원문 **淮王宗廟稱號**

　初淮康王[183]世子見濂[184]早卒, 諡安懿世子, 無子. 康王老, 請以次子淸

江王見澱[185]攝府事, 王薨, 見澱尋卒, 諡端裕. 其長子祐棨[186]襲爲淮王,

而以見濂追封淮安王, 其妃王氏爲王妃. 時冊稱安王, 爲祐棨伯父, 故其

常祭祀號安王稱王伯, 淸江王稱王考. 其所居宮, 王氏仍世子府內, 而本

生母趙氏, 入居永壽宮. 輔導官謂非宜, 言於王上奏, 其生在安王卒後,

未嘗爲嗣, 欲加重私親. 事下禮部, 移江西守臣勘復, 乃謂"安王伯父之

稱, 本諸祭詞, 唯稱淸江王爲王考, 於義未協. 按禮, 諸侯之子爲天子後

者, 稱于所後之天子, 而不得稱於所生之諸侯. 別子[187]之子爲諸侯後者,

子爲天子, 而父非天子, 則必追尊之詔, 已布于天下, 乃可稱其父爲天子.

子爲諸侯, 而父非諸侯, 則必追封之請, 已允于天子, 乃敢稱其父爲諸侯.

---

183 淮康王 : 명나라 제2대 회왕淮王 주기전朱祁銓, 1435~1502을 말한다. 제1대 회왕인 회정
　　왕淮靖王 주첨오朱瞻墺의 장남으로, 정통 13년1448 왕위를 계승했다. 홍치 15년1502 세
　　상을 떠났고, 시호가 강康이라서 회강왕淮康王으로 부른다.
184 世子見濂 : 명나라 회강왕의 장남 주견렴朱見濂, 생졸년 미상을 말한다. 주견렴은 요절
　　해 안의세자安懿世子라는 시호를 받았다. 후사가 없어 동생인 청강왕淸江王 주우견전朱
　　見澱의 아들 주우계朱祐棨가 회왕의 자리를 계승했다. 주우계가 왕위를 계승한 뒤
　　그를 회왕으로 추봉했고, 시호는 안安이다.
185 淸江王見澱 : 회강왕의 둘째 아들 주견전朱見澱, 생졸년 미상을 말한다. 성화 21년1485 청
　　강왕에 봉해졌고 홍치 15년1502 세상을 떠났다. 시호는 단유端裕다. 세자였던 주견
　　렴이 후사 없이 요절하자, 자신의 아들 주우계가 회왕의 왕위를 세습했다. 주우계
　　가 즉위한 뒤 부친 주견전을 회왕으로 추봉했고, 시호는 단端이다.
186 祐棨 : 명나라 제3대 회왕인 주우계朱祐棨, 1495~1524를 말한다. 회강왕의 손자이자 청
　　강왕 주견전의 장남으로, 홍치 15년1502 회강왕이 세상을 떠난 뒤 홍치 18년1505 회
　　왕의 지위를 계승했다. 19년간 재위에 있었으며, 가정 3년1524 세상을 떠났다. 시호
　　는 정定이다. 후사가 없어서, 1년 뒤 동생 주우규朱祐揆가 회왕의 지위를 계승했다.
187 別子 : 본처에게서 난 차남 이하의 아들 또는 첩에게서 난 아들.

今之親王, 卽古諸侯也, 今之郡王, 卽古別子也, 親王所主祭之王, 則諸
侯之禰廟[188]也. 淮王旣不後于其伯, 則非爲人後者. 欲乞以淸江王追封
入廟, 與安王同爲三世之穆[189], 似兩得之. 又生母趙氏, 未得進封, 遽稱
國母, 先居永壽宮, 此則其非據者." 於是禮部尙書劉春[190], 謂"安王雖未
封而卒, 今已追封爲王, 祐榰雖生於安王卒後, 今旣入繼親王, 則實承安
王後矣, 皆朝廷之命, 非所承也. 乃更欲追封其本生之父, 則安王封謚之
命, 將安委乎? 徒欲顧其私親, 而不知繼嗣之重, 事體殊淚. 況安王旣追
封入廟, 爲三世之穆, 淸江又欲進封, 則一代二穆豈禮哉? 況廟號稱呼?
不可以制冊爲據, 唯當以所後爲稱. 其淸江王祀事, 宜令次子祐揆[191]主
之, 淮王無與焉. 所居宮, 則安王妃遷入永壽宮, 淸江王妃, 退居淸江府,
斯禮典法令, 皆得矣." 詔以其援據甚明, 從之. 此事之處分在正德八年.
　　按前江西守臣所議, 卽他日張[192]桂[193]等繼統不繼嗣, 非爲人後之說也.
禮卿劉春所議, 卽大廷公論力諍, 以爲上承孝宗之嗣, 一代無二昭二穆之

---

188 禰廟 : 아버지를 모신 사당.
189 穆 : 종묘宗廟에서 신위神位를 배열하는 차례 중 오른쪽 줄을 말한다. 왼쪽 줄은 소昭
　　라 한다. 1대를 가운데에 두고, 2, 4, 6대를 소에, 3, 5, 7대를 목에 모신다.
190 劉春 : 유춘劉春,1459~1521은 명나라 중기의 대신이다. 유춘의 자는 인중仁仲이고 호는
　　동천東川 또는 저암樗庵이며, 중경부重慶府 파현巴縣 사람이다. 성화 23년1487 진사가
　　되어, 한림원편수, 좌유덕左諭德, 시강학사, 이부시랑, 예부상서 등의 벼슬을 지냈
　　다. 사후에 태자태보太子太保로 추증되었으며, 시호는 문간文簡이다.
191 祐揆 : 명나라 제4대 회왕 주우규朱祐揆,1500~1537를 말한다. 회강왕의 손자이자 청강
　　왕 주견전의 둘째 아들이다. 가정 3년1524 3대 회왕이었던 형 주우계가 후사 없이
　　세상을 떠난 뒤, 가정 4년1525 회왕의 지위를 계승했다. 가정 16년1537 세상을 떠났
　　고, 시호는 장莊이다.
192 張 : 명대 가정 연간의 중신이자 '대례의大禮議 사건'의 주요 인물인 장총張璁을 말한다.
193 桂 : 명대 가정 연간의 중신重臣인 계악을 말한다.

說也. 次子祐搗主淸江王祀事, 卽進封崇仁王爲興王, 奉興邸祀之說也.

至于生母趙氏退居淸江郡王府, 則當時章聖蔣后[194]尊居大內, 擧朝無敢

以爲非者, 其時情勢, 又非藩國比也. 淮事去世宗議大禮未十年, 而取捨

從違, 矛盾顚倒, 一至於此. 非天子不議禮, 信哉! 其後嘉靖中, 見澂竟加

封爲淮王, 謚曰端. 蓋議禮新貴人, 正借以伸己說也. 劉春之議, 至是詘矣.

---

194 章聖蔣后 : 홍헌왕의 부인이자 명 세종의 생모인 자효헌황후慈孝獻皇后 장씨蔣氏를 말
한다.

선대에는 친왕이 조정 내각에서 나가면 관례대로 한림시강독 두 사람을 선발했다. 천순 연간 초에 영종께서 이현의 건의에 따라 진사 두 사람으로 바꾸어 기용하시고 한림검토翰林檢討를 배수하셨다. 해당되는 번국에 이르면 그 번국의 좌장사左長史와 우장사右長史로 승진시켰다. 이렇게 행해진 지 오랜 시간이 지나면 봉록을 올려주고 종신토록 다른 곳으로 옮기지 않았다. 홍치 연간에 진사 10명이 선발되었는데, 태재太宰 경문각耿文恪과 서로 욕설을 퍼부으며 짐승 같은 놈이라고 불러댔다. 가정 연간에 수수秀水 사람 오붕吳鵬이 인재 선발을 맡았는데, 역시 번국의 관료를 뽑는 일로 중서사인 유분劉芬에게 곤욕을 치렀으며 비록 모두 심한 질책을 받았지만 돌아보지 않았다. 만력 무인년戊寅年, 1578에 노왕潞王이 봉토로 떠나게 되자, 재상이 비로소 의론을 정해 사관을 제수했고 오랫동안 충실하게 일해 기간을 다 채우면 참의參議로 승진시켜 내보내게 했다. 진사들이 비로소 권력가의 식객이 되는 우환을 면했으니, 이것은 장강릉이 인정을 세밀하게 살핀 부분이다. 이때 선친과 같은 해에 진사가 된 동월董樾과 서련방徐聯芳은 모두 이 관직으로 외지에서 번국 신하로 전전하다가 마침내 현 왕조의 대전을 만들게 되었다. 그러나, 두 공 모두 이름을 떨치진 못했다. 만력 임인년1602 복왕福王에게 강독講讀할 때, 한손애韓孫愛와 진상룡陳翔龍을 검토檢討에 제수하고, 역시 동월과 서련방의 옛 관례를 따라 순서대로 번국에 참여했다. 하지만 그들이 북경에 있을 때는 비록 하인이라도 한림의 이름을 빌려 그들을 불렀으며 화려한 요직을 바라는 희망을 끊고 평화롭게 살지만 즐겁지는 않았다. 장사의 경우엔 모두 번국의 봉토를 정하는 짧은 기간에 이부에서 틈을 이용해 진사를 육부의 하급 관리로 충원할 것을 상주했는데, 여기에서 선발된 자들은 오랫동안 귀향가는 것과 같기에 모든 집안이 슬퍼하며 서럽게 울었다. 문관이 제후의 관리가 된 것으로 생각해 진실로 실의에 빠졌기 때문이다. 영락 22년1424 인종의 여덟 번째 아들 등왕滕王이 운남雲南 땅으로 가게 되자 황상께서 좌서자 요우직姚友直을 운남참정雲南參政으로 승진시켜 등왕부滕王府의 장사長史가 맡은 일을 관장하도록 명하셨다. 시에는 친왕의 격식이 엄격해 특별히 관료를 굴복시켜 시종으로 삼았는데, 이 법도는 모범으로 삼을 만했다. 후대에 이 관례를 따랐다면 사람들이 틀림없이 기꺼이 갔을 것이고, 문관과 하급관리를 막론하고 모두 사양하지 않을 것이다. 하물며 3품의 큰 벼슬은 여덟 곳의 속관들을 통솔하고 격식이 분명하여 군과 현에서도 흔들림이 없었으니, 이것이 가장 좋은 법이다. 요우직은 나중에 태상시경으로 관직을 마쳤다. 당시 그와 같은 시기에 정鄭, 월越, 양襄, 형荊, 회淮, 양梁, 위衛 7국에 봉해진 자들이 있었다. 예를 들어 정왕부鄭王府의 좌장사는 춘방좌사직春坊左司直 왕륜王淪이 승진해 맡았다가 곧이어 호부랑중으로 들어가 좌시랑으로 승진해, 절동浙東과 절서浙西의 순무巡撫가 되었고 경태 원년1450에 죽었다. 정왕부의 우장사는 이부고공원외랑吏部考功員外郎 하원何源이 승진해 맡았다가 곧이어 문선사랑중文選司郎中으로 들어가 나중에 강서포정사江西布政使로 관직을 마쳤으며, 정통 원년1436에 죽었다. 월왕부越王府의 우장사는 형부원외랑 주침周忱이 승진해 맡았고 호부시랑으로 들어가 강남순무江南巡撫를 거쳐 상서를 마지막으로 경태 4년1453에 죽었으며, 시호는 문양文襄이다. 양왕부襄王府의 좌장사는 첨사부승詹事府丞 주맹간周孟簡이 승진해 맡았고, 선덕 5년1430 경술庚戌년 재임 중에 죽었다. 양왕부의 우장사는 이부랑중 송자환宋子環으로 바뀌었고, 나중에 월왕부越王府의 우장사로 바뀌었다가 선덕 8년1433 재임 중에 죽었다. 위왕부衛王府의 좌장사는 춘방좌사직春坊左司直 금실金實이 승진해 맡았고, 정통 4년1439 회시동고會試同考가 되어 북경에서 죽었다. 위왕부의 우장사는 사천도어사四川道御史 양불楊黻이 승진해 맡았고 나중에 역시 재임 중에 죽었다. 이들 모두 불행히도 일찍 죽어서 다른 곳으로 옮겨갈 수 없었다. 애초에 일찍이 구금한 적은 없었다. 영종과 헌종 이후에는 점차 이런 일이 없어지게 되었다.

○ 장사가 되어 빠른 시간에 현귀하게 된 자로는 세종 때 불려 들어간 장경명張景明과 원종고袁宗皋 두 공만한 이가 없으니, 두 공 모두 재상의 자리에 높이 올랐다. 그러나, 장경명은 좌장사가 된 지 20년 뒤에 죽었는데, 제위에 오른 황상 곁에서는 한 달을 채우지 못했다. 비록 태자소보 겸 예부상서 겸 문연각대학사로 추증되었고 공희恭僖라는 시호를 받았지만 인연이 매우 짧았다. 우장사 원종고 역시 20년이 지나 흥왕부에서 나와 예서문연각으로 높이 제수되었으나, 석 달이 채 안 되어 재임 중에 죽었으니 오히려 소용이 없었다. 어찌 단술과 좋은 녹봉

을 베풀었는데도 하늘로부터 부여받은 바에 이처럼 한계가 있었단 말인가!

藩國[195]隨封官

先朝親王出閣, 例選翰林二人侍講讀. 天順初, 英宗從李賢議, 改用進士二人, 授翰林檢討. 及之國, 卽陞其國左右長史. 從行歲久, 加服俸, 終身不得他遷. 士人苦之. 弘治間, 進士十人被選, 至與太宰耿文恪相詬詈, 互呼爲畜生. 嘉靖間, 吳秀水鵬[196]秉銓[197], 亦以選藩僚爲中書劉芬所窘辱, 雖皆受重譴不顧也. 及萬曆戊寅, 潞王出閣, 輔臣始議定, 旣授史官, 効勞年久, 俸滿陞參議以出. 諸進士始免曳裾之憂, 此江陵公曲體人情處也. 是時先人同年董樾[198]徐聯芳, 俱以此官外轉藩臣, 遂爲本朝創典. 然二公俱不振. 到萬曆壬寅, 福王講讀, 用韓孫愛陳翔龍拜檢討, 亦遵董徐

---

195 藩國 : 제후국 즉 땅을 나누어 받고 제후로 봉해진 나라, 또는 속국 즉 신하로서 복종을 맹세한 나라.

196 吳秀水鵬 : 오붕吳鵬, 1500~1579은 명나라 중후기의 대신이다. 그의 자는 만리萬里이고 호는 묵천墨泉이며, 절강 수수현 사람이다. 가정 2년1523에 진사가 되어, 공부주사, 공부상서, 이부상서, 태자태보 등의 벼슬을 지냈다. 금의위를 관장한 좌도독左都督 육병陸炳과 사돈관계다. 저서로『비홍정집飛洪亭集』20권과 다수의 시문 작품이 전해진다.

197 秉銓 : 인재를 선발하는 일을 맡음.

198 董樾 : 동월董樾, 생졸년 미상은 명나라 후기의 관리다. 그의 자는 자형子亨이며 절강 은현鄞縣 사람이다. 만력 5년1577에 진사가 되어, 한림편수, 동궁시강, 귀주참의貴州參議, 사천부사四川副使 등의 벼슬을 역임했다. 파주播州, 지금의 쓰촨 선위宣慰 양응룡楊應龍이 반란을 일으켰을 때, 이를 평정한 공로로 사천안찰부사가 되었으나 부임 도중 병사했다.

往例, 需次參藩. 然在都下時, 雖隷人亦以假翰林呼之, 又絶望華要, 居平多邑邑[199]. 至於長史, 皆于藩封定期之頃, 吏部乘間奏用進士部郎充之, 膺此選者, 如長流安置[200], 擧家哀慟. 因思史官爲王官, 固爲失意. 永樂二十二年, 仁宗第八子滕王, 之國雲南, 上命左庶子姚友直[201]陞雲南參政, 掌滕府長史司事. 雖其時親王體峻, 特屈宮僚爲相, 然其法自可師. 後世若遵此例, 人必樂就, 無論史職郎官, 俱無辭矣. 況以三品大吏, 統八所屬官, 體統截然, 郡縣亦無敢相撓, 此最善法也. 姚後終太常寺卿. 時同封者, 有鄭越襄荊淮梁衞七國. 如鄭府左長史, 則以春坊左司直王淪[202]陞任, 尋入爲戶部郎中, 陞左侍郎, 巡撫兩浙, 卒于景泰初元. 右長史, 則以吏部考功員外郎何源陞任, 尋入爲文選司郎中, 後終江西布政使, 卒于正統初年. 越府右長史, 則以刑部員外周忱[203]陞任, 入爲戶部侍

---

199 邑邑 : 우울해 즐겁지 않은 모양을 형용하는 말.

200 安置 : 대신을 귀양보내다.

201 姚友直 : 요우직姚友直, 1371~1438은 명나라 초기의 관리다. 그의 호는 남산거사南山居士이고, 소산蕭山 사람이다. 홍무 30년1937 진사가 되어, 중서사인, 한림원시서翰林院侍書, 태자세마太子洗馬, 좌춘방좌서자左春坊左庶子, 운남참정雲南參政, 태상시경太常寺卿 등의 관직을 지냈다.

202 王淪 : 왕륜王淪, ?~1450은 명나라 초기의 관리다. 태강太康 사람으로, 영락 4년1406에 진사가 되었다. 인종 때 정왕부의 좌장사로 옮겨 여러 차례 왕에게 간언을 올렸다. 나중에 호부랑중으로 조정에 다시 들어갔으며, 영종이 즉위한 뒤 호부우시랑에 발탁되어 절강순무浙江巡撫를 맡았다.

203 周忱 : 주침周忱, 1381~1453은 명나라 초기의 대신이다. 그의 자는 순여恂如고, 호는 쌍애雙崖이며, 강서江西 길수吉水 사람이다. 영락 2년1404에 진사가 되어, 형부주사, 형부원외랑, 월왕부의 장사長史, 공부우시랑, 강남순무, 공부상서 등의 벼슬을 지냈다. 형부주사로 있을 때 『영락대전』 편찬에 참여했다. 경태 4년1453에 세상을 떠났고, 시호는 문양文襄이다. 저서에 『쌍애집雙崖集』이 있다.

郎, 撫江南, 終尙書, 卒于景泰四年, 謚文襄. 襄府左長史, 則以詹事府丞周孟簡[204]陞任, 至宣德五年庚戌終于官. 梁府右長史, 則以吏部郎中宋子環改任, 後改越府, 宣德八年終于官. 衞府左長史, 則以春坊左司直金實陞任, 至正統四年爲會試同考, 卒于京. 右長史, 則以四川道御史楊黻陞任, 後亦卒於官. 皆不幸早歿, 未得他徙. 初未嘗錮之也. 英憲以後, 始漸不然矣.

○ 長史驟貴者, 無如世宗入紹之張袁[205]二公, 俱峻登揆地. 然張景明爲左長史, 二十年而歿, 距上龍飛未浹月也. 雖得贈太子少保禮部尙書文淵閣大學士, 謚恭僖, 然緣慳極矣. 右長史袁宗皐, 亦二十年自興邸來, 峻拜禮書文淵閣, 不三月而卒于位, 猶之不用也. 豈設醴祿料, 天賦自有限耶!

---

204 周孟簡 : 주맹간周孟簡, 1377~1430은 명나라 초기의 관리다. 그의 이름은 위偉이지만 자인 맹간孟簡으로 주로 불린다. 호는 죽간竹磵이며, 강서 길수吉水 사람이다. 영락 2년 1404에 진사가 되어 한림편수에 제수되었다. 20년간 한림원에 있다가 첨사부승으로 승진한 뒤 양왕부 장사가 되었다. 『영락대전』 편찬에 참여했으며, 저서에 『죽간집竹磵集』, 『한림집翰林集』 등이 있다.
205 張袁 : 장경명과 원종고를 말한다.

번역 두 폐서인을 유폐시키다

천순 3년¹⁴⁵⁹ 10월 회양순무도어사^{淮揚巡撫都御史} 등소^{滕昭}가 다음과 같이 말씀을 올렸다. "건서인^{建庶人}과 오서인^{吳庶人}을 모두 봉양^{鳳陽}에 유폐시키고, 관군이 순찰을 돌며 딱따기를 치니 그 소리가 능침^{陵寢}까지 들립니다. 간혹 분별없이 행동하는 이들로 인해 뜻밖의 사건이 발생해 결국 방어하기 어려울 때도 있습니다. 두 폐서인을 군대가 지키는 성으로 보내거나 즉시 봉양의 폐중서성^{廢中書省}으로 옮겨 경비를 대폭 강화하기를 청합니다." 황상께서 "유폐가 이미 정해졌으니 옮길 필요 없소"라고 말씀하셨다. 성화 3년¹⁴⁶⁷ 9월 남경 사례태감 담포^{覃包} 등이 "건서인과 오서인은 천순 연간 초부터 봉양에 유폐되었기 때문에 그들의 휘장과 신발이 모두 이미 다 낡았습니다. 또 인구 열여덟 명에게 해마다 베와 비단 그리고 솜을 지급했는데 지금은 다섯 명이 죽어 줄여서 지급하고 있습니다. 사들인 여종 여섯 명은 베옷도 없습니다. 손을 봐야 마땅합니다"라고 상주했다. 공부에서 조사해 지급하도록 조서가 내려졌다. 당시 오서인이 먼저 죽어 의문태자의 후손은 건서인 한 사람만 남았었는데, 그 후 석방되었다가 죽었으니 후사가 마침내 끊어졌다. 영종과 헌종께서 어질고 너그러우셔서 비록 은혜를 베풀어 구제하셨지만 약오씨^{若敖氏}처럼 후사가 끊어지는 것은 막지 못하셨다. 등소와 같은 자는 막중한 권한을 가진 지방 장관의 신분임에도 그저 아첨하고 총애를 바랄 줄만 알고 식견은 오히려 환관보다 못했으니, 진실로 명교^{名教}의 죄인이다.

天順三年十月, 淮揚巡撫都御史滕昭[206]上言, "建庶[207]吳庶[208], 俱安置

鳳陽, 官軍巡警擊柝, 聲聞陵寢. 或有不逞之徒, 事出意外, 卒難防禦. 乞

將二庶送有軍衞城池, 或卽移鳳陽廢中書省, 嚴加防範." 上曰, "安置已定,

不必動." 至成化三年九月, 南司禮太監覃包等奏, "建遮吳庶, 自天順初安

置鳳陽, 其帶帳幔靴, 俱已敝盡. 又人口一十八名, 歲給布縑綿絮, 今死亡

者五人, 因而減給. 所買女奴六人, 俱無衣布, 宜爲修補." 詔下工部勘給

之. 時吳庶先卒, 懿文太子之後, 僅存建遮一人, 其後釋放又卒, 嗣遂絶.

兩朝仁厚, 雖加優恤, 而無救于若敖之餒. 若滕昭者, 身爲節鉞[209]大吏, 但

知逢迎希寵, 其識反出中官之下, 眞名教罪人也.

---

206 滕昭: 등소滕昭, 1422~1480는 명나라 하남河南 여주汝州 사람으로, 자는 자명自明이다. 정
　　통 6년1441 거인擧人으로 감찰어사監察御史에 제수된 뒤, 좌첨도어사左僉都御史, 요동순
　　무遼東巡撫, 복건순무福建巡撫, 병부우시랑, 병부좌시랑 등의 관직을 역임했다.
207 建庶: 건문제의 둘째 아들인 주문규朱文圭를 가리킨다.
208 吳庶: 명나라 태조의 손자이자 의문태자의 둘째 아들 주윤통朱允熥을 말한다.
209 節鉞: 지방에 파견하는 고위 관리나 장수에게 황제가 내어주던 부절符節과 부월斧
　　鉞로, 막중한 권한을 상징한다.

현 왕조에서는 요절한 황자를 추봉한 일이 없다. 다만 울도왕蔚悼王은 효종의 장황후張皇后께서 낳아 관례를 깨고 추봉했는데, 나이도 세 살이었다. 악회왕岳懷王 주후희朱厚熙는 흥헌왕의 장남이자 세종과 동복형인데, 태어난 지 5일 만에 돌아가셨다. 가정 4년1525 조서를 내려 악왕岳王으로 추봉했고 시호를 회懷라 했다. 당시 장성태후께서 살아계셨는데, 장남을 가슴 아프게 생각하시니, 황상께서 그를 추존해 어머니의 뜻을 받들고 효를 행하신 것이다. 하지만 결국 피휘할 이름이 없었는데, 가정 39년1560 비로소 지금의 이름을 추사追賜했으니 이 또한 특별한 일이다. 가정 16년1537 영상왕潁殤王은 태어난 지 겨우 하루 만에 돌아가셨고, 가정 16년 계애왕薊哀王은 태어난 지 보름 만에 돌아가셨는데, 역시 왕의 작위를 추봉하고 시호를 내린 것은 어째서인가? 그래서 생각해보면 성화 원년 정월 19일 황상의 첫아들이 태어났는데 소덕궁昭德宮 만귀비의 소생으로 그해 11월 26일에 돌아가셨다. 당시 만귀비에 대한 총애가 후궁 중에서 으뜸이었고, 오황후吳皇后도 만귀비 때문에 폐위되었다. 만귀비 소생이 원자인데다 이미 1년이 다 되어 가는데도 마침내 책봉하지 않았고 이름도 하사하지 않았다. 당시 이문달이 정권을 잡고 있었는데, 아마도 요절한 황자는 태자의 중책을 맡기에 부족하다고 여긴 듯하니 그의 식견이 탁월하다. 세종의 장남은 가정 12년1533 8월에 태어나 10월에 돌아가셨는데, 염귀비閻貴妃 소생으로 겨우 두 달 살았을 뿐이지만 사후에 이름을 하사해 책봉서에 기록했으며 시호를 애충태자哀沖太子라 했으니 헌종 때와는 아주 다르다. 당시 영가 사람 장문충이 세 번째로 수규를 지내고 있었다.

원문 **下殤追封**

本朝皇子下殤, 無追冊者. 唯蔚悼王, 爲孝宗張后嫡出, 破例追封, 然年亦三歲矣. 若岳懷王厚熙[210], 爲興獻王之長子, 世宗同母兄也, 生僅五日而薨. 嘉靖四年, 詔追封岳王, 諡曰懷. 時章聖太后在養, 悼憶長子, 故上追崇, 以上承慈意, 不失爲孝. 然竟無名可諱, 至三十九年, 始追賜今名, 亦異矣. 至嘉靖十六年之穎殤王[211], 則生僅一日而薨. 十六年之薊哀王[212], 則生僅半月而薨, 亦追加王爵, 賜上諡何也? 因思成化元年正月十九日, 上第一子生, 爲昭德宮萬貴人所生, 本年十一月廿六日薨. 時萬寵冠後宮, 吳后[213]亦因之而廢. 所生乃元子, 且已及期月, 竟不加封, 亦不賜名. 時李文達當國, 蓋以下殤未足當儲位之重, 其見卓矣. 至世宗長子,

---

210 岳懷王厚熙 : 명나라 세종의 맏형인 주후희朱厚熙,생졸년미상를 말한다. 흥헌왕 주우원의 장남으로 태어난 지 5일 만에 죽었다. 가정 4년1526 악왕岳王으로 추봉되었고, 시호는 회懷다.

211 穎殤王 : 명나라 세종의 다섯째 아들 주재로朱載㙒,1537~1537를 말한다. 생모는 숙비肅妃 강씨江氏고, 태어난 지 하루 만에 요절했다. 사후에 영왕穎王으로 추봉되었고, 시호는 상殤이다.

212 薊哀王 : 명나라 세종의 일곱째 아들 주재궤朱載㙞,1537~1537를 말한다. 생모는 옹비雍妃 진씨陳氏다. 사후에 계왕薊王으로 추봉되었고, 시호는 애哀다.

213 吳后 : 명나라 헌종의 첫 번째 황후 오씨吳氏,?~1509를 말한다. 천순 8년1464 황후로 책봉되었는데, 그해 8월 헌종이 총애하던 만귀비를 때렸다는 이유로 폐서인이 되었다.

以嘉靖十二年八月生, 十月薨, 爲閻妃所出, 甫兩月耳, 追名載填冊, 諡
爲哀沖太子, 與憲宗朝迥異矣. 時永嘉張文忠[214]第三次爲首揆.

214 永嘉張文忠 : 장총張璁을 말한다.

[번역] 경왕부慶王府가 연이어 변을 당하다

경왕慶王은 태조의 열여섯 번째 아들로 처음에는 번국인 위주韋州로 갔다가 영하寧夏로 옮겨 지금의 진성鎭城에 있었다. 경왕慶王의 지위가 주태굉朱台浤에게 전해졌을 때는, 먼저 정덕 5년1510 안화왕安化王 주치번朱寘鐇이 반란을 일으켰을 때 나라를 지키는 데 힘썼다고 특별히 칙서를 내려 위로하고 황금 삼 백과 백금 오 천을 상으로 하사하셨다. 얼마 안 되어 독병태감督兵太監 장영張永과 도어사 양일청이 그가 주치번에게 아부하고 신하라 칭하며 비굴하고 굴욕적으로 행동했다고 탄핵해서, 성 지를 받들어 하사했던 칙서와 하사품을 추징했다. 가정 4년1525 또 불법한 일에 연루되어 평민으로 강등되었는데, 병사들이 그를 둘러싸 지키고 봉록도 겨우 삼백 석만을 주다가 또 서안부西安府로 옮겨 감금했다. 주태굉에서 네 번 왕위가 전해져 지금의 경왕이 된 주신역朱伸域은 만력 19년1591 왕위를 계승했다. 만력 20년1592 유발劉哱의 변란 때 인질로 납치되어 역시 반란군에게 아부해서 위기를 모면하려 했기 때문에 성지를 받들어 호되게 질책했다. 나중에 반란이 평정된 뒤 그가 직접 곤욕스러웠던 상황을 이야기하고, 또 경헌왕비慶獻王妃 방씨方氏가 모욕을 받지 않으려 절개를 지켜 죽었다고 순무가 상주하자, 이를 표창하고 또 관리를 보내 위로하면서 궁전을 보수하도록 금을 하사하셨다. 앞의 경왕 주태굉은 먼저 상을 받고 나중에 벌을 받았고, 뒤의 경왕 주신역은 먼저 비난을 받고 나중에 칭찬을 받았다. 비록 적용한 나라의 규범이 다르지만 어쨌든 뜻밖의 변란으로 두 차례 절개를 굽혀서 칭찬과 비난이 다 보였으니 그것을 애기하면 모두 부끄러울 만하다. 나라가 세워진 지 비록 200년이 되었지만 번국의 체통을 다 잃었으니 원통하고도 부끄럽구나!

원문 **慶府前後遭變**

慶王[215]爲太祖第十六子, 初之國韋州, 徙寧夏, 在今鎭城中. 傳至王台浤[216], 先以正德五年安化王寘鐇[217]之亂, 守國有勞, 特賜敕慰諭, 且以黃金三百, 白金五千賚之. 未幾, 督兵太監張永[218]都御史楊一清, 參其諂諛寘鐇, 稱臣卑辱, 奉旨追還賜敕及所賜物. 至嘉靖四年, 又坐不法, 降庶人, 以兵圍守之, 止給祿三百石, 又徙西安府禁錮. 台浤四傳而爲今王伸域[219], 以萬曆十九年襲位. 二十[220]遭劉恬之變[221], 爲所劫質, 亦諂附亂

---

215 慶王 : 명나라 태조의 열여섯 번째 아들 주전朱㮵, 1378~1448을 말한다. 홍무 24년1391 경왕慶王에 봉해져 홍무 26년1393 봉토인 영하寧夏로 갔다. 정통 3년1438 세상을 떠났고 시호가 정靖이라서 보통 경정왕慶靖王이라 부른다.

216 台浤 : 명나라 제6대 경왕인 주태굉朱台浤, 1492~1551을 말한다. 홍치 16년1503 왕위를 계승한 뒤 21년 동안 재위에 있었다. 가정 3년1524 진수태감 이흔李昕과 총병관 종훈種勳에게 뇌물을 주고 또 안화왕安化王의 난이 일어났을 때 안화왕에게 군신의 예를 취하며 아부했다는 죄로 폐서인이 되어 서안西安으로 옮겨 거주했다. 가정 30년1551 세상을 떠났는데, 1년 뒤에 그의 둘째 아들 주자방朱鼒枋이 왕위를 계승하고 또 주태굉의 왕호도 회복했다. 시호가 정定이라서 경정왕慶定王이라 부른다.

217 安化王寘鐇 : 명나라 경정왕의 후손이자 제2대 안화왕인 주치번朱寘鐇을 말한다.

218 張永 : 장영張永, 1465~1529은 명나라 정덕 연간의 유명한 환관으로, 하북 보정保定 신성新城 사람이다. 성화 연간에 입궁해, 홍치 연간에 태자 주후조朱厚照를 모시게 되었다. 태자가 황위에 오르자 황제의 총애를 등에 업고 권세를 부렸는데, 정덕 연간의 유명한 환관 집단 '팔호八虎' 중의 하나였다. 세종이 즉위한 뒤 탄핵을 받아 파면되었다.

卒, 以求苟免, 奉嚴旨切責. 後事平, 自言困辱之狀, 又撫按奏慶獻王妃
方氏, 抗節不受污以死, 得旌, 且遣官撫慰, 賜金修葺宮殿. 蓋前王先賞
後罰, 後王先貶後襃. 雖所被國典不同, 總之變起意外, 屈節兩番, 抑揚
互見, 言之均堪沚頰²²². 建國雖二百年, 盡喪親藩之體, 可恨亦可羞矣!

---

219 伸域 : 명나라 제9대 경왕 주신역朱伸域을 말한다.
220 二十年 : 중화서국본『만력야획편』에는 '이십일년二十一年'으로 되어 있는데,『명신
　　종실록』권249와『명사』의 기록에 따르면 유발劉哱의 난 즉 발배哱拜의 난이 일어난
　　해는 만력 20년1592 임진년이므로 역사적 사실에 근거해 수정했다.〔역자 교주〕
221 劉哱之變 : 만력 20년1592 몽골 출신의 명나라 장수 발배哱拜와 발승은哱承恩 부자가
　　유동양劉東暘 등과 결탁하여 영하寧夏 지역에서 일으킨 반란을 말한다. '발배의 난'
　　또는 '영하의 역[寧夏之役]'이라고도 한다. 유劉는 유동양을, 발哱은 발배와 발승은 부
　　자를 가리킨다. 만력 20년 2월 발배와 발승은 부자는 유동양 등의 세력과 결탁해,
　　나라에서 군사를 돌보지 않고 외적을 제어하는 방책이 잘못되어 군량이 부족해졌
　　다는 명분을 내세워 반란을 일으켰다. 명나라 조정에서는 반란을 평정하기 위해
　　위학증魏學曾을 사령관으로 한 군대를 파견하지만 실패하자, 만력 20년 4월 다시
　　섭몽웅葉夢熊과 이여송李如松을 파견해서 반란군을 진압하도록 조치했다. 지휘관인
　　이여송은 우기를 활용하여 발배의 거점인 영하성寧夏城 주변에 흐르는 황하의 물을
　　이용해 수공을 펼쳐서 반란군에게 결정적인 타격을 입혔다. 그해 9월 혼란에 빠진
　　영하성을 공격하자, 유동양은 발승은에게 죽고 발배는 자살했으며 발승은은 체포
　　되어 북경으로 압송되면서 발배의 난은 진압되었다.
222 沚頰 : 뺨에 땀이 흐른다는 뜻으로, 부끄러워함을 나타낸다.

가정 연간 초기에 양왕부襄王府의 조양왕棗陽王 주우사朱祐樬가 상소를 올려, 장총과 계악이 말한대로 흥헌왕興獻王을 추존하고 오랫동안 속박되어 곤궁해진 황실 종친들에게도 관직을 개방해 가난한 종친을 편안케 하고 봉록을 아끼기를 청했다. 나라를 흥하게 하는 그의 의견을 칭찬하는 성지가 내려졌지만 종실의 일은 윤허되지 않았다. 3대 동안 건의하는 자와 책략가들이 종종 이 일을 언급했지만 결국 의견 불일치로 중도에 보류되었다. 금상에 이르러 비로소 결심하시고 명을 내리셔서 모든 종친들이 다 과거에 응시해 중앙과 지방의 관리가 될 수 있었으니, 200여 년에 걸친 황족들의 억울한 한숨이 비로소 토해졌다. 또 가정 9년1530 예부에서 경왕부慶王府의 풍림왕豐林王 주태한朱台瀚의 상소에 회답해 친왕들에게 주는 글을 썼는데, 천자의 아들로 봉해야 하는 자는 모두 그저 군왕郡王으로만 삼고 친왕의 둘째 아들은 모두 진국장군鎭國將軍에 봉하려 했다. 먼저 글을 소부 장총에게 보여주었는데, 장총이 "과연 이렇게 하면, 주상께서 그 근본을 박대하니 이는 친한 이를 친하게 대하는 성대한 예가 아니라고 천하가 말할 겁니다. 조정 관원들이 원래 깎아서 지급하는 것을 간편한 셈법으로 삼는 것처럼 한 해의 봉록을 삭감하는 것이 낫습니다"라고 말했다. 황상께서 마침내 보류하고 내려보내지 않으셨고, 봉록을 줄이자는 의론도 중지되었다. 가정 말년에 이르러 비로소『종번조례宗藩條例』라는 책이 완성되어 녹봉으로 주는 쌀을 삭감했고, 친왕들도 스스로 녹봉을 줄여 백성들의 곤궁함을 덜어주겠다 말했던 일이 관례가 되어 지금에 이르고 있다. 세종의 이 조치는 완벽하다고 생각된다. 천자의 아들은 유한하지만 친왕의 자식들은 무한하니, 정강왕부靖江王府의 사례처럼 천자의 아들이 군왕이 되어도 체통이 더 떨어지지 않는다. 친왕의 아들이 모두 진국장군이 되면, 세자와 왕비 책봉 및 왕부 건설 등의 비용, 의장병과 왕궁의 노복들, 또 사소하지만 호위병과 관기들에게 드는 수많은 비용을 모두 줄일 수 있다. 또 체통이 그렇게 높은 것이 아니므로 지방관과 예를 다투며 서로 비난하게 되지도 않는다. 하물며 봉국중위奉國中尉 아래로는 오랫동안 작위가 강등되지 않았는데, 이 의론이 만약 행해진다면 또 갑자기 7, 8품까지 강등될 수도 있다. 나라의 재정에 매우 크게 도움이 된다. 장총은 정권을 잡았을 때 수고로움과 원망을 기꺼이 감수했지만 오직 이 일만은 황상의 뜻을 따르지 않았기에, 종실이 예측하지 못하고 전혀 절제함이 없었다. 백성의 생활은 날이 갈수록 궁핍해져, 남모르는 근심이 커져가는 것이 안타깝구나!

원문 **二郡王建白**

嘉靖初年, 襄府棗陽王祐楒[223], 疏請追崇興獻王, 如張桂言, 幷及宗室

---

[223] 襄府棗陽王祐楒 : 명나라 황실의 종친 조양왕棗陽王 주우시朱祐楒, ?~1555를 말한다. 홍치 16년1503 조양왕의 왕위를 계승했다. 종친의 봉록을 없애고, 각자 살길을 모색하게 하며 과거에 응시해 관리가 될 수 있는 기회를 주자는 의견을 제시했지만 채

久錮窮困, 欲開四民業, 以安貧宗, 且省祿糧. 得旨襃其興國議, 而宗室事不允行. 三朝以來, 諸建白者及策士者, 往往談及此事, 終齟齬中格. 至今上始決意下令, 一切宗人, 俱得充諸生應擧, 爲中外官, 天潢二百餘年抑鬱之氣始吐矣. 又嘉靖九年, 禮部因覆慶府豐林王台瀚[224]疏, 上手作書, 與諸親藩, 欲將帝子應封者俱止爲郡王, 而親王次子, 俱封鎭國將軍. 先以書示少傅張璁, 璁謂"果如此, 天下將謂主上薄于本根, 非親親盛節. 不如節其歲祿如京朝官本折兼支爲便計." 上遂持不下, 而減祿之議亦格. 至末年始定『宗藩條例』一書, 于是減省祿米, 而諸藩亦自謂損祿以紓民困, 因爲成例, 以至于今. 竊謂世宗此擧, 盡善盡美. 天子之子有限, 而藩王支子[225]無窮, 帝子得郡王, 如靖江王府事例, 體不加貶. 其王子皆鎭國, 則冊世子冊妃及建府第等費, 以至儀衞宮屬, 又細而校尉樂戶之屬, 所費不貲, 皆得省罷. 又體統不太崇重, 與地方長吏不至爭禮相訐病. 況奉國中尉[226]之下, 舊不降爵, 此議若行, 又可遞降至七八品. 其裨國計甚大. 永嘉當國, 肯任勞怨, 獨此事不能將順聖意, 使宗藩不億, 漫無節制. 民生日匱, 隱憂正大, 惜哉!

택되지 않았다. 가정 4년1525 종친 간의 모해 사건에 연루되어 작위를 빼앗겼다. 가정 18년1539 작위를 회복했다. 시호는 영숙榮肅이다.

224 慶府豐林王台瀚 : 명나라 황실의 종친 풍림왕豐林王 주태한朱台瀚, 1530~1547을 말한다. 경정왕 주전朱栴의 후손이다. 가정 9년1530 왕위를 계승했다.

225 支子 : 정실이 낳은 아들 중에서 맏아들 이외의 아들.

226 奉國中尉 : 명대 황실 종친에게 내리는 작위 중 가장 낮은 작위다. 군왕의 6대손 이하의 후손에게 내리는 작위로, 보국중위輔國中尉보다 낮다. 보국중위의 아들은 일률적으로 봉국중위에 봉해진다.

정왕 주후완朱厚烷은 가정 10년1531 흰 까치 두 마리를 조정에 바쳤다. 황상께서 매우 기뻐하시며 종묘에 바치도록 명하시고 두 태후께 천거하시면서 백관에게 보이시니, 모든 조정의 신하들이 부賦를 지어 바치며 성덕을 표창했다. 이때 태상경으로 국자좨주의 일을 관장하던 허론許論이 「흰 까치에 관한 글白鵲論」을 지어 바치고, 사업司業 진진陳震이 「성덕이 신령한 까치를 감화시킨 노래聖德感靈鵲頌」를 지어 바쳤는데, 황상께서 특히 기쁘게 받아들이시고 명하여 사관에게 주게 하니, 이것이 상서로운 짐승을 바친 것의 시작이다.

가정 18년1539에 주후완이 또 국경 안쪽 온현溫縣에서 상서로운 기린이 나온다고 아뢰었는데, 대체로 또 순무와 안찰사들이 상서로운 것을 바친 뒤를 따른 것이다. 가정 27년1548에 또 상소를 올려 황상께 덕을 닦고 학문을 강구하시길 권했으며, 아울러 네 권의 경계하는 글과 「연련주演連珠」 10수를 지어 올려서, 황상께서 예를 간략히 하고 정치에 태만한 것, 잘못을 변명하고 간언을 싫어하는 것, 그리고 신선과 토목에 대해 바르게 충고했다. 황상께서 크게 노하시며 "그대는 종실이 헐뜯기면 그 효험이 더욱 큼을 깊이 이해하고 있다. 저 삼엄한 자는 그저 일개 무뢰배일 뿐인데, 그대가 진정 지금의 서백西伯인가?"라고 그 상소에 손수 비답을 적어 내리셨다. 얼마 안 되어 정왕이 올린 표로 인해 신하라 칭한 일은 잘못된 것이라 하고 마침내 삭탈관직하고 봉양의 감옥에 구금하였다. 소위 삼엄한 자란 옛 주왕부周王府의 진국중위鎭國中尉를 말하며, 그 역시 이 해에 먼저 상소를 올려 황상이 행한 상례와 제사를 비난하며 바로 잡으려 진시황제, 한무제, 양무제, 송휘종을 비유로 들었다가 황상께서 이미 평민으로 내치시고 봉양鳳陽에 구금하셨다. 정왕의 상소는 계속되었고 기세 또한 매우 강했다. 그러나, 앞에서는 아첨하고 뒤에서 절실히 간언한 것은 명성을 구하며 기이한 것을 낚는 것과 유사하다. 사서에서는 그가 위태로우며 인지상정이 아닌 일을 하기 좋아했지만 속이지는 않았다고 한다. 융경 초에 관작을 회복하고 사면되어 본국으로 돌아갔으며 봉록 400석이 더해졌고 줄곧 무병장수하다 금상 신묘년辛卯年, 1591에 비로소 죽었다. 가정 6년1527 하남 영보현靈寶縣 하청河淸 50리에 있는 정왕부鄭王府 맹진왕盟津王의 장자長子 주우전朱祐橏이 「하청송河淸頌」을 지어 바쳤다. 황상께서 기뻐하시며 포상의 칙서를 하사하셨는데, 정왕 주후완이 그것을 숨기고 내놓지 않았다. 주우전이 상소를 올려 그를 참소하자 황상께서 주후완에게 속히 돌려주도록 명하셨으나, 여전히 욕심을 부리며 주지 않았다. 황상께서 진노하시어 매우 깊이 가르치고 깨우치시니 비로소 맹진으로 돌아왔다. 가정 9년1530 8월에 하남河南 회경부懷慶府에서 상서로운 보리, 오이, 벼가 생산되었는데, 정왕 주후완이 또 상주하여 "이것은 지부知府 왕득명王得明이 선정을 베푼 결과입니다"라고 했다. 황상께서 하남河南의 지방장관에게 명하시어 왕득명을 장려하고 표창하게 했다. 대체로 그가 수치를 모르고 아첨하는 것이 하루 이틀이 아니었다. 바야흐로 황상께서 도교를 섬기고 계셨다. 또 부마도위 오경화鄔景和란 자는 흥헌제의 둘째 딸 영복공주永福公主와 혼인했는데 공주가 먼저 세상을 떠났다. 오경화는 척신의 신분으로 서원에 불려 들어가 도가의 심오한 문장인 현문玄文을 편찬하게 되었는데, "신은 노장의 현묘한 이치에 어두워 감히 받들지 못하겠나이다"라고 상소를 올려 극구 사양했다. 황상께서 진노하시어 삭탈관직하고 평민으로 본적에 돌려보냈다. 오경화는 본래 직례直隸 곤산崑山 사람이라 마침내 오중 땅에 머물러 살게 되었다. 세월이 오래 흘러 공주의 분묘와 남북으로 멀리 떨어져 있어서 제사를 모실 수가 없자 돌아오게 해달라고 애걸했다. 황상께서 불쌍히 여겨 이를 허락하셨고, 또한 목종께서 등극하시면서 비로소 그의 관작을 회복시키셨다. 같은 시기에 부마로 있던 경산후京山侯 최원崔元과는 올곧고 간 사함의 차이가 하늘과 땅만큼 컸다.

원문 鄭王直諫

鄭王厚烷[227], 以嘉靖十年獻白鵲二于朝. 上大喜, 命獻之宗廟, 薦之兩宮, 傳示百僚, 庶職廷臣多獻賦以彰聖德. 時太常卿管國子祭酒許論[228],

---

227 鄭王厚烷 : 명나라 인종의 5대손이자 제5대 정왕鄭王인 주후완朱厚烷, ?~1591을 말한다. 가정 6년1527 정왕鄭王을 세습해 23년간 재위에 있었다. 가정 27년1548 세종에게 덕을 쌓아야지 도교에 빠져서는 안 된다고 간언했다가 세종의 노여움을 사, 작위를 빼앗기고 평민으로 강등된 뒤 봉양에 구금되었다. 융경 원년1567에 목종이 그의 작위를 회복시키고 녹봉 400석을 더해줬다. 시호는 공왕恭王이다.
228 許論 : 허론許論, 1495~1566은 명대의 관리다. 그의 자는 정의廷議이고, 시호는 공양恭襄

上「白鵲論」, 司業陳震, 上「聖德感靈鵲頌」, 尤爲上所嘉納, 命付史館,
是爲獻瑞禽之始.

至十八年, 厚烷又奏境內溫縣産瑞麟, 蓋又踵各撫按獻瑞之後矣. 至二
十七年, 又上疏勸上修德講學, 幷上四箴[229] 及「演連珠」十首, 以上簡禮
怠政, 飾非[230]惡諫, 及神仙土木爲規. 上大怒, 手批其疏曰, "爾探知宗室
謗訕, 故爾效尤. 彼勤熨一無賴子耳, 爾眞今之西伯[231]也?" 未幾因鄭王
上表, 誤失稱臣, 遂削爵錮高牆. 所謂勤熨者, 故周府鎭國中尉也, 亦以
是年先上疏, 譏切上齋醮興作, 且以秦皇漢武梁武宋徽爲喩, 上已斥爲庶
人, 錮之鳳陽矣. 鄭王之疏卽繼之, 氣亦甚壯. 但貢諛于先, 而切諫于後,
似乎市名釣奇. 史稱其好爲詭激不情之事, 非誣也. 隆慶初, 復爵赦還國,
增祿四百石, 壽考無恙, 直至今上辛卯年始薨. 嘉靖六年, 河南靈寶縣,
河淸五十里, 鄭府盟津王長子祐橋[232], 獻「河淸頌」. 上悅, 賜敕褒獎, 鄭
王厚烷匿之不發. 祐橋上疏訴之, 上命烷速還, 仍吝不與. 上怒, 鐫諭甚

이며, 영보靈寶 사람이다. 가정 5년1526에 진사가 되었고, 남경대리시승南京大理寺丞, 우
부도어사右副都御史, 산서순무山西巡撫, 병부우시랑, 병부좌시랑, 병부상서, 태자태보
등의 벼슬을 지냈다. 「구변도론九邊圖論」을 지어 바쳐 가정 황제의 칭찬을 받았다.
229 四箴 : 가정 27년1548 정공왕 주후완이 세종께 올린 네 권의 경계하는 글로, 『거경居
敬』, 『궁리窮理』, 『극기克己』, 『존성存誠』을 말한다.
230 飾非 : 교묘한 말과 수단으로 잘못을 얼버무리는 일.
231 西伯 : 주周나라의 창시자인 문왕文王 희창姬昌,B.C..1152~B.C..1056을 말한다. 서백西伯은
원래 서쪽 제후의 수장을 가리키는 말이었으나, 상商나라에서 희창을 서백에 임명
하면서, 후대에는 주 문왕을 가리키는 말로 바뀌었다.
232 祐橋 : 명나라 정왕부鄭王府의 종친 주우전朱祐橋,생졸년 미상을 말한다. 제2대 정왕 주
기영朱祁鍈의 손자이자 맹진공의왕孟津恭懿王 주견총朱見㣉의 적장자다. 부친 주견총
이 죄를 지어 평민으로 강등되었기 때문에 주우전은 평생 평민으로 살았다.

厲, 始歸于盟津. 至嘉靖九年八月, 河南懷慶府産瑞麥瑞瓜嘉禾, 鄭王厚烷又奏, "此知府王得明善政所召." 上命河南守臣獎諭得明. 蓋其獻諛無恥, 非一日矣. 方上之事玄也, 又有駙馬都尉鄔景和[233]者, 尙興獻帝第二女永福公主, 主先逝, 景和以戚臣[234]召入西苑, 供撰玄文, 上疏力辭云, "臣不諳玄理, 不敢奉詔." 上震怒, 奪爵發原籍爲編氓[235]. 景和本直隸崑山人, 遂流寓吳中. 歲久以公主墳墓南北隔遠, 不得奉祭祀, 哀請乞還. 上憐而許之, 亦至穆宗登極, 始復其爵. 與同時駙馬京山侯崔元[236], 貞邪霄壤矣.

---

233 鄔景和 : 오경화鄔景和, 1508~?는 명나라 가정 연간의 부마도위다. 남직례南直隸 곤산崑山 사람으로, 가정 9년1530의 무장원武壯元이다. 외모는 평범하나 재주가 기이하고 개성이 강해서 태후의 눈에 들었고, 가정 2년1523 영복공주永福公主와 혼인해 세종의 자형이 되었다. 현문玄文을 짓는 문제로 세종의 노여움을 사 삭탈관직되어 평민이 되었다. 융경 2년1568 관작이 회복되었고, 사후에 소보로 추증되었으며 시호는 영간榮簡이다.

234 戚臣 : 임금과 성은 다르나 일가인 신하, 즉 임금의 외척이 되는 신하.

235 編氓 : 호적에 편입된 평민.

236 京山侯崔元 : 명나라 헌종의 부마도위 최원崔元, 1478~1549을 말한다. 그의 자는 무인懋仁이고 호는 대병岱屛이며, 태원太原 대주代州 사람이다. 헌종의 둘째 딸 영강공주永康公主와 혼인했다. 특진광록대부特進光祿大夫, 주국柱國, 태부太傅 겸 태자태부太子太傅 등의 벼슬을 지냈고, 경산후京山侯에 봉해졌다. 세종이 무종의 뒤를 이어 황위에 오를 때, 책봉서를 들고 잠저인 흥왕부로 직접 가 영접한 인연으로 세종의 총애를 받았다. 사후에 좌주국左柱國으로 추증되었고, 시호는 영공榮恭이다.

정세자鄭世子 주재육朱載堉은 정왕 주후완朱厚烷의 적장자로 글읽기를 좋아하고 역법에 밝았다. 오랫동안 세자로 있었으니 마땅히 왕위를 세습해야 했지만 관작을 받는 것을 원하지 않았다. 만력 신묘년辛卯年, 1591 부터 왕위를 사양하는 상소를 여러 차례 올렸으나 황상께서 윤허하지 않으시자, 을사년乙巳年, 1605까지도 상소를 그만두지 않았다. 예부에서 의논하여, 주재육은 종신토록 세자의 지위에 두고 그의 아들 세손 주익석朱翊錫이 대신 왕부의 일을 관리하다가 훗날 정왕의 작위를 계승해 세습하기로 했다. 황상께서 이미 시행하도록 윤허하셨는데, 주재육이 다시 상소를 올려 강력히 사양하면서 서자가 봉작을 세습하는 일은 선조의 제도에 어긋나고 또 근래의 『흠반요례欽頒要例』에 실린 내용과도 어그러진다고 했다. 또 자신은 나이가 70세로 쇠약하고 병든 몸이라 감당하기 어려우니 마땅히 주재새朱載璽에게 맹진왕盟津王을 세습해 왕부의 일을 대리하고 훗날 번국의 계통을 잇게 해야 하며, 자신과 아들은 서자가 군왕을 세습해 봉하는 관례에서 물러나겠다고 했다. 황상께서는 그가 욕심내지 않고 사양하는 것을 가상하게 여기시고 극찬하시며 특별히 그 청을 윤허하셨고, 또 그 부자 모두 세자와 세손으로 죽을 때까지 지낼 것을 명하시고 그의 손자에게 군왕의 작위를 계승하게 하셨다. 생각건대 주재육은 본래 정나라에 처음 봉해진 정왕靖王 주첨준朱瞻埈의 6대손이다. 정왕이 왕위를 물려준 간왕簡王 주기영朱祁鍈은 열두 명의 아들을 낳았는데, 그중 넷째 아들 동원왕東垣王 주견공朱見濆이 주재육의 생가의 조상이다. 간왕이 왕위를 물려준 강왕康王 주우심朱祐杺은 아들이 없었으므로, 서열상으로는 응당 간왕의 셋째 아들 주견총朱見漗의 아들 주우전朱祐橏이 계승해야했지만, 주견총이 먼저 죄를 지어 폐위되었으므로 주견공의 장자 주우석朱祐樘이 정왕으로 올려 봉해졌으니 이 사람이 바로 의왕懿王이다. 의왕이 돌아가시고 아들 주후완이 왕위를 물려받았는데, 바로 주재육의 부친이다. 주후완이 세종께 도를 닦는 일에 대해 간언했다가 봉양의 감옥에 구금되었는데, 목종께서 석방하여 돌려보내시면서 나라를 회복시키고 봉록을 더해주셨다. 주후완이 금상의 신묘년辛卯年, 1591에 비로소 세상을 떠나고, 주재육이 응당 왕위를 계승해야 했지만 나라를 양보하는 것에 대한 의론이 일어나면서 마침내 동원왕의 옛 봉토로 돌아갔다. 살펴보면 정왕이 봉해진 지 3대 만에 맥이 끊어졌고, 주우석이 왕위를 이은 뒤 곧 그의 부친 주견공을 정왕으로 추증했으니 주후완에 이르면 왕의 자리가 또한 3대가 된다. 맹진왕이 죄를 지어 내쳐진 뒤 주재새에 이르면 또한 이미 4대가 평민이었으므로 더 이상 감히 차례를 말하는 자가 없었다. 주재육이 하루아침에 대국을 버리고 군왕의 봉토로 간 것은 진심을 감추고 억지를 쓴 것인 듯하다. 가정 6년1527의 일을 자세히 살펴보면 주우전은 맹진왕의 작위를 빼앗긴 적장자인데, 「하청송河清頌」을 지어 황상께 바쳤다. 황상께서 크게 기뻐하시며 칙서를 내려 포상을 특별히 해 주셨는데, 주후완이 그것을 숨겼다. 황상께서 누차 조서를 내려 힐책하시자 비로소 돌려주었다. 그 후 주우전은 또 부친의 작위를 회복시켜 주시기를 청했지만 황상께서 허락하지 않으시자, 그는 더욱 주후완을 의심하고 미워했다. 하지만 주후완은 황상께 올린 표에서 우연히 실수로 동생이라 칭하고 신하라 칭하지 않았고, 또 상소를 올려 도교의 재초齋醮 의식을 그만두라고 간언했기에, 황상의 뜻이 노여움으로 바뀐 것이다. 주우전이 주후완이 모반했다 비방했기 때문에 주후완 역시 주우전이 제멋대로 양민을 죽였다고 비방했다. 황상께서 그 일의 실상을 엄격히 조사하라 명하셨다. 곧이어 조사 후 보고하는 상주문에서 모반에 관한 것은 모두 거짓이지만 다만 지존을 경계하고 바로잡은 것은 법으로 마땅히 먼저 논해야 하고, 주우전이 제멋대로 악행을 저질러 재앙을 퍼뜨린 죄 역시 의당 벌을 내려야 한다고 했다. 이에 주후완은 폐위되어 구금되었고, 주우전 역시 심한 문책을 받았다. 대체로 주후완과 주우전 두 일족의 원한 관계가 쌓인 지 여러 해가 되었다. 주재육은 일단 나라의 봉함을 받아서 세습하여 전한 세월이 오래되면 이전의 틈이 지나치게 단단해져 풀기 어려워진다고 스스로 생각하였으나, 선왕이 서로 비방하다가 화를 입은 상황을 차마 밝힐 수도 없고 또 맹진왕 부자가 작위를 빼앗긴 연유에 관한 시비를 다시 다투고 싶지도 않았다. 그래서 그저 종법상의 나이 순서에 따라 세자의 자리에서 물러나기를 자청해 정나라를 주우전의 자손에게 돌려줌으로써, 그의 부친이 생전에 성내며 다투었던 허물을 덮고 또 주재새가 훗날 보복하려는 마음을 갖는 것을 막았으니, 그의 사려 깊음과 먼 장래를 내다보는 계책은 진정으로 어질고 효성스러운 이의 마음씀씀이다. 오吳나라의 계찰季札과 거란의 이찬화李贊華가 어찌 더 많이 양보했다 할 수 있겠는가. 그리고 예부의 신하가 지나간 일을 상세히 헤아릴 수 없어 고심한 일을 간단히 서술하여 그저 어진 양보라고 칭찬의 뜻을 나타내면서 패방牌坊을 세우라는 칙서를 내리기를 청할 뿐이었으니 애석하다.

○ 이에 앞서 주후완은 쫓겨나 구금되었고, 주재육은 마침내 궁문 밖에 암자를 짓고서 볏짚을 깔고 자고 푸성귀를 먹으며 외로이 19년을 지내다가 주후완이 귀국하고서야 비로소 왕부로 돌아갔다. 또 그 부친을 받들어 모신 지 25년이지만 끝내 나라를 사양했고, 연이어 글을 써 상소해 또 15년이 지나서야 비로소 간청이 받아들여졌으니, 진실로 황족 가운데 남다른 인물이다.

원문 鄭世子讓國

鄭世子載堉[237]者, 鄭王厚烷之嫡長子, 好讀書, 明曆法. 久爲世子, 當襲位, 不願受爵. 自萬曆辛卯, 辭疏屢上不允, 至乙巳年, 疏猶不止. 禮部議載堉以世子之爵終身, 而命其子世孫翊錫代管府事, 以待異日承襲鄭

---

237 鄭世子載堉 : 명나라의 황족으로 음악이론가이자 역학자인 주재육朱載堉, 1536~1611을 말한다. 하남 회경부懷慶府 사람으로, 자는 백근伯勤이고, 호는 구곡산인句曲山人, 광생狂生, 산양주광선객山陽酒狂仙客 등이다. 시호가 단청端淸이라 단청세자라고도 불린다. 인종의 5대손이자 제5대 정왕인 주후완의 장자로, 정왕의 왕위를 계승해야 했지만 사양하고 고향으로 돌아가 저술 활동에 전념했다. 저서로 『악률전서樂律全書』, 『율려정론律呂正論』, 『율려융통律曆融通』, 『산학신설算學新說』 등이 있다.

王之爵. 上已允行, 載垍復疏力辭, 謂庶子襲封, 有違祖制, 且于近日『欽頒要例』所載相戾. 又言身年七十, 衰病不堪, 宜令載壐[238]襲盟津王, 代理府事, 他日入繼親藩之統. 而身及男, 退居庶子襲封郡王之例. 上嘉其恬讓, 襃美甚至, 特允其請, 且命其父子俱以世子世孫終老, 而聽孫承郡王爵. 按載垍本鄭國始封靖王瞻埈[239]之六世孫也. 靖王傳簡王祁鍈[240], 生十二子, 其第四子爲東垣王見濬,[241] 則載垍之本生祖也. 簡王傳康王祐枔[242]無子, 序應簡王第三子見溢[243]之子祐橲入繼, 而見溢先以罪廢, 乃以見濬長子祐檡, 進封鄭王, 是爲懿王. 懿王薨, 子厚烷立, 卽載垍之

---

238 載壐 : 명나라 제6대 정왕 주재새朱載壐, 1570~1640를 말한다. 만력 34년1606, 제5대 정왕인 정공왕鄭恭王 주후완의 뒤를 이어 정왕에 봉해졌다. 원래 주후완의 장자로 당시 세자였던 주재육이 왕위를 이어야 했지만, 극구 사양하여 주후완의 조카뻘인 주재새가 대신 왕위를 이었다. 사후의 시호가 경敬이라서, 정경왕鄭敬王이라고 부른다.

239 瞻埈 : 명나라 인종의 둘째 아들이자 제1대 정왕鄭王인 주첨준朱瞻埈을 말한다.

240 祁鍈 : 명나라 제2대 정왕鄭王 주기영朱祁鍈, 1431~1495을 말한다. 제1대 정왕인 정정왕鄭靖王 주첨준의 적장자로, 성화 4년1468 정왕에 봉해졌다. 재위 기간은 27년이며, 시호가 간簡이라서 정간왕鄭簡王이라 불린다.

241 東垣王見濬 : 정간왕 주기영의 넷째 아들 주견공朱見濬, 1474~1503을 말한다. 성화 10년1474 동원왕東垣王에 봉해졌다. 시호가 단혜端惠라서 동원단혜왕東垣端惠王이라 부른다. 정덕 4년1509 그의 적장자 주우석朱祐檡이 정왕에 봉해지면서, 정정왕鄭定王으로 추봉되었다.

242 康王祐枔 : 명나라 제3대 정왕 주우심朱祐枔, 1474~1507을 말한다. 제2대 정왕 주기영의 적장손으로 홍치 14년1501 정왕을 계승했고, 정덕 2년1507 후사 없이 세상을 떠났다. 1년 뒤 그의 사촌 동생 주우석朱祐檡이 정왕에 봉해졌다. 시호가 강康이라서 정강왕鄭康王이라 부른다.

243 見溢 : 명나라 맹진공의왕孟津恭懿王 주견총朱見溢, ?~1491을 말한다. 정간왕 주기영의 셋째 아들이자 정경왕鄭敬王 주재새의 증조부다. 성화 10년1474 맹진왕孟津王에 봉해졌으나, 성화 20년1484 죄를 지어 평민으로 강등된 뒤 봉양의 감옥에 구금되었다. 홍치 원년1488 석방되어 홍치 4년1491 세상을 떠났다. 시호는 공의恭懿다.

父也. 厚烷以諫世宗玄修錮高牆, 穆宗放還, 復國加祿. 至今上辛卯始薨, 而載埨應立, 逮讓國之議起, 遂以東垣故封還之. 考鄭封[244]三世而絕, 祐㮨入紹, 已追爵乃父見潢爲定王, 至厚烷而南面亦三世矣. 盟津旣以罪斥, 至載壐亦已四世稱庶人, 無復敢以倫序爲言者. 載埨一旦棄大國而就郡封, 似屬矯情[245]矣. 細考嘉靖六年, 祐㮨爲盟津革爵長子, 撰「河淸頌」以獻. 上大悅, 賜敕襃異, 而厚烷匿之. 上屢下詔詰責, 始還之. 其後祐㮨又請復父爵, 而上不許, 益疑恨厚烷. 而烷所上表, 偶誤稱弟不稱臣, 且又抗疏[246]諫止齋醮, 上意轉怒. 㮨因訐烷謀反, 烷亦訐㮨擅殺良民. 上命勘覈其事. 旣覆奏[247]至, 則謂謀反盡誣, 但規切至尊, 法當首論, 㮨縱惡播殃, 亦宜治罪. 於是烷廢錮, 而㮨亦重譴. 蓋兩宗仇隙, 積有歲年. 載埨自度一受國封, 傳襲年久, 則前釁逾結難解, 旣不忍明言先王互訐受禍之狀, 又不欲再訟盟津父子革爵之由. 但以宗法世次, 自請避位, 而以鄭國還之祐㮨之子孫, 旣蓋乃父生前忿競之愆, 又杜載壐他日報復之念, 其慮深, 其謀遠, 眞仁人孝子用心也. 吳之季札[248], 契丹之李贊華[249], 何足多

---

244 考鄭封 : '봉封'자는 사본에 근거해 보충했다封字據寫本補.【교주】
245 矯情 : 진정한 뜻을 억눌러 나타내지 않음.
246 抗疏 : 임금에게 상소문을 올려 직언함.
247 覆奏 : 보내온 공문을 검토하여 임금에게 아룀.
248 季札 : 계찰季札, 생졸년 미상은 춘추 시대 오吳나라의 저명한 정치가이자 사상가다. 공자찰公子札 또는 연릉계자延陵季子라고도 한다. 오왕吳王 수몽壽夢의 넷째 아들로, 부친과 형들이 그에게 왕위를 물려주고자 했지만 모두 사양했다. 그의 미학 관점은 후대 미학 특히 유가 미학 사상에 중요한 영향을 끼쳤다.
249 李贊華 : 이찬화李贊華, 899-936는 오대五代 시기 후당後唐의 관리이자 화가다. 거란契丹 사람으로, 본명은 야율배耶律倍 또는 야율도욕耶律圖欲이다. 요나라 태조 야율아보기耶律阿保機의 장남으로 916년 황태자에 책봉되었고, 926년에 거란이 발해渤海를 멸

讓. 而禮臣不能詳稽往事, 一表苦心, 僅以仁讓見襃, 乞賜敕豎坊而已, 惜哉.

○ 先是厚烷竄錮, 載垺遂結庵於宮門外, 席藁飯蔬, 子居者十九年, 迨厚烷歸國, 始回府. 又奉事其父者二十五年, 終於辭國, 連章上控, 又十五年而始得請, 眞天潢[250]中異人也.

망시킨 후 동단왕東丹王으로 책봉되어 발해 지역을 통치했다. 야률아보기 사후에 황위를 차남 야률덕광耶律德光에게 양보한 후 감시받는 신세가 되자, 장흥長興 2년931에 후당에 투항하여 이씨李氏 성을 하사받고 이름을 찬회贊華로 개명했다. 회화절도사懷化節度使, 단주관찰사瑞州觀察使, 신주관찰사愼州觀察使 등의 벼슬을 역임했다. 936년 후당에 정변이 발생했을 때 살해당했다. 947년 야률덕광이 죽고 야률배의 장남 야휼완耶律阮이 황제가 되면서 양국황제讓國皇帝로 추증되었다. 거란 글과 한문漢文에 능통했고, 시화詩畵에도 뛰어났다.

250 天潢 : 황족, 제왕의 후예.

경공왕景恭王은 세종의 넷째 아들이다. 당시 애충태자哀沖太子와 장경태자莊敬太子가 먼저 돌아가셨고, 경왕은 목종과 같은 해에 태어나 겨우 한 달 어렸다. 그의 생모 정비靖妃 노씨盧氏가 황상의 총애를 받았기에 거의 태자의 자리를 넘볼 수 있는 조짐이 있었으며, 목종과 같은 날 왕에 봉해졌다. 훗날 번국으로 간 지 겨우 4년 만에 돌아가셨으며 후사가 없어 나라가 없어졌다. 그의 왕비는 북경으로 돌아가 공왕恭王의 옛 저택에 거주하며 지금까지 아직 살아있다. 하지만 과부라 생활이 곤궁하고 고달퍼 거의 편안히 생활하지 못하고 있다. 경왕의 유모는 나이가 이미 몹시 연로한데도 거리에서 구걸하는 지경에 이르렀다. 내가 어렸을 때 그와 알던 사이였는데, 당시 장화대章華臺와 토원兔園의 번성했던 모습과 공왕의 교만하고 사치스러우며 여색을 탐하던 모습을 두루 이야기할 때면 늘 주르륵 눈물을 흘려서, 듣던 사람들이 망연자실했다.

원문 **景恭王**

景恭王爲世宗第四子. 時哀沖莊敬二太子先薨, 景王與穆宗同歲生, 僅小一月. 母靖妃盧氏[251], 爲上所寵, 幾有奪宗[252]之漸, 與穆宗同日封王.

---

[251]靖妃盧氏 : 명나라 세종의 비 노정비盧靖妃, ?~1588를 말한다. 세종의 넷째 아들 주재수朱載圳의 생모다. 가정 15년1536 정빈靖嬪으로 책봉되었다가, 가정 16년1537 황자

後之國僅四年而薨, 無子, 國除. 其妃仍還京居恭王舊邸, 至今尙在. 然
孤惷困悴, 幾不聊生. 景王乳母年已篤老, 至行乞闤闠. 余幼時曾識之,
備道當日章華免園之盛, 及恭王驕侈漁色, 輒潸然泣下, 使聽者惘然.

　　주재수를 낳으면서 정비嬪妃로 승격되었다.
252 奪宗 : 종손이 끊어지거나 미약해진 때에 지손이 종손의 지위를 빼앗는 것.

번역 번왕이 아첨하다

가정 연간 초기에 흥헌왕을 추존하자고 의론해 그 뜻을 얻고 부귀하게 된 자로, 장총이나 계악 등은 말할 필요도 없다. 친왕인 초왕楚王 주영계朱榮誠도 아첨하고 그들의 의견에 영합했지만 겨우 칭찬하는 칙서만 얻고 다른 포상은 없었다. 정왕부鄭王府의 조양왕 주우사도 대례大禮를 칭송해 말했지만 얼마 후 죄를 지어 왕의 작위를 빼앗겼다가 대례의 논쟁 때 도운 공으로 옛 봉호封號를 회복할 수 있었다. 초왕부의 의빈儀賓 심보沈寶도 대례를 이야기해 일품의 봉록을 더하게 되었지만, 나중에 초왕 주현용朱顯榕이 반란을 꾀했다고 모함하는 상소를 올렸다가 강제로 평민이 되었다. 가정 중엽 이후에는 세종께서 한창 서궁西宮에서 도교의 제례 의식을 지내던 때였다. 그때 소원절이나 도중문 같은 방사方士와 고가학顧可學이나 성단명盛端明 같은 사인들은 논할 것도 없고, 휘공왕徽恭王 주후작朱厚爝과 같은 친왕과 그의 아들 주재륜朱載埨도 연이어 세종의 비위를 맞추며 도교를 섬겨, 모두 황금 도장을 받고 아울러 진인으로 봉해졌다. 요서인遼庶人 주헌절朱憲㸅도 그들을 따라해 도장과 진인의 봉호를 받았다. 두 친왕 모두 황상의 총애를 믿고 그들의 번국에서 전횡을 일삼다가, 얼마 안 되어 모두 황음무도함으로 처벌받고 폐서인이 되었다. 휘공왕과 요서인 두 선왕은 모두 제사 지내지 않는다. 나라의 울타리가 되어야 할 황족이 아래로 아첨하는 간사한 이들과 함께했으니 얼마 언지도 못하고 재앙이 곧이어 따라온 것이다. 초왕

은 비록 자신은 위기를 모면했지만 그의 아들 민왕愍王이 세자에게 시해

되었고, 민왕의 손자 때에 이르러서는 마침내 오늘날 주화규朱華奎가 가

짜 왕인지를 조사하는 일이 생겼으니, 아아, 경계할 만하구나!

원문 **藩王獻諂**

嘉靖初年, 議追崇興獻王, 其得志而取富貴者, 如張桂諸人不必言. 卽

親藩, 亦有楚王榮誠[253]貢諛附和, 僅得敕賜獎, 他無所褒賞. 襄府棗陽王

祐楒[254], 亦頌言大禮, 尋以罪削爵, 援議禮功, 得復故封. 而楚府儀賓沈

寶者, 亦以言大禮得加一品服俸, 後以誣奏楚王顯榕[255]謀叛, 勒爲編氓.

至嘉靖中葉以後, 則世宗方西宮修齋醮. 其時方士如邵陶[256]輩, 士人如

顧[257]盛[258]輩不足論, 而親王如徽恭王厚爝[259], 及其子庶人載埨[260], 相繼

---

253 楚王榮誠 : 명나라 제6대 초왕楚王인 주영계朱榮誠, 1474~1534를 말한다. 정덕 7년1512
　초왕의 왕위를 계승하고, 가정 13년1534 세상을 떠났다. 시호가 단端이라서 초단왕
　楚端王이라고 부른다.

254 襄府棗陽王祐楒 : 중화서국본 『만력야획편』에는 '정부조양왕우사鄭府棗陽王祐楒'로
　되어 있는데, 『명효종실록明孝宗實錄』과 『명사』에 근거해 수정했다. 『만력야획편 · 종
　번宗藩 · 이군왕건백二郡王建白』에도 '양부조양왕우사襄陽王祐楒'로 되어 있다. 『역자
　교주』

255 楚王顯榕 : 명나라 제7대 초왕인 주현용朱顯榕, 1506~1545을 말한다. 호광성 무창부武昌
　府 강하현江夏縣 사람이다. 가정 6년1527 장락왕長樂王에 봉해졌다가 가정 15년1536 초
　왕에 봉해졌다. 가정 24년1545 세자 주영요朱英燿에게 시해되었다. 시호가 민愍이라
　서 초민왕楚愍王이라 부른다.

256 邵陶 : 도가의 방사方士 소원절邵元節과 도중문陶仲文을 가리킨다.

257 顧 : 명나라 가정 연간의 간신 고가학顧可學, 1482~1560을 말한다. 고가학의 자는 여성
　輿成이고, 호는 혜암惠巖이며, 시호는 영희榮僖다. 남직례 무석현無錫縣 사람이다. 홍
　치 18년1505 진사가 되어 정덕 연간에 관직이 절강참의浙江參議에 이르렀는데 탄핵

附會事玄, 俱給金印, 並封眞人. 遼庶人憲㸅²⁶¹效之, 亦得印幷眞人號.
二王俱恃上寵, 橫於其國, 未幾俱以淫虐不道, 坐法廢削. 徽遼二先王俱
不祀. 夫以天潢价藩²⁶², 下同諧媚邪佞, 所得幾何, 而禍不旋踵. 楚王雖
免於身, 其子愍王爲世子所弑, 及其孫也, 遂有今日華奎²⁶³假王之勘, 吁
可戒矣!

받아 면직되었다. 가정 연간에 세종이 장생불사를 추구하는 것을 알고는 자신이
생명을 연장할 수 있는 방법을 안다고 말하면서 엄숭에게 뇌물을 주고 기용되어,
가정 24년1545에는 공부상서를 거쳐 예부상서 겸 태자태보가 되었다. 생명연장술
로 세종을 미혹해 많은 문제를 일으켰다.

258 盛 : 명나라 중기의 대신 성단명盛端明, 1476~1556을 말한다. 성단명은 성희도盛希道라
고도 하고, 시호는 영간榮簡이다. 광동 대포현大埔縣 사람이다. 홍치 15년1502 진사가
되어, 한림원 서길사, 남경상보사경南京尙寶司卿, 남경통정사南京通政司 우통정右通政,
예부우시랑, 공부상서, 예부상서 겸 태자소보 등의 관직을 역임했다. 가정 25년
1546 불로장생을 추구하는 세종에게 방사 도중문을 적극 천거해 예부좌시랑으로
기용되었다.

259 徽恭王厚熿 : 명나라 제3대 휘왕徽王 주후작朱厚熿, 1507~1551을 말한다. 영종의 증손자
로 처음에는 안읍왕安邑王에 봉해졌다가 가정 5년1526 휘왕의 왕위를 계승했다. 당
시 도중문이 도술로 세종의 총애를 받는 것을 알고 적극적으로 그와 교류했다. 도
중문은 세종에게 그에 대해 좋은 말을 했고, 그 덕에 태청보현선화충도진인太淸輔玄
宣化忠道眞人에 봉해졌다. 시호가 공恭이라서 휘공왕徽恭王이라고 부른다.

260 載堉 : 명나라 제4대 휘왕 주재륜朱載堉, 1526~1556을 말한다. 가정 16년1537 포성왕浦成
王에 봉해졌다가, 가정 30년1551 휘왕의 왕위를 계승했다. 가정 35년1556 재상인 고공
과 사이가 좋지 않았는데, 고공이 죄명을 꾸며 그를 하옥시키고 폐서인했다. 주재륜
은 그해 결국 자살했다. 남명 융무隆武 원년1645 그에게 도悼라는 시호를 내렸다.

261 遼庶人憲㸅 : 명나라 제8대 요왕遼王 주헌절朱憲㸅을 말한다. 재위 28년 만에 폐서인
되었기 때문에 요서인遼庶人이라고 부른다.

262 价藩 : 큰 인물은 나라의 울타리라는 뜻으로, 『시경詩經·대아大雅·판板』에 나오는
'개인유번价人維藩'이라는 시구에서 온 말이다.

263 華奎 : 명나라 제9대 초왕인 주화규朱華奎를 말한다.

[번역] 조왕趙王이 목매어 죽다

　세상에서 말하는 '밤에 혼자 방에 누워 있으면 안 된다'는 말은 귀신이 붙어 해를 끼칠 것을 걱정한 것이다. 또 방에서 목을 매어 죽은 사람은 반드시 대체할 사람을 찾아야 비로소 세상에 태어날 수 있다고 전해지기 때문에 혼자 잠드는 것을 경계한다. 이것은 모두 항간에 떠도는 말이라 믿을 만하지 않지만, 매우 괴이한 일이 있다. 조강왕趙康王 주후욱朱厚煜은 문황제의 6대손인데, 글을 읽는 낮은 선비로 평소 훌륭한 명성을 보여주었다. 만년에는 왕비의 보살핌 없이 혼자 기거했다. 밤이 되면 심부름하는 아이 하나만이 잠자리 시중을 들었는데, 아이가 우연히 밤에 일어나 조강왕의 발을 만졌다가 그가 침대아래에서 목매어 죽은 것을 보았다. 깜짝 놀라 소리치니 왕비 장씨張氏와 왕의 넷째 아들 성고왕成皋王 주재완朱載塽이 들어와 보았는데, 왕의 숨이 끊어진 지 오래라서 결국 언제 돌아가셨는지 알지 못했다. 조강왕은 정덕 16년1521 왕위를 이어 가정 39년1560에 돌아가셨으니 재위 기간은 거의 40년이고, 나이는 63세였다. 조강왕은 평생 허물이 없었으니 귀신이 엿봐서는 안 된다. 다만 성품이 어질고 부드러우며 과단성이 부족했는데, 돌아가시기 며칠 전 시동 중에서 왕이 원통한 일이 있는 것처럼 혀를 끌끌 차며 혼잣말하는 것을 본 자가 있었다. 혹자는 일이 장비張妃와 성고왕 때문에 일어났는데, 장사들이 처벌받는 것이 두려워 통판通判 전시우田時雨에게 잘못을 돌렸고, 전시우를 창덕부彰德府 경내로 끌고 가 참수하라는 조서가 내려졌다고 말한다. 왕부에서 건물을 지을 때는 절대 목매어 죽은 사람이 없어야 하고, 있더라도 왕은 반드시 피하여 기거해서는 안 되는데 어째서 이렇게 되었는가? 거기에는 어쩌면 미심쩍은 일이 있으리라 생각되지만 알 수 없다. 조왕의 세자와 세손은 모두 앞서서 죽고 겨우 증손자 주상청朱常淸만 있었기 때문에, 세손의 부인이 마침내 성고왕 주재완에게 왕부의 일을 섭정하도록 상주했다. 이에 사람들은 더더욱 조강왕의 죽음을 의심하면서, 장비와 성고왕의 일 때문에 부끄럽고 원통해서 목을 매어 죽었다고들 한다.

원문 趙王縊死

俗稱夜臥不得獨一室, 慮有鬼物侵擾. 又相傳室有投繯者, 必覓一人爲替代, 始得託生, 因戒人獨寢. 此皆俚言, 不足信, 然有極異者. 趙康王厚煜[264], 文皇帝六世孫也, 讀書下士, 素著令譽. 晚年屛絶妃御, 獨居一樓. 入夜唯一小童侍寢, 偶夜起捫王足, 見王縊於床下. 驚呼妃張氏, 王第四子成皐王載垸[265], 入視, 則王氣絶久矣, 竟不知薨以何時也. 王以正德十六年嗣位, 以嘉靖三十九年薨, 在位凡四十年, 壽六十三. 王生平無過失, 不應受鬼瞰. 徒以仁柔少斷, 未薨數日前, 侍兒有見王者, 咄咄自語, 若

---

264 趙康王厚煜: 명나라 제6대 조왕 주후욱朱厚煜을 말한다. 시호가 강康이라서 조강왕 趙康王이라고 부른다.

265 成皐王載垸: 명나라 조강왕의 넷째 아들 주재완朱載垸,?~1584을 말한다. 가정 19년 1540 성고왕成皐王에 봉해졌고, 그의 부친이 세상을 떠난 뒤 잠시 조왕부의 일을 섭정했다. 만력 12년1584 세상을 떠났고, 시호는 단목端穆이다.

有所恨. 或云事起于張妃及成皇, 而長史輩懼罪, 乃架咎于通判田時雨, 詔械至彰德府王封內斬之. 王府建樓, 必無人雉經. 卽有之, 王必避不居, 何以得此? 想其或有曖昧, 未可知矣. 趙王世子世孫俱先卒, 僅曾孫常清[266]在, 世孫夫人, 遂奏以載垸攝府事矣. 于是人益疑王之死, 專爲張妃與成皇事, 慙恚自經云.

---

266 常淸 : 명나라 제7대 조왕 주상청朱常淸, 1555~1614을 말한다. 조강왕 주후욱의 증손자다. 가정 44년1565 조왕의 왕위를 계승했고 만력 42년1614에 세상을 떠났다. 시호가 목목穆이라서 조목왕趙穆王이라고 부른다.

[번역] 휘왕徽王이 대대로 진인眞人으로 봉해지다

가정 연간의 휘왕徽王 주후작朱厚爝은 균주鈞州의 국왕인데, 거문고를 좋아하는 성품으로 지주知州 진길陳吉과 거문고를 깎아 만드는 일로 다투다가 조정에서 송사를 벌였다. 황상께서는 순무도어사 낙앙駱昂, 술주戌州 태수 진길과 순안어사 왕삼빙王三聘을 곤장을 쳐 죽이셨는데, 당시 왕에게 직언하지 않았다는 의론이 있었다. 휘왕은 마음이 불안해서 황상께서 총애하시는 진인 도중문에게 후한 뇌물을 주어 휘왕이 충성스럽고 도가를 신봉한다고 말하게 했다. 황상께서 기뻐하시며 휘왕을 태청보현선화충도진인太淸輔玄宣化忠道眞人으로 봉하시며 황금 인장을 주조해 하사하셨고 그가 죽은 후 공왕恭王이라는 시호를 내리셨다. 둘째 아들 주재륜朱載堉은 왕위를 계승한 후 남양南陽 사람 양고보梁高輔란 자를 기용해 방중약房中藥을 만들었는데, 처녀의 첫 월경혈과 매실에 갓 태어난 아이가 울음을 터트리기 전 입안에 머금었던 피를 배합한 '함진병含眞餠'이란 것으로, 그것을 복용했더니 효험이 있었다. 그리하여 이 약을 황상께 드리고자 양고보를 함께 보내니 도중문이 황상께 약을 바쳤다. 황상께서 또 기뻐하시며 양고보를 통묘산인通妙散人으로 봉하고, 주재륜을 청미익교보화충효진인淸微翊敎輔化忠孝眞人으로 봉하셨으며, 그 부친에게 준 것처럼 황금 인장을 하사하셨다. 나중에 양고보는 북경에서 황상을 위해 매실을 취하려 했지만 얻을 수 없자 주재륜에게 글을 써 이전에 비축한 것을 요구했다. 주재륜이 이에 응하지 않자 양

고보가 비로소 화를 냈고 황상께서도 양고보와 주재륜을 의심하셨다. 시간이 지나면서 황상께서 갈수록 주재륜을 미워하시니, 주재륜이 두려워 의위관儀衛官 기민紀旼에게 월경혈을 가져가 도중문에게 주고 이것을 황상께 전하여 바쳤다. 당시 양고보는 이미 도중문과 사이가 벌어졌었으므로, 그 사실을 알아내어 황상께 아뢰었다. 황상께서는 비밀 서찰을 보내 도중문에게 알리셨는데 '휘왕부의 일에 관여하지 말라'는 말이 있었으니, 주재륜의 세력은 더욱 고립되었다. 마침 그 내부의 백성 경안耿安 등이 휘왕이 자식을 빼앗고 밭과 집을 차지한 일을 상소로 올렸기에 관리를 내려보내 조사했는데, 조사관들은 그의 부친이 거문고를 만든 일 때문에 그 화가 순무와 안찰사에까지 미친 것을 뼈저리게 뉘우치면서 이에 갖은 이유를 억지로 갖다 붙여 큰 옥사로 만들었다. 성지가 내려와 봉록으로 주는 쌀의 3분의 2를 제하고 아울러 진인의 황금 인장을 빼앗았다. 휘왕은 더욱 절박해져 처음 휘장왕徽莊王이 봉해질 때 받은 금부金符를 차고 북경으로 들어가 스스로 밝히고자 했다. 순무안찰사가 마침내 풍문 속의 비방하는 말을 진술서에 넣으니, 이에 황상께서 성지를 내려 왕의 작위를 없애 평민으로 만들고 봉양의 감옥으로 압송하며 그 나라의 국호를 폐하셨다. 주재륜이 이를 듣고 황명이 오기 전에 먼저 목매어 자결했고, 정비 심씨沈氏 등 열여섯 사람 역시 곧이어 비단끈에 목을 매어 죽었으며, 둘째 왕비 임씨林氏 등 비단으로 목매어 따라 죽은 자들이 50여 명이었다. 이 일이 보고되자, 그의 시신은 성 밖에서 거적에 싸 장사지내고 자녀는 모두 회성會城 주부周府

로 보내 관리하게 하셨으며, 혼인이나 작위를 봉하는 것을 청하지 못하게 하셨다. 이 일은 가정 35년1556에 있었는데, 융경 원년1567에야 비로소 사면되어 돌아갔다. 거문고라는 사소한 일로 인해 2대에 걸쳐 받은 재앙이 반석같이 단단한 종가를 무너뜨렸다. 주재륜이 비록 죄를 지어 화를 입는다하더라도 이 정도까지는 아니기에, 슬프구나. 정덕 연간에 회왕淮王 주우계朱祐棨 또한 영왕이었다가 서인이 된 주신호와 거문고를 두고 다투었는데, 주우계를 모함해 거의 나라가 망할 정도가 되었다. 그 거문고의 이름은 '천풍환패天風環珮'인데, 바로 회왕의 선대부터 전해온 기이한 보물이었다.

○ 균주鈞州는 금상의 이름자를 피휘해 이미 우주禹州로 개칭되었다. 처음 휘왕徽王에 봉해진 이는 장왕莊王 주견패朱見沛로, 성화 17년1481의 일이다. 홍치 2년에 주州에서 부府로 승격시켜 줄 것을 청했는데, 당시 왕서[王恕, 시호는 단의端毅]가 논의를 이끌었지만 따르지 않았다. 가정 5년에 주후작이 다시 이전의 간청을 펼쳤지만 끝내 그른 일이라 하여 윤허하지 않으셨다. 그러므로 두 왕은 특히 번국에 봉해진 중요한 자리로 군郡으로 높여주고자 하셨지만, 헌종께서는 기주沂州로 봉하셨고, 목종께서는 유주裕州로 봉하셨다. 두 주를 부府로 승격시키는 일에 대해서 논의조차 없는 것은 어째서인가?

嘉靖間, 徽王厚爝[267], 國鈞州, 性好琴, 以與知州陳吉[268]爭斲琴事, 訟
于朝. 上爲杖殺巡撫都御史駱昂, 戍州守吉及巡按御史王三聘[269], 時論
不直王. 王心不安, 因以重賄賂上所幸眞人陶仲文, 言王忠敬奉道. 上悅,
封爲太淸輔玄宣化忠道眞人, 鑄金印賜之, 薨諡恭王. 次子載埨嗣位, 用
南陽人梁高輔者, 修房中藥[270], 取紅鉛[271]梅子, 配以生兒未啼時口中血,
名爲含眞餠者, 服之而效. 遂以藥達之上, 幷遣高輔因陶仲文以進. 上又
悅, 封高輔爲通妙散人, 仍封埨爲淸微羽敎輔化忠孝眞人, 賜金印如其
父. 後高輔在京爲上取梅子不得, 乃以書求埨故所蓄者. 埨不應, 高輔始
怒, 而上亦疑高輔幷疑埨矣. 久之上意愈厭埨, 埨懼, 遣儀衞官紀旻齎紅
鉛送仲文, 以轉獻于上. 時高輔已與仲文有隙, 廉得而奏之. 上以密札諭
仲文, 有'莫管徽事'之語, 而埨勢益孤矣. 會其部內民耿安等奏王搶子女
佔田宅事下彼中勘, 勘官輩以乃父斲琴之役, 禍延撫按, 追恨之, 因附會

---

267 **朱厚爝**: 주후작朱厚爝, 1507~1551은 명나라 제3대 휘왕徽王이다. 영종 주기진朱祁鎭의
　　증손으로, 휘장왕徽莊王 주견패朱見沛의 손자이자 휘간왕徽簡王 주우이朱祐楷의 서자이
　　다. 가정 5년1526에 안읍왕安邑王에서 세자로 책봉되었고 같은 해 휘왕徽王으로 봉해
　　졌다. 시호가 공왕恭王이라서 휘공왕徽恭王이라 칭한다.
268 **陳吉**: 진길陳吉,생졸년 미상은 명나라 후기의 관리다. 가정 20년1541 진사가 되었고, 관
　　직은 호광湖廣 균주지주鈞州知州까지 지냈다. 권세가의 미움을 사 7년 동안 해남海南
　　으로 귀양을 갔다가 다시 복관復官되었다.
269 **王三聘**: 왕삼빙王三聘, 1501~1577은 명나라 후기의 관리다. 그의 자는 몽신夢莘이고 호
　　는 양곡两曲이며, 흥인리興仁里 사람이다. 가정 14년1535에 진사가 되어 대리평사에
　　임명되었다. 이후 하남첨사, 사천첨사 등을 지냈으며, 문예에 심취했다. 『오경집
　　록五經集錄』, 『소학집주小學集注』 등 다수의 저서가 전해진다.
270 **房中藥**: 남녀가 성교할 때 정력이 강해지게 만드는 약.
271 **紅鉛**: 처녀의 첫 월경.

成大獄[272]. 旨下革祿米三之二, 幷追奪眞人金印. 王益迫, 欲佩始封莊符

入京自辨. 撫按遂取傳聞誹謗語入招詞[273], 旨下革王爵爲庶人, 押發高

牆, 廢其國. 瑜聞命先縊, 其正妃沈氏等十六人, 旋亦投繯死, 次妃林氏

等取帛殉者, 前後五十餘人. 事聞, 許藁葬[274]城外, 子女俱送會城周府收

管, 不許請婚封. 事在嘉靖三十五年, 至隆慶初元, 始赦還. 以一琴細故,

餘殃[275]再世, 覆磐石之宗. 瑜雖有罪得禍, 亦不應至此, 哀哉. 正德中, 淮

王祐棨[276], 亦與寧庶人宸濠爭琴, 陷棨[277]幾覆國. 其琴名「天風環珮」, 乃

淮王先世所傳異寶也.

○ 鈞州犯今上御名, 已改禹州矣. 其始封徽也, 爲莊王見沛[278], 在成化

---

272 大獄 : 큰 옥사獄事. 중요한 정치적 사건으로 인해 옥사가 일어난 경우를 말한다.
273 招詞 : 진술서. 자백 내용.
274 藁葬 : 시체를 짚이나 거적에 싸서 장사지냄.
275 餘殃 : 남에게 해로운 일을 많이 한 대가로 받는 재앙.
276 祐棨 : 중화서국본『만력야획편』과 상해고적본에는 '기杞'로 되어 있으나,『명무종
    실록』권105와『명사』「열전제칠列傳第七 제왕사諸王四」에 근거해 '계棨'로 수정했다.
    본문에서 정덕 연간의 회왕이 영서인寧庶人 주신호朱宸濠와 천풍환패天風環珮라는 거
    문고를 두고 다투었다고 했는데,『명무종실록』과『명사』에 따르면 정덕 연간의 회
    왕은 주우계朱祐棨뿐이고, 주신호와 천풍환패를 다툰 사람도 주우계로 되어 있다.
    【역자 교주】⊙ 祐棨 : 명대 제3대 회왕인 회정왕淮定王 주우계朱祐棨: 1495~1524를 말
    한다. 2대 회왕인 회강왕淮康王 주기전朱祁銓의 적장손嫡長孫으로, 효종 홍치 18년1505
    에 회왕을 세습했다. 효종, 무종, 세종 시기를 거치며 19년간 재위하다가 세종 가정
    3년1524 세상을 떠났다. 시호가 정定이라서 회정왕이라고 부른다. 아들이 없어, 그
    의 동생 진국장군鎭國將軍 주우규朱祐楑가 왕위를 이어받았다.
277 棨 : 중화서국본『만력야획편』과 상해고적본에는 '기杞'로 되어 있으나,『명무종실
    록』권105와『명사』「열전제칠列傳第七 제왕사諸王四」에 근거해 '계棨'로 수정했다.
    【역자 교주】
278 莊王見沛 : 명나라 제1대 휘왕徽王 주견패朱見沛, 1462~1505를 말한다. 영종의 아홉째
    아들이며, 생모는 위덕비魏德妃다. 성화 2년1466 휘왕에 봉해졌고, 성화 17년1481 봉
    토인 개봉부開封府 균주鈞州로 갔다. 홍치 18년1505 43세의 나이로 세상을 떠났으며,

十七年. 至弘治二年, 乞陞州爲府, 時王端毅恕[279]主議不從. 至嘉靖五年, 厚�復申前請, 終以非故事不允. 然則兩王特以藩封之重, 欲陞郡示尊, 而憲宗之封沂, 穆宗之封裕. 二州俱無議及陞爲府者何也?

재위 기간은 39년이다. 시호가 장莊이라서 휘장왕徽莊王이라고 부른다.

279 王端毅恕 : 명나라 중기의 대신 왕서王恕, 1416~1508를 말한다. 그는 삼원三原 사람으로, 자는 종관宗貫이고 호는 개암介庵 혹은 석거石渠이며, 시호는 단의端毅다. 정통 13년 1448에 진사가 되어 서길사에 선발되었다. 이후 대리시좌평사, 양주지부, 상서포정사, 하남순무, 남경형부좌시랑, 남경병부상서 겸 좌부도어사, 이부상서 등의 벼슬을 지냈으며, 소부 겸 태자태부의 자리에 올랐다. 효종의 홍치중흥을 보좌하며 큰 공을 세워, 사후에 좌주국左柱國 겸 태사太師로 추증되었다. 저서로『왕단의공주의王端毅公奏議』등이 전해진다.

번역 요왕遼王이 진인에 봉해지다

폐위된 요왕遼王 주헌절朱憲㸄은 방술을 좋아하고 음란하고 포악한 성격이었다. 당시 세종께서 도교를 신봉하시므로 자신도 도교를 거짓으로 숭상하는 척하며 황상께 청을 올려 청미충효진인淸微忠孝眞人이란 칭호와 황금 인장 그리고 법사의 법의와 법모 등을 하사받았다. 주헌절은 매번 외출할 때마다 하사받은 법의와 법모를 착용하고, 앞에는 여러 신들의 영접을 면하는 팻말과 귀신을 때리는 도구를 배열해놓아 매우 요란하고도 우스웠다. 심지어는 기제사가 있는 민가에 가 그를 위해 단을 쌓고 기도 드리고는 자신은 제사 의식을 주관하는 법사인 고공高功이라고 하면서 사례를 요구하였으니 특히 무뢰한이었다. 또 부적과 요망한 술법으로 산 사람의 머리를 얻고자 했는데, 마침 거리에서 술 취한 백성 고장보顧長保란 자가 목이 베어 죽은 일이 일어나자 모든 성안 사람이 놀라며 괴이하게 여겼고, 다른 불법적인 일들은 더 많았다. 목종께서 등극하신 지 2년이 되었을 때 순안어사巡按御史 진성陳省과 예과급사중禮科給事中 장유張鹵에게 적발되어 진인의 인장을 빼앗겼다. 또 순안어사巡按御史 고광선郜光先이 그의 열세 가지 죄목을 고발하자, 황상께서 소사구少司寇 홍방주洪芳洲를 보내 조사하게 하셨다. 홍방주는 가혹하게 심문하고 관찰사 시독신施篤臣과 함께 기어이 법령을 엄하게 적용하여 주헌절의 나라는 폐하고 그는 구금시키기에 이르렀다. 나중에 강릉공 장거정이 실각했을 때 주헌절의 모비母妃가 아직 생존해 있었는데, 장강릉에게 죄를 돌리고 나라를 회복하길 요구했다. 조정에서 의론해 죽은 서인의 유골을 되돌려주고 고향에서 장례를 치르도록 했지만, 나라의 회복은 허락되지 않았다. 의론하는 자들이 이 일은 사실 장강릉의 죄라 했으니 정말 가소로운 일이다. 이에 홍방주의 아들이 그의 부친 홍조선은 장강릉의 지휘를 따르지 않아 죽음에 이르렀고, 또 중승中丞 노감[勞堪, 호는 도정道亭]이 이전 재상 장거정에게 아첨해 홍방주를 죽음으로 몰았다고 했다. 이에 홍방주는 관직을 회복하게 되었고 노감은 수자리를 살러 보내졌는데, 온 조정에서 그 일에 대해 명백하게 밝혀 말하는 자가 없었으니 더욱 크게 탄식할 만하다. 휘왕과 요왕은 모두 좌도左道로 황상의 총애를 받았는데, 한 왕은 겨우 그 자식에게까지 또 다른 한 왕은 자신도 면하지 못하고 모두 파멸당했다. 비록 그 자신이 자초했다 해도, 당시에 조사를 맡은 신하들이 각자 사적인 의도로 친왕을 사형으로 몰아넣었으니 나라에서 베푼 은혜를 심각하게 훼손한 것이다.

원문 遼王封眞人

遼廢王憲㸅, 喜方術, 性淫虐. 時世宗奉玄, 則亦假崇事道敎, 以請於上, 得賜號淸微忠孝眞人, 賜金印, 及法衣法冠等. 㸅每出, 輒服所賜衣冠, 前列諸神免迎牌, 及拷鬼械具, 已可駭笑. 乃至入齊[280]民家, 爲之齋

---

280 入齊 : 입제일入齊日. 입제일은 고인이 별세하기 전날로, 고인이 별세한 날인 기일忌日의 자시전날23시~기일1시에 제사를 지내기 위해 준비하는 날이다. 입제일에 제주祭主는 목욕재계하고 음주를 삼가며 가출을 금하여 상가에 조문도 가지 않고 집안을

醮, 自稱高功[281] 求酬謝[282], 尤爲無賴. 又以符呪[283]妖術[284], 欲得生人首, 適街有醉民顧長保者, 被割喪元, 一城驚怪, 其他不法尤多. 至穆宗御極之二年, 爲巡按御史陳省[285]禮科給事中張卤所糾, 奪眞人印. 又爲巡按御史郜光先[286]發其十三大罪, 上遣少司寇[287]洪芳洲[288]往勘. 洪推鞫峻刻,

---

깨끗이 청소하고 고인의 생존시를 회상하면서 추모한다.
281 高功 : 도교 법사의 호칭으로, 도경道經 잘 알고 하늘에 제사 지내는 의식을 주관하는 도사다.
282 酬謝 : 금전이나 예물, 재물 등을 써서 감사의 뜻을 표함.
283 符呪 : 부적. 잡귀를 쫓고 재앙을 물리치기 위하여 붉은색으로 글씨를 쓰거나 그림을 그려 몸에 지니거나 집에 붙이는 종이.
284 妖術 : 사람을 홀리어 어지럽게 하거나 초자연적인 힘으로 괴이한 일을 나타내 보이는 술법.
285 陳省 : 진성陳省,1529~1612은 명나라 후기의 대신이다. 복건 장락長樂 사람으로, 자는 공진孔震이고 호는 유계幼溪다. 가정 38년1559 진사가 되어, 절강 금화부추관金華府推官, 산서도어사山西道御史, 대리시소경, 남경도찰원南京都察院 첨도어사僉都御史, 우부도어사右副都御史, 병부우시랑 겸 도찰원우첨도어사 등의 벼슬을 지냈다. 융경 원년1567 요왕 주헌절과 초왕부의 세자 주상냉朱常冷이 불법을 자행한다고 탄핵했다. 청렴하고 정직하며 간언을 잘해서 재상 서계徐階와 장거정이 매우 신임했다. 하지만 만력 11년1583 장거정 사후에 그가 장거정과 관계가 좋았다는 이유로 파직되었다.
286 郜光先 : 고광선郜光先,1533~1586은 명나라 후기의 대신이다. 그의 자는 자효子孝이고 호는 문천文川이며, 산서 장치현長治縣 사람이다. 가정 38년1559 진사가 되어 상해현 지현上海縣知縣을 배수했고, 이후 감찰어사, 대리시소경, 우첨도어사, 우부도어사, 연수순무延綏巡撫, 좌부도어사, 계주순무薊州巡撫, 요주순무遼州巡撫, 병부우시랑晋兵部右侍郎 등의 벼슬을 역임했다.
287 少司寇 : 형부시랑의 속칭으로, 소사구小司寇라고도 쓴다.
288 洪芳洲 : 명나라 후기의 대신 홍조선洪朝選,1516~1582을 말한다. 그의 자는 순신舜臣 또는 여윤汝尹이고, 호는 방주芳洲이며, 복건 동안同安 사람이다. 가정 21년1541 진사가 되어, 호부주사, 호부랑중, 이부랑중, 사천안찰부사四川按察副使, 산서좌참정山西左參政, 형부시랑刑部侍郎 등의 벼슬을 역임했다. 요왕遼王 사건 때, 황제의 명을 받고 조사를 진행해 법에 따라 처벌했다. 그뒤 장거정의 뜻을 거슬러 관직을 몰수당하고 체포되어 옥사했다. 저서에 『방주초고芳洲初稿』, 『귀전고歸田稿』 등이 있다.

與道臣[289]施篤臣[290], 務爲深文[291], 致燼國廢身錮. 後江陵公敗, 其母妃尙存, 歸咎江陵, 求復國. 廷議還故庶人骸歸葬, 而國不許復. 議者以此實江陵之罪, 已屬可笑. 乃洪氏之子謂朝選[292]不從江陵指授, 以至殞身. 又謂勞道亭堪中丞[293]以諂故相陷洪于死. 洪得復官, 勞至遣戍, 擧朝無人辨白其事, 尤堪浩歎. 微遼二王, 俱以左道邀上寵, 一甫及其子, 一不免于身, 並至夷滅. 雖其自取, 而當時承勘諸臣, 各以私意陷親藩于極典, 傷國恩甚矣.

---

289 道臣 : 명대에 포정사와 안찰사에서 각각의 도에 대한 행정, 사법 상황 등을 감독하고 시찰하던 관리들의 통칭.

290 施篤臣 : 시독신施篤臣, 1530~1574은 명나라 후기의 관리다. 그의 자는 돈보敦甫이고 호는 항재恒齋이며, 안휘 청양靑陽 사람이다. 가정 35년1556 진사가 되어, 공부주사工部主事, 공부원외랑工部員外郞, 호광안찰사부사湖廣按察司副使, 강서참정江西參政, 강서우포정사江西右布政使, 순천부윤順天府尹 등의 벼슬을 지냈다. 만력 2년1574 과로로 병사했다.

291 深文 : 법령을 엄하게 해석함.

292 朝選 : 홍방주를 말한다. 그의 이름은 조선朝選이고 방주는 호다.

293 勞道亭堪中丞 : 명나라 후기의 관리 노감勞堪, 1529~?을 말한다. 그의 자는 임지任之이고 호는 도정道亭 또는 여악廬岳이며, 강서 덕화현德化縣 사람이다. 가정 35년1556에 진사가 되어, 형부원외랑, 예부의제사주사禮部儀制司主事, 복건좌포정사福建左布政使, 복건순무, 남경대리시경 등의 벼슬을 지냈다. 만력 9년1581 복건순무로 있을 때 장거정의 지시를 받고 형부시랑 홍조만을 모해해 하옥하고 학대해 죽였다. 장거정 사후에 삭탈관직되어 수자리를 살았다.

장강릉이 갓 세상을 떠났을 때, 황상께서는 아직 그를 심하게 벌하려는 뜻은 없었고, 특히 태감 풍보가 오랫동안 전횡을 일삼은 것에 분개하여 크게 마음에 두었다. 장포판張蒲坂이 이미 정권을 잡고 있었기 때문에 동향의 문하생 어사 이식李植에게 넌지시 지시해 풍보와 함께 그의 심복 내관 장대수張大受 및 서기 서작徐爵의 죄를 들추어 추궁해서 황상의 의중을 떠보게 했는데, 처음에는 장강릉을 언급한 글자가 하나도 없었다. 풍보를 남경으로 쫓아내는 성지가 내려오자, 언관들은 황상의 뜻이 이미 움직였다는 것을 알고 비로소 연명해 옛 재상 장강릉을 탄핵했는데, 어사대의 강동지江東之와 양가립羊可立이 가장 먼저 상소를 올렸다. 황상께서 곧 세 신하를 소경少卿으로 승진시켜 간신을 고발한 공로를 표창하셨고, 이에 옛 요왕遼王의 모비母妃도 억울함을 호소하는 공개 상소를 올리니, 장거정 집안의 가산을 몰수하라는 성지가 내려왔다. 세상을 떠난 폐위된 요왕 주헌절은 황음무도했으므로, 순안어사巡按御史 진성陳省이 그의 죄를 탄핵한 것은 모두 억울한 일이 아니다.

장강릉은 처음에는 심하게 추궁할 마음이 없었는데, 당시 조정에서 형부시랑刑部侍郎 홍조선洪朝選을 보내 조사하게 했더니 그가 사람을 죽인 사건들을 알게 되었다. 잘못을 부풀리고 또 온 힘을 다해 죄가 확정되게 만들어 요왕부의 사직이 마침내 끝나게 되었다. 그런데 이 일이 있은 융경 2년1568에는 장강릉이 차규라서 그의 위세가 아직 대단하지 않았으니 또한 장강릉 혼자 요왕부의 멸망을 주도했다고 말할 수는 없다. 이 해에 홍조선은 조정으로 돌아왔고, 다음 해인 기사년1569 승진 심사에서 탄핵당해 사직하게 되자 또 스스로 소명하는 상소를 올렸지만 고향으로 돌아가 쉬라는 명을 받았다. 홍조선은 복건으로 돌아간 뒤, 복건 순무 노감勞堪에게 불법으로 고향에서 지내고 있다는 고발을 당해 감옥에서 죽었다. 음서蔭敍로 관리가 된 홍조선의 아들 홍경洪競이 대궐 앞에 엎드려 분명히 밝혀 고하며, 노감이 장강릉을 위해 온 힘을 다해 복수하느라 자신의 부친을 죽게 했다고 말했다. 홍조선의 옛 관직을 회복시키고 노감은 수자리를 살게 하라는 조서가 내려왔다. 하지만 요나라는 끝내 회복되지 못했다. 노감은 짐작한 대로 죄에 합당한 벌을 받았지만, 홍조선이 처리한 요왕 사건은 특히 많은 사람이 연관되었는데도 오히려 권세가를 거슬러 억울한 누명을 벗었으니, 또한 사리에 맞지 않은 것이다. 홍조선은 처음 산동순무로 있을 때 장구章邱 사람 소경 이선방李先芳의 집에 소장한 책이 많다는 것을 듣고는 그 책들을 빌려 보려 했는데 빌려주지 않아서 큰 옥사를 일으켜 이선방의 집안을 망하게 했다. 이에 이선방이 화를 내고 원통해하다가 죽었다. 홍조선이 비명에 죽은 것에 대해 혹자는 하늘의 뜻이 있다고 말한다. 우동우于東阿의 『곡산필주筆麈』에는 다만 홍조선이 소사구少司寇일 때 옛 도어사 양순楊順을 죽게 만들어 서화정에게 아첨했다는 것만 기록하고 있으니, 장구 사람 이중록李中麓의 일이 있었는지는 모르겠다. 홍조선과 이중록은 같은 해 진사인데, 이 때문에 사람들이 그를 더욱 경시한다.

江陵²⁹⁴初歿, 上未有意深罪之, 特忿馮瑠久橫, 意甚銜之. 張蒲坂²⁹⁵已
當國, 因授意同里門生李御史植²⁹⁶彈治馮保, 幷其掌家內官張大受, 書
記徐爵, 以嘗上意, 初無一字及江陵也. 及嚴旨逐保於南京, 諸言官知上
意已移, 始交章²⁹⁷彈射故相, 而臺中江東之²⁹⁸羊可立²⁹⁹, 最先上疏. 上尋
晉三臣少卿, 以旌發奸之功, 于是故遼府母妃, 亦露章訴冤, 而籍沒之旨
下矣. 故廢王憲㸑淫虐不道, 巡按御史陳省劾其罪, 皆不枉.

江陵初無意深求, 時廷遣刑部侍郎洪朝選往勘, 得其殺人諸事. 謬加增
飾, 且鍛鍊不遺餘力, 而遼社遂屋. 然事在隆慶二年, 張爲次揆, 其燄未
熾, 亦不得謂張獨主滅遼也. 是年洪還朝, 次年己巳, 卽以大計劾致仕,
又上疏自辨, 命閑住. 洪歸閩後, 爲撫臣勞堪訐其居家不法, 瘐死獄中.

---

294 江陵: 장거정을 말한다.
295 張蒲坂: 장사유張四維를 말한다.
296 李御史植: 명나라 만력 연간의 관리 이식李植, 생졸년 미상을 말한다. 그의 자는 여배汝
培이고, 양주揚州 강도江都 사람이다. 만력 5년1577 진사가 되어, 서길사, 어사, 태복
소경, 수덕지주綏德知州, 우첨도어사, 요동순무 등의 벼슬을 지냈다. 장거정 사후에
풍보를 탄핵한 일로 신종의 눈에 들었다.
297 交章: 두 사람 이상이 연명해 임금에게 상소하는 것을 말한다.
298 江東之: 강동지江東之,?~1599는 명나라 안휘 흡현歙縣 사람으로, 자는 장신長信이고 호
는 염소念所다. 만력 5년1577 진사가 되어, 행인行人, 어사, 우첨도어사, 귀주순무貴州
巡撫 등의 관직을 지냈다. 어사로 있을 때 서작徐爵과 풍보 등의 간신을 고발해 황제
의 눈에 들었다. 양응룡楊應龍을 정벌하려다 대패해서 파면되어 평민이 되었다.
299 羊可立: 양가립羊可立,1536~1595은 명나라 하남 여양汝陽 사람으로, 자는 자예子豫이고
호는 숭원崧原이다. 만력 5년1577 진사가 되어, 운남도감찰어사雲南道監察御史, 태상경,
대리평사大理評事 등의 벼슬을 지냈다. 운남도감찰어사로 있을 때, 어사 이식, 강동
지와 함께 장거정을 탄핵해 신종의 눈에 들었다.

洪子官生[300]競伏闕控辨, 謂勞爲江陵效力報冤, 致死乃父. 詔還其故官, 勞坐遣戍. 而遼國終不得復. 勞旣以承望抵罪, 然洪之處遼獄, 人多尤其已甚, 反用忤權昭雪, 亦事理之未允者. 洪初撫山東, 聞章邱李少卿先芳[301]家富藏書, 與借觀不與, 因起大獄, 破滅其家. 李以恚恨死. 及洪非命, 或謂有天道焉. 于東阿[302]『筆麈』[303], 但記洪芳洲爲少司寇時, 逼死故都御史楊順, 以媚華亭, 不知有章邱李中麓事也. 洪與中麓同年進士, 以此人尤薄之.

---

300 官生 : 명대 고위관료의 자제 중에서 음서의 대상이 되는 자제.
301 章邱李少卿先芳 : 이선방李先芳, 1511~1594은 명나라 산동 복주濮州 사람으로, 자는 백승伯承이고 호는 동대東岱 또는 북산北山이다. 가정 26년1547 진사가 되어, 신유지현新喩知縣, 호부주사, 형부랑중, 상보사승尙寶司丞, 상보사소경尙寶司少卿, 영국부동지寧國府同知 등의 벼슬을 지냈다. 만력 연간 초기에 사직하고 고향으로 돌아갔다. 그는 시를 잘 지었으며, 음률에 정통하고 특히 비파 연주에 뛰어났다.
302 于東阿 : 명나라 후기의 대신 우신행于愼行을 말한다.
303 『筆麈』 : 명나라 후기에 우신행이 쓴 『곡산필주穀山筆麈』를 말한다. 총 18권으로 되어 있으며, 명나라 만력 말년에 완성되었다. 내용은 주로 명나라 만력 연간 이전의 법령제도, 인물, 예악, 세금 문제, 변방의 사건 등을 다루고 있다. 특히 가정, 융경, 만력 시기 관료 사회의 문제점들, 사대부의 파렴치함, 사회·경제·문화 상황 등에 대해서는 필자가 직접 겪거나 보고 들은 사실을 기록하고 있다.

요왕 주헌절이 폐위된 일은 융경 연간 초기에 있었는데, 지금까지도 억울함을 호소하는 사람들이 있다. 아마도 이는 장강릉에게 죄를 돌려 의도적으로 그것을 없애려는 것으로, 요왕의 악행이 응당 폐위되어야 할 정도임을 모르고 지낸 지 오래된 것 같다. 요간왕遼簡王 주식朱植은 태조의 열다섯째 아들로, 그의 둘째 아들 통천왕通川王 주귀합朱貴烆이 요왕의 자리를 이었는데, 재위에 있은 15년 동안 여러 차례 순무와 과도관科道官에게 탄핵되어 처벌받았다. 영종께서 매번 서신을 내려 그를 훈계했지만 뉘우쳐 고치지 않았다.

정통 4년1439 일이 다 드러났다. 애초에 주귀합은 강릉왕江陵王 및 여계왕瀘溪王 두 군왕과 음란하게 굴고 또 천호千戸 조광曹廣 등의 처와 딸 수십 명과 간통했는데, 도리에 맞지 않게 간통하다 죽은 자가 십여 명이었다. 또 장사 두술杜述을 때려죽이고, 형주지부荊州知府 유영택劉永澤을 마음대로 매질했다. 공물을 바친다는 명분으로 이릉彝陵과 강릉江陵 등 주현州縣의 군민들에게서 감귤을 강탈하고, 인부를 기용해서 핍박해 죽인 자가 삼십 명이었다. 군인 허준許俊을 의빈 유형劉亨에게 노비로 하사하고, 허준의 처를 의빈 주영벽周英璧에게 하사해 범하게 했다. 그 외의 죄도 헤아릴 수 없이 많다. 황상께서 요왕을 북경으로 불러 친히 국문鞫問하시고 또 탄핵 상소들을 보여주니, 요왕은 잘못을 인정하고 아무 말이 없었다. 이에 돌려보내되 작위를 빼앗아 평민으로 삼아서 무덤을 지키게 하고 한 해의 봉록은 천 석을 지급하며, 그의 동생 흥산왕興山王 주귀애朱貴爔가 왕위를 잇도록 명하셨다. 주귀합은 나라를 잃어 마땅한 씻을 수 없는 죄를 지었다. 당시는 건국 초기에서 오래되지 않았기에, 내각의 세 양씨 등은 감히 황족의 대국을 쉽게 바꾸지 못했으므로 그저 가벼운 처벌을 따를 수밖에 없었다. 2대 뒤에 요왕이 된 주은계朱恩鐕가 사사로운 원한으로 어느 날 종실의 진국장군 주은착朱恩鑡 등 80명을 시해한 지 며칠 안 되어 장남이 죽었고, 얼마 후 요왕 역시 등에 등창이 생겨 돌아가셨다. 또 한 대가 지나 주헌절은 마침내 제사가 없어지게 했으니, 악업을 쌓아 후대에 재앙을 미침이 이와 같았다.

○ 주귀합의 아들 주호집朱豪壏은 주귀합이 처음 봉해졌던 군왕의 작위를 받아 지금까지 망하지 않고 나라를 전하고 있다. 하지만 주헌절의 아들은 모두 평민이 되어 초왕부로 옮겨 엄중히 단속되고 있다. 내 생각에는, 융경 2년1568 형부시랑 홍조선이 올린 주헌절의 죄상이 매우 상세해 모두 사면령이 내리기 전에 처벌되었다. 이야기하기 좋아하는 자들은 오히려 홍조선이 장강릉에게 아부하지 않고 요왕을 보호하려다가 죄를 얻었다고 하는데 정말 잠꼬대 같은 헛소리일 뿐이다.

원문 **遼王貴焰罪惡**

遼王憲爔之廢也, 事在隆慶初年, 人至今有稱冤者. 蓋歸罪張江陵有意殄之也, 不知遼之惡當廢久矣. 遼簡王植, 爲太祖第十五子, 有庶第二子[304]通川王貴焰[305]嗣遼王，在位十五年，屢爲撫按科道所彈治．英宗每降書戒之不悛．

　至正統四年，事盡發．初與江陵瀘溪二郡王淫亂，又姦通千戶曹廣等妻女數十人，非理姦死者十餘人．又杖死長史杜述，擅笞荊州知府劉永澤．假以進貢爲名，奪彝陵江陵等州縣軍民柑橘，起人夫逼死者三十人．以軍人許俊賜儀賓劉亨爲奴，以許俊妻賜儀賓周英璧與之姦．其他罪不可勝紀．上召王至京親鞠之，且示以諸彈章，王輸服無辭．乃命遣歸，革爵爲庶人，伴守墳塋，仍支歲俸一千[306]石，以其庶弟興山王貴燸[307]嗣封．蓋貴焰之當失國有餘辜矣．時去國初未遠，內閣三楊等，未敢輒移[308]同姓大國，故僅從薄罰．又二世爲王恩鐥[309]，以私怨一日殺宗室鎭國將軍恩鑰等八十人，不數日而長子死，未幾王亦疽發背薨．又一世而憲燷終覆其

---

304 庶第二子 : 중화서국본『만력야획편』에는 '서제이자庶弟二子'로 되어 있는데, 상해 고적본에는 '서제이자庶第二子'로 되어 있다. 문맥상 둘째 아들이라는 뜻으로 보이 므로, 상해고적본에 근거해 수정했다. 【역자 교주】

305 貴焰 : 명나라 제2대 요왕遼王 주귀힙朱貴焰, 1397~1449을 말한다. 요동도사遼東都司 광녕 위廣寧衛 사람이다. 요간왕 주식朱植의 둘째 아들이다. 영락 2년1404 장양군왕長陽郡王 에 봉해졌다가 영락 22년1424 요왕의 지위를 계승했다. 15년이라는 재위 기간 동 안 저지른 수많은 악행으로 결국 정통 4년1439 폐위인되고 황명으로 요간왕의 무덤 을 지키게 되었다.

306 千 : '천千'은 원래 '십十'으로 되어 있는데 사본에 근거해 고쳤다千原作十，據寫本改. 【교주】

307 貴燸 : 명나라 제3대 요왕 주귀애朱貴燸, 1399~1471를 말한다. 요간왕 주식의 넷째 아들 이다. 영락 2년1404 흥산왕興山王에 봉해졌다가 정통 4년1439 요왕의 지위를 계승했 다. 시호가 숙肅이라서 요숙왕遼肅王이라고 부른다.

308 移 : 사본에는 '이移'자가 '이夷'자로 되어 있다寫本移作夷. 【교주】

309 恩鐥 : 명나라 제5대 요왕 주은계朱恩鐥, 1452~1495를 말한다. 호광성 형주부荊州府 강릉 현 사람이다. 성화 13년1477 신택왕申澤王에 봉해졌다가 성화 16년1480 요왕에 봉해 졌다. 홍치 8년1495 세상을 떠났고, 시호가 혜惠라서 요혜왕遼惠王이라 부른다.

祀, 積不善遺殃如此.

○ 貴焓之子豪壉[310], 仍受貴焓初封郡爵, 至今傳國不廢. 而憲㸅之子俱革爲庶人, 徙楚府鈐束矣. 按隆慶二年, 刑部侍郎洪朝選, 所上憲㸅罪狀甚詳, 皆罪在赦前. 談者反謂洪不阿江陵, 欲存遼得罪, 眞說夢耳.

---

310 豪壉: 명나라 요왕 주귀합의 장남 주호집朱豪壉,?~1510을 말한다. 그는 부친 주귀합이 처음 봉해졌던 군왕의 지위를 세습해 성화 10년1474 제2대 장양왕長陽王이 되었다. 재위 기간은 성화 10년1474부터 정덕 5년1510까지다. 시호가 소화昭和라서 장양소화왕長陽昭和王이라 부른다.

번역 초楚나라 종실이 죽임을 당하다

초나라 종실이 공물을 강탈한 사건은 관찰사 주응치周應治가 반역을 보고한 것에서 시작되어 순무巡撫 조가회趙可懷가 족쇄와 수갑으로 체포한 것으로 끝이 났는데, 나중에 처분은 확실히 지나친 면이 있다. 하지만 재물을 약탈하고 또 순무巡撫 겸 상서尙書까지 무단으로 죽였는데 어찌 가벼운 죄에 처할 수 있는가. 사형을 내리는 것으로 사건이 마무리된 것은 괜찮지만 몸과 머리가 다른 곳에 처하는 능지처참형은 이미 너무 지나치다고 생각되는데, 현릉顯陵에서 형벌을 집행하는 정도에 이른다면 매우 잘못된 것이다. 현릉은 흥왕부興王府의 옛 정원인데, 태조의 자손이 어찌 관여해 이 일을 제사에서 고하겠는가? 처음에는 지방의 여러 신하들이 공을 탐해 망령되이 군사를 일으켜 역모를 일으켰다고 보고했다. 당시 이 사건을 기뻐한 자들은 운양순무鄖陽巡撫 호심득胡心得과 같은 이들인데, 변경에서 군대를 점검하고 상소를 올려 군대 합류를 청하면서 그 일을 과장하여 이러한 엄한 법률을 적용하기에 이르렀다. 지금 옛 재상을 공격하는 자는 초나라 종실이 죽을 죄는 아니라고 말하지만 이 의론은 또 확실치 않다. 당시의 어진 이들은 곽강하郭江夏의 억울함을 밝히고 심사명沈四明의 죄가 심함을 밝히려 했지만 잘못된 것을 바로잡으려다 지나쳐서 오히려 안 좋게 되어버렸다. 총괄하자면 앞의 사안에서는 가혹함을 잃었고 뒤의 사안에서는 너그러움을 잃었는데 모두 당시의 정세로 인해 그렇게 된 것이지 통상적인 의견은 아니었다. 훌륭하게도 원중랑袁中郎이 시에서 "나라의 체통과 번왕의 규율은 다 논할 것 없이, 늙은 신하가 피칠한 것이 가련하구나"라고 했으니 그 뜻을 다한 것이다.

楚宗伏法[311]

楚宗劫槓[312]一案, 起于道臣周應治[313]之報反, 成于撫臣趙可懷[314]之鏍柑, 後來處分誠過. 然劫掠貨財, 又無端殺一巡撫尙書, 何可末減[315]. 獄成[316]賜死足矣, 身首異處, 已覺太過, 至行刑顯陵[317], 則舛甚矣. 顯陵爲興邸舊園, 與太祖子孫何預, 而祭告之耶? 始則地方諸臣貪功, 妄報稱兵謀逆. 一時喜事者, 如鄖陽巡撫胡心得等, 勒兵[318]境上, 疏請會師[319], 張

---

311 伏法 : 형벌을 받아 죽음을 당함.
312 槓 : 원래 무거운 물건을 들 때 지렛대로 사용하는 두꺼운 나무막대기인데 상자를 가리키는 말로도 사용되었고, 특히 민간에서는 황실에 헌상하는 물건을 황공皇槓이라 불렀다. 여기서는 황실에 보내는 공물貢物의 뜻으로 사용된 것으로 보인다.
313 周應治 : 주응치周應治, 생졸년 미상는 명나라 만력 연간의 관리다. 그의 자는 군형君衡이고, 절강 은현鄞縣 사람이다. 만력 8년1580 진사가 되어, 분의지현分宜知縣, 남경이부주사, 호광병비부사湖廣兵備副使, 호광관찰사湖廣觀察使 등의 벼슬을 지냈다.
314 趙可懷 : 조가회趙可懷,?~103은 명나라 후기의 대신이다. 그의 자는 영우寧于이고, 파현巴縣 사람이다. 가정 44년1565 진사가 되어, 산동 문상현령汶上縣令, 어사, 병부우시랑, 응천순무應天巡撫, 복건순무福建巡撫, 호광순무湖廣巡撫, 병부상서 등의 벼슬을 지냈다. 초나라 종실이 황실에 바치는 공물을 강탈한 사건 발생 당시 병부상서 겸 호광순무湖廣巡撫였던 조가회는 판결에 불만을 품은 사람에게 맞아 죽었다.
315 末減 : 가장 가벼운 죄에 처하다.
316 獄成 : 사건 심리가 종결되는 것을 말함.
317 顯陵 : 명대 흥헌제興獻帝의 능으로, 지금의 후베이성 중샹鐘祥시 동쪽에 있다.
318 勒兵 : 군대의 대오를 정돈하고 점검하다.
319 會師 : 부대가 합류하다.

大其事, 以致用此重典[320]. 今攻故相者, 至謂楚宗無死法, 此議又未確.
時賢特欲白江夏之冤, 甚四明之罪, 未免矯枉過正[321]. 總之前案失之苛,
後案失之縱, 皆時局使然, 非通論也. 善乎袁中郎[322]之詩曰, "國體藩規
俱不論, 老臣塗血也堪憐," 盡之矣.

---

320 重典 : 엄한 제도나 법률.
321 矯枉過正 : 잘못된 것을 너무 지나치게 바로잡으려다가 오히려 나쁜 결과를 초래한
다는 말이다.
322 袁中郎 : 명나라 말기의 문학가 원굉도袁宏道, 1568~1610를 말한다. 그의 자는 중랑中郎
이고 호는 석공石公이며, 형주부荊州府 공안公安 사람이다. 만력 20년1592 진사가 되
어, 오현지현吳縣知縣, 예부주사禮部主事, 이부험봉사주사吏部驗封司主事, 이부랑중吏部郞
中 등의 벼슬을 지냈다. 이지李贄의 문하에서 수학했고, 시의 진수는 개성의 자유로
운 발로이며 격조格調에 얽매여서는 안 된다고 주장했다. 형 원종도袁宗道, 동생 원
중도袁中道와 함께 '삼원三袁'으로 일컬어지며, 출신지 이름을 따서 공안파公安派로
불린다.

초민왕楚愍王 주현용朱顯榕이 피살된 것은 가정 24년1545 정월의 일이다. 전하는 말에 따르면 세자 주영요朱英燿는 민왕이 아끼던 방삼아方三兒와 사통하여 자신의 거처로 빼앗아 왔는데, 부친에게 폐위될까 두려워 마침내 역모를 일으켜 역도들과 정월대보름날 관등할 때 거사하기로 약속했다. 18일이 되자 민왕을 연회에 초대하여 독주를 바쳤는데 효험이 없어 구리로 된 몽둥이로 쳐 죽이고, 중풍으로 갑자기 죽었다고 각 종실에 부고를 알렸다. 당시 순무안찰사가 먼저 실상을 보고하자, 세종께서 주영요를 형틀을 씌워 북경으로 압송해 주살하셨다. 이전의 글과 사서에서 기록한 내용은 모두 이렇게 되어 있다. 하지만 그 발단이 이로부터 말미암은 것이 아니라는 소문이 있다. 이에 앞서 민왕은 자기 나라에서 난폭해 안팎에서 모두 감당할 수 없어서 민심이 떠났다. 그리고 주영요가 병으로 다리를 절룩거리며 걸음을 잘 걷지 못했는데, 그의 부친이 둘째 아들 주영험朱英燫을 아껴 왕위를 그에게 주려고 주영요에게 여러 차례 "고통스럽게도 발에 병이 있는데, 어찌 명예와 작위를 버리고 장생하는 것을 배우지 않느냐?"라고 말했다. 주영요가 이 때문에 한이 맺히고 화가 나서 목숨을 건 거사를 하고자 결의를 했던 것이다. 그 후 주영험이 마침내 왕위를 얻었고 융경 5년1571에 죽었으며 시호는 공왕恭王이다. 그의 자식이 지금의 초왕 주화규朱華奎로, 근래에 종실에서 시비곡절을 다툰 끝에 싸안고 들어온 자이다. 장자를 폐위하고 어린 동생을 왕으로 세운 일은 원소袁紹와 유표劉表처럼 여지껏 실패하지 않은 적이 없다. 지금 다행히 실패를 면한 것은 그 아들이 약했기 때문이다.

원문 英燿³²³弑逆之由

楚恭王顯榕之被殺也, 事在嘉靖二十四年正月. 相傳世子英燿, 烝恭王所嬖方三兒, 簒致于室, 懼爲父所廢, 遂起異謀, 與逆徒約以上元觀燈擧事. 至十八日邀恭王宴, 進鴆不效, 乃用銅瓜³²⁴擊斃, 以中風暴卒, 訃于各宗室. 時撫按先以實狀聞, 世宗械燿至京伏誅. 向來爰書, 及史所書, 皆然. 然聞其端不由此. 先是恭王暴于其國, 內外俱不能堪, 人已離心. 而英燿病躄, 不良于行, 其父又愛次子英熸, 欲以位畀之, 屢說燿曰, "若苦足疾, 何以不棄名爵學長生?" 燿以是恨怒, 決意爲冒頓之擧. 其後英熸果得立, 沒于隆慶之五年, 諡恭王. 子爲今王華奎, 卽近日宗室所訟, 爲抱入者也. 廢長立幼, 未有不敗, 如袁紹³²⁵劉表³²⁶. 今幸免者, 其子弱耳.

---

323 英燿 : 명나라 초민왕楚愍王 주현용朱顯榕의 서장자 주영요朱英燿,?~1545를 말한다. 초나라의 세자世子로, 가정 24년1545 부친 주현용을 시해하려다 발각되어 사형당했다.
324 銅瓜 : 옛날 근위병이 들던 병장기로, 몽둥이 끝이 참외 모양으로 생겼고 구리로 만들어 금색을 띠었다.
325 袁紹 : 원소袁紹,?~202는 후한 말기의 무장이다. 자는 본초本初이고, 여남군 여양현汝陽縣 사람이다. 명문가의 사생아 출신으로 젊어서는 청류파 사상가로 명성을 떨쳤다. 후한의 정치적 부패를 타파하고자 십상시를 일소했지만, 동탁의 개입으로 정권을 잡는 데 실패하고 중앙에서 쫓겨났다. 원래는 중앙에서 태어난 관료 출신이었지만 사상가·정치가로서의 명망과 경력을 바탕으로 기주 일대에서 빠르게 군벌화했고, 한복, 공손찬, 장연, 전해, 공융 등의 정부 관료·군벌들을 격파·병합함으로써 가장 강력한 세력을 형성했지만 조조에게 패한 뒤 202년에 병으로 죽었다. 후계자

초왕楚王은 태조의 여섯째 아들인데, 민왕愍王에 이르러 세자 주영요 朱英耀에게 시해되었다. 주영요는 법에 따라 사형당하고 서자 주영험朱 英燫이 왕위를 계승했는데, 이 사람이 바로 공왕恭王이다. 재위한 지 오 래도록 아들을 낳지 못하자, 말하기 좋아하는 자들은 그는 남자도 아 니며 진晉나라 해서공海西公처럼 만년에 후사를 위해 한 계획이 매우 은 밀했다고 시끄럽게 떠들어댔다. 일찍이 여러 차례 사이가 좋은 번국의 관료들에게 뜻을 내보였지만 모두 화를 당할까 두려워 감히 받들지 못 하니, 이에 총애하는 신하와 도모하여 쌍둥이 두 아들 사건이 일어났 다. 주영험이 죽고 그 아들이 아직 어려서 무강왕武岡王 주현괴朱顯槐가 나라를 보살폈다. 무강왕은 그 아들의 이름을 지은 상황을 익히 알고 있었으므로 선대에 소장한 진귀한 보화들을 다 가지고 떠났지만, 나라 사람들이 지난 일을 들추어내길 두려워해 감히 비난하지 않았다. 지금 왕이 작위를 계승한 지 30년이 지났는데도 종실 사람들이 그 약속을

원상은 종형 원담의 반발로 내전이 일어난 사이에 조조에게 토벌되었다.

326 劉表 : 유표劉表, 142~208는 후한 말기의 정치가다. 노공왕魯恭王의 후손으로, 그의 자 는 경승景升이고, 산음山陰 고평高平 사람이다. 헌제獻帝 초평初平 원년190 형주자사荊州 刺史가 된 뒤, 형주 호족의 지지를 얻어 호북湖北과 호남湖南 지방을 장악했다. 이각李 傕과 곽사郭汜가 장안長安에 들어왔을 때 그를 진남장군鎭南將軍과 형주목荊州牧에 임 명하고 성무후成武侯에 봉했다. 조조曹操와 원소袁紹가 관도官渡에서 대치하고 있을 때 원소가 그에게 구원을 청했지만, 어느 쪽도 도와주지 않았다. 혼전에 가담하지 않고 주민을 돌보면서 조용히 자신을 지켰다. 조조가 원소를 물리치고 정벌하러 왔지만 도착하기 전에 병으로 죽었다.

다시 받들지 않아서 왕이 오히려 법으로 그들을 다스리자, 주화월朱華越 등이 이를 비방하며 아뢰었으나 조정에서 의론해 결정을 내릴 수 없었다. 예부禮部를 맡은 곽강하郭江夏는 평소에 그 일이 공평하지 않다고 여겨 조사에 주력했기 때문에 그가 지위를 떠나자 그 화가 관리들에게 미쳐 지금까지도 그치질 않는다. 생각해보면 주영요가 가정 24년1545에 부친을 시해하는 역모를 저질렀고, 가정 35년1556에는 휘왕徽王 주재륜朱載圳이 전답과 가택, 자녀들을 강탈했다. 가정 42년1563에는 이왕伊王 주전영朱典楧이 음란하고 포악하게 불법을 저질렀고, 얼마 후에는 요왕遼王 주헌절朱憲㸅이 무자비하게 사람을 죽였다. 이들 모두가 왕의 작위를 박탈당하고 나라가 없어졌으며 몸은 감옥에 구금되었고 자손은 모두 평민이 되었다. 이 세 나라는 방만하고 사치해 도를 잃은 것에 불과한데 오히려 폐위와 구금에 이르렀다. 주영요는 몸소 대역죄를 지었고 악랄함은 상신商臣을 넘어섰는데도, 그저 그 궁만 더럽히고 겨우 군왕만을 보존하여 전례대로 이웃 번국의 통제를 받게 해야 했는가? 어찌 봉작을 엄연히 두어 공왕恭王에게 이도아李道兒와 같은 의심이 있게 했는가? 민왕의 두 아들 중 하나는 생부를 찔러 죽이고 다른 하나는 스스로 제사를 베어냈으니, 둘 모두 천지사방에서 받아줄 데가 없었다. 당시 나랏일을 맡은 자는 하귀계와 엄분의 두 공이었는데, 그 견해가 결국 고신정과 장강릉의 아래에 있어, 사람들을 우울하게 한다.

○ 왕엄주의 기록에는 동안왕東安王 주현완朱顯梡이 초왕부의 일을 관리했다고만 되어 있다. 대개 주현괴가 나랏일을 대신 돌볼 때 음란하

고 탐욕스러워 불법을 저지르고 많은 생명을 멋대로 죽여서 순무안찰
사에게 탄핵되었고, 이에 비로소 주현완으로 명을 바꿔 내렸다. 왕엄
주가 우연히 주현괴의 일을 빠뜨리고 기록한 것일 뿐이다.

원문 **楚府前後遭變**

楚王爲太祖第六子, 傳至愍王, 見弒于世子英耀. 耀伏法, 以庶子英㷿
嗣位, 是爲恭王. 在位久無所出. 說者譁言不男, 如晉海西公[327]晚年爲後
計者甚密. 曾屢示意所厚藩僚, 俱懼禍不敢承, 乃謀於嬖倖, 因有學生二
子事. 英㷿薨, 子尙幼, 以武岡王顯槐[328]監國. 武岡習知其所名子狀, 盡
取先世所藏珍異寶貨以去, 國人畏發往事, 不敢詰. 今王嗣爵已三十年,
宗人不復奉其約束, 王尙以法繩之, 致有華越等訐奏, 朝議不能決. 郭江
夏署禮部, 素不平其事, 力主發勘, 因而去位, 禍延縉紳, 至今未已也. 按

---

327 晉海西公 : 동진의 제7대 황제 사마혁司馬奕, 342~386을 말한다. 그의 자는 연령延齡으
로, 하남군 온현 사람이다. 동진의 제3대 황제인 성제 사마연司馬衍의 둘째 아들로,
함강咸康 8년342에 동해왕에 책봉되었고, 이후 산기상시, 진군장군, 동기장군, 낭야
왕 등에 봉해졌다. 흥녕興寧 3년365 애제의 뒤를 이어 황위에 올랐다가 재위 6년 만에
폐위되고, 태화 6년371 동해왕으로 강등되었고 이후 해서공海西公으로 다시 강등되
었다. 황후와의 사이에 자녀가 없었고, 미인美人의 품계에 있던 전씨田氏와 맹씨孟氏
에게서 3명의 아들을 낳았으나 이들은 모두 친아들로 인정받지 못했다.
328 武岡王朱顯槐 : 명나라 초단왕楚端王 주영계朱榮減의 셋째 아들이며 제1대 무강왕인
주현괴朱顯槐, 생졸년 미상를 말한다. 그의 자는 알 수 없고 자호는 소학少鶴이다. 가정
17년1538 무강왕에 봉해졌고, 융경 5년1571 주영험이 세상을 떠나자 나이 어린 세자
를 대신해 잠시 초왕부의 일을 맡아 처리했다. 만력 2년1574 재물 착복, 뇌물수수,
살인 등의 악행이 밝혀져 파면되었다.

英耀以嘉靖二十四年弑逆, 三十五年徽王載塡以奪田宅子女. 四十二年
伊王典楧以淫虐不法. 未幾遼王憲㸅以酗横殺人. 俱削爵除國, 身錮高
牆, 子孫俱爲庶人. 此三國, 不過縱汰失道, 尙至廢錮. 英耀躬爲大逆, 惡
踰商臣[329], 只宜污瀦其宮, 止存郡王, 聽鄰藩節制如故事? 何以茅土[330]儼
然, 致恭王有李道兒[331]之疑? 然則愍王二子, 一刱刃所生, 一自斬其祀,
皆覆載[332]所不受也. 時當國者爲夏嚴二公, 其見終出新鄭江陵之下, 令
人邑邑.

○ 弇州所紀, 止云東安王顯梡[333]管理府事. 蓋顯槐監國, 淫婪不法, 擅

---

329 商臣 : 상신商臣,?~B.C.614은 춘추 시대 초나라의 군주인 초목왕楚穆王이다. 성은 웅씨
    熊氏고, 이름은 상신商臣이다. 태자로 있을 때 폐위될까 두려워 궁위병宮衛兵으로 부
    친 성왕成王을 포위하고 자살하게 한 뒤 왕위에 올랐다. 재위 기간 중에 강江나라,
    육六나라, 요蓼나라 등 중원으로 진출하는 길목에 위치한 회수淮水 유역 소국들을
    차례로 정벌하여 중원 제후들을 위협하고, 중원의 진陳나라와 정鄭나라 등을 침입
    하여 초나라의 영역과 세력 범위를 넓혔다. 12년 동안 재위했고, 시호는 목穆이다.
330 茅土 : 왕이나 제후의 봉작. 천자가 왕이나 제후를 봉할 때, 오행설五行說에 근거하여
    제단을 쌓았는데, 봉토가 있는 방향에 맞는 색깔의 흙을 흰 띠풀로 싸서 주었다.
    각 방위에 따라 동쪽은 푸른색, 서쪽은 흰색, 남쪽은 붉은색, 북쪽은 검은색, 중앙
    은 황제의 땅이라 황색의 흙을 사용했다.
331 李道兒 : 이도아李道兒,?~468는 남조 시기 송宋나라의 대신이다. 임회臨淮 사람으로, 명
    제明帝 유욱劉彧이 상동왕湘東王이던 시절의 스승이었다. 완전부阮佃夫 등과 모의해 상
    동왕을 황제로 옹립한 공로로 신유현후新渝縣侯에 봉해졌다. 그후 벼슬이 중서통사
    사인中書通事舍人, 급사중에까지 이르렀다. 태시泰始 4년468 병사했다. 송나라 제8대
    황제 유욱劉彧의 생모 귀비 진묘등陳妙登이 이도아의 첩이었기 때문에, 유욱의 생부
    가 명제가 아니라 이도아라는 설이 있다. 여기서는 초정왕 주화규가 초공왕의 아
    들이 아니라는 설을 유욱이 송명제의 아들이 아니라는 설과 관련지어 이도아를
    언급한 것으로 보인다.
332 覆載 : 하늘이 만물을 덮고 땅이 만물을 싣고 있다는 의미로, 천지를 말함.
333 東安王顯梡 : 명나라 제4대 동안왕東安王 주현완朱顯梡,?~1587을 말한다. 동안공의왕東
    安恭懿王 주영숙朱榮淑의 셋째 아들인데, 가정 37년1558 진국장군鎭國將軍으로 동안장

殺多命, 爲撫按所劾, 始改命顯梡. 弇州偶失記顯槐耳.

초왕부의 종실 주화월朱華越 등이 초왕을 비방했을 때, 처음에는 국사를 맡고 있던 심사명沈四明이 그 일을 밝히지 않으려고 마침내 통정사通政司에서 그것을 막고 올리지 못하게 했다. 이에 초왕을 비방한 일을 주도했던 예부禮部의 곽강하가 직접 심사명이 상소를 막은 일을 고발했다. 곽강하는 이 때문에 급사給事 전몽고錢夢皐와 양응문楊應文 무리에 의해 탄핵당해 자리에서 물러났고, 이에 초왕부에 대한 조사도 그만두게 되었다. 그해 겨울 요서妖書 사건이 일어나 전몽고와 양응문이 강어사康御史의 무리와 함께 마침내 곽강하가 주모했다고 연좌시키고자 했다. 이 때문에 그 여파가 차규 심상구沈商邱에게 미쳤고, 제수緹帥 왕지정王之楨이란 자에게까지 여파가 미쳤으니, 원수의 동료 주가경周嘉慶을 연좌시키고자 환관 진구陳矩의 힘을 빌어 다투고 나서야 그만두었다. 말을 전하는 자들은 곽강하의 부친이 초왕에게 태형을 받은 적이 있어 원수가 되었다고 하며, 초지역 출신 옛 재상이 요왕을 폐위시킨 일을 끌어다 비유했다. 장강릉이 더 원통했는지는 알 수 없지만 이 사람이 더 원통하고 원통한 자이다. 당시 초 공왕이 한창 나이였을 때 우리 고향 사람 심장정沈樟亭이란 자가 초왕부의 기선紀善이었는데, 두 사람은 물고기와 물처럼 서로 잘 지냈다. 하루는 문득 춘신군春申君과 양적陽翟 사람 여불위呂不韋의 열전列傳을 내보였는데, 심장정이 그 뜻을 알고는 목숨을 걸고 사양하며 감히 맡지 못했다. 초왕의 뜻이 마침내 바뀌어 더 이

상 거론하지 않았으니 다른 곳에 뜻을 둔 것이었다. 얼마 후 자녀를 얻는다는 상서로운 소식이 알려지자 심장정은 화가 미칠까 두려워 항주로 가서 노년을 의탁했다. 심장정은 바로 좨주祭酒 풍몽정의 외조부인데, 직접 나에게 말해주면서 또 "곽강하가 어리석었습니다. 이 일은 중대하기때문에 사실이 밝혀졌을 때는 반드시 수백 명이 죽게 되니, 심사명이 실행하려 하지 않은 것 역시 노련한 견해였습니다. 다만 그에게 영합하는 자들이 곽강하를 너무 심하게 매도했을 뿐입니다"라고 탄식했다. 요서 사건이 정리되자 곽강하는 겨우 죄를 면할 수 있었다. 1년이 지난 을사년乙巳年, 1605에 급사 전몽고의 무리는 중앙관 인사고과에서 폄적당해야 했지만 유용해야 한다는 쪽으로 중지가 모아졌는데, 아마도 일을 맡은 자들이 곽강하 탄핵에 공헌한 자들이었던 듯하다. 그러나 이들은 끝내 그 지위를 불안해했다고 한다.

원문 **楚府行勘**

楚宗室華越等之訐王也, 初沈四明當國, 意不欲發其事, 遂令通政司遏之不上. 乃主訐王者郭江夏[334]也, 時正署禮部, 直發沈遏疏事. 郭因此爲給事錢夢皐楊應文輩所彈劾去位, 楚亦得罷勘. 其冬卽有妖書一事, 錢楊與康御史輩, 竟欲坐江夏主使. 因而波及次揆沈商邱, 至緹帥王之楨者,

---

334 郭江夏 : 명 만력 연간의 관리 곽정역을 말한다. 곽정역이 강하江夏 사람이라서 곽강하郭江夏라고도 부른다.

則欲坐所仇同僚周嘉慶, 賴大璫陳矩力爭而止. 諸言者謂江夏父曾受楚

王笞, 借報仇, 引楚故相廢遼事爲喩. 不知江陵已冤, 此更冤之冤者. 當

楚恭王壯年時, 吾鄕有沈樟亭者[335]爲楚紀[336], 善相得如魚水. 一日, 忽出

春申君[337]呂陽[338]翟二傳示之, 沈知其旨, 以死謝, 不敢當. 王意遂移, 置

不復道, 而他有所屬矣. 尋報莞簟[339]之祥, 沈懼禍及, 致其事歸老于杭.

沈卽馮祭酒[340]外翁, 親爲余言, 且歎曰, "郭明龍[341]憨矣. 此事重大, 得實

---

335 沈樟亭者 : 이름은 누락되어 있다名失記. 【교주】

336 楚紀 : 초왕부의 기선紀善을 말한다. '기선'은 명대 각 왕부에 2명씩 두었던 정8품
의 관직으로, 간언과 강의를 담당했다.

337 春申君 : 전국시대 말기 초나라의 정치가 황헐黃歇,?~B.C.238을 말한다. 제齊나라의 맹
상군孟嘗君, 조趙나라의 평원군平原君, 위魏나라의 신릉군信陵君과 함께 전국사군戰國四
君으로 불린다. 황헐은 태자 완完을 모시고 진나라에 볼모로 갔다가 태자와 함께
목숨을 걸고 탈출한 뒤, 완이 즉위해 고열왕考烈王이 되자 재상에 오르고 춘신군에
봉해졌다. 초나라의 내정을 쇄신하고 군법, 행정 편제, 법전 등을 정비해 쇠퇴일로
에 놓인 초나라를 마지막으로 부흥시키고자 노력했다. 고열왕이 아들이 없었는
데, 춘신군이 임신한 이원李園의 누이동생을 고열왕에게 바쳐 아들을 낳고 그가
나중에 유왕幽王이 된다. 비밀이 밝혀질 것을 염려한 이원은 고열왕이 병으로 죽자
춘신군과 일족을 모두 살해했다.

338 呂陽翟 : 중국 전국시대 말기 진秦나라의 정치가인 여불위呂不韋,?~B.C.235를 말한다.
원래는 양적陽翟의 대상인으로, 국경을 넘나들며 장사해 거금을 모은 전국시대 대
부호였다. 조趙나라에 인질로 잡혀 있던 자초子楚를 왕위에 올려 장양왕莊襄王이
되게 하고, 자신은 재상이 되어 막후 권력자로 진나라의 정치를 좌우했다. 임신한
애첩을 장양왕에게 바쳐 왕후로 삼게 하고, 그 뒤로도 계속해서 불륜 관계를 유지
했다. 장양왕 사후에 이 관계가 들통날까 두려워 태후에게 보낸 노애라는 사내가
태자 정政을 제거하려는 반란을 일으켰다가 극형을 당했다. 여불위는 이 사건에
연루되어 파면되고 촉 땅으로 귀양을 갔으나 점점 압박해오는 진왕 정의 중압감을
못이겨 마침내 자살했다. 여불위의 애첩이었던 장양왕의 왕후가 낳았기 때문에,
진시황은 장양왕의 아들이 아니라 여불위의 아들이라는 설이 있다.

339 莞簟 : 자식을 낳는다는 징조.

340 馮祭酒 :『만력야획편』의 저자 심덕부의 친구인 풍몽정馮夢禎을 말하는 것으로 보

時必殺數百人, 四明不欲行, 亦老成之見. 但迎合者詈郭太甚耳."妖書事寧, 郭僅而得免. 越一年乙巳, 錢給事輩, 以京考當謫, 中旨留用, 蓋當事者酬劾郭之勳也. 然諸公終不安其位云.

인다. 풍몽정은 남경국자감좨주南京國子監祭酒를 지낸 뒤 파직당하고 항주로 가서 지냈다.

341 郭明龍 : 명 만력 연간의 관리 곽정역郭正域을 말한다. 명룡明龍은 곽정역의 호다. 이 문장의 상단부에서 곽정역에 대한 호칭을 '곽강하'라고 했기 때문에 동일 인물에 대한 호칭의 통일을 위해 곽명룡을 곽강하로 번역했다.

계묘년1603 초왕부 사건이 일어났을 때 보류할 것인지 조사할 것인
지 의견이 일치하지 않았는데, 그중에는 각각 나름의 이유가 있었으며
보류를 주장하는 자들은 더더욱 대부분 사심을 품고 있었다. 당시 유
일하게 가장 청렴하고 공정했던 사도司徒 조남저趙南渚마저도 역시 죄를
묻지 말 것을 주장했다. 곽강하郭江夏의 주장이 틀렸다고 말하는 것은
아니지만 사태의 심각성으로 인해 사형에 처해야 하는 이가 많았다.
또 시간이 이미 오래 지났는데도 그 일에 연루되어 체포되고, 한편으
로는 소란을 일으키며 나라를 도모할 좋은 계책을 견지했다. 정권을
잡은 이는 곽강하를 미워하면서도 후대하는 뜻을 보였고, 언관들은 적
극적으로 그를 공격하면서 곽강하의 부친이 초왕에게 매질과 욕을 당
했는데 이 때문에 원한을 품었다고 말하기까지 했다. 효렴孝廉 출신인
곽강하의 부친은 대주大州를 지킨 적이 있는데, 초왕이 어찌 그를 매질
할 수 있었는지 모르겠다. 곽강하가 막 도성문을 나서자마자 요서妖書
사건이 일어났는데, 급사중 전몽고錢夢皐 등이 마침내 직접 곽강하를 연
루시켰고 그 파문이 차규인 심귀덕沈歸德에게까지 미치자 민심이 비로
소 크게 불공평하다 여겼다. 이때 사도 조남저가 마침 이부를 관장하
고 있었는데 그것을 매우 옳지 않다 여기고 마침내 급사중 전몽고를
지방으로 좌천시키려 했다. 수규 심사명沈四明이 매우 노해 전몽고를 유
임시키라는 성지의 초안을 썼고 조남저가 대리하던 인장 역시 빼앗아

양소재楊少宰에게 주어 관장하게 했다. 조남저는 심사명을 따르는 자가 아니라, 단지 초왕부 사건을 보류하는 일에 있어서 우연히 그와 의견이 맞은 것일 뿐 마음속으로 생각하는 것은 크게 달랐다. 의견을 제기하는 여러 공들은 조남저의 일생을 알지 못하고 대략 그를 심사명의 무리로 보지만, 식견 있는 자들이 어찌 가벼히 믿으려 하겠는가.

원문 ***存楚***

癸卯楚事興, 時議存議勘者不一, 其中各有所爲, 至議存者更多出私心. 時惟趙南渚[342]司徒[343], 最稱淸正, 亦主免勘. 蓋非謂郭江夏之說爲非, 但以事體重大, 當麗極典者多人. 且年已久遠, 株連逮累, 一方騷動, 固謀國長策也. 當國者方憎江夏, 示意所厚, 言路力攻之, 至云郭父曾被楚王笞辱, 以此挾仇. 不知郭父起家孝廉, 曾守大州, 楚王安得笞之哉. 郭甫出國門, 而妖書事起, 給事錢夢皐輩, 遂直以坐江夏, 且波及歸德[344]次揆, 而人心始大不平矣. 是時趙司徒方署銓部, 大不直之, 遂欲外遷錢給事. 首揆四明[345]怒甚, 擬旨留錢, 而司徒所署印, 亦遂奪與楊少宰[346]署掌.

---

342 趙南渚 : 명나라 후기의 정치가 조세경趙世卿, ?~1618을 말한다. 그는 산동 역성歷城 사람으로, 자는 상현象賢이고 호는 남저南渚다. 융경 5년1571 진사가 되어, 남경병부주사南京兵部主事, 초왕부 우장사右長史, 호부낭중戶部郎中, 호부상서, 이부상서 등의 벼슬을 역임했다.
343 司徒 : 호부상서의 별칭.
344 歸德 : 명나라 만력 연간의 대신 심리沈鯉를 말한다.
345 四明 : 명 만력 연간에 내각수보를 지낸 심일관沈一貫을 말한다.
346 楊少宰 : 명나라 만력 연간의 관리 양시교楊時喬, 1531~1609를 말한다. 그는 신주信州 상

司徒非附四明者, 特存楚一事, 偶與之合, 而心事則徑庭矣. 建白諸公,
不悉趙生平, 槪以四明黨目之, 有識者豈肯輕信耶.

요上饒 사람으로, 자는 의천宜遷이고, 호는 지암止庵이며, 시호는 단결端潔이다. 가정
44년1565 진사가 되어, 예부원외랑, 남경 상보승尙寶丞, 남경 태복승太僕丞, 남경 태상
경太常卿, 이부좌시랑 등의 벼슬을 지냈다. 이부상서였던 이대가 사직한 뒤, 이부좌
시랑으로써 5년간 이부의 일을 관장했다. 저서로『단결집端潔集』, 『양절남관각사
서兩浙南關権事書』, 『마정기馬政記』 등이 있다.

번역 채허대蔡虛臺가 변론하는 상소를 올리다

계묘년1603 초왕부 사건에 대한 조사가 진행되었는데, 곽강하는 이 사건 때문에 해임되었고, 곧이어 요서 사건으로 인해 거의 죽을 뻔했다. 이런 일을 겪고 나서 곽강하는 마음속으로 오랫동안 분해하고 있었다. 근래에 이 일이 점점 밝혀지고 심사명도 사직하면서 곽강하의 명망은 갈수록 커졌다. 한동안 곽강하와 의견이 다른 자들 중에서 많은 이들이 탄핵당하거나 다른 일로 비방을 받았는데, 의랑儀郎 채허대[蔡虛臺, 이름은 헌신獻臣]가 그중 하나다. 을유년1609 겨울 이듬해의 지방관 승진심사를 실시하려던 때에 채허대는 이미 안찰사의 수비부대로 전임되어 상시 주둔해 있었다. 남경어사 왕회덕汪懷德의 휘하에 있던 장강長江 순무가 마침내 상소를 올려 그를 탄핵했는데, '신중하지 않다'는 죄목으로 여러 가지를 열거하다가 초왕부 사건도 언급했다. 채허대는 이에 상소를 올려 그 원인과 더불어 지난날 구성원들이 서로 의견이 맞지 않았던 이유를 애써 변론했는데, 초왕부 사건에 대해서는 더욱 흥미진진하게 말했다. 지금 상소문은 이미 구할 수 없지만, 우연히 그 끝부분의 몇 줄을 기억하므로 꽤 핵심되는 내용을 고쳐 바로잡아 그것을 기록했다.

○ "전체적으로 기술하면, 한때 일을 맡은 신하들 중에서 시종일관 초왕부의 일을 조사하려던 자는 곽정역이고, 초지일관 초왕부의 일을 보류하려던 자는 조세경입니다. 마음속으로는 초왕부의 일을 보류하고 싶

지만 입으로는 감히 말하지 못한 채 우선 그 일을 미루고 조정 중신들과 상의해 암암리에 그 일을 늦춘 자는 이정기李廷機입니다. 초왕에게 많은 뇌물을 받고 조사를 했다가 중지했다 하면서 내부에서 자체적으로 그만두기를 기다린 자는 조가회趙可懷입니다. 초지역 순무의 반복된 상소가 이르는데도 오히려 조사해 마무리 짓자는 주장을 유지하는 자는 저와 장문달張問達입니다. 장문달은 게첩揭帖을 올렸고 신은 상소를 올렸으니 반복해서 살펴볼 수 있습니다. 대체로 초왕부의 일을 조사하려는 것은 귀로 듣고 눈으로 목격한 진심 때문이고, 초왕부의 일을 보류하려는 것 또한 노련하고 신중한 안정된 계책입니다. 다만 보류시키기는 쉽지만 조사하기는 어려울 뿐입니다. 곽정역이 강개하여 일을 맡았으니 하늘이 마땅히 그를 도와야 하고, 조가회는 우물쭈물 결단을 못 내리고 있으니 하늘이 마땅히 그를 죽여야 합니다. 다만 원통하게도 추대하는 신하들이 명망 있는 사람을 바라고 의지해 산속의 재상을 받들어 구제를 위한 맹주로 삼지만 훗날 산을 나오면 복을 누리는 힘이 줄어들지 않을 수 없으니, 어쩌면 이것은 또한 곽정역의 뜻이 아닐 것입니다. 선친 왕용급王用汲의 말에 따르면 '군주의 악정에 영합하는 것은 그 죄가 작지만, 재상의 악정에 영합하는 것은 그 죄가 크다'고 했습니다. 신은 '재상의 악정에 영합하는 것은 그 죄가 작지만, 문무대신들의 악정에 영합하는 것은 그 죄가 크다'고 말하겠습니다"라고 했다.

○ 선례에 따르면, 승진 심사 때는 관례적으로 변론을 허용하지 않고, 변론을 엄금한다. 상소문이 올라간 뒤에 사람들은 모두 채허대가

위험하다 여겼는데, 채허대의 처분이 겨우 3등급 강등에 그친 것은 또한 그 언사가 직설적이어서다. 채허대는 지금 또 이미 상을 마치고 돌아와 기용되었다.

○ 왕요봉王堯封은 채허대의 원통함을 공개적으로 말했다가, 왕汪 어사와 함께 모두 지방으로 나갔다.

원문 **蔡虛臺辨疏**

癸卯楚府議勘, 郭江夏因之去位, 旋以妖書, 陷之幾死. 此人心所久憤者. 近年來事漸白, 四明謝政, 江夏望益重. 一時與郭異同者, 多罹白簡[347], 或借他事中之, 故儀郎蔡虛臺獻臣[348]其一也. 己酉冬, 將舉明年外計, 時蔡已歷轉按察使備兵常鎭. 南御史汪懷德管下巡江, 遂露章彈之, 擬坐不謹, 中多臚列, 亦及楚事. 蔡乃抗章力辨所以, 幷往日堂屬不相得之故, 于楚事尤娓娓. 今疏已無可覓, 偶記其末數行, 壼括頗核, 因記之.

○ "總記一時在事諸臣, 始終欲勘楚者, 郭正域也. 始終欲存楚者, 趙世卿也. 心欲存楚, 而口不敢言, 姑推其事, 與廷臣會議, 而陰緩其事者, 李廷機[349]也. 受楚重賂, 而忽勘忽不勘, 以俟內之自罷者, 趙可懷也. 楚

---

347 白簡 : 탄핵하는 상소문.
348 蔡虛臺獻臣 : 명나라 후기의 관리 채헌신蔡獻臣 : 생졸년 미상을 말한다. 채헌신은 동안현同安縣 상봉리翔鳳里 사람으로, 자는 체국體國이고 호는 허대虛臺다. 만력 17년1589 진사가 되어, 형부주사, 병부직방사주사兵部職方司主事, 예부주객랑중禮部主客郎中, 의제사랑중儀制司郎中 등의 벼슬을 지냈다.
349 李廷機 : 이정기李廷機, 1542~1616는 명나라 말기에 내각수보를 지낸 대신이다. 이정기

撫按覆疏至, 而猶持勘結之說者, 臣與張問達³⁵⁰也. 問達有揭, 臣有疏, 可覆按也. 蓋欲勘楚者, 爲耳聞目擊之眞心, 而俗存楚者, 亦老成持重之穩計. 第存之易, 而勘之難耳. 正域慷慨任事, 天宜祐之. 可懷首鼠兩端³⁵¹, 天宜殛之. 獨恨擁戴諸臣, 希光附景, 以山中之宰相, 奉爲騙除之主盟, 異日出山, 未免少減福力, 恐亦非正域意也. 先臣³⁵²王用汲³⁵³之言曰, 逢君之惡其罪小, 逢相之惡其罪大. 臣則曰, 逢相之惡其罪小, 逢將相之惡其罪大." 云云.

○ 故事, 大計例不許辨, 辨者有屬禁. 疏上後, 人皆爲蔡危之, 及察處止降三級, 亦以其詞直也. 蔡今亦已起補³⁵⁴矣.

○ 王堯封訟言蔡之枉, 于是與汪御史俱外出.

는 진강晉江 부교浮橋 사람으로, 자는 이장彌張이고 호는 구아九我다. 만력 11년1583 진사가 되어, 편수編修, 국자좨주, 남경이부우시랑, 예부상서 겸 동각대학사 등의 벼슬을 역임했다. 만력 40년1612 사직하고 태자태보에 봉해졌다. 사후에 소보少保로 추증되었으며 시호는 문절文節이다.

350 張問達 : 장문달張問達,?~1625은 명나라 말기의 대신이다. 그는 섬서陝西 경양涇陽 사람으로, 자는 덕윤德允 또는 성우誠宇이다. 만력 11년1583 진사가 되어, 고평지현高平知縣, 형과급사중刑科給事中, 태상소경, 예과급사중禮科給事中, 이부상서, 소보少保 등의 벼슬을 지냈다. 광세鑛稅의 폐단에 대해 강력하게 지적했고, 예과급사중일 때 진강晉江 이지李贄가 "사악한 설로 대중을 현혹한다邪說惑衆"고 탄핵하고 체포해 투옥시켰다. 이부상서로 있을 때 정격梃擊, 홍환紅丸, 이궁移宮 세 사건을 원만하게 처리했다.

351 首鼠兩端 : 우물쭈물해 결단을 못 내리다.

352 先臣 : 임금에게 자기의 돌아가신 아버지를 지칭하는 말.

353 王用汲 : 왕용급王用汲,1528~1593은 명나라 후기의 대신이다. 그는 복건 진강晉江 사람으로, 자는 명수明受이고, 시호는 공질恭質이다. 융경 2년1568 진사가 되어, 회안추관淮安推官, 호부원외랑, 광동첨사廣東僉事, 남경형부상서 등의 벼슬을 지냈다. 장거정을 탄핵하는 상소를 올렸다가 파직되었고, 장거정 사후에 다시 기용되었다. 사후에 태자태보로 추증되었다.

354 起補 : 상을 마치고 돌아와 다시 관직에 임명되는 것을 말한다.

폐위된 제왕^{齊王}의 횡포

제왕^{齊王}은 태조의 일곱째 아들로, 건문제 때 폐위되었다가 정난의 변 이후 봉직^{封爵}을 회복했다. 나중에 다시 모반을 해 나라가 없어지고 남경에 구금되었으며, 그 자손들은 모두 평민이 되어 양민의 양식으로 살며 이름과 봉해진 작위가 없었다. 지금 그의 친족이 점점 번성해 남경에서 횡포를 부리는데, 행랑 아래에 물건을 펼쳐두고 집안에 기녀들을 들이며, 걸핏하면 어음을 발행한다. 물건을 가져가고는 값을 치르지 않고, 잠자리 시중을 받고도 전대를 풀어 돈을 내지 않으며, 사찰까지도 그 피해를 당한다. 간혹 자신이 아끼는 것이 있어도 많이 얻지 못한다. 더욱 가소로운 일은 물건을 살 수 없으면 책상을 하나 두고 황상께 신하의 예를 갖추어 북쪽을 향해 절하며 은혜에 감사드린다고 자칭한다. 다음 날이면 황금띠를 매고 용문양의 옷을 걸치고서 손님을 만나고, 집안에서 사람들의 방문과 축하를 받는데, 이런 예복이 어디에서 왔는지 정말 모를 일이다. 북경의 모든 관료들은 자주 보아서 예전부터 전해오는 상례^{常例}라 여기고 더 이상 비난하지도 않으며 또 관례에 따라 더불어 왕래하니, 진정으로 이해할 수가 없다.

廢齊之橫

齊王爲太祖第七子, 建文中坐廢, 靖難後復封. 後復以謀叛除國, 錮南京, 其子孫皆庶人, 有庶糧, 無名封. 今支屬漸繁, 橫行留都, 廊下諸鋪, 院中諸妓, 動輒出票. 取物不還値, 薦枕不損囊, 以至僧寺亦罹其害. 間有自愛者, 不多得也. 尤可笑者, 負販不得志, 卽設一几北面拜, 自稱謝恩. 次日繫金帶服象龍拜客, 家中受人謁賀, 正不知此章服[355]從何來. 都下百寮習見, 以爲故常, 不復致詰, 亦隨例與往還, 正不可解.

---

355 章服 : 해, 달, 별, 용, 이무기, 새, 짐승 등의 도안을 수놓은 고대의 예복. 품급에 따라 문양의 모양과 수에 차이가 있다.

현 왕조 종실의 엄중한 금령은 언제부터 시작되었는지 모르겠다. 벼슬길을 끊고 아울러 백성들의 일에도 익숙지 않으니 성 하나에 구금한 격이다. 황친에게도 중앙 관직을 허용하지 않는 것은 더욱 의미 없는 일이다. 벼슬하는 자들이라도 다만 포정사布政使에 그쳤다. 예를 들면, 가정 연간 임진년壬辰年, 1532에 과거 시험에서 3등을 한 공천윤孔天允은 섬서제학첨사陝西提學僉事로 선발되었다고 방이 붙었는데, 당시에 갓 약관의 나이였고, 곧이어 절강제학부사浙江提學副使를 맡은 후 관직을 좌할左轄까지 지내고서 고향으로 돌아갔다. 다른 예는 이루 다 기록할 수가 없다. 얼마 전 왕엄주와 같은 유명 인사들이 여러 차례 종실의 금령을 풀라고 논의했지만 아직까지 감히 그 일을 맡은 이가 없다. 근래 황태자를 세우는 조서 안에 다만 유가의 학문을 익혀 지방 학교에 들어가 향시와 회시에 합격하는 것은 허용했다. 이에 황족들은 생각지도 않게 비로소 조정에 오를 수 있는 희망이 생겼다. 근래 200년간 가장 마음에 흡족한 일인데, 심사명沈四明이 이 조서의 초안을 실제로 썼다. 또 동궁에서 시작해, 세상에서 오랫동안 막혀 있던 희망을 펼쳤다. 황상께서 마음속으로 결정하신 지 오래되었고 신하들의 찬성 결정에서 나오지는 않았지만 그 때가 우연히 잘 맞은 것이다. 특히 심사명이 당시의 의론에 함께하지 않아서, 마침내 그의 노고를 칭송하는 자가 없었고, 다른 재상에게는 어쩌면 하늘의 공을 탐한 면이 있을 것이다.

本朝宗室厲禁, 不知起自何時, 旣絶其仕宦, 并不習四民業, 錮之一城. 至于皇親, 亦不許作京官, 尤屬無謂. 仕者僅止布政使. 如嘉靖壬辰探花³⁵⁶孔天允³⁵⁷, 榜下選陝西提學僉事, 時方弱冠, 尋任浙江提學副使, 後官至左轄³⁵⁸而歸. 他不可勝紀. 向來諸名公, 如弇州輩, 屢議開禁, 未有敢任之者. 頃者建立皇太子詔內, 直許習儒業, 入庠序³⁵⁹, 登鄕會榜. 于是天潢不億, 始有昇朝之望矣. 此二百年來, 最快心事, 沈四明實草此詔. 且靑宮³⁶⁰肇起, 愜普天久鬱之望. 雖聖心默定已久, 非出臣下贊決, 然偶値其時. 特四明爲時議所不與, 遂無稱其勞者. 在他相或不免貪天功矣.

---

356 探花: 중국 과거시험에서 3등으로 급제한 자를 일컫는 말로, 1등은 장원壯元, 2등은 방안榜眼인데, 이 셋을 합쳐서 삼정갑三鼎甲이라 한다.

357 孔天允: 공천윤孔天允. 생졸년 미상의 자는 여석汝錫이고 호는 문곡文谷 또는 관침산인管沈山人이다. 가정 11년1532에 진사가 되어 섬서제학첨사陝西提學僉事를 배수하고 이후 절강포정사참정으로 관직 생활을 마감했다. 시문집으로『공문곡집孔文谷集』16권, 속집 4권, 시집 24권과『하해편霞海篇』1권이 있으며 모두『사고총목四庫總目』에 기록되어 있다.

358 左轄: 명나라 승선좌포정사承宣左布政使의 별칭.

359 庠序: 지방의 학교. 향교鄕校를 주周나라에서는 상庠, 은殷나라에서는 서序라고 부른 데서 비롯된 말이다.

360 靑宮: 태자의 거처로, 여기서는 태자를 말한다.

    지금 황제의 계통과 각 번부의 명칭을 보면 그 첫 글자는 태조께서 정하신 것이고 다음 글자는 오행에 따라 전하는 글자이다. 이름을 청할 때는 예부의제사관禮部儀制司官이 이름을 지어 하사했다. 시간이 지나고 사람들이 늘어나면서 중복을 피할 수 없게 되자, 아름답지 않은 글자들을 새로 만들고 금金, 목木, 수水, 화火, 토土를 덧붙이게까지 되니 정말 웃긴 일이다. 그 이름을 읽으면 포복절도하며 웃게 만드는 것까지 있다. 이 때문에 송나라 사람의 경우를 봐도 종실에서 하사한 이름에 희롱의 의미를 담고 있는 것이 있으니, 예를 들어 사갈土羯, 사기土芑, 사곤土崑, 사수土綏와 같은 류의 '갈羯, 기芑, 곤崑, 수綏' 네 글자가 '갈기곤뇨[揭起裩尿, 잠방이를 들추어 올리고 소변을 본다]'와 동음이기 때문이다. 천박하고 무례함은 예나 지금이나 마찬가지인 것 같다.

    今帝系, 以及各藩府名, 其上一字爲太祖所定, 而下一字以五行相傳. 其請名時, 則禮部儀制司官製名以賜. 年久人多, 不勝重複, 至創爲不雅之字, 而以金木水火土附之, 最爲可笑. 至有讀其名, 而令人捧腹絶倒者. 因見宋人, 亦有寓謔于宗室賜名, 如土羯土芑土崑土綏之屬, 蓋以四字與揭起裩尿同音也. 刻薄無禮, 蓋古今同然矣.

만력야획편 萬曆野獲編 上

권5

수수秀水 경천景倩 심덕부沈德符 저

동향桐鄉 이재爾載 전방錢枋 편집

◎ 공주公主

번역 공주에게 시호를 추증하다

　　현 왕조의 공주는 서거해도 관례상으로는 시호가 없다. 유일하게 인종께서 등극하신 뒤 넷째 딸을 덕안공주德安公主로 추봉追封하고 시호를 도간悼簡이라 한 것이 처음 있는 일로 여겨졌지만, 태조 때에 이미 먼저 이런 일이 있었다. 홍무洪武 원년1368 태조께서 등극하셨는데, 이정李貞에게 시집간 누이가 먼저 죽었으므로 농서공주隴西公主로 책봉하고 이정을 부마도위駙馬都尉로 삼았다가 얼마 후 은친후恩親侯에 봉했으며 공주에게 효친공주孝親公主라는 시호를 내리고 상례는 선조의 무덤이 있는 곳으로 돌아가 지냈다. 나중에 이정이 조공曹公에 봉해지고서 비로소 농서공주에서 조국장공주曹國長公主로 바꾸었다고 한다. 가정 연간에 무정후武定侯 곽훈郭勳은 황상의 총애가 남다르자 자신의 먼 조상인 곽진郭鎭이 혼인한 영가공주永嘉公主에게 정의貞懿라는 시호를 추증하길 청하게 되었는데, 영가공주는 태조의 열두 번째 딸이었다. 이 일은 아홉 조대 전이라 거의 이백 년이나 지났고 이유 없이 추숭追崇한 것이므로 이치에 맞지 않는 일이었다. 공주가 시호를 받은 것은 당唐 덕종德宗 때 당안공주唐安公主에게 정목貞穆이라는 시호를 하사한 데서 비롯되었다. 이 이전에는 그런 일이 없었다.

本朝公主薨逝[1], 例無謚號. 惟仁宗登極, 追封[2]第四女爲德安公主[3], 謚

曰悼簡, 以爲創見, 而太祖已先有之矣. 洪武元年, 太祖登極, 皇姊嫁李

貞[4]者先薨, 冊爲隴西公主[5], 貞爲駙馬都尉, 尋封恩親侯, 謚公主爲孝親

公主, 其喪禮還葬[6]於先隴[7]. 後貞封曹公, 始改隴西爲曹國長公主云. 至

嘉靖間, 武定侯郭勳, 以上寵異, 遂請追謚其遠祖[8]郭鎭[9]所尙永嘉公主[10]

1　薨逝 : 임금이나 왕족, 귀족 등 신분이 높은 사람의 죽음을 높여 이르는 말.
2　追封 : 죽은 사람에게 관작을 내림.
3　德安公主 : 명 인종의 넷째 딸로 모친은 공숙귀비恭肅貴妃 곽씨郭氏다. 덕안공주는 인
　　종이 가장 사랑하는 딸이었지만 요절했으므로, 인종이 즉위한 뒤 특별히 도간悼簡
　　이라는 시호를 내렸다.
4　李貞 : 이정李貞, 1303~1378은 원말 명초의 대신으로, 명 태조 주원장의 자형姊兄이다.
　　그는 강소 사주泗州 우이盱眙 사람으로, 주원장의 둘째 누이인 주불녀朱佛女와 혼인
　　해 아들 이문충李文忠을 낳았다. 1351년 주불녀가 죽자 아들을 데리고 전란을 피해
　　이리저리 떠돌다가 1353년 주원장을 찾아갔다. 홍무 원년1368 주원장이 황제가 된
　　뒤 부마도위 겸 진국상장군鎭國上將軍이 되고 은친후恩親侯에 봉해졌으며, 홍무 3년
　　1370 특진영록대부特進榮祿大夫 겸 우주국右柱國에 제수되고 조국공曹國公에 봉해졌다.
　　홍무 11년1378 76세로 서거하자 농서왕隴西王으로 추봉되었고 시호는 공헌恭獻이다.
5　隴西公主 : 명 태조 주원장의 둘째 누이인 주불녀朱佛女, 1316~1351를 말한다. 사주泗州
　　우이盱眙 사람 이정李貞과 혼인해 1339년 명대의 개국장군인 이문충李文忠을 낳았고
　　1351년 세상을 떠났다. 홍무 원년1368 주원장이 명나라를 건국하고 황제로 등극한
　　뒤 누나인 주불녀를 효친공주孝親公主로 추봉하고 홍무 3년1370에는 농서장공주隴西
　　長公主로 바꿔 봉했으며, 홍무 5년1372에는 조국장공주曹國長公主로 바꿔 봉했다.
6　還葬 : 타향에서 죽은 사람의 시체를 고향에 가져다 장사지내는 것을 말하며 귀장
　　歸葬이라고도 한다.
7　先隴 : 선조의 무덤.
8　遠祖 : 고조 이상의 먼 조상.
9　郭鎭 : 곽진郭鎭, 1372~1399은 명 태조의 부마다. 그의 자는 언정彦鼎이고, 봉양부鳳陽府
　　임회臨淮 사람으로, 명초 개국공신 곽영의 아들이다. 홍무 22년1389 태조의 열째
　　딸 영가공주永嘉公主와 결혼해 부마도위가 되었다. 건문제建文帝의 명으로 요동遼東
　　에 가 병사들을 격려하고 돌아오다가 병에 걸려 회복하지 못하고 건문建文 원년1399

曰貞懿, 則太祖第十二女也. 事隔九朝[11], 歷年幾二百, 無故追崇[12], 於是爲

不經矣. 公主得諡, 始自唐德宗[13]朝唐安公主[14], 賜諡貞穆[15]. 前此未之有也.

정월에 28세의 나이로 세상을 떠났다.

10　永嘉公主 : 영가공주永嘉公主, ?~1455는 명 태조의 딸로, 모친은 혜비惠妃 곽씨郭氏다. 홍
　　무 22년1389 무정후 곽영의 아들인 곽진에게 시집을 갔고, 명 대종代宗 경태 6년1455
　　세상을 떠났다. 세종 때 곽진과 영가공주의 현손玄孫인 곽훈郭勳이 황제의 총애를
　　믿고 영가공주에게 시호를 추증해달라고 청하자, 세종이 특별히 정의貞懿라는 시
　　호를 내렸다.

11　事隔九朝 : 곽진이 영가공주와 혼인한 것은 명 태조 때의 일이고 영가공주의 시호
　　를 추증할 것을 요청한 것은 세종 때의 일이라 태조와 세종 사이에 9명의 황제가
　　있었으므로 '구조九朝'라고 말한 것이다.

12　追崇 : 사후死後에 관위官位나 존호尊號를 올리는 일을 말한다.

13　唐德宗 : 당나라 제9대 황제인 이괄李适, 742~805을 말하며, 재위 기간은 779년부터
　　805년까지다. 처음 봉절군왕奉節郡王에 봉해졌다가, 보응寶應 원년762 천하병마원수
　　天下兵馬元帥를 맡아 노왕魯王과 옹왕雍王에 봉해졌으며, 광덕廣德 2년764 황태자에 책
　　봉된 뒤 대력大曆 14년779 황위에 올랐다. 문벌에 구애받지 않고 인재를 등용하고
　　환관의 정치 관여를 금하며 양세법兩稅法을 실시해 재정을 충실히 하는 등 중흥의
　　기반을 마련했지만, 경원涇原 군사 반란을 거치면서 초기의 정책들에 대한 추진력
　　이 약해졌다. 정원貞元 21년805 향년 64세로 붕어했다. 시호는 신무효문황제神武孝文
　　皇帝이고, 묘호는 덕종德宗이다.

14　唐安公主 : 당안공주唐安公主, 762~784는 당 덕종의 장녀로, 모친은 소덕황후昭德皇后다.
　　총명하고 효심이 깊어 덕종의 사랑을 받았으며, 비서소감秘書少監 위유韋宥에게 시
　　집을 갔다. 경원병란涇原兵亂 때 부친인 덕종을 따라 양주梁州로 피난을 갔다가 흥원
　　興元 원년784 성고현城固縣에서 스물 셋의 나이로 세상을 떠났다. 정원貞元 15년799 한
　　국공주韓國公主로 추봉하고 정목貞穆이라는 시호를 하사했으며, 특별히 당안사唐安寺
　　를 지어 제사 지냈다. 당대에 공주를 추봉하고 시호를 내린 것은 당안공주 때부터
　　시작되었다.

15　貞穆 : 중화서국본과 상해고적본『만력야획편』에는 모두 장목莊穆으로 되어 있는데,『신
　　당서新唐書』와『당회요唐會要』에 근거해 정목貞穆으로 수정했다.『신당서新唐書 · 열전제팔
　　列傳第八 · 제제공주諸帝公主』와『당회요』 권십구卷十九에 보면 당안공주唐安公主의 시호는
　　'정목貞穆'이고 의장공주義章公主의 시호가 '장목莊穆'으로 되어 있다. 【역자 교주】

번역 동향同鄉 사람이 공주를 아내로 맞이하다

태조의 일곱째 딸 대명공주大名公主는 안양安陽 사람 이견李堅에게 시집 갔는데, 이견은 건문建文 초에 부마駙馬로써 란성후灤城侯에 봉해져 북쪽 으로 정벌 갔다가 전사했다. 태종의 둘째 딸 영평공주永平公主는 안양 사람 이양李讓에게 시집갔는데, 이양은 먼저 의빈儀賓으로써 북평포정 사北平布政司의 관인官印을 맡았다가 영락永樂 연간 초기에 부마로써 부양 후富陽侯에 봉해졌고 경국공景國公으로 추증되었으며 시호는 공민恭敏이 다. 영종의 장녀 중경공주重慶公主는 안양 사람 주경周景에게 시집갔다. 주경의 부친 주옹周顒이 산서참의山西參議로 재임 중에 공주가 시집을 가 게 되자 황상께서 주옹에게 처 송씨와 함께 마차를 타고 북경으로 들 어와 시부모에게 행하는 예를 받게 하시고 얼마 후 주옹에게 홍려시경 鴻臚寺卿이라는 벼슬을 더해주셨다. 주경이 부마가 된 뒤 그의 형은 향 시鄉試에서 장원을 했고, 아들 주현周賢 또한 이어서 향시에 급제하니 하북河北 지역에서 미담으로 전해졌다. 영종의 다섯째 딸 광덕공주廣德 公主는 부마 번개樊凱에게 시집갔는데 그도 역시 안양 사람이었다. 그는 주경과 동향同鄉이고 공주 또한 친자매라서 주경의 풍취를 흠모하다가 마음이 기울어 벗이 되었는데, 둘 다 시를 잘 짓는 것으로 유명했다. 번개는 민생을 안정시키고 세상을 구제하려는 마음을 지니고 있었는 데, 사사로이 환관이 된 이와 단영군團營軍에 대한 의론이 모두 매우 상 세하고 합당해 세상 사람들에게 칭송받았으며, 일찍이 유근劉瑾을 거스른 것으로 유명하다. 이 네 사람은 다 하북河北의 일개 필부들로 지방 마을에서 태어났는데 모두 삼대 동안 황제의 총애를 받았다. 주경과 번개는 또 함께 공주와 혼인해 서로 동서同壻라 불렀으니 더욱이 아름다운 일이다. 이견과 이양은 이전 조대 사람으로 모두 관작을 얻고 제후에 봉해져서 각각 문무文武의 중임을 맡아 한 사람은 충의로 순국하고 한 사람은 공명이 빛나 모두가 일반적인 부마들이 비할 바가 아니니, 아마도 업鄴 땅의 빼어남이 발현된 것인 듯하다. 이양은 기록 중에 또 서성舒城 사람이라 했는데, '정난의 변' 이후에 적에 오른 것으로 생각된다.

○ 부마 중에 제후에 봉해진 사람은 이양과 이견 이외에 태조 때의 은친후 이정, 태종 때의 영춘후永春侯 왕녕王寧과 광평후廣平侯 원용袁容, 세종 때의 경산후京山侯 최원崔元이다. 추봉된 자는 영종 때의 거록후鉅鹿侯 정원井源이다.

원문 **同邑尙主**

　太祖第七女大名公主[16], 下嫁[17]安陽[18]人李堅[19], 建文初, 以駙馬封灤城

16　大名公主 : 대명공주大名公主, 1368~1426는 명 태조의 일곱째 딸이다. 홍무 원년1368에 태어나 홍무 15년1382 이견李堅과 혼인했다. 영락 22년1424 대명대장공주大明大長公主에 봉해졌고, 선덕 원년1426 향년 59세로 세상을 떠났다.

17　下嫁 : 지체가 낮은 데로 시집간다는 뜻으로, 공주나 옹주翁主가 귀족貴族이나 신하臣下에게로 시집가는 것을 말한다.

18　安陽 : 명대 하남포정사河南布政司 창덕부彰德府에 속한 곳으로, 현재 중국 중북부의

侯, 北征陣亡[20]. 太宗第二女永平公主[21], 下嫁安陽人李讓[22], 先以儀賓[23] 掌北平布政司印, 永樂初, 以駙馬封富陽侯, 贈景國公, 諡恭敏. 英宗長 女重慶公主[24], 下嫁安陽人周景[25]. 景父顕[26], 爲山西參議[27], 在任, 公主

허난성[河南省] 최북단에 위치해 있었으며 하남성, 산서성山西省, 하북성河北省이 만나는 곳이다. 이 지역은 은殷, 업鄴, 업도鄴都, 창덕彰德 등의 명칭으로도 불린다.

19 李堅 : 이견李堅,?~1401은 명 태조의 일곱째 딸 대명공주大名公主와 혼인한 명초의 무관武官이자 부마도위이다. 하남포정사 회경부懷慶府 사람으로 홍무 15년1382 명 태조의 딸 대명공주와 혼인한다. 건문제建文帝 즉위 후 좌부장군左副將軍을 맡아 연왕燕王 주체朱棣를 토벌할 때 공을 세워 란성후灤城侯에 봉해졌다. 건문建文 3년1401 호타허滹沱河 전투에서 중상을 입어 북경으로 돌아오는 도중 세상을 떠났다.

20 陣亡 : 싸움터에서 죽음, 즉 전사戰死를 말한다.

21 永平公主 : 영평공주永平公主,1379~1444는 명 성조 주체朱棣의 둘째 딸이다. 성조와 서황후徐皇后 사이의 딸로, 홍무 28년1395 주체가 황위에 오르기 전 아직 연왕燕王 신분일 때 이양李讓과 혼인했다. 이양과 혼인할 당시에는 영평군주永平郡主였는데 영락 원년1403 주체가 황위에 오른 뒤 영평공주로 봉했다. 이양과의 사이에 아들 이무방李茂芳을 두었다.

22 李讓 : 이양李讓,?~1404은 명 성조의 둘째 사위다. 명대 남직례南直隷 여주부廬州府 서성舒城 사람으로, 홍무 28년1395 연왕 주체의 둘째 딸 영평군주와 혼인해 의빈儀賓이 되었고 '정난의 변' 때 북평포정사北平布政司를 맡아 북경을 수호하고 연왕 주체를 도와 전공을 세웠다. 영락 원년1403 주체가 황위에 오른 뒤 영평군주를 영평공주에 봉하면서 이양도 부마도위駙馬都尉가 되었고, '정난의 변' 당시의 전공을 인정받아 부양후富陽侯에 봉해졌다. 영락 2년1404에 세상을 떠난 뒤 경국공景國公으로 추증되었고, 시호는 공민恭敏이다.

23 儀賓 : 왕족의 신분이 아니면서 왕족 여성과 통혼通婚한 사람의 통칭으로, 특히 친왕親王이나 군왕郡王의 사위를 말한다.

24 重慶公主 : 중경공주重慶公主,1446~1499는 명 영종과 주귀비周貴妃 사이의 딸로, 천순天順 5년1461 주경周景과 혼인해 아들 주현周賢을 두었다. 중경공주는 공주라는 신분에도 불구하고 시부모께 효도를 다했고 남편 주경에게도 보기 드문 현모양처였다고 한다. 홍치 12년1499 향년 54세로 세상을 떠났다. 『국각國榷』에는 '혜경공주惠慶公主'로 기록되어 있다.

25 周景 : 주경周景,1446~1495의 자는 덕창德彰이고 안양安陽 사람이다. 명 영종의 딸 중경공주와 혼인해 아들 주현周賢을 두었다. 영종의 총애를 받아 영종이 외출할 때 자주 동행했으며, 평소 청렴하고 신중했다. 홍치 8년1495 세상을 떠났다.

將出降, 上命同妻宋氏, 乘傳²⁸入京, 行見舅姑禮²⁹, 尋加顯鴻臚寺卿³⁰.
景拜駙馬後, 其兄卽擧鄉試第一, 子賢³¹又繼登鄉榜, 河北傳爲盛事. 英
宗第五女廣德公主³², 下嫁駙馬樊凱³³, 亦安陽人也. 與景同邑, 公主又親
姊妹, 慕景風流, 傾心與爲友, 同以能詩稱. 凱有康濟³⁴心, 其論處私閣及
團營軍³⁵, 俱擘畫詳當, 爲世所稱, 曾以忤劉瑾³⁶知名. 四人者, 皆河北僋

---

26 顯 : 영종의 부마인 주경周景의 부친 주옹周顒을 말한다.
27 參議 : 명대 지방행정기구인 승선포정사사承宣布政使司의 관리다. 참의參議는 포정사
布政使와 참정參政 아래의 관직으로 좌참의左參議와 우참의右參議가 있으며 품계는 종
사품從四品으로 양식, 둔전屯田, 파발, 수리水利 등의 일을 나누어 맡아서 처리했다.
28 傳 : 역참驛站 또는 역참에 준비되어 있는 마차.
29 舅姑禮 : 신부가 처음 시집을 와서 치르는 의례인 신행新行 중에서, 시아버지와 시
어머니에 대해 올리는 의례. 예물을 앞에 놓고 잔을 올린 다음 조부모, 부모, 백숙
부모, 고모까지 절을 하고 나머지 근친은 맞절을 한다.
30 鴻臚寺卿 : 홍려시鴻臚寺의 수장으로 정사품正四品 관원이다. 홍려시는 조회, 연회,
제사 등의 예의를 관장하는 기구이며, 그 수장인 홍려시경은 중국 주변국가의 조
공, 외국 사신의 접대, 국가의 장례 등에 관한 업무를 주로 맡았다.
31 賢 : 중경공주와 주경의 아들 주현周賢을 말한다.
32 廣德公主 : 광덕공주廣德公主는 명 영종의 다섯째 딸 주연상朱延祥,1454~1485을 말한다.
광덕공주는 경태 5년1454 영종과 만신비萬宸妃 사이에서 태어났다. 성화成化 8년1473
번개樊凱에게 시집가 성화 20년1485 향년 31세로 세상을 떠났다.
33 樊凱 : 번개樊凱, 생졸년 미상는 명 영종의 부마로 성화 8년1473 영종의 다섯째 딸인 광덕
공주와 혼인했다.
34 康濟 : 민생을 안정시키고 세상을 구제하는 것.
35 團營軍 : 명나라 경태 연간부터 가정 연간까지 있었던 중앙 정예병 부대를 말한다.
'토목보土木堡의 변' 이후 오군영五軍營, 삼천영三千營, 신기영神機營이라는 중앙군의
삼대영三大營이 엄청난 타격을 입었다. 경태 연간에 우겸이 삼영三營으로부터 정예
병 10만 명을 선발해서 10개 군영으로 나눠 집중 훈련을 시키고 단영團營이라 불렀
다. 가정 연간에 단영을 없애고 옛 군제를 회복했다.
36 劉瑾 : 명 정덕 연간의 환관이다. 유근劉瑾,1451~1510은 섬서陝西 흥평興平 사람이다. 본
래 성은 담談씨지만 6살 때 태감 유순劉順에게 입양되어 궁에 들어가면서 성을 유씨
로 바꿨다. 무종이 즉위한 뒤 응견鷹犬과 가무歌舞, 각저角觝 등의 유희를 올려 무
종의 환심을 사 권세를 휘두르고, 내궁감內宮監에 올라 단영團營을 지배했으며 얼마

父[37], 並產下邑, 俱爲三朝禁臠[38]. 周樊又並尙帝姬[39], 稱僚壻[40], 尤屬盛

事. 二李在先朝, 俱進爵通侯, 各領文武重寄, 一以忠義殉國, 一以功名

顯重, 俱非尋常粉侯[41]可比, 蓋鄴下[42]靈秀[43]所鍾也. 李讓誌中又云舒城[44]

人, 想靖難後所寄籍[45].

○ 駙馬封侯者, 自李讓李堅外, 高帝朝恩親侯李貞, 太宗朝永春侯王

寧[46]廣平侯袁容[47], 世宗朝京山侯崔元[48]. 追封者, 英宗朝鉅鹿侯井濟[49].

뒤 사례감 장인태감이 되어 사례감을 장악했다. 동창東廠과 서창西廠 외에 내행창內
行廠을 설치해 반대파를 가혹하게 처벌했다. 정덕 5년1510 환관 장영張永이 그가 모
반을 꾀한다고 밀고해 능지처참되었다.

37 傖父: 시골뜨기 또는 비천한 사람이라는 뜻으로, 남쪽 사람이 북쪽 사람을 얕보고
하는 말이다.

38 禁臠: 임금이 드는 상등의 저민 고기를 말하는데, 임금이 애지중지하는 것을 비유
해서 말하기도 한다.

39 帝姬: 황제의 딸 즉 공주를 말한다. 송 휘종 정화 3년1113 채경蔡京이 상소를 올려
주대周代의 '왕희王姬'라는 칭호를 모방해 황제의 딸인 '공주'를 '제희帝姬'로 바꿔 부
르자고 한 데서 비롯되었다.

40 僚壻: 동서. 자매의 남편 간에 서로 부르는 호칭이다.

41 粉侯: '부마'를 달리 이르던 말. 중국 위魏나라의 하안何晏이 마치 분으로 화장한
듯 흰 얼굴이었는데, 공주에게 장가들어 열후列侯가 된 데서 유래했다.

42 鄴下: 업하鄴下는 지금 하북성河北省 임장현臨漳縣 업鄴 지역이다. '업'은 '업하', '업성
鄴城', '업도鄴都'라고도 불린다.

43 靈秀: 뛰어나고 빼어나다. 우수하다.

44 舒城: 서성舒城은 지금의 안휘성安徽省 육안시六安市 서성현舒城縣을 말한다. 명대에는
남직례南直隸 여주부廬州府에 속해 있었다.

45 寄籍: 거주지의 적에 오르다.

46 永春侯王寧: 명 태조 주원장朱元璋의 사위다. 왕녕王寧, 생졸년 미상은 수주壽州 사람으
로, 홍무 15년1382 태조의 여섯째 딸 회경공주懷慶公主와 혼인했다. 건문建文 연간에
조정의 일을 연왕燕王 주체朱棣에게 누설한 죄로 공주의 가산이 몰수되고 왕녕은
금의위錦衣衛의 옥에 하옥되었다. 주체 즉 성조成祖가 황위에 오른 뒤, 왕녕은 영춘
후永春侯에 봉해졌다. 하지만 그 뒤 죄를 지어 하옥되었다가 사면되었지만 얼마 뒤
병사했다.

홍희 원년, 황녀 6명을 공주로 봉했는데, 가흥공주嘉興公主, 연평공주延平公主, 경도공주慶都公主 세 공주의 공주부公主府를 위해 먼저 중사사中使司의 인장을 만들라고 명했다. 옛날에는 오직 황후에게만 대장추大長秋라는 관속이 있었는데 후세에는 더 이상 두지 않은 것 같다. 당 고종 때 처음으로 태평공주太平公主, 장녕공주長寧公主, 안락공주安樂公主, 의성공주宜城公主, 신도공주新都公主, 정안공주定安公主, 금성공주金城公主 등에게

---

47 廣平侯袁容 : 명 성조成祖 주체朱棣의 사위다. 원용袁容,?~1428은 수주壽州 사람으로 홍무 28년1395 연왕燕王 주체의 장녀 영안군주永安郡主와 혼인해 의빈儀賓이 되었다. 주체가 황위에 오른 뒤 영안군주를 영안공주永安公主에 봉하면서 원용도 부마도위駙馬都尉가 되고 '정난의 변' 때 세운 공로를 인정받아 광평후廣平侯에 봉해졌다. 영락 15년1417 영안공주가 세상을 떠나면서 원용의 후작侯爵 봉록俸祿이 정지되었다. 선종이 즉위하면서 후작 봉록이 회복되었고, 선덕 3년1428 세상을 떠난 뒤 기국공沂國公으로 추증되었으며 시호는 '충목忠穆'이다.

48 京山侯崔元 : 명 헌종의 사위다. 최원崔元,1478~1549의 자는 무인懋仁이고 호는 대병代屛이며 대주代州 사람이다. 홍치 6년1493 헌종의 둘째 딸 영강공주永康公主와 혼인해 부마도위가 되었다. 세종이 제위에 오를 때 금부金符를 바치며 영접한 공을 인정받아 경산후京山侯에 봉해졌다. 가정 28년1549 세상을 떠나자 좌주국左柱國으로 추증되었고 시호는 영공榮恭이다. 부마 중에 전공戰功 없이 작위를 받고 관직을 추증 받은 것은 최원이 처음이었다.

49 鉅鹿侯井源 : 중화서국본과 상해고적본에 모두 '거록후정제鉅鹿侯井濟'로 되어 있는데, 『명사 · 열전제구傳第九 · 공주公主』, 『대명영종예황제실록大明英宗睿皇帝實錄』 권180의 기록에 따라 정제井濟를 정원井源으로 수정했다. [[역자 교주]] ◉ 정원?~1449은 명대 순덕부順德府 남화현南和縣 사람으로 자는 영청永淸이다. 선덕 3년1429 인종의 적장녀嫡長女 가흥공주嘉興公主와 결혼해 부마도위駙馬都尉가 되었다. 정통正統 14년1449 '토목보의 변' 때 전사했다. 천순 원년1457 영종이 복벽한 뒤 정원의 공로를 인정해 거록후鉅鹿侯로 추증해 봉했다.

함께 공주부를 만들고 관속을 두게 했는데, 그 관리로는 읍사^{邑司}, 령^令, 승^丞이 있었다. 당시 원초객^{袁楚客}이 재상 위원충^{魏元忠}에게 글을 올려 그가 바로 잡지 못함을 책망했다. 우리 고황제께서는 어찌하여 이런 관직을 두셨는가? 나중에 또 언제 폐지되었는지는 모른다. 다만 중사사에는 사정^{司正}과 사부^{司副}가 있는데 역시 환관이 맡아 왕부를 모시는 것과 같이 해 당나라 때 사인들로 관리를 충원한 것과는 다르니, 그 제도가 자연히 같지 않다.

원문 公主中使司⁵⁰

洪熙元年, 封皇女六人爲公主, 命先爲嘉興⁵¹延平⁵²慶都⁵³三主府造中使司印. 按古惟皇后有官屬, 爲大長秋⁵⁴, 後世不復設. 唐高宗⁵⁵始令太

---

50 中使司 : 공주의 저택인 공주부公主府의 일을 관장하던 기관이다. 원래는 공주부가 령사公主府令司라고 했지만 명 태조 홍무 23년1390 중사사中使司로 명칭을 바꾸었다. 수장의 명칭도 가령家令에서 중사中使로 바뀌었으며 환관이 맡았다.

51 嘉興 : 명 인종 주고치의 적장녀 가흥공주嘉興公主, 1409~1439를 말한다. 가흥공주의 모친은 장황후張皇后다. 선덕 3년1429 순덕부順德府 남화현南和縣 사람인 정원井源과 혼인해 정통正統 4년1439 세상을 떠났다. 부마인 정원은 가흥공주가 세상을 떠난 지 10년 뒤인 정통 14년1449 '토목보의 변' 때 전사했다.

52 延平 : 명 인종 주고치의 다섯 번째 딸인 연평공주延平公主, 생졸년 미상을 말한다. 연평공주는 출가하기 전 어린 나이에 세상을 떠났다.

53 慶都 : 명 인종 주고치의 둘째 딸인 경도공주慶都公主, 1409~1440를 말한다. 경도공주의 이름은 주원통朱圓通이고 모친은 인종의 후비 조씨趙氏다. 영락 7년1409 태어나 홍희 원년1425 경도공주에 봉해졌고 정통 2년1437 경도대장공주慶都大長公主에 봉해졌다. 선덕 3년1429 부마도위 초경焦敬과 혼인했으며 정통 5년1440 향년 32세로 세상을 떠났다.

54 大長秋 : 대장추大長秋는 황후가 부리는 관속들의 총책임자인데 일반적으로 환관이

平⁵⁶長寧⁵⁷安樂⁵⁸宜城⁵⁹新都⁶⁰定安⁶¹金城⁶²諸公主, 並得開府⁶³置官屬, 其

맡았다. 황후의 뜻을 전하고 황후궁의 일을 관리했다.

55 唐高宗 : 당대 세 번째 황제인 이치李治, 628~683를 말한다. 이치의 자는 위선爲善이고 당 태종의 아홉 번째 아들이다. 태종 정관正觀 5년631 진왕晉王에 봉해졌고 정관 17 년643에 황태자가 되었다. 정관 23년649 태종이 붕어하면서 황위에 오른 뒤 34년간 재위에 있었다. 즉위 초기에는 태종의 옛 정치경제제도를 계승하며 선정을 베풀었 지만, 재위 후반으로 가면서 건강이 나빠져 정사 처리를 점차 황후 무씨武氏에게 의존하게 되었다. 황후 무씨가 바로 중국 역사상 유일한 여황제인 무측천武則天이 다. 홍도弘道 원년683 56세의 나이로 붕어했으며 묘호는 고종이고 시호는 천황대제 天皇大帝다.

56 太平 : 당 고종과 무측천의 막내딸인 태평공주太平公主, 약665~713를 말한다. 무측천의 외모와 성격을 빼닮아 부모의 총애를 받았다. 영융永隆 2년681 고종의 외조카인 설 소薛紹와 결혼했는데 수공垂拱 4년688 설소가 이충李沖의 모반에 연루되어 옥사했다. 그 뒤 천수天授 원년690 무유기武攸暨와 재혼했다. 무측천이 여황제로 있었던 무주武 周 시기 정사에 참여하며 권세를 누렸고 무주 말기 측천무후의 총애를 받던 장씨 형제가 전횡을 부리자 그들을 제거하고 당唐 왕조를 부활시키는 데 기여했다. 그 후 조카인 이융기李隆基와 권력을 둘러싸고 갈등을 빚었으며, 이융기가 황위에 오 르자 선천先天 2년713 그를 폐위시키려고 모반을 꾀하다가 발각된 뒤 자살했다.

57 長寧 : 당 중종中宗과 위황후韋后의 장녀인 장녕공주長寧公主, 생졸년 미상를 말한다. 장 녕공주는 중종 신룡神龍 연간에 공주에 봉해진 뒤 공주부公主府를 설치하고 속관을 두었는데 친왕親王과 같은 대우를 받았다. 그녀는 먼저 양신교楊愼交와 혼인했는데 개원開元 16년728 양신교가 죽자 소언백蘇彦伯과 재혼했다.

58 安樂 : 당 중종과 위황후의 막내딸인 안락공주安樂公主, 685~710를 말한다. '당대 제일 미녀'라 불렸다. 그녀는 무측천의 조카인 무삼사武三思의 아들 무숭훈武崇訓과 혼인했 다. 중종 재위 기간에 안락공주는 조정에 간여하고 매관매직을 일삼으며 권세를 누 렸다. 무측천처럼 자신이 여황제가 되기 위해 우선 '황태녀皇太女'가 되려고 했지만 실패했는데 그 와중에 남편 무숭훈이 죽었고 그 뒤 무승사武承嗣의 아들 무연수武延秀 와 재혼했다. 자신의 온갖 악행을 덮고 황제가 되고자 모친인 위황후와 공모해 부친 중종을 독살까지 했지만, 이융기李隆基와 태평공주 등의 정변이 성공해 안락공주는 주살되었다. 안락공주는 사후에 지위가 '패역서인悖逆庶人'으로 강등되었다.

59 宜城 : 당 중종의 둘째 딸 의성공주宜城公主, 약682~약723 이상李裳秋를 말한다. 원래는 의안군주義安郡主였는데, 중종이 등극 후에 의성공주로 승격시켰다.

60 新都 : 당 중종의 장녀인 신도공주新都公主, 생졸년 미상를 말한다. 서출이다. 원래는 신 도군주新都郡主였지만 중종이 등극한 뒤 공주로 승격되었다. 무원상武元爽의 손자 사

僚有邑司⁶⁴有令有丞⁶⁵. 時袁楚客⁶⁶上書宰相魏元忠⁶⁷, 責其不能救正. 我

高皇聖主, 何以設此官? 後亦不知何時廢罷. 但中使司有正副, 亦閹臣領

之, 如王府之承奉, 非如唐家以士人充僚佐⁶⁸, 其制自不同.

진왕사陳王 무연휘武延暉와 혼인했다.

61 定安 : 당 중종의 셋째딸 정안공주定安公主,?~733를 말한다. 서출이다. 처음에는 신녕
   군주新寧郡主에 봉해졌다가 나중에 안정군주安定郡主로 바뀌었다. 중종이 복위된 뒤
   정안공주로 승격되었다. 평생 3번 혼인했는데, 그 대상은 각각 왕동교王同皎, 위탁韋
   濯, 최선崔銑 세 사람이다.

62 金城 : 당 중종의 양녀인 금성공주金城公主, 698~739 이노노李奴奴를 말한다. 경룡景龍 4
   년710 토번吐蕃의 왕자 찬보적덕조찬賛普赤德祖賛에게 시집가 토번에서 30년 동안 생
   활하면서 당나라와 토번의 화친에 중심 역할을 했다.

63 開府 : 부 단위의 관청을 설치하고 관리를 둠.

64 邑司 : 당나라 때 공주에 관한 일을 관리하던 기구 또는 이 기구의 관리를 말한다.

65 有令有丞 : 공주부의 재물 출납과 전답 관리를 담당하던 공주읍사公主邑司의 관리로,
   령令은 종칠품하從七品下이고 승丞은 종팔품하從八品下다.

66 袁楚客 : 당나라 진군陳郡 사람으로, 산조위酸棗尉를 지냈다.

67 魏元忠 : 위원충魏元忠,?~707은 당나라 때 재상을 지낸 인물이다. 그의 원래 이름은
   위진재魏眞宰이고 원충元忠은 자다. 송주宋州 송성현宋城縣 사람이다. 고종, 무후武后,
   중종의 세 황제를 모셨고 두 차례 재상을 지냈다. 사후에 상서좌복사尙書左僕射, 제
   국공齊國公, 본주자사本州刺史로 추증되었다. 시호는 정貞이다.

68 僚佐 : 옛날 관청에서 일을 돕는 하급 관리. 보좌관.

각 왕부 친왕의 의빈은 부마의 한 등급 아래로 품계는 종이품從二品
이다. 다만 홍무 말년 황손녀의 의빈으로 남경에 있던 이의 후손은 봉
지封地를 나누어 받고 벼슬을 배수 받아 관례대로 영지領地에 거했다.
비록 공주와 결혼했다고는 하지만 경관京官처럼 아패를 찰 수는 없었
다. 경황제景皇帝의 딸 고안군주固安郡主는 성화成化 6년에 왕헌王憲에게 시
집을 갔는데 예부에서 특별히 청해 왕헌은 성왕부郕王府의 의빈이므로
아패를 주자고 했다. 황상께서 그 의견에 따라 품계의 위치를 도독첨
사都督僉事의 아래에 두라고 명하시니 대체로 종삼품從三品이 정이품正二品
다음 자리에 차지한 것이다. 이후에 제사를 나누어 주어 왕헌 또한 여
러 척신戚臣들처럼 제사를 받들었으니 실로 처음 있는 일이었다. 홍치
4년 고안공주가 죽자 황상께서 상례를 가상장공주嘉祥長公主와 같게 치
르라고 명하셨다. 가상장공주는 영종의 친딸로, 당시 고안공주의 모친
인 왕씨汪氏는 여전히 성왕비郕王妃로 불렸는데 그의 딸은 이와 같이 남
다른 예우를 받았으니 황상의 은혜가 투터웠던 것이다. 의문태자懿文太
子의 세 딸 중 맏딸 강도공주江都公主는 부마 경선耿璿에게 시집갔는데 문
황제가 군주와 의빈으로 강등시키고 모두 죄를 따져 물어 죽였고, 둘
째 딸 의륜군주宜倫郡主는 문황제가 금의위 백호인 우례于禮를 의빈으로
삼아 혼인하게 했다. 다만 셋째 딸은 세 살로 건문建文 경진庚辰년에 태
어나 아직 봉호封號가 없었으며, 성화 21년 8월에 이르러 비로소 감옥

에서 죽었는데 나이가 이미 86세였다. 당시 신하들이 황상의 은택을 베풀게 할 수 없어 끝내 배필도 없이 죽게 했는데, 그 은혜를 입음이 고안공주의 백분의 일에도 미치지 못하니 참으로 사람들이 눈물 흘릴 만하다.

○ 의빈 이품은 중봉대부中奉大夫의 등급으로 본래 문관직文官職이며, 무리의 오른쪽은 독첨督僉의 아래에 두었는데, 이는 선위사宣慰使가 공을 세워 좌우참정左右參政으로 승진되고 또 도지휘첨사로 승진된 자가 있는 것과 같다. 그 후 가정 연간의 의빈 주월周鉞 등은 왕헌의 예를 썼다.

[원문] **儀賓牙牌[69]**

各王府親王[70]位下[71]儀賓, 亞駙馬一等, 秩從二品. 惟洪武末年, 皇孫女儀賓在都下者, 其後分封選拜, 例居外藩[72]. 雖云尙主, 無得繫牙牌如京官[73]例. 惟景皇帝[74]女固安郡主[75], 以成化六年下嫁王憲, 禮部特請, 憲

---

69 牙牌 : 송宋나라 때 처음 시작된 관원의 신분증으로, 상아나 동물의 뼈로 만들어진 직사각형 팻말의 앞면에 관리의 직함과 이력을 기록했다.
70 親王 : 작위제도 중에서 가장 높은 왕작王爵으로, 지위가 황제 다음으로 높으며 세습할 수 있다. 친왕의 정실은 친왕비로, 황제의 귀비貴妃나 황귀비皇貴妃와 같은 지위였다. 또 친왕의 적장자는 세자가 되고, 나머지 아들은 군왕郡王이 된다.
71 位下 : 원나라 때 황실에 대한 후비后妃, 왕, 공주 등의 호칭.
72 外藩 : 봉토를 가지고 있는 제후나 왕 또는 그 영지.
73 京官 : 중앙관리.
74 景皇帝 : 명나라 제7대 황제인 경제 주기옥을 말한다.
75 固安郡主 : 명나라 경제의 적장녀嫡長女 고안공주固安公主,1449~1491를 말한다. 경제가 황위에 오르기 전 성왕의 신분이었으므로, 고안군주固安郡主로 봉해졌다. 성왕이 제위에 오른 뒤 고안공주로 승격되었다.

係郳府儀賓, 乞給牙牌. 上從之, 命班行⁷⁶列都督僉事之下, 蓋以從三品, 居正二品之次也. 此後遣祀分祭, 憲亦供事, 如諸戚臣, 實爲創見. 弘治四年, 固安公主卒, 上命喪禮一視嘉祥長公主⁷⁷. 嘉祥爲英宗親女⁷⁸, 時固安母汪氏, 尙稱郳王妃, 其女乃得異禮如此, 上恩厚矣. 因思懿文太子三女, 長爲江都公主⁷⁹, 下嫁駙馬耿璿, 文皇降爲郡主儀賓, 皆以罪死, 次女宜倫郡主⁸⁰, 文皇命錦衣百戶于禮爲儀賓尙之. 惟第三女年三歲, 以建文庚辰⁸¹所生, 未有名封, 直至成化二十一年八月, 始卒於高牆, 年已八十六歲. 當時臣下無能推廣聖澤, 使其終無匹偶以歿, 其恩遇曾不及固安之百一, 眞足令人灑泣.

○ 儀賓二品者, 階爲中奉大夫⁸², 本文職也, 而夷之右列督僉⁸³之下, 是猶宣慰使⁸⁴有功, 得陞左右參政⁸⁵, 亦有陞都指揮僉事⁸⁶者. 然彼主倩,

---

76 班行: 품계나 서열 따위에 따른 위치.

77 嘉祥長公主: 명나라 영종의 딸 가상공주嘉祥公主, ?~1484를 말한다. 성화 13년1478 황용黃鏞과 혼인했다.

78 英宗親女: 중화서국본과 상해고적본에는 '헌종친녀憲宗親女'로 되어 있는데, 가상공주는 헌종의 부친인 영종의 딸이므로 수정했다. 〖역자 교주〗

79 江都公主: 강도공주江都公主, 생졸년 미상는 명나라 의문태자의 장녀다. 홍무 27년1395 장흥후長興侯 경병문耿炳文의 아들 경선耿璿과 혼인했다. 처음에는 강도군주江都郡主에 봉해졌다가 건문 원년1399 공주로 승격되었다.

80 宜倫郡主: 중화서국본과 상해고적본『만력야획편』에는 '선성군주宣城郡主'로 되어 있지만,『명태종실록』권186과『명사』에 의문태자의 둘째 딸로 금의위 백호 우례于禮와 결혼한 이는 의륜군주宜倫郡主로 기록되어 있으므로, 이에 근거해 '의륜군주'로 수정했다. 〖역자 교주〗

81 建文庚辰: 건문建文은 명 제2대 황제인 혜종惠宗 주윤문朱允炆의 연호로 1399년부터 1402년까지 4년간 사용되었다. 건문 경진년庚辰年은 건문 2년1400을 말한다.

82 中奉大夫: 명대 종이품의 관리다.

83 督僉: 도독첨사都督僉事의 약칭이다.

而此乃貴壻耳. 其後嘉靖間, 儀賓周鍼等, 用王憲例.

---

84 宣慰使 : 명대 선위사사宣慰使司의 관직으로 소수민족 지역에 두었던 토관土官의 세
　 습직으로 종삼품이다. 명대에는 변경 지역의 소수민족을 다스리기위해 현지에 선
　 위사사를 설치했었다.
85 左右參政 : 명대 포정사布政使의 속관으로 종삼품이다. 지위는 좌, 우 포정사보다는
　 낮고 좌, 우 참의參議보다는 높다. 관할하는 도와 양식 비축, 전답 관리, 군무, 수리
　 등의 일을 나누어 관리했다.
86 都指揮僉事 : 도지휘첨사都指揮僉事는 명대에 각 도지휘사사都指揮使司와 행지휘사사
　 行指揮使司의 정삼품 관리.

　본 왕조에서 봉토를 받은 황실의 친족 중에 오왕吳王, 한왕漢王, 조왕趙王, 영왕榮王 등이 각각 둘인 것은 당시에 어쩌면 황제의 뜻으로 직접 결정한 것이라 신하들이 감히 반박해 바로잡지 못했을 것이다. 군왕을 봉하는 일까지도 간혹 이처럼 했으니, 이는 예악을 관할하는 의조儀曹가 일을 소홀히 해서이다. 또한 이미 이백여 년이나 지나서 일시에 두루 검토하기 어려우므로 오히려 남의 탓으로 돌릴 만하다. 황녀의 책봉에 있어서는 역대 공주 중에 이런 경우가 몇 사람 있을 수 있겠는가. 영종의 둘째 딸 가선공주嘉善公主가 정원백靖遠伯 왕기王驥의 손자 왕증王增에게 시집을 간 일이 성화成化 2년이었다. 세종 연간에 넷째 황녀가 부마 허숭성許崇誠에게 시집갈 때 역시 가선공주嘉善公主로 봉했다. 그 기간이 겨우 삼대밖에 차이가 안 나는데, 어찌 충분히 살펴보지 않았는가? 그 때 나랏일을 맡고 있었던 엄분의嚴分宜는 스스로 학식이 넓고 성품이 단아하다 자부했는데, 어찌 이 정도로 식견이 얕고 좁았는가? 설마 더러운 재물을 한창 불리느라 마땅히 할 일에 마음을 쓸 겨를이 없었던 것인가!

　○ 두 명이 가선공주로 봉해진 일이 있은 후, 또 목종의 생모 효각황후孝恪皇后의 동생 두계종杜繼宗이 경도백慶都伯에 봉해졌는데, '경도慶都'는 인종의 둘째 딸이 받은 공주의 봉호이다. 마지막으로 금상의 적모 인성태후仁聖太后의 부친 진만언陳萬言을 고안백固安伯에 봉해졌는데, '고안固安' 역시 경제의 딸이 처음 받은 공주의 봉호이며 나중에 그녀는 군

주로 강등되었다. 이는 모두 황제의 딸들이 받은 봉읍封邑인데 어찌 신하들이 이어받아야만 했는가? 당시에 고안백과 함께 봉해진 사람은 황상의 생모 자성황후慈聖皇后의 부친 무청백武淸伯 이위李偉인데, '무청武淸'은 석형石亨의 옛 봉호이며 그가 나중에 끔찍하게 죽었으니, 더더욱 길조가 아니다. 경도백 때는 서문정徐文貞이 나랏일을 맡았고 고안백 때는 장강릉張江陵이 나랏일을 맡았는데, 두 공은 이전의 관례에 밝았으니 어찌 엄분의를 이들에 비견할 수 있겠는가. 그런데도 이 정도로 어그러지게 잘못 처리했다. 하물며 황상의 명을 받은 이후에도 의론이 분분한 것은 이미 하루아침의 일은 아니다.

원문 **公主封號同名**

本朝分封親藩, 如兩吳兩漢兩趙兩榮之屬, 當時或出聖意親定, 臣下不敢駁正. 至於郡王之封, 亦間相同, 此則儀曹[87]疏略. 且歷年已二百餘, 一時或難徧稽, 猶可諉也. 至於帝女冊封, 則累朝公主能有幾人. 如英宗第二女嘉善公主, 下嫁靖遠伯王驥孫王增, 事在成化二年. 世宗朝, 以第四皇女降駙馬許崇誠, 亦封嘉善公主. 時相距僅隔三朝, 何以漫不稽考? 其時嚴分宜[88]當國, 頗以博雅自負, 何冬烘[89]至此? 豈黷貨[90]方殷, 無暇分心耶!

---

87 儀曹 : 예악을 관할하는 예부랑관禮部郞官.
88 嚴分宜 : 명나라 가정 연간에 내각수보를 지낸 엄숭嚴嵩을 말한다.
89 冬烘 : 식견이 얕고 좁음.
90 黷貨 : 옳지 못한 방법과 행동으로 얻은 재물.

○ 嘉善兩公主後, 又有穆宗生母孝恪后弟杜繼宗封慶都伯, 此仁宗第二女封公主號. 最後則今上嫡母仁聖太后父陳萬言封固安伯, 亦景帝女初封公主號, 後降爲郡主者. 此皆帝姬湯沐邑[91], 豈臣子所宜蒙襲? 時與固安同封者, 爲上生母慈聖后父武淸伯李偉, 此石亨舊封, 後以凶終, 尤非吉祥. 前則徐文貞當國, 後則張江陵當國, 兩公明習典故, 豈分宜可比. 而舛錯乃爾. 況受遺以來, 討論已非一朝耶.

---

91 湯沐邑 : 제후가 천자를 알현하면 천자가 기거하며 목욕재계할 수 있는 봉읍을 하사했는데, 군주, 황후, 공주 등에게는 부세를 거둘 수 있는 사읍을 주고, 귀족에게는 탕목읍을 주었다.

번역 부마를 다시 간택하다

홍치 8년1495 내관감內官監의 태감 이광李廣이 부호 원상袁相의 후한 뇌물을 받고, 원상이 부마로 간택되어 덕청공주德淸公主와 혼인하게 되었다. 혼인날이 얼마 안 남았을 때 과도관科道官에 의해 그 일이 밝혀지자, 간택을 물리고 별도의 간택을 명한다는 성지를 받게 되었는데 태감 소경蕭敬등이 부마를 간택할 때 신중하지 못해 구설수에 오른 일을 힐책했지만 이광에 대해서는 불문에 붙였다. 가정 6년1527 영순공주永淳公主가 혼인할 때 예부에서 부마를 간택했는데, 당시 영청위永淸衛의 군여軍餘이던 진쇄陳釗의 이름은 세 번째에 있었지만 황상께서 친히 부마로 정하셨다. 이부의 여덕민余德敏이 진쇄의 부친이 본래 병사이고 집안 대대로 고질병이 있는데다 모친은 또 재혼한 첩이라 공주와 혼인해서는 안된다고 주청했다. 예부랑중禮部郎中 이절李浙은 여덕민이 망언을 했다 아뢰고 죄를 다스릴 것을 청했다. 황상께서 허락하지 않으시면서, 진쇄를 내치고 다시 간택하라 명하시고는 시랑侍郎 유룡봉劉龍俸의 관직도 삭탈하시고, 별도로 사조謝詔를 부마로 간택하셨다. 황상께서는 공주가 헌황제獻皇帝의 친딸이므로 사조에게 명해 혼인하고 20일 뒤에 스승의 가르침을 받아 경서를 익히도록 하셨고, 예부의제사주사禮部儀制司主事 금극후金克厚를 그의 스승으로 삼으셨다. 부마의 스승으로 예부 사람을 쓴 것은 이때부터 시작되었다. 만력 10년1582 황상께서는 친누이 영녕공주永寧公主가 시집갈 때가 되자 북경 부호의 아들 양방서梁邦瑞를 간택했는데, 그는 병을 앓아 몸이 심하게 약해서 사람들이 불안해했지만 다만 환관 풍보馮保가 수만 냥의 뇌물을 받고 수규首揆 강릉공江陵公 그를 강력히 지지하니 자성태후慈聖太后도 이들에 미혹되었다. 얼마 지나지 않아 혼례를 치르는데 코피가 양쪽에서 흘러 옷소매를 적셔 혼례를 거의 치를 수 없었다. 환관들이 오히려 기쁜 일이라 하며 붉은색을 보인 길조로 여겼다. 양방서는 겨우 한 달 만에 마침내 병으로 세상을 떠나고, 공주는 과부로 몇 년을 살다가 죽었으니 결국 세상 사람들이 하는 부부간의 잠자리를 알지 못했다. 당시에 홍치 연간과 가정 연간처럼 좋은 배필을 따로 찾을 수 있게 했다면 꼭 죽음에 이르진 않았을 것이다. 황제의 딸이 억울하게 일찍 세상을 떠났으니, 풍보의 엄청난 죄는 이광의 열배나 된다.

○ 사조가 간택된 후 북경사람들 사이에 〈십호소十好笑〉라는 노래가 돌았는데, 그 노래 안에 장총과 계악이 갑자기 현귀해져서 횡포를 부리는 것을 조롱하는 내용이 많았고, 노래 마지막에 "열 번째 웃기는 일은 부마가 현세보로 바뀐 것이네"라고 했다. 아마도 사조가 대머리로 머리숱이 적어 상투를 틀 수 없는 지경인 까닭에 이렇게 조롱한 것이다. 그러나, 사조는 가정 말년에 이르러 죽을 때까지 40년 동안이나 부귀함을 누렸다.

弘治八年, 內官監[92]太監李廣, 受富民袁相重賄, 選爲駙馬, 尙德淸公主[93]. 婚期有日矣, 爲科道官發其事, 得旨斥相命別選, 詰責太監蕭敬等選婚不謹, 致有人言, 而廣置不問. 嘉靖六年, 永淳公主[94]將下降, 禮部選婚, 時永淸衞軍餘[95]陳釗, 名在第三, 上親定爲駙馬矣. 聽選官[96]余德敏奏, 釗父本勇士, 家世惡疾, 母又再醮庶妾, 不可尙主. 禮部郎中李浙, 奏德敏妄言, 請逮治罪. 上不許, 命斥釗再選, 幷奪侍郎劉龍俸, 別選得謝詔. 上以公主爲獻皇親女, 命詔成婚二十日後, 令師敎習經書, 以禮部儀制司主事金克厚[97]爲之師. 駙馬敎習用春曹[98]自此始. 至萬曆十年, 上因胞妹永寧公主[99]將下嫁, 選京師富室子梁邦瑞, 其人病瘵羸甚, 人皆危之,

---

92 內官監 : 명대의 환관 조직인 십이감十二監 중의 하나. 나무, 돌, 기와, 흙, 기름, 혼례, 쌀과 소금 창고 등을 관리하고, 궁중의 능묘와 기물 등을 운영하는 책임을 맡았다.

93 德淸公主 : 덕청공주德淸公主, 1478~1549는 명나라 헌종의 딸이다. 홍치 9년1496에 임악 林岳에게 시집가 아들 둘을 두었다. 정덕 13년1518 임악이 세상을 떠난 뒤, 31년간 수절했다.

94 永淳公主 : 영순공주永淳公主, 1511~1540는 명나라 헌황제의 막내딸이자 세종의 친동 생이다. 홍치 연간에 태어났고, 세종이 즉위한 뒤 영순공주永淳公主에 봉해졌다. 가정 6년1527 사조謝詔와 혼인했다.

95 軍餘 : 중국 명나라 때 정식 군적軍籍을 취득하지 못한 군인을 이르던 말.

96 選官 : 관리의 전형을 주관하는 관리로, 이부吏部를 가리킨다.

97 金克厚 : 금극후金克厚, 생졸년 미상는 명나라 가정 연간의 관리다. 절강 선거仙居 사람으로, 자는 홍재弘載이다. 가정 2년1523에 진사가 되어 육합지현六合知縣, 국자조교國子助敎, 예부주사, 예부원외랑 등의 벼슬을 지냈다. 예부주사일 때 부마 사조謝詔의 교육을 담당했다.

98 春曹 : 예부의 별칭.

99 永寧公主 : 영녕공주永寧公主, 1567~1594는 명나라 목종의 넷째 딸이자 신종의 친동생이다. 만력 10년1582 3월, 영녕장공주永寧長公主에 봉해지고 북경 사람 양방서梁邦瑞에게 시집갔다. 하지만 양방서는 혼례식도 다 마치지 못하고 병들어 누웠고, 두

特以大璫馮保納其數萬之賂, 首揆江陵公力持之, 慈聖太后[100]亦爲所惑. 未幾合巹, 鼻血雙下, 沾湮袍袂, 幾不成禮. 宮監尙稱喜, 以爲掛紅吉兆. 甫匝月遂不起, 公主嫠居數年而歿, 竟不識人間房幃[101]事. 使當時能如兩朝, 別謀佳耦, 未必致命. 帝姬抑鬱早世, 馮保滔天之罪, 十倍李廣矣.

○ 謝詔選後, 京師人有十好笑之謠, 其間嘲張桂驟貴暴橫者居多, 其末則云, 十好笑, 駙馬換箇現世報[102]. 蓋謝禿少髮, 幾不能縮髻, 故有此譏. 然詔直至嘉靖末年卒, 富貴者四十年.

달이 안 되어 세상을 떠났다. 영녕공주는 부부생활도 해보지 못한 채 평생을 독수공방했다.

100 慈聖太后 : 명 신종의 생모인 효정황후孝定皇后 이씨를 말한다. 자성태후慈聖太后, 자성황태후慈聖皇太后, 이태후李太后라고도 부른다.

101 房幃 : 침실을 말하며 여기서는 부부간의 잠자리를 가리킨다.

102 現世報 : 나쁜 일을 해서 살아있는 동안 그 벌을 받는 나쁜 사람.

번역 공주의 음덕으로 벼슬을 받은 맏아들

훈척勳戚 대신이 공적이 있거나 황상의 특별한 은혜를 입으면 별도로 그 아들이 음덕으로 벼슬을 받게 되는데, 반드시 음덕으로 벼슬을 받지 않은 맏아들에게 무관의 벼슬을 주었다. 가정 12년1533 영가대장공주永嘉大長公主의 원손元孫 곽경郭勍은 무정후武定侯 곽훈郭勳의 동생인데, 역대 공주들의 선례를 인용하며 음덕으로 국자감에 들어가길 청했다. 예부의 신하들이 공주의 자손은 본래 국자감에 들어간 사례가 없었으나 여양대장공주汝陽大長公主의 서손庶孫 사염謝琰이 은덕을 구했고 그것이 윤허되면서 마침내 이를 따라 선례로 삼은 것이지 사실 정해진 법도는 아니라고 했다. 이에 교지를 내려 허락하지 않았다. 당시에 곽훈에 대한 총애가 세상에 둘도 없을 만큼 컸지만, 마침 예부를 맡고 있던 하귀계夏貴溪가 곽훈과 깊은 원한이 있었기에 강력히 이를 저지했다. 그런데 세종께서도 선조의 제도를 엄격히 지키시며 총애하는 신하라고 해서 예외를 두지 않으셨으니, 또한 전대에 없었던 일이다. 지금은 훈척들이 간청하는 것은 모두 윤허를 받는다. 또 근래에 황상께서 은혜롭게 내린 조서의 한 항목에서는 무릇 공주의 자손 중 학문에 뜻을 둔 자들을 모두 국자감으로 보내 공부하도록 했다. 그 결과 평범한 백성이 과분한 귀족의 후예가 되어 중요한 관서에 두루 배치되거나 큰 지역의 태수가 되었으니, 요직에 있는 자가 책임을 피할 수 있겠는가.

○ 가정 계축년癸丑年, 1553과 갑인년甲寅年, 1554 사이에 중서과中書科의

일을 맡은 대리시부大理寺副 우린于麟이란 자는 돌아가신 봉성부인奉聖夫人
유씨劉氏의 아들인데, 유모의 은덕으로 이 자리를 얻었다. 대개 천순天順
연간의 익성부인翊聖夫人과 성화成化 연간 공성부인恭聖夫人의 두 아들의
선례를 따른 것이지만, 근공주靳公主가 받은 은혜와는 천지차이였다.
또, 같은 시기에 태상시太常寺를 관장하던 예부우시랑禮部右侍郎 서가성徐
可成이 공적을 살펴 은혜를 내려줄 것을 간청하자, 황상께서 명을 내려
음덕으로 그의 제자 잠의금쬘義金을 태상시전부太常寺典簿로 삼았는데, 황
금관을 정칠품에게까지 상으로 내리시고 음덕이 다른 성씨에게까지
미친 것은 진실로 처음 있는 일이었다. 같은 시기에 진인 도중문의 아
들이 음덕으로 상보승尙寶丞이 된 것은 비록 잡직 관리라도 재상에게 내
리는 은덕을 받은 것이지만 그래도 그의 혈육이었다. 대체로 처음 정
치를 할 때는 법을 잘 지켰지만 말년에는 은덕을 남발하게 되었으니,
이것은 황상이 일을 게을리 했을 뿐만 아니라 재상이 상소를 올리는
일 또한 오랫동안 행해지지 않아서이다.

원문 **公主廕胄子[103]**

　勳戚[104]大臣有勞績, 或特恩, 得別廕子[105]. 然必授右列[106]無廕胄子者.

---

103 胄子 : 제왕이나 귀족의 맏아들.
104 勳戚 : 나라에 공훈이 있는 임금의 친척.
105 廕子 : 조상의 공덕으로 벼슬을 얻은 자.
106 右列 : 무관武官. 황제의 어전에서 문관은 왼쪽에, 무관은 오른쪽에 도열했기 때문
　　에 무관을 대칭하는 말로 사용된다.

嘉靖十二年, 永嘉大長公主[107]元孫郭勛, 武定侯勳弟也, 援累朝公主例, 請廕入監[108]. 禮臣言, 公主子孫本無入監事例, 因汝陽大長公主[109]庶孫謝琰乞恩允之, 遂沿以爲例, 實非定典. 得旨不許. 是時郭勛之寵, 震世無兩, 値夏貴溪爲禮部, 與勳深仇, 故力阻之. 然世宗謹守祖制, 不爲權倖假借, 亦前代未有也. 今勳戚陳乞者, 無不賜允. 又近日恩詔中一款, 凡公主子孫有志向學者, 俱送監讀書. 遂使白丁[110]紈袴[111], 濫竽[112]世冑[113], 布列淸曹[114], 出守壯郡, 當軸[115]者能辭責乎.

○ 嘉靖癸丑甲寅間, 有署中書科事, 大理寺副[116]于麟者, 故奉聖夫人劉氏子也, 以乳母恩得此. 蓋用天順間翊聖夫人, 成化間恭聖夫人二子例, 然與斳公主恩霄壤[117]矣. 又同時掌太常寺, 禮部右侍郎徐可成, 以考績乞恩, 上命廕其徒答義金爲太常寺典簿[118], 以黃冠而延賞正七品, 且及異姓, 眞爲創見. 若同時眞人陶仲文廕子爲尙寶丞[119], 雖以雜流[120]膺

107 永嘉大長公主 : 명 태조의 열둘째 딸 영가공주를 말한다.
108 入監 : 국자감에 들어감.
109 汝陽大長公主 : 명 태조의 열다섯째 딸 여양공주汝陽公主,생졸년미상를 말한다. 모친은 혜비惠妃 곽씨郭氏다. 홍무 27년1394 공주로 책봉되어 사달謝達에게 시집갔다. 인종 즉위 후 영가공주, 함산공주 등과 함께 대장공주大長公主로 승격되었다.
110 白丁 : 평민 남자.
111 紈袴 : 부귀한 집안의 자제를 낮추어 부르는 말.
112 濫竽 : 능력보다 더 높은 지위에 있다는 의미.
113 世冑 : 귀족의 후예.
114 淸曹 : 현귀하고 중요한 업무를 다루는 관서.
115 當軸 : 요직에 있는 사람.
116 大理寺副 : 대리시의 직관으로 종6품에 해당한다.
117 霄壤 : 하늘과 땅.
118 太常寺典簿 : 관직명으로, 관리를 다스리는 책임을 맡고 법전과 장부를 관리하며, 창고의 제기를 관장한다.

首揆恩, 然猶其血胤也. 蓋守法於初政, 而濫恩於末年, 不特聖主倦勤,
而揆地之執奏, 亦久廢矣.

---

119 尙寶丞 : 상보사尙寶司의 관원으로, 옥새, 부패符牌, 인장 등을 관장하며, 정5품에 해
　　당한다.
120 雜流 : 해당 분야 이외에서 등용된 잡직雜職 관리.

번역 요절한 공주에게 내린 특별한 은혜

　가정 20년1541 신축년 정월 초엿새에 넷째 황녀가 태어났는데 모친은 옹비雍妃 진씨陳氏다. 황상께서 성국공成國公 주희충朱希忠에게 경신전景神殿에 대신 고하라 명했는데, 이름을 서영瑞燦이라 하고 또한 먼저 태어난 셋째 황녀의 이름을 녹정祿禎이라 하여 황실에 알리고 옥첩玉牒에 올렸다. 선례에 따르면 황자는 백일, 황녀는 만 한 달 만에 이름을 짓는다. 지금 먼저 태어난 아이는 기일을 어기고 이어서 아이가 태어나자 비로소 보완해 행했으니 아끼는 마음이 같지 않아서였다. 가정 23년1544 넷째 황녀가 죽자 귀선공주歸善公主로 추봉했으며 상례喪禮는 태강공주太康公主의 선례를 따랐다. 태강공주는 효종의 딸이고 모친은 바로 소성태후昭聖太后인데, 요절하자 상례喪禮와 장례葬禮 등 여러 의식은 모두 울도왕蔚悼王의 예를 따랐다. 태강공주는 정비正妃 소생이고 그 당시 효종은 오직 황후만을 후대했으며 겨우 딸이 하나였다. 당시에 요절하여 아직 봉해지지 않았는데도 친왕에 상당한 예우를 받았으니 너무도 분수에 넘치는 것이다.

　예부상서 서경徐瓊은 그의 첩이 건창후建昌侯 장연령張延齡과 남매였기 때문에 종백宗伯으로 승진했으니 감히 상소를 올리지 못한 것이 당연하다. 세종 때에 예부상서였던 석수石首 장문간張文簡 또한 순종하며 뒷일을 두려워한 것은 어째서인가? 비록 예악禮樂은 천자로부터 나오지만 예부가 무슨 일이든지 모두 맡는다. 이때는 아첨하며 머릿수만 채우는 신하가 스스로 직무를 훼손하는 일이 많았으니, 전장제도典章制度와 같은 것은 어떠했겠는가? 이러한 일은 비록 문제없는 듯 보이지만 군주의 덕과 관계가 적지 않다. 현 왕조의 덕안공주와 영가공주의 일을 구실로 삼은 문장이 지나치다고 할 수는 없다.

원문 ## 公主下殤特恩

嘉靖二十年辛丑正月初六日, 皇第四女生, 母爲雍妃陳氏[121]. 上命成國公朱希忠代告景神殿, 命名曰瑞爍[122], 幷命先所擧第三女曰祿禎[123], 以示宗人府, 登玉牒. 故事皇子以百日, 皇女以彌月[124]命名. 今先誕者愆期, 至繼有所出, 始補行, 則愛念不同也. 至二十三年第四女薨, 追封歸善公主, 喪禮依太康公主[125]故事. 太康爲孝宗女, 其母卽昭聖太后[126], 其

---

121 雍妃陳氏 : 옹비雍妃 진씨陳氏,?~1586는 명나라 세종의 비다. 가정 16년1537 처음 옹빈雍嬪으로 봉해졌고, 가정 19년1540 옹비로 승격되었다. 옹비 소생의 계애왕薊哀王 주재궤朱載墤는 태어난 지 한 달도 안 되어 죽었고, 귀선공주歸善公主도 3세에 요절했다. 옹비는 만력 14년1586 고령으로 세상으로 떠났다.

122 瑞爍 : 명나라 세종의 넷째 딸 귀선공주歸善公主 주서영朱瑞爍,1541~1544을 말한다. 모친은 옹비 진씨다. 태어난 지 3년 만에 세상을 떠났고, 사후에 귀선공주로 추봉되었다.

123 祿禎 : 명나라 세종의 셋째 딸 영안공주寧安公主 주녹정朱祿禎,1539~1607을 말한다. 조단비曹端妃 소생으로, 조단비 사후에 심귀비沈貴妃가 길렀다. 가정 34년1555 영안공주로 봉해졌고 부마도위 이화李和와 혼인했다.

124 彌月 : 아기가 태어난 지 만 한 달.

125 太康公主 : 명나라 효종의 장녀 주수영朱秀榮,1494~1498을 말한다. 효종의 유일한 딸이며, 네 살의 나이로 요절했다. 사후에 태강공주太康公主로 추봉되었다.

126 昭聖太后 : 명 효종의 황후이자 무종의 모친인 자수황태후慈壽皇太后,1470-1541 장씨張氏를 말한다.

殤也, 喪葬諸禮, 俱依蔚悼王. 按太康係正嫡[127]所生, 且其時孝廟獨厚中宮, 僅育一女. 當時下殤未封, 上埒親王, 僭踰[128]已極. 但禮部尙書爲徐瓊, 其妾與建昌侯張延齡爲姊妹, 因以傳陞宗伯, 其不敢執奏宜也. 若世宗朝, 則石首張文簡[129]爲禮卿, 亦唯諾恐後, 何耶? 雖禮樂自天子出, 而春曹所司何事. 此時容悅具臣[130], 自隳職掌者多矣, 其如典制何? 此等事雖若無傷, 而關係主德不淺. 未可以本朝德安永嘉二主, 藉口文過也.

127 正嫡 : 혼례식을 치르고 맞아들인 아내. 정실.
128 僭踰 : 분수에 지나친 행동을 하는 것, 특히 주제넘게 윗사람의 명의나 물건 등을 함부로 사용하는 것을 말한다.
129 石首張文簡 : 명나라 중기의 대신 장벽張璧, 1475~1545을 말한다. 장벽은 호광 석수石首 사람으로, 자는 숭상崇象이고 호는 양봉陽峰이며 시호는 문간文簡이다. 정덕 6년1511 진사가 되어, 한림원편수, 예부상서, 동각대학사 등의 벼슬을 지냈다.
130 具臣 : 단지 수효만 채우는 신하.

공주가 시집갈 때는 관례에 따라 나이 든 궁인宮人을 보내 규방의 일을 관장하게 했는데, 이 사람을 '여집사'라고 한다. 부마를 노예처럼 멸시한 것은 말할 것도 없고, 공주가 거동할 때마다 제재를 받았다. 부마에 간택되어 혼인한 뒤 왕부로 나가 살게 되면 반드시 수만금을 내어 안팎으로 두루 뇌물을 주고서야 비로소 좋은 부부 관계를 강구할 수 있었다. 금상의 친누이동생 영녕공주永寧公主는 양방서梁邦瑞라는 자에게 시집을 갔는데, 결국 돈을 충분이 구하지 못해 부마가 괴로워하다 죽자 공주는 처녀 상태로 과부가 되었다. 근래의 임자년壬子年, 1612 가을 금상이 아끼는 딸 수녕공주壽寧公主는 정귀비鄭貴妃의 소생인데, 염흥양冉興讓을 간택해 혼인했다. 혼인한 지 이미 오래 지난 어느 달 밝은 밤에 공주가 부마를 들어오게 했는데, 양영녀梁盈女라는 여집사가 마침 짝이 된 환관 조진조趙進朝와 술을 마시고 있어서 아뢰지 못했다. 양여녀가 크게 화를 내며 술김에 염흥양을 셀 수 없이 매질하고 쫓아내서, 공주가 화해를 권하며 질책했다. 공주가 슬프고 분함을 이기지 못해 다음 날 아침 모친에게 고하려 달려갔는데, 뜻밖에도 이미 양영녀가 먼저 들어가 자기에게 유리한 쪽으로 하소연하면서 상스러운 말들까지 더하니, 모친이 매우 노하여 공주의 알현을 허락하지 않았다. 염흥양이 상소를 준비해 입조했는데, 지난밤 술을 마셨던 환관이 이미 그 패거리 수십 명과 결탁해 궁 안에서 염흥양에게 뭇매를 때렸다. 염흥양은 의관이 찢어져 망가지고 혈흔이 낭자해 미친 듯이 달려 장안문長安門을 나왔는데, 그의 시종과 거마車馬가 또 이미 매질을 당해 흩어져 있었다. 염홍양은 봉두난발에 맨발로 집에 돌아와 다시 상소를 쓰려고 했는데, 황상의 교지가 이미 내려와 그를 매우 심하게 힐책하면서 그의 망의蟒衣와 옥대玉帶를 거두고 국학國學으로 보내 3개월 동안 잘못을 반성하게 해 다시 상소할 기회를 얻지 못했다. 공주 역시 참고 견디며 홀로 돌아왔다. 저 양영녀라는 궁인은 그저 궁으로 돌아오게 했다가 다른 곳으로 내보냈을 뿐이다. 내관들이 무리지어 부마를 때린 일은 불문에 부쳤다.

원문 **駙馬受制**

公主下降, 例遣老宮人掌閣中事, 名管家婆[131]. 無論蔑視駙馬如奴隷, 卽貴主擧動, 每爲所制. 選尙以後, 出居于[132]王府, 必捐數萬金, 徧賂內外, 始得講伉儷之好. 今上同産妹永寧公主, 下嫁梁邦瑞者, 竟以索鐪不足, 駙馬鬱死, 公主居孀, 猶然處子也. 頃壬子之秋, 今上愛女壽寧公主[133], 爲鄭貴妃所出者, 選冉興讓[134]尙之. 相歡已久, 偶月夕, 公主宣駙

---

131 管家婆: 옛날 지주나 관리의 집안 살림을 관장하는 지위가 비교적 높은 여자 하인.
132 于: '우于'는 원래 '십十'으로 되어 있는데 사본에 근거해 고쳤다于原作十,據寫本改. 【교주】
133 壽寧公主: 중화서국본과 상해고적본『만력야획편』에는 모두 '수양공주壽陽公主'로 되어 있으나, 『명신종실록明神宗實錄』에 근거해 '수녕공주壽寧公主'로 수정했다. '수양공주'는 목종의 셋째 딸로 신종의 친동생이다. 【역자 교주】 ◉ 壽寧公主: 명나라 신종의 일곱째 딸 주헌위朱軒媁, 1592~1634를 말한다. 정귀비의 소생으로, 신종이 매우 아꼈다. 만력 37년1609 염홍양冉興讓에게 시집가, 숭정崇禎 7년1634 42세의 나이로 세상을 떠났다.

馬入, 而管家婆名梁盈女者, 方與所耦宦官趙進朝酣飲, 不及稟白. 盈女大怒, 乘醉扶冉無算, 驅之令出, 以公主勸解, 并詈及之. 公主悲忿不欲生, 次辰奔訴於母妃, 不知盈女已先入膚愬, 增飾諸穢語, 母妃怒甚, 拒不許謁. 冉君具疏入朝, 則昨夕酣飲宦官, 已結其黨數十人, 羣挫冉於內廷. 衣冠破壞, 血肉狼籍, 狂走出長安門, 其儀從輿馬, 又先筐散. 冉蓬跣歸府第, 正欲再草疏, 嚴旨[135]已下, 詰責甚厲, 褫其蟒玉, 送國學省愆三月, 不獲再奏. 公主亦含忍獨還. 彼梁盈女者, 僅取回另差而已. 內官之羣毆駙馬者, 不問也.

---

134 冉興讓 : 염흥양冉興讓, ?~1644은 명나라 신종의 부마다. 그의 자는 심순心淳이고, 남직례 홍현虹縣 사람이다. 만력 37년1609 신종의 일곱째 딸인 수녕공주와 혼인했다. 관직은 태자태보太子太保에 이르렀다. 숭정 17년1644 명나라가 멸망했을 때, 이자성李自成의 군대에게 붙잡혀 고문을 당하고 수녕공주의 유산이 모두 몰수당하자 비통해하며 목매어 죽었다.

135 嚴旨 : 임금의 엄중한 교지.

선조의 전장제도에서는 공주에게 음서를 적용하지 않았다. 전장제도가 있은 이후로 간혹 간청하면 들어주기도 했지만, 관례는 아니다. 가정 12년1533 무정후武定侯 곽훈郭勳의 집안 동생 곽경郭勍이라는 자는 그의 고조부가 부마 곽진郭鎭인데, 예전 여양汝陽 공주 등의 선례를 끌어와 청하니 황상께서 그것을 윤허하셨다. 이때 예부상서였던 하언은 그런 사례가 없고 여양공주가 처음이며 관례가 아니니 금해야 한다고 완강히 말했다. 황상께서 그 말이 옳다 여기셔서, 마침내 곽경에게 음서를 주는 일을 그만두고 오래도록 기록해두도록 명을 내리셨다. 최근 만력 임인년壬寅年, 1602 3월에 황태자를 책봉하는 조서에서 공주의 자식에게 음서를 허락해 국자감에 보내 글을 읽게 하셨다. 당시 처음으로 황상의 은혜를 입은 자는 네 명인데, 사무공謝懋功은 흥헌제興獻帝의 넷째 딸 영순대장공주永淳大長公主의 손자이고, 양천좌楊天佐는 영종의 넷째 딸 숭덕대장공주崇德大長公主의 증손曾孫이며, 주거경周居經은 영종의 장녀 중경대장공주重慶大長公主의 현손玄孫으로 본래 오래전에 먼 곳으로 가 연락이 끊어졌다. 곽몽조郭夢兆라는 자는 무정후 곽영의 자손으로 태조의 열두째 딸 영가정의대장공주永嘉貞懿大長公主의 7대손이다. 생각건대 영가공주는 건문 원년1399 기묘년己卯年에 돌아가셨으니 이때에는 이미 이백여 년이 지나고 열두 명의 황제를 거쳤으며, 하귀계夏貴溪가 상소를 올린 때로부터도 70년이 되었다. 당시에 이미 그 조부에게 음서를 금했는데, 지금은 오히려 그 손자에게 허락하는 것은 사리에 크게 맞지 않다. 이때 심사명沈四明이 홀로 정권을 잡고 있었고 풍탁암馮琢庵이 예부상서로 있었는데 어찌 그들의 식견이 하귀계에 미치지 못했겠는가? 옛날 왕개보王介甫는 종실 사람들에게는 '조상의 체면을 살피지 않는다'는 말이 있기 때문에, 이에 '제사 지내지 않는 먼 조상이 되면 조묘祧廟로 옮기는데 하물며 후손들은 어떻겠는가?'라고 했다. 이 말은 진실로 바뀌지 않는 논리다.

○ 공주의 자손에게 음서하는 것은 세종께서 엄금하신 이후 금상께서 황태자에 오르면서 서화정徐華亭이 조서를 써서 공주의 후손이라도 뜻이 있는 자는 국자감으로 보내 글을 읽게 하라고 직접 말했다. 요행으로 벼슬에 오르는 일이 심사명에 이르러 극심해졌다.

원문 **公主廕敍之濫**

祖宗典制, 公主無文廕. 自後間以陳乞得之, 然非例也. 嘉靖十二年, 武定侯郭勳之族弟郭勍者, 其高祖爲駙馬郭鎭, 援往年汝陽[136]等公主例以請, 上已允之. 時禮卿爲夏言, 執稱事例所無, 乃汝陽創始, 非故事, 宜禁. 上然其言, 遂罷勍廕, 且永著爲令. 今萬曆壬寅[137]三月, 以冊立皇太子恩詔內, 許公主廕子, 送監讀書. 時首被恩命[138]者四人, 曰謝懋功, 則興獻帝第四女, 永淳大長公主[139]之孫, 曰楊天佐, 則英宗第四女, 崇德大

---

136 汝陽 : 명 태조의 열다섯째 딸인 여양공주汝陽公主를 말한다.
137 萬曆壬寅 : 만력 30년1602을 말한다.
138 恩命 : 임금이 임관任官이나 유죄宥罪에 관해 내리던 명령.

長公主¹⁴⁰之曾孫, 曰周居經, 則英宗長女, 重慶大長公主¹⁴¹之元孫¹⁴², 固

已年遠服¹⁴³絶矣. 至郭夢兆者, 爲武定侯郭英苗裔, 而太祖第十二女, 永

嘉貞懿大長公主¹⁴⁴之七世孫也. 按永嘉主之薨, 在建文元年己卯, 至是

已二百餘年, 歷聖主已十二朝, 卽去夏貴溪執奏之時, 亦且七十年矣. 當

時已禁其祖, 今日反許其孫, 於事理甚悖. 時沈四明¹⁴⁵獨當國, 馮琢庵¹⁴⁶

爲禮卿, 豈其識不逮貴溪耶? 昔王介甫¹⁴⁷因宗室輩有不看祖宗面上之言,

乃云, 祖宗親盡¹⁴⁸亦祧, 何況賢輩? 此眞不易之論.

○ 公主廕子, 自世宗嚴禁後, 至今上升儲, 華亭草詔, 直云公主裔孫有

志者, 送監讀書. 倖門¹⁴⁹一啓, 至四明而極矣.

---

139 永淳大長公主 : 명나라 헌황제의 막내딸이자 세종의 친동생인 영순공주永淳公主를
　　 말한다.
140 崇德大長公主 : 숭덕대장공주崇德大長公主, 1452~1489는 명 영종의 넷째 딸이다. 모친은
　　 안비安妃 양씨楊氏다. 성화 2년1466 양위楊偉와 혼인해, 효종 홍치 2년1489에 세상을
　　 떠났다.
141 重慶大長公主 : 명 영종과 주귀비周貴妃의 딸 중경공주重慶公主를 말한다.
142 元孫 : 현손玄孫, 고손高孫. 증손자의 자식.
143 遠服 : 왕도 부근 이외의 땅으로, 먼 곳을 말한다.
144 永嘉貞懿大長公主 : 명 태조의 딸와 혜비惠妃 곽씨郭氏의 딸 영가공주永嘉公主를 말한다.
145 沈四明 : 명나라 만력 연간에 내각수보를 지낸 심일관沈一貫을 말한다.
146 馮琢庵 : 명대 후기의 대신 풍기馮琦, 1559~1603를 말한다. 풍기는 산동 임구臨朐 사람으
　　 로, 자는 용온用醖이고, 호는 탁암琢庵이다. 만력 5년1577 진사가 되어, 한림원편수,
　　 시강侍講, 예부우시랑, 예부상서 등의 벼슬을 지냈다.
147 王介甫 : 북송의 유명한 정치가이자 사상가인 왕안석을 말한다.
148 親盡 : 제사 지내는 대의 수가 다 됨.
149 倖門 : 요행으로 벼슬에 오르는 것.

◎ 훈척動戚

번역 유기劉基

　　고황제高皇帝께서 유청전劉靑田에게 가서 그를 어르신이라 부르며 장자방張子房에 견주셨다. 홍무 원년1368 11월 18일 조서에 다음과 같은 말씀이 있었다. "팽려彭蠡 전쟁의 찢어질 듯한 커다란 대포 소리는 마치 천둥이 머리 위에 떨어지는 것 같아서 귀신이라 하더라도 통곡했을 것이다. 아침부터 저녁까지 온 사방이 이러했는데도 그대는 배 안에서 환란을 함께했었다. 올해 여름 부인을 잃고 남겨진 아들이 어려 잠시 돌아갔다가 오래도록 돌아오지 않아 짐의 마음에 걸렸다. 이제 천하가 한 집안이 되었으니 그대가 속히 와서 공훈을 함께해야 한다. 빨리 와준다면 짐의 마음이 기쁘겠다." 이렇게 지난날 어려웠던 고충과 근래 홀아비의 슬픔을 적었으니 진실로 한 집안의 부자지간 같았다. 유청전을 성의백誠意伯에 봉할 때에는 조서에 "제갈량諸葛亮과 왕맹王猛 같은 이라야 그를 대적할 수 있다"고 하면서 최고의 칭찬을 했다. 4년 뒤 홍문관학사의 벼슬로 사직을 고하니 재상이 그 청을 들어주었다. 얼마 지나지 않아 그의 고향에 담양순사淡洋巡司를 두자고 청한 일을 가지고, 호유용胡惟庸이 그를 참소하며 유청전이 담양을 묘로 삼으려고 한다고 말했기 때문에, 그는 다시 수도로 돌아와 감히 더 이상 고향으로 돌아가지 못했다. 한참이 지나 마침내 호유용에게 독살당했을 때 그의 가슴에 주먹만 한 돌 두 개가 있었는데, 황상께서 비로소 고향으로 돌려보내시며 칙서에 다음과 같이 말씀하셨다. "군자는 절교해도 나쁜 말을 내뱉지 않는다. 충신은 나라를 떠나도 자신의 명예를 고수하지 않는다. 그대 유기는 천릿길을 한걸음에 달려와 짐에게 고하고 사방을 정벌함에 있어 또한 도움을 주었다. 이에 영광스런 작위를 더해주고 칙서를 내려 고향으로 돌아가 천수를 다하게 하노라. 어찌 사이가 벌어져 불화가 생겨 이처럼 편치 않게 될 것을 바랐겠는가. 만약 법으로 밝힌다면 가볍게 용서할 만한 일도 용서할 수 없고, 만약 누가 먼저인지를 논한다면 나라에 여덟 가지 조건이 있으므로 그 명예를 빼앗지 않고 그 녹봉을 뺏는 것이 또한 나라의 법이다. 어리석은 무리가 장차 자신이 옳고 나라가 그르다고 하며 경이 매우 충성스러운 사람이라서 따지지 않고 조정에 나갔다고 한다면 경이 자신의 명예를 고수하지 않고 나쁜 말을 내뱉지 않는 자라고 할 수 있는가. 경이 금년까지 수도에서 여러 해를 사는 동안 나이 들고 날로 병들어 짐이 매우 안타까웠다. 날짐승은 수풀에서 자라 하늘로 날갯짓하며 날아갔다가 둥지를 그리워하며 다시 돌아본다. 날짐승도 이러한데 하물며 사람은 어떠하겠는가. 지금 괄창括蒼으로 속히 가서 함께 자손과 얘기를 나누며 천명을 맞이하는 도를 다할 수 있다면 어찌 군주와 신하 양쪽이 모두 온전하지 않겠는가." 이것은 홍무 8년1375 3월의 조서인데 집에 이른 지 한 달 만에 죽었다. 이해 정월 호유용이 의원을 보내 병을 살폈는데, 그가 독을 올린 것이 바로 이때다. 그리고 황상께서 칙서를 내려 그의 여러 죄를 밝혔으니 유청전이 만년에 수도에 머무른 것이 위험했음을 알 수 있다. 또한 그를 날짐승이 날아가는 것에 비유했으니 호유용의 참소를 이미 깊이 받아들인 것이다. 호유용이 유청전에 대한 잔인함이 극에 달한 것을 황상께서 들으셨지만 꼭 노하신 것은 아니었다. 구름과 용이 회합하는 일은 천고에 드문 일이고 이렇게 끝나서는 안 되니 군주와 신하의 사이란 참으로 어렵도다. 지금 유청전의 생전 언행을 기록한 행장은 동향 사람 황백생黃伯生의 손에서 나왔으며 그의 둘째 아들 유경劉璟이 청한 것인데, 더욱이 봉록을 뺏고 칙서를 하사한 일들을 기록하지 않은 것은 아마도 이 일을 기피한 것 같다.

○ 유기가 죽고 나서 15년 뒤인 홍무 23년1390 경오庚午년 10월 27일, 황상께서 유기의 손자 유치劉廌에게 작위를 세습하라 명하셨는데 그 조서에서 대략 다음과 같이 말씀하셨다. "그대 유치의 조부 성의백 유기는 괄창의 선비로, 강한 적들의 부근에 거주했는데 산적의 산채에 가까워 샛길로 한달음에 달려 짐에게로 온 일이 수차례나 있었다. 평정을 건의할 때에는 그 사람됨의 기운이 바르고 늠름해 간사한 이들이 범접할 수 없었다. 부자가 대를 이어 간신들이 어지러운 정치를 하던 가을에 죽었으니 이는 끝까지 절개를 지켰기 때문이다. 애초에 백작을 제수받고서 종신토록 절개를 지키며 굽히지 않았다. 지금 특별히 이전의 작위를 그대 유치에게 주어 성의백으로 삼고 녹봉 260석을 늘려 총 500석을 주고 자손이 세습하게 하노라. 짐이 그대에게 서약하노니 역모가 아닌 나머지 잡다한 죄로 인한 죽을 죄를 한 번은 면해주어 그대의 조부의 은덕에 보답하겠노라." 생각건대 이해 5월 한공韓公 이선장李善長이 죄를 지어 자결한 뒤에 이 조서를 내렸으니 당시에 유기를 참소한 자

가 호유용 한 사람에 그치지 않았고 한공은 호유용과 관계가 좋았기 때문에 틀림없이 또한 그와 뜻을 함께했었을 것이다. 그래서 이 때에 이르러 황상께서 비로소 크게 깨달으시어 누명을 벗기시고 작위를 내려 대대로 봉하셨으며 또 봉록을 더하고 죽음을 면하게 하셨으니, 유기 또한 지하에서 여한이 없을 것이다. 나중에 유치의 아들이 또 세습 받지 못하다가 헌종 때 이르러 비로소 오경박사에 제수되었고, 효종께서는 처주위지휘사處州衞指揮使로 바꿔 제수하셨다. 무종 때는 유기를 태사로 추증하시고 문성文成이라는 시호를 내리셨으며, 세종 가정 8년1529에는 공신으로 다시 이어 봉하시고 유치의 후손 유유劉瑜에게 작위를 잇게 하셨으며 녹봉을 700석으로 늘리셨는데, 지금까지도 계속되고 있다.

원문 **劉基**

高皇帝之於劉靑田也, 稱之爲老先生, 比之子房. 至洪武元年十一月十八日詔中有云, "彭蠡[150]之戰, 砲聲轟裂, 猶天雷之臨首, 雖鬼神亦悲號. 自旦至暮, 如是者四, 爾亦在舟中, 同患難也. 今年夏, 鏡妝失脂粉之容, 遺子幼沖, 暫回去, 久未歸, 朕心有欠. 今天下一家, 爾當疾至, 同盟勳冊. 著鞭一來, 朕心悅矣"等語. 述往日艱虞之苦, 及近日鰥居之戚, 眞如家人父子. 至封誠意伯, 制云, "如諸葛亮王猛, 獨能當之", 其贊譽極矣. 至四年後, 以弘文館學士告歸, 則宰相得請也. 未幾, 以請設本鄉淡洋巡司事,

---

150 彭蠡 : 팽려호彭蠡湖로, 파양호鄱陽湖의 옛 명칭이다.

爲胡惟庸所譖, 謂劉欲以淡洋爲墓, 因再入京師, 不敢復歸. 居久之, 遂爲惟庸所毒, 胸有卷石二物, 上始遣歸, 其敕略曰, "君子絶交, 惡言不出. 忠臣去國, 不潔其名. 爾劉基, 千里兼程謁朕, 用征四方, 爾亦助焉. 是用加以顯爵, 敕歸老桑梓, 以盡天命. 何期禍生於有隙, 致是不安. 若明以憲章, 則輕恕有不可恕. 若論相從之始, 則國有八議[151], 故不奪其名而奪其祿, 亦國之憲也. 若愚夯之徒, 將謂己是而國非, 卿善爲忠者, 所以不辨而趨朝, 可謂不潔其名, 惡言不出者與. 卿今年邁, 居京數載, 老病日侵, 朕甚憫之. 禽鳥生於叢木, 翎乾颺去, 戀巢復顧. 禽鳥如是, 況人乎. 今可速往括蒼[152], 共語兒孫, 以盡考終之道, 豈不君臣兩全者與." 此洪武八年三月詔也, 抵家甫一月而卒矣. 是年正月, 胡惟庸以醫來視疾, 其進毒卽此時. 而上之賜敕, 明數其罪, 則劉晚年留京, 其危可知. 且比之禽鳥颺去, 則入胡之譖已深. 卽胡之肆酷於劉, 上雖聞之, 亦未必怒也. 雲龍會合, 千古稀覯, 而不克終如此, 君臣之際難矣哉. 今劉行狀[153], 出同鄕黃伯生手, 其仲子璟所乞, 更不載奪祿賜敕諸事, 蓋諱之也.

○ 基歿後十五年, 爲洪武二十三年庚午十月二十七日, 上命基孫廌[154]

---

151 八議: 8종의 범죄에 대해 황제의 결정이나 법규에 따라 경중에 의거한 처벌을 내리는 특권 제도.

152 括蒼: 절강 지역의 명산인 괄창산括蒼山 유역을 말한다. 유기의 고향 청전靑田이 괄창산에 인접해 있었다.

153 行狀: 죽은 이의 생전의 언행을 기록한 글.

154 廌: 명나라 초기의 관리이자 성의백誠意伯 유기의 손자 유치劉廌, 1361~1413 추정를 말한다. 그의 자는 사단士端이고, 호는 약재約齋 혹은 한한자閑閑子이며, 절강 청전 사람이다. 홍무 23년1390에 서의백을 세습했고 광록대부로 승진해 정1품에 해당하는 관직에 이르렀다. 『익운록翼運錄』과 『반곡집盤谷集』 등이 전해진다.

襲爵, 其制略曰,"爾劉廌祖父誠意伯劉基, 括蒼之士, 居勍敵之陲, 邇山賊之寨, 間道兼程, 馳來附朕, 歷數有在. 議戡定之機, 其爲人正氣凜然, 奸邪莫可犯. 所以父子相繼, 歿於奸臣柄政之秋, 此果不移節也. 初授伯爵, 終身固節弗移. 今特以前爵授爾廌爲誠意伯, 增祿二百六十石, 共五百石, 子孫世襲. 朕與爾誓, 若非謀逆, 其餘雜犯死罪, 免一死, 以報爾祖父之德."按是年五月, 韓公李善長以罪自殺, 而後下此詔, 則當時讒基者, 不止胡惟庸一人, 韓公與胡善, 當亦與焉. 故至此時, 上始大悟, 昭雪青田, 以流爵而得世封, 且加祿免死, 基亦可無憾於地下矣. 後廌子又不得襲, 至憲宗朝, 始授五經博士, 孝宗改處州衞指揮使. 武宗朝, 追贈基太師, 諡文成, 世宗嘉靖八年, 紹封功臣, 以廌之後瑜嗣爵, 加祿爲七百石, 至今不絕.

　　태사 한국공韓國公 이선장의 죽음에 대해 후대 사람들이 특별히 원통해하지 않는 것은, 해진이 우부랑중虞部郞中 왕국용王國用의 상소를 대신해 이선장을 위해 원통함을 바로잡아 그 말이 다 밝혀졌기 때문이다. 그런데 홍무 26년1393 조서를 보면 다음과 같은 말이 있다. "짐이 갑신년에는 왕위의 자리에, 무신년戊申年에는 황위의 자리에 오르면서 두 자리에 높이 거하는 동안 병사와 백성들이 모두 평안하게 지낸 지 이제 30년이 되었다. 근래에 조정 대신 중에 충의忠義가 없는 자로는 이선장 등이 있는데 은밀히 무리지어 죄를 지었다가 일이 발각되어 한 사람 한 사람 주실誅殺되었다. 금년에 남옥藍玉이 난을 일으켰다가 음모가 누설되어 붙잡혀 멸족된 것이 이미 만 오천 명이나 된다. 지금 특별히 천하에 고하니, 이미 죄를 범해 잡혀서 관부에 있는 자는 제외하고 이미 죄를 범했지만 아직 잡히지 않은 자와 아직 죄를 범하지 않은 자는 호유용의 무리와 남옥의 무리를 불문하고 모두 사면해주노라." 이때 이선장이 죽은 지 이미 3년이 되었으므로 만약 그저 큰 변고와 변새의 허물 때문이라면 황상께서 꼭 남옥을 끌어와 응대할 필요는 없었다. 또 죽임을 당했다고 말하는 것 또한 현명한 판단에서 나온 것은 아닌 것 같다. 하물며 유청전의 죽음은 이미 억울함이 밝혀져서 대대로 작위를 받았는데, 이선장은 결국 죽었고 그의 장자 이기李祺는 부마도위가 되어 황장녀皇長女 임안공주臨安公主에게 장가들었는데도 모두 이미

먼저 죽어 한 사람도 구제되지 못한 것은 어째서인가. 한공韓公의 화가
아주 억울한 것은 아닌 것 같다.

원문 **李善長**

　太師韓國公李善長之死, 不特後世冤之, 卽解縉代虞部郎中王國用[155]
疏爲善長理枉, 其言不啻辨矣. 然觀洪武二十六年之詔, 有曰, "朕自甲辰
卽王位, 戊申卽帝位, 尊居兩間, 兵偃民息, 今三十年矣. 邇者朝臣其無
忠義者, 李善長等, 陰與搆禍, 事覺人各伏誅. 今年藍[156]賊爲亂, 謀洩, 捉
拏族誅, 已萬五千人. 今特大誥天下, 除已犯拏在官者不赦外, 其已犯未
拏, 及未犯者, 不分胡黨藍黨, 一槪赦宥之." 是時李死已三年, 若祗以天
變塞咎, 上必不引藍玉爲對. 且云伏誅, 又似非自裁明矣. 況靑田之死,
已荷昭雪, 與以世爵, 而李竟泯泯, 其長子祺, 爲駙馬都尉, 幷所尙皇長
女臨安公主, 俱已先歿, 亦不蒙一卹, 何也. 則韓公之禍, 似未必甚冤.

---

155 王國用 : 왕국용王國用, 생졸년 미상은 명나라 초기의 인물로, 태조 때 공부랑중工部郎中을
　　지냈다. 홍무 23년1390 이선장이 호유용胡惟庸 무리에게 누명을 쓰고 죽자, 위험을
　　무릅쓰고 그의 원한을 풀어주고자 상소를 올렸다.
156 藍 : 명나라의 개국공신 남옥藍玉을 말한다.

곡왕부谷王府의 장사 유경은 청전靑田 사람으로, 성의백 유기의 둘째 아들이다. 홍무 연간 합문사閤門使에 제수하고 집과 말과 의대衣帶를 하사했으며, 또 윗면에 금을 부어 '제간적영除奸摘佞, 간사한 이를 제거하고 아첨하는 이를 적발하라'이라는 네 글자를 새긴 쇠채찍을 하사해 그것으로 불법을 저지르는 백관들을 격퇴시키라고 명했다. 당시 원도어사袁都御史가 소가 끄는 수레에 관한 일을 아뢰었을 때 유경이 대전에서 쇠채찍으로 그의 목을 때렸는데, 이 일은 매우 이상하다. 왕엄주는 『사승고오史乘考誤』에서 망령되다고 판단하면서, 유경의 마을 사람 진중주陳中州가 문성공文成公의 집안일을 부풀려 말하고 그 일에 억지로 갖다 붙였다고 말했는데, 나도 그렇게 생각한다. 지금 초약후焦弱侯가 성의백 집안에 실제로 이 쇠채찍이 있으며 예전에 자신에게 꺼내 보여줬다고 말하니, 진중의 말이 거짓은 아닌 듯하다. 고황제의 위엄은 예측할 수 없으니 어쩌면 그 부친이 황제를 도운 공신이기 때문에 그의 아들에게 충성스럽고 용맹한 임무를 맡긴 것도 일리가 있다. 그리고 왕엄주는 또 장사는 한낱 왕부의 보좌관이므로 육부를 지도할 리 없다고 했는데, 이것은 건국 초기 번왕부藩王府의 재상에 해당하는 장사가 원래 정이품正二品으로 낮은 관직이 아니었다는 것을 몰랐기 때문이다. 또 유경은 문황제가 즉위하고서 그를 불렀지만 가지 않았기에 친왕을 배반하고 도망했다는 이유로 북경으로 끌려왔는데, 입궁해 알현하면서 그저 폐하가 아

닌 전하라고만 칭하고 또 "전하께서는 영원히 '찬탈했다'는 말을 벗어
나기 어려울 겁니다"라 말하고서 옥중에서 목매달아 죽었다. 유경의
충직함이 이와 같으니, 고황제께서 쇠채찍을 그에게 준 것이 또한 지
나치지 않다.

원문 **劉璟[157]鐵簡[158]**

谷府[159]長史劉璟, 青田人, 誠意伯基仲子也. 洪武中, 拜閣門使[160], 賜
第及馬與衣帶, 又賜以鐵簡, 上鑄金, 爲除奸摘伝四字, 命之以擊百官不
法者. 時袁都御史[161]奏車牛事, 璟當殿以簡擊其項, 其事甚奇. 弇州『考
誤』[162]中, 斷以爲妄, 謂劉邑人陳中州, 侈言文成[163]家事而附會之, 余亦

---

157 劉璟 : 유경劉璟, 1350~1402은 명나라 개국공신 유기의 둘째 아들이다. 홍무 23년1390
부친의 작위를 계승하게 되었지만 형의 아들에게 양보하고, 얼마 후 곡왕부谷王府
의 장사가 되었다. 연왕이 등극한 뒤 그를 불렀지만 병을 핑계로 가지 않았다. 붙잡
혀 수도에 하옥되었다가 목을 매어 죽었다. 숭정崇禎 연간에 대리시소경으로 추봉
되고 강절剛節이라는 시호를 받았다. 청 건륭乾隆 연간에 다시 충절忠節이라는 시호
를 내렸다.
158 鐵簡 : 쇠로 만든 네모진 채찍으로 무기의 하나다.
159 谷府 : 곡왕부谷王府를 말한다. 명 태조의 열아홉 번째 아들 주혜朱橞에게 내려진 봉
토로 명초 선부宣府의 상곡군上谷郡 지역에 있었다.
160 閣門使 : 조회朝會, 의례儀禮 등을 맡아보던 합문閣門 소속의 관직.
161 袁都御史 : 명나라 초기의 관리 원태袁泰, ?~1392를 말한다. 산서山西 만천萬泉 사람이
다. 홍무 4년1371 진사에 합격해 호현현승鄠縣縣丞, 나산현羅山縣 현승을 거쳐 우부도
어사右副都御史가 되었다. 법률에 정통했으며 공정하게 법을 집행해 백성들의 추앙
을 받았다.
162 『考誤』 : 명나라 왕세정王世貞이 쓴 『사승고오史乘考誤』를 말한다. 『사승고오』는 「이
사고二史考」 8권과 「가승고家乘考」 2권으로 되어 있다. '이사二史'란 국사國史와 야사野
史를 말한다.

謂然. 今焦弱侯[164]乃謂, 誠意家實有此簡, 曾出以示焦, 則陳言似不誣矣.

高皇帝威嚴不測, 或以乃父佐命元功, 寄鷹鸇[165]之任於其子, 理亦有之.

且弇州又謂長史一小府佐, 無提調六府之理, 是不知國初藩相[166], 本正

二品, 官非小也. 且璟遇文皇卽位, 召之不至, 乃以叛逃親王逮至京, 入

見但稱殿下, 又云"殿下百世難逃一箇字", 因縊死獄中. 其人忠勁如此,

高皇帝卽以鐵簡畀之, 亦不爲過.

---

163 文成 : 유경의 부친 유기를 말한다. 유기의 시호가 '문성文成'이기 때문에 '문성가사
文成家事'라고 말한 것으로 생각된다.

164 焦弱侯 : 명대 후기의 저명한 장서가이자 학자인 초횡焦竑을 말한다.

165 鷹鸇 : 충성스럽고 용맹한 사람을 비유하는 말.

166 藩相 : 번왕부藩王府의 최고 관직인 장사長史를 말한다. 번왕부의 법령과 사무를 총
괄했다.

공작, 후작, 백작의 작위에 봉해지면 모두 철권鐵券을 주었는데, 그것은 기와를 엎어 놓은 모양으로 윗면에는 조서를 새기고 아래에는 자신과 자손이 죽음을 면할 수 있는 횟수를 새겨 놓았다. 재질은 일반 철과 달리 녹옥과 같고 그 글자는 모두 금으로 채웠다. 철권은 좌, 우 양편으로 되어 있는데, 한 부는 작위 받은 본인이 소장하고 다른 한 부는 내부內府의 인수감印綬監에 보관해 대조할 수 있게 한다. 사형을 면한다는 것은 역모를 꾸민 대역죄를 제외한 모든 사형을 다 면해준다는 의미다. 그러나 사형을 면한 후에는 작위와 봉록을 없애고 이전의 봉토를 허락지 않으니 대개 그 목숨만을 부지할 뿐이다. 이에 대해 작위를 세습하는 여러 공들에게 물어보면 그 말이 다 이와 같았다.

세습직에 있어서 지휘사 이하부터는 모두 병부에 속한다. 무선사武選司의 선관選官은 모두 황부黃簿 근거로 하는데 황부는 내황內黃과 외황外黃으로 나뉘고, 구관과 신관이 각각 지니며 각 관원은 한 명씩이다. 이름 아래에 공과 승진 차례를 적고, 상보감尙寶監, 상보사尙寶司, 병과兵科를 회동해 봉천문奉天門에서 어보를 찍고 기록한다. 외황은 인수감에서 보관하고 내황은 내고內庫로 보내 동궤銅匱 안에 소장해둔다. 나중에 관직을 세습할 때 관리 중에 선부選簿를 잃어버린 자는 내부로 가서 외황을 조사하도록 허용되었다. 외황으로 검증할 수 있으면 그만두고, 만약 혹시 분명하지 않으면 다시 내황을 조사했다. 일이 중대해 이처럼 철저히 대비한 듯하다. 군대의 직위는 시기를 놓치고 감정에 치우쳐 대역무도함을 저지른 자가 아니면 그 죄는 단지 자신에게만 미치고 자손에게는 여전히 세습이 허용되었다. 하지만 반드시 참수되어야 하는 자는 황제의 조서를 통해 세습을 정지하도록 했다. 그래서 군대의 직위에 있는 자들 중에 맞아 죽거나 목매어 죽는 참형을 면할 수 있다면, 이 때문에 기꺼이 많은 뇌물을 내놓으려는 자가 있는 것이다.

원문 **左右券內外黃**

公侯伯封拜, 俱給鐵券[167], 形如覆瓦, 面刻制詞, 底刻身及子孫免死次數. 質如綠玉, 不類凡鐵, 其字皆用金塡. 券有左右二通, 一付本爵收貯, 一付藏內府印綬監[168]備照. 所謂免死者, 除謀反大逆, 一切死刑皆免. 然免後卽革爵革祿, 不許仍故封, 蓋但貸其命耳. 此卽問之世爵諸公, 其言皆如此.

至於世職, 則自指揮使以下, 皆屬兵部. 武選司[169]選官俱以黃爲據, 黃分內外, 舊官新官, 各有黃簿, 每官一員. 名下注寫功陞世次, 會同尙寶

---

167 鐵券 : 옛날 공신에게 내렸던 증서. 기와 모양으로 된 철판의 겉에는 이력 사항을 새기고 속에는 면죄免罪나 감봉減俸 등의 횟수를 새겼다.
168 印綬監 : 명나라의 환관 기구인 12감監의 하나로, 장인태감이 주관하고 그 아래에 첨서僉書, 장사掌司 등을 두었다. 작위 수여 사령장, 공문서, 신분증명서, 군사 발동권 등의 보관을 담당했다.
169 武選司 : 무선청리사武選淸吏司를 말한다. 명나라 때 병부에 두었던 기구로, 무관의 품계, 인사 이동, 상벌 등의 일을 관장했다.

監尙寶司兵科, 於奉天門請用御寶鈐記. 外黃印綬監收掌, 內黃送內庫銅匱中收貯. 後遇襲替, 官選簿[170]迷失者, 許赴內府査外黃. 如外黃可驗, 則已, 如或不明, 再査內黃. 蓋事之重, 而防之密如此. 凡軍職非失機重情, 及大逆不道, 罪止及身, 子孫仍許襲承. 然必身首異處[171]者, 方揭黃停襲. 以故軍職, 有願笞死絞死, 得免斬刑, 尙肯出重賂者以此.

---

170 選簿 : 관리를 선발한 장부.
171 身首異處 : 참수되다. 목이 잘리다.

번역 만통萬通이 질투로 죽다

성화 연간의 금의도지휘錦衣都指揮 만통萬通은 외척 만귀萬貴의 둘째 아들이자 만귀비의 동생이다. 형 만희萬喜와 동생 만달萬達은 모두 권세만 믿는 무뢰배였고, 만통은 특히 횡포가 심해서 북경에서는 귀천을 가리지 않고 모두 그를 만씨네 둘째 놈이라고 불렀다. 그의 부친은 몸가짐을 조심히 하고 화가 미칠 것을 두려워하면서 여러 차례 그를 타일렀지만 깨닫지 못하다가 부친이 죽자 더욱 방자해졌다. 서달徐達이라는 자의 처가 아름답고 농염했는데, 만통이 그녀를 탐내 집안사람으로 거두고 처로 들이면서 서달에게 많은 재물을 가지고 회상淮上으로 가서 소금을 사게 했다. 만통이 병이 들었을 때 서달이 마침 양회兩淮에서 돌아와 옛 처와 이야기를 나누었는데 만통이 침상에서 그들이 사통하는 것을 듣고는 분을 이기지 못하고 욕하다가 숨이 막혀 죽었다. 황상께서 관리에게 명하여 부의를 하고 장례를 치르도록 하사하셨는데 선례보다 후했다. 서달은 만통이 빌려준 많은 돈을 이용해 한 달이 안 되어 금의정천호錦衣正千戶에 배수되었고, 도지휘사 만희 및 지휘사 만달과 함께 관직에 임명되었다. 얼마 안 되어 서달은 또 지휘指揮로 승진해 현직에서 일을 맡았지만, 만씨 형제는 그저 봉록만 받았다고 한다. 이듬해 서달에게 그 관직을 세습하게 명하시고 만씨 형제는 비록 또 품계는 높아졌지만 여전히 유명무실한 관직에 머물렀다.

○ 만통의 둘째 아들 만종선萬從善은 두 살 때 금의위지휘사錦衣衛指揮使

에 배수되었다. 만통의 양자 만우이萬牛兒라는 자도 겨우 네 살에 금의
지휘첨사錦衣指揮僉事가 되었는데, 그 후에 승진과 전직을 하면서 상소와
조서에서 모두 우아라는 이름을 바꾸지 않았으니 또한 우스운 일이다.

원문 萬通妒死

成化中, 錦衣都指揮萬通者, 戚畹[172]萬貴[173]之次子, 貴妃之弟也. 兄喜
弟達[174], 俱藉勢[175]無賴, 而通尤橫, 京師無貴賤俱呼爲萬二. 其父謹飭[176]
畏禍, 屢戒之, 不悛, 父死愈恣. 有徐達者, 妻美豔, 通悅之, 收爲家人, 納
其妻, 令達持厚貲, 往淮上[177]中鹽. 遇通抱病, 而達適從兩淮歸, 與故妻
語, 通在牀蓐, 聞其私相昵也, 忿詬不堪, 哽咽而死. 上命有司給賻賜祭
葬[178], 比故事加等. 而徐達者挾通所假多金, 不匝月卽拜錦衣正千戶, 與
都指揮使萬喜指揮使萬達, 同拜命. 未幾達又進指揮現任管事, 而萬氏兄

---

172 戚畹 : 제왕의 외가 친척.
173 萬貴 : 명 헌종의 황귀비 만씨萬氏의 부친이다. 만귀萬貴,1392~1475는 현縣 아문의 말단
　　관리였다가 나중에 지휘첨사指揮僉事를 세습했다. 슬하에 헌종의 황귀비가 된 딸 하
　　나와 세 아들 만희萬喜, 만통萬通, 만달萬達을 두었다.
174 兄喜弟達 : 중화서국본과 상해고적본『만력야획편』에서는 모두 '형진제희兄進弟喜'
　　로 되어 있으나,『명헌종실록』과『명사 · 열전』에 근거해 수정했다. 이 두 사서에
　　따르면 만귀비에게는 만희萬喜, 만통萬通, 만달萬達 세 명의 남자 형제가 있는데, 만
　　희가 삼형제 중 첫째다. 이후의 문장 중에 만달이 만진萬進으로 기록된 부분은 모두
　　만달로 수정했다. 〖역자 교주〗
175 藉勢 : 자기의 세력이나 남의 세력을 믿고 의지함.
176 謹飭 : 신중하고 조심스럽다.
177 淮上 : 회하淮河 중류의 봉양鳳陽부터 회원懷遠까지의 지역을 말한다.
178 祭葬 : 죽은 사람에 대해 추도와 안장을 진행하는 의식과 활동.

弟僅帶俸云. 踰年命達世襲其官, 萬氏伯仲, 雖又進秩, 仍爲沈官.

○ 萬通次子從善, 二歲拜錦衣衞指揮使. 萬通養子名牛兒者, 甫四歲
亦得爲錦衣指揮僉事, 其後陞轉[179], 凡章疏[180]及聖旨, 俱仍牛兒名不改,
亦可哂.

---

179 陞轉 : 승진과 전직을 아울러 이르는 말.
180 章疏 : 신하가 임금에게 상소하는 글.

번역 아내를 두려워하다

사대부 중에 중고시대 이후부터 아내를 두려워하는 자들이 많았는데, 이들은 대개 높은 관직에 이미 오른 자들로 아내를 생각하다 실언을 해서 명망에 손상을 입었다. 군주와 재상 같은 이들에게도 이런 일이 있었으니, 당나라 효화제孝和帝가 자신이 베푼 연회에서 예인藝人에게 조롱을 당해, 아래로 배담裴談에 비교되기에 이르렀다. 그 뒤에는 왕탁王鐸이 도통都統일 때 문하생에게 황소黃巢에게 투항하는 게 낫겠다는 조롱을 받아, 당연히도 천고의 웃음거리가 되었다. 당나라 말기의 주온朱溫과 이극용李克用은 모두 당시의 유명한 도둑 두목인데, 한 사람은 그의 처 장씨張氏를 두려워해서 매번 처가 부르는 소리를 들으면 바로 중도에 돌아갔고, 또 다른 한 사람은 처 유씨劉氏를 존중해 군사와 국가의 큰 일을 함께 상의할 정도였다. 이들의 재주와 지혜는 어쩌면 두 주군을 대리할 만한 했을 것이다. 현 왕조의 명신들에게도 대체로 이러한 풍조가 있다. 지난 일은 알 수 없지만, 우리 절강성의 문성공文成公 왕양명王陽明은 공을 세워 황제가 하사한 부절符節을 들고 출정해서 아홉 번 죽어도 돌아오지 않았으나 유독 부인을 깍듯이 모시고 순종하며 후일을 두려워했다. 근래에 오중 땅의 두 재상 신시행과 왕석작 또한 부인과 백발이 되도록 서로 존중하며 감히 얼굴빛을 바꾸지 않았다. 금상 초기의 문등文登 사람 계계薊의 장수 소보少保 척계광戚繼光과 지금 영하寧夏의 장수 도독都督 소여훈蕭如薰은 모두 출중하고 용맹한 신하로, 변방에서 뛰어난 공을 세운 자인데 모두 그 아내에게 제어되는 것은 또 어째서인가. 또 근래에 신안新安 사람 사마司馬 왕도곤汪道昆의 아들 왕무강汪無疆은 부인 육씨陸氏의 질투로 거세되기까지 했고, 포주蒲州 사람 태사太史 양원상楊元祥은 부인 나씨羅氏와 언쟁을 벌이다 마침내 칼로 자살해 특히 참혹함이 심한 경우라서, 더더욱 앞의 장군과 재상들에 비할 바가 아니다.

○ 이에 앞서 영락 연간과 선덕 연간의 오중이란 자는 산동 무성武城 사람으로 감생 출신이며 영락 2년1404에 좌도어사左都御史가 되었다. 얼마 안 되어 형부상서와 공부상서로 관직을 옮겨 이부와 궁첨사宮詹事까지 겸했고 소보의 관직까지 더했다. 정통 7년1442에 죽어 치평백茌平伯으로 추증되었고 시호는 영양榮襄으로, 40년간 이품정경二品正卿이었고 16년간 일품정경이었다. 그는 여색을 밝혀 첩들이 많았지만, 그의 처가 모질고 독해서 감히 가까이하지 못했다. 하루는 황상의 고명을 받고 돌아왔는데, 그의 처가 시종에게 그것을 읽게 하고는 오중에게 "이것이 정말 황상의 말씀입니까?"라고 물으니, 오중은 "문신들이 대신 말한 것일 뿐이오"라고 했다. 그 처가 "이 한림의 문장은 참으로 뛰어나고 훌륭한데, 오중에게 쓴 고명에서는 어찌 일찍이 '청렴하다廉'는 말 하나를 쓰지 않았을까요?"라고 했다. 이에 오중이 부끄러워하며 웃을 뿐이었다. 아마 오중이 평소에 청렴하지 않은 것으로 유명해서인 듯하다. 그 후 궁중에서는 예인들이 명을 받들어 마침내 '오중이 아내를 두려워한다'는 극을 만들었는데, 황상께서 번번이 술잔 가득 술을 부어 드셨다. 이 사람 역시 아내를 두려워하여 가장 복을 누린

사람이다. 이에 덧붙여 기록해서 조롱에 대한 여러 공들의 변명거리
로 삼는다.

○ 지금 어느 한림학사는 화정華亭 사람으로 갑인년에 서상庶常이 되
었는데, 부인을 두려워하는 것으로 유명하다. 하루는 같은 해에 진사
가 된 진무비陳無非가 그에게 안부를 물으러 가자, 기뻐하며 그를 머물
게 하고 식사대접을 하려 했다. 오랫동안 앉아 기다리며 한낮이 지났
지만 거친 밥조차 나오지 않고, 게다가 한림학사마저 처에게 불려 들
어갔다. 한참 시간이 흐른 뒤 진무비는 배가 고파 말을 달려 돌아갔다.
훗날 그 이유를 물으니 이렇게 대답했다. "그날 손님이 누구냐고 물어
서 진공부陳工部라 했습니다. 또, 같은 고향 동년배 친구는 없냐고 물어
서 그렇다고 했습니다. 그러자 마침내 크게 화를 내며 이 사람은 가난
한 수재로 조강지처가 있은 지 여러 해 되었는데 등과하자마자 첩 하
나를 샀다고 하니, 이런 가증스런 사람은 굶어 죽더라도 쌀겨도 주어
서는 안 되고 당신도 나가서는 안 된다고 했습니다." 이 부인 역시 고
경高熲의 애첩이 아들을 낳자 마침내 그 자식을 미워해 죽여서 후사가
끊어지게 한 수나라의 독고황후獨孤皇后와 무엇이 다르겠는가.

[원문] **懼內**

士大夫自中古以後多懼內者, 蓋名宦已成, 慮中冓[181]有違言, 損其譽

---

181 中冓 : 아내를 가리키는 말.

望也. 乃若君相亦有之, 則唐孝和帝[182]之賜宴, 見嘲於優人[183], 至下比於

裴談[184]. 其後王鐸[185]之爲都統, 見嘲於門生, 謂不如降黃巢[186], 固爲千古

笑端. 唐末朱溫[187]李克用[188], 皆一時劇盜酋豪, 一畏其妻張, 每聞召, 卽

---

182 孝和帝 : 당나라 제4대 황제인 중종 이현李顯,656~710을 말한다. 원명은 이철李哲이고, 당 고종과 측천무후則天武后 사이에서 태어났다. 홍도弘道 원년683 제위에 올랐으나, 측천무후에게 폐위되어 여릉왕廬陵王으로 강등되었다. 그 뒤 신룡神龍 원년705에 복위하고 당唐이라는 국호를 회복했다. 중종이 복위한 뒤에는 황후 위씨韋氏와 무삼사 武三思 등이 권력을 장악했고, 경룡景龍 4년710 세상을 떠났다. 초기 시호는 효화황제 孝和皇帝이고, 당 현종 때 고친 정식 시호는 대화대성대소효황제大和大聖大昭孝皇帝이다.

183 優人 : 춤이나 노래, 기예 등의 재주를 가지고 공연을 하는 예인藝人.

184 裴談 : 배담裴談, 생졸년 미상은 당나라 중종 때의 관리다. 회주자사懷州刺史, 어사대부御史 大夫, 형부상서刑部尙書 등의 벼슬을 지냈다. 그의 아내가 사납고 질투가 심해 '아내 를 아버지처럼 두려워했다畏之如嚴君'고 한다.

185 王鐸 : 왕탁王鐸,?~884은 당나라 때의 재상이다. 그의 자는 소범昭范이고, 태원太原 진 양晉陽 사람이다. 회창會昌 연간에 진사에 합격해, 우보궐右補闕, 감찰어사, 중서사인, 예부상서 등의 벼슬을 거쳐 동평장사同平章事로 승진하면서 재상이 되었다. 황소黃 巢의 반란을 진압하겠다 자청했지만 싸우지 않고 달아나 면직되었다. 중화中和 4년 884에 의창절도사義昌節度使가 되어 위주魏州를 지나다가 위박절도사魏博節度使 악언정 樂彥禎의 아들 악종훈樂從訓에게 살해되었다.

186 黃巢 : 황소黃巢,820~884는 당말 농민반란군의 수장이다. 조주曹州 원구冤句의 염전 상 인 집안 출신으로, 기마와 활쏘기를 좋아했다. 큰 가뭄이 들어 백성들의 고통이 심한데도 부역이 계속되자 조정 관리와 충돌했다. 건부乾符 2년875에 형, 조카 등 8명과 왕선지王仙芝의 반란에 호응해 군대를 이끌고 절도사 설숭薛崇을 죽이는 등 활약했다. 왕선지가 죽자 황소를 따르는 무리들이 그를 충천대장군沖天大將軍이라 불렀다. 황소의 군대가 장안까지 진격해 국호를 대제大齊라 하고 나라를 세웠다. 그러나 조정의 이극용李克用과 왕중영王重榮 등의 공격을 받아, 중화中和 4년884에 낭 호곡狼虎谷에서 죽었다.

187 朱溫 : 주온朱溫,852~912은 후량後梁의 개국황제로, 묘호는 태조다. 송주宋州 탕산碭山 사람이다. 당 희종僖宗이 주전충朱全忠이라는 이름을 하사했으나, 즉위 후 주황朱晃 으로 개명했다. 왕선지와 황소가 이끄는 농민 반란에 참여해 낙양과 장안 등지를 공격했다. 천우天祐 4년907 형식적으로 선양을 통해 애제哀帝의 황위를 빼앗고 국호 를 개평開平이라 했다. 건화乾化 2년912 황위 계승 문제로 친자 주우규朱友珪에 의해 살해당했다.

中道而返, 一敬其妻劉, 至與計軍國大事. 此其才智, 或自有足攝二主者.

本朝名臣, 亦大有此風. 往事不及知, 如吾浙王文成[189]之立功仗節, 九死

不回, 而獨嚴事夫人, 唯諾恐後. 近年吳中申王[190]二相公, 亦與夫人白首

相莊, 不敢有二色. 至如今上初, 薊帥文登之戚少保繼光[191]今寧夏帥蕭

都督如薰[192], 皆矯矯虎臣, 著庸邊閫, 俱爲其妻所制, 又何也. 又若近日

新安汪司馬[193]長君[194]無疆, 爲婦陸氏所妒, 至刑厥夫爲閹人, 蒲州楊太

史元祥[195], 與婦羅氏爭言, 遂以刀自裁, 尤慘毒之甚者, 抑更非前將相諸

---

188 李克用 : 이극용李克用, 856~908은 당나라 말기의 군벌로, 그의 자는 익성翼聖이다. 원
   래 성씨는 주朱였으나, 당나라 황제에게 이씨 성을 하사받았다. 황소의 난 진압과
   장안 회복에 큰 공을 세워 하남절도사가 되었다. 주온과 계속된 전쟁을 통해 하동
   지역을 장기간 할거했다.

189 王文成 : 왕양명王陽明을 말한다.

190 吳中申王 : 오중 땅의 신시행과 왕석작을 가리킨다.

191 薊帥文登之戚少保繼光 : 명나라 말기의 장수 척계광戚繼光, 1528~1588을 말한다. 그의
   자는 원경元敬이고, 호는 남당南塘 또는 맹제孟諸다. 산동 등주登州 사람으로, 등주위
   지휘첨사登州衛指揮僉事를 세습했다. 왜구를 격퇴하고 몽고족을 막는 등 전공을 세워
   좌도독, 소보 겸 태자태보 등을 지냈다. 내각수보 장거정의 사후 광동으로 갔는데,
   만력 13년1585에 탄핵당해 귀향했다. 시호는 무의武毅이다.

192 寧夏帥蕭都督如薰 : 명나라 말기의 장수 소여훈蕭如薰, ?~1628을 말한다. 그의 자는 계
   형季馨이며, 연안위延安衛 사람이다. 도독동지都督同知 소문규蕭文奎의 아들로, 만력 연
   간 평로성平虜城 태수를 지냈다. 이여송 등과 함께 발배의 반란을 평정하고 도독동
   지로 승진했다. 천계 5년1625 위충현에게 탄핵당해 사직했다.

193 汪司馬 : 명나라 후기의 문인이자 희곡작가인 왕도곤汪道昆, 1525~1593을 말한다. 그의
   자는 백옥伯玉이고, 호는 남명南冥 또는 태함太函이며, 휘주부徽州府 흡현歙縣 사람이
   다. 가정 26년1547 진사가 되어, 의오지현義烏知縣, 양양지부襄陽知府, 복건안찰사福建按
   察使, 병부좌시랑兵部左侍郞 등의 벼슬을 역임했다. 척계광戚繼光과 함께 항왜抗倭 전쟁
   에 참가하여 공을 세웠다. 시문으로 세상에 이름을 떨쳐 태창太倉 사람 왕세정王世貞
   과 남북사마南北司馬로 병칭되었다.

194 長君 : 남의 아들에 대한 존칭.

195 楊元祥 : 양원상楊元祥, 1564~?은 명나라 후기의 관리다. 산서 포주浦州 사람으로, 자는

公比矣.

○ 先是永樂宣德間, 有吳中者, 山東武城人也, 由監生起家, 以永樂二年爲左都御史. 尋改刑工尙書, 至兼掌吏部, 兼宮詹事, 加官至少保. 正統七年卒, 贈茌平伯, 諡榮襄, 凡爲二品正卿者四十年, 一品十六年. 其人好色多妾媵, 而妻嚴酷, 不敢近. 一日領誥命歸, 妻令左右讀其詞, 因問中曰, "此果聖語耶?" 中曰, "不過詞臣代言耳." 妻曰, "此翰林眞無忝淸華, 卽吳中一誥, 何嘗以一廉字許之?" 中慙笑而已. 蓋中素以墨著也. 其後禁中優人承應, 遂作吳中畏內一劇, 上輒爲一引滿, 此亦懼內之最享福澤者. 附記爲諸公解嘲.

○ 今有一詞林, 華亭人, 甲寅庶常也, 以怕婦著名. 一日, 其同年陳無非往候之, 歡然留飯. 坐久過午, 而脫粟未具, 且詞林亦被呼入內. 良久, 陳餒甚馳歸. 他日詢其故, 則云, 是日問客爲何人, 曰陳工部. 又問得無同里同年耶, 曰然. 遂大怒曰, 是人窮秀才, 糟糠有年, 甫登第卽買一妾. 此等獰漢, 便餓死不可與糠粃[196]. 故幷藁砧[197]禁不許出. 此亦何異隋之獨孤后[198], 以高熲[199]愛妾生子, 遂憎之, 至殺之而後已也.

왈태曰泰이다. 순천부 향시에 합격해 만력 11년1583에 진사가 되었고, 서길사, 한림원검토 등의 벼슬을 지냈다.

196 糠粃 : 보잘것없고 가치 없는 물건을 말하며, 여기서는 쌀겨로 번역했다.

197 藁砧 : 부인이 남편을 부를 때 쓰는 호칭.

198 獨孤后 : 수나라 제1대 황후인 독고가라獨孤伽羅, 544~602를 말한다. 하남 낙양 사람으로 선비족이며, 북주北周 태보 독고신제獨孤信第의 일곱째 딸이다. 14세에 대장군 양충楊忠과 혼인해 장자 양견楊堅을 낳았다. 부친이 실각하고 피살당해 집안이 몰락했다. 수나라 건국 후 황후로 책봉되었고, 경사經史에 밝아 정치에 참여했다. 만년에 주도적으로 재상 고경高熲을 축출하고 태자 양용楊勇을 몰아냈으며 진왕晉王 양광楊

무정후 곽훈郭勳은 세종 때 글을 잘 쓰고 재주가 많으며 셈에 능하기로 유명했다. 지금 신안新安에서 간행된 『수호전水滸傳』 선본善本은 그의 집안에 전해져 온 것으로, 앞에 있는 왕태함汪太函의 서序에서는 천도외신天都外臣이라는 필명을 썼다. 애초에 곽훈은 장영가에게 동조하여 대례大禮를 의론해 서로 의지하며 도와서 단번에 황상의 총애를 받았다. 상공에 오르기 위해 기발한 계책을 내어 『영열전英烈傳』이라는 기전체의 개국開國 통속 소설을 직접 썼는데, 내용 중에 그의 시조 곽영이 개평開平 상우춘常遇春과 중산中山 서달에 버금가는 전공을 세운 일을 칭송하고 있다. 그리고 파양호鄱陽湖 전투에서 진우량陳友諒이 강 중간에서 화살을 맞고 죽었는데 당시에는 원래 누구인지 몰랐기에 곽영이 쏜 것이라고 했다. 내관 중에 평화平話를 이야기해 주는 자에게 매일 황상 앞에서 이 이야기를 공연하도록 하고 옛 책에서 전해진 것이라고 말하게 했다. 황상께서는 곽영의 공이 큰 데에 비해 상은 박하다고 애석해하시며 그를 승진시키려 하셨는데, 마침 곽훈이 당직할 때 지은 청사靑詞

廣을 지지했다. 사후 '묘선보살妙善菩薩'로 불렸으며, 시호는 위헌爲獻이다. 사서에서는 문헌황후文獻皇后라 칭한다.

199 高頻 : 고경高頻, 541~607은 수나라의 저명한 재상이다. 그의 자는 소현昭玄이며, 발해渤海 수현蓨縣 사람이다. 일명 고민高敏이라고도 하며, 선비족 이름으로는 독고경獨孤頻이다. 인재선 발과 추천에 능력을 발휘했고, 문무를 겸비한 재략가로 알려져 있다. 대업大業 3년607에 양제의 사치가 우려된다고 의론한 일로 고발당해 하약필賀若弼과 함께 살해당했다.

가 황상의 마음에 크게 들었으니, 거의 육무혜陸武惠와 구함녕仇咸寧보다 훌륭했다. 마침내 공사가 완공된 공으로 태사에 배수되고, 이후에 또 익국공翊國公으로 더해져 세습되니 거짓으로 기전체의 소설을 지은 일이 여기에 힘을 보탠 격이 되었다. 이런 통속 소설이 지금 세간에 전해지고 있다. 나중에 곽훈은 황상의 은총을 믿고서 교만하고 방자해져 하귀계夏貴溪와 권력을 다투다가 삭탈관직당하고 참수형 판결이 내려졌으며 처자식은 공신의 노비가 되었다. 다음 해에 옥중에서 병사하니, 황상께서 결국 그를 가엾이 여기시어 그 자식에게 후작의 작위를 잇도록 명하셨지만 역시 심하게 화를 당했다. 하귀계의 배척과 모함을 당할 때 다만 하늘이 잠깐 도왔을 뿐이다.

○ 곽훈 외에 천순 연간에는 무청후武淸侯 석형이 충국공忠國公으로 올랐고, 성화 연간에는 무녕후撫寧侯 주영朱永이 보국공保國公으로 올랐으며, 가정 초기에는 수녕후壽寧侯 장학령張鶴齡이 창국공昌國公에 올랐는데, 모두가 황상의 은혜와 총애로 얻은 것이다. 그러나 충국공과 창국공은 모두 끝까지 가지 못했고 보국공 또한 세습되지 못했다. 근래에 임회후臨淮侯는 이종성李宗城에게 응당 세습되어야 했으나 그가 일본에 봉작을 주는 사신이 되기를 청했으니, 임무를 완수한 뒤 조국공曹國公이라는 옛 작위를 회복하기를 기대해서였다. 얼마 후 도망쳐 돌아와 사형 판결을 받게 되면서 거의 임회후의 작위까지 잃을 뻔했고 더욱이 천하의 비방과 조롱을 받았다.

武定侯郭勳, 在世宗朝, 號好文多藝能計數. 今新安所刻『水滸傳』善本, 卽其家所傳, 前有汪太函[200]序, 託名天都外臣者. 初勳以附會張永嘉議大禮, 因相倚互爲援, 驟得上寵. 謀進爵上公, 乃出奇計, 自撰開國通俗紀傳, 名『英烈傳』者, 內稱其始祖郭英, 戰功幾埒開平中山. 而鄱陽之戰, 陳友諒中流矢死, 當時本不知何人, 乃云郭英所射. 令內官之職平話者, 日唱演於上前, 且謂此相傳舊本. 上因惜英功大賞薄, 有意崇進之, 會勳入直撰靑詞[201], 大得上眷, 幾出陸武惠[202]仇咸寧[203]之上. 遂用工程功竣, 拜太師, 後又加翊國公世襲, 則僞造紀傳, 與有力焉. 此通俗書, 今傳播於世. 後郭恃恩驕橫, 與夏貴溪爭權, 削爵論斬, 妻子給功臣爲奴. 次年瘐死獄中, 上終憐之, 命其子紹侯, 然受禍亦烈矣. 至夏貴溪之排陷, 特天所假手耳.

○ 自郭勳外, 則有天順間, 武淸侯石亨之晉忠國. 成化間, 撫寧侯朱永之晉保國. 嘉靖初, 壽寧侯張鶴齡[204]之晉昌國, 皆以恩倖得之. 而忠昌皆

---

200 汪太函 : 명나라 후기의 문인이자 희곡작가인 왕도곤을 말한다. 태함太函은 그의 호다.
201 靑詞 : 녹장綠章이라고도 하며, 도교에서 하늘에 제사 지내며 올리는 축문이다. 변려체로 화려하고 정교한 형식을 지닌다.
202 陸武惠 : 명나라 가정 연간에 금의위의 수장을 지낸 육병陸炳, 1510~1560을 말한다. 그의 자는 문부文孚 또는 문명文明이고, 호는 동호東湖이며, 시호는 무혜武惠다. 절강성 가흥부嘉興府 평호현平湖縣 사람이다. 가정 11년1532 무과에 급제해 금의위부천호錦衣衛副千戶에 제수되었고, 가정 18년1539 황제를 구한 공로로 총애를 받아 도지휘동지都指揮同知로 승진했다. 가정 24년1545 금의위를 관장하게 된 뒤부터 하언을 제거하고, 대장군 구란과 환관 이빈李彬의 죄상을 폭로하면서 후군도독부後軍都督府 좌도독左都督까지 승진했다. 사후에 충성백忠誠伯으로 추증되었다.
203 仇咸寧 : 명나라 가정 연간의 대신 구란仇鸞을 말한다.

不終, 保公亦不世. 若近年臨淮侯應襲李宗城[205], 求充日本封使, 冀事成
復曹公故爵. 旣而逃歸論死, 幾幷侯失之, 尤爲天下姍笑.

204 張鶴齡 : 장학령張鶴齡, 생졸년 미상은 효종의 황후인 효강경황후孝康敬皇后의 동생이다.
하간부河間府 홍제興濟 사람이다. 홍치 5년1492 수녕후壽寧侯에 봉해졌고, 효강경황후
의 권세를 믿고 동생 장연령張延齡과 함께 오만방자하게 굴며 전횡을 일삼았다. 가
정 초기에 창국공昌國公에 봉해졌다가, 가정 12년1533 작위가 삭탈되고 남경금의위
지휘동지南京錦衣衛指揮同知로 폄적되었다. 나중에 사건에 연루되어 하옥되었다가 옥
중에서 병사했다.

205 李宗城 : 이종성李宗城, 1560~1623은 명나라 만력 연간의 관리다. 그의 자는 규악葵嶽이
고 호는 여번汝藩이며, 남직례 봉양부鳳陽府 우이盱眙 사람이다. 만력 연간에 왜적이
조선을 침략하자 병부상서 석성石星의 추천으로 도독첨사가 되었다. 풍신수길豊臣
秀吉을 일본왕으로 봉하고 병력을 철수시키라는 명령을 받고서 조선의 부산에 도
착했으나, 너무나 많은 왜적을 보고 겁이 나 본국으로 도망쳤다. 그 죄로 하옥되었
다가 변방에 유배되었다.

태조께서 나라를 하나로 통일하실 때 파양鄱陽의 전쟁에서 기틀을 갖추셨다. 지금 세상에서는 전쟁이 한창일 때 곽영이 위한僞漢의 왕 진우량陳友諒을 활로 쏘아 죽였고 이로 인해 우리 군대가 대승했다고 말한다. 그 결과를 살펴보면 나중에 태조에 배향된 것 또한 지나친 것은 아니다. 그러나 당시에 활을 쏜 자는 공창후鞏昌侯 곽자흥郭子興이지 곽영이 아니다. 곽자흥은 곽영과 동성인 까닭에 곽훈이 마침내 그의 공을 훔친 것이다. 지금 속설에는 『영열전英烈傳』이란 책은 모두 곽훈이 스스로 지은 것으로 되어 있는데, 세종께서 이를 의심하셨다. 그러나 그가 계책을 세운 지는 오래되었다. 무종 때 곽훈이 『삼가세전三家世典』을 편찬하면서 이미 암암리에 책 속에 진우량을 쏜 일을 적어두었다. '삼가三家'란 중산왕中山王, 검녕왕黔寧王 그리고 고조가 영국공營國公으로 추증한 곽영을 가리킨다. 서문은 문양공文襄公 양일청이 썼으니, 태조에 배향하려는 그의 망상은 이미 하루아침의 일이 아니다. 가정 초기에 대례에 관한 논의가 일어났을 때, 곽훈은 이 기회를 틈타 소매를 떨치고 일어나 암암리에 장총에게 부합해 숙원을 이루었으니, 역시 소인배 중의 우두머리다. 곽자흥이 공창후로 봉해진 것은 홍무 3년1370으로 개국의 공로로 인한 것이며, 곽영이 무정후로 봉해진 것보다 10여 년 전의 일이었다. 그가 죽은 후 섬국공陝國公으로 추증되었고 시호는 선무宣武이며 손자까지 작위가 세습되었으나, 후사가 없어 나라가 없어졌다. 곽자흥은 저양왕滁陽王과 이름이 같고, 제사가 끊어진 것 역시 같다.

郭勳冒功

太祖混一, 規模成於鄱陽之戰. 今世謂戰酣時, 郭英射死僞漢主陳友諒, 以此我師大捷. 審果爾, 卽後來之配食太祖, 亦不爲忝. 然而其時射者, 自是鞏昌侯郭子興[206], 非英也. 與英同姓, 故郭勳遂冒竊其功. 今俗說『英烈傳』一書, 皆勳所自造, 以故世宗惑之. 然其設謀則久矣. 當武宗朝, 勳撰『三家世典』, 已暗藏射友諒一事於卷中矣. 三家者, 中山王黔寧王及其高祖追封營國公英也. 序文出楊文襄一淸筆, 其配廟妄想, 已非一日. 嘉靖初大禮議起, 勳乘機遘會, 奮袂而起, 竊附張璁, 得伸夙志, 亦小人之魁傑也. 子興之得封, 在洪武三年, 係開國功, 在英封武定之前十餘年. 歿贈陝國公, 諡宣武, 襲爵至孫, 以無嗣國除. 子興旣與滁陽王[207]同名, 其絶祀亦同.

---

206 郭子興 : 곽자흥郭子興,1330~1384은 명나라의 개국공신으로, 본명은 곽흥郭興이다. 호주濠州 사람이다. 그의 동생은 무정후 곽영이고, 여동생은 명 태조의 후궁 영비寧妃 곽씨다. 원나라 말기 곽자흥의 홍건군紅巾軍에 참여했다가, 나중에 주원장의 휘하로 들어갔다. 주원장을 따라 전장을 누비며 많은 공을 세웠는데, 특히 파양호鄱陽湖 전투에서 주원장에게 화공火攻을 쓸 것을 건의해 진우량의 군대를 대파했다. 홍무 3년1370 공창후鞏昌侯에 봉해졌다. 사후에 섬국공陝國公으로 추증되었고, 선무宣武라는 시호를 받았다.

207 滁陽王 : 원나라 말기 군웅의 하나인 곽자흥郭子興,?~1355을 말한다. 정원定遠 사람으로, 원나라 말기 반원反元 농민군 중 강회江淮 지역 홍건군紅巾軍의 영수였다. 주원장을 휘하의 십부장十夫長으로 기용했다가, 그가 계속해서 전공을 많이 세우자 중용하기 시작했다. 나중에는 주원장을 총사령관으로 삼고, 자신의 수양딸인 마수영馬秀英을 주원장에게 시집보냈다. 1355년 병으로 사망하자 그의 세력 대부분이 주원장에게 계승되었다. 홍무 3년1370에 저양왕滁陽王으로 추봉되었다.

가정 연간에 태사 익국공翊國公 곽훈郭勳은 황상의 남다른 총애를 빙자해 무과武科 회시會試에서 대사마大司馬를 넘어서 윗자리에 오르려 했다. 사마가 따르지 않자 곽훈은 단영團營의 서열을 가지고 강력하게 다퉜다. 황상께서 호되게 질책하며 그 의견대로 했다. 나중에 황상의 총애가 이미 시들해졌을 때, 군무를 총괄하는 문대수文大帥와 함께 역졸을 파견하도록 명했는데 오래도록 칙서를 받지 않았다. 언관들이 문제시하자 이에 '어째서 꼭 힘들게 칙서를 내리시는 겁니까?'라고 변론했다. 황상께서 비로소 크게 노하여 참수형에 처하기에 이르렀다.

이때 곽훈의 총애를 해친 자는 하계주夏桂洲였다. 하계주는 일품으로 6년의 임기를 채우고 상소를 올려 그의 후처 소씨蘇氏를 봉해주기를 청했다. 전례상으로 후처는 한 사람만 봉할 수 있는데, 하계주의 후처 장씨張氏가 이미 봉해졌다가 얼마 안 되어 죽었다. 소씨는 본래 첩이지만 재색才色이 뛰어나 하계주의 사랑을 받았는데 이때에 이르러 소씨를 다시 부인으로 맞이한다 하고서, 관례를 깨고 봉해주기를 청하며 두 분 태후의 경사스러운 일과 황후의 친잠親蠶 활동을 받들어 모시기에 편히 하고자 했다. 황상께서 특별히 그것을 윤허하셨으니, 그의 방자함이 곽훈과 다르지 않다.

곽훈 이후에, 또 태보太保 겸 소부少傅로 금의위를 관장한 육병陸炳은 진사 합격자들을 위한 은영연恩榮宴을 거행할 때, 전시殿試의 순작관巡綽

官으로 연회를 베풀기를 청했고 조서가 내려와 허락하자 상서의 대열에 자리했다. 또 관례상으로 금의위가 조정에서 시립侍立할 때는 사람을 체포하기 편하도록 검은 모자에 예복을 갖추어 입는데, 육병은 스스로 조복朝服을 만들어 입고 금의위의 앞자리에 섰으니, 그 이전에도 이후에도 없던 일이다. 얼마 안 되어 재임 중에 죽었다. 육병은 원래 엄개계嚴介溪를 도와 하계주를 모함했다가 만년에 환심을 잃었으므로, 혹자는 엄개계에게 독살당했다고 한다. 엄개계는 아들 엄세번嚴世蕃을 심복으로 믿어서, 아내 구양부인歐陽夫人이 죽었을 때 상소를 올려 그의 아들을 남겨 봉양케 했으니 상을 치르러 갈 필요가 없다고 했다. 황상께서 또한 그것을 윤허하셨다. 태재가 자리를 비우므로 이부에서는 구양필진歐陽必進을 추천했으나 황상께서 허락지 않으셨다. 엄개계가 은밀히 알현하고 구양필진이 사실 자신의 가까운 친척이며 그가 기용되어 늙은 처지를 위로하기를 바란다고 아뢰니, 황상께서 또 그것을 윤허하셨다. 이 네 문신과 무신은 권세를 믿고서 방자함을 일삼았고, 영명한 군주를 아이처럼 여기면서 서로 무너뜨리고 모함하며 이전의 일을 경계로 삼지 않고 그 전철을 똑같이 밟았다. 오래지 않아 곽훈은 옥중에서 병사했고, 하계주는 서시西市에서 죽임을 당했으며, 육병은 사후에 삭탈관직 되고 가산이 몰수되었으며, 엄개계 자신은 파직되고 아들은 사형되어, 모두 천하가 통쾌하게 여겼다. 함녕후咸寧侯 구란과 같은 자는 방자함으로 부관참시剖棺斬屍되고 처자식은 사형되었으며 또 역적으로 몰렸으니 그 죄가 더더욱 크다. 총애와 큰 치욕은 한순간에 일어나니 가히 두려워할 만하다.

大臣恣橫

嘉靖間, 太師翊國公郭勳, 憑上異寵, 至於武會試[208], 亦超大司馬[209]而上之. 司馬不從, 勳引圖營坐次力爭. 上切責, 如其議. 至後來上眷已衰, 會命與文大帥[210]會派役卒, 久不領敕. 爲言官所論, 乃辨云, 何必更勞賜敕. 上始大怒, 至論斬.

時害勳寵者, 夏桂洲[211]也. 夏以一品, 六年考滿[212], 奏乞封其繼妻蘇氏. 蓋故事, 繼妻惟一人得封, 而夏所繼張, 已得封, 旋歿矣. 蘇本妾, 以才色稱, 爲夏所嬖畏, 至是稱再娶蘇氏, 乞破例賜封, 庶於兩宮慶賀, 中宮親蠶, 供事爲便. 上特允之, 其橫與郭無異也.

郭之後, 又有太保兼少傅掌錦衣陸炳, 以擧進士恩榮宴[213]時, 陸爲廷試[214]巡綽官[215], 乞與宴, 詔許之, 班尚書列中. 又故事, 錦衣官侍朝, 俱烏

---

208 武會試 : 명청 시대에 3년에 1번씩 북경에서 거행되던 무과시험.
209 大司馬 : 병부상서의 별칭.
210 文大帥 : 대수大帥는 군사 사무를 총괄하는 총독總督을 말하며, 명대에는 문관이 총독을 맡았기 때문에 문대수文大帥라고 했으며, 줄여서 문수文帥라고도 한다.
211 夏桂洲 : 하언을 말한다.
212 考滿 : 벼슬의 임기가 만료되는 것을 말한다.
213 恩榮宴 : 새로 진사에 합격한 사람들을 위해 여는 연회.
214 廷試 : 전시殿試. 과거제도에서 천자가 성시省試의 급제자를 궁정宮庭에 불러 친히 고시考試를 보던 일.
215 巡綽官 : 명청 시대 과거시험장의 감독관으로, 과거시험장을 돌아보고 관리하는 일을 맡았다.

帽吉服, 以便挈人, 炳自製朝服, 立於本班之首, 前乎此, 後乎此, 未有也. 未幾歿於位. 炳初助嚴陷夏, 晚途失歡, 或云爲嚴氏所酖. 嚴介溪[216]仗子世蕃爲心膂, 會歐陽夫人逝, 上疏留其子侍養, 不必奔喪. 上亦允之. 太宰缺出, 部推歐陽必進, 上不許. 嚴密進謁, 謂必進實臣至親[217], 欲見其柄用, 以慰老境, 上又允之. 此文武四公者, 怙權專恣, 視英主如嬰兒, 且相傾相陷, 不戒前車, 先後一轍. 未幾郭瘐死獄中, 夏誅死西市[218], 陸身後削奪籍沒, 嚴身謫子誅, 俱爲天下所快. 至若咸寧侯仇鸞之橫, 斲棺戮尸, 妻子論斬, 又入逆臣中, 其罪更彌天矣. 寵遇[219]戮辱[220], 聚於一時, 可畏哉.

---

216 嚴介溪 : 명대의 대표적인 권신이자 간신인 엄숭嚴嵩을 말한다.
217 至親 : 가까운 친척.
218 西市 : 명청 시기 죄인을 처형하던 북경의 형장.
219 寵遇 : 총애하여 특별히 대우함.
220 戮辱 : 매우 큰 치욕.

함녕후 구란은 어릴 때의 이름이 장생長生이고 원래 강도江都 사람이
다. 조부 구월仇鉞은 부장副將으로서 문양공 양일청을 모시고 조기에 안
화왕安化王 주치번朱寘鐇의 난을 평정할 수 있어 함녕백咸寧伯에 봉해졌다.
곧이어 하남河南의 반란군을 평정하고 함녕후로 승격되었다. 구란의 부
친 구무仇茂가 병으로 몸져눕자 구란이 조부의 작위를 세습하고서 감숙
甘肅과 대동大同으로 나가 지켰다. 원래 엄분의의 편으로, 하귀계를 무너
뜨리고 사형에 처하도록 모함해 황상의 남다른 총애를 얻고 평로대장
군平虜大將軍의 인장을 달았다. 하루아침에 귀한 신분이 되어 교만하게 굴
며 엄분의 부자를 업신여기자 엄분의가 그를 매우 미워하게 되었고, 또
제수緹帥 육무혜陸武惠를 거역해 대장군의 인장을 잃었다. 구란은 이전부
터 병이 심했고, 이때에 이르러 심장병으로 죽었다. 죽은 지 3일 만에
그 집안사람들이 오랑캐와 내통한 일이 발각되었고, 황상께서 진노하
시어 구란을 부관참시하고 처자식은 모두 참수하셨다. 그의 처는 원래
양혜공襄惠公 홍종洪鍾의 딸인데, 홍종 역시 정덕 연간의 명신名臣이다. 구
월은 군인 출신으로 시기를 잘 타 역적을 토벌하여 공이 없는 것은 아니
지만 운 좋게 봉작을 받았으니, 나라에서 그에게 보답한 것이 이미 적지
않다. 자손들은 사치스럽고 방자했으며 흉악하고 잔인해 마침내 그 집
안이 멸족되었고 홍씨는 무고하게 죽임을 당했는데, 지금까지 역적의
가솔들이 모두 이렇게 되지는 않았으니 애통하다.

○ 구란을 임신했을 때 그의 모친이 오랑캐 하나가 침대 아래에서 절을 하고 일어나 스스로 난도질해 몸과 머리가 따로 떨어지는 꿈을 꾼 뒤 깨어나 구란을 낳았으니 징조가 꺼림칙했다.

○ 구란이 경술년에 각민공恪愍公 양수겸楊守謙을 참소해 서시에서 죽였는데 이날이 8월 26일이었다. 임자년 구란이 죽은 지 3일 만에 반역을 도모한 일이 발각되어서 부관참시되어 사방에 전시된 것이 또한 8월 26일이었다. 딱 2년 차이라 사람들은 하늘의 뜻이라고 말했다.

○ 가정 연간에 하계주는 무정후武定侯 곽훈과 원수가 되어 그를 사형되도록 모함했고 곽훈은 옥중에서 굶어 죽었는데 그때 나이가 68세였다. 얼마 지나지 않아 하계주도 엄분의의 모함을 받아 서시에서 죽었는데 이때 나이 또한 68세였다.

원문 **咸寧侯**

咸寧侯仇鸞[221], 小字長生, 故江都人. 祖鉞[222], 以偏裨事楊文襄一淸, 能先期[223]平安化王寘鐇, 封咸寧伯. 尋以平河南寇, 晉封侯. 鸞父茂病

---

221 咸寧侯仇鸞 : 명나라 중기의 장수 구란仇鸞을 말한다.
222 鉞 : 함녕후 구란의 조부인 구월仇鉞, 1466~1522을 말한다. 구월은 감숙甘肅 진원鎭原 사람으로, 자는 정위廷威. 원래는 영하총병부寧夏總兵府의 용병이었는데, 후사 없이 죽은 총병부의 도지휘첨사 구리仇理의 직위를 세습했다. 정덕 2년1507 영하유격장 군寧夏遊擊將軍으로 발탁되었다. 정덕 5년1510 안화왕安化王 주치번朱寘鐇의 반란을 진 압한 공으로 도독첨사都督僉事 겸 영하총병관寧夏總兵官으로 승진하고 함녕백咸寧伯에 봉해졌다.
223 先期 : 약속한 기한보다 앞섬.

廢[224], 鸞襲其祖爵, 出鎮甘肅大同. 旣附分宜, 傾貴溪, 陷之極典[225], 得上

異眷, 佩平虜大將軍印. 驟貴而驕, 狎視分宜父子, 分宜已恨之, 又忤緹

帥[226]陸武惠, 因奪其大將印. 鸞先病亟, 至是悸死. 死之三日, 其家人通

虜事發, 上震怒, 追斲鸞棺剉尸, 妻子俱斬. 其妻故洪襄惠鍾[227]女, 洪亦

正德間名臣也. 鉞從行伍起, 乘時討叛, 不爲無功, 幸開茅土, 國家酬之

已不薄. 嗣孫汰忿兇忍, 邃赤其族, 洪氏無辜伏法, 則向來逆臣家屬, 俱

未至此, 哀哉.

○ 鸞在孕時, 其母夢一胡兒拜牀下, 卽起自屠割, 身首異處, 醒而鸞

生, 兆果不爽.

○ 鸞以庚戌年譖楊恪愍守謙[228]死西市, 爲八月二十六日. 至壬子鸞死

三日, 謀叛事發, 剉尸傳示九邊, 亦八月廿六日. 恰二年, 人謂天道焉.

---

224 病廢 : 병으로 몸을 제대로 쓰지 못하게 됨.

225 極典 : 사형.

226 緹帥 : 명대의 금의위지휘사錦衣衛指揮使를 말한다.

227 洪襄惠鍾 : 명나라 중기의 대신 홍종洪鍾,1443~1523을 말한다. 그의 자는 선지宣之이고, 호는 양봉거사兩峰居士이며, 시호는 양혜襄惠다. 절강 전당錢塘 사람이다. 성화 11년 1475에 진사가 되어, 남경형부상서, 공부상서, 형부상서, 도찰원 좌도어사, 태자태보 등의 벼슬을 지냈다. 정덕 연간에 양청楊淸의 봉기와 남정서藍廷瑞 · 언본서鄢本恕의 봉기를 진압했다.

228 楊恪愍守謙 : 양수겸楊守謙,?~1550은 명나라 가정 연간의 관리다. 그는 서주부徐州府 사람으로, 자는 윤형允亨이고, 호는 차촌次村이다. 가정 8년1529 진사가 되었고, 보정순무保定巡撫, 병부우시랑 등의 벼슬을 지냈다. 가정 29년1550 엄답俺答이 쳐들어왔을 때, 군대를 이끌고 엄답에 맞서려 했지만 후방의 지원이 없어 전투를 벌이지 못했다. 엄답의 군대가 노략질을 하고 물러간 뒤, 엄숭은 모든 책임을 양수겸에게 돌려 군기를 흩트린 죄로 투옥하고 시장에서 육시戮屍했다. 융경 연간에 병부상서로 추증하고, 각민恪愍이라는 시호를 내렸다.

○ 嘉靖間, 夏桂洲與郭武定相仇, 因陷之極典, 郭瘐死獄中, 年六十
八. 未幾夏相爲分宜所陷, 死西市, 年亦六十八.

　　태보太保 겸 소부이자 우도독右都督인 육병陸炳은 호가 동호東湖이고 원래 절강의 평호平湖 사람이다. 부친 육송陸松은 흥왕부의 호위護衛로 시작해 관직이 도지휘사에 이르러 금의위를 관장했다. 육병은 관직을 계승한 뒤 세종을 수행해 승천부承天府로 행차했는데, 도중에 행궁에 머물렀을 때 불이 나자 육병이 불구덩이 속에서 황상을 업고 나왔다. 이때부터 한순간에 총애를 받아 태보 겸 소부로서 금의위를 이끌었으니, 이런 일이 이전에는 없었다. 처음에는 엄분의 부자를 모셨는데, 얼마 안 있어 그의 무과 주시험관인 이부상서 이묵李默이 모함당한 일 때문에 엄분의와 사이가 나빠졌다. 이묵이 조문화의 폭로로 죽음에 이르게 되었을 때, 육병의 비밀을 가지고 있었기 때문에 그도 함께 모함하려고 했으나 엄세번이 힘을 써서 죽음을 면했다. 육병은 엄씨를 원망하여 마침내 서화정과 혼인 관계를 맺었다. 또 구란과 총애를 다투어 몰래 서화정과 함께 다른 음모를 꾸며 멸족에 이르게 했다. 엄분의가 더욱 미워했지만 황상의 깊은 총애로 인해 감히 드러내놓고 그를 공격하지 못했다. 하루는 소보 양박의 처소에서 술을 마시고 취해 돌아가다가 급사했다. 사람들은 양박이 육병의 간사한 실상을 상소로 올리겠다는 뜻을 좌중에 비치자 독약을 먹었다고 한다. 혹자는 양박이 엄세번과 모의해 독배를 주었다고 하는데, 분명히 알 수는 없다. 황상께서 매우 슬퍼하시며 충성백에 추증하고 무혜武惠라는 시호를 내리시니 예우가 한결같았다.

무정후와 함녕후를 무관으로 대한 것과는 천양지차다. 나중에 목종이 등극한 뒤 언관들이 육병의 전횡과 흉악함을 문제시하자 작위와 시호를 모두 빼앗고 세습직을 없앴으며 가산을 몰수하기까지 했다. 고신정高新鄭이 정권을 잡고는 육병이 서화정과 혼인 관계를 맺은 것을 이유로 서화정의 가산도 몰수하려 했다. 장강릉이 백방으로 조율한 덕분에 죄는 육병에게만 국한되었다. 만력 연간에 육병의 자손이 상주해 밝히자 그의 옛 관직을 회복시키고 금의위 백호의 세습직을 돌려주었다. 육병의 재능과 지혜는 사실 사람들의 몇 배나 뛰어나서 지금까지도 그를 안타까워하는 사람이 있다.

太保兼少傅, 右都督陸炳, 號東湖, 故浙之平湖人. 父松, 以興邸護衞起家, 官至都指揮使, 掌錦衣衞. 炳嗣職, 從世宗幸承天府, 塗次行殿失火, 炳從煙燄中負上出. 從此寵冠一時, 至以公兼孤[229]領緹騎[230], 古未有也. 初事分宜父子, 旣而以其武擧座師吏部尙書李默[231]被誣事, 與分宜

---

229 公兼孤 : 공公은 태사太師, 태부太傅, 태보太保의 3공을 말하고, 고孤는 소사少師, 소부, 소보少保를 말한다. 즉 중신重臣을 말한다.

230 緹騎 : 붉은색의 군복을 입은 황실의 근위병으로, 곧 정탐과 범인 체포를 담당한 금의위를 말한다.

231 李默 : 이묵李默, 1494~1556은 명나라 복건성 구녕甌寧 사람이다. 이묵의 자는 시언時言 도는 고충古沖이다. 정덕 16년1521 진사가 되어 벼슬은 이부상서에 이르렀다. 엄숭에게 아부하지 않아 가정 35년1556 조문화에게 원통하게 해를 입었다. 만력 연간에 문민文愍이라는 시호를 받았다.

失懽. 默爲趙文華所詆致死, 因持炳陰事, 幷欲陷之, 賴嚴世蕃爲力解而免. 炳因幷銜嚴氏, 遂結徐華亭爲婚姻. 又與仇鸞爭寵, 潛同華亭陰詗其異謀, 以致族滅. 分宜愈恨, 以上深眷, 不敢顯攻之. 一日飮於少保楊博所, 醉歸暴卒. 人謂博持其奸狀[232], 席間示意將奏之, 因而仰藥[233]. 或云, 楊與世蕃謀, 進以酖卮, 莫能明也. 上震悼[234], 贈忠誠伯, 諡武惠, 恩禮始終. 視武定咸寧二弁, 不啻天淵[235]. 後穆宗登極, 言官追論其橫惡, 盡奪爵諡, 革其世職, 以至籍産. 則高新鄭秉國, 以炳與徐華亭結姻, 將幷沒其家. 賴張江陵爲百方調劑, 罪止及陸氏. 至萬曆間, 子孫奏辨, 復其故官, 還錦衣百戶一世職. 然炳才智實高人數等, 至今有惜之者.

---

232 奸狀 : 간사한 행위의 실상.
233 仰藥 : 독약을 먹다.
234 震悼 : 매우 슬퍼하다.
235 不啻天淵 : 차이가 매우 크다.

세간에서 전하길 태부太傅 무혜공武惠公 육병陸炳이 세종에게 남다른 총애를 받아 삼공三公 겸 삼고三孤의 자리에 올랐고, 사후에 충성백에 추증되고 시호를 하사 받았는데, 황상이 승천부로 행차하실 때 행궁에 불이 나자 육병이 황상을 업고 불구덩이를 빠져나온 것 때문에 은총과 인정을 받은 것 같다고 한다. 그런데, 왕엄주王弇州는 그런 일이 없다고 강력히 밝혔다. 지금 세종의 실록을 보면 이 일에 관해서 상세히 기록하면서 육병 혼자 황상을 업고 나왔다고만 되어 있으니 어찌 그 일이 없었다고 말할 수 있겠는가? 왕엄주가 미처 『세종실록』을 훑어보지 못한 것인가 아니면 육병을 미워해서 그의 공을 없애려 했기 때문인가? 성국공成國公 공정恭靖 주희충朱希忠의 묘비에도 이 일이 기록되어 있는데, 성국공이 육병과 함께 황상을 업고 나왔다고 한다. 이것은 강릉의 장거정이 쓴 것으로, 두 사람이 함께 큰 공을 세운 것임을 알 수 있다. 그러나, 주희충이 황상을 호위한 기록은 다른 데에서는 찾아볼 수 없고 오로지 이 묘비에만 보인다고 한다. 황상께서 화재를 당하실 때에 위휘부衛輝府에 계셨는데, 당시 숙위대신宿衛大臣이 지체해서 오지 않고 육병만이 가장 먼저 와서 황상을 부축해 가마에 태운 것으로 생각되며, 이 일은 또 『호광통지湖廣通志』에 기록되어 있다. 동호東湖 육병이 제수緹帥였을 때 금의위에 하옥된 간관들 중에 온전히 살아남은 자가 매우 많았고, 규정葵亭 주희충 또한 사대부들을 좋아해 예우를 더해 주었으니, 두 사람 모두 근래에 총애를 받던 사람들로는 드문 일이다.

○ 근래에 상공相公 왕대남王對南이 태감 장굉張宏의 묘지문에서 장굉이 황상을 부축해 행궁의 불 속에서 빠져나왔다고 썼으니 공을 함께 세운 자가 세 사람이다.

원문 **陸炳扈駕功**

世傳太傅陸武惠炳, 得異寵於世宗, 至以三公兼三孤, 歿贈伯賜諡, 蓋上幸承天時, 行宮遭火, 炳負上出煙燄中, 以此受眷知. 而弇州力辨, 以爲無之. 今觀世廟實錄, 備載此事, 且只云炳一人負上出, 安得謂之無? 豈弇州未嘗寓目『世宗實錄』耶? 抑憎其人, 因沒其功也. 至成國公朱恭靖希忠[236]墓碑, 亦載此事, 云公與陸公炳, 同負上以出. 此江陵公筆, 可見兩人又同立大勳矣. 然朱之衛上, 他無可考, 惟見此碑云. 按上遇火, 在衛輝府[237], 時宿衛大臣, 遲遲未至, 獨炳最先, 挾上升輿, 此又『湖廣通志』所紀也. 陸東湖爲緹帥, 諸諫官下詔獄者, 爲周全存活者甚衆, 而朱

---

236 成國公朱恭靖希忠 : 중화서국 본에서는 '공정公靖'으로 되어 있지만, 『장태악전집張太岳全集』과 『명사 · 열전제삼십삼列傳第三十三』에 근거해 '공정恭靖'으로 수정했다. 〖역자 교주〗 ● 주희충朱希忠, 1516~1573은 명대의 공신으로, 정난의 변 때의 명장인 성국공 주능朱能의 현손이다. 그의 자는 정경貞卿이고, 호는 규정葵亭으로, 남직례 회원현懷遠縣 사람이다. 도독 육병과 함께 세종을 호위해 총애를 받았고, 가정 15년1536 성국공의 작위를 세습했다. 우군도독부와 후군도독부의 일을 관장했으며, 태자태부, 주국柱國, 태자태사 등의 관직을 지냈다. 만력 원년1573 세상을 떠나자, 정양왕定襄王으로 추증되었고 시호는 공정恭靖이다. 만력 10년1582 주희충을 정양왕으로 추증한 것이 관례에 맞지 않다는 여무학余懋學의 의견이 받아들여져 작위가 회수되었다.
237 衛輝府 : 명나라 초기에 세운 6현 중 하나로, 중기에는 11현 등으로 분할됐다.

葵亭亦愛樂士大夫, 延禮加等, 皆近代貴幸所罕睹.

　○ 近日王對南相公, 爲太監張宏墓志, 云宏掖上出行宮火中, 則同功
者三人矣.

서북 지방의 사대부 중 전공을 세워 오등五等의 작위를 세습하게 된
자들로는 함녕후와 정원후靖遠候 등이 있고, 오중에는 유일하게 무공백
武功伯 서원옥徐元玉이 있지만 그마저 죽을 때까지 누릴 수 없었다. 우리
절동浙東에는 성의백誠意伯과 신건백新建伯 두 집안이 모두 세습했다. 성의
백 유기는 개국공신이라서 자연히 백대까지 세습해야 했지만, 후손 유
세연劉世延에 이르러서는 그가 괴팍하고 남을 잘 비방했기 때문에 금상
초기에 이미 본적 청전靑田으로 쫓겨나 갇혔다가 나중에 겨우 풀려나 남
경으로 돌아갔을 뿐이다. 신건백 왕수인은 작위에 봉해졌다가 바로 빼
앗겼고, 융경 연간 초기에 비로소 이전의 작위를 회복해 그 아들 왕정억
王正億이 세습하게 되었다. 왕정억의 아들 왕승훈王承勳이 이를 계승했고,
지금은 회음淮陰의 총조總漕이다. 그 역시 문예에 두루 해박하고 성격은
매우 온화하지만, 공신들의 폐습에 물들어 여색과 사냥 외에는 달리 좋
은 기호가 없었다. 또한 그의 애첩이 집안일을 맡은 지 오래되었으나 그
의 업신여김을 견디지 못하고 조정에 소송을 해 하옥되었다가 다시 달
아나는 지경에 이르렀다. 대를 이을 아들이 정해지지 않아 장차 크게 근
심거리가 되었다. 백안선생伯安先生 왕수인이 남긴 은택은 아마도 오대
를 갈 수 없었을 것이다. 금오위의 녹봉은 또 읍봉에 크게 못 미치고, 호
위병과 수비대의 수장 정도에 불과할 뿐이었다. 내가 어릴 때 알던 제수
난고蘭皋 서유경徐有慶은 옛 상공 서화정의 맏증손이며 인양寅陽의 태상太

^常 서원춘徐元春의 적장자로, 옷차림과 행동거지가 완전히 부잣집 자제와 다를 게 없었는데, 당시는 문정공文貞公이 세상을 뜬 지 겨우 삼 년이 되었을 뿐이다. 옛 상공 신오문申吳門은 무관 세습을 애써 사양하며 매번 사람들에게 이렇게 말했다. "나는 본래 서생 출신으로 내 사후 후손의 앞날이 어떨지 모르지만 그저 이 가난한 수재의 체면만 살려주면 족하다. 어찌 서생의 의관을 무관의 투구로 바꿔 군대에 적을 두어 부모가 죽어도 상을 치르지 않고 대대로 대장부 노릇을 하겠는가?" 이것이야말로 진정으로 멀리 내다보는 식견이 있는 말이다.

○ 각신으로 변방을 지킨 공로를 인정받은 자는 정덕 연간 초기 이후로 거의 보이지 않는다. 가정 연간에 유일하게 하귀계가 갑자기 귀하게 되어 스스로 금의위를 세습할 예정이었으나, 하귀계는 사형을 당했고 후사마저도 없었다. 적제성翟諸城 또한 이와 같았으니, 직접 옛 재상으로서 북방의 변경을 다니며 공을 세운 자는 규정이 좀 달랐다. 다만 엄분의에 이르면 여러 손자들이 비로소 금오위金吾衛를 맡았는데, 왕세번이 죽임을 당하면서 모두 삭탈관직당했다. 양신도楊新都의 경우는 모기毛綺나 장면蔣冕 같은 재상들과 함께 세종을 보좌하여 재위를 이어받게 했으므로 처음에는 백작의 작위를 세습했으나 지금은 4품 지휘로 강등되었으니, 또 함께 논할 수 있는 것이 아니다. 서화정이 무관직을 세습한 것은 대체로 엄분의의 세습과 같은 일이며 특별히 다르지 않다. 그러나, 서화정이 재상의 지위에 있을 때 이미 육무혜陸武惠와 유태보劉太保 이 두 제수와 사돈 관계를 맺었는데, 한 명은 형주荊州의 경릉景陵에 있

었고, 다른 한 명은 황주黃州의 마성麻城에 있었다. 나중에 육무혜가 실각해 가산을 몰수당하자, 고신정高新鄭은 법으로 서화정의 가산까지도 함께 몰수하려 했으나, 강릉 장거정이 해결했다. 마성에 있던 사위는 나중에 또 처가의 재산이 분명치 않아 처조카와 다툼이 끊이질 않았다. 아마 서화정은 학문이 다소 잡스럽고 권모술수를 잘 부렸으므로, 처음에는 두 무관을 거두어 써먹으려고 했으나 뜻밖에도 나중에 해를 끼치게 된 듯하다. 강릉 장거정이 음덕을 얻자마자 바로 빼앗긴 것은 또 말할 필요가 없다.

○ 우리 군에도 금의위가 두 명 있다. 한 명은 항양의項襄毅의 후손인데, 항양의는 만사滿四의 난과 이원李原이 이끄는 도적떼를 평정해 그 공이 매우 컸지만 겨우 백호를 받았다. 그러나, 그의 후손이 오태재의 사위가 되면서 비로소 외위外衛에서 금의위로 바뀌어 지금까지 3대에 걸쳐 전해왔다. 나중에 소보 조문화趙文華가 항양의의 데릴사위가 되어 또한 화군禾郡에 살았다. 그 둘째 아들 조이사趙怡思는 조문화가 왜구를 평정한 공로 덕분에 금의위를 지내고 정천호正千戶를 세습해 남진무사南鎮撫司를 다스리고 명을 받들어 돌아왔는데, 교만하고 방자해 순무와 순안 및 감사가 알현을 기다렸지만 모두 제때 만나지 않거나 답방도 하지 않았다. 얼마 지나지 않아 소보 조문화가 실각하고 갑자기 죽자 군량미를 착복했다는 죄에 연루되어 모두 몰수당했다. 당시에는 절강에 파견된 환관들이 여전히 일을 맡고 있었는데, 조이사를 사로잡아 고문하고 모든 잔혹한 형벌을 가해 거의 30년에 달하는 옥살이로 죄를

갚았는데도 오히려 죗값을 다 하지 못하다가 만력 10년1582에 대사면으로 비로소 석방되어 종군했다. 그는 오랫동안 북경에 머물면서 사람들을 대할 때 오봇 지역의 말을 하지 못했고, 집에서도 북경 말을 썼다. 공훈과 작위가 대대로 이어지는 것도 그리 좋은 일만은 아님을 알 수 있다.

원문 世官

　西北士大夫, 以戰功得世開五等者, 有咸寧靖遠[238]之屬, 若吳中則惟武功伯徐元玉[239], 然不得終其身. 吾浙東[240]則有誠意[241]新建[242]二家, 俱世襲. 劉開國元功, 自宜百世, 然傳至裔孫世延[243], 以愎戾好訐, 今上初

---

238 靖遠候 : 명나라 초기의 명장 왕기王驥, 1378~1460를 말한다. 그의 자는 상덕尚德으로 보정부保定府 속록현束鹿縣 사람이다. 영락 4년1406 진사에 급제해 병과급사중에 제수되었다. 선종 때 병부상서에 올랐으며 정통 연간에 총독군무를 맡아 공을 세워 정원백에 봉해졌다. 사후 정원후靖遠候로 추증되었으며, 시호는 충의忠毅이다.

239 徐元玉 : 명나라 영종 시기에 내각수보를 지낸 서유정徐有貞, 1407~1472을 말한다. 초명은 정珵이고, 자는 원옥元玉 혹은 원무元武이며, 만년의 호는 천전옹天全翁이다. 남직례 소주부 오현 사람이다. 선덕 8년1433에 진사가 되어 한림원 서길사에 제수되었고, 그 후 편수, 시강 등을 지냈다. 토목보의 변 때 남쪽으로 천도를 건의해 안팎으로 공격을 당했다. 경태 연간 첨도서가 되었다가 이후 부도어사로 승진했다. 석형, 조길상 등과 탈문지변을 기획해 영종을 다시 황위에 올렸다. 그 공으로 화개전대학사, 병부상서에 제수되었고, 무공백武功伯에 봉해졌다. 우겸, 왕문 등을 참살하고 석형, 조길상과 권력 다툼이 일어나 결국 모함에 빠져 광동참정으로 좌천되었다.

240 浙東 : 절강성 절강浙江의 동남 지역이다.

241 誠意 : 성의백誠意伯을 말하며, 명나라의 개국공신 유기가 홍무 연간에 봉해진 뒤 후손에게 세습되었다.

242 新建 : 신건백新建伯을 말하며, 홍치 연간에 왕수인王守仁이 처음 봉해진 뒤 그의 후손에게 세습되었다.

243 世延 : 명나라 성의백 유기의 11대손인 유세연劉世延, 생졸년 미상을 말한다. 절강 청전

年, 已逐回原籍靑田受錮, 後始得釋回南京耳. 王氏封而旋奪, 至隆慶初,
始復故爵, 其子正億得襲. 正億子承勳²⁴⁴繼之, 今總漕²⁴⁵淮陰. 其人亦略
知文藝. 性甚和易, 然染勳貴餘習, 自聲色游畋之外, 別無雅嗜. 且嬖妾
爲政, 久而不堪其凌, 至訟言於朝, 繫之獄, 復竄去. 冑子又未立, 將來大
有可慮. 伯安先生遺澤²⁴⁶, 恐不能五世矣. 至若金吾²⁴⁷之秩, 又大遜邑封,
不過仗士列校之長耳. 予幼時識緹帥徐蘭皐有慶, 故華亭相公長曾孫, 而
太常寅陽元春冢嫡也, 衣裝擧動, 全如紈袴子²⁴⁸無別, 時文貞公²⁴⁹下世
甫三數年耳. 以故申吳門相公, 力辭武廕, 每謂人曰, "我本書生起家, 身
後子孫通塞不可知, 第還我窮秀才面目足矣. 奈何變衣巾爲兜鍪, 占籍行
伍, 親死不喪, 世世作健兒乎?" 眞遠識之言.

○ 閣臣預邊功, 自正德初年後, 不經見. 嘉靖間, 惟夏貴溪暴貴, 自擬
世襲錦衣, 夏旣伏法, 且無後. 翟諸城亦如之, 則自以故相行九邊得之者,
體例稍殊. 直至嚴分宜, 而諸孫始現任金吾, 及世蕃誅, 盡削去. 若楊新

靑田 사람이다.
244 承勳: 명대의 저명한 사상가 왕수인의 손자 왕승훈王承勳, 생졸년 미상을 말한다. 그의
　　자는 숙원叔元이고, 호는 서루瑞樓이며, 절강 소흥부紹興府 여요현餘姚縣 사람이다. 부
　　친 왕정억王正億이 세상을 떠나면서 신건백의 작위를 세습했다. 작위를 세습한 뒤,
　　만력 20년1592 조운총병관漕運總兵官을 맡아 20년간 조운 업무를 감독하다가 만력 40
　　년1612 사직하고 귀향했다. 그는 명나라 최후의 조운총병관이며, 최장기간 조운총
　　병관으로 재임한 사람이다.
245 總漕: 조운漕運을 총괄 관리하는 관리.
246 遺澤: 생전에 베풀어서 후세까지 남아있는 은혜.
247 金吾: 금오위金吾衛.
248 紈袴者: 부자집 자제를 말한다.
249 文貞公: 명대 가정 연간에 내각수보를 지낸 서계를 말한다.

都與毛蔣諸相, 羽戴世宗入紹, 初廕世伯爵, 今降爲指揮四品, 又非可同
日語者. 華亭武廕, 蓋與分宜同事, 不能獨異. 然當其在相位時, 已與陸
武惠劉太保二緹帥締兒女姻, 一在荊之景陵, 一在黃之麻城. 後陸敗被
籍, 高新鄭欲以法幷籍文貞, 賴江陵而解. 麻城之壻, 後亦以嫁中産不明,
與妻姪輩爭搆不休. 蓋文貞學問稍雜權術, 初欲收二弁以爲用, 不虞後之
貽害也. 若張江陵之甫廕旋革, 又不足言矣.

○ 吾郡城亦有二錦衣. 一則項襄毅[250]之後, 其平滿四[251]定流賊[252], 功
甚大, 僅得一百戶. 然以裔孫爲吳太宰壻, 始改外衞爲錦衣, 今又傳三世
矣. 後則趙少保文華, 爲項氏贅壻, 亦居禾郡. 其次子怡思, 以少保平倭

---

250 項襄毅: 명나라 중기의 대신 항충項忠,1421~1502을 말한다. 그의 자는 신신藎臣이고,
호는 교송喬松이며, 절강 소흥 사람이다. 정통 7년1442에 진사가 되어 형부주사에
제수되었으며 이후 형부원외랑으로 승진했다. 광동부사, 섬서안찰사, 우부도어사,
섬서순무, 좌도어사, 형부상서, 병부상서 등의 관직을 거쳤다. 사후에 태자태보로
추증되었고, 시호는 양의襄毅이다.

251 滿四: 만사滿四,?~1469는 명나라 중기 영하寧夏 지역의 토관土官이다. 그의 본명은 만
준滿俊이지만, 넷째 아들이라서 속칭 만사라고 불린다. 몽고족으로, 명나라 때 영
하 고원固原 개성開城의 토관이다. 헌종 성화 3년1467 스스로 초현왕招賢王이라 부르
며 수만 명의 무리를 이끌고 난을 일으켰다. 만사는 석성石城을 점령했으나, 헌종의
명을 받고서 출정한 항충項忠이 석성의 수원水源을 끊고 만사를 사로잡았다. 성화 5
년1469 북경에서 능지처참을 당했다.

252 定流賊: 성화 6년1470 이원李原이 이끄는 유민의 난을 평정한 것을 말한다. 성화 6년
10월 이원은 명나라 통치자들의 수탈에 불만을 품고 호북의 형주荊州와 양양襄陽
지역에서 의거를 일으켰다. 남장南漳, 방현房縣, 내향內鄕, 위남渭南 등지를 점거하고
백만 명의 유민들이 참여할 정도로 기세가 대단했다. 황명을 받은 항충이 군무를
총괄하며 호광총병湖廣總兵 이진李震과 힘을 합쳐 이원이 이끄는 유민들을 몰아붙였
고, 죽산竹山에서 발생한 산사태로 이원의 유민군이 심한 타격을 입었다. 그 결과
성화 6년 12월에 이원은 붙잡히고 유민들은 해산당했다.

功, 廕錦衣, 世襲正千戶, 理南鎮撫司, 奉使歸, 驕蹇自恣, 撫按監司候謁,
俱不以時見, 或至不答拜. 未幾, 少保敗, 旋歿, 卽坐侵餉追贓. 時宦浙諸
公尙俱在事, 捕怡思拷掠, 楚毒備至, 繫獄幾三十年, 贓猶未及數, 直至
萬曆十年大需, 始得釋放從戎. 其人久居京師, 對人不能吳音, 在家庭亦
作燕市語. 可見功爵延世, 亦非甚幸事也.

정난의 변 때 공신 영국공英國公 장옥과 성국공成國公 주능朱能 일가는 모두 3대가 왕으로 추증되어 매우 번창했다. 주씨 일가에서 가장 마지막으로 왕에 추증된 정양왕定襄王 주희충朱希忠은 옛 재상 장거정 때에 봉해졌는데, 언관들이 번갈아 공격하고 권신에게 죄를 돌려서 마침내 정흥왕定興王 장무張懋와 함께 왕의 작위를 빼앗겼다. 옛 재상 장거정이 일찍이 장무의 선례를 끌어다가 주희충을 봉했기 때문이다. 그런데 주희충은 기록할 만한 공로가 좀 있지만, 그의 조상 평음왕平陰王 주용朱勇 같은 이는 영종을 몽진蒙塵하게 만들었으니 그 죄가 진실로 작위를 빼앗아야 마땅한데도 언관들이 그렇게 되지 않게 했다. 또 성화 연간의 선평왕宣平王 주영朱永은 처음에는 무녕백撫寧伯에서 무녕후撫寧侯가 되었고 또 무녕후에서 보국공保國公으로 올랐으며, 죽고 나서 진짜 왕의 작위를 달고 칭찬의 의미를 담은 시호인 상시上諡를 차지했다. 그는 그저 아래로는 왕직汪直을 의지해 따르고 위로는 헌종을 속여 공을 가로채고 넘치는 상을 받았으니, 그 죄가 왕월王越보다 커 보이는데도 지금까지 관작을 없애자고 의론한 사람이 없다. 어찌 지하에 있는 주희충과 장무를 납득시키겠는가.

靖難功臣, 英國張[253]成國朱[254]俱三世贈王, 爲極盛. 朱氏最後則定襄

王希忠[255], 以封在故相張居正時, 言官交攻, 歸罪權臣, 遂幷定興王張

懋[256]奪之. 以故相曾引懋例, 封希忠也. 然希忠微有勞可錄, 若其祖平陰

王勇[257]者, 陷英宗蒙塵, 罪眞當奪, 而言路顧不之及也. 又如成化中宣平

王朱永[258], 始由撫寧伯得侯, 又從侯晉保國公, 歿而貤眞王叩上諡[259]. 其

---

253 英國張 : 명대 '정난의 변' 때의 명장 장옥을 말한다.

254 成國朱 : 명나라 초기의 명장 주능朱能을 말한다.

255 定襄王希忠 : 명나라 영락 연간 성국공成國公 주능朱能의 현손玄孫 주희충朱希忠을 말
한다.

256 定興王張懋 : 명초의 공신 장무張懋,1441~1515를 말한다. 그의 자는 정면廷勉이고, 시호
는 공정恭靖이며, 북경 사람이다. 하간왕 장옥의 손자이자, 정흥왕定興王 장보의 서
장자庶長子이다. 장무는 경태 원년1450 9세 때 영국공英國公의 작위를 계승했다. 경영
京營, 오군도독부五軍都督府 등을 관장했다. 정덕 10년1515 75세의 나이로 세상을 떠
난 뒤 영양왕寧陽王으로 추봉되고, '공정'이라는 시호를 받았다. 만력 11년1583 영양
왕의 작위를 빼앗겼다.

257 平陰王勇 : 명초의 공신 주용朱勇,1391~1449을 말한다. 그의 자는 유정惟貞이고, 시호
는 무민武愍이며, 봉양鳳陽 회원懷遠 사람이다. 성국공 주능의 아들로 영락 5년1407
성국공의 작위를 계승했다. 나중에 도독부都督府의 일을 두루 관장하면서 남경을
지켰다. 영락 22년1424 성조를 따라 몽고 정벌에 나섰고, 선종 즉위 후에는 한왕漢王
주고후朱高煦의 반란을 진압했다. 정통 14년1449 영종을 따라 몽고 오이랏 부족을
정벌하러 토목보에 갔다가 59세의 나이로 전사했다. 대종代宗이 그의 작위를 빼앗
았지만, 영종이 복위한 뒤 평음왕平陰王으로 추봉追封하고 '무민'이라는 시호를 내
렸다.

258 宣平王朱永 : 명 중기의 중요 장수인 주영朱永을 말한다.

259 上諡 : 시호를 정하는 시법諡法 중의 하나로, 칭찬의 의미를 담은 시호를 말한다. 시
법에는 황제, 황후, 관리 등 신분이 높은 이의 시호를 국가에서 정하는 '관시官諡'와
학자나 사대부들이 죽었을 때 그의 친족이나 문하생들이 시호를 정하는 '사시私諡'
가 있다. 관시에는 다시 칭찬의 의미를 담은 '상시上諡', 비평의 의미를 담은 '하시下
諡', 동정의 의미를 담은 '평시平諡'가 있다.

人不過下附汪直, 上欺憲宗, 冒功濫賞, 其罪視王越[260]有加, 乃至今無人議削. 何以服希忠及懋地下耶.

260 王越 : 왕월王越, 1423~1498은 명나라 중기의 명장이다. 그의 자는 세창世昌이고, 시호는 양민襄敏이며, 대명부大名府 준현浚縣 사람이다. 경태 2년1451 진사가 되어, 어사, 산동안찰사山東按察使, 우부도어사右副都御史, 선부순무宣府巡撫, 병부상서 등의 벼슬을 지냈다. 성화 16년1480 왕직을 따라 출병해 달단군을 물리친 공으로 위녕백威寧伯에 봉해졌다. 용병술이 뛰어나고 사람을 잘 기용했지만, 공명에 급급하여 왕직과 이광李廣 같은 환관과 결탁했다.

으뜸 개국 공신 이한공李韓公과 부영공傅潁公은 모두 의심을 받아 죽었
으므로 작위를 계승할 수 없었다. 가정 연간에도 계속해서 작위를 계
승하지 못해도 감히 의론해 언급하는 자가 없었다. 근래에 왕엄주王弇州
가 비로소 이전의 녹봉을 계속 줘야한다고 바른말을 하자 이때부터 공
론화되었다. 하지만 두 공의 후손이 모두 매우 미천해 증명하여 밝힐
수 없었다. 그런데 부영공의 후손 중에서 마침내 부시傅時라는 항주 저
자의 불량배는 부우덕의 후손임을 사칭해 거의 관작을 세습할 뻔했다
가 일이 실패해서 그만두게 되었다. 아마도 장수 탕화湯和, 등유鄧愈, 상
우춘常遇春, 이문충李文忠 등은 아직 후손이 금의위錦衣衛로 있기에 조사하
기가 쉬웠을 것이다. 이한공과 부영공은 건국 초기에 이미 노예와 같
은 처지가 되었다. 근래에 시어侍御 주봉상朱鳳翔이 상소를 올려 숙민공
肅愍公 우겸의 음관蔭官을 금의위로 하고 양무공襄懋公 호종헌胡宗憲은 마
땅히 외위지휘外衛指揮를 줘야한다고 청했는데, 당시에 동명東明 사람 사
마司馬 석성石星이 일을 맡아서 대조하여 비준하고 윤허 받아 행했다.
호종헌은 공과功過가 상당해 남작男爵의 작위를 얻더라도 지나치지 않
았다. 우겸의 경우는 본래 후손이 없어, 그의 아들 우면于冕이 응천부윤
應天府尹이 되었을 때 이미 조카를 후사로 세웠다. 그러나 부필과 사마
광도 송대에 자식이 없었는데 또한 어찌 대를 끊기게 했는가. 진회秦檜
의 경우에는 처조카를 후사로 삼아 성을 왕씨王氏에서 진씨秦氏로 바꿨

으니 결코 진씨 일족은 아니다. 지금 항주 사람들은 진회의 후손에 대해 말하기를 꺼리는데 나는 진정 꺼릴 필요는 없다고 생각한다.

○ 주봉상은 상소에서 또 "공을 가로챈 것을 바로잡아야 할 사람이 아직 둘이 있는데, 옛 상서 능운익凌雲翼이 음덕으로 금의위천호錦衣衛千戶를 세습하게 된 것과 옛 소경少卿 사제史際가 음덕으로 금의위백호錦衣衛百戶를 세습하게 된 것입니다"라고 했다. 석성이 상소를 아뢸 때 능운익의 아들 능원초凌元超와 사제의 아들 사계서史繼書는 모두 지휘사첨사指揮使僉事의 관직을 거쳐 금의위의 높은 자리에 올랐으며, 비록 이미 직위에서 물러났는데도 모두 도성에 있었다. 이에 그 말을 얼버무리면서 "두 분이 돌아가시고 나서 다시 논의하자"고 했다. 그 뒤 사계서의 아들은 여전히 세습하게 되었지만, 능원초는 가난하여 지금까지도 세습하지 못하고 있다. 양산洋山 능운익이 나방羅旁에서 세운 공이 은석정殷石汀보다 못하지 않으니 이 음덕은 지나치지 않은 듯하다. 안봉雁峯 사제는 가복家僕을 이끌고 왜구에 항거했는데, 공적은 비록 다소 부족하지만 집안을 희생하면서 나라를 위해 순국했으니 또한 의로움을 이끄는 자로 권할 만하다. 다만 능운익과 사제 두 공 모두 옛 재상 장강릉張江陵의 객이어서 공이 너무 지나치게 축소되었다. 요컨대 장강릉의 공로가 어찌 또한 마침내 사라질 수 있겠는가.

開國元勳, 如李韓公[262]傅潁公[263], 俱以嫌死, 不及嗣爵. 嘉靖間, 繼絶世, 亦無敢議及者. 近代王弇州, 始昌言當續故封, 自是公論. 然二公後俱微甚, 無可徵考. 而潁公之後, 遂有杭州市棍[264]名傅時者, 冒稱友德[265]後人, 幾欲承襲, 會事敗而止. 蓋湯[266]鄧[267]常[268]李[269]諸將, 尙有裔孫[270]爲

---

261 補蔭 : 조상의 덕으로 벼슬을 얻는 것 또는 그 벼슬을 말한다. 보음補蔭은 음보蔭補, 주음奏蔭, 은음恩蔭이라고도 한다.

262 李韓公 : 명대 개국공신 이선장李善長을 말한다.

263 傅潁公 : 명대 개국공신 부우덕을 말한다.

264 市棍 : 거리의 불량배.

265 友德 : 명초 개국공신인 영국공 부우덕을 말한다.

266 湯 : 명대 개국공신 탕화湯和, 1326~1395를 말한다. 그의 자는 정신鼎臣이고, 봉양부鳳陽府 봉양鳳陽 사람으로 명 태조 주원장과 같은 마을 사람이다. 원나라 지정至正 12년 1352 곽자흥郭子興의 의병에 참가해 천호千戶가 되었고, 나중에 주원장을 따라 원나라 군대와의 전투에서 큰 공을 세웠다. 명나라가 세워진 뒤에도 많은 정벌 전쟁에서 공을 세워 홍무 11년1378 신국공信國公에 봉해졌다. 홍무 21년1388 병권을 내놓고 귀향했다. 홍무 28년1395 70세의 나이로 세상을 떠나자 태조가 동구왕東甌王에 봉하고 양무襄武라는 시호를 내렸다.

267 鄧 : 명대 개국공신 등유鄧愈, 1337~1377를 말한다. 본래의 이름은 등우덕鄧友德인데, 주원장이 등유로 개명시켰다. 그의 자는 백안伯顏이고, 사주泗州 홍현虹縣 사람이다. 16세에 병사를 이끌고 원나라에 대항했고, 지정至正 15년1355 1만여 명을 이끌고 주원장에게 투항해 관군총관管軍總管이 되었는데 이때 주원장이 그에게 '등유'라는 이름을 하사했다. 그 뒤 주원장을 따라 태평太平, 집경集慶 등을 공격하고 절서浙西에서 원나라 군대를 격파하는 등 많은 전공을 세웠다. 그 공으로 첨행추밀원사僉行樞密院事, 강서행성참지정사江西行省參知政事, 강서행성우승江西行省右丞, 호광행성평장湖廣行省平章, 우어사대부右御史大夫, 태자우유덕太子右諭德 등을 역임했다. 또 홍무 3년1370 서달을 따라 감숙甘肅을 정벌하고 토번吐蕃과 오사장烏斯藏 등 여러 부족을 항복시켜, 그 공으로 영록대부榮祿大夫 겸 우주국右柱國이 되고 위국공衛國公에 봉해졌다. 홍무 10년1377 수춘壽春에서 병사한 뒤 영하왕寧河王에 봉해졌고, 무순武順이라는 시호가 내려졌다.

268 常 : 명대 개국공신 상우춘常遇春, 1330~1369을 말한다. 그의 자는 백인伯仁이고, 호는

錦衣, 易於稽核. 二公在國初已夷於輿隸[271]矣. 近年朱侍御鳳翔[272]疏請
改于蕭愍謙[273]之廕爲錦衣, 胡襄懋宗憲[274]宜與外衞指揮[275], 時東明石司

연형燕衡이며, 남직례南直隸 봉양부鳳陽府 회원현懷遠縣 사람이다. 원나라 말기 홍건군
紅巾軍의 장수 출신으로, 원나라 지정 15년1355 주원장에게 투항했다. 그 후 주원장
군대의 선봉에 서 수많은 전공을 세워 벼슬이 중서평장군국중사中書平章軍國重事 겸
태자소보太子少保에 이르렀고 악국공鄂國公에 봉해졌다. 홍무 2년1369 중원中原을 정
벌하던 중에 군중에서 급사했다. 주원장이 크게 슬퍼하며 그를 개평왕開平王에 봉
하고, 충무忠武라는 시호를 내렸다.

269 李 : 명대 개국공신 이문충李文忠, 1339-1384을 말한다. 그의 자는 사본思本이고, 강소江
蘇 우이盱眙 사람이다. 명 태조 주원장의 생질로 12세에 모친인 조국장공주曹國長公主
가 별세한 뒤 2년간 부친 이정李貞을 따라 전란을 피해다니다가 저주滁州에서 외숙
인 주원장을 만났다. 주원장의 총애를 받아 그의 양자가 되면서 주씨朱氏 성을 따랐
다. 그 후 주원장을 도와 많은 전공을 쌓아서 그 공로로 벼슬이 영록대부榮祿大夫,
절강행성평장사浙江行省平章事에 이르렀고, 이씨李氏 성을 회복했다. 명나라 건국 후
이문충은 여러 차례 원정을 나가 원나라의 잔존 세력을 제거하는데 혁혁한 공로를
세워 조국공曹國公에 봉해졌다. 홍무 12년1379 대도독부大都督府를 주재하고 국자감國
子監을 주관했다. 홍무 17년1384 병사한 뒤 기양왕岐陽王에 봉해지고 무정武靖이라는
시호를 받았다.

270 裔孫 : 후손. 어느 세대에서 여러 세대가 지난 뒤의 자녀를 통틀어 이르는 말이다.

271 輿隸 : 노예 또는 잡일에 종사하는 일꾼을 가리킨다.

272 朱侍御鳳翔 : 주봉상朱鳳翔, 생졸년 미상은 만력 17년1589 진사 출신으로 강서감찰어사江
西監察御史를 지냈다. 강서감찰어사로 있을 때 호종헌의 억울한 죽음과 그의 후손에
게 음관蔭官을 세습해 줄 것을 청하는 상소를 올렸다. ◉ 侍御 : 시어侍御는 감찰어사
監察御史의 별칭이다.

273 于蕭愍謙 : 명나라의 명신 우겸을 말한다. 중화서국본과 상해고적본『만력야획
편』에 모두 '충민忠愍'으로 되어 있다. 하지만『명신종현황제실록明神宗顯皇帝實錄』과
『명사·열전제오십팔列傳第五十八』에 따르면, 우겸의 시호는 홍치 2년1489의 '숙민肅
愍'에서 만력 연간에 '충숙忠肅'으로 바뀌었다.『만력야획편』의 다른 문장에서는 우
겸의 두 시호 중 '숙민肅愍'을 사용하고 있다. 이에 근거해 '충민忠愍'을 '숙민肅愍'으
로 수정했다. 『역자 교주』

274 胡襄懋宗憲 : 명대의 대신 호종헌胡宗憲을 말한다. 양무襄懋는 호종헌의 시호다. 중
화서국본과 상해고적본『만력야획편』에는 '양민襄愍'으로 되어 있으나,『명사·열
전제구십삼』에 근거해 '양무襄懋'로 수정했다. 『역자 교주』

馬星[276]在事覆准, 得旨允行. 胡之功過相當, 卽得一男爵[277]非過. 若于蕭

愍本無後, 其子名冕[278]者, 官至應天府尹[279], 已立姪爲嗣. 然富弼司馬光

---

275 外衛指揮 : 외위지휘外衛指揮는『명신종현황제실록』에 보이는 석성石星의 상소 내용에 따르면 '외위지휘첨사外衛指揮僉事'로 생각된다. 외위外衛는 경위京衛의 상대 개념으로 명대의 지방군 체제이다. 명대의 군대체계는 위소제衛所制를 중심으로 하는데, 한 개의 부府에 '소所'를 하나 두고 몇 개의 소를 묶어 하나의 위衛가 관장했다. 수도인 북경을 제외한 지역에 설치한 '위'에는 '외위지위사사外衛指揮使司'를 두었는데, 외지위사사에는 지휘사指揮使 1명, 지휘동지指揮同知 2명, 지휘첨사指揮僉事 4명, 위진무鎭撫 1명을 두었다.

276 東明石司馬星 : 명대의 명신 석성石星, 1538~1599을 말한다. 그의 자는 공신拱辰이고, 호는 동천東泉이며, 대명부大名府 동명현東明縣 사람이다. 가정 38년1559 진사가 되었고 이과급사중에 발탁되었다. 융경 초에 내신들의 방자함을 지적하는 상소를 올렸다가 장형杖刑을 받고 쫓겨나 평민이 되었다. 만력 초에 복직되어 병부상서에까지 올랐다. 만력 20년1592 일본이 조선을 침략해 조선이 원조를 요청하자 명나라 군대를 파견했는데 전쟁이 교착상태에 이르자 석성은 심유경沈惟敬을 일본으로 보내 풍신수길豊臣秀吉을 일본국왕으로 봉해주고 일본이 명나라에 조공을 바친다는 내용의 회담을 진행하게 했다. 하지만 이 일이 실패하고 일본이 재차 조선을 침략하자 조정에서 이 일에 대한 책임을 물어 석성이 하옥되었고, 만력 27년1599 옥중에서 병사했다. ◉ 司馬 : 사마司馬는 병부상서의 별칭이다.

277 男爵 : 공작公爵, 후작侯爵, 백작伯爵, 자작子爵, 남작男爵의 5등급 작위 중 가장 낮은 다섯 번째 작위다.

278 冕 : 명나라 전기의 명신 우겸의 아들 우면于冕, 생졸년미상을 말한다. 그의 자는 경첨景瞻이고, 절강浙江 항주부杭州府 전당현錢塘縣 사람이다. 우겸이 모함을 받고 죽은 뒤 가족들도 모두 이 일에 연루되어 우면은 산서山西 용문龍門으로 수자리를 가고 그의 처 소씨邵氏는 산해관山海關으로 귀향갔다. 성화成化 2년1466 유배가 풀려 고향으로 돌아온 뒤 여러 차례 상소를 올려 부친 우겸의 억울함을 고했다. 헌종은 직접 심리해서 우겸의 억울함을 밝혀주고 가산을 돌려주었으며 부천호副千戶의 직을 세습토록 했다. 우면도 복직되어 병부원외랑兵部員外郎이 되었다. 벼슬은 응천부윤應天府尹에 이르렀으며 사직한 뒤 세상을 떠났다. 아들이 없어서 조카뻘 되는 우윤충于允充을 후사로 삼아 항주위부천호杭州衛副千戶를 세습시키고 제사를 받들게 했다. ◉ 중화서국본과 상해고적본 만력야획편에 모두 '황晃'으로 되어 있는데,『대명헌종순황제실록大明憲宗純皇帝實錄』과『우충숙집于忠肅集』에 따르면 우겸의 아들 이름은 우면于冕으로 되어 있다. 이에 근거해 '황晃'을 '면冕'으로 수정했다.〖역자 교주〗

在宋亦無子, 亦何害其不朽. 若秦檜[280]以妻姪爲嗣, 改王氏爲秦, 則幷非
秦宗矣. 今杭人諱言檜後, 我正以爲不必諱也.

○ 朱疏又云, "尙有冒功當革者二人, 爲故尙書淩雲翼[281], 廕錦衣世千
戶, 故少卿史際[282], 廕錦衣世百戶." 石司馬覆疏時, 淩子元超[283]史子繼

---

279 應天府尹 : 응천부應天府의 최고 책임자를 말한다. 응천부는 명나라 초기의 수도였
던 지금의 난징[南京] 지역이다.

280 秦檜 : 진회秦檜, 1090~1155는 남송 초기의 재상이자 대표적인 간신奸臣이다. 그의 자는
회지會之이고, 강녕江寧 사람이다. 휘종 정화 5년1115 진사에 급제하고 사학겸무과詞
學兼茂科에도 합격했으며, 좌사간左司諫, 어사중승御史中丞, 참지정사參知政事, 재상 등의
벼슬을 역임했다. 19년 동안 재상으로 집정하면서 한세충, 악비岳飛, 장준張俊 등
금나라에 대항할 것을 주장하는 명장들을 유배 보내거나 죽이면서 금나라와의 화
친和親을 주장했다. 결국 회하淮河 이북의 땅을 금나라에 할양하고 송나라가 금나라
에 신하의 예를 취하는 '소흥화의紹興和議'를 맺었다. 고종의 총애를 받아 진국공秦國
公과 위국공魏國公에 봉해졌으며, 소흥 25년1155 병사한 뒤 신왕申王에 추증되고 충헌
忠獻이라는 시호를 받았다. 개희開禧 2년1206 왕의 작위를 추탈당하고 시호도 유추謬
醜로 바뀌었다. 하지만 가정嘉定 원년1208 금나라와의 화친 정책을 적극 주장한 사미
원史彌遠이 집정하면서 진회의 '신왕' 작위와 '충헌'이라는 시호를 회복시켰다.

281 淩雲翼 : 능운익淩雲翼, ?~1586은 명대 후기의 대신이다. 그의 자는 여성汝成이고, 호는
양산洋山이며, 남직례南直隸 태창太倉 사람이다. 가정 26년1547 진사가 되어, 공부주
사, 우첨도어사右僉都御史, 우부도어사右副都御史, 병부좌시랑兵部左侍郎, 양광총독兩廣總
督, 남경공부상서南京工部尚書, 병부상서 등의 관직을 역임했다. 양광총독으로 있던
만력 6년1578 나방羅旁 지역에서 일어난 요민瑤民의 반란을 진압한 공으로 남경공부
상서가 되었다가 다시 병부상서 겸 우도어사右都御史가 되었다. 병으로 귀향했지만
재상 장거정의 정치적 동지이자 지지자였던 능운익은 장거정이 탄핵되면서 이에
연루되어 삭탈관직 당하고 가산이 몰수되었다. 그 이듬해 병으로 세상을 떠났다.
천계天啓 연간 장거정의 억울함이 밝혀지면서 능운익도 누명을 벗었다.

282 史際 : 사제史際, 1495~1571는 명나라 가정 연간에 왜적에 대항한 민족 영웅이다. 그의
자는 공보恭甫이고 호는 옥양玉陽, 별호는 안봉雁峯이며 응천부 율양溧陽 사람이다.
어렸을 때 왕수인과 담약수를 스승으로 모셨다. 가정 11년1532 진사에 합격한 뒤
예부정선사주사禮部精膳司主事, 이부계훈문선사주사吏部稽勳文選司主事, 첨사부우춘방
청기랑詹事府右春坊淸紀郎 겸 한림원시서翰林院侍書가 되었다. 그러나 사람들의 중상모
략으로 결국 면직되었다. 그 후 사회에 직접 보답하고자 의흥宜興 양선산陽羨山에서

書²⁸⁴, 俱歷官指揮使僉事, 錦衣大堂, 雖已罷任, 俱在輦下²⁸⁵. 乃依違²⁸⁶ 其詞云, "俟二臣身終之日再議". 其後繼書子仍得世襲, 而淩氏以貧至今 未襲也. 淩洋山²⁸⁷羅旁之功²⁸⁸, 不下殷石汀²⁸⁹, 此廝似不爲濫. 史雁峯²⁹⁰

집을 짓고 살면서 학술활동과 구제 활동에 힘썼다. 가정 33년1554~35년1556 왜구 가 동남연해를 침략했을 때 사제는 관군이 왜구를 막을 수 있도록 비용을 지원하 는 한편 사비를 들여 향병鄕兵을 조직하고 훈련시켜 관군과 함께 왜구를 격퇴시켰 다. 세종은 그 공로를 인정해 사제를 태복시소경太僕寺少卿으로 삼고, 금의위백호錦 衣衛百戶를 세습해 금의위지휘첨사錦衣衛指揮僉事를 맡도록 재가했다.

283 元超 : 명나라 후기의 대신 능운익의 아들 능원초淩元超, 생졸년 미상를 말한다. 부친 능 운익의 음덕으로 금의위지휘사錦衣衛指揮使를 지냈다. 하지만 능원초의 둘째 아들 능필정淩必正이 태어나면서 가세가 기울기 시작했고 조상 때부터 전해오던 가산마 저 집안 하인이 착복해 생활이 매우 어려워졌다.

284 繼書 : 명나라 가정 연간의 항왜抗倭 민족 영웅 사제의 아들 사계서史繼書, 생졸년 미상를 말한다. 사계서는 부친 사제의 음덕으로 금의위당상첨서錦衣衛上僉書를 지냈다. 금 의위지휘첨사錦衣衛指揮僉事로 있을 때 부친의 상을 치르기 위해 고향으로 돌아가는 재상 장거정을 호송했었다. 사직한 뒤 고향으로 돌아와 부친처럼 전답을 기부하고 이재민을 구제했다. 사계서의 아들 사치작史致爵도 금의위백호錦衣衛百戶를 세습하 고 금의위지휘사가 되었다.

285 輦下 : 임금이 타는 수레인 연輦의 아래라는 뜻으로, 곧 임금이 있는 곳인 수도를 말한다.

286 依違 : 가부를 결정하지 못하고 우물쭈물하는 모양.

287 淩洋山 : 능운익淩雲翼을 말한다.

288 羅旁之功 : 명 가정 연간에 나방산羅旁山을 중심으로 하는 양광兩廣 일대의 요족瑤族 들이 관리의 학정과 탄압을 참지 못하고 반복적으로 반란을 일으켰는데, 만력 6년 1578 양광총독兩廣總督으로 있던 능운익이 이를 완전히 진압했다.

289 殷石汀 : 명대의 대신 은정무殷正茂, 1513~1593를 말한다. 그의 자는 양실養實이고, 호는 석정石汀이며, 남직례南直隸 휘주부徽州府 흡현歙縣 사람이다. 가정 26년1547 장거정과 함께 진사가 되었다. 그 뒤 병과급사중兵科給事中, 강서안찰사江西按察使, 병부우시랑兵 部右侍郎, 남경병부상서 겸 양광총독兩廣總督, 남경호부상서南京戶部尚書, 남경형부상서 南京刑部尚書 등을 역임했다. 융경 4년1570 광서廣西 고전古田에서 일어난 동족僮族 위은 표韋銀豹와 황조맹黃朝孟의 난을 진압했고, 융경 6년1572 광동廣東 연해를 침범하던 왜 구를 소탕해 지역의 안정을 이루었다. 또 혜주惠州와 조주潮州 일대에서 일어난 남 일청藍一清과 뇌원작賴元爵의 반란을 진압했다. 만력 11년1583 장거정과 풍보에게 뇌

以家丁[291]拒倭, 績雖少遜, 然破家徇國, 亦足爲倡義者勸. 徒以二公俱爲
故相江陵[292]客, 不免齕抑[293]太過. 要之江陵功, 豈可亦終泯耶.

물을 줬다고 탄핵을 받자 사직하고 귀향했다.
290 史雁峯 : 사제史隮를 가리킨다.
291 家丁 : 하인.
292 江陵 : 명대 중후기의 정치가이자 개혁가인 장거정을 말한다.
293 齕抑 : 약화시키다.

번역 작위를 계승해 신건백新建伯에 봉해지다

신건백 서루瑞樓 왕승훈王承勳은 문성선생文成先生의 적장손嫡長孫이자 옛 대사마大司馬 환주環洲 오태吳兌의 사위다. 혼인한 지 여러 해가 되도록 자식이 없자 이에 항주杭州 사람 사상沙相의 딸을 첩으로 들였다. 사상은 옛 연리椽吏였는데 완평宛平의 전사典史로 있다가 파면되어 북경에 머물러 있던 시정市井의 흉악하고도 교활한 자였다. 시간이 많이 흘러 사씨가 이미 임신을 했지만 본처가 용납하지 않고 집으로 돌려보냈다. 사상이 이에 상소해, 오씨가 일찍이 친히 황제께서 품계를 내린 문서를 주면서 자신은 석녀石女라 사람의 도리를 알지 못하니 정실을 대신하는 것을 허락한다고 말했고, 또 이미 아들을 낳았으니 마땅히 작위를 세습해야 말이 된다고 했다. 왕승훈은 적극 변론하며, 사씨는 사실 첩이고 아들은 사씨에게서 태어났으며 진정한 자신의 친자식은 아니라고 했다. 황상께서는 두 상소문을 내려 보내 심의하게 해서, 결국 그 첩을 떠나게 하고 아들은 사씨에게 돌려주었다.

또 10여 년이 지나 신건백이 조수漕帥가 되었는데, 오부인이 죽자 사씨를 거두지 않았음을 회상하고는 다시 사씨를 회음淮陰의 관서官署로 불러들여 더욱더 총애했고 그녀가 나은 자식이 이미 성장했는데도 마침내 집에 남도록 했다. 사씨는 다시 젊은 무뢰한과 사통하게 되면서 그 아들이 눈에 거슬리는 게 싫어서 약으로 독살하려 했는데, 사람들이 비로소 그가 왕씨의 자식이 아니고 사실은 사상이 북경에서 입양한 가짜 아들이라는 것을 알게 되었다. 아들을 독살하는 게 성공하지 못하자 또 남편을 독살하려 하다가 그 흔적이 드러났다. 신건백이 해결할 방법이 없어 이중승李中丞에게 그것을 의논했는데 이중승이 그를 속여 "공께서는 공훈이 큰 중신重臣이라 다른 관리와 비할 바가 아니니 마땅히 조정에 그것을 알려야 합니다"라고 말했다. 혹자는 중승이 신건백의 수중에 보물과 골동품이 셀 수 없이 많다는 것을 알고 이 기회를 빌려 그를 협박해 원하는 것을 꼭 착복하려 한 것이라고 말한다. 신건백이 상소를 올려 성지를 받았는데 그 결과 회상무안淮上撫按에게 명하여 만나 물어보게 했지만 일을 중승이 장악하고 있었으므로 그간의 일들이 모호해 다 알 수가 없었다. 처음에는 군읍郡邑에서 함께 조사했는데 일을 매듭지을 수 없었다. 이에 회서도淮徐道가 그것을 심문했는데 고문을 행하자 진술한 내용이 왕승훈이 아뢴 것과 같았으므로 사씨를 극형에 처하기로 하고 중승에게 소상히 보고했는데, 황하黃河 중류에서 사씨가 갑자기 거센 물살에 스스로 빠져 사형까지는 이르지 못했다. 회상무안이 판결 내용을 진술해 조정에 올리면서 일이 대충 매듭지어졌다. 하지만 소문에는 사씨가 원래 사람들 사이에 살아있었으며 지금까지 죽지 않았다고 한다. 그녀가 배척했던 가짜 아들에게 또 아들이 있어 나중에 봉토封土를 다투게 되었다. 신건백의 나이가 일흔이 다 되어 가는데도 아직 혈육이 없었다.

그 사건을 조사할 때 초상苕上 사람인 양암養庵 복여량卜汝梁이 회서도淮徐道였는데 나에게 사건의 전말을 상세히 말해주었다. 사씨는 미모가 볼품없어지고 또 이미 나이가 들었는데도 입으로 변명만 늘어놓았다. 복여량이 그녀를 꾸짖으며 물었다. "사람이 지아비를 죽이는 데는 아무리 악독하다 해도 도리라는 게 있는데, 너는 어찌 차마 네 아이를 직접 죽이려 했느냐?" 사씨가 "나리께서 틀리셨습니다. 예전부터 자기 자식은 자기가 아낀다고 하는데 그런 도리가 어디 있나요?"라고 말했다. 하는 말이 모두 항주 사투리라 박장대소를 멈출 수 없었다.

원문 嗣封新建伯[294]

新建伯王瑞樓承勳[295], 文成先生[296]冡孫[297]也, 爲故大司馬[298]吳環洲兌[299] 婿. 婚媾多年, 無所出, 乃納杭人沙相[300]之女爲妾. 相故椽吏[301], 以宛平[302]典史[303]罷斥, 因留京師, 市井梟黠也. 居久之, 沙已孕, 嫡不能容, 至遣

---

294 新建伯: 명대의 저명한 사상가인 왕수인王守仁의 봉호다.
295 王瑞樓承勳: 명대의 저명한 사상가 왕수인의 손자 왕승훈王承勳을 말한다.
296 文成先生: 명대의 저명한 사상가인 왕수인王守仁을 말한다. 문성文成은 왕수인의 시호다.
297 冡孫: 적장손嫡長孫.
298 大司馬: 병부상서의 별칭이다.
299 吳環洲兌: 명대의 명신 오태吳兌, 1525~1596를 말한다. 오태의 자는 군택君澤이고, 호는 환주環洲이며, 절강浙江 소흥부紹興府 산음현山陰縣 사람이다. 가정 38년1559 진사에 급제해 한림원서길사, 병부주사, 호광참의湖廣參議, 계주병비부사薊州兵備副使, 우첨도어사右僉都御史, 병부상서 등의 벼슬을 역임했다. 오태는 세종, 목종, 신종 세 황제를 모시며 명나라와 몽고蒙古의 관계 발전에 중요한 역할을 했다.
300 沙相: 사상沙相, 생졸년 미상은 왕승훈王承勳이 맞이한 첩의 부친으로, 항주 사람이다. 북경 완평현宛平縣에서 하급 관리인 전사典史를 하다가 해직되었다.
301 椽吏: 관부의 보조 관리를 통칭하는 말이다.
302 宛平: 지금의 베이징시 중심축의 서쪽에 해당하는 지역으로, 명대 순천부順天府가

歸家. 相乃上疏, 謂吳氏曾親以誥券[304]相授, 自言身係石女[305], 不知人道, 許代爲正室, 且已生子, 當襲爵爲言. 承勳力辨, 謂沙實妾, 且子產於沙氏, 非眞其遺體[306]. 上下兩疏勘議, 竟離其妾, 而還其子於沙氏.

又十許年而新建爲漕帥[307], 則吳夫人歿矣, 追念沙氏不置, 復招致淮陰[308]署中, 寵待有加, 所生兒已長, 亦遂留于舍. 沙復與惡少[309]通體[310], 憎其子礙眼, 以藥酖[311]之, 人始曉然[312]非王氏種, 實沙相京師所抱[313]假子矣. 旣酖子不遂, 又酖厥夫, 其跡彰露. 新建無計, 謀之李中丞[314], 中丞

관할하던 두 현 중 하나다. 완평현宛平縣의 관아는 북경 성내의 고루鼓樓 부근에 있었다.

303 典史: 가장 낮은 지방 행정단위인 현縣의 수장 지현知縣 아래에서 범인 체포와 감옥 관리를 담당한 하급 관리로 품계는 없다.

304 誥券: 황제가 신하에게 작위나 봉토를 하사하면서 발행한 문서.

305 石女: 성욕이나 성적 흥분을 느끼지 못하는 여자.

306 遺體: 친자식.

307 漕帥: 도전운염사都轉運鹽使 즉 조운총독漕運總督의 존칭이다. 도전운염사는 도전운염사사都轉運鹽使司의 장관으로, 종삼품從三品이며 식염食鹽의 생산과 소비를 관장했다. 명대에 도전운염사사는 양회兩淮, 양절兩浙, 장로長蘆, 하동河東, 산동山東, 복건福建의 6곳에 있었는데, 그중에서 양회의 규모가 가장 커 매년 소금 생산량이 전국 생산량의 3분의 1을 차지할 정도였다.

308 淮陰: 회음淮陰은 지금의 장쑤성[江蘇省] 화이안[淮安]시의 옛 이름이다. 화이안은 강소성의 중북부이자 강회평원江淮平原의 동쪽에 위치해 있다. 예로부터 조운漕運의 중심지이자 염운鹽運의 요충지로서 조운총독부漕運總督府가 있었다.

309 惡少: 품행이 아주 나쁜 젊은 무뢰한.

310 通體: 사통私通하다.

311 酖: 독주로 사람을 독살하다.

312 曉然: 환히 알다. 분명히 알다.

313 抱: 입양하다.

314 李中丞: 왕승훈이 조운총병관漕運總兵官으로 있을 때 조운총독漕運總督을 지낸 이삼재李三才, 1552~1623를 말한다. 이삼재의 자는 도보道甫이고, 호는 수오修吾이며, 섬서陝西 임동현臨潼縣 사람이다. 만력 2년1574 진사가 되어, 호부주사, 남경예부랑중南京禮

謬語之曰, "公爲勳貴重臣, 非他官比, 宜聞之朝." 或謂中丞知新建橐中,

富有珍異及古玩不貲, 借以挾之, 必饜所欲. 新建疏上, 得旨, 果卽命淮

上撫按[315]會問, 則事在中丞掌握間矣. 其間曖昧不能盡知. 初發郡邑共

讞, 不能決. 乃以淮徐道[316]臣鞫之, 比拷訊, 具如承勳所奏, 乃擬沙極刑,

轉詳[317]中丞, 至黃河中流, 忽自沈洪波, 不及正刑[318]. 撫按遂具獄上之朝,

事得粗結. 然聞沙氏故在人間, 至今未死. 其所斥假子, 復有子, 且將來

爭茅土. 蓋新建年將稀齡[319], 尚未有血胤也.

當讞此案時, 苕上[320]卜養庵汝梁[321]爲淮徐道, 爲余詳言始末. 沙氏色

部郎中, 산동첨사山東僉事, 대리소경大理少卿 등의 벼슬을 지냈다. 만력 27년1599 우첨도
어사右僉都御史로 조운漕運을 관리하면서 봉양순무鳳陽巡撫를 겸했다. 만력 39년1611
사직하고 귀향했으며, 만력 43년1615 탄핵을 받아 평민이 되었다. ◉ 중승中丞 : 관
직명으로 명대의 순무巡撫를 말한다. 명대의 순무는 임시로 지방에 파견해 민정民情
과 군정軍情을 순시하던 대신이다. 중승은 원래 한漢나라 때 어사대御史臺의 수장 어
사대부御史大夫 아래에 두었던 어사중승御史中丞에서 나온 명칭이다. 명대에는 어사
대를 도찰원으로 바꿨고, 수장인 도어사 아래에 부도어사副都御史와 첨도어사僉都御
史를 두었는데 이 관직이 한대의 어사중승에 해당되었다. 부도어사나 첨도어사가
순무로 지방에 파견되었기 때문에 명대의 순무를 중승이라고도 칭했다.

315 淮上撫按 : 회상무안淮上撫按은 회하淮河 유역의 순무巡撫를 말한다. 구체적으로 회상
淮上은 회하淮河 중류의 봉양鳳陽에서 회원懷遠까지의 지역을 말하고, 무안撫按은 순무
巡撫와 순안어사巡按御史를 함께 칭한 것인데, 순무의 칭호로 보기도 한다.

316 淮徐道 : 회음淮陰과 서주徐州 두 지역의 도대道臺를 말한다. '도대'는 명대와 청대의
관직명이다. 명대에는 포정사布政使와 안찰사按察使의 보좌관으로서 각 도道의 재정
과 법률을 맡았고, 청대에는 각 성省의 장관인 순무巡撫나 총독總督과 부府의 장관인
지부知府 사이에 있는 고위행정관이었다.

317 轉詳 : 사건의 경과를 상급기관에 보고하다.

318 正刑 : 죄인을 사형에 처하는 큰 형벌.

319 稀齡 : '일흔 살'을 가리키는 말로 고희古稀 또는 희년稀年이라고도 한다.

320 苕上 : 절강浙江 호주湖州를 말한다. 초계苕溪와 삽계霅溪가 이 지역을 흐르며 문화의
근간이 되었기 때문에 호주는 역대로 초상苕上, 삽상霅上, 초삽苕霅, 삽천霅川 등의 이

寢, 且已衰, 獨辨有口. 卜叱問之曰, "人間弒夫雖惡極, 然理亦有之, 汝何忍自戕其兒?" 沙曰, "爺爺錯了, 從來自肉自痛[322], 那有此理?" 滿口俱杭州鄉談[323], 令人撫掌不能已.

름으로도 불렸다.

321 卜養庵汝梁 : 명나라 후기의 관리 복여량卜汝梁, 생졸년미상을 말한다. 그의 자는 용보用甫이고 호는 양암養庵이이며 절강浙江 호주湖州 사람이다. 만력 11년1583 진사로, 강녕지현江寧知縣, 공부주사, 서회병비徐淮兵備, 하남부사河南副使, 포정사布政使 등의 벼슬을 역임했다.

322 自肉自痛 : 자신의 살은 자신이 아픔을 느낀다는 뜻으로 자기 자식은 자기가 사랑하고 가슴 아파한다는 것을 비유한 말이다.

323 鄉談 : 사투리. 각 지방 방언.

서붕거는 중산中山 무녕왕武寧王의 칠대손이다. 부친 서규벽徐奎璧은 송나라의 악왕鄂王 악비岳飛가 "내가 일평생 힘들었던 것은 권세 있는 간신의 모함을 받아서였으니, 이번 생에서는 그대의 집에 기탁해 수십 년 동안 안락함과 부귀함을 누리겠다"라고 말하는 꿈을 꾸고서 아들을 낳자 악비의 자를 이름으로 썼다. 서붕거가 장성했을 때 부친은 이미 죽어서 정덕 12년1517에 작위를 계승했고 금상 원년에서야 죽었다. 대략 57년간 재위에 있으면서 왕부의 일을 관장하고 남경수비南京守備를 여러 차례 역임했으며 황상의 총애가 대단했으니, 악비의 처지와 비교하면 열배 백배 낫다. 하지만 애첩 정씨鄭氏에게 빠져 무모하게 부인으로 봉하고 그녀가 낳은 아들 방녕邦寧을 후계로 세우려고 장자 방서邦瑞를 버리고 후계로 세우지 않았다. 이에 언관들에게 탄핵을 받아 삭탈관직 당하고 정씨가 받은 첩지牒紙까지도 빼앗겼으니 평소 언행이 이처럼 그릇되었다. 그가 남경수비로 있을 때 진무영振武營 군사의 반란이 있었는데, 난을 일으킨 병사에 의해 겁쟁이라 불리며 궁지에 몰려 달아났으니 명장의 풍모는 전혀 없었다. 어찌 악비가 서붕거로 다시 태어난 지 오래되었다고 점차 예전의 자신을 잃어버렸는가. 또 남경 사람들이 다음과 같이 이야기하는 것을 들었다. "서붕거가 남경의 교외를 다스릴 때 한쪽 언덕이 솟아 있는 것을 보고 즉시 평평하게 해서 평지로 만들라고 명했는데, 주변에서 지관의 말을 듣고 적극 말렸지만 말을 들지 않았다. 그곳을 파보니 큰 무덤이었다. 혹자가 열지 말라고 간언하자 또 크게 화를 냈다. 언덕을 깎으니 송나라 재상 충헌공忠獻公 진회秦檜의 묘라서 살펴보고 크게 기뻐하며 그 관을 쪼개어 뼈를 물속에 버렸다. 사람들이 진실로 무목공 악비가 원한을 갚은 것이라고들 했다." 하지만 성화成化 을사乙巳년에 진회의 묘를 강녕진江寧鎭에서 도굴했다고 이미 기록한 사람이 있으니, 훗날 다시 한번 남경의 어른들에게 물어봐야겠다.

원문 **魏公徐鵬擧**

徐鵬擧[324]者, 中山武寧王七世孫也. 父奎璧, 夢宋岳鄂王[325]語之曰, "吾一生艱苦, 爲權奸所陷, 今世且投汝家, 享幾十年安閒富貴." 比生, 遂以岳之字名之. 及長則父已歿, 以正德十二年嗣祖爵, 至今上初元始襲. 凡

---

324 徐鵬擧 : 서붕거徐鵬擧, ?~1570는 명나라 중기의 공신으로 위국공魏國公 서보徐俌의 손자다. 정통 13년1518에 위국공의 작위를 계승하고, 남경수비南京守備 겸 중군도독부첨서中軍都督府僉書가 되었다. 가정 4년1525 태자태보에 올라 중군도독부를 관할했으며, 가정 17년1538에 다시 남경수비를 맡았다. 서붕거는 애첩을 총애해, 장자가 아니라 그녀와의 사이에서 태어난 아들에게 작위를 물려주려 하다가 관록을 삭탈당했다.

325 岳鄂王 : 남송 시대의 명장 악비岳飛, 1103~1142를 말한다. 그의 자는 붕거鵬擧이고, 상주相州 탕음현湯陰縣 사람이다. 남송의 군사통수軍事統帥로서, 군대를 이끌고 강남江南 각지를 전전하면서 남송을 방어했다. 건강建康을 수복하고, 양양襄陽 등 여섯 고을을 탈환했으며, 이성李成과 조성曹成 등의 도둑떼를 소탕하고, 양마楊麽의 난을 평정했다. 또 적극적으로 의병義兵과 연계하여 금金나라의 침략을 방어했다. 청원군절도사淸遠軍節度使, 선무사宣撫使, 영주자사英州刺史, 추밀부사樞密副使 등의 벼슬을 지냈다. 소흥紹興 11년1142 간신 진회秦檜의 모함으로 억울하게 처형당했다. 사후인 효종孝宗 때 무목이란 시호가 내려졌고, 영종寧宗 때는 악왕鄂王에 추봉追封되었으며, 이종理宗 때 시호가 충무忠武로 바뀌었다.

享國五十七年, 爲掌府及南京守備者數任, 備極榮寵, 較之武穆[326]遭際,
不啻什佰過之. 然溺愛嬖妾鄭氏, 冒封夫人, 因欲立其所生子邦寧, 而棄
長子邦瑞弗立. 爲言官所聚劾, 致奪祿革管事, 追奪鄭氏所得告身[327], 生
平擧動乖舛如此. 其爲守備時, 値振武營兵變[328], 爲亂卒呼爲草包, 狼狽
而走, 全無名將風槩. 豈輪迴已久, 漸失其故吾耶. 又聞之金陵[329]人云,
"鵬擧治圃於白門[330]郊外, 見一邱隆起, 立命夷爲平地, 左右以形家[331]言
力止之, 不聽. 比發之, 乃大塚. 或諫弗啓, 又大怒. 劚之, 則宋相秦忠
獻[332]墓也, 閱之大喜, 剖其棺, 棄骸水中. 人謂眞武穆報冤云." 然成化乙
巳, 盜發秦墓於江寧鎭, 已有人記之矣, 容再詢之金陵故老.

---

326 武穆: 남송의 명장 악비를 말한다. 무목武穆은 악비의 시호다.
327 告身: 관리가 받는 임명장.
328 振武營兵變: 명나라 가정 연간에 남경에서 발생한 군사 정변이다. 진무영振武營은
   남경상서 장오張鰲가 모집해 왜구를 방어하던 부대로, 지방의 장정들로 구성되었
   다. 남경 군사들에게 주는 녹봉을 줄이자, 군사들이 반란을 일으켜 시랑 황무관黃懋
   官을 살해했다. 수비태감 하완何綬과 위국공 서붕거가 10만 금을 포상으로 특별히
   내리자 차츰 평정되었다.
329 金陵: 남경의 별칭.
330 白門: 남경의 별칭.
331 形家: 풍수를 보아 택지나 묘지를 택하는 지관을 말한다.
332 秦忠獻: 진회秦檜, 1090~1155의 자는 회지會之이고 황주 출신인데, 본관은 강녕이다.
   정화 5년1115에 태학학정에 제수되어 좌사간, 어사중승, 참지정사 등을 지냈다. 이
   후 재상이 되었지만 탄핵당해 파면되었다가 소흥 8년1138에 다시 재상이 되어 19
   년간 집정했다. 진국공과 위국공에 봉해졌고 고종의 신임이 두터웠으며, 사후 신
   왕申王으로 추증되었다. 시호는 충헌忠獻이다. 개희開禧 2년1206에 영종寧宗이 그의 왕
   의 작위를 빼앗고 시호도 내렸지만 사미원史彌遠 집정 후 다시 그의 왕작과 시호를
   회복했다.

　무릇 공작, 후작, 백작의 집안에서는 적장자를 가장 존중하며, 봉작을 이어받는 자는 온 집안에서 '작주爵主'라고 부른다. 모든 길흉대사와 분쟁은 모두 작주가 옳고 그름을 판단하는 것에 따른다. 그 죄가 다소 경미해 관아로 보낼 필요가 없는 경우는 자체적으로 태형이나 구금형을 행하며 항렬이 높은 것을 가리지 않는데, 또한 황실과 황족 및 군왕의 규례까지도 옛 사람의 종법에 가장 잘 부합한다. 그런데 개국공신과 정난공신의 명문대가들만 그러하고, 나머지 벼락출세한 자들은 관례로 정한 것을 다 따르지는 않았다.

　또 군대에서 장수를 보좌하는 부장과 막료 가운데 훌륭하다고 이야기되는 자는 매번 정임총병관正任總兵官을 '병주兵主'라고 부른다. 이것은 살리고 죽일 수 있는 생살권生殺權을 손에 쥔 대장만 그렇게 부르고, 부장 이하 횡옥橫玉을 차고 다니는 장수는 다만 '수주帥主'라고 부를 뿐이다. 대체로 또한 당나라 사람들은 '사주使主'를 절도대사節度大使의 의미로 불렀다. 송대에는 국경을 나가는 사신 중에서 또한 수석 사신을 '사주'라고 했는데, 부사副使가 법령을 어기면 비록 고위 관직이라도 군법을 적용해 죽일 수 있었다.

凡公侯伯家, 最尊嫡長, 其承襲世封者, 舉宗呼爲爵主. 一切吉凶大事, 以及爭鬩搆鬪, 皆聽爵主分剖曲直. 其罪稍輕, 不必送法司[335]者, 得自行笞禁, 不避尊行[336], 亦猶天家親藩, 及郡王體例, 最合古人宗法. 然惟開國靖難諸故家爲然, 其他暴貴者, 不能盡聽約束矣.

又軍中僚伍偏裨, 以及幕賓, 稍爲雅談者, 每呼正任總兵官爲兵主. 此惟大將專生殺者爲然, 副將以下, 卽貴至橫玉, 僅呼爲帥主耳. 蓋亦唐人以使主[337]稱節度大使意也. 宋世使者出疆, 亦名正使[338]爲使主, 其副使犯令, 雖尊官亦得用軍法誅之.

---

333 爵主 : 작위를 세습하는 적장자.
334 兵主 : 군대의 총책임자.
335 法司 : 법으로 죄에 대한 형벌을 처리하는 관서로, 관아를 말한다.
336 尊行 : 부모 이상의 항렬.
337 使主 : 당대에는 한 주의 책임자인 절도사의 별칭이었고, 송대에는 사신의 아칭雅稱으로 사용되었다.
338 正使 : 수석 사신.

세상에서 복식을 착용하는 데 지나치게 분수에 넘치는 것을 쓴 부류가 셋이 있다. 그중 하나는 공신과 황족이다. 예를 들어 공작, 후작, 백작의 적장자 이외의 아들은 훈위勳衛를 맡아 산기사인散騎舍人이 되며 그 관직은 겨우 8품에 해당할 뿐인데, 그저 집에 거하거나 관직을 그만둔 자들도 모두 공작이나 후작이 입는 린복麟服을 입고 금대를 차며 4품 이상의 관리들이 사용하는 다갈색 비단 덮개로 머리 위를 가리면서 스스로 공신 가문의 사람이라 말한다. 부마의 서자와 같은 다른 척신戚臣들은 관례에 따르면 일반 백성이다. 이전에 한 사람을 만났는데, 평민 신분으로 외위지휘사外衛指揮使라는 실권 없는 관직을 받았으나, 그 의복은 또한 훈위와 같으며 사조룡四爪龍 문양의 망의를 안에 입었으니 더욱 해괴할 만하다.

다른 하나는 내관이다. 북경의 환관 중에 집이 다소 넉넉한 자들이 번번이 초수草獸라 이름 붙인 이무기, 규룡虯龍, 이룡螭龍과 같은 문양의 옷을 입어 금빛과 푸른 빛으로 눈부시게 하고 채찍을 높이 든 채 장안長安의 거리를 활보해도 감히 묻는 자가 없다. 왕부승봉王府承奉 가운데 일찍이 황지를 받들어 비어飛魚의 문양이 새겨진 옷을 하사받은 자는 말할 필요도 없고 하사받지 못한 다른 자들 역시 망의를 입고 옥대를 허리에 차고서 순무巡撫, 순안巡按, 안찰사按察使, 포정사布政使와 함께 연회를 오가도 개의치 않고 이상히 여기지 않는다.

나머지 하나는 부녀자다. 지방 사인士人의 처와 딸들이 이전의 풍습을 답습하여 비단 도포를 입고 띠를 두르는 것은 진실로 천하의 병폐다. 북경의 경우는 매우 기이하여, 마치 하인처럼 천하고 기생처럼 지저분한 정도에 이르렀다. 부인들은 외출할 때 머리에 진주로 장식된 띠를 두르고 몸에는 문양을 수놓은 옷을 걸치지 않은 이가 없는데, 그 문양이 모두 백택白澤, 기린麒麟, 비어飛魚, 좌망坐蟒으로 되어 있지 않은 것이 없다. 또한 가마에 올라 앉아 주렴을 걷은 채 얼굴을 드러내고, 공경대신들과 큰 거리에서 뒤섞여도 앞선 자가 멈추라 소리치지 않고 나이 든 대관들도 힐책하지 않으니 정말 천지간의 큰 재앙이다. 가정 연간 곽남해霍南海와 근래의 심상구沈商邱는 모두 상소를 올려 분수에 맞지 않게 사치하는 것을 강력히 금지해야 한다고 공언했으나, 유독 이 세 부류는 언급하지 않았으니 어째서인가.

원문 **服色之僭**

天下服飾, 僭擬[339]無等者, 有三種. 其一則勳戚. 如公侯伯支子[340]勳衞[341], 爲散騎舍人[342], 其官止八品耳, 乃家居或廢罷者, 皆衣麟服[343], 繫金帶, 頂褐蓋[344], 自稱勳府. 其他戚臣, 如駙馬之庶子, 例爲齊民[345]. 曾見

---

339 僭擬 : 분수에 넘치게 윗사람인 척하는 것을 말한다.
340 支子 : 적장자를 제외한 나머지 아들.
341 勳衞 : 시위侍衞의 관직명으로, 공신의 자제들이 담당했다.
342 散騎舍人 : 무관으로, 황제의 친병親兵.
343 麟服 : 공작, 후작, 부마 등이 입을 수 있는 기린을 수놓은 관복.

一人, 以白身納外衛指揮³⁴⁶空銜³⁴⁷, 其衣亦如勳衞, 而衷以四爪象龍³⁴⁸,
尤可駭怪.

其一爲內官. 在京內臣稍家溫者, 輒服似蟒, 似斗牛之衣, 名爲草獸,
金碧晃目, 揚鞭長安道上, 無人敢問. 至於王府承奉, 曾奉旨賜飛魚者不
必言, 他卽未賜者, 亦被蟒腰玉, 與撫按藩臬³⁴⁹往還宴會, 恬不爲怪也.

其一爲婦人. 在外士人妻女, 相沿襲用袍帶, 固天下通弊. 若京師則異
極矣, 至賤如長班³⁵⁰, 至穢如敎坊. 其婦外出, 莫不首戴珠籬, 身被文繡,
一切白澤³⁵¹麒麟飛魚坐蟒, 靡不有之. 且乘坐肩輿, 揭簾露面, 與閣部公
卿, 交錯於康逵, 前驅旣不呵止, 大老亦不詰責, 眞天地間大災孽. 嘉靖
間霍南海³⁵², 近年沈商邱³⁵³, 俱抗疏昌言, 力禁僭侈, 而獨不及此三種,
何耶.

---

344 褐蓋 : 명대 4품 이상의 관리가 외출할 때 사용하는 우산 형태의 덮개로, 겉은 다갈
색 비단이고 안은 붉은색 비단이다.
345 齊民 : 일반 백성. 서민.
346 外衛指揮 : 명대 지방에 둔 위지휘사사衛指揮使司의 수장인 위지휘사衛指揮使.
347 空銜 : 실권이 없는 관직.
348 四爪象龍 : 4개의 발톱을 가진 이무기인 사조룡四爪龍을 말한다. 명대 황족과 관리
가 입던 예복인 망의蟒衣에서 처음 보인다.
349 撫按藩臬 : 무안撫按은 순무巡撫와 순안巡按, 번얼藩臬은 안찰사撫按察使와 포정사布政
司를 말한다.
350 長班 : 관원들이 데리고 다니면서 부리는 하인.
351 白澤 : 사람의 말을 할 수 있다는 전설 속의 신수神獸로, 사자 모습에 머리에 뿔이
두 개 달려 있고 산양의 수염이 달려 있다.
352 霍南海 : 명나라 가정 연간의 대신 곽도霍韜를 말한다.
353 沈商邱 : 명나라 만력 연간의 대신 심리沈鯉를 말한다.

영락 7년¹⁴⁰⁹ 장씨張氏를 귀비로 책봉했는데, 돌아가신 하간충무왕河間忠武王 장옥의 딸이다. 권씨權氏를 현비賢妃로, 오라비 권영균權永均은 광록시경光祿寺卿으로 봉했다. 임씨任氏를 순비順妃로, 부친 임첨년任添年은 홍려시경鴻臚寺卿으로 봉했다. 왕씨王氏는 소용昭容으로, 이씨李氏는 소의昭儀로, 여씨呂氏는 첩여婕妤로 봉했고, 그들의 부친 왕□□, 이문명李文命, 여귀진呂貴眞은 모두 광록시소경光祿寺少卿으로 봉했다. 최씨崔氏를 미인美人으로, 부친 최득비崔得罪는 홍로소경鴻臚少卿으로 봉했다. 여러 후궁 중 장씨를 제외하고는 왕씨만 소주蘇州 사람이고, 나머지 다섯 사람은 모두 조선朝鮮 사람이다. 대개 문황제 때에는 여전히 고려高麗의 여자를 바치는 것을 거절하지 않았고 그 부친을 높은 관직에 배수했는데, 또한 후대의 외척들이 기대할 수 있는 것은 아니었다. 또한 영국공英國公이 생전에 '정난의 변'에서의 으뜸 공신이어서 그 딸 역시 귀빈貴嬪으로 발탁되었는데, 어찌 서진西晉 때 호분胡奮의 딸과 같은 전례를 적용한 것이겠는가. 권씨는 현비에 봉해진 후 천자를 모시고 북벌을 갔는데, 이듬해 12월 황상이 남쪽으로 돌아와 임성臨城에 이르렀을 때 권씨가 병으로 죽자 공헌恭獻이라는 시호를 내리고 역현嶧縣에 가매장했다.

○ 이후 영락 말기에 황태손이 홍로서반鴻臚序班 손충孫忠의 딸을 선택해 황태손비로 삼았지만 오히려 관직을 옮겼다는 이야기는 들리지 않았다. 그러므로 효열황후孝烈皇后가 세종 연간에 귀빈이 되었을 때는 그

부친 방예方銳 또한 겨우 금의진무錦衣鎭撫였는데, 가정 13년1534에 효열황후가 정식으로 중궁의 자리에 오르자 비로소 도지휘사都指揮使로 승진했다. 가정 18년1539에 승천부承天府 행차를 수행하고서야 비로소 백작에 봉해졌고, 가정 21년1542 임인년에는 효열황후가 궁녀의 반란으로부터 천자를 지켜내어 방예가 후작으로 승격되어 봉해졌다고 한다. 홍무 22년1389에 호충비胡充妃의 조카 호현胡顯이 양국공梁國公에 봉해져 봉록 2000석을 받고 세습했다. 호현은 도독첨사都督僉事에서 상공에까지 봉해졌는데 외척에 대한 이와 같은 은택은 근래에도 예전에도 없던 일이므로, 선조 때에 이런 일이 있었다고 말하지는 않는다.

원문 **永樂間後宮父恩澤**

永樂七年冊封張氏爲貴妃, 故河間忠武王玉[354]女也. 封權氏爲賢妃, 兄永均[355]爲光祿寺卿. 任氏爲順妃, 父添年爲鴻臚寺卿. 王氏爲昭容, 父□□, 李氏爲昭儀, 父文命, 呂氏爲婕妤, 父貴眞, 俱爲光祿寺少卿. 崔氏爲美人, 父得霏爲鴻臚少卿. 諸嬪御除張氏外, 惟王氏爲蘇州人, 餘五人

---

354 河間忠武王玉 : 장옥을 말한다.
355 兄永均 : 중화서국본『만력야획편』에는 '부영균父永均'으로 되어 있으나, 『조선왕조실록·태종실록』과『조선왕조실록·세종실록』의 기록에 근거해 '형영균兄永均'으로 수정했다. 『조선왕조실록·태종실록』에는 "본국에서 진헌한 처녀 권씨가 먼저 불려들어가 현인비에 봉해졌고 그 오빠 영균은 광록시경에 제수되었다本國所進處女權氏, 被召先入, 封顯仁妃, 其兄永均, 除光祿寺卿"고 되어 있고, 『조선왕조실록·세종실록』에는 "광록시경 권영균이 죽었다. 권영균은 태종 문황제 현인비의 오빠다光祿寺大卿權永均卒. 永均, 太宗文皇帝顯仁妃之兄也"라고 되어 있다. [역자 교주]

皆朝鮮人也. 蓋文皇時, 尙不拒高麗獻女口, 而其父立拜淸卿, 亦非後世戚畹[356]所可望. 且英國生前爲靖難功臣第一, 而其女亦備貴嬪之選, 豈用西晉胡奮[357]女例耶. 卽權賢妃封後, 卽侍車駕北征, 次年十二月上南還, 至臨城[358], 權氏以疾薨, 賜諡恭獻, 權厝於嶧縣[359].

○ 後永樂末[360], 皇太孫選鴻臚序班[361]孫忠[362]之女, 爲太孫妃, 反不聞遷官. 卽孝烈皇后, 在世宗朝爲貴嬪時, 其父方銳, 亦僅爲錦衣鎭撫, 至嘉靖十三年, 孝烈正位中宮, 始陞都指揮使. 至十八年隨幸承天[363], 始封

---

356 戚畹: 제왕의 외척.

357 胡奮: 호분胡奮,?~288은 삼국시대 위나라와 서진西晉의 무장이다. 그의 자는 현위玄威이고, 안정安定 임경臨涇 사람이다. 교위校尉, 서주자사徐州刺史, 산기상시散騎常侍, 좌복사左僕射, 진군대장군鎭軍大將軍 등의 벼슬을 지냈다. 진무제晉武帝 태시泰始 말년에 그의 딸 호방胡芳이 후궁으로 들어가 귀인으로 책봉되면서, 무제의 신임을 받았다. 사후에 거기장군車騎將軍으로 추증되었고, 시호는 장壯이다.

358 臨城: 임성현臨城縣을 말하며, 지금의 허베이성 서남부에 위치한다. 명대에는 북경 주변의 진정부眞定府 조주趙州에 속해 있었다.

359 嶧縣: 역현嶧縣은 명대 산동山東 연주부兗州府에 속해 있었다.

360 末: 말末은 원래 몰歿로 되어 있는데, 사본에 근거해 고쳤다末原作歿,據寫本改.【교주】

361 鴻臚序班: 홍로시서반鴻臚寺序班의 약칭으로, 홍로시鴻臚寺의 관리이며 종9품에 해당한다. 명나라 초기에는 서반序班 16인을 두었고 이후 50인 전후를 유지했다. 명 가정 36년1557에 8인으로 바꾸었고, 만력 11년1583에는 6인으로 다시 바꿨다.

362 孫忠: 손충孫忠,1368~1452은 명나라 초기의 외척이자 관리다. 그의 자는 주경主敬이고 산동 제남부齊南府 추평鄒平 사람이다. 어린 나이에 국자생이 되어 개휴介休와 영성永城의 주부가 되었으며, 천수산天壽山 제릉帝陵 건설에 공을 세워 홍로시서반으로 승진했다. 그의 딸이 입궁해 황태손 주첨기朱瞻基의 빈이 되었다. 주첨기가 선종으로 등극한 후 그의 딸이 귀비가 되자 손충도 중군도독부中軍都督府의 도독첨사都督僉事에 올랐다. 이후 선덕 3년1428에 그의 딸이 황후로 책봉되면서, 손충도 회창백會昌伯에 봉해지고 이후 특진영록대부特進榮祿大夫, 주국柱國으로 승진했다. 손황후가 총애를 받아 영종 주기진을 낳으면서, 선종과 영종 때 손씨 일가에 대한 은총이 더욱 커졌다. 사후에 태사, 좌주국, 안국공安國公으로 추증되었으며, 시호는 공헌恭憲이다.

363 承天: 명나라 때 호광포정사湖廣布政司에 속한 승천부承天府를 말한다. 오늘날의 후

伯, 二十一年壬寅, 孝烈擁護宮人之變, 銳³⁶⁴始進封侯云. 洪武二十二年封胡充妃³⁶⁵姪胡顯爲梁國公, 食祿二千石, 世襲. 顯由都督僉事超拜上公, 戚里如此恩澤, 近古所無, 不謂聖祖有此³⁶⁶.

베이성 중샹鐘祥시에 있었으며, 명 세종이 태어난 흥헌왕부興獻王府가 있던 호광포 정사 안륙주를 말한다.

364 銳 : 예銳자는 사본에 근거해 보충해 넣었다銳字據寫本補.【교주】

365 胡充妃 : 명나라 태조 주원장의 비빈 중 하나인 충비充妃 호씨胡氏, 생졸년 미상를 말한다. 지정至正 24년1364 여섯 번째 황자인 초소왕楚昭王 주정朱楨을 낳고, 홍무 3년1370 충비充妃에 책봉되었다. 사후에 영락 10년1412 소경昭敬이라는 시호를 받았다.

366 洪武二十二年~不謂聖祖有此 : 홍무洪武에서 유차有此까지의 여러 구는 사본에 근거해 보충해 넣었다洪武至此有數句, 據寫本補.【교주】

[번역] 같은 읍을 봉작으로 받은 외척

다섯 작위 중에 그 봉호가 다시 쓰인 것이 있다. 예를 들어 충성백忠誠伯에는 먼저 문신 여상茹瑺이 있었고, 이후에 무신 육병陸炳이 있었다. 그리고 혜안백惠安伯과 순의백順義伯 같은 경우도 여러 차례 보인다. 비록 나라의 체제에는 무관하지만, 식견 있는 자들은 이미 일을 맡은 이의 배운 것 없음이 이 지경에 이르렀다고 비난했다. 예를 들어 안평백安平伯은, 경제가 등극하셨을 때 이미 돌아가신 선종의 현비賢妃 오씨吳氏의 동생 오안吳安을 이에 봉했는데, 그 당시에는 현비가 황태후로 불렸기 때문에 오안은 전례에 따라 봉토를 얻었다. 영종의 반정으로 황태후가 예전대로 현비로 불리자 오안은 작읍爵邑를 사양했고, 황상께서는 이를 허락하시면서 금의위지휘사錦衣衛指揮使에 배수하셨다. 가정 18년 1539 세종의 황후인 효열황후의 부친 방예方銳는 좌도독左都督의 신분으로 백작에 봉해져 역시 안평백이라 불렸는데, 여전히 한순간의 실수라고들 했다. 가정 21년1542 효열방후가 궁녀들의 반란으로부터 황상을 보호해 특별한 총애를 받게 되니 부친 방예 또한 후작으로 올랐는데, 어찌 여전히 안평이라는 봉호로 부르며 올바르게 고치지 않았는가? 하물며 외척의 작읍이 얼마나 되겠는가? 오안이 폐위된 황태후 때문에 봉작을 빼앗겼으니, 어찌 아름다운 일이겠는가? 더군다나 폐하여 없애는 일은 특히 황상께서 듣기 싫어하는 말이다. 다행히도 세종께서 옛 기록을 확인하지 않아서 심하게 책임을 추궁하는 것은 면하게 되었지만, 일을 맡은 원로대신 하귀계와 엄분의는 역시 너무 경솔했다.

○ 안평후와 안평백이라는 작위는, 영락 연간에 직례直隸 회원懷遠 사람 이원李遠이라는 자가 정난의 변에서 세운 공훈으로 안평후에 봉해졌고 그의 아들 이안李安이 안평백의 작위를 세습했으나 문황제 때 죄에 연루되어 작위를 빼앗기고 변방으로 수자리를 갔다. 방예에 이르기까지 안평백이라는 봉호는 세 번 보인다. 이안과 오안은 모두 봉호를 후세까지 세습하지 못했으니 그 불길함이 매우 심한데도 어찌 여러 차례 그 봉호를 거듭 사용했는가? 아마도 이때 황상께서 한창 도교를 섬기고 계셨으므로, 각신과 예부상서가 그저 여러 진인들의 지위와 공적만을 살피고 다른 고금의 학문은 돌아볼 겨를이 없었기 때문일 것이다.

원문 **外戚封爵同邑**

五等之爵, 其封號有至再者. 如忠誠伯, 前有文臣茹瑺, 後有武臣陸炳. 以及惠安順義[367]之屬, 屢見矣. 雖於國體無關, 然識者已譏當事之不學至此. 如安平伯, 則景帝登極, 已封故宣廟賢妃吳氏之弟名安[368]者, 其時

---

367 惠安順義: 혜안惠安과 순의順義는 명대 백작伯爵의 봉호명이다.
368 安: 명나라 대종代宗의 생모인 효익태후孝翼太后 오씨吳氏의 동생 오안吳安, 생졸년 미상을 말한다. 진강부鎭江府 단도丹徒 사람이다. 선덕 3년1428 그의 여동생이 현비賢妃로 책봉되면서 금의위백호錦衣衛百戶에 제수되었다. 현비 소생의 경제景帝가 제위에 오르면서 현비는 황태후가 되었고, 그 역시 금의위지휘사를 거쳐 전부前府의 좌도독左都督으로 승진했으며 평안백平安伯에 봉해졌다. 영종의 복벽이 성공하면서, 오태후는 다시 현비로 강등되었고, 오안도 금의위지휘사錦衣衛指揮使로 강등되었다.

賢妃稱皇太后, 故安循往例, 得開茅土. 至英宗反正, 太后仍稱賢妃, 安辭爵邑, 上准辭, 拜錦衣指揮使矣. 嘉靖十八年, 世宗孝烈皇后父方銳, 以左都督進封, 亦號安平伯, 猶曰一時失誤也. 廿一年, 孝烈方后[369]以宮婢搆逆, 擁衞聖躬, 受非常寵眷, 銳亦進侯爵, 何以仍號安平, 不改正耶? 況外戚爵邑有幾? 吳安爲廢后旣奪之封, 豈是佳事? 況廢絶尤上所惡聞. 猶幸世宗不核故牒, 得免深求, 而當事元老貴溪分宜, 亦鹵莽極矣.

　○按安平侯伯, 在永樂中, 直隷懷遠人李遠[370]者, 以靖難功封侯, 其子安, 襲伯爵, 卽於文皇朝, 坐法削爵謫戌矣. 至方銳而三見焉. 李安與吳安, 俱不得延世, 其不祥尤甚, 何以屢襲其號? 蓋是時上方事玄, 閣臣禮卿, 惟考據諸眞靈[371]位業耳, 其他古今之學, 槩不暇及也.

---

369 后 : 후后 자는 사본에 근거해 보충했다后字據寫本補. 【교주】
370 李遠 : 이원李遠,?~1409은 명나라 초기의 명장이다. 회원懷遠 사람으로, 정난의 변 때 연왕 주체를 도와 혁혁한 전공을 세워 안평후安平侯에 봉해졌다. 영락 7년1409 구복丘福과 함께 북쪽으로 타타르인을 정벌하러 갔다가 전사했다. 사후에 거국공莒國公에 봉해졌고, 시호는 충장忠壯이다.
371 眞靈 : 진인眞人, 즉 도교의 진리를 깨달은 사람.

효종의 생모 효목황후孝穆皇后는 본래 성이 기씨紀氏다. 나중에 이씨李氏로 오인되어 이씨들이 사칭하게 되었는데, 그 조상을 따져 올라가면 경원백慶元伯이다. 가장 마지막에는 태감 육개陸愷라는 자가 또 효목황후의 친형이라고 말했으니, 이미 세 번이나 성씨가 바뀐 것이다. 성화 말년에 나온 또 다른 일설에는 효목황후의 선조가 본래 강서江西 남창南昌 신건현新建縣 정가도구丁家道口 사람이다. 그 선조 중에 목선穆先이라는 자는 겹눈동자로 태어났는데, 영락 연간에 왕부의 하급관리로 있다가 죄를 지어 멸족을 당하게 되자 광서廣西 묘동苗洞으로 도망을 갔다. 또 3대가 지나고 효목황후가 태어났는데 장성해 사촌여동생 이씨와 같은 날 입궁했기 때문에 같이 이씨로 보고되었다. 그 친부는 기씨가 승은을 입었다는 소식을 듣고 딸을 살피러 왔으나 도중에 효목황후가 이미 흥거했다는 말을 듣고는 원통해하다 병으로 죽었다. 효목황후의 동생은 본래 똑똑하지 못했는데, 어려서 내시 육개의 집에서 길러졌으므로 육개 자신이 외척이라고 했다. 당시에 남창 사람 정융丁隆이라는 어사가 조정에 있었는데, 바로 그의 일가라서 자초지종을 잘 알았으므로 그 일을 폭로하려고 했지만 마침 그가 외지로 폄적되면서 그만두었다. 이에 따르면 선원仙源이 매우 먼 것은 또한 분명하지만, 당시에 널리 찾아 구했는데도 어찌 결국 여기에 이르지 못했는가? 신건의 정씨는 지금 큰 일족이 되었는데, 시랑 정이충丁以忠, 대참大參 정차려丁此呂, 공부工部의 정차소ㅜ此召가 모두 그의 후손이다.

원문 **孝穆后外家**

孝宗生母孝穆皇后, 本姓紀氏. 其後誤以爲李, 使李氏得冒認[372], 追其
先爲慶元伯. 最後內官陸愷者, 又有云孝穆親兄, 則已三易姓矣. 乃成化
末年, 又有一說, 則穆后之先, 本江西南昌新建縣丁家道口人. 其先有穆
先者, 生而重瞳[373], 永樂間爲王府官屬, 罪當族誅, 乃逃難於廣西苗洞中.
又三世而生后, 及長與表妹李氏, 同日入宮, 因並報爲李姓. 其親父聞妃
承恩, 曾來省女, 中途聞孝穆已薨, 自恨病死. 其弟素不慧, 幼育於內侍
陸愷家, 故愷自名爲戚畹[374]. 當時有一御史, 南昌人丁隆[375]者在朝, 卽其
宗人也, 稔知本末, 欲暴其事, 會隆貶外而止. 據此, 則仙源[376]甚遠, 亦甚
明, 當時訪求, 何以竟不及此? 新建丁至今爲大族, 侍郎以忠[377], 大參[378]

---

372 冒認 : 사칭하다.
373 重瞳 : 겹으로 된 눈동자.
374 戚畹 : 제왕의 외가 친척.
375 丁隆 : 정륭丁隆, 생졸년 미상은 명나라 중기의 관리다. 그는 강서 남창부南昌府 신건현新
建縣 사람으로, 자는 시옹時雍이다. 성화 14년1478 진사가 된 뒤, 태평지현太平知縣, 감
찰어사, 호광순안湖廣巡按, 광주판관光州判官, 광서안찰사병비부사廣西按察司兵備副使 등
의 벼슬을 역임했다.
376 仙源 : 도교에서 신선이 사는 곳을 이르는 말이다. 여기서는 효목황후의 본적을 말
하는 것으로 생각된다.
377 以忠 : 명대의 정치인 정이충丁以忠, 1498~?을 말한다. 정이충은 강서 남창부 신건현
사람으로, 자는 숭의崇義다. 가정 17년1538 진사가 되어, 형부주사, 형부랑중, 하간
부지부河間府知府, 남경병부우시랑 등의 벼슬을 지냈다.
378 大參 : 명대 포정사布政使의 속관으로 각 도를 나누어 관리했다. 청 건륭 연간에 폐

此呂³⁷⁹, 工部此召³⁸⁰, 皆其裔也.

지되었다.
379 此呂 : 명대 후기의 정치인 정차려丁此呂, 생졸년 미상를 말한다. 그는 강서 신건현 사람
으로, 자는 우무右武다. 만력 5년1616 진사가 된 뒤, 장주부추관漳州府推官, 어사, 태복
시승, 절강포정사사우참정浙江布政使司右參政 등의 벼슬을 지냈다.
380 此召 : 명대 정이충의 손자인 정차소丁此召, 생졸년 미상를 말한다. 정차소는 강서 신건
현 사람으로, 자는 우성右成이고 호는 당야棠野다. 만력 26년1598 진사가 되어, 공부
둔전주사工部屯田主事를 지냈다.

심록이란 자는 북경 사람인데 거인으로 통정사通政司 경력經歷에 제수되었으며 그의 처는 수녕후 장만張巒의 여동생이고 효강경황후孝康敬皇后의 고모다. 효종이 등극하면서 황후의 은덕으로 인해 통정사 우참의로 특별 승진했다. 얼마 안 되어 통정通政으로, 다시 통정사通政使로 승진했고 나중에 예부우시랑이 되었으며, 사후에 예부상서로 추증되어 사후의 예우가 아주 잘 갖추어졌다. 원래 통정사의 하급 관리였다가 시랑에 발탁되었으니, 이것은 또한 처음 있는 일이다. 당시 박야博野 사람 문목공文穆公 유길劉吉이 나라 일을 맡고 있었는데 어찌 그만두라는 간언을 한마디도 하지 않았는가? 하물며 삼원三原 사람 단의공端毅公 왕서王恕가 태재였는데도 상주를 올렸다는 소리가 들리지 않으니 도무지 이해할 수 없다. 효종께서는 인자하시어 황제 임의로 조서를 쓰는 일에 가장 절도를 지켰지만, 말년에 황제가 특별 승진시킨 관리가 760여 명이나 되었다. 무종이 등극하고 낙양洛陽 사람 문정공文靖公 유건이 나라 일을 맡으면서 비로소 이 일을 바꿨다. 성화 연간 이래로 필요 없는 관원들을 남발해 제수한 일은 모두 황제의 조서로 비준한 것이었으니, 마침내 익숙해져 관례가 된 것은 이상한 일도 아니다. 정덕 연간에 위조까지 한 일은 또 이루 다 셀 수도 없다. 신도新都 사람 문충공文忠公 양정화가 이런 일을 일소한 뒤로 삼대가 이어지면서 이 폐단은 마침내 점차 근절되었다.

홍치 5년1492 통정사 경력 심록이 통정사 참의로 특별 승진했는데, 이부상서 왕서王恕가 윤허하지 말라고 상소를 올렸다. 홍치 11년1498 9월 또 통정사로 승진했다. 심록은 거인 출신이고 또 수녕후 장만의 매부다. 또 홍치 12년1499 호광안찰사湖廣按察司 첨사僉事 축상祝祥은 모친이 연로해 봉양하기 편하도록 중앙 관리로 바꿔 달라 청했는데, 이부에서는 산동이나 하남 첨사로 바꾸도록 주청했지만 황상께서 조서를 내려 상보사경尚寶司卿으로 바꾸었다. 축상은 성화 11년1475 진사이며, 역시 수녕후의 인척姻戚이다. 당시 장씨는 은총을 믿고 방자하게 굴었고 과거 합격자인 그의 인척도 이처럼 후안무치했다. 앞의 예와 같은 일은 이루 다 셀 수도 없다.

○ 또 어사 장기張岐는 창국공昌國公 장만張巒의 동생으로 황후의 친숙부인데, 진사 출신이며 역시 첨도어사僉都御史로 특별 승진했다.

원문 沈祿

沈祿者, 京師人, 由擧人授通政司經歷, 其妻爲壽寧侯張巒[381]妹, 敬皇后[382]姑也. 孝宗登極, 以椒房[383]恩澤, 傳陞爲通政司右參議. 尋進通政,

---

381 張巒 : 장만張巒, 1445~1492은 명 효종의 황후인 효강경황후孝康敬皇后의 부친이다. 그는 하간부河間府 흥제興濟 사람으로, 자는 내첨來瞻이고 호는 수봉秀峰이다. 홍치 5년1492 수녕후壽寧侯에 봉해졌다. 사후에 태자태보 겸 창국공昌國公으로 추증되었고 시호는 장숙莊肅이다.
382 敬皇后 : 명 효종의 황후이자 무종의 모친인 효강경황후孝康敬皇后 장씨張氏를 말한다.
383 椒房 : 임금의 아내가 거처하는 궁전.

再進本司使, 後爲禮部右侍郞, 卒贈禮部尙書, 飾終之典甚備. 夫以本衙門幕職[384], 卽擢爲堂官[385], 此亦創見之事. 時博野劉文穆[386]當國, 何無一言諫止? 況三原王端毅[387]爲太宰, 亦不聞以職掌執奏, 大不可解. 孝宗仁聖, 於斜封[388]墨敕[389], 最爲有節, 而季年傳陞官, 積至七百六十餘員. 直至武宗登極, 洛陽劉文靖[390]當國, 始革之. 蓋承成化以來, 濫授[391]冗員, 俱以中旨批出, 遂習爲故常, 不以爲怪也. 若正德中之冒僞, 又不可勝紀矣. 自新都楊文忠[392]廓淸[393]之後, 三朝嗣統[394], 此弊遂漸以絶.

弘治五年, 通政司經歷沈祿[395], 傳陞本司參議, 吏部尙書王恕, 執奏不允. 至十一年九月, 又陞本司通政使. 祿由擧人, 亦壽寧侯張巒[396]之妹夫

---

384 幕職 : 지방관의 하급 관리로, 막료幕僚나 막우幕友의 직위, 또는 이 직위를 맡은 사람을 말한다.

385 堂官 : 명청 시기 중앙 각 부의 고위 관리인 상서尙書나 시랑侍郞의 통칭.

386 博野劉文穆 : 명나라 중기에 내각수보를 지낸 유길劉吉을 말한다. 문목文穆은 그의 시호다.

387 三原王端毅 : 명대 중기의 대신 왕서王恕를 말한다. 그는 삼원三原 사람이며, 단의端毅는 그의 시호다.

388 斜封 : 공정한 길을 통하지 않고 부정한 방법으로 관리를 임용하는 것.

389 墨敕 : 임금이 친필로 쓴 조서.

390 洛陽劉文靖 : 명 중기의 명신으로 내각수보를 지낸 유건을 말한다.

391 濫授 : 정해진 범위를 벗어나게 벼슬이나 물품 따위를 함부로 마구 주는 것을 말한다.

392 新都楊文忠 : 명대의 저명한 정치개혁가인 양정화를 말한다.

393 廓淸 : 일소하다. 깨끗이 처리하다.

394 嗣統 : 황위를 계승하다.

395 沈祿 : 중화서국본과 상해고적본 『만력야획편』에 모두 고록高祿으로 되어 있는데, 이어지는 문장에서 말하는 고록의 경력이 앞 문장에서 말한 심록과 동일하고, 고록이 수녕후 장학령張鶴齡의 매부라고 했는데 장학령은 여동생이 없고 누나도 효강경황후孝康敬皇后 한 명뿐이므로 효종 이외의 다른 매부가 있을 수 없다. 그러므로 '고록'을 '심록'의 오기誤記로 보아 수정했다. 〖역자 교주〗

396 張巒 : 중화서국본과 상해고적본 『만력야획편』에 모두 장학령張鶴齡으로 되어 있

也. 又弘治十二年, 湖廣按察司僉事祝祥, 因母老乞改京職[397], 以便侍養, 吏部奏請以原官改山東河南, 中旨改爲尙寶司卿. 祥由成化十一年進士, 亦壽寧侯姻戚也. 當時張氏恃恩恣橫, 其姻戚奮自科目者, 尙無恥如此. 若右列不可勝紀矣.

○ 又御史張岐[398], 乃昌國公張巒之弟, 中宮親叔也, 以進士起家, 亦傳陞僉都御史.

　다. 장학령은 여동생이 없고 누나만 한 명 있는데, 누나가 효강경황후라 그의 매부는 효종밖에 없다. 하지만 문장의 첫머리에서 말한 것처럼 수녕후 장만은 여동생이 있으며 통정사 경력 심록이라는 매부가 있다. 그러므로 장학령을 장만으로 수정했다. 〖역자 교주〗

397 京職 : 경관京官이라고도 하며, 중앙에 있는 관직을 통틀어 이르는 말이다.

398 張岐 : 장기張岐, 1425~1474는 명나라 하간부 흥제 사람으로, 자는 내봉來鳳이다. 경태5년1454 진사가 되어, 어사, 절강안찰부사浙江按察副使, 우첨도어사右僉都御史, 요동순무遼東巡撫 등의 벼슬을 지냈다.

절강의 백성 조조曹祖에게 조정曹鼎이라는 아들이 있었는데, 수녕후壽
寧侯 장학령張鶴齡의 노복이었다. 정덕 연간 초기에 유근劉瑾이 권력을 장
악하자, 조조가 조정의 여러 악행을 상소하고 또 조정이 태어나면서부
터 천명에 순응하는 조짐이 있었다고 직접 말했다. 조조의 말이 대부
분 황당무계해, 유근은 화를 내며 그를 죄로 다스려 형틀에 묶어 절강
으로 돌려보냈다. 정덕 10년1515 10월에 조조가 또 조정에게 의지하려
왔지만, 조정이 그 아비를 예우하지 않자 조조는 마침내 장씨 형제까
지 원망하며 신문고를 울려 장학령 형제가 은밀히 역모를 꾀한다고 고
소했다. 황상께서 진노하시어 많은 관리들에게 추국하게 하시고, 또
사례감司禮監과 동창東廠에게 그를 심문하도록 명하셨으며, 장학령 형제
를 구금하고 조정일에 참여하는 것을 허락하지 않으셨다. 마침 조조가
옥에서 자살하자 황상께서 더욱 의심하고 진노하시면서 교지를 내려
형부상서 장자린張子麟을 힐책하시고, 원문주사原問主事와 제뢰순풍관提牢
巡風官을 금의위 감옥에 내려보내 이 일을 철저하게 처리하도록 하셨다.
다시 상소를 올려 조조가 상소한 일은 원래 증거가 없었고 사실은 형
벌이 두려워 독약을 먹은 것이라고 말했다. 당시에는 장씨 집안 전체
는 얼마나 화가 미칠지를 예측할 수 없어 두려움에 떨고 있었다. 이에
궁안에 크게 돈을 썼고 소성昭聖 장태후 역시 백방으로 청탁을 해서 상
황이 점차 나아졌는데도, 장자린 등은 감봉 처리되었고, 장씨 형제의

조회 참여는 끝내 허락되지 않았다. 역사서에 이렇게 기록되어 있다. 생각해보면 수녕후壽寧侯와 건창후建昌侯의 일은 모두 무종 때에 있었다. 이미 역모를 꾀했다는 비방을 면치 못했고 평소에도 오만방자해 인심을 잃었다는 것을 알 수 있는데, 어찌 세종 때에서야 비로소 무너졌는가. 또한 장학령이 사소한 일로도 사람을 잘 죽였다는 사실은, 가정 12년1533 장연령의 조서에 열거된 승려와 노비를 죽인 여러 사건들에 모두 실제 흔적이 남아 있다. 이 때문에 정덕 연간 원문관原問官의 죄를 규명하여 처벌해서 모두 체포해 하옥시켰는데, 연루된 관리가 수십 명이었다. 그러나, 조조가 과연 자살했는지의 여부는 결국 밝힐 수가 없었다. 대체로 장씨 형제가 평소 집안을 망치고 죽어 마땅한 일을 한 것은 적지 않으나, 다만 대역죄를 씌우는 것은 수긍하지 못하겠다.

원문 **曹祖**

浙民曹祖, 有子鼎, 爲壽寧侯張鶴齡僕. 正德初, 劉瑾用事, 祖上書數鼎罪惡, 且自言其生兆應天. 曹祖之語多幻妄, 瑾怒罪之, 械還浙. 正德十年十月, 又來依鼎, 鼎不禮其父, 祖遂幷恨張氏, 擊登聞鼓, 訴鶴齡兄弟陰圖不軌. 上震怒, 命多官廷鞫, 又命司禮監東廠訊之, 禁鶴齡兄弟, 不許朝參. 會祖自裁於獄, 上益疑怒, 降旨詰責, 刑部尚書張子麟, 下原問主事, 及提牢³⁹⁹巡風官於詔獄⁴⁰⁰, 窮治之, 覆疏謂祖所奏, 旣無左驗,

---

399 提牢 : 명대 형부 아래에 설치한 제뢰청提牢廳의 관직명. 감옥 관리에 관한 모든 사

實懼罪服毒. 時張氏闔門惴恐, 禍且叵測. 乃大行金於內, 昭聖亦百端祈請, 事稍懈, 猶罰子麟等俸, 二張朝參, 究終罷不許. 史所記如此. 按壽寧建昌二侯, 在武宗朝. 已不免謀逆之謗, 其平日橫恣, 失人心可知, 何待世宗時始敗. 且張氏慣以睚眦殺人, 至嘉靖十二年, 延齡讞辭中, 所列殺僧殺婢諸事, 俱有實迹. 因追治正德間原問官罪, 悉逮下獄, 株連縉紳數十人. 而曹祖之果自盡與否, 終莫能明也. 蓋張氏弟兄生平宜破家殺身事不少, 特坐以大逆, 則不服耳.

———————————
무를 관장했다. 제뢰청의 장관은 제뢰주사提牢主事다.
400 詔獄 : 황제가 직접 심문하는 죄인들을 가두는 감옥, 즉 금의위의 감옥.

본 왕조의 외척은 대대로 작위를 세습했는데, 세종에 이르러 모두 바꿨다. 예를 들어 옥전백玉田伯 장씨蔣氏는 황상의 생모 자효헌황후慈孝獻皇后의 집안인데 그 아들이 죽을 때까지만 작위가 허용되었다. 태화백泰和伯 진씨陳氏는 세종의 본처 효결황후孝潔皇后의 집안이며, 그 아들은 이미 작위를 세습할 수 없었다. 효열황후孝烈皇后의 부친 안평백安平伯 방씨方氏는 황후가 황제를 감싸고 보호한 큰 공으로 한 세대 더 작위를 연장할 수 있었으니 이런 특별한 은혜는 전례가 없었다. 목종 본처의 집안 덕평백德平伯 이씨李氏는 작위가 한 세대에 그쳤다. 금상의 적모嫡母 인성황태후仁聖皇太后의 부친인 고안백固安伯 진씨陳氏의 맏아들도 겨우 금의위를 세습했다. 다만 생모 자성황태후慈聖皇太后의 집안 무청후武清侯 이씨李氏만이 3대를 세습할 수 있었으니 다소 특이한 일이었지만 황상의 효심이 신명에 통한 것이라 잘못으로 여기지 않았다. 황후의 부친 영년백永年伯 왕위王偉가 죽자 그 아들 왕동王棟이 작위를 세습할 수 있었던 것은 후하게 예우한 것이다. 정미丁未년에 왕동이 죽자 그의 모친 조씨趙氏가 손자를 위해 작위를 계속 세습할 수 있는 은혜를 청했다. 황상께서 왕동의 아들 왕명보王明輔가 조부의 백작 작위를 세습하도록 명하셨는데, 이때 이부를 맡고 있던 소재少宰 양시교楊時喬가 따르지 마시라고 강력하게 간언했지만, 황상께서는 다만 이후에는 전례로 삼지 않는다고 말씀하실 뿐이었다. 대개 세종께서 은택을 제정하신 이후로 오랜 제도가 된 지 지금까지 이미 80년이 되었다. 무청백 일가만이 삼대를 세습했고 지금 왕씨가 다시 삼대를 세습하게 되었는데, 이것은 효열황후가 감히 바라보지 못했던 일이다. 이처럼 전례에 없던 제도로 황후를 유달리 후대해서 오히려 황상께서 본처를 박대한 게 아닌가 생각되지만 그렇지는 않은 것 같다.

원문 **中宮外家恩澤**

本朝外戚世爵, 至世宗盡革之. 卽如玉田伯[401]蔣氏, 爲上生母慈孝后[402]家, 亦僅許其子終身. 泰和伯[403]陳氏, 爲世宗元配孝潔后家, 其子已不得襲. 惟孝烈后父安平[404]方氏, 以中宮擁儲大勳, 得延一世, 此特恩, 非例也. 至穆宗元配德平[405]李氏, 則一世止矣. 今上嫡母仁聖后父, 固

---

401 玉田伯 : 명나라 흥헌왕 왕비의 부친 장효蔣斅,?~1509에게 내린 작위다. 정덕 4년1509 병사한 뒤 옥전백玉田伯으로 추봉되었다. 아들이 없어 조카가 후사를 이었다. 흥헌왕의 아들 주후총즉,세종이 황위에 오르면서 부친을 흥헌제로 추존하고 모친 장씨를 자효헌황후慈孝獻皇后로 추존했다.

402 慈孝后 : 중화서국본과 상해고적본『만력야획편』에 모두 '효자후孝慈后'로 되어 있으나, 추존된 황후를 포함한 34명의 명대 역대 황후 중 장씨蔣氏이면서 옥전백玉田伯과 관계있는 사람은 세종의 생모 자효헌황후뿐이다. 따라서 '효자후孝慈后'를 '자효후慈孝后'로 수정했다. 〖역자 교주〗

403 泰和 : 명나라 세종의 황후인 효결숙황후의 부친 진만언陳萬言,?~1535에게 내린 작위다. 그의 딸이 황후에 책봉된 뒤, 가정 2년1523 태화백泰和伯으로 봉해졌다.

404 安平 : 안평백安平伯을 말한다. 명나라 세종의 황후인 효열황후의 부친 방예方銳, 1487~1546에게 내린 작위다. 가정 13년1534 그의 장녀가 황후에 책봉되면서 도지휘사都指揮使가 되고 안평백安平伯에 봉해졌다.

405 德平 : 덕평백德平伯을 말한다. 명나라 목종의 본처인 효의장황후孝懿莊皇后의 부친 이명李銘,생졸년 미상에게 내린 작위다. 유왕裕王이었던 주재후가 목종으로 황위에 오

安⁴⁰⁶陳氏長子, 亦僅襲錦衣. 惟生母慈聖后武淸⁴⁰⁷李氏, 得三世, 稍異, 然以上孝通神明, 不爲過也. 至中宮父永年伯⁴⁰⁸王偉⁴⁰⁹歿, 其子棟得襲 爲優厚. 至丁未年而棟卒, 其母趙氏爲孫乞恩承襲. 上命棟子明輔襲祖伯 爵, 時署部少宰楊時喬, 力諫不從, 上但云後不爲例而已. 蓋自世宗裁定 恩澤, 立爲永制, 至是已八十年. 僅有武淸一家三世, 而今王氏再得之, 卽孝烈后無敢望焉. 似此曠典, 獨厚中宮, 猶疑上薄於元配, 是殆不然.

르면서, 융경 원년1567 본처였던 유왕비 이씨를 효의황후로 추존하고, 그녀의 부친 이명을 덕평백으로 봉했다.

406 固安 : 고안백固安伯을 말한다. 명나라 목종의 두 번째 황후인 효안황후孝安后의 부친 진경행陳景行,1513~1582에게 내린 작위이다. 목종이 황위에 오른 융경 원년1567 고안 백에 봉해졌다.

407 武淸 : 무청후武淸侯를 말한다. 명나라 목종의 귀비이자 신종의 생모인 자성황태후 慈聖皇太后의 부친 이위李偉,1510~1583에게 내린 작위이다. 신종이 즉위한 만력 원년1573 무청백에 봉해졌고, 만력 10년1582에는 무청후武淸侯로 승격되었다. 무청후의 작위 는 이위의 증손자 이국서李國瑞에게까지 세습되었다.

408 永年伯 : 중화서국본과 상해고적본『만력야획편』에는 모두 '영녕백永寧伯'으로 되 어 있으나,『명신종실록』,『명희종실록明熹宗實錄』,『명사』에는 왕위의 작위가 '영 년백永年伯'으로 되어 있고, 또『만력야획편』의 다른 문장인 '외척에게 가마 하사를 남발하다戚里肩輿之濫'에서도 '영년백年伯 왕위王偉'로 되어 있다. 이에 근거해 '영녕 백永寧'을 '영년백永年'으로 수정했다. 〖역자 교주〗

409 王偉 : 왕위王偉,?~1591는 명나라 신종의 본처인 효단현황후孝端顯皇后의 부친이다. 절 강 소흥부紹興府 여요현餘姚縣 사람이다. 원래 금의위지휘사였던 왕위는 만력 6년1578 그의 딸이 황후로 책봉되면서 도독동지都督同知로 승진했다. 만력 7년1579 영년백永年 伯에 봉해졌다. 영년백의 작위는 그의 손자 왕명보王明輔에게까지 세습되었다.

　　외척 이문전李文全은 금상의 생모 자성태후慈聖太后와 동복형제로, 돌
아가신 무청후武淸侯 이위李偉의 맏아들이다. 부귀하게 태어나고 자랐지
만 외부의 스승을 모신 적이 없었다. 맏사위인 전진민錢賑民은 옛 외척
안창백安昌伯 전승종錢承宗의 후손으로, 금의대봉지휘사錦衣帶俸指揮使의 직
위를 세습했다. 하루는 전진민이 광주리에 음식을 담아 이문전의 맏아
들 이성명李誠銘에게 선물로 보냈을 때, 마침 이문전이 보고는 명첩을
찾아보았는데 호칭이 아우라고 되어 있었다. 전진민은 이때 부모의 상
중이었다. 이문전은 그것을 보고 크게 노해서 명첩을 찢고 그 노복의
볼기를 쳐서 보냈다. 전진민은 뜻밖의 일이 일어나자 급히 가서 사죄
하고, 또 명첩이 어째서 훼손되었는지를 물었다. 이에 "너는 내 맏사위
에 불과한데 어찌 처남을 눌러 이런 호칭을 쓸 수 있느냐?"라고 했다.
전진민이 내심 그가 어리석음을 알고는 거짓으로 사죄하며 "이 일은
정말 잘못했습니다. 다만 앞으로 어떤 호칭으로 바꿔야할까요?"라고
했다. 이문전은 곰곰이 생각하다가, "그저 자형이라고 쓰면 된다"라고
했다. 순식간에 이 일이 전해져 웃음거리가 되었다.

원문 戚畹不學

　　戚畹李文全[410]，聖母慈聖太后之同產，故武淸侯偉[411]之長子也．生長富貴, 未嘗就外傅. 有長壻曰錢賑民, 故戚畹安昌伯承宗之裔孫, 襲職錦衣帶俸指揮使. 一日具筐篚饋其長子名誠銘者, 適爲文全所見, 索刺觀之, 則稱制眷弟[412]. 蓋錢時方丁艱[413]也. 閱之大怒, 碎其刺, 笞其僕而遣之. 錢出不意, 急往謝罪, 且問名帖何以見毀. 乃云, "汝不過吾長壻, 安能制其小舅, 乃作爾許[414]稱耶?" 錢心知其憨矣, 乃謬謝曰, "是誠誤. 但此後當改何稱?" 文全徐思之曰, "只寫姊夫生可也." 一時傳以爲笑.

---

410 李文全 : 이문전李文全, ?~1557은 명나라 자성황태후慈聖皇太后의 오빠이자 신종의 큰외숙이다. 만력 12년1584 무청후의 작위를 세습했고, 중군도독부中軍都督府 좌도독左都督을 지냈다.

411 武淸侯偉 : 명나라 자성황태후의 부친이자 신종의 외조부인 이위李偉, 1510~1583를 말한다. 그의 자는 세기世奇이고, 별호는 의재毅齋이며, 순천부 곽현漷縣 사람이다. 외손자인 신종이 즉위하면서 무청백武淸伯에 봉해졌고, 만력 10년1582 무청후로 승격되었다. 사후에 태부 겸 안국공安國公으로 추증되었고, 시호는 장간莊簡이다.

412 眷弟 : 인척간에 동년배에 대한 자신의 겸칭.

413 丁艱 : 부모의 상喪을 당하다.

414 爾許 : 이러하다. 이와 같다.

무신은 상공의 귀한 자리에 올라도 가마를 타지 못하고 말을 타야 했으며 평교자도 허용되지 않았다. 근래 들어 정국공定國公, 성국공成國公, 영국공英國公 세 분에게만은 여러 차례 대행하여 하늘에 제사를 올리거나 오랫동안 반열의 앞자리에 서 있거나 할 때 간혹 어깨에 메는 가마를 하사했는데, 이것은 전례에 없던 일이다. 가정 말년 안평백安平伯 방예方銳는 황후의 부친으로 가마를 하사받았다. 그 아들 방승유方承裕가 내정에서 당직을 하며 현문玄文을 찬술해서 또 가마를 하사받은 것은, 다소 특별한 일이다. 금상 원년에 고안백固安伯 진경행陳景行과 무청백武淸伯 이위李偉는 모두 작위에 봉해지자마자 가마를 하사받았는데, 외조부를 존중해서 전대에 없던 특별 예우를 더한 것이니 지나친 것은 아니다. 얼마 안 되어 영년백永年伯 왕위王偉 역시 가마를 하사받았는데 그 또한 황후의 부친이었다. 이위가 죽고 그의 아들 이문전이 작위를 세습했으니, 이미 남다른 은택을 입었다는 것이다. 세습한 지 3년이 되던 해가 무자년인데, 황상께서 자신의 능묘를 둘러보시고는 그곳에 살며 지키라고 명하시어 잠시 가마를 하사받을 수 있었다. 일을 마치고 다시 청하니 황상께서 마침내 가마를 타는 것을 허락하셨으나, 언관들이 반대해서 하사받지 못했다. 이때부터 외척들이 연달아 가마를 청한 일이 셀 수 없이 많아서 대수롭지 않게 여겨졌다.

○ 근래에 이문전의 아들 이성명이 봉작을 세습하면서 또한 전례에

따라 가마를 청했는데, 황상께서 처음에는 오히려 거절하시다가 나중에 결국은 하사하셨다.

원문 **戚里肩輿之濫**

武臣貴至上公, 無得乘轎, 卽上馬, 不許用檻杌. 至近代惟定成英三公[415], 或以屢代郊天, 或以久居班首, 間賜肩輿, 以爲曠典. 嘉靖末年, 安平伯方銳, 以中宮父得之. 其子承裕, 以直內撰玄文, 亦得賜, 稍爲出格. 今上初元, 固安伯陳景行[416], 武淸伯李偉, 皆甫封卽得, 然以外祖尊重, 前代所無, 特加優禮, 非過也. 未幾而永年伯王偉亦得之, 亦以中宮父也. 李偉歿, 而子文全襲爵, 已屬殊恩. 襲甫三年, 爲戊子歲, 以上閱壽宮, 命之居守, 暫假得賜. 竣事復請, 上遂許乘, 言官爭之不得. 自是戚里紛紛陳乞肩輿, 不勝紀, 亦不足貴矣.

○ 近年文全之子誠銘襲封, 亦隨例乞轎, 上初猶拒之, 後亦竟賜.

---

[415] 定成英三公 : 정국공定國公 서증수徐增壽, 생졸년 미상, 성국공成國公 주능朱能, 영국공英國公 장보張輔를 말한다. 서증수는 중산왕 서달의 아들이며 부친의 음덕으로 좌도독을 세습받았다. 정난의 변 때 연왕의 군대와 몰래 연락하다가 건문제에 의해 피살되었는데, 성조 즉위 후 정국공으로 봉해져 9대손까지 작위가 세습되었다. 영국공 장보도 9대손까지, 성국공 주능은 12대손까지 세습되었다.

[416] 固安伯陳景行 : 진경행陳景行, 1513~1582은 명 목종의 두 번째 황후인 효안황후孝安皇后 진씨의 부친이다. 그의 자는 희철希哲이고, 호는 송학松鶴이며, 시호는 영정榮靖이다. 강서 건청建昌 사람이다. 가정 37년1558 그의 딸이 훗날 목종이 되는 유왕裕王의 비가 되면서 금의위 정천호正千戶에 제수되었다. 목종이 즉위하자 고안백固安伯에 봉해졌다.